FRITZ MACHA

DAS HAUS AM QUAI

ODER

DIE GESCHICHTE DES WILLY MEIDNER

EINE ERZÄHLUNG AUS DEN JAHREN 1933 -1955

Dies ist die Fassung, die am 4.Januar 1989 beendet wurde.

Technische Überarbeitung: *RR*, Ratingen-Homberg, im November 1999

Herstellung: Libri Books on Demand

ISBN 3-89811-329-9

Inhaltsverzeichnis

Inhaltsverzeichnis

Der Fluß quälte sich träge an der Quaimauer entlang. Seine Wasser waren schmutziggrau und trugen mißfarbene Schaumblasen dahin. Die Zellulosefabrik, zehn Kilometer flußaufwärts, sandte der Stadt ihre Grüße. Das jenseitige, rechte Ufer des Flusses war unbefestigt. Schwarzüberkrustete Flußkiesel traten dort aus dem Niedrigwasser hervor. Tiefhängende Weidenäste, Strunkwerk und Unterlaub waren hier vom getrockneten Schlamm grau getüncht. Das höherstrebende Silbergrün der Büsche indes verbarg gnädig den geschotterten Gleiskörper einer Schmalspur-Tram, verbarg ein wenig auch die häßliche Straße hinter dem Gleiskörper, ebenso die tristen Fassaden der eingeschossigen Armeleutehäuser, der Fuselkneipen und Ramschläden. Oberhalb der Uferzeile hob sich das Gelände zum sanften Hügel an, hier mischten sich einige wenige Häuser von nahezu Villencharakter kühn in das Vorstadtelend. Über ihnen wölbten sich grüne Triften, die, in Mulden geduckt, recht abenteuerliche Menschenwohnungen trugen. Neu Mexico nannte sich die Gipfelsiedlung, kein Mensch wußte genau, warum. Vermutlich kam der Name daher, daß dort oben ein Zustand permanenter Revolution herrschte.

Doch abends, wenn die untergehende Sonne sich in den Fensterscheiben der Hügelstadt verfing, dann sagten die Weststädter diesseits des Flusses: "Seht, unser polnisches Gold!" Aber sie waren froh, daß nur wenige Brücken die ihre mit der polnischen Stadt verbanden.

Am westlichen Ufer wohnte freilich der Reichtum. Hier war nicht nur ein Quai aufgemauert, hier schmückte auch eine doppelte Platanenreihe den Uferweg. An der Hauptbrücke steilte dominierend ein hypermoderner Brückenkopf in Gestalt eines Luxus Wohn- und Geschäftshauses. Hier zogen sich auch Amtsgebäude und Villen über gut einen Kilometer hin bis zum Park, vor dessen Eingang das ebenfalls modern gebaute Neue Rathaus lag.

Den beiden Prachtbauten zu Beginn und Ende des Kais war freilich eins gemeinsam, sie wurden zwar gebaut aber nie zur Gänze bezahlt.

Im Falle des Rathauses war das nicht so schlimm, eine Stadt kann ihre Schulden bis zum St. Nimmerleinstag vortragen. Im Falle des Luxus-Wohn- und Geschäftshauses verlor ein angesehener Mann aus alter Familie sein Vermögen.

Nächst dem Brückenhaus erstreckten sich erst einmal die Hintergärten gediegener Bürgerhäuser den Quai entlang, dann schob sich, von mächtiger Mauer umgeben, die Rückfassade des Kreisgerichtes zum Fluß hin, ein hellgestrichener, viergeschossiger Klotz mit rostrot abgesetzten Risaliten und Fensterstürzen. Fast übersah man die Eisengitter vor den Fensterluken des obersten Geschosses. Das Kreisgericht war nämlich auch Untersuchungsgefängnis, und da die Kriminalität der Stadt sich in mäßigen Grenzen hielt, fragte jedermann, welchem Zweck eine solche Fenster- bzw. Zellenzahl dienen solle. Das Kreisgericht hatte sich der neue Staat erbaut, noch ehe er sein erstes Jahrzehnt hinter sich wußte.

Nun, der neue Staat hatte eben auch andere Probleme als die einer Kriminalität, welche in den meisten Fällen Armutskriminalität war: Einbrüche, Beischlafdiebstähle, Trunkenheit, Prügeleien in Fuselkneipen; hie und da ein Messerstich, zumeist ohne Todesfolge; nur selten ein Mord. Das schlimmste Verbrechen, mit welchem die Stadt innert zehn Jahren konfrontiert wurde, bestand im Treiben eines Perversen, der etlichen Weibspersonen an heimlichen Örtern die Oberbekleidung von hinten aufschlitzte, ohne daß den Damen dabei die Haut geritzt wurde. Die Polizei überschlug sich vor Eifer - und bekam den Schlitzer nie zu fassen. Ein- zwei Jahre trieb er sein Unwesen, dann hörte er auf. Die Zeitungen bedauerten das sehr.

Nein, solche Probleme nahm man nicht tragisch. Sie waren es auch nicht. Tragisch sollte etwas anderes werden für den neuen Staat.

Da hatte sich ein altes aber kleines Volk durch Jahrhunderte vor dem Aufgehen in Geschichtslosigkeit bewahrt und nie vergessen, daß es einst Könige gehabt und dem Deutschen Reich sogar Kaiser gestellt hatte - einen Kaiser zumindest, und vor ihm einen Fast-Kaiser.

Verständlich also, daß dieses Volk den Untergang der Habsburgermonarchie zum Anlaß nahm, sich bei den alliierten Siegern einen eigenen Staat zusammenzubetteln. Weniger klug war es hierbei -wenn auch verständlich - daß man sich diesen Staat unter allerlei Behauptungen und Versprechungen ein wenig zu weit schneiderte. Die Zahl der unfreiwilligen Staatsbürger war größer als es für den Staat gut sein mochte, wenn dieser alles auf die Interessen lediglich des Staatsvolkes abstellte. Man mußte eine Reihe nationaler Minderheiten niederhalten, die zusammen fast so zahlreich waren wie das Staatsvolk selbst. Anstatt nun mit klugem Entgegenkommen die nationalen Minderheiten für den neuen Staat zu gewinnen, trumpfte man auf, spielte den Herren im Haus - und spielte damit va banque; war auf dem besten Wege, den neuen Staat zu verspielen. Wer va banque spielt, spielt hundertmal richtig und tausend-mal falsch.

Es saß daher in den Zellen des Kreisgerichtes zumeist nur eine kleine Zahl Krimineller; die politischen Häftlinge stellten fast immer die Mehrheit dar unter den Bewohnern des vierten Obergeschosses.

"Weißt du, Josef, der Ausblick über den Fluß ist garnicht schlecht," sagte Frau Margarete Meidner, als sie mit ihrem Gatten das erste Stockwerk der neugemieteten Villa durchschritt. "Dieser Raum hier sollte mein Boudoir werden. Ich möchte ihn mit Teppich ausgelegt haben, lindgrün, bitte!"

Die Villa lag nur einen Häuserblock vom Kreisgericht entfernt. Sie gehörte zu einem Dutzend ähnlicher Villen, die eine parkartige Enklave bildeten, bis hin zum neuen Rathaus, von diesem durch eine andere Brückenauffahrt getrennt. Hinter dem Rathaus setzte sich der Grüngürtel flußab noch eine halbe Gehstunde als Stadtpark fort. Jenseits des Rathauses, am Parkrand, gab es ebenfalls ein Villenviertel. Man stritt darüber, welches feiner war, das Viertel vor oder das hinter dem Park. Das Viertel am Quai lobte seine Aussicht auf den Fluß, obwohl daran nicht viel zu loben war; das Viertel hinter dem Rathaus lobte seine Stille - weitab vom Verkehr der City aber auch von jeder Einkaufsmöglichkeit.

Josef Meidner, Professor und Dr.Ing. e.h., ein leitender Direktor der Franzenshütte A.G., kratzte seinen Kopf und brachte damit eine sorgsam gelegte Sardellenfrisur in Unordnung: "Lindgrün, Margarete? Wie ich dich kenne, werden es deine lachsrosa Schleiflackmöbel sein, die dem Lintgrün zum Opfer fallen. Ich habe seinerzeit dem Wiener Innenarchitekten ein kleines Vermögen gezahlt für dein lachsfarbenes Begehren. Jetzt geht es also auf den Speicher. Na schön. Aber sage mir bitte gleich, was dein neues Wohngefühl kosten wird!"

"Ich bin keine Verschwenderin, Josef, auch wenn du das stets behauptest. Darum werde ich das rosa Mobiliar keineswegs auf den Speicher stellen, ich werde es vielmehr umspritzen lassen, damit es zum Fußboden paßt. Meinst du nicht, daß ein ganz helles, kreidiges Grau wunderbar mit dem Grün korrespondieren würde?"

"Grau oder blau, meinetwegen sogar violett. Mir ist es egal, Margarete. Sag mir bitte nur, welcher Pferdefuß dabei ist. Wenn du dich aufs Umspritzen einläßt anstatt was Neues haben zu wollen, so frage ich mich gewohnheitsmäßig, wofür du sparst."

"Ach, Josef, siehst du es nicht? Dieser Raum ist größer als mein altes Boudoir."

"Also gibt es irgendwo einen Kasten, eine Truhe, eine

Sitzgarnitur. Weiß ich, wer oder was es dir im Augenblick besonders angetan hat. Sind es die drei Louis-Seize-Stühle, die du jüngst im Dorotheum entdeckt hast oder kommt ein noch massiverer Angriff auf meine Brieftasche?"

"Sei bitte kein Harpagon, Josef!"

"Ich wollte, ich wäre es. Dann würde uns vielleicht aufgehen, was dir wirklich fehlt zu deinem Glück. Mach es bitte kurz, was soll es diesmal sein?"

"Ein entzückender kleiner Sekretär, Wiener Arbeit, herrliches Wurzelfurnier. Die Kaiserin Maria-Theresia hat auch so ein Schreibtischerl gehabt."

"Hat sie dir`s erzählt, die Kaiserin? Oder wer hat dir den Schmäh aufgebunden. Geh nach Schönbrunn, dort kannst du sehen, an welchem Tisch die Kaiserin gearbeitet hat. D e n Tisch kannst du haben - wenn er verkäuflich ist."

"Mach keine dummen Witze, Josef!"

"Wer hat dir das Möbel angedreht? Was soll es kosten?"

"Fünfzehntausend Korunen," flüsterte Frau Margarete.

"Du ahnungsloser Engel! Für Fünfzehntausend kriegst du höchstens was Nachgemachtes. Wo steht das Prachtstück?"

"Barterer & Boczek haben es eben aus Prag hereinbekommen, in Kommission. Es soll aus einem gräflichen Nachlaß stammen."

"Barterer & Boczek, so! Aber Margarete, die Beiden sind doch Ramschbanditen. Wer denen was in Kommission gibt, der weiß, daß er das Möbel in Prag nicht loswerden kann. Ab damit in die Provinz! Dort gibt es noch Dumme, Neureiche, Snobs, die nicht wissen, was wirklich gute Antiquitäten sind. Na bitte, in gewisser Weise sind wir ja auch Neureiche. Ich werd mir das Stück ansehen, und wenn es nicht überzahlt ist oder ich was runterhandeln kann, sollst du es haben. Oder ist es schon gekauft?" "So halb und halb," gab Frau Margarete zögernd zu.

"Das bedeutet, du hast angezahlt!"

"Nur einen Tausender, damit es mir reserviert bleibt."

"O Weib, o Weib, wann wirst du es endlich lernen? Wenn wir vom Kauf zurücktreten, ist die Anzahlung futsch - falls es dabei bleibt! Denn die beiden Gauner, der Barterer und der Boczek, werden Stein und Bein behaupten, daß ihnen in der Zwischenzeit ein Käufer durch die Lappen gegangen ist. Also muß ich mir das Stück ansehen. Bitte, unternimm nichts, ehe ich dort gewesen bin."

"Wenn es doch eine Okkasion ist! Und überhaupt, was verstehst du denn von alten Möbeln, Josef?"

"Nicht genug, um den Kauf zu taxieren, doch was bei einem Kauf zu beachten ist, das weiß ich ziemlich gut."

Nachdem Meidners die Besichtigung der neuen Wohnung beendet hatten, begab sich Josef Meidner in sein Büro im Verwaltungsgebäude der Franzenshütte. "Fräulein Pfitzner," bat er seine Sekretärin, "vermitteln Sie mir bitte ein Gespräch mit Schloß Sambor. Ich möchte gern den Verwalter haben. Neumann heißt er, glaube ich. Moment, bitte, ich sehe sicherheitshalber in meinem Notizbüchel nach. Ja, es stimmt, Albert Neumann."

"Schloß Sambor am Apparat!" meldete nach wenigen Minuten die Pfitzner. Ferngespräche mußten in jener Zeit noch per Hand vermittelt werden.

"Hier Professor Meidner! Herr Neumann, sind Sie`s? Oh Pardon, Graf Liskowsky, ich konnte nicht ahnen, daß Sie selbst---. Eine Bitte, verehrter Graf, mit der ich Sie persönlich nie belästigt hätte- also, wenn ich darf, es geht um folgende Geschichte ---"

Und Josef Meidner schilderte dem Grafen die Lage. "--- da ist mir eingefallen, Sie haben doch einen vorzüglichen Kunsttischler in Ihren Diensten, der Ihre Kostbarkeiten instandhält. Wenn ich mir den Mann für morgen vormittag ausbitten dürfte? Ich würde ihn selbstverständlich für seinen Zeitaufwand entschädigen--- aber nein, Herr Graf! Wirklich? Sie wollen mitkommen? Das kann ich Ihnen doch nicht zumuten! Es macht Ihnen Spaß? Dann selbstverständlich! Um zehn in meinem Büro? Dort werden wir unseren Plan schmieden? Fein! Tausend Dank! Bis morgen!"

Schloß Sambor lag nicht weit. Graf Liskowsky besaß selbst Kohlengruben, welche die Franzenshütte belieferten. Man kannte sich vom Geschäft her.

Am folgenden Tage erschien Josef Meidner in den Räumen des Antiquitätengeschäfts Barterer & Boczek. Egon Barterer eilte händereibend herbei; ein hagerer Endfünfziger mit ergrautem Resthaar und rötlichen Augenwimpern; sein Kompagnon Leo Boczek folgte ihm auf dem Fuße: klein und dicklich, das dunkle Haar straff zurückgekämmt, Hamsterbacken, ein Menjou-Bärtchen auf der Oberlippe.

"Herr Direktor kommen persönlich, den Kauf der Frau Gemahlin in Augenschein zu nehmen? Ein wunderbares Stück - dort steht der Schatz, bittesehr!"

Während Josef Meidner den Sekretär umschritt, betraten zwei weitere Kunden das Geschäft. Als Leo Boczek sich ihnen zuwandte, jubelte sein Herz: "Ergebenster Diener, Herr Graf! Welche Ehre! Was können wir Ihnen bieten?"

"Eben. Was können Sie mir bieten? Das wollte ich einmal feststellen. Ah, Herr Professor Meidner! Wir haben uns schon lange nicht mehr gesehen. Wie geht es denn?"

"Danke, Graf Liskowsky, es geht. Darf ich meinerseits nach Ihrem Befinden fragen?"

"No, ich langweil mich halt schrecklich, lieber Professor; sonst kann ich nicht klagen. Wegen dieser Langweile bin ich ja auch hier. Ich hab mir gedacht, vielleicht ist bei diesen beiden Herren Schurken etwas Interessantes zu finden. Meistens ja nicht, die Herren Barterer & Boczek führen nur, was in der Provinz so geht. Aber manchmal find`st doch ein Stükkerl, das sein Geld wert ist. Und bisweilen haben die Herren Inhaber keine Ahnung, wieviel sie wirklich dafür verlangen dürfen. Ich sage - manchmal. Denn --" und hier wandte sich der Graf plötzlich an die Kompagnons, "--- für gewöhnlich seid`s ihr beiden schon ganz gerissene Halunken!"

Der Graf, ein rotblonder Mittvierziger mit buschigem Schneuz, die riesige Gestalt in Homespun gehüllt, tätschelte den kleinen Boczek so sanft auf die Schulter, daß der fast zusammenbrach, knuffte den hageren Barterer vor den Bauch: "Gelt, meine Herren Spitzbuben, die Geschichte mit dem Granatschmuck der Großfürstin, das war schon eine komische Sache, wie? Stellen Sie sich vor, Herr Meidner, da bieten mir die beiden Herren hier einen sehr schönen Granatschmuck an. Aus der Zarenfamilie soll er stammen. Gar net teuer war der Schmuck. No, von Granaten versteh ich was, die Fassung war recht altertümlich, vergoldetes Silber, keine Punze. Könnt schon sein, denk ich mir und kauf den Schmuck: Collier, Brosche, Ohrringe. Kommt mich eine alte Tant` besuchen, und ich zeig ihr die Erwerbung. Jesses, schreit die Tant, der Schmuck ist doch von der seligen Maltschi ihrer Schwester. Weil nämlich ihr Sohn, der Ferdi, er hat ihn geerbt und heimlich verscherbelt: Großfürstin Tatjana! Die Maltschitant` wann noch gelebt hätt - also die und Großfürstin!"

"Der Herr Graf werden doch zugeben, daß wir einen honetten Preis gemacht haben!" schaltete sich Egon Barterer ein.

"Ja, nur dreimal soviel, wie mein Cousin dafür bekommen hat. Aber immerhin, nicht überteuert. Betakelt habt`s ihr meinen Cousin, nicht mich. Und der Trottel hat es verdient, daß man ihn betakelt."

Die Herren Barterer & Boczek verneigten sich geschmei-

11

chelt. Ihren Gesichtern war eine gewisse Spannung anzusehen. Vermutlich hätten sie gern gewußt, bei welchem Geschäft der Graf seinerseits sie betakelt hatte.

In diesem Augenblick schien der Graf den Sekretär zu erblicken und ein gedehntes "da schaust her!" kam von seinen Lippen. "Ein Wiener Sekretär, frühjosephinisch! Mein Cousin Kiki hat ein ganz ähnliches Stückerl stehen, bei sich zuhause in Eszterhaz. Zwanzigtausend Pengö hat ihm der Baron Hatvany dafür geboten, aber er gibt es nicht her, der Kiki."

Graf Liskowsky wandte sich an seinen Begleiter: "Bittschön, Leitensdorfer, schaun Sie sich das Möbel einmal an. Laßt es sich mit dem Sekretär vom Kiki vergleichen?"

Herr Leitensdorfer, ein untersetzter, schweigsamer Mann in Loden, begann wortlos den Sekretär zu untersuchen.

"Der Leitensdorfer ist nämlich mein Schloßtischler, er paßt mir auf meine Sachen auf. Was der von alten Möbeln versteht, weiß zwischen hier und Wien kein anderer." Meister Leitensdorfer werkte an dem Möbel herum; zog Schubladen heraus, betrachtete ihre Unterseite, kratzte mit dem Fingernagel an altem Schmutz herum, schabte an der Politur, vermaß mit einem Satz kalibrierter Stäbchen die Wurmlöcher, nickte schließlich zufrieden, schlurfte auf den Grafen zu und flüsterte ihm sein Urteil ins Ohr.

Die Herren Barterer & Boczek hatten sich diskret zurückgezogen und beobachteten gespannt das Treiben des Tischlers. Josef Meidner tat desgleichen, jedoch an des Grafen Seite.

"Hast du gehört, Leo? Zwanzigtausend Pengö? Das sind nach heutigem Kurs über hunderttausend Korunen!" lispelte der lange Barterer.

"Bin ich taub, daß ich nicht rechnen kann?" zischte Boczek zurück. "Nie hätt ich geglaubt, daß der Reach in Prag ist so ein Chammer und weiß nicht, was er uns gibt mit achttausend in Kommission!"

"Pschscht, sie sind fertig. Der Tischler hat dem Poriz gesagt, was es wert ist. Lenk mir den Meidner ab!"

Und während Leo Boczek den Professor beiseitezog, um ihm weitere Stücke des Inventars vorzuführen; wortreich, doch ohne besonderen Erfolg, denn der Professor schien sich mehr für die Gruppe um den Grafen zu interessieren, kam der dem Egon Barterer auf halbem Wege entgegen: "Nicht schlecht, Herr Barterer, nicht schlecht! Mein Experte hier sagt zwar, mit dem Sekretär vom Kiki läßt sich dieser hier nicht vergleichen, er ist kein Meisterstück wie der in Eszterhaz, nur gute Gesellenarbeit, aber ---,"

"Pardon, Graf Liskowsky, mischte sich Josef Meidner ein,
"der Sekretär gehört bereits mir. Meine Frau hat angezahlt."

"Dann trete ich selbstverständlich zurück, lieber Professor!"

"Ach, wissen Sie, Graf, mir war der Preis etwas hoch.
Außerdem bin ich kein Sammler wie Sie. Wenn Sie an dem Möbel
interessiert sind für Ihre Sammlung ---."

"Interessiert schon, aber nicht um jeden Preis. Was soll
es denn kosten, das gute Stück?"

"Herr Graf, Herr Graf," überschrie sich die Firma Barterer
& Boczek im Duett, wenn der Herr Professor Meidner zurück-
tritt, werden wir Ihnen einen kulanten Preis machen! Herr
Professor, hier, zweitausend Korunen Anzahlung retour!"

Josef Meidner grinste, während er von Leo Barterer zwei
Tausender in Empfang nahm. Er hielt das für eine Bestechung,
denn er wußte ja, daß seine Frau nur tausend Korunen angezahlt hatte: "Graf Liskowsky, ich habe Mitleid mit zwei armen
Geschäftsleuten. Ich vertraue außerdem auf die Sachkenntnis
Ihres Fachmannes. Deshalb sage ich Ihnen nicht, was meine
Frau für den Sekretär zahlen sollte. Auf diese Weise bleibt
das Geschäft offen. Der Tüchtigere möge gewinnen. Meine Emp-
fehlung, die Herren!" Josef Meidner nahm seinen Hut und ging.
Mit Mühe unterdrückte er ein Lachen. Denn er wußte, was jetzt
kommen würde.

"Also, meine Herren, jetzt bin ich der Käufer. Nennen Sie
mir Ihren Preis," eröffnete der Graf den Handel.

"Wir hatten an fünfzigtausend Korunen gedacht," stammelte
Leo Boczek und empfing dafür einen Rippenstoß von Egon Barterer: "Sechzig!"

"Sechzigtausend Korunen, wollte ich sagen," verbesserte
sich Leo und fügte hinzu: "Verhandlungsbasis."

Als seitens des Grafen keine Reaktion erfolgte, ging Egon
Barterer herunter: "Fünfundfünfzig, weil Sie es sind, Herr
Graf!"

Der staunte: "Seid`s verrückt, Herrschaften? Habt`s denn
nicht gehört, was mein Meister Leitensdorfer festgestellt
hat? Gesellenarbeit, und noch dazu mit zahlreichen Erneu-
erungen!"

Wortlos zog Meister Leitensdorfer eine der Schubladen
heraus und wies auf deren Boden: "Neu!" Danach klappte er die
Schreibplatte herunter und zeigte mit dem Finger auf die
Scharniere: "Eingeflickt!"

"Noch mehr?" fragte der Graf. Sein Tischler winkte müde ab: "Fournier neu aufgeleimt. Schlechte Arbeit."

"Da habt's es, Herrschaften: Gesellenarbeit, stark und noch dazu schlecht restauriert. Zehntausend mag der Sekretär wert sein. Also meinetwegen, wenn ich Ihre Gesichter sehe - elftausend!"

"Verhandlungsbasis?" stöhnte Barterer.

"Nein. Höchstgebot!"

"Geben Sie uns Bedenkzeit, Herr Graf!" krächzte Leo Boczek.

"Soviel Sie wollen, meine Herren. Ich hab's nicht eilig mit dem Kauf. Aber in fünf Minuten ruf ich den Professor Meidner an und frag ihn, was er hat zahlen sollen."

"Das ist Erpressung, Herr Graf!"

"Von mir aus nennen Sie es ruhig Erpressung. Der Professor Meidner wird dafür eine andere Bezeichnung haben."

Die Firma Barterer & Boczek hob im Gleichtakt die Hände, was soviel bedeutete wie: da kann man halt nix machen.

"Einverstanden, Herr Graf. Aber sagen Sie dem Professor Meidner nicht, was Sie gezahlt haben. Wir möchten ihn nicht gern als Kunden verlieren."

"Sie werden schon nicht," schmunzelte der Graf und zückte sein Scheckbuch: "Morgen holen wir den Sekretär nach Schloß Sambor. Adieu, meine Herren Spitzbuben!"

"Siehst du, Margarete," rieb sich Josef Meidner die Hände, "jetzt ist dein Sekretär in Sambor, dort überholt ihn der Leitensdorfer für fünfhundert Korunen. Wenn wir in die neue Wohnung ziehen, lassen wir das gute Stück beim Grafen abholen. Und es kostet uns haargenau zehntausendfünfhundert Korunen, denn mir haben die Barterer & Bloch sogar noch einen Tausender mehr zurückgegeben als du angezahlt hattest."

"Und wieviel, bitteschön, hat dich das Sektfrühstück mit dem Grafen gekostet, Josef?"

"Keine fünfhundert Korunen, Grete. Falls du es genau wissen willst, dem Leitensdorfer hab ich noch einmal fünfhundert Korunen gegeben für seine Expertise."

"Somit hast du insgesamt zwölftausend ausgegeben, ja?"

"Abzüglich der tausend, die mir die beiden Gauner als Schweigegeld geschenkt haben. Vergiß nicht, Margarete, du hast nur tausend angezahlt, ich aber habe zweitausend zurückgezahlt bekommen."

"Leider stimmt deine Rechnung nicht ganz, Josef. Es waren

zweitausend angezahlt. Ich hab mich nur nicht getraut, dir die wahre Summe zu nennen."

"Das hätte ich mir beinahe denken können. Barterer & Bloch verschenken doch nix. Auch gut, so bin ich wenigstens ehrlich geblieben und wir haben trotzdem drei Tausender gespart."

"Das sind mir Geschäfte!" stöhnte Egon Barterer.

"Und der Reach ist kein solcher Chammer wie du geglaubt hast, Egon."

"Der Reach hat uns den Sekretär gegeben für achttausend, und was wir mehr bekommen, gehört uns. Zehntausend wär ein guter Preis hat er gesagt. Aber wie ich gesehen hab, was die Meidnerin geil ist auf den Schrank, hab ich mir gesagt, hau drauf. No, fast wäre es etwas geworden beim Draufhauen."

"Ja, fast hätten wir draufgezahlt."

"No, das grad nicht. Dreitausend Korunen sind auch Geld. Und vom Reach zehn Perzent auf die Achttausend. Macht dreitausendachthundert, abzüglich Transport. Es geht, Leo, es geht! Wie haben schon miesere Petiten gemacht! --- aber hör zu, Leo, sie haben uns dennoch hereingelegt, der Graf und der Professor! Kiki Esterhazy, Baron Hatvany, zwanzigtausend Pengö! Den Meidner haben wir in der Tasche gehabt. Er hätte kaufen müssen, weil es war angezahlt und damit gekauft. Das war ein abgekartetes Spiel mit dem Grafen!"

"Wie recht du wieder einmal hast, Egonku! Es war abgekartet, und wir sind hereingefallen. Zu unserem Glück. Was glaubst du, wenn der Graf gekommen wäre zu Meidners auf Besuch, und er hätte gesehen den Sekretär und erfahren den Preis. Wer von den beiden Herren wäre wohl unser Kunde geblieben, wer? Siehst du! Und so werden wir sie, so Gott will, beide als Kunden behalten und, so Gott will, verdienen an beiden."

"Noch einen Cognac, lieber Doktor Vejdrych? Josef, sei
bitte so gut!"

Frau Margarete Meidner dirigierte den Ablauf des Gastmahls
Auf seinen Erfolg kam es an. Man mußte den Polizeigewaltigen
um einen Gefallen bitten. Willy, Frau Margaretens Sohn, war
wieder einmal von einem Polizisten angehalten worden; im
schweren amerikanischen Wagen des Herrn Papa. Ohne Führerschein natürlich, denn Willy war erst sechzehn Jahre und
durfte noch keinen Führerschein besitzen. Fahren durfte er
nach den Gesetzen des Landes schon, jedoch nur, wenn ein
Führerscheininhaber neben ihm saß. So bestimmte es das Gesetz. Für gewöhnlich saß Direktor Meidner neben Willy, wenn
der fuhr. Oder auch Frau Margarete. Weder der Direktor fuhr
besonders gut, noch tat es Frau Margarete; darum hielten
sich die Meidners auch einen Chauffeur. Doch seit der Chauffeur dem Jungen das Fahren beigebracht hatte, ließen sich
die Meidners gern von ihrem Sohn kutschieren. An Sonntagen
zum Beispiel, wenn der Chauffeur frei bekommen mußte. Oder
bei Privatfahrten. Denn der Chauffeur wurde von der Franzenshütte gestellt und bezahlt. Also konnte man ihn nicht
ständig für Privatzwecke verwenden. Willy am Steuer zu wissen, war bequem: kein Chauffeur, kein fremdes Ohr!

Das waren so die Probleme mit dem Personal und seiner
Nationalität. Der Chauffeur Franz zum Beispiel war Pole. Man
konnte vor ihm ruhig auf das Staatsvolk schimpfen, da tat er
freudig mit. Ging es aber um Deutschland, wo bereits ein
gewisser Adolf Hitler regierte, so konnte man nicht sicher
sein, daß des Chauffeurs Loyalität gegenüber der Herrschaft
hinreichen würde, das Gehörte für sich zu behalten. Letztlich
einte der Haß auf die Deutschen immer noch alle Slawen, so
spinnefeind sie einander sonst sein mochten. Ging es um
Minderheitenprobleme der Polen im Staate, so freute sich
Franz über jedes Attentat auf beispielsweise eine tschechische Schule im polnisch besiedelten Gebiet. Er hatte auch
Mitleid mit den Deutschen, wenn ihnen eine Schule geschlossen
wurde. Allerdings nur, wenn diese Schule nicht in seiner
engeren Heimat lag, wo ebenfalls Deutsche lebten. Dort
wünschte er sich ausschließlich polnische Schulen.

Ging es gar um wirtschaftliche Angelegenheiten so haßte
der Arme den Reichen. Reiche Polen gab es kaum, reiche Tsche-

chen nur wenige. Reiche Deutsche und reiche Juden aber gab es zu viele - so erschien es jedenfalls den Proletariern, welche in beliebiger Menge vorhanden waren. Die meisten von ihnen waren weder Deutsche noch Juden, sondern Polen oder Tschechen. Meidners galten für reich und waren Deutsche. Der Chauffeur Franz war vergleichsweise ein schlechtbezahlter Angestellter. Der Neid erweckte in ihm panslawistische Regungen, und wäre er nicht Pole gewesen, so wäre er wohl ein russophiler Kommunist geworden.

Eine dominierende Rolle in der Wirtschaft spielte auch der Diektor Meidner, welchem der ausländische Kapitalgeber die Leitung der Franzenshütte anvertraut hatte; eines bedeutenden Unternehmens der eisenverarbeitenden Industrie.

Daß man einen Deutschen dazu nahm und nicht etwa einen Tschechen, lag sowohl an den im Ausland anerkannten wissenschaftlichen Leistungen Meidners als auch an der Tatsache, daß man in internationalen Wirtschaftskreisen den frischgebackenen Repräsentanten der jungen Republik noch nicht zutraute, im Konzert weltweit verflochtener Industrie einen Solopart zu spielen.

Der Cognac ist gut, dachte Doktor Vejdrych und schielte nach dem Flaschenetikett, um sich die Marke einzuprägen. Es war wichtig, wenn man in Gesellschaft sagen konnte: Also ich für meinen Teil, ich ziehe einen Dubouchet jedem Armagnac vor.

Damit konnte man in der Provinz schon einigen Eindruck machen - und sogar in der Hauptstadt konnte man es. Denn auch den Spitzen der neuen bourgeoisen Gesellschaft, welche die Rolle des alten Adels übernehmen wollte, waren ausländische Dinge nicht vertraut. Man tat sich vieles zugute auf sein nagelneues Englisch und Französisch. Ansonsten jedoch bezog man das meiste Wissen eher aus den Gazetten als vom Augenschein. Man trank daher White-Horse-Whisky und Cognac Hennessy. Von den wirklich feinen Marken wußte man nichts.

Frankreich war zwar das Land, zu dem jeder Tscheche andächtig aufblickte, es kannten jedoch nicht viele Tschechen das Land ihrer Verehrung aus eigener Anschauung. In England war man noch weniger zuhause. Der alte Adel und gewisse Schichten des Großbürgertums wußten da anders Bescheid. Es war insbesondere der Adel durch internationale Verschwägerung vertraut mit fremdem High-Life. Doch dieser Adel fühlte sich durch die Zerschlagung Altösterreichs beleidigt und dachte nicht daran, den Mentor bei den neuen Herren zu spielen.

Am ehesten hätten sich dafür noch die reichen Juden her-
gegeben, für die fremdes Land und fremde Sprache noch nie eine Barriere dargestellt hatten.

Doch der neue Staat wurde von Kleinbürgern beherrscht,
die, wenn sie nicht von Herkunft und Erziehung aus sowieso
Antisemiten waren, den Juden zumindest nicht über den Weg
trauten. Das umso weniger, als die Juden zwar ihre Loyalität
dem neuen Staat gegenüber sofort beteuerten - das war eines
der Gesetze ihres Überlebens - sich aber der liebgewordenen
deutschen Sprache nicht entwöhnen mochten.

Die Juden und die Deutschen, dachte Doktor Vejdrych,
trauen sich überall hin, ob sie Geld haben oder nicht. Was
aber ein ehrsamer Tschechoslowake ist, das muß schon Diplomat
werden oder General, bis ihm der Staat eine Reise nach Frankreich zahlt.

Ein stellvertretender Polizeidirektor, selbst wenn er es
in der drittgrößten Stadt des Landes war, der durfte froh
sein, wenn er sich jedes dritte Jahr zwei Wochen Dubrovnik
oder Opatija leisten konnte. Das ehemalige Ragusa und Abbazia
war den Tschechoslowaken ein Ersatz für Deauville oder Nizza.
Und wer gerne in die Alpen gefahren wäre, zum Skilaufen oder
Klettern, der leistete sich bestenfalls die Hohe Tatra - wenn
er sie sich leisten konnte. Dort hatte man auch schöne Berge
um sich, aber nicht immer ein WC unter dem Hintern. Die
Nobelunterkünfte von Schmecks oder Tatra-Lomnitz waren zwar
billiger als die Hotels von St.Moritz oder Kitzbühel; für
einen Staatsbeamten mit knapp 3.ooo Kronen Monatsgehalt dennoch kaum zu bezahlen.

"Ihr Wohl, Herr Doktor!" Der Direktor (Professor Dr.Ing.)
Josef Meidner hob sein Glas, und Vejdrych schnüffelte, Ver-
ständnis vortäuschend, an dem bauchigen Schwenker, ehe er den
Cognac über seine Zunge rollen ließ.

Französischer Cognac habe nach Seife zu schmecken, ging
die Mär unter den Snobs der Provinz. Dieser Cognac schmeckte
überhaupt nicht nach Seife, war vielmehr mild und süß und
versetzte den Gaumen in einen angenehmen Wärmezustand - den
Kopf übrigens auch.

Nun habe ich Haifischflossensuppe kennengelernt, Malossol
Kaviar geschmeckt, Wachteln gefuttert, Sorbet geschlürft und
den besten Mokka meines Lebens getrunken. Rheinwein haben sie
mir gegeben, danach echten Bordeaux und jetzt französischen
Cognac. Auf der Direktion wird man mich beneiden, wenn ich

davon erzähle, doch ich werde mich hüten zu sagen, wo ich diese Spezialitäten kennengelernt habe. Denn es ist eine Bestechung. Sie wollen etwas von mir, umsonst stürzen sich die Meidners nicht in Unkosten. No, von mir aus, wenn es nichts Schwerwiegendes ist, laß ich mich noch öfter bestechen. Aber was für eine Cognacmarke das ist, möchte ich gern herausbekommen, damit ich vor den Kollegen protzen kann. Unser Slovignac ist dies hier sicher nicht. Was sich unsere Schnapsbrenner bloß einbilden auf ihre gebrannten Weine: Slovignac - sie könnten doch gleich Tschechonjak sagen. Unsere Eitelkeiten sind manchmal zum Davonlaufen. In unfreiwilliger Komik machen wir fast immer den ersten Preis.

Unser, haha, Slovignac kostet 42 Kronen die Flasche. Beim Meinl, dem österreichischen Juden, verkaufen sie den italienischen Stock für 6o Kronen - schon den kann ich mir nicht leisten. Was mögen die Meidners bloß für den Franzosen gezahlt haben? Zu blöd, daß man nicht danach fragen kann! Das wär eine Hetz, wenn ich abends im Kaffeehaus derzählen könnt, ich hätte schon einen Cognac getrunken, wo die Flasche 3oo Korunen kostet. Natürlich nicht hier, nein, in Prag, bei einem Regierungsempfang. Als ob der Benesch bei seinen Empfängen Henessy ausschenken möcht!

Doktor Vejdrych fiel plötzlich ein, wo er den Preis des Cognacs erfahren würde; beim Juden Süsser, dem ersten Delikatessenhändler der Stadt. Führte Süsser nicht französische Edelbrände und echten Jamaika-Rum für seine betuchten Stammkunden? Fünf Sorten Whisky bekam man bei ihm, darunter eine, die sich Bourbon nannte, mit welcher Bezeichnung der Doktor Vejdrych freilich nicht viel anzufangen wußte. Kein Zweifel, daß die Meidners ihre Spezialitäten bei Süsser bezogen. Und dem mochte man zutrauen, daß er Sorten bereithielt, welche in seinem Schaufenster nicht zu sehen waren.

Den alten Süsser fragen, was Meidners bei ihm kauften, ging nicht an. Aber den Brejcha konnte man fragen. Polizeidirektor Brejcha war der unmittelbare Vorgesetzte des Doktor Vejdrych, und Brejcha verkehrte auch im Hause Meidner. Die heutige Einladung würde Vejdrych dem alten Fuchs Brejcha sowieso melden müssen. Der Alte erfuhr es früher oder später aus irgendeiner seiner stillen aber unerschöpflichen Nachrichtenquellen. Da war es am besten, man sagte es ihm selbst. Und bei dieser Gelegenheit konnte man den Cognac rühmen und Brejcha fragen, ob er zufällig wisse, was für eine Cognacmarke Meidners führten. Dem Chef brauchte man nichts vorzumachen. Täuschen ließ der sich sowieso nicht, und daß Vejdrych promovierter Jurist, ansonsten aber kleiner Leute Kind war, wußte Brejcha. Ja, an ihn konnte man sich wenden und gewiß sein, daß er für solche Neugier Verständnis aufbrachte.

Bei Meidners eingeladen zu werden, war nicht selbstverständlich. Vejdrych verdankte diesen Vorzug einer Gefälligkeit, die er Frau Margarete erwiesen hatte, vor Jahr und Tag schon. Frau Margarete hatte einen neuen Paß benötigt, ganz eilig, da sie dringend ins Ausland verreisen mußte, in die Schweiz. Frau Margaretens Paß war aber nur für vier Länder ausgestellt: Deutschland, Österreich, Italien und Jugoslawien. Wohin fuhr man schon, wenn man ins Ausland fuhr? Nun mußte Frau Margarete plötzlich in die Schweiz. Ein neuer Paß, gültig für 12 Länder, wäre zu beantragen gewesen. Seine Ausstellung, eine Kostenfrage nebenbei, die der Meidnerin keine Rolle gespielt hätte, war nicht das Problem. Das Problem war die Zeit von Antrag bis Ausstellung: eine Woche mindestens. Vejdrych, zufällig im Paßbüro vorbeischauend, hatte Frau Margaretens Problem auf die einfachste Weise gelöst - mittels amtlicher Umschreibung des vierten Reiselandes: die Schweiz anstelle von Jugoslawien. So hatte er Frau Margaretens Bekanntschaft gemacht und sich ihre Dankbarkeit erworben. Bald danach war die erste Einladung erfolgt, nicht zum Abendessen, sondern zu Frau Margaretens Jourfix, allwöchentlich am Donnerstag.

Dort hatte Vladimer Vejdrych interessante Leute aus der Gesellschaft kennengelernt; die Bildhauerin Sokaly war es gewesen, der Dichter Renkavy, der Komponist Viktor Frey - und was des deutsch-jüdischen Kulturlebens mehr war in der Stadt.

"Gehen Sie nur hin, Vejdrych," hatte Direktor Brejcha gesagt, als ihm sein Stellvertreter die Einladung meldete, einer geheimen Verfügung des Polizeiministers gehorchend, "gehen Sie nur hin! Bei Meidners gibt es immer gut zu essen und zu trinken. Wenn Sie Ihre Augen und Ohren offen halten, werden Sie auch manches Interessante zu hören kriegen. Nein, nichts Politisches, dafür sind die Meidners zu vorsichtig, sie sind wohl kaum im Bandel mit den Hakenkreuzlern. Obzwar - da gibt es einen Cousin von der Frau Margarete, den sie im Augenblick nicht zu ihrer Familie zählt---" und Direktor Brejcha nannte einen Namen, der dem Doktor Vejdrych einen Zischlaut entlockte.

"Sehen Sie, Vejdrych, die Meidnerin glaubt, daß wir den Vetter Hans nicht kennen. Wir wollen sie bei ihrem Glauben lassen. Aber vielleicht wird man Sie in dieser Richtung aushören wollen. Gehen Sie ihr also nicht auf den Leim. Schimpfen Sie kräftig auf den Kerl, das wird die Dame beruhigen. Anderseits - schimpfen Sie nicht zu kräftig, sonst werden Sie nicht wieder eingeladen."

Direktor Brejcha ließ sich in seinen Sessel zurückfallen und genoß seines Untergebenen Bewunderung. Doktor Vejdrych aber verließ seinen Vorgesetzten mit dem Gefühl, dieser habe ihm nicht ohne Absicht seinen Ratschlag erteilt. Der Mann konnte einem unheimlich werden mit seinem Wissen über alle möglichen Hintergründe. Gnade mir Gott, wenn er hinter mein Geheimnis kommt, dachte der Doktor Vejdrych.

Schon bald sollte er Gelegenheit erhalten, seinen Chef noch mehr zu fürchten.

"Von dem Hochverräter ist kein Wort geredet worden," berichtete er einige Tage später seinem Direktor. "Die Meidners geben sich als loyale Staatsbürger, wenn man davon absieht, daß ich ihren Philosemitismus für vorgetäuscht halte."

"Und das wollen wir ihnen ja nicht gerade ankreiden, nicht wahr, mein lieber Vejdrych," bemerkte Direktor Brejcha wie von ungefähr; und er blinzelte dabei seinen Untergebenen vergnügt an, sich an dessen Erschrecken weidend. "Keine Sorge, Vejdrych, keine Sorge, es gibt eine Menge Sachen, die ich nicht nach Prag melde. Wenn man dort den General nicht mag, so ist das eine Angelegenheit der Prager. Wenn mein Stellvertreter den Fa_schistengeneral für einen großen Mann hält, so braucht er ja noch kein Hitlerianer zu sein. Oder sind Sie Hitlerianer, Vejdrych?"

Der Doktor beeilte sich mit der Versicherung, daß er als Tscheche keineswegs dem Deutschen Hitler anhänge. Auf weitergehende Dementierung verzichtete Vladimir Vejdrych, denn falls er seine Beziehungen zur Gajda-Partei, den tschechischen Faschisten abgeleugnet hätte, wäre das dem Chef vermutlich zu dumm geworden. Dieser Brejcha war schon ein alter Teufel. Mit seinem Wissen über Vejdrychs Beziehungen zu den Fachisten hatte er seinen Untergebenen in der Hand. Der Staatspräsident mochte keine Antisemiten. Ein Wink von Brejcha nach Prag, und der Doktor Vejdrych konnte seine Karriere auf dem Einwohnermeldeamt von Preschov fortsetzen, tief hinten in der Huzulei, wo es weder Kommunisten noch Faschisten gab, wohl aber wilde Waldmenschen und langbärtige, kaftantragende Juden, sonst aber schon garnichts.

Daß sein Direktor ihn den Prager Ministerialen nicht ans

21

Messer lieferte, bedeutete wenig, am wenigsten irgendeine Komplizenschaft. Brejcha galt als Kommunistenfresser, aber die Faschisten fraß er auch. Auf wessen Seite er stand, wußte niemand genau, denn über die Prager Regierung machte er sich lustig, wann immer er mochte. Was seinem Ansehen in Prag nicht den geringsten Abbruch tat. Seine Position war unerschütterlich. Er hütete die ihm anvertraute Stadt, und er hütete sie gut.

Einstweilen röstete er seinen Untergebenen auf milder Glut: "Ein guter Polizist weiß immer mehr, als er preisgibt. Lesen Sie auch deutsche Bücher, Herr Doktor? Wenn ja, dann empfehle ich Ihnen ein Buch von Stefan Zweig, das leider noch nicht in unsere Sprache übersetzt ist - den Fouché. Sie wollen doch einmal mein Nachfolger werden, nicht wahr? (Streiten Sie es nicht ab, Sie wollen!). Gut, gut, ich hab nix dagegen, vielleicht werden Sie es wirklich, wenn ich abtrete. Aber für diesen Fall und bis dahin müssen Sie ein kleiner Fouché geworden sein, Vejdrych. Sonst halten Sie sich nämlich nicht lange auf meinem Posten. Und merken Sie sich eins - das ist ein ehrlicher und guter Rat: ob man die Juden mag oder nicht, lernen kann man von ihnen allemal. Schaffen Sie sich ein paar jüdische Freunde an, Vejdrych, als Camouflage und zum Lernen. Und lesen Sie mir den Fouché, den der Jude Zweig geschrieben hat. Der Zweig`sche Fouché ist fast noch besser als sein historisches Vorbild!"

Daß er Stefan Zweig las, brachte dem Doktor Vejdrych Pluspunkte bei Frau Margarete ein: "Er schreibt ein wunderbares Deutsch, der Zweig, finden Sie nicht auch, Herr Doktor? Ich bewundere ihn und bin entzückt, daß Sie sich mit unserer Literatur befassen. Ihr Tschechen bringt wenigstens Verständnis für andere Kulturen auf. Wenn unsere Leute sich daran ein Beispiel nähmen und sich zum Beispiel mit der großen russischen Literatur befassen wollten. Und selbstverständlich mit der tschechischen Literatur. Euer Frantischek Langer hat doch wirklich europäisches Format!"

Luder, dachte Vejdrych. Ausgerechnet mit dem Juden Langer muß sie mir kommen.

"Noch einen Cognac, Herr Doktor?" Josef Meidner hatte die Frage gestellt.

Vladimir Vejdrych schreckte aus seinen Gedanken auf: "Oh, gern, er ist wunderbar, ich nehme dankbar einen zweiten Cognac an. Mit solchem edlen Trank könnte man in Versuchung geraten, sich zu betrinken."

"Ich sehe, Sie sind ein Kenner! Wenn Sie mir erlauben, lasse ich Ihnen zwei Flaschen einpacken. Ich habe unlängst eine ganze Kiste aus Frankreich bekommen, zollfrei dazu. Sie wundern sich? Ich bitte, das ist doch ganz einfach. Als ich jüngst mit Schneider-Creuzot verhandelte, hat man mir einen hundertjährigen Cognac angeboten. Und da ist es mir gegangen wie jetzt Ihnen, ich war begeistert. Meine französischen Gastgeber aber - so sind sie eben, die Franzosen - kaum hatten sie gemerkt, daß ich edle Destillate schätze - schon haben sie mir eine Kiste schicken lassen über ihre Ambassade in Prag - daher zollfrei. Das ist natürlich kein Hundertjähriger, immerhin aber eine seltene Marke, und dreißig Jahre hat er auch in seinem eichenen Röcklein gelegen, ehe man ihn auf Flaschen füllte. Wenn Sie mich fragen, Doktor Vejdrych, worin der Unterschied zwischen diesem Cognac und einem hundertjährigen liegt, so sage ich Ihnen ganz offen - höchstens am Etikett!"

So macht ihr Plutokraten das also, dachte Vejdrych. Ihr besecht und laßt bestechen, und das Volk darf es bezahlen! Ach, Unsinn, sie können es eben besser als wir. Wieso? Ich kriege ja jetzt auch was ab von der Bestechung: Brosamen vom Tisch der Reichen.

Direktor Meidner, als habe er Vejdrychs Gedanken gelesen, fuhr jovial fort: "Und nicht einmal Bestechung ist es gewesen, lieber Doktor! Denn unser Vertrag mit den Franzosen war längst perfekt, als die Kiste kam. Ein sehr wichtiger Vertrag übrigens für unsere Armee. Sie werden begreifen, daß ich Ihnen mit Einzelheiten nicht dienen darf. Das Kriegsministerium erlaubt es nicht."

Noch schöner, dachte Vejdrych. Ich, der Tscheche, darf nicht erfahren, was der deutsche Bonze für unsere Rüstung tut. Auf den nächsten Krieg können wir wirklich gespannt sein! Laut aber sagte er: "Mit Vergnügen höre ich, Herr Direktor, daß Sie das Vertrauen unserer Regierung besitzen!"

"Ich bin ein loyaler Bürger unseres Staates, Herr Doktor Vejdrych. Das weiß man in Prag."

"Lassen Sie sich nicht ins Bockshorn jagen, verehrter Herr Doktor. Mein Mann liebt bisweilen Theatereffekte. Der Cognac wurde regulär verzollt - allerdings nicht von uns, sondern von der Schneider-Creuzot-Vertretung in Prag. Sie dürfen die beiden Flaschen ruhig annehmen und werden trotzdem ein Beamter ohne Furcht und Tadel bleiben. Wehren Sie sich nicht, wir schulden Ihnen eine Erkenntlichkeit für alle Freundschaft, die Sie uns schon erwiesen haben."

"Margarete, wie kannst du mich um das Vergnügen bringen, den Herrn Doktor zum Komplizen eines Schmugglers zu machen? Du weißt doch, daß wir ihn heute korrumpieren müssen!"

Um welche Art von Korruption es ging, wußte der Doktor Vejdrych längst. Alle Verkehrsposten kannten die große, schokoladenbraune Limousine der Meidners, denn es gab nur diese eine Packard-Limousine in der Stadt. Und alle Verkehrsposten wußten, wer normalerweise den Packard steuerte: der Chauffeur Franz, der Direktor oder Frau Margarete. Oder aber der Knabe Willy unter der Aufsicht von einer der drei genannten Personen. Willy allein am Steuer des Packard zu schnappen, war ein Lotteriegewinn, von dem jeder Verkehrspolizist träumte, denn erstens brachte die Meldung, man habe Willy wieder einmal erwischt, dem Polizisten ein schönes Schmiergeld von Meidners ein, vom Polizeidirektor Brejcha aber ein Lob. Weil nämlich der Polizeidirektor für sein Leben gern Kaviar aß, mußten sich Meidners die Arretierung ihres Sonnenkindes Willy jedes Mal einen Geschenkkorb an Direktor Brejcha kosten lassen, der neben Gänseleberpastete, Salanganensuppe, Parma-Schinken, Langusten in Aspik und einer Ananasfrucht stets auch eine Pfunddose Beluga enthielt. Auf Alkoholika, und wären sie noch so erlesen, legte der Direktor weniger Wert, sowas hätte ihm nur seine Potenz gemindert. Allenfalls akzeptierte er eine Flasche Taittinger für seine sehr geheime Freundin Drahomira Hnevsova, die offiziell nur einen untergeordneten Posten in der Polizeidirektion ausfüllte und von deren Stellung im Privatleben des Herrn Direktor Brejcha niemand etwas ahnte.

Diesmal hatte der Streifenbeamte Veleslav Lopatek die Terne gezogen im Meidnerschen Lotto. Willy war nicht nur mit verbotenen neunzig Stundenkilometern über eine belebte Kreuzung gebraust, er hatte auch die erhobene Hand des Polizisten ignoriert und war im Verkehr der Innenstadt verschwunden - freilich nicht schnell genug, denn die Ausfallstraße, auf der Willy dahergekommen war, verlief schnurgerade, Lopatek konnte also behaupten, die Wagennummer erkannt zu haben. Jeder Polizist kannte die Meidnersche Wagennummer und achtete sorgsam darauf, wer in dem Packard saß. Nummer erkannt oder nicht, Lopatek nahm es auf seinen Diensteid, weil er wußte, daß Meidners es nie zum Schwur kommen lassen würden.

Zu allem Unglück befand sich Direktor Brejcha auf Urlaub. Sein Stellvertreter hatte das Vergnügen, sich von Meidners bestechen zu lassen und wartete gespannt, wie die Dame des Hauses es anfangen würde. Frau Margaretens Eröffnungszüge waren stets ein Genuß, man mußte ihren Bitten willfahren. Das war auch Vejdrychs Vorsatz, und er wußte, daß er in seines Chefs Sinn handeln würde, wenn er den Meidners einen Gefallen tat. Im Gegensatz zu seinen sonstigen Heimlichkeiten hatte sich Brejcha der Freßkörbe nie geschämt, die in seinem Büro abgegeben wurden: "Wissen Sie, Vejdrych, solange der Rotzbub keinen Menschen überfährt, werden wir ihm nichts tun. Mit seinen Verkehrssünden haben wir die Meidners an der Leine. Einsperren können wir ihn sowieso nicht, außerdem haben wir wichtigeres zu tun. Da, nehmen Sie sich aus dem Korb den Parma-Schinken, und wenn in meiner Abwesenheit einmal mit Meidners was los ist - solange es sich nur um Verstöße han-delt und niemand Schaden genommen hat - lassen Sie die Leute ein bissel zappeln, damit sie nicht das Gefühl haben, sie können mit uns machen, was sie wollen; ansonsten: Gnade vor Recht. Aber wie gesagt, nur wenn kein Unglück passiert ist."

Nein, Schaden war keiner entstanden. Nur eben, daß Meid-ners jetzt an der Angel zappelten: "Ach, lieber Doktor, da wir schon vom Bestechen reden - dürfen wir Sie um Gnade für einen Ihrer Untergebenen bitten? Da hat doch der Herr Lopatek unlängst ein Malheur gehabt---."

Schau her, sie will den Spieß umdrehen!

"Ein Malheur?"

"Ja, aber lassen Sie das den Mann bitte nicht entgelten, daß er sich bei seiner Anzeige im Datum geirrt hat. Jeder kann sich einmal irren, sogar ein Beamter. Mein Willy war an dem Tag, wo er angeblich ohne Erlaubnis unseren Wagen gefah-ren hat, garnicht in der Stadt, wir können das beweisen! Der Herr Lopatek hat zugegeben, daß er sich verschaut haben muß."

(Jetzt möchte ich wirklich gerne wissen, was der Lopatek bekommen hat für den Schmäh mit der falsch datierten Anzeige. Kann ich das durchgehen lassen? Die Frechheit geht mir zu weit. Wenn ich der Angelegenheit auf den Grund gehe, wird mein Polizist gefeuert. Anderseits - was hat Brejcha gesagt? Solange kein Unglück passiert! Also das Malheur ist, daß mir die Männer bestochen werden. Doch wem schadet es bei solchen Lappalien? Der Moral? Ein Staat ist keine moralische Anstalt. Wäre er es, dann müßte er seine Diener erheblich besser bezahlen!)

"Wenn ich Sie recht verstehe, gnädige Frau, hat der Lopatek Ihren Sohn den Wagen fahren gesehen. Es kann aber nicht Ihr Sohn gewesen sein, da dieser am besagten Tage garnicht in der Stadt war. Jetzt erhebt sich die Frage, was hat der Lopatek falsch gesehen, das Datum oder Ihren Sohn?"

Josef Meidner gluckerte vor Vergnügen: "Der messerscharfe Verstand eines Juristen! Ich habe dich gewarnt, Margarete! Denk dir etwas Gescheiteres aus, habe ich dir gesagt! Also gut, lieber Doktor Vejdrych! Es war der Tag und es war unser Sohn. Und dann hat sich der Herr Lopatek auf einen anderen Tag besonnen, einen Tag, für den wir ein Alibi stellen konnten. Und was machen wir nun? Meinem Sohn eine Geldstrafe aufbrummen? Gut, ich zahle. Was aber fangen wir mit dem Beamten Lopatek an?"

"Täusche ich mich, Herr Direktor Meidner, wenn ich vermute, daß es Ihnen ganz recht war, als Ihre Frau Gemahlin die Lage unfreiwillig kompliziert hat?"

"Sie täuschen sich nicht. Trotzdem lege ich Wert auf die Feststellung, daß ich Ihnen keinen wie immer gearteten Vorschlag gemacht habe."

"Darf ich jetzt eine Aussage machen, Herr Doktor Vejdrych?" flötete Frau Margarete.

"Ich bitte darum."

"Es war nämlich so. Ihr Polizist hat sich nicht geirrt, als er unseren Sohn mit einer blonden Dame in unserem Wagen erblickte. Er hat bloß gemeint, daß ich das nicht gewesen sein könnte, sondern das junge Hempelmädchen. Als ich ihm klarmachen wollte - und mußte - daß nicht die kleine Hempel, sondern ich die Beifahrerin war, hat er die Konfusion bekommen, und als ich ihm dann sagte, er könne bei meiner Friseuse nachfragen, wann ich zur Dauerwelle gewesen bin und wer mich abgeholt hat - und weil es schon spät war und ich mich noch fürs Theater umziehen wollte, hab ich dem Buben gesagt, er soll schneller fahren. Das ist meine Schuld, und, bitte, wegen Schnellfahren dürfen Sie mich jetzt bestrafen!"

"Margarete," stöhnte der alte Meidner, "laß ab von deinem Treiben. Bald wird der Doktor Vejdrych nicht anders können, als uns alle, dich, den Willy, das Hempelmädchen, mich und den Lopatek in den Kotter zu stecken, bis wir uns auf die volle und ganze Wahrheit geeinigt haben!

Herr Vejdrych, wischen wir mit einem großen Schwamm drüber, ja? Oder muß sich Ihr Chef der Sache nach seiner Rückkehr annehmen?"

Jetzt durfte Vejdrych mitlachen. Wenn der alte Meidner so redete, wußte er vermutlich, wie weit er bei Brejcha gehen konnte. Und so weit durfte er, Vejdrych, nun mitziehen. Er tat es: "Nein, ich glaube, das kann ich allein erledigen. Ich wasche dem Lopatek den Kopf und laß ihn seine Anzeige löschen. Das wird wohl das Beste sein."

Josef Meidner schenkte dem Doktor Vejdrych einen neuen Cognac ein.

Das halbe Dutzend Flaschen, das der stellvertretende Polizeidirektor am nächsten Tage daheim vorfand, stammte jedoch nicht von der Firma Schneider-Creuzot, sondern aus Benjamin Süssers Delikatessenhandlung. Die Geschichte mit den Franzosen war frei erfunden. Die Franzenshütte machte keine Geschäfte mit Schneider-Creuzot. Das konnte der Doktor Vejdrych nicht wissen. Seine Ahnung hingegen, daß nicht alles, was Süsser verkaufte, in dessen Schaufenster zu sehen war, traf zu. "Mein lieber Herr Süsser," hatte Frau Margarete einmal zu Benjamin gesagt, "eine Ware, die jeder kaufen kann, werde ich bei Ihnen nicht beziehen; ich nicht und nicht meinesgleichen. Überlegen Sie sich also bitte, an wem sie mit solchen Spezialitäten mehr verdienen, an uns oder an irgendeiner Laufkundschaft!"

Benjamin Süsser hatte nicht lange überlegt. Er schaffte sich ein Lager von Dingen an, die ein gewöhnlicher Sterblicher vielleicht in der Hauptstadt erwerben konnte, nicht aber hier, weder bei Benjamin Süsser noch bei sonstwem in dieser gesegneten Stadt.

"Sind die denn ganz plem-plem?" Polizeidirektor Brejcha griff zum Telefon, wählte: "Jirasek, kommen's bitte sofort zu mir!"

"Was soll der Blödsinn?" eröffnete er nach Jiraseks Erscheinen das Gefecht und schob dem Major der Staatspolizei dessen schriftlichen Bericht über den Tisch. "Das haben also Ihre Leute fünfzig Buben arretiert, weil die um einen brennenden Holzstoß herumgetanzt sind. Alle Namen aufnotiert: - auch eine Leistung! Die Namen hätte ich Ihnen aus einer Liste vorlesen können, wenn Sie mich gefragt hätten, wer an dieser Sonnwendfeier teilnehmen wird. Jeden einundwzanzigsten Juni machen diese Germanen ihr Theater. Davon wird unsere Republik nicht zugrunde gehen. Das haben sie schon gemacht, bevor wir unseren Staat wiedergegründet haben, und es hat uns dabei nicht gestört und ihnen nix geholfen. Es wird ihnen auch in Zukunft nix helfen. Was aber machen wir daraus? Eine Haupt- und Staatsaktion!"

"Meine Weisungen aus Prag ---", stotterte Major Jirasek.

" -- kenn ich auch," knurrte Brejcha. "Ihre Weisungen aus Prag besagen, daß Sie solche germanischen Kulthandlungen observieren sollen. No mcinetwegen, observieren Sie! Aber doch nicht mit 2oo Mann Gendarmerie! Man muß sich das erst einmal vorstellen, um es für möglich zu halten! Zweihundert Tschakoträger mit Gewehr und Bajonett auf! Umstellen ein Zeltlager von vielleicht fünfzig oder siebzig Knaben, die bestenfalls ein paar Taschenfeitel bei sich haben, um damit ihre Zeltpflöcke zuzuspitzen. Umstellen das Lager im Morgengrauen, damit sich der erste Bub, der zum Pischen aus dem Zelt kommt, auch gleich noch in die Hosen kackt. Müssen wir uns denn unbedingt lächerlich machen, Herr Major? Was glauben Sie, was die Lausbuben jetzt stolz sein werden auf die Ehre, die Sie ihnen angetan haben!"

"Wir haben sieben feststehende Messer beschlagnahmt, zwei Äxte und drei Militärspaten. Außerdem haben drei der Jungen anstatt des erlaubten Gürtels ein verbotenes Militärkoppel getragen."

"Großartig, und wenn die uns mit solchen Waffen den Krieg erklärt hätten, wären Ihre zweihundert Helden davongelaufen! Jirasek, Jirasek, ich hab mir heute früh Ihre Kriegsbeute angeschaut. Diese feststehenden Messer kriegen Sie in jedem

Sportgeschäft frei zu kaufen, frei und ohne Altersnmachweis,
denn keine der Klingen war länger als 12 Zentimeter, ich
hab's nachgeprüft. Somit wurde gegen kein Gesetz verstoßen.
Wissen Sie, was wir tun müssen, wenn die Rotzbuben sich
beschweren kommen? Wir müssen ihnen die Messer wieder aushändigen. Endlich die Äxte und die Spaten. Die Äxte brauchen sie
fürs Holzhacken, sagen sie, und wahrscheinlich haben sie
damit ein paar Bäumchen umgehackt und entastet. Und mit den
Spaten haben die Buben Gräben um die Zelte gezogen und hoffentlich auch eine Latrine gebaut, wie es sich gehört, weil
sie ordentliche Leute sind und die Gegend nicht vollkacken
wollen. Ich hör schon ihre Beschwerdeführer, wie die mir das
mit frommem Augenaufschlag erklären werden - und ich seh
schon das Grinsen, das denen dabei um die Mundwinkel zuckt.
Militärkoppel, no gut! Dürfen nicht getragen werden. Wir
werden also die drei Koppel zugunsten unserer Armee einziehen
und den Jungen einen Verweis erteilen. Mehr dürfen wir nämlich nicht, weil sie alle minderjährig sind. Ins Gefängnis
können wir sie deswegen nicht stecken. Fassen wir es zusammen: Blamage auf der ganzen Linie. Zweihundert Mann werden
aufgeboten, um drei alte Militärkoppel zu erbeuten. Gewinn
auf der anderen Seite: Sudetendeutsche wieder einmal unter-
drückt und ohne Grund kujoniert. Warten Sie einmal ab, was
übermorgen die reichsdeutschen Zeitungen schreiben werden.
Ich seh schon die Schlagzeilen vor mir: " Neue Übergriffe der
Tschechen. Jugendliche von schwerbewaffneter Polizei drangsa-
liert!" Wissen Sie, Jirasek, wem Sie mit Ihrer Aktion den
größten Gefallen getan haben? Dem Herrn Hitler da drüben!"
   Major Jirasek war kein Idiot. Er begriff, daß der Polizeidirektor recht hatte. Und so beeilte er sich, die Verantwortung auf einen anderen abzuladen. Er, Jirasek habe die Aktion
so nicht befohlen. Von ihm sei nur der Befehl an den Rittmeister Prochaznik gegangen, das Sonnwendlager der Jungturner
zu observieren, mehr nicht. Jawohl, der Befehl sei schriftlich erfolgt, er könne die bei ihm verbliebene Durchschrift
sofort beibringen.
   Direktor Brejcha ging darauf ein, ließ sich den Befehl
bringen, las ihn und schmunzelte: "Damit sind Sie aus dem
Schneider, Jirasek, und genau so habe ich Sie mir vorgestellt. Es wird also der arme Prochaznik die Suppe auslöffeln
müssen - haben Sie gedacht, Jirasek, wie? Aber damit kommen
Sie bei mir nicht weiter. Der eigentliche Patzer bleiben
dennoch Sie. Mir machen Sie nichts vor. Einen Untergebenen

mit unklarer Weisung losschicken - und was haben Sie ihm mündlich angedeutet, zu vermuten gegeben? Sie hätten wissen müssen - und Sie haben es gewußt! - daß der Prochaznik die Sache versauen wird. Ich frage mich, ob Sie das nicht sogar im voraus gewußt haben."

Major Jirasek wehrte empört ab. Der Direktor ließ das gelten: "Nun gut, aber schauen Sie sich einmal an, was der Rittmeister alles angestellt hat: Holzdiebstahl sollen die Buben begangen haben, daß ich nicht lache! Der Wald dort gehört dem Grafen Münnich, wie jedes Kind weiß. Und jedes Kind weiß auch, daß der Domänen- und Forstdirektor des Grafen einen Sohn bei den Jungturnern hat. Da werden sie losziehen und Holz schlagen ohne Erlaubnis? Wollen Sie beim Grafen rückfragen und sich auslachen lassen?

Das wäre es. Begraben wir die Scheiße möglichst schnell und möglichst tief. Oder haben Sie noch etwas auf dem Herzen?"

"Herr Direktor, der Meidnerbub ist diesmal auch dabeigewesen. Wär das nicht etwas?"

"Und was sollte das sein? Wollen wir wetten, daß die Meidners nicht wissen, wo ihr Bub sich herumgetrieben hat? Es wird ihnen peinlich sein, der Bengel wird eine Woche Hausarrest kriegen. Und?

Jirasek, Jirasek, ich brauche Hoch- und Landesverräter, richtige, ausgewachsene Hitleristen, nicht aber germanoide Zwerge. Natürlich müssen wir die Deutschen einschüchtern, kleinhalten, ihnen ihre Giftzähne ziehen. Das bedeutet aber doch nicht, daß wir für sie zum Kinderschreck werden sollen - sofern sich diese Kinder von uns überhaupt erschrecken lassen. Merken Sie sich eins, wenn man irgendeinem Geschöpf an seine Jungen geht, wird es meistens rabiat. Wollen wir, daß die Deutschen rabiat werden? Schauen Sie, Jirasek, wir haben über drei Millionen Deutsche in unserem Staat, angeblich sind es sogar dreieinhalb Millionen, und wenn ich die Opportunisten dazurechne, die sich als Tschechen ausgeben, obwohl sie viel lieber Deutsche wären, wenn es ihnen keinen Nachteil brächte, wer weiß, was dann noch alles dazukäme. Und wie viele sind wir? Tschechen und Slowaken zusammen angeblich neun Millionen. Verlassen Sie sich auf die slowakische Verstärkung? Ich nicht. Nicht, solange wir sie als Hinterwäldler behandeln, und das tun wir doch! Eine Million Magyaren hetzen unter den Slowaken gegen uns, und mancher Slowake fragt sich, ob es ihm unter den Ungarn nicht sogar beser gegangen ist.

Bei denen hat er bloß seinen Namen magyarisieren lassen müssen, und ungarisch hat er eh gekonnt - schon war er Hahn im Korb bei den Budapestern, und alle Türen sind ihm offengestanden. Kommt aber ein Slowake nach Prag, so fühlt er jede Minute das Grinsen hinter seinem Rücken. Polen, Huzulen haben wir auch noch. Slawische Brüder. No ja, Brüder kann man sich nicht aussuchen. Endlich die Rumänen. Mögen Sie die Rumänen, Jirasek? Ich mag nur die Rumäninnen. Kurzum, wir haben es nicht leicht mit unseren Völkern und wir dürfen es uns auch nicht leicht machen mit ihnen. Wenn wir nicht aufpassen, fliegt uns unser Staat eines Tages um die Ohren."

"Aber wir passen doch auf, Herr Direktor, gerade wir passen auf!"

"Was Sie unter aufpassen verstehen! Wir verärgern die Leute, wir reizen sie unnötig. Wir gängeln sie anstatt ihnen die Giftzähne zu ziehen. Ich wiederhole - die Giftzähne! Jene Kerle, die für uns Gift sind, die Agenten, die Demagogen, die Hetzer - ja, auch die Hetzer in unseren eigenen Reihen miteingeschlossen! Die Hetzer beseitigen und die Gutwilligen mit unserem Staat versöhnen, das wäre ein Ziel. Erreicht man das mit Nadelstichen, Jirasek?"

Frau Margarete Meidner tat etwas nicht gerade Seltenes, sie bat ihren Mann um Geld. Was den Direktor diesmal erstaunte, war nicht die Bitte, sondern die Höhe der erbetenen Summe: "Zwanzigtausend Korunen, und bitte in bar, lieber Pucki!"

"Hast du denn nichts mehr auf deinem Privatkonto, Margarete?"

"Doch, ich habe. Aber ich möchte es von dort nicht abheben. Das Geld ist für den Hans."

Professor Meidner hob die Augenbrauen: "Du willst es ihm überweisen?"

"Eben nicht. Dann hätte ich es ja vom Konto aus tun können."

"Schwarzes Geld also," stellte Meidner fest. "Und wie soll er es bekommen, der Erpresser?"

"Ich fahr zur Tante Lilly nach Prag. Die hebt es für ihn auf. Sie wird nicht wissen, was in dem Päckchen ist."

"Die gute Lilly und nichts wissen! Aber von mir aus. Die ist ja so vernarrt in ihren Neffen, daß sie möglicherweise der Versuchung widersteht, das Päckchen zu öffnen.

So, so, zwanzigtausend Korunen. In kleinen Scheinen natürlich, Fünfziger, Hunderter. Wenn der Hans einen Tausender ausgibt - auszugeben hat - weiß es die Staatspolizei binnen einer Stunde, mitsamt der Nummer des Scheines. Grete, das wird nicht leicht sein," Josef Meidner seufzte, "-es ist nicht nur das Geld! Schließlich hab ich ja gewußt, in was für eine Familie ich hineingeheiratet habe. Und Gottseidank kann ich mir solch eine Familie leisten. Es ist mehr die Art von euch, die mir nicht paßt - die Art der Geldbeschaffung. Alles immer so plötzlich! Ich muß es aus der Firma entleihen, Samstag mittag, wenn die Banken schon geschlossen haben! Hätte es nicht bis Montag Zeit? Nein? Also bitte, jetzt muß ich den Kassierer holen lassen, muß ihm einen Schuldschein als Ausgleich geben, muß begründen, wofür ich plötzlich so viel Geld übers Wochenende benötige. Unangenehm, sehr unangenehm!"

"Bitte, Pucki, tu nicht so! Glaubst du, ich weiß nicht, daß euer Kassierer sowas von dir gewohnt ist? Was kosten dich deine Billard-Abende, bei denen die Kugeln flach und viereckig sind und vier verschiedne Farben tragen? Und was kosten dich deine Dienstreisen, von welchen du immer so mitgenommen heimkommst, daß du dich eine Woche nicht traust, die Badezimmertür offenzulassen?"

"Margarete!" Der Professor war blankes Entsetzen. Doch seine Gattin hieb noch tiefer in die Kerbe: "Meinst du, ich bin so ein Tschapperl, das sich keine Gedanken macht? Kenne ich deine Neigungen oder kenne ich sie nicht? Deinen schönen Bücherschrank, für den nur du den Schlüssel hast, das haben wir ja zusammen studiert, alle die prachtvollen Privatdrucke, die er beherbergt. Und wir haben für unser Eheleben manches Erfreuliche daraus gelernt. Daß du aber ein bestimmtes Gebiet ehelicher Freuden stets übergangen hast als würde es dich nicht interessieren, das ist mir mit der Zeit aufgefallen. Gerade das hat dich am meisten interessiert, nicht wahr? Nur hast du dich nie getraut, es zuzugeben. Und was du dich bei mir nicht traust, holst du dir woanders. Tu bitte nicht so entsetzt, wenn ich mir zwei und zwei zusammenzähle."

In achtzehn Ehejahren hatte Frau Margarete einiges gelernt, einiges erfahren, obwohl sie ohne Illusionen zwar, doch nicht ohne jegliche Erfahrung in die Ehe eingetreten war. Ihr Josef war ein wenig abartig auf manchen Gebieten menschlicher Zweisamkeit. Der stets verschlossene Bücherschrank, dessen Schlüssel an Meidners Uhrkette hing, war für Frau Margarete durchaus zugänglich gewesen. In gemeinsamer Bettlektüre hatten die Meidners alle einschlägigen Werke der Sexualliteratur studiert und manches Studierte auch praktiziert. Josef Meidner war bald dahintergekommen, daß seine Frau alles tolerierte, was ihr Vergnügen bereitete. Skrupel waren ihr fremd. Wenn sie eine Sexualpraktik ablehnte, dann nicht weil sie ihr abartig erschien, sondern weil sie keine Lust dabei empfand. Sie hatte ihrem Mann zuliebe sogar einen Triolenverkehr mitgemacht, doch das nur einmal, da Meidner seinerseits das von ihr geforderte Pendant zu diesem Triolenverkehr ablehnte: "Wenn es dir Spaß macht, daß eine zweite Frau dabei ist, Josef, warum soll es mir keinen Spaß machen dürfen, daß ein zweiter Mann dazukommt?" Das hatte Josef Meidner nicht goutiert. Und aus dieser Erfahrung heraus hatte er auch nie gewagt, seinen heißesten Sexualwunsch zu äußern. Frau Margarete war das aufgefallen, weil ihr Mann die einschlägigen Kapitel ihrer Lehrbücher stets überschlug. Frau Margarete hatte ihrem Verdacht nie Laut gegeben, ihr Wissen nie als Waffe verwandt, es war auch nicht erforderlich gewesen. Josef Meidner erfüllte seiner Frau jeden Wunsch, der mit Geld zu erfüllen war, das hatte ihr bislang genügt. Jetzt aber mußte sie aufs Ganze gehen, denn sie konnte sich ausrechnen, daß ihr Josef über kurz oder lang streiken würde, wenn es sich um den Vetter Hans handelte.

Der Vetter Hans war das Schwarze Schaf. Er war es nicht nur in Frau Margaretes Familie, er war es auch in der Ehe des Meidnerpaares. Leider kam man um ihn nicht herum. Denn erstens bestanden zwischen Frau Margarete und ihrem Vetter Hans alte und seltsame Beziehungen, von welchen Josef Meidner nichts ahnte, zum zweiten aber sah Margarete Meidner voraus - oder hielt es zumindest für möglich - daß der Vetter Hans eines Tages Karriere machen würde. Karriere auf einem Gebiet, wo er bislang nur Unbill erfahren hatte.

Denn der Vetter Hans war Politiker und hatte sich schon früh der DNSAP verschrieben, der Deutschen-National-Sozialistischen-Arbeiter-Partei, die unabhängig von Hitler und bereits vor dessen Auftreten entstanden war. Eine spezifisch sudetendeutsche, mehr antitschechische als antisemitische Partei, begründet auf den Trümmern der Alldeutschen Bewegung des Ritters von Schönerer, besaß sie natürlich Querverbindungen zur Hitlerpartei; deswegen war sie ja auch aufgelöst worden, als Hitler in Deutschland zur Macht kam: auf daß der Hitlerismus nicht einziehe in die böhmisch-mährisch-schlesisch-slowakisch-karpatho-ukrainischen Lande. Keine sehr kluge Maßnahme, dieses Prager Verbot, denn die DNSAP hatte nicht viel gegolten unter den Sudetendeutschen, war lediglich ein Sammelbecken für die deutschen Chauvinisten gewesen - eine Minderheit innerhalb des deutschen Bevölkerungsteils. Hätte man die DNSAP im eigenen Saft schmoren lassen, so wäre sie ganz allmählich gar geworden - ganz und gar bedeutungslos.

Aber nein, eine ganz und gar unweise Regierung in Prag glaubte, in dieser Partei ein Menetekel sehen zu müssen und steckte deren Führer ins Gefängnis. Wodurch die führerlos gewordene Gefolgschaft veranlaßt wurde, sich nach neuen Führern umzusehen. Sie fand welche - in Konrad Henleins Sudetendeutscher Heimatfront, einer zwar anders motivierten, jedoch durchaus nationalistischen deutschen Gruppierung. Im Zusammenschluß beider Gruppen bekam die Angelegenheit Ge_wicht. Schlimmer noch, die DNSAP-Leute korrumpierten alsbald Henleins biedere Turner, deren Kurs vorher ein ständestaatlicher gewesen, anhängend den Ideen des Wiener Professors Othmar Spann - man wird vorsichtig sagen können, es war eine Abart

34

des Austrofaschismus, dem Henlein und seine Freunde anhingen. Nun wurden die Henlein-Leute von den Hitleristen in ihren Reihen in Hitlers Arme gedrängt - mit Hitlers Methoden und Geldern aus dem Reich.

Vetter Hans, vor kurzem aus dem Gefängnis entlassen, hielt sich vorläufig im Hintergrund, da er, unter Polizeiaufsicht stehend, der neuen Bewegung nicht viel nützen konnte. Aber seine Stunde mochte kommen. Und dann würde es gut sein, wenn man ihm geholfen hatte. So Frau Margaretens Überlegungen, daher ihre Bereitwilligkeit, dem Vetter Hans finanziell unter die Arme zu greifen.

Das setzte Frau Margarete ihrem Pucki auseinander: "Ich weiß, daß du Angst hast, Josef. Ich weiß auch, daß du den Hans nicht magst. Mag ich ihn denn? Nur glaub ich halt, daß er uns eines Tages noch hilfreich sein wird, und du glaubst es nicht. Deine Angst ist größer als dein Mut. Außerdem siehst du nicht, was politisch kommt. Ich aber bin überzeugt, daß der Hans bei diesem Hitler Karriere machen wird. Für den Fall sollte er uns verpflichtet sein. Deshalb erpresse ich dich. Es war nicht anständig von mir, dir deine Dummhei-ten vorzuhalten, doch es war nötig. Du bist eben in mehr als einem Punkt erpreßbar. Nein, du solltest nicht für teures Geld draußen Vergnügungen suchen, die du auch zuhause haben kannst - ohne Gefahr! Das ist eine Offerte, Pucki. Ich will dich vor weiteren Dummheiten bewahren. Deshalb werde ich deine Erziehung jetzt in die Hand nehmen."

"Wie meinst du das, Grete?" Der Direktor war sehr aus seinem Gleichgewicht geraten.

"So, wie ich es gesagt habe. Du mußt noch viel lernen, Josef. Und jetzt verschaff mir das Geld. Wenn ich von Prag zurückkomme, beginnen wir mit dem Unterricht."

Einen Tag nach dieser Unterredung fuhr Frau Margarete in die Hauptstadt. Im Einzelabteil des Schlafwagens holte sie aus ihrem krokodilledernen Suitcase einen dicken Umschlag hervor und begann die darin befindliche Geldsumme zu teilen. "Eine Hälfte für den Hans, eine Hälfte für die Gretel," mur-melte sie.

In Prag besuchte sie zwar ihre Tante Lilly und übergab ihr ein Päckchen für den Vetter Hans, der sich irgendwann melden würde, dann aber nahm sie sich ein Hotelzimmer im Alcron und ging von dort in die Julisch-Bar, wo sie sich einen Gigolo dingte, der sie drei Abende lang in die Geheimnisse des Prager Nachtlebens einführte. Das kostete sie fast die Hälfte ihres Geldes, sie erwarb sich jedoch profunde Kenntnisse jener Praktiken, die sie ihrem Pucki zugedacht hatte.

Und ein Reiseandenken brachte sie mit. Länglich und in rosa Seidenpapier verpackt - Geschenk für den braven Hausvater.

Als der Direktor, Dipl.Ing., Professor und Dr.h.c Josef Meidner, das Päckchen öffnete, wurde er feuerrot. In seinen Händen hielt er ein Instrument, welches in der Hauptsache aus einem Dutzend karmesinfarbener Seidenkordeln bestand, die sich in einem gefälligen Handgriff von Ebenholz, mit eingelegtem Elfenbein, vereinigten. Das Entzückendste an dem Geschenk jedoch war, daß jede Kordel etliche hartgeknüpfte Knoten aufwies.

"Wo, um Himmelswillen, hast du das aufgetrieben, Margarete?"

Frau Margarete lächelte: "Brave Kinder stellen keine unangebrachten Fragen. Habe ich deinen Geschmack getroffen?"

Sie hatte.

Vetter Hans, soeben in den Besitz von kaum erwarteten zehntausend Korunen gelangt, begab sich umgehend in die schlechteste Prager Gesellschaft, was seiner Cousine nicht vorgeworfen werden konnte. Die Nachtlokale, welche der Vetter Hans aufsuchte, waren erheblich minderwertiger bestückt mit käuflicher Liebe, dafür waren sie aber auch billiger. Vetter Hans kaufte sich für weniger als fünfhundert Korunen den Abend und die darauffolgende Nacht bei einer schicken Mulattin, die ansonsten davon lebte, daß sie in einer "Revue" auftrat, wo sie barbusig auf der Bühne erschien und Bälle in das Publikum köpfelte; Bälle, welche die Kellner an interessierte Herren gegen Gebühr ausliehen. Sie tat es wie ein gelernter Fußballer, und die Herren erfreuten sich an ihren Bällen.

Vladimir Jirasek, Major der Staatspolizei, sortierte bald danach die Berichte seiner Spitzel und brummte dabei: "Die Meidnerin fährt nach Prag? No gut! Sie geht dort ins Julisch? Soll sie! Sie schnappt sich einen Gigolo - hätt ich an ihrer Stelle auch. Nachher befaßt sie sich ein bissel mit Sadomasochismus - das ist interessant, das wollen wir im Auge behalten. Hab ich mir eigentlich nicht vorstellen können, daß die

sich den Hintern wundklopfen läßt, so sieht die Frau mir
nicht aus! Herrje, wenn sie das braucht, kann sie sich die
Fahrt nach Prag ersparen, ich weiß hier am Ort eine gute
Adresse. Ob ich ihr eine diesbezügliche Offerte machen soll?
Und eine seidene Nagajka hat sie sich besorgen lassen, schau
her. Da steckt etwas dahinter, warten wir es ab!"

Und dann tat Major Jirasek etwas, das ihm reiche Früchte
bringen sollte, er rief seinen Prager Kollegen an, der die
Beobachtung von Frau Margarete ab Ankunft Prag geleitet hatte. Von ihm erfuhr er rein zufällig, daß der Vetter Hans
plötzlich zu Geld gekommen sei und einen Teil des Geldes bei
einer farbigen Hure angelegt habe. Jirasek vermutete umgehend
einen Zusammenhang zwischen dem Pragbesuch von Frau Margarete
und Vetter Hansens Finanzen: "Auch wenn die beiden sich nicht
getroffen haben, das Geld könnte von ihr stammen. Wer gibt
diesem Strolch denn sonst noch einen Heller?"

Direktor Arthur Bronner war ein kleiner, etwas fülliger
Mann mit krausem Schwarzhaar. Er hatte rote Wangen und genüß-
liche Lippen. Stets schien er zu lächeln, stets schien sein
Gesicht zu glänzen. Er strahlte Gutmütigkeit und Wohlwollen
aus.

Nichtsdestoweniger war er ein Mann von messerscharfem
Verstand, ein Kaufmann von hohen Graden.

Man hätte ihm sonst wohl kaum die kaufmännische Leitung
eines Großunternehmens anvertraut, das Milliarden von Kronen
umsetzte und mehr als zwanzigtausend Menschen beschäftigte.
Seine Bilanzen waren stets unanfechtbar, obwohl er mit diesen
Bilanzen mehr als einem Herren dienen mußte; dem jungen
Staat, der sein zweitgrößtes Industrieunternehmen gern besser
in den Griff bekommen hätte; dem ausländischen Kapitalgeber,
schließlich aber auch dem internationalen Markt, der von der
Bonität des Unternehmens zu überzeugen war.

Direktor Bronner saß, man schrieb das Jahr 1936, und das
Jahr war noch nicht zur Hälfte abgelaufen, seinem Generaldirektor gegenüber: "Ja, Herr Doktor Flottmann, es ist mein
unwiderruflicher Bechluß, ich gehe."

"Ihr Vertrag --"

"Mein Vertrag läuft noch drei Jahre und gilt als still-
schweigend verlängert, wenn die Gesellschaft ihn nicht zwölf
Monate vor seinem Ablauf kündigt."

"Sehen Sie, da müssen Sie also noch drei Jahre bleiben."

"Verzeihung, Herr Doktor Flottmann, wir haben eine Rück-
trittsklausel. Ich kann jederzeit vom Vertrag zurücktreten,
sofern ich auf alle übrigen, sich aus dem Vertrag ergebenden
Rechte Verzicht leiste."

"Aber Menschenskind, das ist es ja! Ihre Pension und die
Endremuneration, das ist doch ein schönes Stück Geld! Zwanzigtausend Kronen Pension im Monat, wenn Sie erst in drei
Jahren aufhören. Die Endremuneration wird sechsstellig sein,
dafür mache ich mich jetzt schon stark. Sie aber wollen nicht
einmal die Remuneration für das laufende Jahr mitnehmen? Sie
wissen, daß die Ihnen zusteht, wenn Sie bis zum 3o. September
bleiben. Sie wollen uns zum 3o. Juni verlassen, Knall und
Fall! Nun ja, ich könnte allerdings --"

Bronner hob abwehrend die Hände: "Herr Generaldirektor,
ich weiß, daß Sie es gut mit mir meinen. Ich weiß auch, daß

die Herrschaften in Wien mich schätzen. Baron Louis ist ein Gentleman und die Gutmann-Erben sind honorige Leute. Wenn Sie, Herr Doktor Flottmann, sich bei denen für eine halbe Million stark machen, wird man mir das bewilligen. Dieses Geld anzunehmen, wäre aber unanständig, denn ich habe nichts dafür geleistet.

Die Pension wie die Endabfindung, Herr Generaldirektor, wird mir in zwei oder drei Jahren nicht viel nützen - wenn ich sie dann überhaupt noch bekomme. Ich zweifle daran, und das ist der Grund, warum ich hier meine Zelte abbreche. Ihnen aber möchte ich als Freund raten: Halten Sie hier keine verlorene Stellung! Folgen Sie mir, sobald Sie können."

"Sie fürchten, daß die Nazis kommen ?"

"Ja, ich fürchte es. Mehr noch, ich habe Angst vor ihnen, wo immer sie sich befinden mögen. Und Sie, Doktor Flottmann, sollten auch etwas mehr Angst haben."

"Wir halten uns eine starke Armee. Wir haben Freunde. Die Franzosen lassen uns nicht fallen. Der Staatspräsident selber hat mir gesagt ---."

"Der Herr Staatspräsident hört auf die Franzosen. Zuviel für meinen Geschmack. Auf den Herrn Goebbels hört er mir zu wenig. Und von den Deutschen kennt er noch nicht einmal das, was in seinem Lande wohnt. Wenn er sie besser kennte, würde er sie klüger behandeln. Nein, Herr Generaldirektor, ich habe mir die Ohren nicht verstopft, ich habe hingehört, auch wenn es mir nicht schön geklungen hat. Dieser Hitler und seine Paladine, die wissen, was sie wollen, und sie wissen auch, wie sie unsere Deutschen mobilisieren können für ihre Zwecke. Es stecken ungeheure Energien in einem Volk, dem man seit bald zwanzig Jahren nicht erlaubt, seinen Fähigkeiten und seinem Rang entsprechend, im europäischen Konzert mitzu-wirken. Nun ist Hitler drauf und dran, die Deutschen aufzu-wecken - Deutschland erwache! brüllt er bei jeder Gelegen-heit. Was meint er wohl damit? Er meint es wortwörtlich, jawohl. Ich habe mir ausgerechnet, daß Deutschland die Welt wieder einmal überraschen wird. Die Welt hat es garnicht anders verdient. Soll sie von Hitler überrascht werden. Ich aber werde mich nicht überraschen lassen. Nicht hier!"

Generaldirektor Dr. Flottmann erkannte, daß da nichts zu machen war, sein Finanzgenie Bronner hatte sich entschieden. Er versuchte es dennoch: "Vielleicht prophezeien Sie richtig, lieber Bronner. Trotzdem frage ich, ob wir schon vor dem ersten Gefecht kapitulieren müssen. Schließlich sitzt der

Baron in Wien, und Wien ist weit weg von Berlin."

"Nicht für einen Hitler. Bedenken Sie, der Mann ist Österreicher. Meinen Sie, er klammert seine Heimat aus, wenn er ans großdeutsche Träumen kommt? Und vergessen Sie bitte niemals, daß solche Leute ihre Träume realisieren, sobald sie die Mittel dazu erlangen. Hitler hat die Macht und die Mittel wird er bald haben. Wozu sonst rüstet er auf? Ich würde mich nicht wundern, wenn er als erstes nach den Österreichern greifen sollte."

"Sie rechnen also mit einem weltweiten Sieg der Nazis?"

"Die Welt werden sie wohl nicht einstecken. Aber unser Mitteleuropa schon. Danach kommt der Osten - sie machen ja kein Geheimnis daraus, man muß ihnen nur zuhören. Ich werde mir diese Tragödie nicht von hier aus ansehen."

"Wo werden Sie sein?"

"Zunächst in England."

"Sie halten England für sicher?"

"Seit mehr als 8oo Jahren hat keine fremde Macht England erobert. Diese Sicherheit reicht mir - fürs erste."

"Und wenn sie nicht reicht?"

"Dann gibt es noch immer Canada, Australien - Feuerland, wenn es sein muß. Buchhalter in Punta Arenas zu sein, während der Erdball brennt, ist noch nicht das schlimmste Schicksal, das ich mir vorstellen kann."

"Sie haben in England einen Posten?"

"Keinen so guten wie hier. Das macht mir nichts aus. Ich habe schon einmal klein angefangen."

"Und Sie haben es schon einmal ziemlich weit gebracht. Ich hoffe doch stark, daß Sie nicht zur Konkurrenz gehen werden?"

"Keine Sorge, Herr Generaldirektor! Ich halte meine Verträge nicht nur dem Buchstaben nach. In England werde ich auf dem Chemiesektor arbeiten."

"Und hier hinterlassen Sie alles in bester Ordnung?"

"Herr Doktor Flottmann!"

"Verzeihen Sie, ich habe nicht an unsere Bücher, ich habe an Ihren Nachfolger gedacht."

"Der Jaromir Jedlitschka? Ich habe ihn vorgeschlagen, weil er erstens seine Sache versteht. Er wurde von mir eingearbeitet. Er ist kein Genie, aber er ist Tscheche."

"Das ist doch keine Qualifikation! Der Baron wird es nicht gerne sehen. Sie wissen ja, wie er die Tschechen mag."

"Umso lieber wird der Jedlitschka dem Staatspräsidenten sein. Für den Fall, daß der Baron rechtzeitig verkaufen möchte."

"Der Baron wird niemals verkaufen."

"Das fürchte ich auch. Darum den Jedlitschka über die Bilanzen. Jedlitschka wird für das Werk kämpfen wie eine Mutter für ihr Kind. Sollte der Baron an den Staat verkaufen müssen, so wird Jedlitschka mit seinen Bilanzen dem Käufer unverdächtig sein."

"Und Sie meinen, das könnte funktioniere"

Es wird funktionieren, Herr Generaldirektor, denn ich habe außer dem Fahnenträger Jedlitschke noch ein paar gute Leute dagelassen. Nicht nötig, daß Sie sich mit den Namen belasten. Wissen Sie, Herr Flottmann, ich habe an alles gedacht. Dieses Werk ist auch mir eine Heimat gewesen, von der ich mich nicht undankbar verabschieden möchte."

Doktor Flottmann schloß die Augen, lehnte sich zurück, dachte nach. Eine ganze Weile. Dann sagte er: "Sie haben mir nicht viel zu entscheiden übriggelassen, Bronner. Ich akzeptiere Ihre Vorschläge, obzwar ich immer noch optimistisch bin. Wenn aber Sie recht behalten sollten - was wird dann aus mir?"

"Wenn Sie gehen sollten, wird der Meidner Ihr Nachfolger. Um den brauchen Sie sich bitte keine Sorgen zu machen. Er ist mein alter Freund und wird es bleiben."

"Ich dachte, ihr habt euch auseinandergelebt?"

"Sehen Sie, Herr Flottmann, wenn sogar Sie das denken!"

"Bronner, Bronner, sie werden mir langsam unheimlich!"

"Wollen Sie auf mich hören?"

"Ich höre."

"Bitteschön, hier sind meine Vorschläge für Sie persönlich. Die Tippfehler wollen Sie entschuldigen, mir war keine Sekretärin verläßlich genug, und ich bin kein Virtuose auf der Schreibmaschine. Lesen Sie es und handeln Sie danach - oder lassen Sie es bleiben, Doktor Flottmann."

Der Generaldirektor blätterte in dem Faszikel, den ihm Bronner überreicht hatte. Seine Wangen wechselten von rot zu blaß: "Sie sind ein Genie, Bronner. Oder Sie sind der Teufel persönlich. Woher wußten Sie, daß ich --"

"Sie haben drei Millionen bei der Anglo-Canadian-Bank und anderthalb Millionen - schätzungsweise - in Zürich. Soll ich Ihnen sagen, bei wem? Soll ich Ihnen Ihre Kontonummer nennen? Bankgeheimnis! Darauf fallen vielleicht die Nazis den Zürcher Gnomen herein, nicht aber ich, Arthur Bronner. Das Konto bei der Manhattan Chase sollten Sie bald auflösen, Doktor Flottmann, es bringt Ihnen nichts, wenn es zum Krieg kommen sollte. Die Amerikaner werden Auslandskonten sperren. Kein Cent, der aus Hitlers Machtbereich stammt, wird ausbezahlt. Damit man keine Spione besolden kann, verstehen Sie? Die lieben Amerikaner sind nämlich nicht imstande, zwischen Europäern und Europäern zu unterscheiden. Ich habe Ihnen skizziert, wie Sie Ihr Geld rechtzeitig transferieren können und auch wohin es gehen sollte, damit Sie darüber verfügen können. Auch Ihren Fluchtweg habe ich Ihnen aufgezeichnet, falls Sie einen brauchen. Er geht über Bukarest und Konstantinopel. Deponieren Sie bei den Türken etwas Reisegeld für die Reise nach Canada."

Bronner unterbrach sich und wischte sich die ölig glänzende Stirne mit einem Seidentuch. Er tat es, um Flottmann Zeit zu geben. Der blieb konsterniert, schüttelte den Kopf: "Es klingt so überzeugend, und ich kann's doch nicht glauben. Ob Sie recht behalten werden oder nicht, ich danke Ihnen Ihre Fürsorge. Wie komme ich eigentlich dazu?"

"Lieber Doktor Flottmann, ich bin Agnostiker und Sie sind Protestant, nicht wahr? Für Adolf Hitler werden wir beide nichts als schäbige Juden sein. Und das laß ich mir von dem Mann nicht gefallen. So einfach ist das! Und nun - bekomme ich jetzt meinen schlichten Abschied?"

Er bekam ihn. Doch bevor er nach London übersiedelte, machte Direktor Bronner Abschiedsvisiten. Eine davon führte ihn zu Josef Meidner.

Arthur Bronner und Josef Meidner kannten sich von ihrer Studienzeit her. Darum duzten sie sich auch, obzwar sie seit vielen Jahren miteinander keinerlei Verkehr gepflogen hatten. Das Gespräch fand in Meidners Büro statt.

"Ich bin gekommen, um Abschied zu nehmen, ich gehe nach London. Da staunst du, Peppi, was?"

"Ich staune nicht, Artel, weil ich es längst weiß. Aber es erfüllt mich mit Trauer. Du wirst mir fehlen."

"Werde ich das?"

"Schau, Artel, wir haben uns nicht oft gesehen in den letzten Jahren --."

"Sag ruhig, in den letzten Jahrzehnten --."

"Ja, es stimmt wohl. Ich habe das sehr bedauert."

"Aber ändern hast du es nicht können."

"Du weißt doch, Artel, wie die Dinge liegen."

"Ich weiß. Mit mir bist du ja schließlich nicht verheiratet."

"Bist du gekommen, mir zu sagen, was ich falsch gemacht habe in meinem Leben. Kann ich es, kannst du es ändern?"

Die Entfremdung zwischen den beiden Herren war nicht eingetreten, weil sie leitende Stellungen in der Franzens Hütte AG innehatten, was eine Art Konkurrenz hätte hervorrufen können. Es lag an den Frauen. Während Josef Meidner die Alice Bronner, geborene Guttwein, verehrte und ihr den Hof machte, ohne Ambitionen und lediglich, weil er sie sympathisch fand, hatte sich Frau Margarete absolut nicht mit Bronners zu arrangieren vermocht. Nicht mit Frau Alice, deren Schönheit und geistige Überlegenheit sie kaum ertrug, nicht mit Arthur Bronner, dem sie an Witz nichts entgegenzusetzen wußte.

"Die Frau benimmt sich mir gegenüber wie ein Eisberg vor einem Ozeandampfer. Wie gut, daß ich keine Titanic bin," hatte Arthur Bronner geschmunzelt. Er hatte es so halblaut und halböffentlich getan, daß es Frau Margarete zu Ohren kommen mußte. Danach bedurfte es nur noch eines geringen Anlasses. Zum Anlaß wurde ein Mah-Jong-Spiel, das Arthur von einer Dienstreise nach Hongkong mitgebracht hatte und das er dem Knaben Willy zu dessen 12. Geburtstag schenkte. Nichts Ungewöhnliches, denn auch Josef Meidner beschenkte die Bronnertochter Renate.

Margarete Meidner hatte ihrem Willy das Spiel fortgenommen und es bei Gelegenheit weiterverschenkt. Bronner war dahintergekommen und hatte sich verletzt zurückgezogen. Zu Josef Meidner, der die Angelegenheit bereinigen wollte, hatte er gesagt: "Laß nur Josef. Daß Ehefrauen eine alte Männerfreundschaft stören, ist so selten nicht. Wir beide bleiben, was wir immer waren - mehr geht halt nicht. Schade, aber was tun? Die Dinge sind, wie sie sind."

Jahre waren vergangen, man pflegte keine Feindschaft, doch man ging sich aus dem Wege. Jetzt aber war Arthur Bronner gekommen: "Ich mußte dich noch einmal sehen, Josef. Wer weiß, ob und wann es ein nächstes Mal geben wird. Nun ja, und da wollte ich dir auch noch einen letzten kleinen Dienst erweisen, indem ich dir etwas übergebe. Bitte, mißversteh mich nicht, ich habe diese Papiere für mich behalten wollen, zu deinem Schutz. Mitnehmen kann ich sie nicht gut, sie würden dir auch nicht viel nützen, wenn sie in London in einem Safe liegen."

Josef Meidner öffnete die ihm überreichte Papierhülle und wurde blaß, nachdem er Einblick in deren Inhalt ganommen hatte:" Das da, Artel, woher hast du das? Was willst du von mir?"

"Zwei Fragen auf einmal; zwei Antworten also, Peppi. Erstens, ich habe das aus einem Archiv, wo sich jetzt nichts derartiges mehr befindet. Da ist nur noch ein Dossier Meidner, das sogar dein Sohn Willy lesen könnte, ohne Schaden an seiner Seele zu nehmen. Zweitens aber will ich überhaupt nichts von dir, es sei denn, du möchtest in Zukunft vorsichtiger sein mit solchen Sachen."

"Vielleicht soll ich dir erklären, Artel ---"

"Laß das, wir haben alle unsere Abgründe. Ich bin weder dein Richter noch tauge ich zum Beichtvater. Deine privaten Vergnügungen interessieren mich nicht, und Schaden ist keiner entstanden. Aber wenn jemand dich damit erpressen wollte, hättest du viel zu verlieren. Das will ich verhindern. Aus Freundschaft. Trotzdem nicht nur aus Freundschaft. Ich habe nämlich eine Bitte an dich. Du weißt, warum ich gehe?"

"Nein, ich habe keine Ahnung. Wahrscheinlich kannst du dich in England verbessern."

"Das gerade nicht. Jedenfalls nicht fürs Erste. Was später kommen mag, steht noch bei den Sternen."

"Warum also gehst du?"

"Weil ich überzeugt bin, daß binnen drei oder vier Jahren - was sage ich? - daß vielleicht schon im kommenden Jahr Herr Hitler hier herrschen wird."

"Du bist wahnsinnig, Artel. Nicht einmal wir Deutschen wünschen uns sowas."

"Siehst du, Peppi, damit hast du dich verraten. Nicht einmal wir - sagtst du. Ich gehöre also schon nicht mehr zu euch. Nein, wehr dich nicht, entschuldige dich nicht. Es war dir ganz bestimmt nicht bewußt, was du gesagt hast, ich glaub's. Dir war es nicht bewußt, aber der Hitler, der weiß es, daß er euch schon in der Tasche hat."

"Artel, wir sind doch Freunde. Daran wird kein Hitler was ändern."

Bronner lachte kurz auf: "Er wird nicht? Er hat schon. Denn er duldet keine Freundschaft zwischen Deutschen und Juden. Nicht, wo er was zu sagen hat. Und er ist nicht allein, der Hitler. Denk daran, daß deine Frau unsere Freundschaft zu stören vermochte. Weil sie mich nicht ausstehen kann, glaubst du? Vielleicht auch das. Mehr noch hat sie gestört, daß Alice und ich und Renate eben nicht zu jenen Menschen gehören, mit welchen man verkehrt. Ja doch, Peppi,

deine teure Gattin ist eine Antisemitin, gib's dir nur
selber zu, daß sie eine ist. Warum auch nicht? Antisemit zu
sein ist nicht verboten. Ich zum Beispiel mag keine Neger und
habe trotzdem kein schlechtes Gewissen, solange ich ihnen
nichts Böses tu. Man darf also auch Antisemit sein, solange
man den Juden nichts Böses tut, nur weil sie Juden sind. Ich
kann doch niemanden zwingen, seine Vorurteile aufzugeben! Das
Vorurteil deiner Frau hat unsere Freundschaft beeinträchtigt,
sowas kommt auch aus anderen Gründen vor, vergessen wir es.
Immerhin hattest du in etwa die Wahl, du konntest dich entscheiden zwischen mir und deiner Frau. Natürlich ist das
keine Entscheidung. Im Ernstfall entscheidet man sich immer
für die Frau. Aber wenn du gewollt hättest, dann wärst du
frei gewesen in deinem Entschluß, also war es eine echte
Alternative. Der Rest war Abwägung. Bei Hitler wird es solche
Alternativen nicht mehr geben, um keinen Preis. Du hast kein
Talent zum Bekenner, zum Märtyrer, Peppi. Ich hab es auch
nicht. Siehst du, und weil ich niemandem zumuten mag, sich
wegen solcher Alternativen in Gewissenskonflikte zu stürzen,
deshalb gehe ich. Es wird's eh keiner tun, aber das spielt
schon keine Rolle mehr. Und dann - es geht ja nicht nur
darum, daß man euch verbieten wird, mit uns zu verkehren. Das
ließe sich zur Not noch ertragen für uns. Was aber wird der
Hitler mit uns anstellen, weil er uns nicht mag. Was tut er
in Deutschland mit den Leuten, die er nicht leiden kann?
  Ich gehe nicht um euretwillen, Josef, ich bin so ein Egoist, daß ich um meinetwillen gehe. Was sagst du dazu?"
  "Ich versuche, deinem Gedankengang zu folgen. Entschuldige, ich habe mich damit bis jetzt nicht konfrontiert gesehen."
  "Natürlich nicht. Bald aber wirst du damit konfrontiert
sein. Und jetzt kommt meine Bitte. Wenn wir noch Freunde sind
und Freunde bleiben, dann erweise deine Freundschaft, die
ich dir nicht abnötige, ein bissel meinen Brüdern."
  Josef Meidner hatte nicht verstanden: "Von welchen Brüdern
sprichst du, Artel. Ich denke, du hast keine Geschwister?"
  "Ich sprech von den Brüdern, die ich mir nicht ausgesucht
hab, von den Juden. Die meisten glauben, daß sie hier sicher
sind. Oder sie können nicht weg von hier, weil sie keine
Mittel haben, kein Geld, keine Möglichkeiten, draußen anzu-
kommen. Draußen, das heißt in jenem Teil der Welt, wo der
Hitler kaum jemals herrschen wird. Für sie kann es schrecklich werden, wenn Hitler Europa überrennt. Sag nicht, er wird

es nicht tun! Er wird es versuchen, und niemand weiß, wie weit er dabei kommen wird.

Du bist doch öfter drüben in Deutschland, du mußt gesehen haben, wie es meinen Leuten dort geht. Möchtest du so leben wie die? Und ich sag dir, was jetzt mit den Juden geschieht, ist erst der Anfang. Frag doch den Cousin von deiner Frau, was euer Hitler mit den Juden vorhat."

"Unser Hitler! Mein Hitler ist er nicht."

"Heute! Morgen wird er dein Hitler sein, ob es dir paßt oder nicht. Das ist eine reine Zeitfrage, der du dich nicht wirst entziehen können. Warum solltest du auch? Ich würde an deiner Stelle kaum anders handeln, wenn ich nicht zufällig Jude wäre. Der Mensch ist ein geborener Opportunist, sonst gäbe es keine Menschheit mehr. Die verschiednenen Hitlers hätten uns längst allesamt ausgerottet. Dieser wird es auch versuchen. Zuerst bei den Juden, am Schluß bei seinen Deutschen. Es kann ja sein, daß er stirbt, bevor er alles kaputtgemacht hat. Ich verlaß mich aber weder auf Bananenschalen, darauf man ausrutscht und sich das Genick bricht, noch verlaß ich mich auf Attentäter. Also rechne ich damit, daß Hitler eine Macht wird und bleibt. In Mitteleuropa, in Osteuropa. Wenn in seinem Machtbereich die Juden verschwinden müssen, wird die Welt sich damit abfinden. Es wäre nicht das erste Mal in der Geschichte. Wie war es seinerzeit in Spanien und in Portugal? England hat vom 13. bis zum 17. Jahrhundert keine Juden in seinen Grenzen geduldet. In Rußland waren sie bis zur Oktoberrevolution auf Rayone beschränkt. Hitler tut das Gleiche jetzt. Vielleicht kommt er damit zu spät, vielleicht aber läßt man es ihm durchgehen, wer will das voraussagen? Er kann sich jedenfalls auf historische Beispiele berufen - immer ein gutes Argument!

Und nun stell dir vor, du lebst in Hitlers Machtbereich, und die Juden werden zu Parias gemacht, man drückt sie hinaus, mit diesen oder jenen Mitteln. Wirst du deswegen mit ihnen ins Exil gehen? Wirst du dagegen aufbegehren? Du wirst dir damit nichts Gutes einhandeln, also wirst du es lassen. Du wirst die Verhältnisse akzeptieren und für dich das beste daraus machen. Das umsomehr, als deine liebe Frau es dir nahelegen wird. Sei mir nicht bös, aber du weißt selber, wie ehrgeizig sie ist. Man wird dich hofieren, denn man wird dich brauchen. Abzulehnen könnte gefährlich werden. Also was?

Und jetzt hör mir zu, Josef! Du sollst die Macht nehmen, die man dir aufdrängen wird. Denn nur dann wirst du das tun

können, um was ich dich bitte. Hilf meinen Leuten, so gut es
dir eben möglich sein wird. Du sollst dich nicht gefährden,
du brauchst dir aber die Hände nicht schmutzig zu machen. Sei
gut zu meinen Leuten - so gut du kannst - und darfst.

Nebenbei, auch das ist ein Grund, warum ich dafür gesorgt
habe, daß diese Papiere da aus deinem Dossier verschwunden
sind. Niemand soll dich erpressen können. Auch die Nazis
nicht, wenn ihnen einmal die Archive in die Hände fallen. Und
frag mich bitte nicht, wie ich an die Sachen gekommen bin.
Nimm einfach an, ich gehöre zu einer jüdischen Weltverschwö-
rung. Das ist zwar Blödsinn, aber an jedem Blödsinn ist ein
Fünkchen Wahrheit. Es gibt Leute, hier und woanders, die
sehen voraus. Ich gehöre zu ihnen, und das hat mir die Möglichkeit gegeben, zu deinen Gunsten einzugreifen."

Josef Meidner war erschüttert, war gerührt. Er gewann aber
seine Fassung bald wieder: "Es ist gut, Artel, daß du mir
alle Gründe deiner Hilfsbereitschaft dargelegt hast. Wäre es
allein aus Großmut geschehen, hätte ich es nicht geglaubt.
Jetzt kann ich mich revanchieren und werde gern tun, was du
von mir erwartest. Vorausgesetzt, es kommt so, wie du vermu-
test. Nur eine Frage noch. Sind diese Papiere alles, was
gegen mich vorgelegen hat?"

Bronner wiegte den Kopf: "Daran hab ich natürlich auch
gedacht. Ich weiß ja nicht, wie oft du dir solche - Blößen
gegeben hast." Der Satz kam wie eine Frage.

"Nicht oft, und das übrige war vergleichsweise harmlos."

"Dann könnte allenfalls der Schurke Brejcha irgendwelches
Material besitzen. Könnte er?"

"Nicht so sehr. Hier in der Stadt ist nicht viel gewesen."

"Gut. Und dagegen hätten wir auch ein Mittel. Hier, nimm
das und tu es in deinen Panzerschrank." Bronner zog einen
dünnen Umschlag aus seiner Brusttasche. "Ein Glück, daß ich
auch daran gedacht habe. Brejcha ist ein gefährlicher Bursche, er ist aber kein schlechter Kerl - von uns aus gesehen.
Nimm diesen Umschlag und laß ihn verschlossen. Es ist besser,
wenn du nicht weißt, was sich darin befindet. Wissen ist
Macht, Nichtwissen ist Unschuld. In diesem Fall ist es besser, wenn Brejcha dich für unwissend hält. Dann braucht er
dich nämlich nicht zu vernichten. Sobald du erfährst, daß ich
in England bin, gibst du Brejcha diesen Umschlag gegen Herausgabe des kompletten Dossiers Meidner, so eines sich in
seinem Besitz befinden sollte. Es wird ihm nichts nützen, daß
er den Umschlag hat, er wird aber wissen, daß er sich eine

Rückzugslinie verbaut, wenn er sich gegen dich stellt.

Jetzt hältst du mich für einen tollen Verschwörer, Peppi, gelt? Zerbrich dir nicht den Kopf, es ist alles viel einfacher als du denkst. Ich bin nur eine Art Generalstäbler, ich sehe Eventualitäten und bereite mich und andere darauf vor. Das wäre es, mein Freund Josef. Und jetzt gib mir deine Hand und sag mir nichts als 'Auf Wiedersehen!' - Wollen wir hoffen, daß es nicht bei diesem Wunsch bleibt."

Drei Wochen nach diesem Gespräch war Bronner fortgezogen. Drei Monate später folgte ihm Dr. Flottmann. Niemand sah darin einen besonderen Zusammenhang. Aus Wien kam ein Schreiben. Die Gesellschaft hatte Josef Meidner zum Generaldirektor der Franzens-Hütte-AG ernannt.

Maximilian Teuchert war klein und blaß. Das dunkelbraune
Haar trug er glatt nach hinten gekämmt, seine Stirn wirkte
dadurch noch breiter als sie war, sein spitz zulaufendes
Gesicht mit der langen Nase und den ausgeprägten Nasenflügeln
gab ihm das Aussehen eines Frettchens.

Manche Leute fanden, daß Maximilian Teuchert dem Tenor
Josef Schmidt ähnlich sei. Das war eine Schmeichelei, die
lediglich auf einem oberflächlichen Eindruck gründete. Paral-
lelen gab es allerdings. Maximilian Teuchert sang zum Beispiel gerne und viel. Er sang im Büro von Major Jirasek, dem
Leiter der Staatspolizei, einer Behörde, die zwar keine Gestapo hitlerischer Prägung war, die sich bei den Deutschen der
Stadt aber eines vergleichbaren Ansehens erfreute.

Maximilian Teuchert war Spitzel, Provokateur, Denunziant.
Wie und warum er es geworden war, wußte kein Mensch zu erklären. Seine Familie war gut deutsch, zwei Brüder und drei
Schwestern schämten sich für ihren Maxi, ließen ihn aber
dennoch nicht fallen. Wer Teuchert sagte, mußte Maximilian
dazunehmen.

Wie wird man Denunziant? Man wird angeworben. Vielleicht
hat man irgendeinen Dreck am Stecken gehabt und der Major
Jirasek hat einen damit erpreßt. Vielleicht war man in Geldnot und übernahm daher einen bezahlten Auftrag. Hat man den
ersten Schritt getan und den Sprung über das eigene Gewissen
erst einmal hinter sich, fällt der zweite Schritt schon
leichter. Man schafft sich eine Rechtfertigung, man erfreut
sich an ausgeübter Macht, man redet sich ein, das Recht sei
des Staates, und dem Staate zu dienen, sei ebenfalls recht,
der Zweck heilige die Mittel. Schließlich weiß man, daß es
ein Zurück nicht geben kann. Also macht man das Beste daraus.
Und verdient auch noch daran.

Nachdem Maximilian Teuchert die Hinterstoisser-Gruppe
auffliegen ließ, eine paramilitärische Organisation, die ein
halbverrückter, germanomaner Gymnasialprofessor gegründet
hatte, begann man in deutschen Kreisen dem blassen kleinen
Mann zu mißtrauen. Man konnte nicht beweisen, daß er der
Verräter war - mit welchen Mitteln auch hätte man es beweisen
sollen? Immerhin wogen die sieben Jahre Zuchthaus, die der
Professor Hinterstoisser bekam. Und es wogen die zusammen
über 2o Jahre Zuchthaus und Gefängnis für Hinterstoissers

nächste Freunde. Da mochte man Hinterstoissers Taten garnicht
gutheißen und ihn überhaupt nicht leiden, da mochte man sein
Tun nicht verteidigen wollen - daß aber ein Deutscher einen
Deutschen verraten hatte, das wog. Wenn es zutraf. Letzte
Zweifel waren behoben, als die Boberhaus-Gruppe verhaftet
wurde, eine Gruppe von jungen Turnern, Schüler noch allesamt,
die an einem Ferienlager der Hitlerjugend teilgenommen hatte
im schlesischen Boberhaus. Die Jungens kamen, obwohl minderjährig, in Untersuchungshaft. Einkerkern konnte man sie
nicht, denn verbotene Tat war ihnen nicht nachzuweisen. Nach
einem Monat ließ man sie laufen. Jedoch man hatte sie vorher
oft und ausgiebig verhört, ihnen Zeugenaussagen vorgehalten.
Nach der Entlassung berichteten sie. Die Deutschen zählten
zwei und zwei zusammen. Nun stand Maximilians Rolle in der
Boberhaus-Affäre fest. Von da zum Hinterstoisser-Prozeß
ließen sich Linien ziehen. Und alsbald riefen viele Deutsche
ihren Hund Maximilian. Herr Teuchert aber wurde geschnitten,
wo er sich zeigte. Als Spitzel hatte er ausgespielt, also
verlegte er sich auf Provokationen. Trotzig brach er in
deutsche Zirkel ein und genoß das Schweigen, das sich um ihn
ausbreitete. Er wußte, daß man ihm nicht die Türe weisen
konnte, also legte er es darauf an, daß man ihn beleidigte:
"Sie wollen nicht mit mir reden? Was haben Sie eigentlich
gegen mich?"
  Was immer geantwortet wurde, Maximilian stieß nach. Nicht
jedesmal aber oft genug fand er einen Unvorsichtigen, der die
Antwort hergab, die Maximilian brauchte, um beim Major Jirasek vorgelassen zu werden.

  Zwei Tage nach des Doktor Vejdrych Besuch im Hause Meidner
stieg Maximilian Teuchert zum zweiten Stock der Polizeidirektion hinauf. Auf der Treppe begegnete er dem Vize Vejdrych
und zog vor ihm servil seinen Hut. Der Gegrüßte reagierte
nicht, und Maximilian Teuchert eröffnete ihm dafür eine Seite
im Hauptbuch seines Menschenhasses: "Du Hund, für dich
schlägt auch noch einmal die Stunde!"
  Im Vorzimmer von Major Jirasek mußte Teuchert eine geraume
Weile warten. Anders tat es der Major bei Spitzeln nicht.
  "Haben Sie Neuigkeiten?" ließ der Major den Besucher stehen und musterte aus rotem Gesicht sein bleiches Gegenüber.
Jirasek war kräftig gebaut, trug sein braunes Haar im Bür-
stenschnitt und war fast immer in Zivil, denn er legte keinen
Wert darauf, daß man sein Gesicht mit einer Polizei-Uniform

in Verbindung brachte. In Uniform sah man ihn höchstens bei der Parade zum Staatsfeiertag.

" --- und der Meidner Willy soll herich in den Turnverein eingetreten sein, aber das wird der Herr Doktor Vejdrych Ihnen sicher schon berichtet haben, weil er doch bei Meidners ein- und ausgeht."

Letzteres war dem Major interessant, doch er ließ sich nichts anmerken: "Lassen's den Blödsinn, Mensch, das sind doch keine Nachrichten. Wenn der Meidnerbub auf dem Turnplatz umeinandhupft, dann steckt höchstens ein fesches Turnermadel dahinter aber kein Hochverrat. Mich tät mehr spannen, was auf der Friesen-Hütte geschieht."

Die Friedrich-Friesen-Hütte lag im Gebirge und gehörte dem Turnverein, mithin einer Gruppierung, der man nationalistische Umtriebe zutrauen durfte. Sie war zwar eine offene Berghütte, wurde aber fast ausschließlich von Turnern frequentiert und war daher schwer zu observieren. Jeder kannte dort jeden, ein Fremder mußte Mißtrauen auslösen, denn die Turner wußten, daß man ihr Tun und Treiben von Staatswegen beobachtete. Maximilian Teuchert hatte keine Aussichten, in der Friesen-Hütte etwas zu erfahren, obwohl gerade er dort kein Fremder war. Boberhaus hatte in dieser Beziehung einen Schlußpunkt gesetzt. Darum sagte Teuchert: "In die Friesen-Hütte komm ich nicht mehr hinein, Herr Major!"

"Rein kommen Sie schon, aber zu hören kriegen Sie nix mehr, Sie Patzer! Also werden Sie wenigstens feststellen, wer sich dort herumtreibt. Quartieren Sie sich unten am Bahnhof ein und beobachten Sie, wer mit den Samstagszügen ankommt. Schließlich kennen Sie ja Ihre Leute."

"Wie soll ich wissen, wer auf die Friesen-Hütte geht und wer auf die anderen Hütten?" Die Frage war berechtigt, denn vom Bahnhof der Talstation aus erreichte man drei weitere Hütten auf dem Berg.

"Indem Sie nach dem letzten Zug hochmarschieren und auf den anderen Hütten nachsehen. Wer nicht dort ist, muß auf der Friesen-Hütte sein, klar?"

So schlau war der Teuchertmaxi auch, doch er hatte etwas gegen das Bergsteigen. Deshalb stellte er sich dumm: "Dann muß ich ja ganz oben am Berg übernachten. Wenn ich hinaufkomm, ist es sicher schon dunkel. Das Übernachten kostet ein Heidengeld für meine Verhältnisse."

"Das kostet Sie garnix. Wenn Sie die deutschen Hütten abgegrast haben melden Sie sich im tschechischen Schutzhaus beim Wirt und zeigen Ihren Ausweis. Dann läßt er Sie kostenlos im Massenlager schlafen, und einen warmen Tee kriegen Sie auch noch umsonst."

"Teuchert war entsetzt: "Massenlager?""

"Massenlager ist beser als Massengrab. Glauben's vielleicht, für Ihnen werden wir die Präsidenten-Suite reservieren?""

Major Jirasek hielt nicht viel von seinen Zuträgern, schon garnicht, wenn sie enttarnt waren. Den Teuchert fristlos zu feuern war anderseits nicht ratsam. Das konnte böses Blut bei den übrigen Spitzeln machen.

Maximilian Teuchert wiederum hielt nicht viel von derartig anstrengenden Aufträgen. Doch er wußte, daß er nach seinem Fehler in der Affäre Boberhaus keine großen Ansprüche mehr stellen konnte. Und es war sein Fehler gewesen, daß einer der Verhafteten ihn in Boberhaus gesehen hatte. Jetzt mußte er jeden Auftrag übernehmen, um sein winziges Fixum von vierhundert Korunen pro Monat mit Erfolgshonoraren aufzubessern. Mit den Tausenderprämien der Hinterstoisser-Zeit war es vorläufig zu Ende. Denn sein Paß war zwar noch für Deutschland gültig, aber benutzen konnte er ihn nicht mehr. Jenseits der Grenze wartete die Gestapo auf ihn.

"Gut, ich fahr hinaus zur Friesen-Hütte, Herr Major." Maxi Teuchert seufzte: "Kein leichtes Brot!"

"Sie können sich ja ein leichteres suchen," erklärte Major Jirasek ungerührt.

Der Ein-Uhr-dreizehn-Zug rumpelte los, rumpelte vorbei an den Fabrikhallen, den Hochöfen, den Erzhalden, ließ die Verschiebegleise hinter sich, gewann das freie Land. Schmutziger Schlackschnee lag auf den Böschungen unter einem milchigen Winterhimmel. Wie Besenruten fegte das blattlose Gestrüpp an den Abteilfenstern vorbei. Im gelblackieren Holzcoupé saßen zwei Wintersportler und ein altes Weiblein. Die Sportler schwiegen sich zu, bis das Weiblein an der dritten Station ausstieg. Der Zug war nur mäßig besetzt an diesem Samstag, denn so kurz nach Büroschluß fuhr noch nicht alles in die Berge. Außerdem waren die Schneeverhältnisse zur Zeit nicht besonders.

"Ob der Beppo heute auch noch kommt?" Der das fragte, war ein mittelwüchsiger Mann von etwa vierzig Jahren, mit Stirnglatze und rötlichem Schnurrbart. Er trug einen dunkelblauen Skianzug, nicht gerade das neueste Modell: Überfallhose und geschopfte Jacke. So etwas hätte man zehn Jahre früher als Norwegeranzug bezeichnet.

"Sie haben die Buchprüfer in der Bank, da wird der Beppo so schnell nicht frei. Ich denke, er wird es bis zum Drei-Uhr-vierzig-Zug schaffen."

"Dann wird es schon dunkel sein in Horowitz."

"Umso besser. Werden ihn nicht viele Leute erkennen, wenn er aufsteigt."

Die schlampige, gedehnte Sprache des zweiten Wintersportlers paßte wenig zu dem Mann, der sich ihrer bediente. Unter einem dunklen Schopf saß ein hageres Falkengesicht mit wettergegerbter Haut und auffällig roten Wangen, Schlank und großgewachsen war der Mann, etliche Jahre jünger als sein Gegenüber. Seine Kleidung verriet den zünftigen Skifahrer. Er trug schwarze Knickerbockerhosen und Leinengamaschen, genau die neueste Mode jener Jahre, dazu einen bunten Norwegerpullover und darüber einen weißen Anorak.

"Du meinst, sie werden auch dort ihre Augen haben?" fragte der Ältere.

"Möglich ist alles."

"Fahrkartenkontrolle!" Der Schaffner hatte die Tür aufgerissen, tippte an sein dunkelblaues Käppi. Wortlos reichten beide Fahrgäste ihre Karten dem Konducteur. Der strich blinzelnd mit einem Bleistiftstummel darüber und zwickte mit der

Zange das Datum ein.

Wieder alleingelassen im Abteil, ließen die beiden Skiläufer eine Weile ohne Rede vergehen. Dann meinte der Hagere: "Am einfachsten wäre es doch, diese Schaffner als Observanten zu benützen. Tschechen sind sie alle und Staatsbeamte dazu. Die Strecke ist kurz, 45 Kilometer Pendelverkehr, praktisch ein umgrenzter Personenkreis, der da auf- und abfährt."

"Ich traue unserer Staatspolizei allerlei zu, aber daß sie Eisenbahner zu Spitzeln ausbildet - die müßten sich ja ein ganzes Verbrecheralbum einprägen. Mehr als Gesichter bekommen sie doch nicht zu sehen!"

"Schon recht. Wenn aber ein Schaffner jedes Wochenende die gleichen Gesichter sieht, weiß er mit der Zeit, wem sie gehören. So groß ist unsere Stadt schließlich nicht. Und dann bitte: fremde Gesichter sind eine Fundgrube, vor allem, wenn sie Leuten gehören, die auffällig ausländische Kleidung tragen, an ihrer Sprache als Ausländer erkannt werden!"

Unterdes saß der Kondukteur in seinem Dienstabteil und notierte: Berdin Johann und Korab Heinrich, Ein-Uhr-Zug nach Horowitz. "Verfluchte Henleinhunde, die fahren sicher auf die Friesen-Hütte. Ich werd von Horowitz aus telefonieren."

Wenn Maximilian Teuchert gewußt hätte, daß Major Jirasek bereits eines seiner Augen im Wochenendzug eingesetzt hatte, so hätte er womöglich noch mehr geflucht als er es ohnedies im ungeheizten Giebelzimmer des Bahnhofs Horowitz schon tat. Er ahnte nicht, daß Major Jirasek niemals auf einem Bein zu tanzen pflegte.

Die beiden Wintersportler - oder sagen wir doch gleich Turnbrüder - verließen den Bahnhof Horowitz in Richtung Friesen-Hütte. Es war ein Zufall, daß sich der Sportler Korab umwandte und eine Sekunde lang das Gesicht von Maximilian Teuchert hinter einer Fensterscheibe des Bahnhofsgebäudes erblickte. Erst als sie aus Teucherts Sicht waren, informierte er seinen Begleiter: "Hab ich es dir nicht gesagt? Die Friesen-Hütte ist der schlechteste Treffpunkt, den man sich aussuchen kann. Wenn wir jetzt wirklich was vorhätten, wäre der Teuchert auf unserer Spur."

"Und, was du nicht wissen konntest, wir haben wirklich was vor. Oben sitzt ein Gast, der sich mit dem Beppo treffen will. Wenn der Teuchert den auch schon gespannt hat und nachher auf die Hütte kommt, was wir ihm nicht verbieten können, dann prosit die Mahlzeit! Der Jirasek tät sich aber schon sehr darüber freuen. Wir müssen unbedingt etwas unternehmen."

"Ihr seid doch Idioten. Wer hat sich das wieder ausgedacht?" Heinrich Korab war entsetzt.

"Ich nicht, das kannst du mir glauben," verteidigte sich der Buchhändler Berdin, der zwar zum konspirativen Zirkel gehörte, sich aber aus Berufsgründen im Hintergrund hielt. "Wenn du aber schon Kritik übst, Korab, dann sag mir bitte, wo soll sich denn der Beppo mit einem Fremden treffen? In der Stadt kann er nicht aufs Häusel gehen , ohne daß die Staatspolizei nachschauen kommt, was er dort gemacht hat."

"Muß es denn immer der Beppo sein?" maulte Korab. "Warum ziehen wir ihn nicht aus dem Verkehr, wenn er so bewacht ist? Gibt es keinen anderen?"

"Beispielsweise einen gewissen Buchhändler Berdin, ha? Zu dem kommt die Polizei nach jeder Büchersendung, die er aus dem Reich kriegt."

"Wir haben auch noch andere Leute. Begreifen die im Reich das nicht, oder hat sie der Beppo so für sich eingenommen?" Johann Berdin hatte zu diesem Punkt seine eigene Meinung, doch er behielt sie für sich. Beppo war in seinen Augen nichts als ein großes Aushängeschild. Berdin vermutete, daß die eigentlichen Verbindungsleute zum Reich im Stillen arbeiteten und daß Beppo mit seiner bekannten Großspurigkeit nur eingesetzt wurde, um die tschechische Polizei abzulenken.

Daher sagte er: "Wenn der Gast auf der Hütte ist und der Beppo kommt nach Horowitz und der Teuchert folgt ihm und findet die beiden auf der Hütte, dann gibt das eine schöne Bescherung. Denn niemand kann den Teuchert hindern, im Hüttenbuch nachzusehen, wer der Gast ist. Wir müssen den Mann also wegschaffen. Wer hat ihn hergebracht?"

"Der Giese Gustl, vermute ich. Oder aber einer von seiner Clique. Du weißt doch, wie gern die Buben Räuber und Schandi spielen, Berdin!"

"Ich weiß, wie gerne der Beppo die Buben für solche Spielereien mißbraucht. Ein großer Idiot die kleinen Idioten. Damit hat er uns ja auch Boberhaus eingebrockt, und er selbst ist fein draußengeblieben." Korab sagte es nicht ohne Bitterkeit, denn Beppos Eitelkeit hatte ihm und seiner geheimen Arbeit schon manche unnötige Hürde aufgeworfen.

"Was schlägst du vor?" fragte Berdin.

"Wer immer den Gast auf die Hütte gebracht hat, muß ihn auch fortbringen. Schnellstens ins Tal. Oder nein, noch besser, er steigt mit ihm zu Gipfel auf. Sie übernachten dort.

Dann stehen sie im Hüttenbuch und haben ein perfektes Alibi. Der Bub hat dem Fremden unsere Berge gezeigt, das ist nicht verboten. Auf der Friesen-Hütte sind sie garnicht gewesen."

Berdin stimmte zu: "Das ist eine ganz gute Lösung. Den Beppo können wir nicht mehr aufhalten, der rollt schon an. Wird vom Teuchert sicher gesehen. Geht auf die Hütte. Wir unterdessen sorgen dafür, daß der Fremde verschwunden ist, ehe Beppo aufkreuzt. Und noch ein Einfall. Wir beide fahren, wenn der Gust mit dem Fremde aufgebrochen ist, wieder ins Tal und empfangen den Beppo geräuschvoll. So laut, daß sich die Leute daran erinnern. Wir halten ihn unten eine Weile fest, damit der Gustl mit seinem Mann über alle Berge ist, sobald wir zur Hütte kommen."

"An dir ist ein Generalstäbler verlorgengegangen, Heinz!"

Berdin und Korab beschleunigten ihre Schritte und eilten zur Friesen-Hütte. Sie schafften den Weg in weniger als einer Dreiviertelstunde. Von den Turnbrüdern mit Hallo begrüßt, nahm Korab die Sache sofort in die Hand. Sein Blick fand schnell den Fremden, der an seinem kurzgeschnittenen Haar leicht als Reichsdeutscher zu erkennen war. Er bat ihn zur Seite und sagte: "Ich heiße Heinz Korab. Vielleicht haben Sie meinen Namen schon irgendwann gehört. Wenn nicht, spielt das auch keine Rolle. Jeder im Raum wird Ihnen bestätigen können, daß ich in Ordnung bin. Und nun hören Sie gut zu. Ich weiß, wen Sie hier treffen wollen. Daraus wird nichts. Unten am Bahnhof sitzt ein Spitzel der Staatspolizei. Das kann ein Zufall sein, doch auf Zufälle wollen wir uns nicht verlassen. Es darf Sie niemand mit unserem Freund Beppo in Zusammenhang bringen. Also werden Sie jetzt sofort zum Gipfel aufsteigen und dort im deutschen Schutzhaus Quartier nehmen. Hier sind Sie nie gewesen. Der Junge, der Sie hergebracht hat, führt Sie zum Gipfel. Im äußersten Fall haben Sie sich im Zug getroffen und der Junge hat sich bereit erklärt, da Sie beide ohnehin das gleiche Ziel haben, den Führer abzugeben." Korab wandte sich um: "Gustl!" Der kam herbei: "Ja?"

"Aufbruch, sofort! Ihr geht zum Schlesierhaus. Du hast den Herrn im Zug kennengelernt und dich ihm als Führer angeboten. Das ist alles und dabei bleibt es. Morgen bringst du ihn über die Nordabfahrt ins Tal. Ihr steigt auf keinen Fall in Horowitz in den Rückzug. Nehmt die nächste Station. Und jetzt ab mit euch beiden!"

Der Fremde wollte aufbegehren: "So können Sie mich nicht kommandieren, Herr!"

"Doch, ich kann! Reinhard wird es Ihnen gern bestätigen, wenn Sie ihn nach mir fragen. Verstehen wir uns jetzt?"

"Wenn Sie sich auf Reinhard berufen, dann sagen Sie mir doch auch noch den Familiennamen, bitte!"

"Sie werden es mir nicht glauben, aber er heißt Lohengrin."

"Danke, das genügt. Wo aber treffe ich nun auf Beppo?"

"Fragen Sie den Knaben Gustl, wo der Berdin seinen Buchladen hat. Übermorgen früh steht er im Laden. Sie erkundigen sich nach einem bestimmten Buch. Sagen wir einmal nach den Buddenbrocks - antiquarisch soll es sein. Berdin wird Ihnen einen Band vorzeigen. Sie blättern ihn durch. Weitere Erläuterungen?"

"Danke, das genügt."

"Dann also, Berg-Heil!"

Nachdem Gustl mit dem Fremden die Hütte verlassen hatte, stellte sich Heinrich Korab mitten unter die anwesenden Turnbrüder: "Keine Erklärungen Freunde als die eine: Der Teuchertmaxi sitzt unten am Bahnhof. In einer Stunde kommt unser Kamerad Beppo. Den gehen wir jetzt empfangen, weil wir eine Geburtstagsfeier nachzuholen haben. Wer von euch hat zuletzt Geburtstag gehabt und wann? Du, Bertl, in der letzten Woche? Wunderbar, wir werden dich heute feiern. Du zahlst eine Runde. Wir werden im Hotel Friedmann einen großen Rummel machen. Soviel Rummel, daß es den Teuchert anziehen muß, weil er glauben wird, er kann etwas erlauschen. Und, Kameraden, wer es schafft, daß wir den Spitzel hierher bekommen, dem verleihe ich einen Orden!"

Maximilian Teuchert wäre seinem Schicksal vielleicht entgangen, hätte er seinen Beruf weniger ernst genommen.

Als er aber von seinem Beobachtungsplatz aus feststellte, daß die Turnfreunde den ankommenden Beppo umringten, als die Schar unter etlichen "Hoch soll er leben!" in das dem Bahnhof gegenüberliegende Hotel Friedmann drängte, ließ ihm das keine Ruhe. Veilleicht war dort etwas in Erfahrung zu bringen. Bei Friedmann fiel er nicht auf; anderseits, wenn die Turnbrüder zum Juden Friedmann gingen, mußte das einen besonderen Anlaß haben.

Zu seiner Enttäuschung stellte Maxi fest, daß die Turnbrüder im Extrazimmer saßen und dorthin rundenweise Bier und Schnaps getragen wurde.

Mißmutig stand Teuchert im Ausschank und nippte an seinem Bier. Mehr als Gesprächsfetzen würde er kaum aufschnappen können.

Da bekam er plötzlich einen kräftigen Schlag auf seine Schulter und wurde herumgewirbelt. Zwei Turnbrüder waren es: "Schau, schau, wen haben wir denn da? Den Teuchertmaxi, den Mann mit den schärfsten Ohren der Welt!"

Bevor er etwas gegen diese Provokation unternehmen konnte, waren auch noch Korab und Berdin dazugekommen und schoben die Stänkerer beiseite: "Laßt ihn in Ruhe, Kameraden, ihr habt schon zuviel getrunken!" Und fürsorglich zu Teuchert: "Entschuldigen Sie, Herr Teuchert, wir sind alle etwas fröhlich, wir feiern dem Bertl seinen Geburtstag. Dürfen wir Sie einladen, auf das Wohl von unserem Bertl zu trinken? Kommen Sie, kommen Sie, früher haben Sie doch auch schon mit uns gefeiert!"

Teuchert war unentschlossen. Entzog er sich der Einladung, war seine Expedition zu Ende, ehe er etwas vorzuweisen hatte. Ließ er sich einladen, so würden die Brüder vermutlich auf ihre Worte achten. Wenn sie aber erste einmal richtig betrunken waren ---? Teuchert gab nach und trank einen Schnaps.

Auf einem Bein könne man nicht stehen, drängten die Turnbrüder, und Teuchert trank einen zweiten Schnaps. Danach wurde er gelinde provoziert, er stritt ab, verteidigte sich, trank einen dritten Schnaps, einen vierten zur Versöhnung. Man prostete ihm zu. Darauf noch einen Schnaps!

Am Ende wurde Teuchert, der mit blubbernder Zunge erklärte, er müsse nun ins Bett, und da er keins habe, müsse er sehen, daß er eins bekäme, von den Turnbrüdern abgeschleppt. Wie er auf die Friesen-Hütte gekommen war, wußte er nicht und auch nicht, daß dort weitergezecht wurde.

Er erwachte mit schwerem Kopf in einem kalten Kämmerchen. Die Turnbrüder seien alle schon aufgebrochen, erklärte ihm der Hüttenwart beim Frühstückskaffee. Sein Zimmer habe der Herr Berdin bezahlt, nein, nichts mehr zu begleichen! Da Maxi Teuchert keine Ski besaß und, hätte er welche gehabt, damit nicht zu fahren gewußt hätte, blieb ihm nichts anderes als der Talweg zum Bahnhof und die Rückfahrt zur Stadt. Vergeblich strengte er sein Gedächtnis an - er wußte nichts mehr vom vergangenen Abend. Dabei wäre es geblieben, hätte nicht ein freundliches Gemüt dem Major Jirasek ein Erinnerungsfoto von der Geburtstagsfeier übersandt.

"Und was sagen Sie dazu?" brüllte der Major den käsegesichtigen Teuchert an und knallte ihm das Foto vor die Nase.

Maximilian Teuchert, der eben noch mit großem Redeschwall seine Nächtigung auf der Friesen-Hütte erklärt hatte, denn das war ihm vom Major als erstes vorgeworfen worden - Jirasek wußte - wie, woher? - von der Friesen-Hütte - Maxi sah das Foto an und wäre um ein Haar in Ohnmacht gefallen. Denn was ihn auf dem Foto blöde angrinste, war sein eigenes Gesicht, aber was für ein Maxi Teuchert war das bloß? Ein stockbesoffener Teuchertmaxi, dem man die zum Kreuz gestellten vier F des Turnverbandes: frisch, fromm, fröhlich, frei, mit angerußtem Flaschenkorken auf die Stirn gemalt hatte.

"Wann die Ihnen ein Hakenkreuz in die Pappen geschmiert hätten, wär Ihnen auch nichts aufgegangen. Dazu sind die Turner natürlich zu schlau. Hätt ihnen eventuell nach hinten losgehen können, so ein Hakenkreuz, selbst wann's auf Ihnerer tepperten Visage steht!" In seiner Erregung sprach der Major deutsch mit allen Fehlern, die er beherrschte: " No, sind ja nicht bleed, die Henleinisten, Effeffeffeff is erlaubt. Nur für Ihnen is Schande. Jeschischmarantjosef, Sie Ochs, das Bildl wann wer herumzeigt und erzählt, es is dem Jirasek sein Meisteragent! Ziehn Sie ab, Trottel bleeder, nixnutziger, ich will Sie nicht mehr sehn oder ich vergeß mich!"

Und als Teuchert abgezogen war, brummte der Major Jirasek weiter. Herdek, da nehmen wir unten im Tal den Reichsdeutschen fest, wir wissen, was er ist, er hat natürlich gültigen Paß, bitteschön, er droht mit dem Konsul, und wir können ihm eigentlich nix vorwerfen. Reisen darf er durchs Land, soviel er will. Der Bub mit ihm macht Kinderaugen, im Zug hat der Herr gefragt, wie man aufs Schutzhaus kommt, der Bub hat den gleichen Weg - sind sie zusammengegangen. Friesen-Hütte? Der Deutsche kennt keine Friesen-Hütte. Und ich bin fest überzeugt, er hat sich dort mit wem treffen wollen, wahrscheinlich mit dem Beppo, der war ja auch draußen. Es ist zum junge-Hunde-kriegen! Nicht genug das, der Teuchert verschafft dem Beppo noch ein perfektes Alibi. Denn wer grinst hinter dem tummen Teuchert in die Linse? Der Beppo! Und vor ihnen Taferl am Tisch mit Gratulation zum Geburtstag und Datum dazu. Soll sie der Taifel holen, diese raffinierten Hakenkrajzlerhunde! Aber ich krieg sie schon noch!"

Nachdem er mit den Turnern keinen Erfolg vorzuweisen hatte, sah sich der Major Jirasek nach einem anderen Opfer um. Ihm fiel die Sache mit der Nagajka ein.

"Kruzineser, zu was braucht die Meidnerin eine Nagajka, und für wen? Politisch ist das sicher uninteressant. Aber die Meidners sind Deutsche, prominente dazu. Eine Nagajka ist immer ein schwacher Punkt im Leben eines Menschen.

Bekanntlich sind schwache Punkte eines Bürgers stets starke Punkte für einen guten Polizisten. Man sollte die Spur verfolgen, vielleicht läßt sich damit was anfangen."

Und so begab sich der Major Jirasek zum Beamten Broutschek, dem Leiter der Sittenpolizei: "Servus Broutschek, ich hätte da eine Frage---"

"No was, brauchen's fesche Adresse?"

"Die auch, wenn sie nicht zu teuer ist. Jetzt aber brauch ich eine Auskunft. Haben wir Sadisten in der Stadt und Masochisten?"

"Sadisten, soviel Sie wollen. Der nächste sitzt oben im Direktionsbüro. Wann Sie Prügel wollen, gehen's hinauf um Gehaltsaufbesserung. Und Masochisten - also, wann ich mir Ihre Spitzel so anschau, was die sich alles von Ihnen gefallen lassen und sagen noch dankeschön ---!"

Die Herren lachten, dann rückte Jirasek mit seiner Beobachtung heraus. Broutschek pfiff durch die Zähne: "Die Meidnerin? Hören Sie zu, Jirasek, ich geb Ihnen einen guten Rat. Lassen Sie die Finger von den Meidners."

"Haben die denn Protektion da oben?"

"Ich hab nix gesagt."

"Verdammt, das sind doch Deutsche!"

"Ja und? Darf man sie deswegen erpressen?"

"Sie wollen mir also nicht helfen, Broutschek?"

"Ich kann nicht, und ich hab auch nix in der Hand. Wenn sich der Herr Ypsilon von der Fräulein Zett gelegentlich den Popo versohlen läßt, ist das noch keine kriminelle Handlung. Noch nicht einmal wenn ich es beweisen kann."

"Ja, aber da muß doch wenigstens eine Akte sein, oder?"

"Oder was?"

"Haben Sie eine Akte über die Meidners?"

"Ich hab keine."

"Wer dann?"

Broutschek spielte den Dummen, das stand fest. Ebenso fest stand es für Jirasek, daß es eine Akte gab. Wenn Broutschek die Akte nicht hatte, dann lag sie bei Direktor Brejcha. An den kam Jirasek nicht heran. Brejcha war Herr im Haus.

Und nun beging der Major Jirasek einen Fehler. Er beschloß, die Angelegenheit auf eigene Faust weiterzuverfolgen. Das Recht dazu besaß er. Denn die Staatspolizei unterstand nicht der kommunalen Polizei: Sie war bloß angewiesen, mit ihr zusammenzuarbeiten.

Doch wer im Hause von Polizeidirektor Brejcha Gastrecht genoß, der tat gut daran, ihn nicht zu hintergehen. Und er tat noch besser, wenn er den Herrn Brejcha nicht unterschätzte.

Wäre Jirasek mit seinen Vermutungen und Ideen zum Direktor gegangen, so hätte der ihn sanft und ohne ihn zu beschädigen von der Spur abgehoben und in ein warmes Körbchen gesetzt: "So, mein lieber Major, jetzt wissen Sie Bescheid, und jetzt lassen wir die Finger davon, ja?"

Jirasek aber, noch wütend wegen der Standpauke betreffend die Sonnwendfeier, begann auf eigene Rechnung seine Fangarme um das Ehepaar Meidner zu schlingen. Daß die Meidners anscheinend Schutz unter Brejchas Fittichen fanden, ärgerte ihn und trübte zugleich seinen Polizistenverstand. Er witterte eine Möglichkeit, Brejcha über die Meidners zu Fall zu bringen. Das war ein allzukühner Gedanke.

Selbst wenn der Beamte Broutschek nicht zu seinem Chef gelaufen wäre, hätte Direktor Brejcha seines Majors Aktivitäten nach spätest 48 Stunden wahrgenommen. Brejcha bespitzelte nämlich nicht nur seine Feinde, er bespitzelte auch seine Freunde. "Unter meinen Feinden hab ich so viele Arschgeigen," pflegte er zu sagen, "daß ich die Hälfte davon einfach übersehen kann. Aber unter meinen Freunden, da gibt es ein paar tüchtige Burschen, vor denen muß man sich in acht nehmen!"

Die 48 Stunden Zeitgewinn, welche ihm Broutschek verschaffte, wandte der Direktor an, um herauszubekommen, was der Major schon alles wußte. Das war für ihn eine Kleinigkeit, denn er kannte den Code von Jiraseks Panzerschrank.

Auf diese Weise ins Bild gesetzt, begab sich Brejcha in eine öffentliche Telefonzelle und führte von dort aus ein kurzes Gespräch mit Direktor Meidner, den er über das Fräulein Pfitzner mühelos erreichte. Er empfahl seinem Freunde Meidner wegen der kürzlich geäußerten Beschwerden, seine Zähne einmal bei Dr. Navratil überprüfen zu lassen. Er habe ihm bei dem Doktor schon einen Termin ausgemacht. Dann ging Brejcha in sein Büro, wo er selber Zahnschmerzen bekam. Zuerst nahm er Aspirin; als dies nichts half, begab er sich, telefonisch angemeldet, zum Zahnarzt Dr. Karel Navratil.

Dieser Zahnarzt führte seine Ordination in einem frequentierten, vielstöckigen Haus der Innenstadt. Wegen einiger Begebnisse, vorwiegend mit narkotisierten Patientinnen, war Navratil fest in Brejchas Hand und mußte seine Bleibe dem Direktor als Geheimtreff zur Verfügung stellen, wenn der sich unerkannt mit irgendwem treffen wollte. Auf den Zahnarzt konnte sich Brejcha zu hundert Prozent verlassen, der schwieg, weil er das Schweigen einer Zuchthausstrafe vorzog.

Des Zahnarztes Wohnung war mit der Praxis verbunden. Private Patienten wurden oft über die Wohnung hinausgeleitet. So kam es, daß Josef Meidner, nachdem seine Zähne flüchtig überprüft waren, sich in Dr. Navratils Schlafzimmer dem Direktor Brejcha gegenübersah. "Ein feiner Sündenpfuhl, das hier, wie?" grinste Brejcha und wies auf das kreisrunde Monsterbett mit darüberhängendem Deckenspiegel. "Wundern Sie sich über garnichts, Herr Professor Meidner, und fragen Sie mich bitte nicht, warum hier und warum überhaupt. Sie haben unlängst an einem Samstag der Kasse Ihrer Direktion 2o.ooo Korunen entnommen, gegen Quittung selbstverständlich. Aus Gründen, die mir nicht bekannt sind, haben Sie dieses Konto noch nicht ausgeglichen. Ich darf Ihnen sagen, daß das falsch war. Und Ihren Kassier, den Drtilek würde ich bei nächster Gelegenheit in die Wüste schicken."

"Herr Direktor Brejcha, darf ich fragen --?"

Brejcha winkte ab: "Sie dürfen nicht, Herr Meidner. Je weniger Sie wissen, desto besser für uns alle. Und wenn Sie den Drtilek rausschmeißen, so verliere ich an ihm nur einen schlechten Spitzel. Und hier sind 2o.ooo Korunen, welche ich mir erlaube, Ihnen zu leihen. Haben Sie es bislang nicht von Ihrem Bankkonto ausgeglichen, so zahlen Sie es bar zurück, jetzt besser in bar! Damit nämlich jemand, der behaupten könnte, das Geld sei anderswohin gegangen, in Beweisnot kommt. Mir persönlich sollte das recht sein, wenn einer meiner eifrigen Beamten auf die Nase fällt, wie wenig recht es mir auch ist, wenn ein gewisser Vetter plötzlich Unterstützung bekommt von seiner Cousine. Wir verstehen uns doch, Herr Meidner, ja? Nicht noch einmal!"

"Sagen Sie mir nur zwei Dinge, Herr Direktor Brejcha. Tun Sie das alles wegen Bronners Brief? Und: Sie schenken mir doch nicht etwa dieses Geld?"

"Gott behüte! Das Geld will ich zurückhaben, es ist mein privates Geld. Unsereins hat immer etwas auf der Kante. Rückerstatten werden Sie es mir nach Ihrem nächsten Aufenthalt in London. In Pfund, bitteschön! Und damit wäre wohl wohl auch Ihre zweite Frage beantwortet, nicht wahr?" Brejcha sah auf seine Uhr: "So, die Wurzel ist behandelt. Ich darf mich verabschieden. Sie, lieber Herr Meidner bleiben noch ein bissel hier, Man soll uns nicht gemeinsam aus dem Hause kommen sehen. Damit Sie sich nicht langweilen - der Navratil hat da auf seinem Nachtkastel ein paar unterhaltsame Bildhefte liegen. Genieren Sie sich nicht, ich hab mir die Sachen auch schon angesehen und sie ganz interessant gefunden - bis auf die sadomasochistischen Szenen, die liegen mir nicht. Je nun, es ist alles Geschmackssache, nicht wahr? Und wenn so ein Hefterl Ihnen Spaß macht, der Navratil besorgt ihnen welche. Ach ja --" Brejcha zögerte - " -was mir gerade einfällt! Wollen Sie bitte Ihrer Frau Gemahlin sagen, daß sie auch in Prag nicht ganz unbekannt ist? Das für alle Fälle. Denn nur so ist mir zu Ohren gekommen, daß Ihre Frau Gemahlin unlängst in Prag hat eine seltene Miniature kaufen wollen. Bei Belohlavek & Vohralik. Die Miniature war leider schon verkauft, als Ihre Frau Gemahlin ankam. Da sich mindestens zwei Dutzend Interessenten nach der Miniature erkundigt haben, wird man sich bei Belohlavek & Vohralik an Ihre Frau Gemahlin kaum erinnern können. Es wird aber auch niemand behaupten dürfen, sie sei nicht dagewesen. Hier liegt übrigens auch die Zeitschrift "Umeni", in welcher die Miniature ausgelobt wurde - für 18.000 Korunen.

Und nun zum Letzten und Wichtigsten. Mir ist es wenig angenehm, Ihnen das eröffnen zu müssen. Der Eintänzer Viktor Sterbal hat Ihrer Frau Gemahlin ein wenig das nächtliche Prag vorgeführt. In allen Ehren natürlich. Aber wenn Ihre Frau Gemahlin nicht mitspielen will, hätten Sie die Karte Sterbal in der Hand.

Derselbe Eintänzer Viktor Sterbal kann übrigens auch bezeugen, daß fast gleichzeitig mit dem Aufenthalt Ihrer Frau Gemahlin in Prag ein gewisser Herr Hans, der unter Polizeibeobachtung steht, plötzlich zu Geld gekommen sein muß. Denn er hat sich umgehend eine Mulattin aus einem Kabarett besorgt und mit ihre eine Liebesnacht verbracht, die ihn nicht weniger als fünfhundert Korunen kostete. Vielleicht wird Ihre Frau Gemahlin sich freuen, das zu hören. Adieu, mein Lieber!"

Damit entschwand Brejcha endgültig aus Dr. Navratils Schlafzimmer, und Josef Meidner fand Zeit, sich sowohl seinen Gedanken als auch den exquisiten Magazinen auf Navratils Nachttisch zu widmen.

Über den Major Jirasek brach das Gericht zwei Tage später herein. Frühmorgens schon wurde er aus seinem Büro zum Direktor gebeten. Als er den Raum betrat, staunte er nicht wenig, dort den Brigadegeneral aus Brünn und zwei Oberste aus Prag vorzufinden, alles Angehörige der Staatspolizei. Sein Gruß wurde ignoriert, der General wies lediglich auf zwei Papiere, die auf Brejchas Schreibtisch lagen: "Erklären Sie uns das, Major Jirasek!"

Quittungen über Schmiergelder, die ein Major der Staatspolizei von Kommunisten wie von Faschisten erhalten hat, brechen ihm so oder so den Kragen.

"Das sind Fälschungen!" schrie Jirasek, "das wurde mir in meinen Panzerschrank praktiziert. Ich habe gesehen, daß man ihn in meiner Abwesenheit geöffnet hat."

"Stimmt, Herr Jirasek, "das sind Fälschungen, die sich nicht in Ihrem Panzerschrank befanden. Trotzdem würden sie genügen, um Ihnen den Rest zu geben. Wie aber steht es mit diesem Zettelchen hier?" Brejcha sprachs ölig aus und wedelte vor Jiraseks Nase mit einer anderen Quittung - sie ging über Zloty. "Dies, Herr Jirasek, stammt nicht aus Ihrem Panzerschrank. Aber aus meinem!"

Wir verabschieden uns jetzt von Major Jirasek.

Lida Kulhankova war eine kleine Amateurhure. Sie hauste im ältesten Teil der Stadt in einer Zimmer-Küche-Wohnung.

Hinter der Alten Kirche, die noch aus dem 14. Jahrhundert stammte, zogen sich zwei Gäßchen parallel zum Fluß hin. Breit und niedrig standen hier die Häuser, sie trugen höchstens zwei Geschosse. Früher einmal war hinter der äußeren Gasse die Stadtmauer verlaufen. Sie hatte man abgetragen, nicht weil man Platz brauchte, sondern weil die Stadt kein Verhältnis zu ihrer Geschichte besaß, die freilich keine bedeutende war. Und weil sich die Bierbrauerei Silbermann vergrößern wollte, es aber wieder bleiben ließ, da sie an anderem Ort billigeres Terrain fand. Jetzt waren da Gärten hinter den Häusern, und an die Gärten grenzten Lagerplätze.

Die Judenschule lag ebenfalls im äußeren Gäßchen. Sie strafte jedoch das Wort Lügen, wonach es in Judenschulen laut einhergehe.

Im inneren Gäßchen befand sich der renommierte Gasthof Hiebler mitsamt einer Schlaraffenburg im Gasthausgarten. Lidas Wohnung, parterre, lag dem Gasthof Hiebler gegenüber, doch Lida war niemals Gast bei Hiebler. Man hätte sie dort kaum geduldet. Denn bei Hiebler verkehrten ausschließlich Deutsche der gehobenen Kreise. Die Küche der aus Tirol stammenden Familie Hiebler war berühmt und die Biere der Silbermann-Brauerei galten als gepflegt.

Es war ein seltsames Neben- und Durcheinander in diesen beiden alten Gäßchen. Um die Kirche herum breiteten sich wüste Spelunken, wo man zu allen Tageszeiten ein grellgeschminktes Weibsbild einkaufen konnte, für ein Bier und ein paar Schnäpse und ein paar Kronen hinterher. Wenn anderseits der Bischof kam und firmte - er tat es nur in der Alten Kirche - dann prosteten ihm die Dirnen aus den Spelunkenfenstern fröhlich zu.

Für unsicher galt die Gegend dennoch nicht, denn sie lag unweit vom Ringplatz, und dort war Tag und Nacht die Polizei gegenwärtig, stämmige Beamte in dunkelblauer Uniform, mit Gummiknüppel und Trillerpfeife wohlversehen, alles gediente Soldaten, die hart zupackten, wenn es darauf ankam, und die auch von ihrer Behörde gedeckt wurden, wenn sich ein kleiner Ganove über Zahnverlust oder Rippenprellung beschweren wollte. Er tat es kein zweites Mal.

Eines Tages wurde in der Kirchgasse - das war Lidas Adresse - eine neue Straßenlaterne aufgestellt, genau vor dem
Gasthof Hiebler. Das Licht dieser Lampe störte Lida, und sie
besorgte sich einen Rolladen, angeblich, um besser schlafen
zu können.

Offiziell lebte das Mädchen Lida von einer kleinen Schnei-
derei. Die brachte aber nur wenig ein. Darum sah man Lida
allabendlich gegen acht Uhr auf dem Bummel erscheinen, flott
zurechtgemacht, die Lippen etwas zu grell geschminkt, sonst
aber nett und gefällig anzusehen mit ihrem kurzgeschnittenen
weizenblonden Haar, ihrer überpuderten Stupsnase, mit ihren
vergißmeinnichtblauen Augen im herzförmigen Gesichtchen.

Lida war zierlich aber nicht mager. Sie besaß ausnehmend
gut geformte Beine und ein fröhlich wippendes Gesäß. Meist
trug sie ein helles Tweedkostüm und eine giftgrüne Baskenmüt-
ze. Winters stolzierte sie in einer Pelzjacke daher; Kanin
mit Fuchsbesatz.

Um die Stunde, da Lida auf dem Bummel erchien, hatte
dieser schon sein Gesicht gewandelt. Das junge Volk aus
bürgerlichen Kreisen war verschwunden; die Mädchen, weil sie
mußten und die Knaben, weil es ohne die Mädchen keinen Spaß
machte, hier auf- und abzumarschieren, die dreihundert Meter
zwischen dem Hotel Odol und dem Ringplatz.

Nach acht Uhr abends hatte sich auch die reifere Jugend
bereits in die Kaffeehäuser verdrückt; was nun auf dem Bummel
blieb oder dort erst erschien, das waren die Jäger und ihr
Wild. Hungrig nach Fleisch waren die einen, nach Geld die
anderen. Jeder Bummel ist eine Art Liebesmarkt, doch nur auf
dem Bummel nach acht Uhr abends werden die schnellen Abschlüsse getätigt. Wer jetzt hier erscheint, der will etwas.
Die Frauen wollen angesprochen werden, die Männer warten auf
das Lächeln der Frauen, welches sie dazu auffordert. Der Rest
ist Routine. Zuerst geht man in ein Lokal und verhandelt über
das weitere: den Ort, den Preis. Manchmal, wenn das Lokal
sich dafür eignet, wird die ganze Angelegenheit in einer
Nische erledigt. Der Kellner bringt eine Flasche billigen
Sekt, zieht den Vorhang zu und sieht auf die Uhr. In einer
halben Stunde wird er diskret durch den Vorhang fragen, ob
eine zweite Flasche gefällig wäre. Wenn nicht, wird er den
Vorhang aufziehen, egal, was für ein Anblick sich ihm bietet.
Die Mädchen wissen das meist, und da sie am Sekt beteiligt
sind, versuchen sie Zeit zu gewinnen, den Gast hinzuhalten,
auf daß er, der Erpressung nachgibt und eine zweite Flasche

bestellt, um auf seine Rechnung zu kommen, die meist sehr teuer wird.

Unter den Lauben, von der Kirchgasse aus gesehen jenseits des Ringes, lag Njunja Schlesingers "Goldene Traube". Sie bildete eine Ausnahme unter den Kneipen ihrer Art.

Denn Njunja Schlesinger duldete keine Animierdamen und verfügte über keine Separées. Stattdessen hielt sich Njunja einen Klavierspieler, den fast blinden Joschi London. Dessen Geklimper genügte den mehr oder weniger verliebten Pärchen, wenn sie in den schummerigen Nischen bei einem Gläschen Wein den Handel für die kommenden Stunden abschlossen.

Njunja, stämmig und glatzköpfig, mit einer Knollennase im roten Gesicht, stets blauschimmernd glattrasiert, funkeläugig unter dichten schwarzen Brauen, Njunja ließ in seinem Lokal keine Schweinereien zu. Schmusen mochten die Leute soviel sie wollten, einander abtatschen durften sie auch - mit Maßen. Damit aber war schon Schluß. Als einmal eine Profi-Nutte ihrem Freier handgreiflich ihr Können beweisen wollte, war Njunja wie ein Blitz zur Stelle. Drohend schob sich sein Bauch über den Tisch, sein wurstförmiger Zeigefinger, rückseitig schwarzbehaart bis zum vorletzten Glied, tunkte durch die Luft und auf das Corpus delicti zu: "Das gibts hier nicht! Packen's ein, Herr, und ihr beide packts euch zusammen, sofort. Zahlen braucht ihr nicht, wiederkommen auch nicht. Avanti und Adieu!"

Und Njunja verfügte über ein hervorragendes Gedächtnis für Physiognomien. Als die Professionelle es nach einiger Zeit noch einmal wagte, in der "Goldenen Traube" zu erscheinen, kam sie nicht einmal dazu, ihren Fuchskragen abzulegen. Njunja baute sich vor ihr auf: "Sie, hab ich Ihnen nicht vor drei Monaten mein Lokal verboten? Dort ist die Tür, bitteschön, und schnell, ja?" Der Galan der Dame, es war zufällig ihr ständiger Beschützer, wollte protestieren: "Herr, was erlauben Sie sich? Die Dame ist meine Braut!"

Anstelle einer Antwort legte Njunja dem Luden seine Pranken auf die Schultern, wirbelte ihn um 180 Grad herum und trat ihn so kräftig in den Hintern, daß der Zuhälter seine Dame fast umriß und mit ihr durch die Tür ins Freie taumelte: "Zieh ab, Strizzi, und laß dich hier nie wieder sehen!" brüllte ihm Njunja nach.

Zu Joschi London sagte Njunja hinterher: "Hast du das schon einmal erlebt, so eine chuzpedike Chonte? Ich soll leben von ihr und ihre Freiers? Wenn ich damit anfang, bleiben mir doch die Studenten weg, was mit ihre anstendigen Mejdlach herkommen, sie ein bissel zu filzen. Und die Herren Ingenieure mit ihren Friseusen bleiben mir weg und alle solide Kundschaft, die auch will ihr Vergnügen haben, aber nicht um Geld. Ich hab nix dagegen, daß mein Lokal einen gewissen Ruf hat, das ist gut fürs Geschäft, nur ganz eindeutig darf der Ruf nicht sein. Schließlich geht mein Bub aufs Gymnasium."

Bei Njunja Schlesinger pflegte Lida ihre Geschäftsabschlüsse zu tätigen, denn auch sie hielt auf guten Ruf.

Eines abends erschien sie wieder in der "Goldenen Traube", und sobald Njunja den gutaussehenden Freier erblickte, der mit Lydia hereinkam, raunte er zu Joschi: "Spiel was Schönes, spiel was Lautes, damit keiner merkt, wenn ich verschwind'."

Zur Kurtl Gemünder aber, dem uralten, plattfüßigen Kellner, sagte Njunja im Abgehen: "Tisch Nummer Vier, Kurtl, mach mir Mauer!"

Njunja verschwand, während Joschi London die Ungarische Rhapsodie daherhämmerte und Kurtl Gemünder mit gezücktem Block die Herrschaften umständlich ausfragte, was sie zu verzehren gedächten: "Unser Gulasch kann ich heute nicht empfehlen, das Fleisch ist zäh, aber ein Schweinernes hätten wir, das ist wirklich delikat, man könnte fast sagen, ein koscheres Schweinderl war das. Und was bitte zu trinken, die Herrschaften? Ein Viertele Bisenzer? Eine Sekunde, bitte, es wird gleich sein!"

Unterdessen war Njunja in seiner Privatwohnung verschwunden, die im Oberstock lag. Am Telefon wählte er eine Nummer, die er auswendig kannte: "Isi, ich brauch dich," flüsterte er in die Muschel, "schick mir sofort einen von deinen Männern her, wenns geht, mit einem Schicksele. Oder lieber keine Chonte, er soll nehmen, wo er bekommt. Ja, auch eine von unseren Mejdlach kann es sein. Die Lida ist hier und hat einen Feind bei sich. Jenen Doktor, von dem wir schon öfter haben gesprochen. Das kann ein Zufall sein, aber solche Zufälle gefallen mir nicht."

Keine zwanzig Minuten nach diesem Telefongespräch betrat Isi Feinsilber, der einschlägig bekannte Privatdetektiv, mit einer "Dame" die "Goldene Traube". Das Paar wirkte echt, obwohl die Dame wirklich eine Dame war. Ruthi Sternlicht, ansonsten Juniorchefin der Großkürschnerei Gebrüder Sternlicht, hatte sich zurechtgemacht wie eine echte Venusjüngerin. Am Arm von Isi, der ein entfernter Cousin von ihr war -

sie wiederum eine entfernte Cousine von Njunja Schlesinger -
wirkten die beiden überzeugend: ein läufiges Pärchen, das
sich Stimmung antrinken wollte.

Höflich placierte Njunja die neuen Gäste in eine freie
Nische und murmelte, während er die Bestellung aufnahm: "Wenn
sie aufbrechen am Vierertisch, gehst du pischen, Isi. Hinten
raus und ihnen nach. Die Ruthi macht sich später dünn."

Lida Kalhounkova hatte ihren Freier so weit. Fünfzig
Korunen wechselten den Besitzer. Lida schob die Note in ihren
Strumpf und begab sich auf die Toilette. Njunja wartete im
Gang und nahm die Note entgegen. Morgen würde er sie Lida
aushändigen. Das war sein Kundendienst, er bewahrte das Geld
für die Mädchen auf; für die "freien" Mädchen, die ohne
Zuhälter arbeiteten. "Gib acht, Lida, der Kerl ist nicht
koscher!"

Isi kam an ihnen vorbei und tat, als wäre er mit Njunja
nicht bekannt. Lida legte Rouge auf und ging zu ihrem Gast
zurück. Die beiden brachen auf.

Eine halbe Stunde später war Isi zurück und berichtete:
"Er ist wirklich mit ihr aufs Zimmer gegangen, es muß aber
eine kurze Nummer gewesen sein, nach einer Viertelstunde war
er schon wieder draußen. Hätt ich ihm nachgehen sollen?"

"Nein, wo der wohnt, wissen wir. Und wo er arbeitet, auch.
Ist die Lida daheimgeblieben?"

"Sie hat das Licht ausgemacht, aber herausgekommen ist
sie nicht."

"Dann werd ich sie morgen fragen müssen, wenn sie sich das
Geld abholt."

Doch von Lida war nichts zu erfahren. Sie schwieg sich
eisern aus, so sehr Njunja auch bat und drohte. Sogar die
Aufkündigung der Freundschaft löste ihr nicht die Zunge.

Denn der Doktor Vejdrych hatte ihr Schweigen auferlegt,
und Lida hatte Angst vor Vejdrych. Sowas war ihr noch nie
passiert. Zieht doch der Freier, kaum daß sie in der Wohnung
sieht, die Polizeimarke heraus!

Geheimprostitution, Kontrolle, Büchel! Vejdrych hatte
gedroht, bis Lida zu allem bereit war. Danach war er mit
seinem Vorschlag gekommen. Lida sollte ihre Wohnung nachts-
über der Polizei zur Verfügung stellen. Bis auf weiteres bekam
sie ein anderes Zimmer, und den Einnahmeverlust würde man ihr
auch ersetzen. Und sie sollte ja niemandem etwas sagen, auch
nicht dem Broutschek von der Sittenpolizei. (Denn Vejdrych
nahm an, und das war richtig, daß Lida dem Beamten Broutschek

bekannt war und von ihm gedeckt wurde.) Das war es, darüber zerbrach sich Njunja Schlesinger den Kopf.

Und er beriet sich mit Isi Feinsilber: "Ob du es weißt oder nicht, Isi, der Geheime, der mit der Lida zusammen war, ist ein Gajda-Faschist. Wir kennen ihn. Natürlich fragen wir uns, was er will, wenn er hier auftaucht. Es muß etwas wichtiges sein, für Kleinigkeiten hat der seine Leute. Kommt er selbst, dann gibt es eine große Sache. Der Lida hat er Angst gemacht. Was will er von ihr? Sie ist eine unbedeutende Person. Aber irgendwas will er von ihr. Was kann sie ihm zu bieten haben? Tu sie mir beobachten, Isi. Von dem Mann haben wir nichts Gutes zu erwarten."

"Sie geht woanders schlafen," berichtete Isi zwei Tage danach und gab Njunja Lidas neue Adresse.

"Dort wohnt sie? Das ist eine teure Gegend! Wer bezahlt das? Von was lebt sie, wenn sie keine Freier mehr aufreißt? Mach weiter, Isi, ich glaub, es lohnt sich."

Wiederum zwei Tage später hatte Njunja das Rätsel gelöst: "Also, auf die Nacht ziehen Geheime in Lidas Wohnung und sie beobachten das Lokal vom Hiebler? No, das kann uns egal sein, wenn ein Faschist auf den anderen losgeht. Es ist uns aber nicht egal, denn auch mich interessiert es, wen der Vejdrych beim Hiebler zu finden hofft. Hast du Leute genug, Isi? Kümmer dich um den Hinterausgang. Der Potz von Vejdrych weiß natürlich nicht, daß man beim Hiebler auch hinten verschwinden kann.

Isi hatte Leute genug. Bald wußte Njunja Schlesinger, was der Doktor Vejdrych gern gewußt hätte. Frau Margarete Meidners Vetter Hans hielt sich heimlich bei Hiebler auf und empfing dort Abgesandte aus dem Reich. Er empfing darüberhinaus aber auch Abgesandte der Henleinbewegung, welche mit Hitler damals noch nicht liiert war, zumindest offiziell nicht. Das war hochinteressant, und nicht nur für die Polizei, sondern auch für die Freunde Zions, welche zugleich die Freunde des Njunja Schlesinger waren.

Man hat dem Schlesinger später wiederholt vorgeworfen, daß er dieses sein Wissen für sich behalten hat. Darauf hat der Njunja eine sehr einfache Antwort gegeben: "Wir sind mit unserem Wissen nicht zu Polizei gerannt, weil es dort ebenfalls Faschisten gab, tschechische natürlich. Waren das vielleicht keine Antisemiten?"

Warum Njunja und die Freunde Zions die Öffentlichkeit scheuten? Zionist zu sein war weder eine Schande, noch war es verboten. Verboten war allerdings der Schmuggel von Devisen, und um den ging es den Freunden Zions. Die Chawerim in Erez Israel brauchten Geld, jede Menge Geld. Der Staat aber, wie fast alle europäischen Staaten in jenen Jahren, hatte etwas gegen die Ausfuhr seiner spärlichen Devisen. Njunja und seine Freunde ließen es sich angelegen sein, die Devisenbstimmungen des Staates zu umgehen. Darum scheuten sie die Polizei.

Nicht so ganz. Vor allem dann nicht, wenn abzuwägen war, was schwerer wog, der Devisenschmuggel oder die Untergrundtätigkeit der Faschisten.

Und darum war Njunja doch bei der Polizei gewesen, nur eben nicht auf die übliche Weise. Njunja war gleich zur richtigen Stelle gegangen, nachdem er herausbekommen hatte, um was es ging. Die richtige Stelle befand sich im Etablissement von Frau Valerie Hanska. Dort war der geheimste aller Treffpunkte des Direktors Brejcha, und nur die erlesensten Freunde von Brejcha wußten darum. Da, wo jeder Mann sich hinschleichen darf und nicht gesehen werden möchte - und wenn doch, dann mit der besten Ausrede der Welt - dort konnte man den Direktor Brejcha sprechen, ohne Aufsehen zu erregen. Denn Brejcha war Junggeselle und durfte seinen sexuellen Bedürfnissen nachgehen, wann und wo er wollte. Daß man das bei Frau Hanska konnte, war stadtbekannt.

Frau Valerie Hanska gab Schauspielunterricht. Sie gab ihn stundenweise, und so war es nicht ungewöhnlich, daß ihre Wohnung regelmäßig von jungen Damen frequentiert wurde. Da man beim Schauspielunterricht Requisiten benötigt, hatte Frau Hanska eine Nebenwohnung dazugemietet, die lediglich als Magazin diente. Damit war die Etage ausgebucht. Wer offiziell zum Schauspielunterricht kam, drückte die Klingel an der Wohnungstür. Wer inoffiziell kam, drückte die Klingel vom Magazin. Die klingelte zwar nicht, es löste jedoch der Klingelknopf einen Summton in Frau Hanskas Wohnung aus. Je nach Ton ging Frau Hanska dann zu dieser oder jener Tür und öffnete.

Natürlich wußte alle Welt, daß Frau Hanska ein Edelbordell betrieb, doch niemand fand etwas dabei, daß die Polizei den Betrieb duldete. Auch die besseren Leute wollen einmal.

Dem Beamten Broutschek hatte Brejcha gesagt: "Schaun Sie, mein Lieber, wenn wir die Hanska hochgehen lassen, kommt bald eine andere und macht die gleichen Geschäfte; macht sie aber vielleicht nicht so sauber wie unsere Freundin, die bekanntlich weder Ketten noch Peitschen duldet und auch keinen

Triolenverkehr und was weiß ich. Bei der Hanska wird brav
gevögelt, mit frischen jungen Mädchen, die es alle nicht zum
ersten Mal tun und es ganz bestimmt nicht bis ins Pensionsalter tun werden. Die wollen sich was dazuverdienen zu ihren
kleinen Gehältern in diesen schlechten Zeiten. Sollen sie!
Wir wollen doch nicht die Prostitution ausrotten, Broutschek!
Wir wollen lediglich dafür sorgen, daß sich Prostitution und
Verbrechen nicht zusammentun. Mit Beischlafdiebstahl fängt
das an und mit Mord und Totschlag hört es auf. Das ist es,
was wir zu verhindern haben. Und Rauschgift wollen wir keins
dabeihaben. Wenn die Hanska mit sowas anfängt, ist sie geliefert. Und wenn sie Minderjährige verkuppelt, reiß ich ihr
alle Haare einzeln aus."

"Ich hab schon verstanden, Herr Direktor. Wenn aber die
Hanska doch mit irgendwas auffallen sollte?"

"Auffallen ist allein schon ein Verbrechen, Broutschek,
und die Hanska weiß das. Wenn sich nix mehr vertuschen läßt,
kennen wir keine Gnade. Ebendarum werden bei der Hanska auch
keine Gelder genommen, Broutschek - hier nicht!"

"Herr Direktor---!"

"Broutschek!" Direktor Brejchas Stimme tremolierte warm:
"Broutschek, Sie werden mich jetzt doch nicht enttäuschen,
indem Sie versuchen, Theater zu machen. Zwingen Sie mich
nicht, Ihnen zu beweisen, daß Sie ein schlechter Komödiant
sind. Bis jetzt hab ich Sie für einen guten Komödianten
gehalten!"

Broutschek erwies sich sofort als das, was er nach Brej-
chas Willen zu sein hatte: "Aber beobachten soll ich das
Etablissement wohl doch? Oder schaffen Sie das auch alleine,
Herr Direktor?"

Anstelle einer Antwort drohte Brejcha nur gemütlich mit
dem Finger.

Zum Beamten Broutschek ging Njunja Schlesinger, als er den
Direktor Brejcha sprechen wollte: "Herr Broutschek, für das
Geld, das ich Ihnen zahl, damit Ihre Leute mein Lokal in Ruhe
lassen, könnten Sie mir auch einmal einen Extragefallen tun.
Ich muß Ihren Chef sprechen, bald und ganz geheim."

Das Rendezvous kam zustande bei Madame Hanska. Ältere
Herren, die mit hochgeklapptem Mantelkragen zur Hanska kämen,
gäbe es ganug, ließ Brejcha bestellen. Auch er, Brejcha,
besäße einen solchen Mantel. Und Broutschek würde Schildwache
stehen.

"Nun, Herr Schlesinger," meinte Direktor Brejcha jovial, als sich beide Herren bei einem Cognac gegenübersaßen, "wo drückt uns der Schuh? Geht es um den Nervus Rerum oder um Hitler ante Portas?"

Auch Njunja hatte ein paar Lateinklassen hinter sich gebracht, ehe er das väterliche Geschäft übernahm: "Ante Portas sowieso, Herr Direktor, wie weit ist es schon von hier bis zur Grenze? Intra Muros haben wir die Brüder bereits, aber das wissen Sie ja! Oder wenn nicht, dann sehen Sie sich bitte diese Liste hier an!"

Brejcha widmete sich der Liste eingehend. Schnalzte bei diesem, pfiff bei jenem Namen, dann steckte er die Liste ein: "Sagen Sie den Freunden Zions meinen herzinnigen Dank, lieber Schlesinger! Das war gute Arbeit!"

Njunja vermeinte, das weiche Sofa unter seinem Hintern löse sich in ein Nichts auf. Dieser Satan Brejcha war noch schlimmer als sein Ruf.

Brejcha amüsierte sich über Njunjas Entsetzen: "Schlesinger, Schlesinger, fallen Sie mir nur nicht in Ohnmacht! Daß ich über euch Bescheid weiß, bedeutet doch nicht, daß ich etwas gegen die Freunde Zions habe. Bin ich der Finanzminister? Wie sind Sie übrigens an die Liste gekommen?"

Schlesinger sagte es und blieb ausnahmsweise einmal bei der Wahrheit: "Ich hab gedacht, die Polizei interessiert sich für uns. Dann bin ich daraufgekommen, daß sie sich für den Hiebler interessiert. Weshalb? hab ich mich gefragt und hab mich umgeschaut. So hab ich die Namen zusammengekriegt."

"Sauber, sauber! Aber nützen wird uns das nicht viel. Was wir hier treiben, ist alles für die Katz. Den Hitler hält keiner mehr auf. Morgen noch nicht, aber übermorgen bestimmt wird er kommen."

"Das wissen wir auch, Herr Direktor. Und wir wissen, daß er nicht nur unter den Deutschen seine Verbündeten hat."

"Ach? Sie denken an meinen Doktor Vejdrych? Der uns mit seiner Observation von Hieblers Vordertür Sand in die Augen streuen will? Den überlassen Sie bitte mir. Dem werde ich jetzt Sand ins Getriebe streuen. Ihre Liste kommt mir dabei sehr gelegen. Trotzdem glaube ich nicht, daß wir mit solchen Sachen mehr gewinnen als ein bissel Zeit. Ein Jahr, zwei Jahre, wer weiß? Wie das enden wird, können wir uns ausrechnen, leider nicht den dazugehörigen Tag. Die Leute hier sind alle verblödet. Die einen rufen nach Prag und Moskau, die anderen Prag und Paris. Was rufen Sie, Herr

Schlesinger?"

"Ich halte es mit Zion, Herr Direktor."

"Besorgen Sie sich eine Wohnung in London, Schlesinger. Oder noch besser eine in New York. Vielleicht sehen wir uns dort eines Tages wieder!"

Eine Woche brauchte Direktor Brejcha nach seinem Gespräch mit Njunja Schlesinger, um seine Sturmtruppen zu ordnen. Dann schlug er zu. Zwei Kompanien Staatspolizei unter Rittmeister (Kapitan) Vyslouzil, dem Nachfolger des unglückseligen Majors Jirasek, riegelten den Gasthof Hiebler von allen Seiten ab und filterten alle lebenden Wesen im Hiebler durch ein enges Filter. Zur richtigen Stunde, versteht sich, denn Brejcha hatte Njunjas Listen sorgfältig studiert und im übrigen seine eigenen Spitzel gut angesetzt.

Brave Bürger, welche bei Hiebler lediglich ein köstliches Kalbsgulasch hatten essen wollen, wurden mit höflicher Entschuldigung heimgeschickt, obzwar sich auch unter ihnen, wie Brejcha vermutete, mancher heimliche Hitlerfreund befand.

In den Maschen des Netzes blieben hängen - und zwar weil entweder mit falschen Ausweisen versehen oder aber im Besitze verbotener Schriften - der Vetter Hans, Heinrich Thurneußl, Johann Berdin und ein Halbdutzend weitere deutsche Patrioten. Unter ihnen befand sich, Brejcha jubelte, als er es konstatierte, auch der Inhaber eines Ausweises, welcher zwar echt war aber mit Sicherheit nicht dem gehörte, der ihn vorwies. Denn der wirkliche Inhaber war polizeibekannt und saß gerade in Prag ein, wo ihn die dortige Polizei nach längerer Fahndung geschnappt hatte. Die Nachricht, sein Name könne nun auf der Fahndungsliste gelöscht werden, war soeben erst bei Brejcha eingelangt.

"Herr, haben Sie vielleicht einen Zwilling, der in Prag in Untersuchungshaft sitzt? Tz, tz, tz, man soll sich doch niemals Ausweise ausborgen von Leuten, deren Familie man nicht kennt! Und aus Trautenau wollen Sie sein? Dann werden Sie mir sicher sagen können, wie das Kaffeehaus heißt, das gegenüber dem Bahnhof liegt. Café Elektra, nicht wahr? Nein? Wie dann? Sie wissen es nicht? Das ist aber schade. Ich hätte es nämlich selber gern gewußt!"

Solche Scherze liebte der Direktor. Und als der "Trautenauer" plötzlich diplomatische Immunität für sich forderte, setzte ihn Brejcha umgehend in den nächsten Zug nach Prag, mit zwei stämmigen Staatspolizisten als Begleitern: "Sehens,

Herr, rief er dem "Diplomaten" fröhlich nach, "das wird Ihrem Herrn Gesandten die Arbeit sehr vereinfachen, wenn er Sie hier nicht abzuholen braucht. Morgen früh kriegt er Ihnen gratis in unserem Außenministerium, und vielleicht darf er Ihnen auch gleich die Fahrkarte nach Berlin mitbringen, wenn er Sie abholen kommt. Gute Reise!"

Den Doktor Vejdrych aber empfing Brejcha am nächsten Morgen in seinem Büro: "Lieber Herr Doktor! Sie haben mir vor ein paar Tagen einen Bericht übergeben, betreffend die Besucher der Gastwirtschaft Hiebler. No servus! Lauter harmlose und loyale Staatsbürger deutscher Zunge! Ich gratuliere Ihnen und nehme Ihren Bericht offiziell zu den Akten. Die Kosten für eine überflüssige Straßenlaterne und für die Evakuierung der Dame Kulhankova füge ich bei, damit man in Prag sieht, daß wir das Geld nicht umsonst ausgeben. Sagen Sie einmal, haben Sie mit dem Mädchen wenigstens geschlafen für das viele Geld? Nein? Das tut mir leid. Und jetzt sehen Sie sich einmal an, was ich herausbekommen habe! Sie wissen nicht, wie diese Verdächtigen zu Hiebler hineingekommen sind? No, wahrscheinlich durch den Schornstein, nicht wahr? Und an die Schlaraffenburg im Hof haben Sie nicht gedacht. Die Schlaraffen sind harmlose Narren. Sind sie auch. Trotzdem sitzt irgendein bunter Vogel in ihrem Kreis, den wir noch fangen müssen."

Brejcha lächelte süffisant: "Und jetzt können Sie Frau Margarete Meidner aufsuchen und ihr schonend berichten, daß ihr lieber Vetter Hans sie für einige Zeit in Ruhe lassen wird. Wer weiß, vielleicht kriegen Sie wieder ein paar Flaschen französischen Cognac für die kleine Gefälligkeit. Das wärs für heute, mein lieber Vejdrych. Adieu!"

Und als sein Stellvertreter den Raum verlassen hatte, brummte Direktor Brejcha vergnügt eine Melodie vor sich hin und war so glücklich wie schon lange nicht.

Als die Meidners mitnebst Sohn Willy das Kurhotel in dem vornehmen, dem Deutschen Orden gehörenden Badeort in den Bergen betraten, schnellte ein kleiner, fahlblonder Herr aus seinem Fauteuil hoch und eilte auf sie zu: "Herr Meidner und Frau Gemahlin! Küßdiehand gnä' Frau, Grüß Gott, Herr Professor - und das ist der Junior, nicht? No, das ist aber eine Überraschung, daß man sich hier trifft! Zuhause hätte man's näher, aber dort sieht man sich ja das ganze Jahr kaum einmal. Bleiben Sie auch über die Pfingsttage? Großartig, da wird meine Gattin sich freuen. Wir haben uns schon im ganzen Ort umgeschaut und noch keine Bekannten gefunden. Pascual, hat meine Frau gesagt, wie konnten wir ausgerechnet hierher fahren, wo wir keinen Menschen kennen? Und meine Gretel erst, sie war ja schon ganz traurig als junger Mensch unter lauter Mittelalterlichen - pardon, gnä' Frau - Sie sind natürlich ausgenommen. Jetzt hat die Gretel einen Kavalier gekriegt, wie ich seh - den Meidner junior, Hans war doch Ihr Name, wie?"

"Willy," korrigierte der junge Meidner trotzig und betrachtete den Herrn Direktor Pascual Hempel wie ein seltsames Insekt.

Hempel schwatzte ungerührt weiter: "Wir werden einen gemeinsamen Tisch nehmen, nicht wahr? Moment, ich sage gleich dem Ober Bescheid. Nein, wie ich mich freue!"

Meidners ihrerseits kamen nicht dazu, sich zu freuen. Es wäre ihnen auch schwergefallen.

"Heiliger Gott!" stöhnte Frau Margarete, als Pascual armeflatternd enteilte.

"Er ist nicht so schlimm, Margarete," beruhigte Professor Meidner seine Hausehre, "du weißt doch, der Hempel redet nur soviel daher, wenn seine Käthe nicht zugegen ist."

"Ja, aber sonst redet sie!"

"Oder du, Margarete," schmunzelte Josef Meidner. "Ich bin gespannt, wer diesmal gewinnt."

Auf der Treppe, die zu den Gastzimmern im Obergeschoß führte, stand plötzlich ein Traum in Platinblond. Grit Hempel, siebzehn Jahre jung, fast ein Jahr älter als Willy Meidner.

Suchend spähte das lichte Geschöpf in die Halle und zog dabei, als fröre es, einen weißen Cashmere-Umhang eng um

sich. Zögernd kam die Schöne, Fuß vor Fuß, die Treppe herab.
Sie trug Silbersandalen.

Veilchenblaue Augen fanden den Vater, der soeben aus dem
Speisesaal geflattert kam: "Papa, ich suche dich im ganzen
Haus, deine Frau hat Kopfschmerzen."

Die Stimme von Grit Hempel war leise und melodisch, doch
sie erreichte den letzten Winkel der Halle.

Pascual Hempel bremste seinen Lauf, als das Glockengeläute
der Tochterstimme sein Ohr traf: "Was, die Mama nimmt wieder
ihre Migräne?" näselte er wenig gerührt, " - dann geh wieder
hinauf, mein Kind, und sag ihr, sie soll Aspirin schlucken.
Es liegt bei mir am Nachtkastel. Oder nein, sag es ihr nicht,
ich werde es ihr selber sagen und dafür sorgen, daß sie es
einnimmt.

Komm, meine Tochter," nahm Pascual das Mädchen bei der
Hand und führte es den Meidners zu: "Meine Tochter Gretel!
Das sind Professor Meidners, Kind, oder kennst du die Herr-
schaften noch nicht? Und das ist der Sohn des Hauses Meidner:
Peter, nicht wahr?"

"Willy," korrigierte dieser abermals.

"Willy Meidner," wiederholte Pascual und schämte sich
keines Irrtums, "darf ich Sie meiner Tochter Gretel vorstellen?"

"Servus, Willy," sagte Grit Hempel, ließ den Umhang klaf-
fen und streckte Willy ihre rechte Hand hin. Die veilchenblauen Augen zwinkerten vergnügt. Grit weidete sich an der
Überraschung Frau Margaretes.

"Servus Grete!" sagte Willy verblüfft und ergriff Grits
Hand. So gut, wie das Mädchen tat, kannte man sich schließlich nicht. Fast hätte Willy noch ein "Aua" nachgeschickt,
denn Grits spitzer Fingernagel bohrte sich schmerzhaft in
seine Handfläche.

Willy Meidner hatte bis dahin mit gleichaltrigen Weiblich-
keiten wenig Erfahrung. Dem Dienstmädchen einmal an die
Schürze gegriffen, der Köchin das Gesäß betatscht, in den
Ferien einem Dorftrampel bei der Kirmes das Händchen gehalten
und die Hand um die Hüfte gelegt - das war es bereits.

Natürlich kannte er Grit Hempel. Die Mädchenschule, die
Grit besuchte, lag nahe bei Willys Gymnasium, und Heinrich
Nowack, Willys Mitschüler und Mentor in Mädchensachen, hatte
ihn vor einiger Zeit beim Eislaufen mit Grete Hempel bekanntgemacht. Von Heinrich Nowack wußte Willy auch, daß die Hempels Pfingsten in dem Gebirgs-Kurort verbringen würden, und

er hatte seine Eltern überredet, dahin zu fahren. Die Gründe, die Willy seinen Eltern nannte, hatten natürlich nichts mit Grit zu tun. Den Meidners wäre auch nicht der geringste Verdacht in dieser Richtung gekommen. Für das Mädchen Grit war es eine klare Angelegenheit. Heinrich Nowack hatte sie darauf vorbereitet und ihr war es recht, auch wenn Willy in ihren Augen kein vollwertiger Partner war: zu jung! Anderseits war ein Willy über Pfingsten immer noch besser als Mamas Migräne.

Frau Katharine Hempel war ihrer Migräne mit Hilfe von Aspirin Herrin geworden. Noch mehr hatte zu ihrer Genesung beigetragen, daß sie ihre Familie den Meidners nicht in die Hand geben wollte. Margarete Meidner wiederum hatte sich wieder einmal selbst besiegt und die Hempels heruntergeschluckt. Nach einem gemeinsamen Abendessen saß man bei einer Flasche Wein und unterhielt sich, so gut es gehen mochte. Die Kinder hatte man an die frische Luft gesetzt, sie waren ins Dorf gegangen - wie sich die Häusersammlung um das Kurhotel eben nannte: Fremdenpensionen zumeist und Geschäfte mit all den Artikeln, die ein Kurgast benötigt.

Männer finden schnell ein Gesprächsthema, das ihre Frauen nicht interessiert. Also bestritten Pascual Hempel und Josef Meidner die Unterhaltung, während die Damen unsicher nach einem Faden suchten, der zu einem gemeinsamen Gewebe taugen mochte.

Pascual Hempel war keineswegs der Idiot, zu dem er sich gern machte. Als Techniker galt er auf seinem Spezialgebiet nicht wenig. Josef Meidner wußte das und fand den Kollegen Hempel auch sonst recht unterhaltsam.

Endlich wurden auch die Damen miteinander warm. Sie hechelten die Damenschneider der Stadt durch und empfahlen jede der anderen einen Tailleur, der sie enttäuscht hatte.

Plötzlich erschien Willy atemlos beim Tisch: "Pappi, Mammi, unten im Dorf ist Kirmesrummel. Dürfen wir hin, Grit und ich?"

Josef Meidner, der ahnte, warum und worum Willy gekommen war, zog schmunzelnd seine Brieftasche und händigte Willy eine Fünfzigkorunennote aus: "Aber werd mir nicht größenwahnsinnig mit dem vielen Geld, Willy!"

"Und seid bitte um 1o Uhr abends zurück!" Das war Frau Margarete.

Josef Meidner sah auf seine Uhr: "Margarete, ich bitte dich, es ist doch schon halb neun! Sagen wir um elf, Willy - wenn es Ihnen wegen Ihrer Tochter recht ist, die Herrschaften Hempel?"

Frau Käthe Hempel paßte es garnicht, doch was sollte sie sagen, wenn ihr Pascual jubelte: "Einverstanden, Käthe, nicht wahr? Schließlich hat das Mädel ja einen Beschützer zur Seite."

Ebendas bereitete Frau Käthe einige Sorge, sie kannte ihre Tochter. Und genau das war auch Frau Margarete nicht recht. Mochte das Hempelmädchen doch ruhig verloren gehen, wenn nur ihr Willy nicht mit von der Partie war!

Die Väter zwinkerten dem Buben zu.

"Wo ist denn Grit?" fragte Frau Katharina.

"Auf ihrem Zimmer, sie macht sich frisch und zieht sich um."

"Könnte sie sich nicht verabschieden kommen?" fragte die Hempelmutter und raunte der Meidnermutter zu: "Womöglich hat sie Rouge aufgelegt! Schrecklich, was diese Kinder heute in der Schule lernen!"

"Rouge auflegen? Ist das jetzt Unterrichtsgegenstand?" Vater Meidner konnte das Frozzeln nicht lassen.

"Von den Mitschülerinnen, meine ich. Sie ahnen nicht, Herr Meidner, wie weit einige dieser Mädchen schon sind. Sogar welche aus guter Familie."

"Ich glaube, gnädige Frau, daß gerade in guten Familien die Frisiertoiletten der Mütter besser ausgestattet sind als bei armen Leuten. Stell dir vor, Margarete, unser Willy wäre ein Mädchen und ginge heimlich an deine Schönheitsapotheke!"

"Josef, ich bitte dich!"

"Aber liebe gnä' Frau! Was glauben Sie, wo unsere Gretel ihre Parfums und Püderchen hernimmt? Das ist doch alles kein Unglück. Haben wir es nicht ähnlich gemacht, als wir jung waren? Vaters Manchettenknöpfe, Vaters Krawattennadeln, wie? Herr Meidner, waren wir besser?" Die Herren lachten sich zu.

In diesem Moment erschien Grit Hempel. Die Meidnerin erstarrte. Das Mädchen hatte sich garnicht groß herausgemacht, trug vielmehr ein schlichtes Dirndelkleid, lächelte der Erwachsenenrunde zu: "Ich hab mich ländlich, sittlich angezogen für's Dorf. Dürfen wir jetzt adieu sagen?"

Als die beiden Halbwüchsigen aus der Sichtweite des Kurho-

79

tels waren, wagte es Willy, den Arm um Gretes Hüfte zu legen. Die ließ es sich gefallen. Später, im Bierzelt, tanzten sie zur Dorfmusik. Als sie aufbrachen, war es schon nach elf, als sie ins Hotel kamen, ging es auf Mitternacht zu. Der Nachtportier übergab ihnen die Zimmerschlüssel: "Der Herr Professor läßt sagen, die Herrschaften sind noch in der Bar."

Willy gluckste: "Siehst du, Grete, mein Alter hat es gerichtet. Sie werden nicht wissen, wann wir heimgekommen sind." Großzügig schob Willy dem Nachtportier den Rest seines Geldes zu, immerhin war es noch ein glatter Zehner: "Es ist doch jetzt kurz nach elf, nicht wahr, Herr Portier?" Der Portier nickte: "Jawohl, kurz nach elf."

"Dann wird es aber Zeit, daß wir in die Heia kommen, Grete, und daß wir schön brav in unseren Bettchen liegen, wenn die Alten die Bar verlassen."

Es war ein wunderschöner Abend gewesen, fanden beide. Willy hatte die ersten richtigen Küsse seines Lebens bekommen und erfahren, daß Gretes Busen groß und weich war. Grete wiederum hatte gelernt, daß jüngere Buben, auch solche ohne Erfahrung, schon ziemlich genau wissen, was sie von einem Mädchen wollen.

Am Frühstückstisch trafen sich ein triumphierender Willy und eine verlegene Grete vor den Augen ihrer Eltern. Grete schämte sich und war still. Sie schämte sich nicht wegen der Küsse, auch nicht wegen der Freiheiten, die sie Willy eingeräumt hatte, Grit Hempel schämte sich, weil sie die Freundschaft mit Willy vor ihrem Bruder, Pascual dem Jüngeren, würde vertreten müssen; vor Pascual dem Verehrten, Pascual dem Strengen, Pascual, dem Kommunisten.

Der Bruder würde ihr den neuen Freund übelnehmen, dieses Kapitalistenbübchen, das sich zum künftigen Genossen niemals eignen dürfte.

"Also, Kinder, wie war es gestern abend?" Josef Meidner war in bester Stimmung, denn Frau Margarete, zornig über Willys Ausgang wie über den Barbesuch, war nächtens sehr streng zu ihrem Gatten gewesen. Das hatte ihn entspannt. Schon lange war er nicht so potent gewesen.

"Weißt du Papa, es war recht lustig. Ringelspiel und Schießbuden, gefärbtes Sodawasser: das Bier ist übrigens sehr gut hier!" Den Tanz im Bierzelt verschwieg Willy wohlweislich, denn seine Mutter ahnte nicht, daß er schon tanzen konnte, noch weniger, bei wem er tanzen gelernt hatte - bei Meidners Dienstmädchen nämlich.

"Du Lauser, was verstehst du vom Bier? Wieviele Biere habt ihr getrunken?"

"Nur eins, Papa, und nur ich. Die Grete mag kein Bier."

"Und was hast du dir zusammengeschossen?" Meidner kannte seinen Filius. Der konnte an keiner Schießbude vorbeigehen, ohne sich die besten Stücke herauszuschießen.

"Einen rosa Teddybär, Papa! Grit, warum hast du ihn nicht heruntergebracht?"

Grit Hempel wurde rot bis hinter die Ohren. Das auch noch! Den ganzen Morgen hatte sie überlegt, wo sie das Monstrum verstecken könne, ehe ihr Vater ins Zimmer kam und es an sich riß. Jetzt war es passiert. Psacual Hempel hüpfte hoch: "Einen rosa Teddy? Aber Gretel, das ist ja wunderbar! Der fehlt uns noch in unserem Wochenendhaus in Schönhof. Und wenn ein Gast kommt, sagen wir, unser Leibjäger habe ihn im Walde geschossen!"

Frau Katharina versuchte, den Albernheiten ihres Mannes, die jetzt unweigerlich kommen mußten, vorzubeugen: "Sie werden das nicht verstehen, liebe Meidners, aber wenn es um unser Wochenendhaus geht, wird mein Mann zum Kind. Er hat eine Art Gruselkabinett daraus gemacht. Sie können sich nicht vorstellen, welchen Unfug er dort schon installiert hat!"

"Mein Gott, Katharina, die Sache mit dem Glockenspiel war doch wirklich eine Hetz," wehrte sich Pascual. "Wissen Sie, Gnädigste," wandte er sich an Frau Margarete, "Sie müßten uns einmal besuchen in Schönhof. Wenn Sie die Türglocke drücken, was glauben Sie, was dann passiert?"

"Vermutlich ertönt dann ein Glockenspiel mit Chopins Trauermarsch, Herr Hempel." Die Meidnerin hatte bemerkt, daß zwischen dem verteufelten kleinen Mädchen und ihrem Willy ein geheimes Einverständnis bestand, sie ging daher auf Pascual Hempels Offerte ein, in der Hoffnung, dem Sohn vor Augen zu führen, was für ein Idiot sein fakultativer Schwiegervater sei.

"Nein, dieses ertönt an einem anderen Ort, Eintritt und Abtritt sind zweierlei Ding. An der Haustüre habe ich eine ganz andere Überraschung für meine Gäste. Die gebe ich aber nicht preis. Es mag Ihnen genügen, wenn das Glockenspiel Sie nicht mehr überraschen kann. Es ist aber sehr lustig, verlassen Sie sich darauf!"

"Ja, so lustig, daß die alte Bartsch, unsere Eierfrau,

ihren Eierkorb hat fallen lassen vor Schreck, und ich hab ihr eine Mandel Eier bezahlen müssen," grollte Frau Katharina.

"No und? Die paar Eier haben uns nicht arm gemacht."

"Mit dreißig Eiern, Papa, hätte man zehn hungrigen Arbeiterkindern eine Eierspeise machen können!"

"Falsch, meine liebe Tochter, denn zu einer Eierspeise gehören außerdem Fett, Zwiebeln, Salz, Speck und ein warmer Ofen. Außerdem muß man die zehn Arbeiterkinder beisammenhaben, und das kostet auch noch Zeit. Du hast deine menschenfreundliche Rechnung wieder einmal ohne Neben- und Folgekosten aufgemacht," entgegnete Pascual Hempel ruhig, und war auf einmal nicht mehr der Narr, den er noch Sekunden zuvor dargestellt hatte. "Auch bitte ich dich zu bedenken, mein Kind, daß wir uns manchen anderen Luxus leisten, dessen Wert beziehungsweise Unwert höher ist als der Preis von dreißig Eiern."

"Das liegt aber nur daran, daß alles in Geldwerten berechnet wird, Papa," entgegenete Grit heftig, "wenn das Geld erst einmal abgeschafft ist ---"

" --- dann werden wir die Eierwährung einführen," platzte Willy heraus.

"Wunderbar, mein Junge," jubelte Pascual. "Und was für Geldbörsen werden wir dann haben?"

"Eierkörbe selbstverständlich, Herr Hempel."

"Was aber wird sich in den Banktresoren befinden, junger Meidner?"

"Auf längere Sicht vermutlich Schwefelwasserstoff."

"Und wie wird sich der internationale Zahlungsverkehr abspielen?"

"Per Gasleitung."

Pascual Hempel stand auf, verbeugte sich vor Willy, dann vor Willys Eltern: "Mein Kompliment an alle Meidners, ich wünschte, mein Sohn dächte so logisch wie der Ihre!"

Au verflucht, dachte Frau Margarete. Der Mann ist kein Idiot. Jetzt hat er meinen Willy eingefangen. Das wird ein schwieriges Spiel.

Josef Meidner aber wiegte den Kopf: "Lieber Herr Hempel, ich nehme Ihr Kompliment zwar mit gebotenem Vaterstolz entgegen. Doch gestatten Sie, daß ich es erwidere. Ihr Sohn Pascual, der mit einem hervorragenden Reifezeugnis anstatt zur Hochschule in die Schlosserlehre der Franzenshütte gegangen ist, hat bei uns den besten Eindruck gemacht. Und wenn er mit einiger Verspätung die Technische Hochschule bezieht, so werden seine praktischen Vorkenntnisse den Zeitverlust bald und in vieler Weise ausgleichen. Ich sage voraus, Ihr Pascual wird eines Tages ein sehr erfolgreicher Maschinenbauer werden."

"Wenn er mir dann nur richtige Motoren baut und keine Höllenmaschinen," erwiderte Pascual so erfreut wie skeptisch.

"Sie sind uns noch eine Schilderung Ihrer Schreckenskammer in Schönhof schuldig, Herr Hempel," wechselte Frau Margarete das Thema.

Doch Pascual war irgendwie aus seiner Hochstimmung gefallen. Sein schwieriger Sohn machte ihn traurig.

Frau Katharina, um die Frühstücksrunde zu retten, sprang ein: "Ich will Sie auf das Schlimmste vorbereiten, für den Fall, ddaß Sie wirklich einmal nach Schönhof kommen. Alle Türklinken muß man nach oben drücken, damit die Tür aufgeht. Warmwasser kommt selbstverständlich aus der Kaltwasserleitung, die Hähne muß man verkehrt herum drehen, die Klosettspülung funktioniert nicht, wenn man an dem bewußten Strang zieht, da ertönt erst das Glockenspiel und hernach entrollt sich ein Plakat an der Tür, das besondere Anweisungen gibt. Wenn Sie das Plakat nicht hochrollen, geht die Türe nicht auf. Wollen Sie noch mehr hören, oder haben Sie einen Besuch in Schönhof schon abgeschrieben?"

"Im Gegenteil," erklärte Josef Meidner, "ich fühle mich angelockt."

"O fein, lieber Meidner. Sie werden teilhaben an unserer Kaffeebohne!"

"Wie, bitte, Herr Hempel?"

"Ach, wissen Sie, das ist so. Wir hätten uns das alles nicht leisten können, wenn wir früher so viel Kaffee getrunken hätten wie wir es heute tun. Wahrhaftig, am Kaffee haben wir das Haus erspart. Indem wir nämlich jahrelang immer nur eine Bohne pro Tasse genommen haben. Zur Erinnerung daran hängt jetzt über unserem Kaffeetisch eine hölzerne Kaffeebohne an einem Faden von der Decke, und jeder Gast darf sie einmal in seinen Kaffee tunken. Dies gibt ein besonderes Aroma, behaupten wir, und noch kein Gast hat uns widersprochen." Pascual Hempel hatte die Gedanken an seinen ungeratenen Sohn inzwischen erfolgreich verdrängt.

"Hören Sie, Herr Hempel, da möchte ich Ihnen einen zusätzlichen Tip geben. Ihre Methode mit der einen Kaffeebohne ist so originell auch wieder nicht." Josef Meidner lehnte sich zurück und köpfte gemächlich sein zweites Frühstücksei. "Die

armen Juden in Galizien haben - ich sah es im Krieg - ganz
ähnlich wie Sie Ihre Bohne, ein Stück Kandiszucker am Spagat
von der Decke hängen. Für Kaffee gibt es dort nicht Geld
genug, außerdem ist Rußland näher, also trinken sie meistens
Tee. Und da auch Zucker für wirklich arme Leute recht teuer
ist, darf sich jedes Familienmitglied den Zucker nur ein paar
Augenblicke ins Teeglas hineinhängen. Die restliche Familie
zählt im Takt, wie lange er es tut. Wäre da nicht eine Erwei-
terung Ihres Repertoires gegeben?"

"Damit man uns womöglich für Galizianer hält? Immerhin,
Herr Meidner, ich sehe, wir verstehen uns im Grundsätzlichen.
Ich werde Ihr Angebot erwägen."

"Pappi," schrie Willy in das Gelächter hinein, "könnten
nicht auch wir unseren Gästen einmal so etwas bieten? Dem
Doktor Vejdrych zum Beispiel Kaviar aus schwarzen Glasper-
len?"

"Willy!" schrie Frau Margarete auf. Sie tat es aus mehr
als einem Grunde. Der Professor nahm die Reaktion seiner
Gemahlin zur Kenntnis und lächelte: "Vielleicht sollte man so
etwas erwägen, Willy. Es dürfte aber nichts gesundheitsschäd-
liches sein. Stell dir vor, unser Gast zerkaut das Glas!
Weißt du, daß pulverisiertes Glas in den Verdauungswegen
tödlich wirken kann? Also, Vorsicht, mein Junge mit solchen
Einfällen. Trotzdem, die Idee ist im Prinzip nicht schlecht
Man sollte sich die Sache durch den Kopf gehen lassen."

Frau Margarete machte böse Augen, doch an diesem Morgen
vermochte sie den Gatten nicht in ihren Bann zu zwingen.
Josef Meidner wandte sich, ohne daß sie es zu hindern vermochte, an Pascual Hempel: "Sie haben mich auf Ihr Wochenend-
paradies so neugierig gemacht, daß mir eigentlich nur noch
die ernstgemeinte Einladung fehlt, um wirklich einmal vorbei-
zuschauen."

Pascual Hempel war selig: "Übernächstes Wochenende vielleicht?"

"Einverstanden," sagte Josef Meidner, und Grits und Willys
Hände fanden sich unter dem Tisch.

Mit dieser sehr spontanen Geste hatte Grit Hempel schon
wieder gegen die Grundsätze ihres Bruders verstoßen, welchen
zufolge der Umgang mit Nichtgenossen einzuschränken war. Sie
wußte nicht, warum sie es tat. Der Bengel hatte sie mit dem
rosa Teddy blamiert, er war viel zu jung für sie, er hatte
ihre politischen Predigten mit einem Lachen abgetan: "Daß der
arme Mann in der Schießbude wünscht, möglichst viele Leute

mögen vorbeischießen, ist doch klar. Er kennt aber auch sein Risiko, und normalerweise ist das klein. Denn ich kenne seine Gewehre nicht und möchte wetten, daß er die Kimme verstellt hat. Wenn ich mehrmals hintereinander schieße, kriege ich das heraus. Bis dahin hat er an mir eine Menge Geld verdient."

"Hat er aber nicht, denn du hast von Anfang an getroffen."

"Das ist sein Pech. Er wird es überstehen."

"Du bist ein ausbeuterischer Schuft, Willy."

"Und der Schießbudenbesitzer ist ein Wohltäter. Das gleicht sich aus."

Nein, Willy war ein kaltherziger Bursche. Trotzdem, sie mochte ihn. Was Grit freilich nicht wußte, war der Handel, den Willy vor dem Schießen heimlich mit dem Budenbesitzer abgeschlossen hatte: "Sie, Herr Direktor, ich möchte meiner Begleiterin den rosa Teddy erschießen. Lohnt sich Ihnen das, wenn ich dreißig Korunen auf den Tisch lege?"

Dem Schießbudenbesitzer hatte es gereicht. Willy schoß zwar gut, aber nur wenn er das Gewehr kannte. "Halten's um circa drei Zentimeter nach links, junger Herr!" hatte der Schießbudenbesitzer gesagt. "Aber nur auf den einen Preis, bitte! Sonst muß ich Ihnen danach ein anderes Gewehr geben."

Zwei Wochen nach der Pfingstbegegnung - Professor Meidner hatte telefonisch nachgefragt, ob die Einladung aufrechterhalten werde, fuhr Meidners schwerer Packard im Dörfchen Schönhof vor. Samstag nachmittag, zur Kaffeestunde. Niemand öffnete.

"Es muß dies hier das Haus der Hempels sein. Sie haben es uns genau bechrieben. Steig aus, Willy, und klingle. Oder hast du Angst vor irgendeinem Schabernack?"

"Wär noch schöner, Papa!" Willy sprang aus dem Wagen, zog einmal, zog zweimal am Klingeldraht, nichts rührte sich. Doch als Willy an der Klinke rüttelte, klappte die Haustür plötzlich nach innen um, und gleichzeitig erwies sich die Lampe über der Eingangstür als Dusche. Im Flur stand grinsend Pascual Hempel und krähte: "Hereinspaziert, junger Mann. Aber nicht gleich mit der Tür ins Haus fallen, bitte, auch wenn es draußen regnet!" Zu seiner Tochter aber sagte Pas_cual: "So, Kind, jetzt kannst du das Wasser abstellen und Meidner junior ein Handtuch reichen, damit er sich ein bissel abtrocknet." Und jetzt einen Augenblick, wir wollen die Tür wieder in Ordnung bringen." Das geschah mit Hilfe eines Kurbelmechanismus. Danach eilte Herr Hempel vor die Tür, den Professor zu begrüßen: "Willkommen, willkommen, und keine Angst, bitte, ich suche mir die Objekte meiner Scherze sorgfältig aus. Aha, da kommt ja der abgetrocknete Filius wieder! O weh, o weh, was ist denn nun wieder passiert in meinem verhexten Haus? Gretel, du Teufelsweib, du hast dem armen Willy doch nicht etwa das falsche Handtuch gereicht?"

Die liebe Grete hatte. Josef Meidner mußte lachen, als er die brauen Farbe in seines Sohnes Gesicht sah: "Man hat dich angeschmiert, Willy, bist ganz braun im Gesicht!"

Willy begriff sofort und handelte blitzartig. Grete beim Schopf packen und ihr das Handtuch übers Gesicht ziehen, war eins. Grete zischte wie ein Schlange, und ihre Mutter eilte herbei, um Handgreiflichkeiten zwischen den Sprößlingen zu verhindern: "Das fängt ja gut an, Herr Professor. Da siehst du wieder einmal, Pascual, was du anstellst mit deinen Kindereien! Entschuldigen Sie, Herr Meidner, aber Sie wußten ja, in was für ein Haus Sie kommen!"

"Ich grüße die Hausfrau und bedaure, daß meine Frau termingerecht ihre Migräne bekam."

"Ja, das schaffen wir Frauen nach Bedarf. Ehrlich gesagt, vor einem Besuch bei Hempels hätte ich auch Migräne genommen," meine Frau Käthe.

Die Kaffeetafel war angerichtet, Grete und Willy kamen mit sauberen aber geröteten Wangen aus dem Badezimmer. Man nahm bei Tische Platz.

Und nun zog Professor Meidner ein in Seidenpapier gewikkeltes Päckchen aus der Tasche: "Diese Gabe, lieber Herr Hempel, habe ich mir erlaubt, Ihnen als unseren Einstand mitzubringen. Bitte, machen Sie es auf, wir werden es gleich benötigen."

Mißtrauisch, mit gebotener Vorsicht, wickelte Pascual Hempel das Bäckchen auf, doch alsbald strahlte er: "Kandiszucker, schon am Faden und mit einer Reißzwecke versehen. Ich brauche es nur an die Decke zu hängen. Wie bei den Galizianern werden wir es bald haben! Herr Meidner, das ist eine Aufmerksamkeit, die ich zu schätzen weiß!"

Hurtig erstieg Pascual einen Stuhl und befestigte den Faden an der Zimmerdecke. Frau Katharina schenkte den Kaffee in die Tassen, stellte Kuchen und Milchkännchen auf den Tisch.

"Den Zucker nimm bitte wieder fort, Mutter," kommandierte Pascual. "Heute machen wir es wie die Galizianer. Ich darf anfangen, ja?" Und er hob seine Tasse unter den von der Decke pendelnden Kandis, bis der eingetaucht war. "Bissel kurz, die Schnur," beanstandete er.

"Wir kannten die Höhe Ihrer Zimmer nicht. So, aber jetzt ist Schluß, Herr Hempel, Ihr Kaffee wird zu süß!"

Gehorsam senkte Hempel seine Tasse auf den Tisch - und seine Augen wurden starr. In sener Tasse befand sich anstelle des Kaffees eine nahezu wasserklare Flüssigkeit. Der Kandis hingegen hatte sich in einen schwrzen Ballen verwandelt.

Die beiden Meidners zeigten Vollmondgesichter. Frau Katharina und Grete mußten erst einmal den Inhalt ihrer Tassen überprüfen, ehe sie begriffen, daß man es ihrem Herrn und Vater heimgezahlt hatte.

Pascual Hempel konnte sich lange nicht beruhigen: "Das mir in meinem eigenen Hause! Touché, Herr Meidner! Wie haben Sie das gemacht?"

"Gemacht hat das unser Labor. Ich selber versteh nicht genug von Chemie. Es funktioniert ungefähr so, wie man Tinte entfärbt, ein alter Zaubertrick, der in jedem Zauberbüchlein zu finden ist. Das größte Problem, haben mir meine Chemiedok-

toren gesagt, was es, die ganze Chemie in den Kandis hinein-
zukriegen. Damit Sie aber nicht auf die Idee kommen, lieber
Hempel, es auf eigene Faust zu probieren, habe ich Ihnen noch
ein Dutzend Spezial-Kandis mitgebracht, für künftige Gäste
Ihres Hauses. Es ist völlig ungefährlich auf diese Art.
Willy, hol das Paket bitte aus dem Wagen1 Sie können den
Kaffee übrigens ruhig trinken, Herr Hempel, er schmeckt nur
ein wenig schwach."

"Ich werd' was," brummte der. "Käthe, bring mir bitte eine
andere Tasse!"

Man unterhielt sich gut, der Kuchen war vorzüglich, denn
Frau Käthe war eine hervorragende Köchin. Wie es so geht,
wenn viel Kaffee getrunken wird, irgendwer muß einmal aufs
Töpfchen. Josef Meidner mußte zuerst, und es geschah nichts,
denn Pascual, der seinen Gast zum Örtchen führte, stellte
vorher alle Überraschungen ab: "Bei Ihnen wird es kein Glok-
kenspiel geben, Herr Meidner."

Dann mußte Willy. Pascual warnte ihn: "Vorsicht, junger
Mann, denken Sie an das Glockenspiel, damit Sie sich nicht
erschrecken!"

Willy versprach es. Doch kaum hatte er das Örtchen betreten und die Tür hinter sich verriegelt, begann er den Platz
gründlich zu untersuchen.

Er entdeckte die eingebaute Kamera in einem Wandkästchen
über der Tür und schaltete sie ab, ebenso den gekoppelten
Magnesiumblitz. Da er vermutete, daß die Kamera mit der Spülung verbunden sei, zog er diese und löste das vorhergesagte
Glockenspiel aus. Danach schaltete er die Kamera wieder ein
und schloß das Blitzgerät an. Danach aber tat er ein weiteres. Er zog zwei Papiertüten aus der Jackentasche, den
Inhalt der einen löste er im Spülkasten auf, den Inhalt der
andere Tüte schüttete er in die Klosettmuschel. Sodann zog er
sein Taschenmesser hervor, schnitt die Seife am Waschbecken
in zwei Teile, puhlte eine Höhlung in die Schnittfläche und
praktizierte eine dunkle Tablette hinein. Hernach preßte er
die Schnittflächen wieder aneinander: "So, liebe Hempels, das
wird eine Zeitbombe werden!"

Eine erwartungsvolle Kaffeetafel empfing ihn. Willy tat
uberlegen: "Also das mit dem Glockenspiel war nix, Herr
Hempel; von Blitzlicht laß ich mich auch nicht erschrecken."

Damen müssen nicht sofort auf die Toilette. Professor
Meidner war schon gewesen, also mußte Pascual Hempel folge-
richtig der Nächste sein. Kaum hatte er das Zimmer verlassen,

flitzte Willy hinter ihm her. Grit, die Böses ahnte, eilte
ihm nach und fand ihn, wie er gerade einen Stuhl unter die
Klinke klemmte.

"Die Klinke geht doch nach oben auf, du Tepp!"

Also hingen sie den Stuhl mit der Lehne in die Klinke und
Willy setzte sich darauf.

Man hörte Pascual die Spülung ziehen, man hörte das Glok-
kenspiel, vernahm Pascuals entsetzten Aufschrei: "Au verflucht, das Blitzlicht!" Und dann vernahm man weitere Ausrufe
des Entsetzens. Die Klinke wurde gerüttelt, doch Willy besaß
sein Gewicht. "Hilfe, Hilfe!" hörte man Pascual schreien.

"Was habt ihr ihm getan?" flüsterte Grit.

"Wirst schon sehen, er nimmt halt jetzt ein Schaumbad."

Angelockt von dem Lärm erschienen Frau Katharina und der
Professor im Flur. Aus der Toilette rief Pacual weiterhin um
Hilfe: "Hört auf, das ist ja fürchterlich! Ihr Meidners seid
ganz schreckliche Teufel! Laßt mich raus, ich flehe euch an,
laßt mich raus!"

Auf des Professors Wink gab Willy die Tür frei. Aus ihr
quoll großblasiger Schaum und darin watend - Pascual Hempel.

"Das sind mir liebe Gäste," ächzte der Zauberlehrling.
"Ich zieh meine Spülung und denk mir nichts Böseres als sonst
- da wird die Klosettmuschel zur Schaumgebärerin, und es
nimmt und nimmt kein Ende! Wie habt ihr das nur wieder angestellt, ihr bösen Meidners?"

Frau Katharina liefen die Tränen über die Wangen, so mußte
sie lachen; Gretchen tanzte trillernd durch den Flur. Willy
grinste: "Und fotografiert sind Sie auch, Herr Hempel, ich
hab die Kamera neu eingestellt!"

Das hörend, flitzte Grit in die Toilette und griff sich
die Kamera: "So, Papa, dieses Foto wirst du mir teuer abkau-
fen!"

"Wollen Sie unser Rezept, Herr Hempel? Eine Tüte Chemie in
die Muschel, die andere in den Spülkasten. Es ist ganz einfach und ungefährlich.

"Danke, ein andermal. Heute möchte ich nur noch in Frieden
meinen Kaffee trinken."

Willy dachte an die Seife, deren Effekt irgendwann zutage
treten würde. Das allerdings mochte noch dauern.

Man begab sich, nachdem Grit mit Willys Hilfe den Schaum
beseitigt hatte, wieder an die Kaffeetafel, und von da ab
herrschte Harmonie und Freundlichkeit.

Als Josef Meidner zur guten Stunde aufzubrechen gedachte,

erschien Pascual Hempel junior, ein blondfahler, drahtiger Jüngling. Er kam mit dem Fahrrad und war ziemlich ausgepumpt: "Ich habe beschlossen, liebe Eltern, meine karge Freizeit einmal im kapitalistischen Milieu zu verbringen. Habt ihr was zu essen für mich? Ah, Herr Generaldirektor Meidner mit Sohn Willy! Habediähre! Werden Sie, Herr Generaldirektor einem Wahlproletarier, der im Augenblick zu den Ausgebeuteten Ihres Konzerns zählt, gestatten, für eine Nacht in sein bourgeoises Elternhaus zurückzukehren?"

Der Professor Dr.Ing. Josef Meidner hob lächelnd seinen Zeigefinger: "Viel zu lang, junger Mann, das war ja schon fast eine Stalinrede. Sie hätten sagen müssen: Guten Abend, Chef. Ich hab heute zuhause sein wollen. Was dagegen?"

Und Josef Meidner fuhr fort: "Und wenn Sie mir beizeiten gesagt hätten, daß Sie das Wochenende mit Ihren Eltern verbringen wollen, dann hätten Sie mit uns fahren können. Unser Lehrlingsheim ist zwar sauber und ordentlich, aber daß es wohnlich sei, behaupte nicht einmal ich."

"Sehr liebenswürdig von Ihnen, Herr Chef," trotzte Hempel junior, "aber erstens fahre ich gern rad und zweitens, verzeihen Sie, es ist nicht gegen Ihre Person gerichtet, aber meine Kollegen hätten es nicht gern gesehen, wenn ich mit Ihnen gefahren wäre. Sofort hätte es geheißen, mit dem Hempel werden Ausnahmen gemacht."

"Ich bewundere Ihr Zartgefühl, ganz besonders weil es nach unten besser entwickelt ist als nach oben," entgegnete Josef Meidner liebenswürdig.

"Au, Brüderchen, das hat gesessen," freute sich Grit.

Jung Hempel bewies umgehend, daß er nicht nur austeilen, sondern auch einstecken konnte: "Wenn jemand Chef der Franzenshütte wird, muß er mit ganz anderen Leuten fertigwerden als mit mir, das ist doch selbstverständlich."

Josef Meidner lachte gemütlich: "Solches Lob aus solchem Munde geht einem Arbeiterschinder herunter wie Öl. Merci, Hempel junior!"

In den vorgesehenen Aufbruch hinein kam Willy mit der Bitte, über Nacht bei Hempels bleiben zu dürfen: "Pascual und Grit haben mich eingeladen, Papa. Darf ich? Ich könnte bei Pascual im Zimmer übernachten."

Alle Hempels schlossen sich Willys Bitte an: "Willy fährt morgen abend mit uns nach Hause, Herr Meidner. Lassen Sie die Jugend doch beisammen!"

"Aber du hast doch gar keinen Schlafanzug mit, Willy."

"Hab ich, Papa, Schlafanzug und Zahnbürste."

"Du Gauner du, ich seh schon, du hast den Zufall vorausgesehen. Ich werde also allein nach Hause fahren müssen, trotz dem vielen Cognac, den ich hier getrunken habe. Übrigens, Willy, bist du für die Schule am Montag vorbereitet? Odyssee, Dritter Gesang? Helios d' aneruse lipon perikallea limnen?"

"Bin ich, Papa: Uranon es polychalkion, hon' athanatoisi phaeinoi ---."

"Gut, mein Junge, wir sehen uns also morgen abend," seufzte der Professor, "gegen soviel Voraussicht bin ich machtlos."

Und Josef Meidner zwängte sich, nachdem er von Hempels Abschied genommen hatte, in den Packard, winkte noch einmal und fuhr ab.

"Hör zu, Willy," meinte der junge Hempel, "dein alter Herr ist ein prima Bursche. Aber sag's ihm nicht, sonst glaubt er, ich verehre ihn."

"Gut, aber dann sag ich dir auch nicht, was mein Vater von dir hält."

"Ich merke schon, der Apfel fällt nicht weit vom Roß. Wir werden, so hoffe ich, heute noch eine gute Unterhaltung haben, Willy Meidner."

"Aber zum Kommunismus wirst du mich nicht bekehren!"

"Wer sagt dir, daß ich das will? Mit hoffnungslosen Fällen geb ich mich nicht ab."

Mit eintretender Dämmerung hatte sich Josef Meidner bei Hempels verabschiedet. Für die etwa sechzig Kilometer Heimweg auf den landesüblichen Schotterstraßen benötigte der Professor gut anderthalb Fahrstunden. So erreichte er das Weichbild der Stadt erst bei voll eingetretener Dunkelheit. Und da, schon im Licht der städtischen Gaslaternen, fiel ihm ein, daß er Frau Margarete versprochen hatte, sie vor der Abfahrt von Schönhof anzurufen. Dafür war es inzwischen zu spät. Doch als er das bedachte, erinnerte sich Josef Meidner, wie dringlich Frau Margarete um seinen Anruf gebeten hatte. Und ihm fiel noch anderes ein. Er beschloß, seinem Einfall zu folgen.

Er hielt daher nicht vor seinem Haus, sondern parkte den Wagen in einiger Entfernung und legte das letzte Wegstück zu Fuß zurück. Als er die schmale Gasse betrat, die zum Quai hinunterführte und an der Gartenmauer entlangschritt, dem Eingangstor entgegen, sah er im Schlafzimmer seines Hauses Licht brennen. Die Meidnervilla, zweigeschossig und mit einem Ziertürmchen versehen, lag in der Tiefe des halbhektargroßen Gartens. Obwohl Josef Meidner die Schlüssel mit sich führte, drückte er am Gartentor auf den Klingelknopf. Er drückte einmal, zweimal, dann läutete er Sturm. Erst nach einer Weile meldete sich Frau Margarete an der Sprechanlage: "Wer ist da, bitte?" Sie schien schlecht bei Atem zu sein.

"Ich bin's, Josef, ich hab die Schlüssel in Schönhof gelassen, für den Buben, wenn er morgen mit den Hempels zurückkommt."

Entgegen aller Erwartung regte sich Frau Margarete wegen Willy Wegbleiben nicht auf. Derartige Überraschungen nahm sie sonst übel. "Du Ärmster, und ich bin schon im Bett! Wirst ein bissel warten müssen, bis ich angezogen bin. Das Mädchen hat Ausgang."

Bis jetzt war außer Frau Margaretens Milde alles noch unverdächtig. Doch Josef Meidner hatte seinen Einfall gehabt. Und also zog er sich mit einiger Mühe an der Mauerkrone hoch, weil er Garten und Villa voll überblicken wollte. Richtig, in den Fensterschlitzen des Türmchens erglomm ein schwacher Lichtschein und wanderte, Fenster um Fenster, zum Erdgeschoß, wo die Turmtreppe in ein kleines Gartentürchen mündete. Diese Pforte lag freilich im Dunkel, es war nicht zu erkennen, ob jemand das Haus verließ. Doch das Licht hatte Josef Meidner einiges gesagt. Er ließ sich wieder zum Boden herab und wartete am Gartentor. Und jetzt erst wurden überall die Fenster hell, man hörte Frau Margaretens Schritte auf dem Kiesweg. Sie öffnete ihrem Gatten und sah sich um: "Wo steht denn das Auto? Hast du es dem Willy gelassen?"

Josef Meidner gab seiner Frau keine Antwort, strebte vielmehr schnell seinem Hause zu, nahm aber nicht die Eingangstür, ging vielmehr zum Turmpförtchen und fand es offen. Er schaltete das Licht ein und ging langsam die Wendeltreppe hoch, musterte dabei aufmerksam jede Stufe. Er fand nichts, außer daß die Tür zum Obergeschoß nicht verschlossen war. Josef Meidner versagte es sich, im Schlafzimmer nach Indizien zu suchen. Er ging in sein Arbeitszimmer, öffnete dort das Fenster, welches zum Fluß hin lag. Sah er richtig oder falsch? Kletterte dort jemand über die Mauer?

"Josef, was hast du?" kam Frau Margarete ins Arbeitszimmer. Der Professor wandte sich um und schwieg. Frau Margarete blieb in der Tür. "Josef, laß mich dir erklären --."

"Schweig!" brüllte Meidner und schloß das Fenster. "Schweig, oder ich hole die Polizei und lasse nach einem Einbrecher suchen. Man wird seine Spuren finden. Wäre dir das lieber?" Ruhiger geworden, setzte er fort: "Geh schlafen. Es wird dir in Zukunft an nichts fehlen außer an mir. Ich wünsche keine Erklärungen und keine Diskussion. Das Leben geht weiter, aber von jetzt ab in getrennten Schlafzimmern. Weil ich so stark schnarche, daß du es nicht aushältst. Dem Personal und unserem Sohn wird das genügen. Seinetwegen bleibe ich im Hause wohnen. Dank es deinem Schöpfer, daß er dich Mutter werden ließ. Ich gehe jetzt in Willys Zimmer, und morgen werde ich mir im Gastzimmer ein neues Quartier einrichten. Adieu, Margarete, und gute Nacht!"

Um die gleiche Zeit, da diese Auseinandersetzung im Hause Meidner stattfand, gab es eine gänzlich andere Diskussion in Pascual juniors Dachkammer zu Schönhof. Und während Josef Meidner sich aus der Hausbar eine Flasche Whisky holte, dazu Sodawasser und Eis aus dem Frigidaire, während Frau Margarete eine Schlaftablette nach der anderen schluckte, während Pascual Hempel im Schönhofer Ehebett leise aber ausgiebig mit Frau Katharina schäkerte, kochte Grit Hempel Tee für die Jugend. Denn der Knabe Willy sollte diese Nacht in die Grundzüge des Marxismus-Leninismus eingeführt werden.

Willy Meidner, an Politik herzlich wenig, an Grit Hempel desto mehr interessiert, ließ sich ein- aber nicht verführen. Er begriff schnell, daß Kommunisten ihre eigene Logik haben, gegen die mit sachlichen Argumenten schwer aufzukommen ist.

"Ihr operiert mit Behauptungen, die man nicht nachprüfen kann. Wenn ich euch aber einmal in der Ecke habe, so wechselt ihr schnell das Thema. Ihr sagt, hier sei alles schlecht und in Rußland sei alles besser. Wenn ich euch entgegenhalte, daß man von Hungersnöten in der Ukraine redet, so erklärt ihr das für konterrevolutionäre Propaganda. Könnt ihr mir bitteschön begründen, warum Rußland sowohl Maschinen als auch Weizen importieren muß? Ihr sagt, das seien Folgen der Revolutionswirren. Herrgott nocheinmal, die sind doch seit gut und gern 15 Jahren vorüber. Reicht das nicht für einen wirtschaftlichen Wiederaufbau? Ihr sagt, Sabotage; die Trotzkisten und was weiß ich. Dann sagt mir bitte auch einmal, wieviele Hoch- und Landesverräter hier in diesem Lande oder in den Nachbarländern in den letzten Jahren zum Tode verurteilt und hingerichtet wurden! Wie viele Jagodas haben wir gehabt?

Ihr habt mir eben Zeitschriften gezeigt, auf denen sieht man endlose Kornfelder, Traktoren und Weiber mit Kopftüchern sowie Mannsbilder mit den Proletarierkappen auf dem Kopf. Ihr zeigt mir Bilder von Dnjeprostroj. Wer hat das denn gebaut? Ihr sagt, morgen wird alles besser sein. Aber heute kann sich kein Mensch ins Land wagen, ohne daß er Gefahr läuft, verhaftet zu werden. Kann ich Urlaub auf der Krim machen? Kann ich im Ural Skilaufen? Wo bleibt die russische Olympiamannschaft? Ich weiß, ich weiß, es gibt Intourist-Fahrten zu immer den gleichen Zielen. Moskau, Leninmausoleum, Kaufhaus GUM. Und in Leningrad das Winterpalais und die Eremitage. Ihr

Lieben, ich kenne Leute, die haben an Dnjeprostroj mitgebaut. Die haben das andere Rußland kennengelernt, das sich ängstlich vor jedem Fremden verbirgt. Was hat es zu verbergen, frage ich euch!"

Grit und Pascual gaben sich alle erdenkliche Mühe. Sie kamen Willy mit Parolen und Klischees, sie verschütteten brasilianischen Kaffee schiffsladungsweise in den Atlantik, um die Verbrechen des Kapitalismus aufzuzeigen, sie ließen die Minenarbeiter der südamerikanischen Zinn- und Kupfermilliardäre regimenterweise verhungern - Willy fragte listig zurück, ob denn die Sowjetunion jemals etwas verschenkt hätte, was sie im Überfluß besaß: "Ihr habt mir soeben erklärt, die Sowjetunion besäße ein Sechstel dieser Erde. Sie hat aber nur 180 Millionen Einwohner, ein Zehntel der Erdbevölkerung. Mithin hat sie Land im Überfluß. Warum verschenkt sie nicht Land an Landlose? Wieviel Land darf übrigens der einzelne Sowjetbürger besitzen? Und jetzt kommt ihr mir wieder mit dem Elend bei uns. Bitte, wir haben Arbeitslose - lang nicht mehr so viele wie vor 3 Jahren. Und jetzt sagt mir bitte, wieviele Menschen sind bei uns in den schlimmen Jahren der Arbeitslosigkeit verhungert? Konkret, wieviele? Ihr wißt es nicht, weil man es verschweigt? Gut. Es läßt sich aber nachkontrollieren. Wir haben eine amtliche Todesurschenstatistik. Wir haben die Sektionsprotokolle der Universitäten. Ist einer von den Genossen hier schon auf die Idee gekommen, diese Sektionsprotokolle statistisch auszuwerten? Bei uns wäre es nicht verboten. Jeder Pathologe könnte es unter dem Vorwand wissenschaftlicher Arbeit tun. Erzählt mir nicht, eure Obergescheiten in der Partei hätten sich dieses Themas nicht längst angenommen, wenn es lohnend gewesen wäre!"

"Also das Land in der Sowjetunion gehört allen Bürgern," erklärte Pascual Junior. Man kann es nicht über ihren Kopf hin verschenken."

"Man hat aber den Bauern über ihren Kopf hinweg ihr Land genommen und sie als Kulaken allesamt zu Verbrechern erklärt. Oder bin ich falsch informiert?"

"Die Kulaken waren Verbrecher. Sie haben ihre Produkte zu Wucherpreisen an die hungernden Arbeiter verkauft."

"Und dafür mußten sie bestraft werden, ja?"

"Richtiger - umerzogen."

"Wenn das so richtig ist, dann erkäre mir bitte, Pascual, warum jene Kerle nicht umerzogen werden, die dem Arbeiter einen Monatslohn für ein Paar Schuhe abnehmen?"

"Das haben die Feinde der Sowjetunion erfunden, es stimmt nicht."

"Entschuldige bitte, hier steht es, in eurem eigenen Blättchen. Der Arbeiter verdient soundsoviel Rubel im Monat. Und sieh einmal hier. Ein Einkaufsbummel im Kaufhaus GUM. Der Bummler nennt einige Preise. Könnt ihr noch Kopfrechnen?"

"Ja, das sind natürlich die Preise im GUM. Bedenk doch, das ist ein Luxuskaufhaus."

"Wie? Luxuspreise in einem Luxuskaufhaus? Ich denke, in Rußland sind jetzt alle Menschen gleich?"

"Jeder nach seinen Fähigkeiten, jeder nach seinem Verdienst," warf Grit unvorsichtig ein und erntete von ihrem Bruder einen bösen Blick. Denn nun wieherte Willy vor Vergnügen: "Das ist es, worauf ich gewartet habe. Eine der ältesten Spielregeln des Kapitalismus, und ihr tut, als habe Meister Stalin sie erfunden. Ich frage euch jetzt eindringlich, Freunde, wo der Unterschied ist zwischen Pierpoint Morgan und Josef Stalin. Der eine hat den Geldmarkt beherrscht und der andere beherrscht ein Sechstel der Erde. Der Unterschied, will mir scheinen, ist nur dieser: Morgan hat seine Gegner in den Bankrott getrieben und Stalin läßt sie erschießen."

Willy erwies sich als ein zu harter Brocken für die Hempelkinder. Um die vierte Morgenstunde gaben sie es auf. Grit Hempel drückte ihren müde gewordenen Bruder auf sein Bett: "Pascual, du hast einen anstrengenden Tag hinter dir, geh schlafen. Ich möchte mit Willy noch einmal an die Luft.

"Schon gut," gähnte Pascual, "und vergiß nicht, ihm unsere private Badeanstalt zu zeigen, du Kirke!"

Das Hempelmädchen nahm Willy bei der Hand: "Komm, wir beide brauchen Luft nach diesem heißen Kampf. Bist nicht böse, nein?"

Willy war weder böse noch erschöpft, er war nur neugierig oder besser gesagt, ein wenig gierig. Denn Grit war ihm im Feuer der Auseinandersetzung schöner denn je vorgekommen. Außerdem hatte er den Ausflug nach Schönhof ja nicht eingeleitet, um über Politik zu streiten. Für Grit galt, bei aller Hingabe an die Ideen ihres Bruders, das Gleiche.

Also schlichen die beiden Kinder - leise, leise - die Treppe hinab und Grit führte Willy - leise, leise - durch den Garten zum nahen Bach. Dort hatte Pascual senior mit Grassoden und Bohlen einen Damm errichtet und einen Badetümpel aufgestaut.

Im Osten erglomm ein rötlicher Schein über den Waldhügeln.

Grit streifte ihre Schuhe ab und zog ihr Kleid über den Kopf, nestelte am Büstenhalter: "Wollen wir baden, Willy?"

Unscharf stand ihr weißer Körper im frühen Zwielicht vor dem Jungen. Grit hatte noch ihr Höschen an, ihre Brüste aber schimmerten voll und schwer, die Brüste einer Siebzehnjährigen.

Willy löste seinen Hosengürtel, schlüpfte aus dem Hemd, streifte Schuhe und Socken ab, bekam Schwierigkeiten mit seiner Unterhose, die sich festhakte. Ehe er damit fertig war, hatte Grit ihr Höschen abgestreift und war in den Tümpel gestiegen. Willy sah ihre Rückseite im Wasser vershwinden und sprang hinterher.

Das Wasser war kalt und schmeckte erdig. Grit wandte sich Willy zu und prustete ihm ins Gesicht. Die beiden Kinder umfingen sich, und im Abgleiten der Arme empfingen sie einander. Sie küßten sich und Grit wehrte Willys fordernde Hände ab: "Ich wollte dir nur etwas Schönes zeigen, Willy, mehr nicht. Bleib bitte im Wasser, bis ich angezogen bin."

Willy gehorchte. Doch Grit hatte ihm nicht verboten, ihre beim Ankleiden zuzusehen. So sah er, war es Absicht oder Ungeschicklichkeit, was er zu sehen begehrte.

"Vorsicht, du machst mein Kleid ja ganz naß!" Der aus dem Wasser gestiegene Willy hatte das Mädchen noch einmal in seine Arme genommen. "Laß das bitte, es wird schon hell!"

Viel fehlte nicht, und Grit wäre das Opfer ihrer eigenen Verführungskünste geworden. An ihrer Standhaftigkeit lag es kaum, es waren die Morgennebel, die Willy letztendlich erschauern ließen und sein Hochgefühl dämpften.

In der Haustüre ließ Grit sich noch einmal küssen, dann schob sie den Buben leise zur Treppe hin: "Daß du mir den Pascual nicht aufweckst, Willy!"

Am hellen Morgen wartete eine strahlende Grit auf Freund und Bruder: "Still, unsere Alten schlafen noch fest. Ich glaube, Pascual, die beiden lieben sich zu sehr und zu oft. Sollten wir nicht etwas dagegen tun?"

"Mach sie zu Großeltern, Schwesterchen," gähnte Pascual Junior, "dann werden sie schnell merken, wie alt sie sind."

Ob derartiger Offenheit unter den Geschwistern war Willy entsetzt, wurde jedoch umgehend belehrt: "Wir Kommunisten sind unter anderem auch darin fortschrittlich, daß wir die bürgerlichen Tabus nicht anerkennen."

"Ja, ich weiß," sagte Willy, "das Glas Wasser, frei nach

Madame Kollontai." Dann zielte er mit dem Messer, das eben ein Frühstücksei geköpft hatte auf Grit: "und wenn ich jetzt mein bürgerliches Tabu breche und deinen Eltern erzähle, wie fortschrittlich ihre Tochter ist, was tust du dann?"

Er duckte sich rechtzeitig, denn Grits Frühstücksei flog über seinen Kopf und prallte an die Wand.

"Denk an die hungernden Arbeiterkinder, Grit!" lachte Willy.

"Guten Morgen," wünschte Pascual senior und kam zur Tür herein. Hinter ihm erschien Frau Katharina; taufrisch: "Kinder, was ist das heute ein schöner Tag. Ich kann euch nur empfehlen, macht es wie wir und nehmt schnell ein Morgenbad in unserem Badetümpel. Das Wasser ist herrlich frisch!"

Doch dann erblickte Frau Katharina das zertrümmerte Ei am Fußboden: "Was ist das denn schon wieder? Warum lacht ihr denn, Kinder? Pascual junior, warum lachst du so? Grit, warum lacht ihr alle? Grit, hole gefälligst Schaufel und Besen und räum den Unflat auf. Und schmeißt bitte nicht noch mehr Eier kaputt. Denkt an die hungernden Arbeiterkinder!"

"Ja, hungrige Kinder gibt es in jeder Menge," sagte Pascual junior weise und zwinkerte Willy zu.

Willy Meidner fand die Hempels großartig.

Der Professor Hektor Frey stand vom Flügel auf. Die Kantate war so gut wie fertig. Er fand sie gut.

Ich bin wie Richard Wagner, dachte er, ich dichte und komponiere zugleich. Und ich brauche keinen Bülow, der meine Werke durchsetzt. Ich studiere sie mit meinen Schülern ein, und dann werden sie aufgeführt.

"Irma, ist das Essen fertig?"

"Gleich!" erscholl es aus der Küche.

Irma Frey war fünfundzwanzig Jahre jünger als der Professor, war seine ehemalige Schülerin. Hektor Frey hatte ihr das Studium finanziert, denn Irmas Vater, ein kleiner Beamter, der sich schwer tat, seine Kinder auch nur das Gymnasium besuchen zu lassen, hätte es nicht vermocht.

Noch vor ihrer Matura war Irma die Geliebte von Frey geworden - nicht die erste, wohl aber die letzte seiner Schülerinnen, der eine solche Rolle zufiel. Doch schlauer als ihre Vorgöngerinnen hatte Irma es verstanden, durch Verweigerung Freys Begehrlichkeit bis zur Aufgabe seiner Freiheit zu steigern. Als Schülerin viel zu wohlbeschlagen, um Freys bewährten Erpressungen Opfer zu sein, hatte sie ihn sein gesamtes Repertoire verschwenden lassen: Tadel, wohldosierte Quälerei, verzuckert mit kleinen Aufmunterungen; Drohung und Verheißung, schließlich großmütige Vergebung trotz schlechten schulischen Verhaltens, sanftes Zureden und Trocknen von Verzweiflungstränen - alle die miesen kleinen Tricks, die sonst funktioniert hatten, schlugen bei Irma nicht an.

Als Frey endlich glaubte, Irma trotz allem weichgekocht zu haben und er in einer Aussprache unter vier Augen den strengen aber doch so einfühlsamen Seelenführer spielen wollte, setzte Irma seinem Spiel das ihre entgegen. Sie habe Gründe für ihre Unaufmerksamkeiten. Probleme seien das, welche übliches Maß junger Mädchen überschritten. Nein, reden könne und wolle sie darüber nicht.

Frey, neugierig geworden, lief ihr in die Falle. Hatte er es bislang stets mit unerfahrenen Mädchen zu tun gehabt, welche unsicher auf eben betretenem Neuland dahintappten, so wurde nun ihm neues Land verheißen. Irma, so glaubte er ihren zögernd preisgegebenen Andeutungen zu entnehmen, Irma war praktizierende Lesbierin.

Nicht anders als die meisten sexuell engagierten Männer

wurde Hektor Frey von solcher Enthüllung in Bann geschlagen und sofort von dem Drang erfaßt, das Mädchen zu bekehren, auf den rechten Weg zu bringen, wobei er sich von der Visitation des falschen Weges im Rahmen einer Bekehrung etliches Ergötzliche versprach. Wie alle Perversen - und Frey war pervers schon als sadistischer Verführer junger und noch dazu abhängiger Mädchen - erregte sich seine Phantasie an einer Ménage à trois. Männer stellen sich derartige Triolen vermutlich schöner vor als sie fürgewöhnlich verlaufen.

Freys Verhängnis war seine Annahme, er habe es bei Irma mit einer echten Lesbierin zu tun. Und Irma bestärkte ihn darin, indem sie ihm ihre Affären mit qualifizierten Tribaden schilderte. Sie hatte das Szenario der einschlägigen Literatur entnommen, einer Literatur, die Frey eigentlich hätte wiedererkennen müssen, denn Gamiani stand auch in seinem Bücherschrank.

In Wirklichkeit hatte Irma nur eine einzige lesbische Erfahrung gemacht, dafür aber bereits mehrere heterosexuelle.

So jedenfalls geschah es, daß der alte Fuchs Frey sich endlich in jenen Netzen verfing, die ihm schon lange gebührten. Neuland, das er Irma zu zeigen glaubte, war für sie kein Neuland. Hingegen glaubte er bei ihr Neuland für sich zu finden, doch es war nur Theater, das Irma ihm vorspielte.

In seiner Jugend, die lange zurücklag, mochte Frey rothaarig gewesen sein. Wie alle Rothaarigen war er früh ergraut. Und wie alle Rothaarigen besaß er eine pigmentarme Haut, die vor der Zeit faltig wurde.

Als er das erste Mal nackt vor Irma stand, in seiner grauen Mähne, mit erschlafftem Brustmuskel und gedunsenem Bauch, wirkte er wie ein ältlicher Kastrat. Wäre sein Penis nicht gewesen, der erigiert aus rötlichem Schamhaar hervorragte, so hätte ihm Irma alle Männlichkeit abgesprochen.

Du grotesker alter Verführer, dachte sie bei sich und verbiß ihr Lachen. Später, als er über ihr schnaufte, mußte sie die Augen schließen und an Kurt Leidinger denken, damit ihr nicht übel wurde. Denn Kurt Leidinger, der Junge, welcher sie vor Jahr und Tag defloriert hatte, war im Gegensatz zu Hektor Frey ein Apoll, wenn auch ein beschnittener.

Daß die Gleichheit der beiden Männer in einem Punkt die sonstige Ungleichheit eher vermehrte, war eine Erkenntnis, die Irma mitten im Koitus hell auflachen ließ.

Ihr Gelächter hatte zur Folge, daß Frey seine Männlichkeit sofort verlor. Denn ein Mann will ernst genommen werden, wenn er sich der männlichsten aller Tätigkeiten hingibt. Nichts verträgt er dabei schlechter als der Damen Heiterkeit. War es schon schlimm genug, daß er Irma nicht als Jungfrau vorgefunden hatte - was sich mit gewissen Praktiken erklären ließ - so brachte Irmas Gelächter den Hektor Frey schier um den Verstand.

Irma beeilte sich, ihn zu trösten. Das eben Erlebte habe sie allzusehr an frustrane Bemühungen einer ihrer Freundinnen erinnert, die sich eines umschnallbaren Ersatzes bedient und sich dessen Qualitäten mit den Worten gerühmt habe: Schau, das ist alles, was uns die Männer voraus haben!

"Und manchmal haben sie nicht einmal das," meinte Irma und betrachtete sinnend Hektors geschwundene Stärke.

Dieser zarte Hinweis war garnicht geeignet, Hektor mit frischem Mut zu erfüllen. Wohl aber erfaßte ihn jetzt das unbändige Begehren, dieses überlegene Geschöpf sich doch noch untertan zu machen, die Niederlage in einen Sieg zu verwandeln. Wie ein Spieler, der seine Verluste wieder zurückgewinnen will, beförderte Hektor Frey seinen Untergang. Jetzt wollte er alles wissen, jetzt wollte er alles erfahren, auskosten. Um jeden Preis. Er bot, bot hoch, bot das Höchste.

Irma ließ sich bitten, gab endlich nach. Eines Tages erschien sie bei Hektor in Begleitung ihre Freundin Susanne Leidinger. Susanne war im strengen Sinne sowenig lesbisch wie Irma. Doch zu einem verrückten Spaß war sie jederzeit aufgelegt. Außerdem war sie böse auf Hektor Frey, denn der hatte ihren Bruder Kurt schwer bedrückt und bei der Matura durchfallen lassen. Bei Leidingers war Geld zu holen, und über des Professor Frey Nebenverdienste wird noch zu berichten sein.

Kurzum, die beiden Mädchen ließen den grauen Sünder das genießen, was er sich oft erträumt hatte, zwei Frauen in seinem Bett; nicht den erwarteten Genuß freilich, denn die Damen ließen ihn schnell mit seiner Ohnmacht allein.

Aber seit jenem Tage besaß Irma eine Zeugin für Freys verbotenen Umgang mit Abhängigen. Susanne war seine Schülerin nie gewesen, Irma hingegen war es noch immer.

Da half keine der brutalen Einschüchterungen, mit welchen Hektor Frey Irmas Vorgängerinnen davongejagt hatte. Beim ersten derartigen Versuch erschien Susanne erneut in Freys Wohnung und erklärte kühl, ihr sei es höchst gleichgültig, ob alle Welt erfahre, was geschehen sei: "Es war Triolenverkehr, werter Professor, dazu gehört ein Mann, und es ist sowieso gesetzlich verboten. Gut, wir verlieren unseren Ruf, Sie aber werden Ihre Freiheit verlieren und Ihre Pension dazu. Wir sind verführte junge Mädchen. Sie aber sind ein reifer Mann und Staatsbeamter. Herr Frey, was glauben Sie, was ein Gericht von Ihnen übriglassen würde?"

Irma bekam eine gute Maturanote. Irma bekam das Studium finanziert einschließlich der Promotion zum Dr.phil. Sie bekam eine Anstellung in der Kulturredaktion der "Frühpost" vermittelt, deren Herausgeber ein guter Freund des Professors war. Und dann erst heiratete sie Hektor Frey, denn inzwischen war dieser dem Pensionsalter um fünf Jahre nähergekommen und dem Gipfel seiner Potenz um weitere fünf Jahre entrückt.

Jedermann in der Stadt wunderte sich über die plötzliche Eheschließung. Am meisten wunderten sich die ehemaligen Opfer des Professors. Sie fragten sich, wie Irma es angestellt haben mochte, dem großen Compositeur das Handwerk zu legen.

Welches Handwerk? Der Professor schrieb und komponierte Kantaten und seine Schüler führten sie auf.

So aber spielte sich das alljährlich ab: Hektor Frey gab im Unterreicht bekannt, sein neuestes Werk sei vollendet, er wolle es mit musikliebenden Schülern zur Aufführung bringen. Teilzunehmen an der Aufführung sei eine Ehre und auch ein Gewinn. Freudige Teilnahme wurde erwartet, denn sie verhieß gute Zensuren. Ablehnung hingegen erweckte den Zorn des Professors - riskiere das einer, der schwach ist in Mathematik oder Griechisch! Denn das waren die Unterrichtsfächer des Lehrers Viktor Frey.

Die Kantate wurde einstudiert und aufgeführt. In einer Sonntagsmatinée und, wenn sich ein Mäzen fand, der die Saalmiete vorschoß, auch in abendlichem Konzert. Vierhundert zahlende Gäste kamen zusammen. Die Eltern der Schüler, namentlich eingeladen, Rückantwort erwünscht, bekamen gleichzeitig die Partitur zur Subscription angeboten: Kauft, Eltern, kauft, oder eure Kinder werden es büßen!

Die übrigen Unkosten waren gering, denn die Schüler taten es ohne Gage, für Ehre und Ansehen. Was sonst übrigblieb nach Abzug der Unkosten, bekam ein Unterstützungsfond für arme Schüler. Nicht viel blieb übrig, denn Hektor Freys Tantiemen wurden vorher abgezogen.

Es gab kinderreiche Eltern aus wohlhabendem Stande, die besaßen mit der Zeit Hektor Freys gesammelte Kompositionen; nicht nur die Prachtausgaben seiner Kantaten, mehr als eine pro Jahr hätte die Schuldirektion dem Mitglied ihres Lehrkörpers nicht gestattet. Aber Hektor Frey komponierte auch anderes. Lieder zum Beispiel. Der große Schubert hat uns gelehrt, wie man's anfängt!

Nach Hektor Freys Heirat wurde weiterkomponiert. Doch wenn der Compositeur eine Solostimme mit einer Schülerin in seiner Privatwohnung einstudierte, saß Irma im Nebenzimmer und las. Die Nebeneinnahmen ihre Gatten verschmähte sie nicht, die Nebenfreuden aus diesem Geschäft aber waren ihm von nun ab verwehrt.

Sie hatten im Sommer 1934 geheiratet, Irma und Hektor. Die Stadt schmunzelte darüber eine Weile, jedoch es schien diese Ehe gutzugehen, und alle schlechten Menschen gaben ihre Hoffnungen auf, Zeugen einer Tragödie werden zu dürfen.

Hektor Frey akzeptierte Irmas Freunde - in der Hauptsache die Freunde ihres Bruders Wolfram - und daran tat er gut. Im Weinhaus Traube pokulierte er mit Wolfram und mit dessen Intimfreunden: Rudolf Zimmer, Viktor Zenner, Walter Slowak. Sie wurden allgemein die drei Musketiere genannt, und Wolfram war ihr D`Artagnan. Von Beruf kleine Angestellte, Kaufleute oder Techniker, waren sie in ihrer Freizeit Größen des Sports; kletterten in den Bergen herum, fuhren Skirennen, spielten Tennis, betätigten sich als Leichtathleten.

Die Musketiere hatten Irma früher oft auf ihre Bergfahrten mitgenommen, und Irma mochte auf diese Gewohnheit nicht verzichten. Hektor Frey, die unsportliche Bequemlichkeit in Person, wollte nicht im Abseits bleiben und entschloß sich daher, wenigstens das Skilaufen zu erlernen. Das war ein sehr mutiger Entschluß für einen Mann, der die Fünfzig schon überschritten hatte. Doch gefaßt ist gefaßt, und Hektor Frey sprach seinen Entschluß im Weinhaus Traube aus; beim vierten Viertel Bisenzer Weißwein sprach er ihn aus: "Irma, liebe junge Freunde, ich habe euch nun lange genug zugehört und bin gewillt, eure Bergfreuden zu teilen. Ich werde mich auch mit dem Skilauf befassen."

Während er dies sprach, hatte sich Hektor Freys Gesicht purpurn gefärbt, wie immer, wenn er sich erregte. Diesmal geschah es jedoch nicht aus Ärger und auch nicht aus Lust. Diesmal war es der Stolz auf die eigene Courage, die Hektors Antlitz erglühen ließ.

Irma lachte laut auf: "Aber Hektor, dafür bist du doch ---", sie verstummte, denn ihr Bruder hatte sie unter dem Tisch gegen das Schienbein getreten und Rudi Zimmer fiel ihr schnell ins Wort: "Dafür ist unser verehrter Freund Frey

103

gerade noch im rechten Augenblick zum rechten Entschluß gekommen. In einigen Jahren wäre es vielleicht nicht mehr so
einfach gewesen. Wie aber der Altmeister des Skisports, Mat-
thias Zdarsky bewiesen hat, kann man im Skilauf noch Beachtliches leisten, wenn man als Fünfziger anfängt. Zdarsky hat
es dann bis in sein achtes Lebensjahrzehnt betrieben. Nun
gut, als Rennläufer wird man unseren lieben Professor wohl
nicht mehr beanspruchen dürfen. Im Tourenlauf hingegen, wenn
das Herz noch jung ist und der ernsthafte Wille vorhanden,
werden sich ihm die Berge in ihrer winterlichen Herrlichkeit
noch viele Jahre erschließen."

"Hm, ich bin ja auch eben erst fünfzig geworden und fühle
mich garnicht viel älter als vor zehn Jahren vielleicht."
Hektor Frey erglühte abermals, denn Rudi Zimmers Worte hatten
ihn mit Zuversicht erfüllt. "Ihr glaubt also, meine jungen
Freunde, daß mein Entschluß ein richtiger war?"

"Teurer Schwager," bekräftigte Wolfram Brunner die unver-
schämte Flunkerei von Rudi Zimmer, "wenn du schon den Altmeister Zdarsky als Vergleich nicht akzeptieren willst, sieh
dir doch unseren Stadtapotheker an, den alten Jastremski!
Jeden Sonntag ist er oben am Berg und meistert eine der
schwersten Abfahrtn, die wir haben. Er ist nahe an Siebzig,
jawohl!" Und Wolfram Brunner zwirbelte bedächtig seinen loh-
farbenen Schnurrbart: "Wenn er sich Mühe gibt, der Schüler
Frey, wird er es noch weit bringen!"

Dieser Satz war ein bekanntes Lieblingswort des Professors
Frey, und er brachte hier die Entscheidung. Hektor Frey
stimmte in das Gelächter der jungen Leute ein. Irmas Einwurf
von vorhin, auch wenn nicht zu Ende gesprochen, hatte ihn
mißtrauisch gemacht und zornig dazu. Nun war er froh, nicht
zornig bleiben zu müssen. Außerdem hatte er gehört, Skilaufen
mache schlank, und sein Spitzbauch, der mählich zunahm, bereitete ihm etliche Unfreude.

Welch finstere Gedanken Schwager Wolfram in seinem Busen
wälzte, konnte Hektor Frey nicht ahnen. Denn Wolfram war
alles andere als gut auf den Gatten seiner Schwester zu
sprechen, und das aus mehr als einem Grunde. Es paßte ihm
nicht, daß Irma sich mit dem alten Kacker ins Bett gelegt
hatte, auch wenn er nicht wußte, wie diese Ehe zustande
gekommen war. Es paßte ihm weiterhin nicht, daß sein Schwager
Jude war. Hierbei spielte es gar keine Rolle, daß er selbst
gelegentlich - dann aber sehr heftig - mit Susanne Leidinger
schlief. Wolfram Brunners Antisemitismus war nicht stärker

ausgebildet als bei den meisten anderen Nichtjuden seiner Kreise, und wahrscheinlich hätte er den Viktor Frey auch dann nicht gemocht, wenn der kein Jude gewesen wäre. Brüderliche Eifersucht war wohl der stärkere Antrieb seiner Abneigung. Trotzdem: spätestens vor dem Traualter war Wolframs Toleranz zu Ende. Darin wußte er sich übrigens einig mit Susanne Leidinger, die ihn unlängst erst ausgelacht hatte, als er vom Heiraten reden wollte.

"Wir werden Ihnen bei der Auswahl Ihrer sportlichen Ausrüstung behilflich sein, Herr Professor," flötete Rudi Zimmer. "Viktor Zenner ist der beste Experte unter uns, außerdem kriegt er Prozente beim Sporthaus Sykosch, weil die ihn dort kennen und wissen, daß er mit seinen Siegen für ihre Artikel Reklame macht. Nicht wahr, Viktor, du wirst den Herrn Professor beraten? Eine gute Ausrüstung ist das halbe Skifahren!"

Viktor Zenner, kein großer Redner in diesem Kreis, nickte stumm, und Walter Slowak kam ihm daher schnell zu Hilfe. Er wußte, daß Vicky bei solchen Schwindeleien nicht viel Phantasie entwickelte: "Die richtige Länge der Bretter, das Holz, die Bindung."

"Die Stöcke, der Anzug," ergänzte Wolfram Brunner.

"Für den Anzug bin ich zuständig, ich weiß, was meinem Hektor steht!" Irma gab ihr Teil zu der Komödie.

"Also gut, für das, was ihm steht, bleibst du zuständig," flötete Rudi Zimmer und tat erstaunt, als die anderen loslachten.

Hektor Frey lächelte geschmeichelt mit, als Irma bestätigte: "Und wie ich dafür zuständig bin!"

Sich bestätigt fühlend durch die Jugend der Runde, bestellte der Professor eine Terrine Punsch auf seine Kosten. Es blieb nicht bei der einen Terrine, denn nun wurde er fachmännisch beraten, und das dauerte umso länger, je mehr das Heißgetränk die Köpfe wärmte.

Es müsse unbedingt ein Norwegeranzug angeschafft werden, behauptete Viktor Zenner. Er selbst trage zwar einen Kordanzug mit Bundhosen, dies aber nur, weil er selbigen Anzug auch im Sommer beim Klettern verwende. Gesetztere Herren, die es sich leisten könnten, sollten lange Hosen wählen und nicht etwa die neumodischen Knickerbockers. Und auch keine kurze Weste in Lumberjackform, die nur den Bauch hervortreten lasse, ansonsten aber leicht zur Verkühlung derNierengegend führe. "Einen richtigen Rock im Militärschnitt, mit Kragen und Taschen, was meinst du Irma? Da sieht der Professor dann aus wie ein Herr Major, gerade richtig für sein Alter und seine Statur."

Irma stimmte fröhlich zu. Hektor, der bedachte, daß seine Storchenbeine in Knickerbockers keinen guten Anblick ergeben würden, war einverstanden, hatte indes einen bescheidenen Einwand:" Da gibt es doch, ich habe es jüngst in der Auslage des Sportgeschäftes Sykosch gesehen, diese weißen Gamaschen. Was haltet Ihr hiervon?"

"Garnichts, Herr Professor, sowas trägt man allenfalls zu Knickerbockers oder zu weiten Überfallhosen. Da Sie aber Norwegerhosen tragen müssen, benötigen Sie Piägsabänder, schöne, buntgewebte Piägsabänder, nicht wahr Kameraden, seid Ihr nicht auch meiner Meinung?" Walter Slowak konnte, wenn er wollte, jeden Ladenhüter mit dem größten Ernst als Novität verkaufen. Die norwegischen Knöchelbinden waren seit Jahren aus der Mode.

Und so ging es weiter, bis Hektor Frey Bescheid zu wissen glaubte und dankbar das Angebot Rudi Zimmers annahm, ihm am kommenden dienstfreien Samstagnachmittag bei der Einkleidung Beistand zu leisten.

Im Jahre 1936 war sich kein Geschäftsmann zu gut, an Samstagen bis sieben Uhr abends seinen Laden noch offenzuhalten. Denn alle übrigen Berufstätigen waren auch erst ab Samstag Mittag frei - und danach erst konnten sie ihre Einkäufe tätigen.

Robi Sykosch, der Inhaber des Sportgeschäftes "Rekord" war rechtzeitig informiert worden: "Wir bringen dir einen Kunden, Robitschku," hatte Rudi Zimmer angerufen, "leg bitte schon zurecht zur Auswahl, was du an Ladenhütern hast, zwei superschwere Hickory-Latten, so um die 2 Meter 1o, sie können ruhig die altmodische Form haben. Tonkinstöcke, die einem Mann von circa einssiebzig bis zu den Ohren gehen; die ältesten und härtesten Botten, die du auf Lager hast. Und dann bitte, was du an verschimmelten Norwegeranzügen noch führst, weißt du, die ganz alten Modelle von 1920, hast du noch welche? Eingemottet? Dann häng sie an die Luft und laß sie aufbügeln. Ja, der Kerl ist ziemlich dick, Größe 28 wird das rechte sein. Und vergiß bitte nicht die Piägsabänder, hast noch welche da? Fein! Und hör zu, Robitschek, was du anbietest, ist das Neueste und Feinste, was man heute trägt, klar? Und hau drauf auf den Preis; ich krieg zehn Prozent, wie üblich."

Hektor Frey, Tonsetzer, Griechisch- und Mathematik- sowie Zeichenlehrer, als Geldschneider ansonsten gefinkelt wie selten jemand, wurde von den vier Musketieren zur Schlachtbank geführt, als wäre er das dümmste Kalb. Willig ließ er sich von dem zungenfertigen Robi Sykosch, der selbst ein exzellenter Skiläufer war, alles andrehen, was die vier Musketiere befürworteten, überlange Hickorybretter von altmodischer Form, lange Rohrstöcke mit Schneetellern, die geflochten waren wie Teppichpracker, einen unmodernen Norwegeranzug aus Robi Sykosch' ältestem Lagerbestand, klobige Schuhe aus hartgewordenem Leder, Piägsabänder, schön grünrot gemustert, Wollhandschuhe und Segeltuchfäustlinge sowie einen grün-rot gemusterten Schal. Nur bei der Kopfbedeckung streikte er: "Nein, eine Norwegermütze nehme ich nicht, da sehe ich ja aus wie der brave Soldat Schwejk! Ich will einen Trenckerhut."

Den bekam er dann auch, diesen graugefleckten Filz, dessen Krempe man auch nach unten schlagen konnte. So hatte Hektor Frey den Luis Trencker einmal in einem Film gesehen, so wollte er sich vorkommen.

Das Wochenende nach dem Einkauf war der Einweihung Hektor Freys in die Mysterien des Skilaufs gewidmet. Irma war notwendig dabei, aber auch die vier Musketiere hatten sich vorgenommen, dem verehrten Professor bei seinen ersten Schritten auf dem glatten Schnee behilflich zu sein.

"Wo schleppen wir ihn hin?" fragte Rudi Zimmer.

"Ich denk, wir nehmen ihn am besten gleich auf unseren höchsten Berg, da darf er von der Talstation immerhin 8oo Höhenmeter steigen. Das wird ihm guttun," meinte Walter Slowak.

"Bist du ganz verrückt? Wie kriegen wir ihn lebendig von dort hinunter?" Viktor Zenner sah einiges voraus.

"Ich habe daran gedacht, daß das dann vielleicht nicht mehr nötig sein wird," meinte Walter Slowak versonnen. Denn auch er besaß einen Bruder, dem der Professor die Matura versaut hatte.

"Deine Idee, Walter, hat was für sich," meinte Wolfgang Brunner. "Im Grunde wäre ich einverstanden, aber ich denke daran, daß meine Schwester nach knapp einjähriger Ehe noch keine Witwenpension bekäme. Mein Vorschlag daher, wir bringen ihn dorthin, wo ihn möglichs viele seiner Schüler zu sehen bekommen."

"Dann muß er aufs Weiße Kreuz," entschied Viktor Zenner. Raufzu ist das kein Problem, und wenn er sich oben was bricht, bringen wir ihn mit dem Schlitten ins Tal."

"Oder wir lassen ihn im Hotel, wenn ihm was passiert. Das Weiße Kreuz hat immerhin etlichen Komfort."

Sie waren schon ihr Geld wert, die vier Musketiere.

Die Expedition begann Samstag-Mittag, unmittelbar nach Schulschluß. Hektor Frey war bereits im Skidress zum Unterricht gekommen und hatte ungeheures Aufsehen bei seinen Schülern erregt. Irgendwer hatte die Frage gewagt, wohin denn der Herr Professor ausfliegen wolle. Danach beschloß, wer immer Skibesitzer war unter den Gymnasiasten, an diesem Wochenende aufs Weiße Kreuz zu fahren.

Die Musketiere warteten schon am Bahnhof. Man verzichtete darauf, nach knapp 3o Kilometern Bahnfahrt die Buslinie ins Gebirge zu nehmen. Das Weiße Kreuz lag auf einem Bergsattel, der von zwei Tälern aus erreicht werden konnte. Die vier Musketiere hatten natürlich den längeren Aufstieg gewählt, bei dem auch noch 6oo anstelle von 3oo Höhenmetern bewältigt werden mußten. Den Musketieren machte das nichts aus, und der Professor, mit dem Gebirge unvertraut, konnte es nicht wissen.

Da man dem Unglücksmann einen schweren Rucksack aufgebunden hatte, mit lauter unnützen Dingen darin wie Schlafanzug, Hausschlapfen, Reserveriemen, einem Skibügeleisen mit Hartspititus, Skiwachse in Kollektion sowie etlichen überflüssigen Reiseproviant, kam Hektor Frey bereits nach einer guten Stunde ans Keuchen. Man benötigte für den Aufsteig geschlagene drei Stunden, und wenn den Walter Slowak nicht das Mitleid ergriffen und er nicht dem Erschöpften für die letzte halbe Wegstunde den Rucksack abgenommen hätte, wären sie niemals oben angekommen. Für einen trainierten Bergwanderer dauerte der Aufsteig keine zwei Stunden, wenn die Wegeverhältnisse nicht allzuschlecht waren. Sie waren es nicht an diesem Tage, denn der Schnee auf dem Weg war alt und niedergetreten.

Im Hotel Weißes Kreuz angekommen, brachten die vier Musketiere den völlig ausgepumpten Hektor Frey zunächst einmal auf ein Zimmer, wo Irma ihn mit heißen Kompressen und rumversetztem Tee wieder zu sich brachte. Darüber war es Abend geworden, und man begab sich in den Speisesaal, wo bereits ein bestellter Tisch mitnebst den vier Musketieren auf das Ehepaar wartete. Leider wartete hier auch der Professor Vohryzek,

Kollege Freys am Gymnasium: "Ja liebstär, bestär Fraj, was machen's denn bei uns in der Natur? No, da wermer uns morgen frieh aber sicher am Idiotenhügel wiedersehn. Es wird mir ein Vergniegen sein, Sie zu unterrichten!" Und Vohryzek, Naturkundelehrer, Rotbart und Silentyp, wandte sich jenem Tisch zu, an welchem er und etliche ehemalige Schüler jedes Wochenende ihre Tafelrunde hielten, sie alle Freunde der Natur wie auch des Skisports, und nicht wenige von ihnen auch ehemalige Schüler des Hektor Frey - Schüler, nicht Freunde!

Die Küche im Hotel Weißes Kreuz war deftig aber gut. Die Dörfer im Tal lieferten alles Nötige, und für die armen Bergbauern war es ein erwünschter Nebenverdienst, das Hotel mit Hilfe von Pferd und Schlitten bzw. Wagen, je nach Jahreszeit, zu versorgen.

Darum gab es auch Bier und Wein in beliebiger Menge, und nicht einmal zu stark überhöhten Preisen. Bald fühlte sich Hektor Frey wie daheim im Weinhaus Traube. Es störte ihn lediglich der muntere Gesang, der von des Kollegen Vohryzek Tafelrunde zu ihm herüber kam. Was die Brüder dort sangen, waren keine Kantaten, und die Texte stammten keineswegs aus der Bibel.

Am Sonntagmorgen fand Frey schwer aus den Federn. Mit Irmas Hilfe verkleidete er sich zünftig und schritt zum Frühstück. Der Speisesaal war schon leer und in der Tür erschienen nacheinander die vier Musketiere und drängten - der Tag sei halb um, und der verehrte Professor möge sich beeilen.

Gehorsam und eilig beendete Frey sein Frühstück ohne die gewohnte Zeitung, willig ließ er sich in der kalten Winterluft auf die langen Bretter schnallen - ohne Viktor Zenners Hilfe hätte er nicht gewußt wie - hätte er bei seinem Bauch kaum hinuntergelangt und die nötigen Handgriffe geschafft.

Man zeigte ihm, wie er in die Schlaufen der Stöcke zu fahren habe, man zeigte ihm, wie er das an den Ski gefesselte Bein vorzuschieben habe. Frey tat, was ihm gesagt wurde - und lag im nächsten Augenblick auf dem Rücken. Es tat weh.

Man brachte ihm bei, wie er aufzustehen habe, man brachte ihm bei, wie er vorsichtig Fuß vor Fuß setzen müsse, wie man mit Hilfe der Stöcke das Gleichgewicht verbessern könne. Man brachte ihn mit einiger Beschwernis bis zur Idiotenwiese. Darüber war es fast Mittag geworden.

Auf der Idiotenwiese endlich angelangt, hatte Hektor Frey bereits begriffen, daß der Skilauf so einfach auch wieder nicht war, und bat daher, man möge ihn seine ersten Versuche auf einem abgelegenen Gelände tun lassen. Denn schon gewahrte er des Kollegen Vohryzek schadenfrohes Grinsen, schon sah er sich von ehemaligen und gegenwärtigen Schülern umringt, die ihm allesamt freundliche Ratschläge und Ermunterungen zuteil werden ließen.

Viktor Zenner erklärte, er kenne eine solche Wiese, dorthin werde man sich nach dem Mittagessen begeben. Und so ward Hektor Freys erste Skistunde abgebrochen und sein Rücktransport ins Hotel in Angriff genommen.

Wir wollen es kurz machen. Auf jener Wiese übte Hektor Frey bis in den späten Nachmittag mit seinen Lehrern, wälzte sich unzählige Male im Schnee, kam wieder hoch mit blaurotem Kopf, fiel abermals, noch ehe er zu festem Stand gelangt war, schwitzte trotz einsetzender Abendkühle und bat schließlich um Gnade. Man schnallte ihm die Bretter ab und ließ ihn durch den Tiefschnee ins Hotel stapfen. Dort rutschte er auf der Treppe zum Eingang aus, und da er übermüdet war, stürzte er so ungeschickt, daß er sich den Knöchel verstauchte.

Man schaffte ihn mit einem Hörnerschlitten zu Tal. Kollege Vohryzek und seine Mannen halfen den vier Musketieren, und zahlreiche Schüler, ehemalige und gegenwärtige, bemühten sich, den Schlitten möglichst oft umzukippen - in bester Absicht, versteht sich.

Eine Woche später, Hektor Frey trug noch einen Gipsverband und befand sich im Krankenstand, zirkulierten in der Stadt Fotos, welche den Professor als Skisäugling zeigten. Die Bande des Kollegen Vohryzek hatte sich an die entlegene Wiese herangepirscht und von Freys Skiversuchen eine glänzende Fotoreportage erstellt. Die Fotos wurde zu Höchstpreisen gehandelt und ein von Professor Vohryzek daraufhin verlegtes Album erzielte Verkaufserfolge, die weit über den Auflagen der Freyschen Kantaten standen.

Wieder genesen verkaufte Hektor Frey seine Skiausrüstung umgehend und wunderte sich nicht einmal, daß er kaum einen Erlös dabei erzielte. Von seinem Ski-Abenteuer behielt er nur den Trenckerhut. Als mahnende Erinnerung.

Und die vier Musketiere mied er fortan wie die Pest.

Franz Thurneyßl vertrat die Deutschen der Stadt. Er hatte
kein Mandat dafür, aber er tat, als ob er eins besäße . Das
konnte er sich erlauben dank tschechischer Arroganz. Der
deutschen Minderheit wurde keinerlei Vertretung offizieller
Art zugestanden. Im Stadtrat hielt sich mit Mühe und Not ein
christlichsozialer Notar und ein der Sozialdemokratie zugehö-
riger jüdischer Kinderarzt. Die Verwaltung war bald nach dem
Umsturz von 1918 ausgekämmt worden. Die wenigen Deutschen,
die noch auf unwichtigen Ämtern saßen, wußten, daß über kurz
oder lang ihre Stunde schlagen und daß ihr Nachfolger ganz
gewiß kein Deutscher sein würde.

So kam es, daß die deutschsprachige Bevölkerung sich um
jene Leute scharte, die in Vereinen und Gesellschaften das
große Wort führten.

Auf Franz Thurneyßls Worte hörten nicht nur die Vereins-
mitglieder, auf sie achtete auch die Geheimpolizei.

Reinhard Heydrichs Fünfter Kolonne kam das sehr gelegen,
denn Thurneyßl hätte nichts ausplaudern können, weil er
nichts wußte von jener Konspiration, die Berlin damals zu
exportieren begann. Er sah nur gut aus mit seiner
Silbermähne, und er wirkte durch markige Sätze. Um dieser
Wirkung willen hielt ihn alle Welt - und er sich selber nicht
zuletzt - für den hervorragenden Vertreter deutschnationaler
Erneuerung.

Es fand aber diese Erneuerung hauptsächlich jeden Diens-
tagabend statt, im Extrazimmer des Deutschen Hauses, bei
etlichen Glas Bier und einer gelegentlichen Runde Sliwowitz.

Dort und dabei präsidierte der Prokurist einer italienischen Versicherungsgesellschaft, die noch eine Filiale am Ort
unterhielt, einer Versammlung kleiner Leute, die ihrerseits
Vereinsvorsitzende waren: bei den Turnern, beim Bund der
Deutschen, beim Kulturverband, bei Sport-, Wander- und Berg-
vereinen; sie allesamt nicht das, was die Gesellschaft dar-
stellte, vielmehr den kleinbürgerlichen Mittelstand. Einen
Grafen Liskowsky oder auch nur einen Josef Meidner hätte man
dort vergebens gesucht. Lediglich der Direktor des deutschen
Sparvereins, eines bankähnlichen Institutes, welches Darlehen

an Gewerbetreibende gab, mäßige Darlehen zu mäßigen Zinsen, war als Vertreter der besseren Leute gelegentlich in Thurneyßls Tafelrunde zu sehen. Direktor Minetti kam aus Geschäftsrücksichten und weil er ein deutscher Patriot war.

Der Major Jirasek, als er noch im Amt war, und nach seinem Sturz Jiraseks Nachfolger, hätte viel dafür gegeben, bei einer dieser Sitzungen Mäuschen spielen zu dürfen. Doch die Geheimpolizei wäre sehr enttäuscht worden. Denn was der Franz Thurneyßl da predigte, konnte in den Leitartikeln der Henlein-Presse nachgelesen werden, und alles übrige, was im Extrazimmer des Deutschen Hauses gesprochen wurde, war die Spucke nicht wert, die man dabei verbrauchte: "Der Heinz ist herich in Asch gewesen? Was hat er von dort mitgebracht?"

"Wichtiges, Kamerad, Wichtiges! Wenn du nächste Woche die Zeitung aufschlägst, wirst du dich wundern!"

"Und hat ihm das Bier in Asch geschmeckt?"

"Er sagt, so gut wie unser Silbermann-Bier ist es nicht."

Der Brauer Silbermann war Jude, doch seine Biere trank der echte Deutsche gern.

"Kameraden!" Franz Thurneyßl erhob sich, die Kameraden erhoben sich mit. "Volksgenossen, ich habe euch mitzuteilen, was die Führung unserer Volksgruppe über die Verräter in unseren Reihen beschlossen hat --" Thurneyßl schaltete eine Kunstpause ein, welche der Malermeister Zillich benützte, seinem Nachbarn zur Rechten zuzuflüstern: "Paß auf, jetzt kommt die Buserantenparade!"

"Sst!" zischte ein Beflissener, und Thurneyßl strafte den Herrn Zillich und dessen Freund mit einem stählernen Blauaugenblick. Dann verlas er das Verdikt der Partei über drei gewesene Henleinfreunde, die angeblich der Homosexualität überführt waren und deswegen aus der Volksgruppenführung ausgestoßen wurden.

Keiner der Anwesenden glaubte den vorgegebenen Grund. Alle Welt wußte, daß die Affäre dem Reich zuliebe zusammengezimmert war und einzig dem Zweck diente, jene Oppositionellen mundtot zu machen, die nicht bereit waren, die deutsche Volksgruppe auf Gedeih und Verderb an Hitler zu überliefern. Nur die tschechische Geheimpolizei wußte es nicht, und wenn sie es gewußt hätte, so wäre ihr das auch egal gewesen. Denn sie hielt es mit dem neuen Staatspräsidenten Benesch, der gesagt haben sollte, ihm sei Hitler lieber als Habsburg. Die Opposition in der Henleinbewegung - und wahrscheinlich auch Henlein selbst - hielt es, wiewohl großdeutsch denkend, mit dem österreichischen Ständestaatler Professor Spann. Den konnte man sich zur Not als faschistoid vorstellen, doch den Nationalsozialisten waren seine Ideen ein Greuel. Die deutsche Volksgruppe war noch unentschieden und in ihrer Mehrheit keineswegs Hitler zugeneigt. Doch schon machte sich Opportunismus breit. Man würde es mit dem halten, der stark genug war, sich mit Erfolg für die Deutschen einzusetzen. So etwa dachte auch Franz Thurneyßl. Und während er und Seinesgleichen sich für den neuen Kurs stark machten, ohne recht zu wissen, wohin der führen mochte, waren die richtigen Maulwürfe munter am Werk. Von ihnen betrat keiner je das Extrazimmer des Deutschen Hauses, und alle Gelder, die der Major Jirasek und seine Nachfolger ausgaben für Spitzel und eingebaute Mikrophone, abgehörte Telefonate, waren zum Fenster hinausgeworfen. Thurneyßl und die Seinen spielten unwissend eine ihnen zugeteilte Rolle. Die echten Drahtzieher kannte man lediglich in Berlin. Selbst der Vetter Hans des Direktors Meidner diente den Berlinern nur als ablenkende Scheinfigur, so wenig er das selber glaubte.

Doch da war zum Beispiel ein Mann, der hieß Lothar Kreuz. Der ehemals aktive Hauptmann der k.u.k. Armee mit Generalstabsqualifikation, Inhaber hoher Kriegsauszeichnungen, saß Tag um Tag an seinem bescheidenen Schreibtisch im Zentralverkaufsbüro eines großen Industrieunternehmens. Man produzierte Panzerplatten und offerierte sie den verbündeten Staaten. Kam etwa ein rumänischer Admiral daher mit der Absicht, seines Vaterlandes Flotte zu panzern, so mußte Lothar Kreuz dolmetschen, weil der Rumäne deutsch nicht sprechen wollte und tschechisch nicht sprechen konnte. Lothar Kreuz sprach ein vorzügliches Französisch, der Admiral aus Bukarest ebenfalls.

Das waren in jenen Jahren die Geschäfte eines Staatenbundes ehemaliger Österreich-Zertrümmerer, der sich Kleine Entente nannte.

Reinhard Tristan Heydrich führte den Hauptmann a.D. Kreuz auf seiner Lohnliste, und als es soweit war, wurde der abgedankte Hauptmann im Handumdrehen zum Oberstleutnant befördert, in einer Truppe allerdings, welche ihre Oberstleutnante mit "Heil Obersturmbannführer!" begrüßte.

Zu den Maulwürfen gehörte auch der staatsbeamtete Turnlehrer am deutschen Gymnasium Aurelius Jarzombek. Von ihm und seinen Freunden werden wir noch hören.

Aurelius Jarzombek

Aurelius Jarzombek war Lehrer an der deutschen Realschule.
Dort unterrichtete er die Knaben in der Landessprache und an
den Foltergeräten des Turnvaters Jahn sowie im Schlagball-
spiel. Wenn es nottat, konnte sein Direktor ihn auch als
Deutschlehrer einsetzen, das aber nur in den Unterklassen.
   Doch halt, es gab noch weitere Qualitäten, über welche der
Doktor Aurelius verfügte. Er war, horribile dictu, promoviert
in Philosophie, mit einer Arbeit über die Syntax bei den
Dichtungen des großen tschechischen Dichters Havlitschek-
Borovsky. Das allein hätte ihn schon zum Muster eines loyalen
Staatsbürgers gemacht, wobei zu bemerken ist, daß es bei den
Tschechen zur Mindestforderung gehörte, ein loyaler Staats-
bürger zu sein, und daß diese Bezeichnung unter den Deutschen
für unappetitlich galt. Jedoch Aurelius Jarzombek hatte noch
Schlimmeres auf dem Buckel, er war nämlich Stabskapitän der
Reserve in der Armee, und so etwas tat kein aufrechter Deutscher. Leutnant der Reserve, gut, das nahm man hin, schon
weil es den Reservisten vor der Willkür tschechischer Goril-
las im Feldwebelrange schützte. Zum Oberleutnant der Reserve
brachte man es, wenn man sich den üblichen Reserveübungen
nicht zu entziehen vermochte. Kapitän der Reserve wurde kein
guter Deutscher, denn dieser Hauptmannsrang hätte einen verpflichtet, mehr als das Unerläßliche zu tun. Jetzt stelle
einer sich aber vor, was man tun mußte, um Stabskapitän zu
werden! Aurelius Jarzombek schien es getan zu haben.
   Der Rang eines Stabskapitäns wird nicht in allen Armeen
geführt. Die Tschechen hatten ihn wohl von den Russen über-
nommen. Er lag zwischen Hauptmann und Major und bedeutete,
daß sein Inhaber notfalls zum Führen eines Bataillons geeignet war, darüberhinaus aber auch für Stabsarbeiten verwendet
werden konnte.
   Diese Rangerhöhung des Lehrers Jarzombek war umso bedeu-
tungsvoller, als im aktiven Offizierskorps Deutsche kaum zu
finden waren, ausgenommen vielleicht einige Reliquien aus
Altösterreich, die aber niemals befördert wurden.
   Aus gutem Grund wurden die altösterreichishen Offiziere
nicht befördert, denn man wußte in Prag, was höhere Dienst-

grade im Ernstfall anrichten können. Waren doch im Weltkrieg den Österreichern komplette Regimenter unter ihren tschechischen Obersten zum Feinde übergelaufen. Waren doch etliche dieser Obersten nunmehr Generale in der Armee des neuen Staates, kannten daher ihre Pappenheimer so gut wie sie sich selber kannten.

Wie mochte es Aurelius Jarzombek geschafft haben, daß man ihn bis zum Stabsoffizier avancieren ließ? Dem Lehrer an einer deutschen Schule konnte man den geborenen Tschechen nicht abnehmen und sein Name war polnisch. Er selbst aber stammte aus einer rein deutsch besiedelten Ecke Nordböhmens. Rätsel über Rätsel! Zumal Jarzombeks Tschechisch für einen gelernten Slawisten miserabel war.

Verrätern geht man aus dem Wege. Seine Schüler konnten dem Doktor Aurelius nicht aus dem Wege gehen. Sie konnten ihm höchstens zeigen, daß sie ihn verabscheuten. Und das taten sie. Jarzombek revanchierte sich mit zwar korrekten, aber gnadenlosen Zensuren.

Die Lehrerkollegen mieden den Doktor Jarzombek, und zwar nicht nur die deutschnationalen, nein, auch die liberalen Kollegen, besonders die Juden im Kollegium, die nach Hitlers Machtübernahme Schwierigkeiten mit ihrer Identiät hatten, weil sie Deutsche bleiben wollten und sich mit Hitlers Deutschland nicht gleichsetzen mochten.

War es bei ihnen nur verdoppeltes Mißtrauen, welches die jüdische Mutter zur Tochter sagen läßt, sie solle sich nicht nur vor den bösen Jünglingen in acht nehmen, sondern auch vor den guten? Hatten diese Juden besondere Antennen für kommende Gefahr, witterten sie den künftigen Feind?

Ein einziger Kollege, der Mathematiker und Kunstlehrer Karl Gorby, verkehrte auch privat mit Jarzombek. Ihre Ehefrauen waren Cousinen, und jedermann bedauerte Karl Gorby wegen dieser Verwandtschaft. Ihm schien es nichts auszumachen, obwohl er als durchaus nationalgesinnt galt.

Ansonsten war der Lehrer Aurelius Jarzombek ein unauffälliger Mann, mittelgroß, mit rundem Kopf und roten Backen, Halbglatze und kleinem Mund, welcher stets freundlich verzogen schien zu einer Verheißung, der man mißtraute. Jarzombek gab sich nicht übertrieben loyal gegenüber den tschechischen Herren, er äußerte sich auch niemals negativ über deutschnationale Bestrebungen. Er hielt sich aus allem heraus, und gerade das machte ihn verdächtig in einer Zeit, da jeder, ob Deutscher, Tscheche, Pole, Magyar, Franzose, Rumäne, Italiener oder was immer, sein nationales Bekenntnis wie ein Heiligtum vor sich hertrug. Sogar die Juden begannen mehr und mehr dem Zionismus zu huldigen, worüber die alten und eingefleischten Zionisten der ersten Stunde in arge Verwirrung gerieten.

Da war der Doktor Josef Hudetschek doch ein ganz anderer Mann. Sein Name galt zwar nicht gerade als Parole für die Firma Teut & Co, aber sein Verhalten ließ die Herzen der Jugend höher schlagen. Ein Lehrer und Kamerad! Und wie es ihm immer gelang, der Staatspolizei durch die Maschen zu schlüpfen! Wie er seinen Schülern vertraute und sie teilhaben ließ an seiner konspirativen Tätigkeit! Wären seine Jungens nicht so treu und verschwiegen gewesen, man hätte ihn längst aus dem Staatsdienst entfernt. Treue gegen Treue, niemand verriet den Hudetschek und er verriet keinen seiner Jungen, mochte der an ihn soviel hochverräterisches Zeug herantragen wie er wollte.

Bei Jarzombeks klingelte spätnachmittags das Telefon. Frau Jarzombek hob den Hörer ab: "Ach, du bist es, Karli! Ob der Aurel zuhause ist? Natürlich, wo sollte er sonst sein. Ist es wegen dem Weekend auf unserer Hütte? Gut, ich ruf ihn herbei."

Es war nicht das gemeinsame Weekend zu besprechen. Karl Gorby lud vielmehr seinen Schwager zu einer Billardpartie ein. Das war nichts Ungewohntes, beide Herren spielten gern Billard, ein Spiel, das in Mietwohnungen schwer spielbar ist und darum zumeist in Kaffeehäusern oder Spielsälen stattfindet. In jenen Jahren besaß jede Gaststätte, die etwas auf sich hielt, ein Billardzimmer. Während des Spiels trank man seine zwei, drei Glas Bier. Das war eine ganz normale Tätigkeit aller Kleinbürger, die Gefallen am Billardspiel fanden.

Kein Mensch konnte wissen, daß Karl Gorby jeweils am Tag vor der Billardpartie eine Kunstpostkarte mit Grüßen eines ehemaligen Schülers bekam, zumeist aus Prag oder aus der Landeshauptstadt. Kein Wunder, denn dort gab es Universitäten und Technische Hochschulen, an welchen die ehemaligen Schüler zu studieren pflegten. Und nur in den Semesterferien kamen Karten von außerhalb.

Nichts dabei, daß ein ehemaliger Schüler seinem alten Zeichenlehrer eine Kunstpostkarte schickt, mit irgendwelchen Grüßen. Nichts dabei, daß das handgeschriebene Datum oft mit dem Poststempel nicht übereinstimmt. Es soll vorkommen, daß einer eine Karte schreibt und sie dann aufzugeben vergißt.

Wann immer Karl Gorby eine solche Karte bekam, addierte er zum Datum eine gewisse Zahl von Tagen hinzu, besah sich den nichtssagenden Text sehr genau, rief sodann seinen Kollegen und angeheirateten Verwandten Aurelius an. Zum Zwecke einer Billardpartie.

Die Billardpartie fand stets im Cafe Slavia statt, einem Lokal, welches den ersten Stock eines Eckhauses einnahm und vorwiegend dem tschechischen Publikum als Versammlungsort diente. Dichter saßen da an ihrem Stammplatz und kritzelten Verse auf die Marmorplatte ihres Tischchens, Redakteure tauschten Meinungen und Nachrichten aus, Lokalpolitiker ließen sich blicken, um erblickt zu werden. Kam einmal ein deutscher Gast, so wurde er höflich bedient, ansonsten aber wie Luft behandelt. Die Kellner sprachen deutsch, doch sie ließen den Gast merken, daß sie es ungern taten. Aus diesem Grund frequentierten die Deutschen der Stadt kaum das Slavia. Und aus ebendemselben Grund schickte die Staatspolizei keinen ihrer Spitzel dahin. Beide Tatsachen waren Gorby und Jarzombek bekannt.

Die Schwäger warteten, bis ein Billardtisch frei wurde, spielten ihre Partie und empfahlen sich danach. Gemeinsam verließen sie das Cafe Slavia, fürgewöhnlich geschah dies um die zehnte Abendstunde.

"Wir sind noch ein bissel Luft schöpfen gewesen, Karl. Du kommst nicht vor 11 Uhr nach Hause," schärfte Aurelius seinem Schwager ein, als sie sich in einer engen Altstadtgasse trennten.

Karl Gorby nickte. Er sah einen Passanten, der ihm ähnlich war, in Anzug, Mantel und Hut, mit seinem Schwager Aurelius um die nächste Ecke entschwinden. Mit gebührendem Zeitabstand machte er sich auf den verlängerten Heimweg und traf pünktlich 11 Uhr bei seiner Gattin ein.

Wir verzichten auf die Wiedergabe des Gespräches, welches

der Fremde mit Aurelius Jarzombek führte. Die beiden Herren
bedienten sich im übrigen der tschechischen Sprache, doch
wäre ein Tscheche, hätte er mehr als einen Satzfetzen
aufgeschnappt, aus ihren Reden kaum klug geworden. Bisweilen
fielen Namen, die der Fremde jedesmal wiederholte, um sie
sich einzuprägen. Nach einer Halbstunde war alles Wichtige
gesagt, man wollte sich trennen. Doch da stellte Jarzombek
seinerseits eine Frage: "Hudetschek, Josef, geboren 191o in
Würbenthal, habt Ihr den?"
  "Ist er wichtig?"
  "Wenn er zu uns gehört, ist er unvorsichtig."
  "Und wenn er nicht zu uns gehört?"
  "Dann gehört er zu den anderen."
  "Ich werde es weitergeben."
  "Bekomme ich Bescheid?"
  "Sie wissen, daß das nicht üblich ist. Überlassen Sie den
Mann vorläufig uns. Was treibt er so?"
  "Er ist ein Kollege von mir. Macht sich bei den Jungens
beliebt. Sie vergöttern ihn, sie vertrauen sich ihm an. Und
er gibt sich auffällig national."
  "Sind das ergiebige Quellen, diese Jungen?"
  "Einige schon. Sie hören dies, sie hören das. Es läßt sich
nicht vermeiden."
  "Halten Sie sich da heraus. Aber wenn Ihnen zufällig etwas
zu Ohren kommt, so geben Sie es an uns."
  "In Ordnung. Ich wollte ja nur --"
  "Schon gut, es war richtig, daß Sie uns den Mann gemeldet
haben."
  Die Herren trennten sich mit einer gängigen tschechischen
Abschiedsformel.

  Am gleichen Tag, fast um die gleiche Zeit, saß der Doktor
Hudetschek an seinem Schreibtisch und verfaßte einen
minutiösen Bericht an die Staatspolizei. Der Bericht betraf
den Vorfall auf der Friesen-Hütte. "Mein Schüler Gustav Giese
erzählte mir, der Turnwart Heinrich Korab habe ihn am 17.
Februar in der Friesen-Hütte aufgefordert, einen reichsdeutschen Besucher über eine andere Hütte, wo sie übernachteten,
ins Tal und zur nächsten Bahnstation zu führen. Der Reichs-

deutsche habe sich auf der Friesen-Hütte mit einem Mann namens Beppo treffen wollen (es dürfte sich um den bekannten Henleinisten Josef K. handeln). Gewarnt, daß ein Spitzel unterwegs sei, habe man das Treffen abgeblasen -----." Und an anderer Stelle fragte der Doktor Hudetschek an, ob er dem Kollegen Dr. Jarzombek trauen dürfe, gerüchteweise stehe dieser ebenfalls im Dienste der Staatspolizei.

Wütend knallte der Nachfolger Major Jiraseks, der inzwischen ebenfalls zum Major beförderte Kapitan Vyslouzil den Bericht des Konfidenten auf seinen Schreibtisch: "Das sind doch alles Vollidioten, diese Sudetendeutschen! Zu nichts gut als zum Einsperren! Der Hudetschek ist auch nicht viel besser als der Trottel Teuchert. Wenn ein Jarzombek bei uns auf Eis läge, würde ich es ihm erzählen, glaubt er!"

Vyslouzil griff zum Telefon und wählte einen Hausanschluß: " Vohryzek, hören Sie zu! Sie nehmen sich heute abend die Akte Orel vor, ja, diesen Lehrer, ich werde Ihnen doch nicht den richtigen Namen sagen, hier am Telefon. Nein, nicht einmal hier in unserem Fuchsbau. Deckname bleibt Deckname, auch unter uns beiden. Setzen Sie sich morgen mit dem Mann in Verbindung und sagen Sie ihm, ich brauche eine genaue Beschreibung des Gastes vom 17. Februar. Er wird schon wissen, wen ich meine. Und sagen Sie ihm, sein Kollege ginge ihn garnichts an. Ja, und dann kümmern Sie sich bitte um alle Reichsdeutschen, die zwischen Mitte Februar und Ende dieses Monats hier irgendwo gemeldet waren. Nein, nicht an den Grenzkontrollen. So blöd, daß er beim nächsten Grenzübergang ein- oder ausreist, ist unser Mann sicher nicht."

Der geheimnisvolle Deutsche, über den Major Vyslouzil gern mehr erfahren hätte, war längst in Berlin und ließ sich sein rötlich eingefärbtes Haar wieder entfärben, sodaß schon die erste Angabe, die der Beamte Vohryzek Major machen konnte, falsch war: Ein Rothaariger, ca 1,8o groß, nennt sich Egon Kraus und spricht mit norddeutschem Akzent. Wohnort angeblich Breslau. Eingereist in Zuckmantel am 12. Februar, ausgereist über Oderberg am 18. Februar. Gewohnt hat er vom 12. bis 17. Februar im Hotel Odeon. Als Beruf hat er angegeben, er sei Inhaber eines Reisebüros, Zweck der Reise: Wintersportziele für seine Kunden ausfindig zu machen.

Das war sauber und unauffällig, erklärte alles - fast

alles. Major Vyslouzil ließ über des Breslauer Konsulat ausforschen, ob es ein Reisebüro Kraus daselbst gäbe, er bekam positiven Bescheid. Noch sauberer, dachte er. Und legte eine Akte Egon Kraus an.

Doch von allen Angaben, die er sammelte, stimmte nur der Name Kraus. Er stimmte insofern, als es in Breslau tatsächlich einen Egon Kraus gab, der ein Reisebüro führte. Nur hatte dieser Egon Kraus keine Ahnung von seinem Doppelgänger.

Der saß in Berlin seinem Chef gegenüber und berichtete: "Unseren Mann Beppo habe ich nicht angetroffen, Herr Admiral. Trotzdem glaube ich, daß meine Reise kein totaler Mißerfolg war. Der liebe Tristan hat dort bereits einige Vertrauensleute sitzen. Als man mich aus der Friesen-Hütte wegschaffte, machte sich ein Mann wichtig, indem er mir ein Stichwort gab, das eindeutig auf unsere schwarzen Freunde hinwies. Der Mann heißt Heinrich Korab."

"Sehr interessant, mein lieber Klöpfer," sagte der kleine Admiral, "haben Sie noch ein paar Namen aus Tristans dortiger Gefolgschaft?"

"Der Bub, der mich über die Berge führte, hat mir viel von der vaterländischen Tätigkeit seiner Freunde erzählt. man hält uns für Halbgötter und meint, wir seien aus einem Guß. Ich fürchte, unseres Freundes Reinhard schwarze Gesellen haben sich das bereits zunutze gemacht."

"Dann wollen wir ihnen einmal in die Suppe spucken. Machen Sie Ihren offiziellen Bericht, lieber Klöpfer, und nebenbei geben Sie mir eine Skizze von Heydrichs dortiger Organisation - so, wie Sie es eben gesehen haben."

Einen Monat später wurde Heinrich Korab von der tschechischen Staatspolizei verhaftet, bald danach seine komplette SD-Organisation. Doch darüber freute sich in Berlin der kleine Admiral zu früh. Denn Heydrich wäre kein Heydrich gewesen, hätte er nicht eine zweite Gruppe in Reserve gehabt. Es wurde Zeit, den Maulwurf Jarzombek zu aktivieren.

Der Postkartenmann trat in Tätigkeit, doch weil dieses Verständigungssystem nun nicht aureichte, fand man ein effektiveres. Aurelius ging ab sofort nicht mehr Billard spielen, stattdessen begab er sich auf lange einsame Spaziergänge, patrouillierte die toten Briefkästen ab, kaufte an einem bestimmten Wochentag eine bestimmte Zeitung, fahndete dort im

Inseratenteil - und was der kindlichen Geheimdienstspiele
mehr sind. Nichts Neues unter der Sonne, welche alle Spione
und Agenten gemeinsam bescheint, und dem Major Vyslouzil
nicht lange verborgen. Doch siehe, was Vyslouzil seiner vorgesetzten Behörde nach Prag meldete, löste nur eine Antwort
aus: Lassen Sie den Mann in Ruhe, er gehört zu uns.

Niemand wäre erstaunter gewesen über solche Feststellung
als der Betroffene selbst. Doktor Aurelius hatte wirklich
keine Ahnung, daß man ihn auf tschecisher Seite als Agenten
führte. Daß es so war, verdankte er einem Zufall. Irgendwer
hatte, als man Aurelius zum Stabskapitän beförderte, ein
politisches Gutachten über ihn abgegeben und darin vermutet,
ein Mann wie Aurelius könnte auch anders verwendet werden,
nicht nur als Stabskapitän. Bei seiner erwiesenen Loyalität
käme eine geheimdienstliche Verwendung gleichfalls in Frage.
Und nun hatte irgendein anderer Sachbearbeiter dieses Gutachten gelesen und aufgrund vermuteter Eignung den Namen
Jarzombek auf die Kandidatenliste des Geheimdienstes gesetzt.
Man war niemals darauf zurückgekommen, aber da stand er nun.
Und wurde bei Nachfrage dortselbst gefunden. Da bei Geheim-
diensten die rechte Hand oft nicht weiß, was die linke tut,
wurde Jarzombeks Agententätigkeit als gegeben angesehen.

Wir wissen, daß der Spion Sorge bei der deutschen Botschaft in Tokio ein- und ausging und daß dort niemand auf den
Gedanken kam, der Deutsche Sorge könnte in Japan für die
Russen spionieren. Solche Dinge passieren immer wieder, und
wer weiß denn so genau, ob sie nicht auch heute noch gang und
gäbe sind.

Beim Doktor Hudetschek freilich verhielt es sich anders.
Der lieferte seine Berichte unter dem Decknamen Orel ab, und
unter diesem Namen wurden sie archiviert.

Als die Zeiten kritisch wurden, fragte der Direktor Brejcha den Major Vyslouzil, was er mit seinen Agentenlisten zu
tun gedenke, falls es einen deutschen Überfall auf das Städtchen O. geben sollte. Er, Brejcha, habe bei seinen Agenten
Vorsorge getroffen: "Wissen Sie, Vyslouzil, alle verlassen
sich darauf, daß man Material rechtzeitig verbrennen kann.
Das ist ein Irrtum. Ich hab es ausprobiert, wie viele Akten
man in einem Zimmerofen binnen einer Stunde kleinbekommt:
sehr wenige, sage ich Ihnen. Deshalb habe ich andere und

bessere Vorkehrungen getroffen. Darf ich Ihnen behilflich sein, Ähnliches vorzubereiten?"

"Vielen Dank, Herr Direktor! Aber erstens glaube ich nicht, daß dieser Fall jemals eintreten könnte und zweitens bin ich überzeugt, daß unsere Armee uns die nötige Zeit im schlimmsten Fall - wenn er wirklich kommen sollte - allemal garantieren wird."

"Von der Grenze bis hierher geht man zu Fuß nicht mehr als zwei Stunden, Major Vyslouzil. Mit einem Tank braucht man ganz bestimmt nicht so lange. Aber - wie Sie meinen!"

"Sie haben vergessen, Herr Direktor, daß unsere Armee so einen Spaziergang ein wenig verlangsamen dürfte."

"Nein, das habe ich nicht vergessen, und ich hoffe sogar sehr stark auf unsere Armee!" (Brejcha hoffte überhaupt nicht auf die Armee, er wußte, was er von ihrer Einsatzbereitschaft zu halten hatte. Doch solche Gedanken spricht man einem Major der Staatspolizei gegenüber nicht aus.) "Trotzdem verlasse ich mich nicht allein auf unsere braven Soldarten. Was ich selber und zusätzlich tun kann, das lasse ich nicht bleiben."

Und so geschah es, daß Brejchas Agenten ungeschoren blieben, während Vyslouzils Spitzel --- aber warten wir es ab, bis vom Doktor Hudetschek erneut zu berichten sein wird.

7 Die bösen Buben

Willy Meidner war nach Frau Margaretens Vorstellungen in ein Alter gekommen, da ihm Mädchen zur Gefahr werden konnten. Kurz gesagt, Willy war sechzehn Jahre alt. In diesem Alter beginnen die Buben mit der Selbstbefriedigung - meinte Frau Margarete zu wissen. Woher ihr das Wissen kam, bleibe dahingestellt. In der ihr zur Verfügung stehenden Aufklärungsliteratur wurden zwar andere Daten genannt, doch Frau Margarete hielt es für ausgeschlossen, daß die Termine der Pornographen auf ihr Kind zutreffen könnten.

Jetzt aber, seit Willys sechzehntem Geburtstag, begann die Meidnerin des Sohnes Bett- und Unterwäsche zu kontrollieren, stöberte sie in seinen Tagebüchern, durchwühlte seinen Bücherschrank, die Leerräume zwischen Bückern und Schrankhinterwand nicht übersehend. Sie fand nichts.

Nichts zu finden ist manchmal beklemmender als etwas zu finden - Freillich nur ein wenig, wenn's geht, bitte!

Um ein wenig - aber wirklich nur ein wenig - fündig zu werden, begann sich Frau Margarete mit Willys Freunden zu befassen: Sage mir, mit wem du verkehrst, und ich werde dir sagen, ob du ein Ferkel bist.

Alfred Mücke und Friedrich Divoky waren Willys ergebenste Freunde, Mitschüler und gelegentlich auch Nutznießer von Willys Generosität als Folge reichlich bemessenen Taschengeldes. Beide Jungen gingen bei Meidners ein- und aus, galten daher für harmlos und auch für unergiebig in Frau Margaretens Augen.

Doch es war in letzter Zeit von Willy häufig ein Heinrich Nowack genannt worden, auch ein Klassenkamerad. Für Frau Margaretens Geschmack fiel der Name Nowack zu häufig und schien bei Willy viel zu gelten.

"Wer ist dieser Heinrich Nowack? Wieso kenne ich ihn nicht? Wer sind seine Eltern, wo wohnen die Leute?"

Zu viele Fragen auf einmal, verehrte Frau Mama, dachte Willy bei sich und antwortete daher vorsichtig: "Er ist bei mir in der Klasse, seit die A und die B Klasse zusammengelegt wurden. Vorher habe ich ihn nur gekannt, wie man eben jemanden aus der Parallelklasse kennt. Er ist ein guter Schüler, könnte ein besserer sein. No, Primus vielleicht nicht, in Mathe schafft er nie eine Eins, schon weil der Hektor Frey ihn nicht mag. In Latein, Griechisch und Deutsch könnte er uns alle schlagen, wenn er wollte, er geht aber lieber auf den Sportplatz oder treibt sich sonstwo herum. Ein bissel ein Schlurf ist er schon. Stell dir vor, Mama, da kommt er un- längst in Griechisch dran, alter Text, nichts besonderes für uns, für ihn aber schon, denn er schreibt seit Wochen nichts als Gedichte in der Griechisch-Stunde. Was sagst du, er hat den Text unvorbereitet tadellos übersetzt. Natürlich hat er nur eine Zwei bekommen, denn der alte Tithemi, der Grie- chischlehrer, er hatte ja keine Ahnung, daß der Nowak seine Stunde ignoriert und beim Übersetzen einfach extemporiert."

"Ob das die richtige Gesellschaft für dich ist, Willy?"

"Warum nicht? Mir imponiert das. Hier, schau her, da hat er mir doch heute mittag seine Aktentasche mitgegeben. Er braucht sie zuhause nicht, hat er gesagt, und ich möcht' sie ihm doch morgen in die Schule mitbringen, weil ich doch so einen kurzen Weg hab und er hat einen langen Schulweg. Sie wohnen draußen bei den Werken. Sein Vater ist dort beschäf- tigt."

"Als was?"

"Frag mich nicht, Mama. Irgendwas Technisches. Sie sind keine reichen Leute, die Nowacks, aber ganz arm sind sie auch nicht. Er ist jedenfalls nicht vom Schulgeld befreit."

"Hat das was zu bedeuten?"

"Aber ob! Weißt du, wie viele in unserer Klasse vom Schul- geld befreit sind? Drei Viertel! Und da sind noch die Wieder- holer dabei!"

Der gute Schüler stimmte Frau Margarete günstig ein. Wer in der Schule gut ist, kann im Leben nicht schlecht sein, meinte sie. Doch sie wollte es genauer wissen: "Was hat dein Nowack sonst für Interessen?"

"Er liest viel. Und wenn er nicht liest, sitzt er auf dem Sportplatz herum. Oder er ist mit einem Mädchen verabredet."

"Er geht schon mit Mädchen?"

"Aber sicher, Mama! Er ist ja auch fast ein Jahr älter als ich."

Noch nicht einmal ein Jahr! schrie Frau Margaretens Seele auf. Bald wird mein Bub die gleichen Rechte beanspruchen wie dieser Nowack! Laut aber sagte sie zu ihrem Jungen: "Findest du, daß dieser Nowack der richtige Verkehr für sich ist? Ich meine natürlich nicht, daß ich dir etwas zu verbieten hätte, dafür besteht sicher kein Anlaß, aber vielleicht solltest du nicht so viel mit ihm beisammen sein. Wo er doch schon soviel weiter ist als du!"

"Was heißt hier viel? Er hat mich einmal in seinen Sportverein mitgenommen, dorthin, wo der Divoky auch trainiert. Mammilein, kann ich ein Paar Laufschuhe bekommen? Der Nowack hat richtige Spikes. Damit hat er mich auf hundert Meter ganz schön zurückgelassen. Wenn ich auch Spikes habe, dann schlag ich ihn vielleicht."

"Was, um Gotteswillen, sind Spikes?"

"Das sind Laufschuhe mit Stahldornen an der Sohle. Da gibt es kein Abrutschen auf der Aschenbahn, und man läuft die hundert Meter gut eine halbe Sekunde schneller; wirklich, Mammi!"

Jetzt erinnerte sich Frau Margarete, daß sie das Wort Spikes schon einmal gehört hatte: "was kosten diese Laufschuhe, Willy?"

"Ungefähr hundert Korunen. Man kann auch billigere kriegen. Der Nowack hat seine alt gekauft."

"Alte Schuhe brauchst du dir nicht zu kaufen." Frau Margarete meinte zu wissen, daß Sportler abstinent leben müssen. Doch halt!

"Sag einmal, Willy, gibt es dort auf dem Sportplatz auch Mädchen?"

"Zwei oder drei hab ich gesehen. Aber der Nowack hat gesagt, das sind Ziegen. Es lohne sich nicht, auch nur hinzuschauen."

"So? Mit was für Geschöpfen gibt sich dein Freund Nowack denn für gewöhnlich ab?"

"Du, das ist nicht, wie du vielleicht denkst, Mama. Er geht nur mit anständigen Mädchen."

"Und woher weißt du das, Willy?"

"Weil er es mir gesagt hat. Bei anständigen Mädchen aus gutem Hause erreicht man nicht viel, hat er gesagt, aber man braucht sich auch nicht zu schämen, wenn man mit ihnen geshen wird. Es muß immer so sein, daß es eventuell auch eine Zukunft haben könnte, hat er gesagt. Bei einem Trampel, dem du

nur zu pfeifen brauchst, kannst du zwar was erleben, die sind
sowieso viel weiter als wir, aber dann hast du den Trampel
womöglich am Hals und kannst ihn nicht loswerden, weil du
irgendwie moralisch verpflichtet bist. Hat er das nicht prima
gesagt, der Nowack?" Willy Meidner strahlte seine Mama an als
warte er auf eine Gratulation.

Guter Gott, dachte Frau Margarete. Lebensklugheit und
moralischer Imperativ! Und das bei einem Siebzehnjährigen.
Mein Junge aber, der schluckt das mitsamt dem Löffel. Unsereins glaubt, es erzieht sich die Kinder, und daweil erzieht
sich das Gemüse gegenseitig. Natürlich ist an den Maximen des
Herrn Heinrich Nowack nichts auszusetzen - fast nichts, außer
daß man sich fragen muß, woher er sie hat. Sind sie auf
seineem eigenen Mist gewachsen oder haben vielleicht seine
Eltern ihm beigebracht, daß man sich möglichst an wohlhabende
Mädchen heranmachen soll? Denn wohlhabend und anständig, das
ist ja so gut wie eins. Oder nicht? Anderseits, wenn dieser
Knabe Nowack sich an seine eigenen Maximen hält, fährt er gut
und mein Willy mit ihm. Trotzdem paßt mir das Ganze nicht.
Dieser Nowack ist mir einfach zu gesheit für sein Alter, und
vielleicht ist alles nur Verstellung.

Laut aber fragte Frau Margarete: "Hat er denn immer Glück
bei seinen Amouren, dein Freund Heinrich?"

"Genau weiß ich das nicht, Mama. Über manche Dinge
schweigt er sich aus. Oder aber er ist unglücklich, ja, das
ist er manchmal!"

"Wie oft im Jahr ist er denn unglücklich?"

Willy merkte die Ironie nicht. Vielleicht, weil er zu sehr
damit befaßt war, seinen neuen Freund in bestem Licht zu
schildern: "Also unlängst hat er mir ein Mädchen gezeigt und
gesagt, für sie ginge er bis ans Ende der Welt. Aber weil
sie Jüdin sei, habe er bei ihr keine Chancen.

Bis ans Ende der Welt! Ein Siebzehnjähriger! Hat er sich
das angelesen? Na ja, eine Jüdin. Bei ihr ist er abgeblitzt.
Wer weiß, warum. Weiß er, warum? Für eine Jüdin bis ans Ende
der Welt! Frau Margarete schüttelte den Kopf. Hat wohl
Feuchtwanger gelesen, der Knabe. Die Jüdin von Toledo. Das
wird es sein.

"Könntest du dich für eine Jüdin interessieren, Willy?"
Gegen ihre eigenen Regeln fragte Frau Margarete einmal direkt

aufs Ziel hin. Doch ihr Sohn war auf der Hut: "Ich hab mir das überhaupt noch nicht vorgestellt, Mama."

Frau Margarete war beruhigt. Fürs Erste. Doch der Heinrich Nowak saß ihr wie ein Wurm im Ohr: "Leidet er sehr darunter, dein Freund Heinrich, daß er bei dieser Jüdin kein Glück hat?"

"Ich glaube schon. Anfangs sei es wunderschön gewesen, hat er† gesagt, dann aber war das Mädchen der Meinung, mehr als Freundschaft könne es nicht geben zwischen ihnen."

"Was mehr als Freundschaft?"

"No halt Freundschaft mit Zukunft! Einen Christen heiraten käme für sie nicht in Frage. Und was keine Zukunft hat, darf auch keine Gegenwart haben, hat ihm die Jüdin gesagt."

Frau Margarete mußte lachen: "Da sitzt er nun in seinem eigenen Salat."

"Genau das hat er auch gesagt, Mama: Von ihr hab ich meine eigenen Weisheiten hinter den Kragen gekriegt."

"Das hat ihn aber anscheinend nicht gehindert, bei einer Anderen Trost zu suchen."

"Klar, Mammi, das muß er doch. Weißt du, wie er mir das erklärt hat? Es gibt hunderttausende von bezaubernden Mädchen auf der Welt, hat er gesagt. Und wenn man sich auf eine einzige verspreizt und man kriegt sie nicht, dann bringt man sich um alle anderen Chancen, die man noch hat. Schließlich kann man nicht wissen, ob die Zweitbeste sich nicht eines Tages als die Allerbeste herausstellt. Wer weiß das schon am Anfang? Reinfallen kann man jedes Mal, aber statistisch ist das nicht sehr wahrscheinlich. Wer sich wie Werther eine Kugel durch den Kopf schießt, hat endgültig verloren. Das sei übrigens der einzige Grund, warum Goethe den Werther geschrieben haben soll - weil er nämlich alles andere war als ein Werthertyp."

Dieser Nowack ist für meinen Willy entweder ein Segen oder ein Verhängnis, dachte Frau Margarete. Zuerst will er bis ans Ende der Welt gehen und dann denkt er eiskalt pragmatisch. Auf jeden Fall muß ich mir den Knaben ansehen, der da mit halbverdauter Literaturgeschichte seine Lebensrezepte zusammenbosselt.

"Willy, kannst du deinem Freund Nowack sagen, daß ich ihn gern kennenlernen möchte? Vielleicht kann er einmal zum Tee kommen, ganz zwanglos. Nein, nicht, wenn du dabei bist. Ich möchte ihn mir unter vier Augen ansehen."

"Ich werd's ihm ausrichten, Mama!"

Pünktlich um vier Uhr am vereinbarten Tage erschien Heinrich Nowack im Haus am Quai. Er hatte sogar Blumen gebracht, ein bescheidnes Sträußchen. Trotzdem mußte dieser Spaß ein Loch in seinen Geldbeutel gerissen haben. Frau Margarete war sehr angetan, daß der Knabe Nowack weder mit Rosen noch mit Nelken gewählt hatte. Mit Frühlingsblumen war der Junge der schwierigen Farbwahl geschickt ausgewichen.

Daß Nowack nicht reicher Leute Kind war, wußte Frau Margarete inzwischen. Sein Vater hatte einen guten Posten in der Wirtschaft, doch da waren noch ältere Geschwister vorhanden, drei Stück, und zwei davon studierten. Mit Wohltaten indes würde der Knabe kaum einzukaufen sein. Der war kein Mücke und auch kein Divoky. Frau Margarete hatte beschlossen, ihr Vorgehen von Heinrich Nowacks Auftreten abhängig zu machen.

Der Gast war dunkelhaarig, mittelgroß, etwas blaß, weder besonders hübsch noch besonders häßlich. Er benahm sich gut, auch wenn er kleine Fehler beging, beim Handkuß zum Beispiel und auch beim Einnehmen des Tees.

Seine Stimme war leise, doch er sprach ohne Schüchternheit und frei von dem unschönen ortsüblichen Tonfall. Die Teetasse hielt er richtig, dem Gebäck sprach er nur mäßig zu.

Frau Margarete war sicher, daß er Teegebäck von solcher Qualität zu Hause kaum zu kosten bekam.

Er trug einen dunkelgrauen Anzug aus gutem Stoff, aus dem er freilich schon etwas herausgewachsen war. Immerhin einen Schneideranzug! Das Hemd war offensichtlich ein Bubenhemd, die Krawatte hingegen stammte vermutlich aus Vaters Schrank: Seidenbrokat!

"Sie tragen eine prächtige Krawatte, Herr Nowack," eröffnete Frau Margarete das Gefecht mit einem Frontalangriff.

"Den Sinn für schöne Krawatten habe ich mit meinem Vater gemeinsam, gnädige Frau!" Heinrich Nowack lachte leise.

Geschickt pariert, dachte Frau Margarete: "Und weiß Ihr Herr Vater das auch?"

"Im Prinzip ja. Und er billigt es auch für bestimmte

Gelegenheiten. Nicht für den Schulbesuch natürlich."

"Müssen Sie Ihren Herrn Vater extra um Erlaubnis fragen, wenn Sie eine seiner Krawatten ausleihen?"

"Nur wenn es sich um seine neueste Erwerbung handelt. Die will er erste einmal selber tragen. Mein Vater ist ein bissel eitel, gnädige Frau. Und ich hab's von ihm geerbt. Aber bitteschön, warum Siezen Sie mich? Ich bin doch Willys Mitschüler!"

"No ja, ich hab gedacht, weil du doch schon viel erwachsener bist. Und gut ein Jahr älter bist du auch. Wie kommt es, daß du mit Willy in einer Klasse bist?" (So, Bürscherl, damit stutz ich dich!)

"Das liegt am Keuchhusten. Grad wie ich in die Schule sollte, bin ich schwer krank gewesen und hab den Ein-Einschulungstermin gründlich verpaßt."

"Du Ärmster, wie kommst du dir vor unter lauter jüngeren Mitschülern?" (An diesem Mitgefühl wirst du jetzt was zu schlucken haben, mein Freund!)

"Jünger? Ich weiß nicht, die meisten in unserer Klasse sind ungefähr in meinem Alter, die Durchgefallenen sogar älter. Und die anderen werden bald aufholen, weil sie ja überall mithalten." (So, Dame, jetzt hast' es zurück!)

"Mein Gott, nein!" Frau Margarete fiel aus ihrer Rolle. "Du willst doch nicht sagen, daß mein Willy schon so erwachsen ist wie du. Er ist doch noch ein Bub. Und er soll es lange bleiben!"

"Das, gnädige Frau, wünschen sich alle Mütter. Doch man kann die Zeit nicht aufhalten."

"Kann man nicht? Da habt ihr eure Frau Mama sicher enttäuscht!"

"Nicht, solange sie lebte. Sie ist vor sieben Jahren gestorben."

"Oh, verzeih, das wußte ich nicht."

"Mein Vater hat wieder geheiratet. Daß ich kein Neutrum mehr bin, paßt Vaters zweiter Frau natürlich auch nicht. Sie möchte so gern Mutter sein, verständlich. Aber das funktioniert nicht. Lansam findet sie sich damit ab. Ansonsten gilt der Satz, daß jedes Junge einmal aus dem Nest fallen muß. Das hat sie schließlich einsehen müssen. Wichtig am Ende ist nur, ob es schon fliegen kann oder nicht. Entscheiden das die Mütter?"

"Sie sind - du bist ein gefährlicher Bursche, Heinrich Nowack!" Frau Margarete blähte sich hoch wie eine gereizte Kobra.

"Ich bitte tausendmal um Vergebung, gnädige Frau! Wenn Sie Wert auf meine Feststellung legen - Ihr Willy ist noch nicht aus dem Nest geflattert und ich werde ihn auch nicht dazu verleiten. Nur, er spreizt halt schon seine Stummelflügel und probiert, ob er Luft unter sie bekommt. Soll man ihm die Flügel stutzen oder soll man ihn üben lassen?"

Gegen solche Dialektik kam Frau Margarete nicht an. Man mußte es auf andere Weise versuchen: "Du bist ein glitzernder Schurke, Jungheinrich. Rauchst du mit mir eine Zigarette? Friedenspfeife, ja? Wir wollen uns einigen. Du hast Einfluß auf meinen Buben. Also frage ich dich, wenn es schon sein soll, willst du meinem Willy wenigstens ein guter und aufrichtiger Freund sein?"

"Stellen Sie mich bitte nicht als Willys Tutor an, gnädige Frau. Für diese Rolle bin ich nicht alt genug." Sorgfältig wählte Heinrich Nowack in dem Tabaktresor, welchen Frau Margarete ihm hinhielt, nahm schließlich eine langstielige Papyrossi: "Das kriegt man hier nicht zu kaufen, nicht einmal in der Internationalen Spezialtrafik. Darf ich diese hier nehmen?"

"Natürlich darfst du, Lauser! Aber Feuer könntest du mir trotzdem geben. Frau Margarete hielt ihm ihren Mund und die darin steckende Damenzigarette "La Fleur" hin.

Errötend ob seinem Versäumnis riß der junge Mann ein Streichholz an. Seine Hand stieß dabei absichtslos an Frau Margaretens Hand. Die nahm seine Hand und hielt sie fest: "Langsam, langsam, wenn du zitterst, verbrennst du mir die Nase. hast einer Dame noch nicht oft Feuer gegeben, gelt?"

"Die Damen, in deren Gegenwart ich rauche, haben mich noch nicht in diese Verlegenheit gebracht."

"Das kann ich mir denken. Also hör zu, Heinrich, ich möchte mit dir ein Abkommen schließen. Du paßt mir ein bissel auf meinen Willy auf - nein, nicht als Aufpasser, der mir berichtet. Wofür hältst du mich, daß du so schäbig deinen Mund verziehst? Du brauchst mir nichts zu hintertragen, ich vertraue dir. Du sorgst mir nur dafür, daß der Willy behutsam

131

ins Leben geführt wird und keinen Schaden dabei nimmt. Und jetzt, wo wir uns so gut kennen, muß ich dir verraten, daß der Willy wirklich noch ein Kind ist. Du wirst es nicht glauben, aber er hat, da bin ich mir fast sicher, noch nicht einmal diese, eh - gewissen - eh Pollutionen gehabt."

Heinrich Nowack spürte sein Zwerchfell zucken, doch es gelang ihm, lediglich seine Augen erstaunt aufzureißen: "Sie sehen mich perplex, gnädige Frau. Perplex ob einer All-täglichkeit!" Heinrich Nowack tat, als wären nächtliche Pollutionen quasi regelmäßige Erscheinungen für sechzehn- bis siebzehnjährige junge Männer. Und als wäre das Mittel, sich solcher Quälerei zu entziehen weitestgehend unbekannt in Knabenkreisen.

Er ahnte nicht, welchen Sturm er damit in Frau Margeretens Herzen entfachte.

"Alltäglich, sagst du?" Nun war es an der Meidnerin, die Augen weit aufzureißen. Von ihrem Gatten seit etlicher Zeit sexuell aufs Trockene gesetzt und ohne Mut, ein neues Risiko einzugehen, darbten Frau Margaretens Sinne, und die Vorstel-lung eines Knaben, der an überschüssiger Manneskraft litt, verstellte mit einem Schlag ihre viktorianische Sorge um Klein-Willys Gefährdung.

Sie sah vor sich einen jungen Mann, der offen eingestand, daß er allnächtlich vergeudete, was sie entbehren mußte. Ihr Herz begann schneller zu schlagen, eine Vorstellung gewann Macht über sie, die Unerhörtes verhieß und alle Hemmungen in ein Nichts zusammensinken ließ. Unmöglich, Margarete, schrie ihr der gute Engel ins taubgewordene Ohr. Was ist schon dabei? fragte lockend der böse Engel. Heinrich Nowacks Er-scheinung begann sich vor Frau Margarete in rosa Nebel auf-zulösen: "Alltäglich", flüsterte sie mit halbem Atem,"ist das wahr?"

Heinrich Nowack wurde gewahr, daß Frau Margarete mehr als neugierig fragte. Er blies einen Rauchring vor sich her und senkte wie verlegen seinen Blick, murmelte: "Leider ja, gnädige Frau, Gegen Träume ist man wehrlos, und manchmal kommen sie mehrmals in einer Nacht."

"Lüg nicht, Bub," sagte Frau Margarete heiser. Hast du wirklich jeden Tag solche Nöte?"

Er hatte sie und hatte sie nicht. Doch das würde er Frau

Margarete nicht erzählen. Auch nicht, daß er noch nie dazugekommen war, mit einer Frau zu schlafen. Alle seine Erfahrungen passierten vor ihm Revue, die heißen Ferienküsse mit Dorfmädchen; warme Brüste unter aufgeknöpften Miedern, die verstohlenen Ausfüge der Hände ins tiefverborgene Neuland weiblicher Unterbekleidung; die, je nachdem, unerfahrenen oder aber auch schon eine gewisse Praxis verratenden Handreichungen der erregten Mädchen, kitzelnde Grashalme, Schweiß und Mückensirren - auch schon einmal der - meist mißlungene- Versuch, sich jüngeren Damen aus dem Bekanntenkreis zu nähern - das war es, was Heinrich Nowack bislang an Erfahrungen aufzuweisen hatte. Ansonsten war er ein Rosenjüngling, und mehr in der Theorie bewandert, welche aus Privatdrucken stammte wie etwa die Erlebnisse der Josefine Mutzenbacher oder die berüchtigten Memoiren einer Sängerin; Schriften, welche der heranwachsenden Jugend stets vorenthalten, nichtsdestoweniger eifrig gelesen werden, allen festverschlosssenen Schreibtischladen und Bücherschränken zum Trotz. Unter dreißig väterlichen Porno-Tresoren werden mindestens zwanzig geknackt, und das entliehene Erotikon wandert sodann von Hand zu Hand unter bildungshungriger Jugend. Oft haben die Jünglinge in Summa mehr gelesen als der einzelne Vater in seinem sekreten Besitz glaubt. So auch Heinrich Nowack, nicht zuletzt unter Rückgriff auf den stets verschlossenen Bücherschrank der Hauses Meidner, zu dem der Knabe Willy längst einen Zweitschlüssel gefunden hatte.

Doch nicht theoretische Kenntnis war es, die den jungen Mann das Begehren erkennen ließ, welches ihm hier entgegenstrahlte: "Ich lüge nicht," bockte er, und seine Stimme brach.

"Wirklich nicht?" fragte Frau Margarete und machte seltsame Augen.

Spiel das Spiel, Junge, flüsterte Pater Filucius dem Knaben ins Ohr.

Gern, aber wie spielt man es?

Ich werde dir dabei helfen, denn ich sehe schon, du hast Talent zu dem Spiel. Warte nicht, daß sie den ersten Schritt tut, denn sie wartet darauf, daß du es tust. So ist die Regel!

"Ich lüge nicht, ich habe meine Nöte, gnädige Frau,"

gestand Heinrich Nowak und erhob sich, "gerade jetzt habe ich sie."

Es war zu sehen.

"Armer Bub," flüsterte Frau Margarete und stend ebenfalls auf: "Ich kann es nicht mitansehen. Komm!"

Das kreidegraue Boudoir mit seinem lintgrünen Teppich und seinen rosafarbenen Schleiflackmöbeln schwieg zu allem, was es alsbald zu sehen bekam. Es schwieg aus Gewohnheit.

Als sie voneinander schieden, bat Frau Margarete den jungen Mann: "Du wirst es aber nicht weitersagen, gelt?"

Heinrich Nowack, gewitzt seit langem, gescheit geworden in der soeben vergangenen Stunde, replizierte feurig: "Nicht, wenn ich wiederkommen darf!"

"Erpresser!" drohte Frau Margarete mit dem Finger. "Natürlich darfst du wiederkommen, aber immer nur am Mittwoch und immer nur um diese Zeit!"

Doch es gab keine Reprise. Das in der Euphorie des Augenblicks gegebene Versprechen reute Frau Margarete, als die von der Natur programmierte Ernüchterung einsetzte.

Und auch Heinrich Nowack stellte fest, daß er seinem Freunde Willy nicht mehr recht in die Augen sehen konnte. Das eine Mal konnte man sich vergeben, es war geschehen und es war weniger absichtliches Verschulden als ein Versagen vor der Gewalt der Umstände. Von jetzt ab war Vorsatz gegeben. Mit der festen Absicht, reinen Tisch zu machen, erschien Heinrich zum vereinbarten Termin im Hause Meidner. Er brauchte nicht die Initiative zu ergreifen, Frau Margarete kam ihm zuvor: "Wirst du mir sehr böse sein, Heinrich Nowack, wenn ich dir jetzt sage, daß du umsonst gekommen bist?"

Zu ihrer Überraschung fand sie den jungen Mann mit ähnlichen Überlegungen befaßt: "Sie haben völlig recht, gnädige Frau, wir sollten wieder vernünftig werden und den ursprünglichen Zustand herstellen. So schön es war, Margarete, ich werde mich bemühen, alles zu vergessen, ausgenommen ein Gefühl der Dankbarkeit und Verehrung, das mich stets an Sie binden wird."

"Das hast du schön gesagt, Heinrich. Komm, jetzt rauchen wir wieder eine Zigarette, und dann gehst du. Und wenn du wiederkommst, dann in der alten Rolle, ja?"

Frau Margarete war klug genug, dem Jungen kein Geschenk

anzubieten, auch kein Andenken, das eines Tages verräterisch werden konnte. Sie hatte ihren Fontane gelesen.

Heinrich Nowack aber war nicht unfroh, wieder frei und ungebunden zu sein, denn gerade eben beschäftigte ihn ein junges Mädchen sehr. Und wenn er auch nicht erwarten konnte, bei diesem Mädchen Ersatz für die Vergnügungen Erwachsener zu finden, so meinte er doch, er sei verpflichtet, sich dem neuen Schwarm ganz und ohne Vorbehalte zu widmen.

Als ihr entlassener Liebhaber gegangen war, schenkte sich Frau Margarete einen Likör ein, rauchte noch eine Zigarette, lächelte vor sich hin und hatte überhaupt kein schlechtes Gewissen mehr.

Der Bub hat sich seine Sporen bei mir verdient, dachte sie. Er hätte eine schlechtere Lehrmeisterin finden können. Womöglich wäre er bei einer Hure gelandet mit seinen ersten Kräften und vielleicht wäre die auch nicht jünger gewesen als ich. Schweigen wird er, da bin ich mir sicher. Also ist es, als ob nie etwas gewesen wäre. So alt wie mein Sohn? Aber nicht doch, er ist ja viel reifer als mein Willy. Und überhaupt, wer achtet heute auf solche Unterschiede? Bei Männern ist es selbstverständlich, daß sie sich mit Frauen abgeben, die dem Alter nach ihre Töchter sein könnten. Warum nicht auch umgekehrt?

Außerdem bin ich garnicht so alt. gerade Vierzig. Nein, nein, so grotesk ist das noch nicht. Mir jedenfalls hat es Spaß gemacht und dem Bengel auch. Soll er ruhig zurückkehren zu seinen jungen Mädchen. Wie man es anstellen muß, weiß er jetzt. Ich aber weiß, daß ich mit den Fratzen, die er demnächst verführen wird, noch hab konkurrieren können!

Logisch war das alles nicht, was sich Frau Margarete da ausspann, doch es beruhigte ihr Gewissen.

Um sich ihr Urteil bezüglich Konkurrenzfähigkeit zu bestätigen, begab sie sich in ihr Badezimmer, zog sich dort aus und betrachtete sich in dem großen Standspiegel, einem Relikt aus glücklicheren Tagen ihrer Ehe. Der Spiegel bestätigte: Frau Königen, Ihr seid die Schönste im ganzen Land ---. Doch das konnte der Spiegel nur, weil zur Zeit kein Schneewittchen in Sicht war.

Beim Betrachten ihrer Nacktheit kam Frau Margarete leider ein Gedanke, der sie zutiefst verstörte. Sowas blankes und junges wie diesen Knaben Heinrich würde sie sich fortab nie leisten können. Die Liebhaber ihrer künftigen Jahre mußten zwangsläufig immer reifer werden. Bald würden es nur noch leicht überständige Männer sein, mit reparierten Zähnen und haarigen Bäuchen; Männer, die vielleicht ganz brauchbare Hengste noch, dennoch schon haushalten würden mit ihren Möglichkeiten anstatt sich zu verschwenden, wie es der Junge getan hatte.

Also doch ein Abschied von meiner Jugend! Frau Margarete schlüpfte fröstelnd in ihren Bademantel. Dann aber erhellte sich mit einem Mal ihr Gesicht: Kein schlechter Abschied immerhin!

Und sie beugte sich über die Badewanne aus rosa Marmor und ließ Badewasser einlaufen, wohltemperiert und mit duftender Essenz versetzt. Denn Frau Margarete erwartete Gäste zum Abend.

Josef Meidner saß in seinem Büro und studierte einen höchst geheimen Bericht, der nach Wien gehen sollte, an den Vorsitzenden des Aufsichtsrates der Franzenshütte AG.

Der Kurier wartete im Vorzimmer. Meidner kontrollierte die Zahlen und verglich sie mit seinem Code. Es war alles in Ordnung. Bald würde er die Akte versiegeln und sie dem Kurier übergeben, der, ganz nebenbei, diplomatische Immunität besaß. Das kostete zwar Geld, doch es gab genügend kleine Staaten auf der Welt, deren Konsuln und Gesandte sich gern ein Zubrot verdienten.

Es ging um die wahren Gewinne der Gesellschaft. Josef Meidner war nicht zuletzt dadurch groß geworden, daß er wie kein Anderer Bilanzen zu verschleiern verstand.

An der Tür wurde geklopft. Fräulein Pfitzner, Meidners Sekretärin und Vorzimmerdrache, kam herein und übergab dem Chef eine Karte: "Er läßt sich nicht abweisen, Herr Professor!"

Josef Meidner seufzte, als er den - falschen - Namen auf der Karte las und an der Paraphe erkannte, wer ihn sprechen wollte: "Also gut, Pfitznerin, ich lasse den Herrn hereinbitten."

Eintrat, fröhlich und ohne Scham, der Vetter Hans: "Sie haben mich freigelassen. Unter Polizeiaufsicht zwar, aber was ist schon Polizeiaufsicht dahier? Hör zu, lieber Anverwandter," fuhr der Vetter Hans fort und nahm Platz, heute brauche ich ausnahmsweise kein Geld, heute komme ich in Sachen Familie. Sag einmal, was tust du meiner Cousine, der bezaubernden Margarete an? Du schläfst nicht mehr mit ihr? Denk an deine Zukunft, Josef!"

"Was hat meine Zukunft mit deiner Cousine zu tun?"

"Mit meiner Cousine nichts, wohl aber alles mit deiner Frau, die nicht zufällig meine Cousine ist, ja? Ich dulde es nicht, daß du sie schlecht behandelst!"

"Dafür habe ich meine Gründe."

"Bekannt, bekannt. Und akzeptiert. Von Mann zu Mann. Trotzdem wirst du sie nicht fallen lassen. Oder du fällst ebenfalls. Sobald wir kommen."

"Über mich bestimmt der Aufsichtsrat. Und der befindet sich in Wien."

"Genau das, Vetter Josef, genau das! Warte noch einen Monat oder zwei, und dann werden wir sehen, wer in Wien zu bestimmen hat."

"Hirngespinste! Deine politischen Freunde haben in Wien seit dem Dollfuß-Mord abgewirtschaftet."

"Sag das nicht noch einmal, Vetter Josef! Wir sprechen uns wieder. Bald. Vielleicht sogar in Wien."

"Soll das eine Drohung sein?"

"Eine Warnung, die ich aus Sorge um unsere Familie ausspreche, lieber Josef. Oder hast du angenommen, dein persönliches Wohlergehen läge mir am Herzen?"

"Keinen Augenblick!"

"Eben. Und deshalb wirst du einsehen, daß es mir ernst ist und daß ich weiß, wovon ich rede. Nimm es so, wie ich es sage. Wenn du deine Frau fallen läßt, habe ich keinen Grund, dich zu schützen, sobald der neue Aufsichtsrat über die Führung der Franzenshütte beschließt."

"Was für ein neuer Aufsichtsrat? Wer sollte den jetzigen ablösen? Es besteht nicht der geringste Anlaß für einen Wechsel. Das müßte ich wissen!"

"So, meinst du? Warte es ab, Vetter Josef, warte es nur ab!"

"Was habt ihr vor?"

"Finde das ruhig selbst heraus, mein Lieber. Du bist ja sonst ein scharfsinniger Zeitgenosse. Also mach dir deinen Reim auf dies und das. Und vergiß bitte nicht den Anlaß meines Besuches. Margarete wird sich über deinen Sinneswandel sicherlich freuen. Ich ebenfalls. Ob du wieder mit ihr schläfst oder was du ihr als Ersatz für eheliche Freuden bieten kannst, wollen wir hier nicht verhandeln. Ich sage nur, daß du dich besser nicht scheiden lassen solltest, klar?"

Nach Vetter Hansens Abgang verharrte Josef Meidner lange schweigend an seinem Schreibtisch. Dann griff er zum Haustelefon: "Fräulein Pfitzner? Bestellen Sie bitte ein Schlafwagenabteil für mich. Nach Prag. Für den Schnellzug heute abend, jawohl. Der Kurier? Ja, der kann sich die Tasche gleich holen. Er fährt auch über Prag? Macht nix, wir brauchen ja nicht im gleichen Abteil zu schlafen. Und wenn ich fort bin, rufen Sie bitte meine Frau an, ich hab dringend fortmüssen. Übermorgen früh bin ich wieder hier."

In Prag nahm sich Josef Meidner wie üblich ein Hotelzimmer im Hotel Alcron. Er benützte es aber nicht, sondern fuhr mit dem nächsten Zug nach Wien, blieb dort allerdings nur wenige Stunden. Wieder aus Wien zurück, rief er vom Prager Hotel aus seine Frau an und bat sie, ihn mit dem Packard am Bahnhof abzuholen: "Es ist ja nur, weil der Orient-Expreß nicht bei uns hält, sondern erst an der Grenzstation. Und dort weiß man nie, ob man ein Taxi bekommt."

Frau Margarete, so sauer ihr es fiel, wartete um sechs Uhr morgens auf dem Bahnsteig: "Was hattest du in Prag zu tun, Josef? Noch dazu so plötzlich? Ich habe zwei schreckliche Nächte hinter mir!"

"Ich habe deinem Vetter Hans einen Herzenswunsch erfüllt." Josef Meidner war sicher, daß der Vetter Hans nicht ohne Wissen Margaretes bei ihm vorgesprochen hatte. Das wurde ihm sogleich bestätigt: "Du hast mit den Leuten gesprochen?"

Das war nun wieder hochinteressant. Margarete wußte bescheid über Hansens politische Freunde und deren Absichten. Vorsichtig antwortete Josef Meidner: "Ja, ich habe mit gewissen Leuten gesprochen. Frag micht bitte nicht weiter. Es gibt Dinge, die ich nicht einmal dir anvertrauen möchte."

Das verstand sogar Frau Margarete: "In solchen Fällen ist das doch selbstverständlich, Josef. Mir ist es ja nur um deine berufliche Zukunft gegangen. Sonst hätte ich mich niemals eingemischt."

Josef Meidner leistete sich ein lautloses Gelächter. Wenn seine Frau gewußt hätte, mit wem er wirklich zusammengekommen war! Mochte sie glauben, was sie wollte! Es war gut, daß er den Umweg über Prag gewählt hatte. Nicht, um der Regierungen willen diesmal, sondern um Vetter Hansens Leute zu täu_schen. Eine seltsame Situation, dieses Gesindel hatte im Lande hier nichts zu sagen und in Österreich ebenfalls nicht. Dennoch mußte man sich benehmen, als sei man ein Hoch- und Landesverräter. Nun gut, jetzt mochten sie ruhig nach Wien kommen. Die

Franzenshütte mitsamt ihren Immobilien konnte man nicht von
der Stelle rücken, doch ihre Besitztitel - und solange internationales Recht galt, galten auch diese Titel - befanden
sich nicht mehr in Wien. Sie waren dem Zugriff von Vetter
Hansens Freunden entzogen. Dieser Erfolg schien Josef Meidner
ein Opfer wert zu sein. Ja, der Vetter Hans sollte ruhig
glauben, er, Josef Meidner, habe sich seinem Befehl gefügt.
Zu dieser Täuschung gehörte auch eine zufriedene Margarete.
Josef Meidner beschloß, der Franzens-Hütte AG ein weiteres
Opfer zu bringen: "Vielleicht, Margarete, sollten auch wir
beide ein Abkommen schließen. Oder bist du da anderer Meinung?"

Frau Margarete überhörte den Nachsatz; sie wollte nichts
als Frau Generaldirektor bleiben: "Ja, Josef, ich bin dazu
bereit. Alles wie früher, gelt?"

"Bis auf eines, meine Liebe. Ich bin ein bissel älter
geworden und vertrage es nicht, wenn man mich antreibt."

"Das," freute sich die Gattin, "werden wir schon irgendwie
ausgleichen, teurer Mann!"

Josef Meidner seufzte: "Laß dir Zeit Margarete. Und mir
auch, bitte!"

Willy verdient sich seine Sporen

Man schrieb dasJahr 1937, man schrieb es schon fünf Monate lang. Dr. Vladimir Vejdrych hatte Sorgen. Sein Chef, Direktor Brejcha, war unzufrieden mit ihm: "Sie sehen doch, Vejdrych, daß sich bei den Henleinisten einiges tut! Warum erfahre ich nichts?"

Seit Maxi Teuchert im letzten Frühjahr mit Schimpf und Schande untergegangen war, seit Major Jirasek ein so unrühmliches Ende genommen hatte, war Dr. Vejdrych mehr oder weniger allein zuständig für das Ressort Hoch- und Landesverrat.

Jiraseks Ersatzmann, der gute Vyslouzil, war ein stumpfer Gendarm, der sich um politische Versammlungen kümmerte, ein paar Spitzel kreisen ließ, die nach Flugblättern fahndeten und glücklich waren, wenn sie irgendwo ein staatsfeindliches Buch beschlagnahmen konnten. Einige Exemplare von Hitlers "Kampf" sowie Rosenbergs "Mythos des 2o. Jahrhunderts" waren die stolzeste Beute.

Gerade der Typ, den sich mein Brejcha gewünscht hat, dachte Vejdrych. Der macht ihm keine Schwierigkeiten. Mich aber hunzt der Chef auf Erfolge, und er weiß genau, der Schurke, daß ich sie ihm nur bringen kann, wenn ich mein Spiel aufgebe.

Vejdrych sah auf seine Armbanduhr, eine goldene Omega, Abschiedsgeschenk von Frau Margarete Meidner. Das war nun auch vorbei. Seit seiner Flucht über die Gartenmauer hatte er das Haus Meidner gemieden. Ob der Professor ihn erkannt hatte oder Frau Margarete geständig war, spielte dabei keine Rolle mehr. Wer bügelte jetzt wohl Willys Eskapaden aus? Brejcha persönlich?

Frau Margaretens Abschiedsbrief, in verstellter Schrift geschrieben, hatte darüber keine Auskunft gegeben.

Aber die Uhr! Als Wertpaket war sie gekommen. Mit fingiertem Absender. So honoriert man einen Gigolo. Warum nicht? Von seinem Gehalt hätte sich Vejdrych keine goldene Omega leisten können. Ein Monatsgehalt. Sollte er das gute Stück verkaufen? Wem in dieser Stadt? Und wozu?

Direktor Brejcha entging natürlich nichts: "Herrliche Uhr, die Sie da tragen, Doktor Vejdrych! Ein Erbstück?"

Jedes Kind konnte sehen, daß dies eine moderne Uhr war. Und Brejcha war kein Kind.

"Ich hab lange darauf gespart, Herr Direktor."

"Kann ich mir denken. Grad so ein Stück hab ich unlängst beim Juwelier Feiner gesehen. Dreieinhalbtausend, tz, tz, tz!"

"Meine hat nur Zweiacht gekostet. In Brünn. Der Feiner ist ein Halsabschneider."

"Das hab ich der Frau Professor Meidner auch gesagt, wie sie mir von der Uhr beim Feiner vorgeschwärmt hat. Dem Willy sowas zu Weihnachten geben, dem Rotzbuben! Sie hat auf mich gehört, wie ich ihr gesagt hab: "Gnä' Frau, kaufen Sie dem Buben keine Goldene. Die wird ihm bloß gestohlen. Und auch keine Omega, es gibt noch bessere Marken, die weniger bekannt sind und schon deshalb keinen Dieb reizen. Kaufen Sie ihm eine stählerne Uhr, dafür aber von IWC. Das ist Klasse. Ist auch nicht billiger als Omega. Und kaufen Sie ihm ein Modell mit Stoppuhr, daran wird er Spaß haben beim Sport. Die Meidnerin hat auf mich gehört. Hat Ihre Uhr auch eine Stop-Vorrichtung, Herr Vejdrych?"

"Nein, Herr Direktor. Was sollte ich denn stoppen?"

"Vielleicht sich selbst, lieber Freund!"

Wie schaffte dieser Schurke Brejcha es bloß, über alles bescheid zu wissen. Und worauf setzt er mich an, wenn er eh alles weiß?

Fotosafari

Das Gulasch bei Herzmanowsky war köstlich wie immer. Doktor Vejdrych leistete sich ein kleines Pils dazu. Und dann ging er auf den Strich. So früh am Abend würde die Lida noch keinen Freier haben. Das war das beste, denn dann würde sie sauber sein. Der Doktor Vejdrych war ein Ästhet, sogar in Hurensachen. Der Gedanke, es könne kurz vor ihm ein Anderer den Weg seiner Freude befahren haben, war ihm ekelhaft. Wenn es schon eine Hure sein mußte, dann eine tagfrische.

Seit er bei Frau Margarete keine Entspannung mehr fand, ging Vejdrych zu Lida. Die war nett und machte es preiswert, eingedenk jener reichlichen Spende aus dem Reptilienfonds der Polizei, seinerzeit während der Hiebler-Affäre. Nur zwanzig Korunen brauchte der Doktor Vejdrych zu zahlen für die Visite in Lidas Absteige.

Hinterher, Lida lag noch auf ihrem Arbeitsmöbel, Vejdrych war mit seinen Sockenhaltern beschäftigt, fragte das Hürchen den Doktor: "Sag einmal, Liebling, wenn ich mich mit Minderjährigen einlasse, ist das riskant?"

"Wie kommst du darauf?"

"No, weißt du, da sind ein paar geile Buben, die verfolgen mich jeden Abend, wenn ich auf dem Bummel anfang. Daß sie mich mit den Augen einkaufen möchten, stört mich nicht. Da zuck ich nicht drauf, denn Geld haben die sowieso keins. Und für nix und wieder nix laß ich mich nicht anhauen. Aber gestern abend hat mich einer angesprochen wie ein zünftiger Freier, und er hat mir ein Angebot gemacht. Er gibt mir hundert Korunen, damit ich seinem Freund beibring, wie man es macht. Wie alt der Freund ist, hab ich gefragt. Schon über sechzehn, sagt er. No gut, was aber, wenn er noch keine sechzehn ist? Ich kann mir doch nicht den Paß zeigen lassen, bevor ich ihn zu mir nehm."

"Wie alt war dieser Vermittler?" In Vejdrych regte sich der Polizist. "Wie hat er ausgesehen. Kennst du ihn?"

"No, circa 17 Jahre, ich kenn ihn vom Sehen. Er bleibt schon öfter einmal auf dem Bummel, wenn die braven Mädchen nach Hause müssen. Der Sprache nach muß er ein Deutscher sein. Ich schätze, einer von diesen Mittelschülern. Die sind

ja immer scharf, weil sie bei ihren Mädchen nichts kriegen
können. Bei uns Proletariern geht das viel glatter."

"Wenn er dich noch einmal anspricht, laß dir doch seine
Schülerkarte zeigen."

"Von der hab ich nichts. Es geht ja um seinen Freund
Willy, hat er gesagt. Und wenn der ein Rosenjüngling ist und
noch keine sechzehn?"

Das gut funktionierende Gehirn des Doktor Vejdrych schaltete sofort. Deutsche Mittelschüler dieses Alters gab es zwar
einige Dutzend. Doch wie viele davon mochten Willy heißen und
welcher Willy unter ihnen, konnte hundert Kronen für eine
Hure aufbringen? Darauf gab es nur eine Antwort: Willy Meidner.

"Hör zu, Liduschka! Nimm dir den Buben. Wenn irgendwas
schief geht, hast du Schutz bei mir. Und wenn ich von euch
beiden ein paar Fotos kriegen kann, zahl ich dir noch einmal
hundert Kronen dazu. Das mit dem Fotoapparat werde ich dir
schon einrichten. Kriegst auch einen Abzug, wenn die Bilder
gut sind!"

Lida lachte: "Und wem werd' ich sie zeigen?" Aber sie war
bereit, mitzumachen.

Und so kam es, daß dokumentarisch belegt wurde, wie Willy
Meidner seine Unschuld verlor. Fast wäre es nicht dazugekommen, denn nachdem Heinrich Nowak seinen Freund bei der Liduschka abgeladen hatte, wäre der am liebsten wieder umgekehrt. Das Milieu von Lidas Liebesnest nahm ihm etliche
Illusionen: die nicht gerade taufrische Lagerstatt, die zahlreichen halbblinden Spiegel, der Waschtisch, die kitschigen
Bilder an den Wänden, das schummerige Licht.

"Also zieh dich schon aus," sagte Lida Kulhankova und
streifte ihr Kleid über den Kopf. Das Hemd folgte, ein Höschen trug sie nicht. Was Willy nun zu sehen bekam, war auf
den ersten Blick ernüchternd: Büstenhalter, Strumpfgürtel,
ein Büschel Flachs unter dem Hüfthalter.

Willy stand da wie hingemalt, nichts rührte sich bei ihm.
Ohne Doktor Vejdrychs Auftrag hätte Liduschka dem Buben das
Geld abgenommen, ihn ausgelacht und nach Hause geschickt. So
hielt man es in ihren Kreisen, Rosenjünglinge wurden abkas-
siert und basta. Doch da war die von Vejdrych installierte
Kamera, da winkte weiteres Geld. Außerdem fürchtete Lida den

Polizisten. Es war nicht gut, wenn man einen Auftrag nicht erfüllte. Also legte das Mädchen seinen Büstenhalter ab und ebenso den Strumpfgürtel. Jetzt bot sie auch einen erfreulicheren Anblick, denn sie war gut gewachsen, und je mehr man davon sah, desto besser sah es aus.

"Komm, setz dich zu mir," sagte Lida zu Willy, "hierher, neben mich." Willy folgte zögernd. "Zieh Jacke und Hemd aus," befahl Lida. Und dann begann sie Willys Brust zu streicheln. Es brauchte nicht lange, bis er explodierte und sich die Hose herunterriß. Was dann geschah, war für Willy neu. Doch er lernte schnell und er lernte so gut, daß Liduschka fast vergessen hätte, auf den Knopf zu drücken. Entgegen allen Regeln und Gesetzen der Prostitution gab sich Lida bei Willy ihren Empfindungen hin. Und auch Willy vergaß, daß er sich in einer schmierigen Absteige und in den Armen einer Verworfenen befand. Plötzlich mochte er das Mädchen, und als er sich verabschiedete, legte er auf das vereinbarte Honorar noch einen Zwanziger drauf und fragte, ob er wiederkommen dürfe.

Für dieses Geld sogar zweimal, erklärte ihm Lida und gab ihm einen dicken Abschiedskuß.

"Sei nicht so blöd Willy," sagte sein Freund Nowak, der draußen gewartet hatte, "sie tuts auch für 3o Kronen, wenn sie Spaß an dir hat. Und wisch Dir den Lippenstift aus dem Gesicht. Was glaubst du, sagt deine Mama, wenn sie dich so ankommen sieht. Überhaupt, geh nicht sofort nach Hause, du stinkst wie ein Puff. Bring der Lida, wenn du noch einmal zu ihr gehst, ein anständiges Parfüm mit. Klau es bei deiner Mammi, die hat sicher genug davon in ihrem Boudoir oder sonstwo." Bei diesem Satz durchfuhr es Heinrich Nowak siedendheiß. Wenn Willy nun fragte, woher er sein Wissen um Margarete Meidners Boudoir herhatte?

Aber Willy war voll mit seinem eben gehabten Erlebnis beschäftigt und merkte nichts.

"Also, dann auf Wiedersehen, Heinrich! Und schönen Dank für deine Hilfe!"

"Nichts zu danken, ich hab's ja nicht umsonst getan. Jetzt geh ich zur Lida und hol mir meine Provision."

"Wie, was? Du nimmst ihr etwas von meinem Geld ab?"

"Wie werd' ich! Es handelt sich um Naturalleistungen, mein Freund. Vergiß nicht, diese Dame gehört nicht dir allein!"

"Du bist ein Ferkel!"

"Wieso? Ich folge doch nur deinen Spuren! Gönn mir auch etwas, Willy! Du weißt, von meinem kargen Taschengeld könnte ich mir so etwas nie leisten."

Die Bilder

"Mädchen, das hast du fein gemacht," frohlockte der Doktor Vejdrych, als er die vergrößerten Hochglanzabzüge in seinen Händen hielt. Willy war auf dem einen Bild sehr gut zu erkennen. Auf dem anderen Bild sah man einen Knaben, der den Polizisten nicht weiter interessierte. Knabenkörper besaßen für ihn keinen Reiz, und die fotografische Darstellung des Paarungsaktes ekelte ihn eher an: "Dieses hier brauchen wir nicht," entschied Vejdrych, "weg damit, bevor es in falsche Hände kommt!" Sorgfältig zerschnipselte er den einen Abzug mitnebst zugehörigem Negativ. Heinrich Nowak hatte wieder einmal Glück gehabt.

"Das da können wir brauchen!" Das Duo Willy-Lida wanderte in ein Großkuvert.

"Und was ist mit meinen zweihundert Korunen?" fragte die kleine Hure.

Die kriegst du, Lida, aber erst muß ich sie haben." Vejdrych wagte nicht, seinen Reptilienfond für halbprivate Zwecke anzutasten. Er durfte über gewisse Summen verfügen, auch ohne Quittung. Doch sein Direktor hatte ein sinnreiches System aufgebaut, mit Aktennotiz, Datierung und Kassenbestand, es war nicht ratsam, das Geld für andere als die vorgesehenen Zwecke zu verwenden.

In Willy Meidners Fall war der politische Zweck - noch - nicht gegeben, jedenfalls würde Brejcha beim Stand der Dinge keine Begründung akzeptieren.

Seufzend holte Doktor Vejdrych seine Brieftasche hervor und entnahm ihr einen Zwanzigkorunenschein, sein eigenes Geld: "Da, Vorschuß. Mehr kann ich dir jetzt nicht geben, Lida."

Das Mädchen schmollte: "Und heut abend kommen's und lassen mich das abarbeiten, das kenn ich schon!"

"Ah, du hast was gegen mich?"

"Gegen Ihnen hab ich nix, aber hinterher fehlt mir die Zeit, wann's immer so früh kummen, schon um siebene am Abend. Was glauben's denn, wieviel Kunden ich um die Zeit annehmen könnt' an Ihrer Stelle!"

"No gut, dann geh ich halt zur Konkurrenz."

Mit solcher Drohung war Lida freilich nicht beizukommen:
"Gehn's nur," schnob sie, eine von uns am Hauptstraßenstrich
hat einen Tripper, das weiß ich ganz genau, ich weiß nur
nicht, welche es ist."

"Ich laß mir's Büchel zeigen!"

"Da steht doch nix drin. Erst bei der nächsten Kontrolle
wird's herauskommen."

"Und wieso weißt du es schon?"

"Weil ich den Freier kenn. Und weil die schwarze Mizzi uns
vor ihm gewarnt hat. Sie hat was gemerkt und hat ihn nicht
angenommen. Aber irgendeine Blöde ist ja immer dabei, die
sich nicht warnen läßt, und dieser Saukerl tanzt jeden Abend
hier herum und haut uns an. Dehalb!"

"No schön, da werd ich also heute dir zuliebe fasten. Paß
gut auf dich auf, Lida!"

Das war es, dachte Vejdrych und ging nach Hause. Was jetzt
mit dem Foto? Willy war einwandfrei zu erkennen, seine Tätigkeit bedurfte keiner Erläuterung. Das Foto hatte seinen
Preis, soviel stand fest. Doch wie kam man an den Preis
heran? Zum Professor Meidner gehen und sagen: Da, was wär
Ihnen das Bildel wert, Herr Sohnesvater?

Nein, mit einfacher Erpressung war nichts zu machen. Nicht
für den Doktor Vejdrych in seiner Stellung. Außerdem wollte
er ja kein Geld, er wollte sich an Meidners rächen für den
Ausschluß aus ihrem Hause.

Rachsucht ist ein schlechter Ratgeber. Vejdrychs Rachsucht
führte ihn in das Büro des Beamten Broutschek von der Abteilung Sittenpolizei. "Sagen Sie, Broutschek, mir sind da bei
meinen politischen Recherchen ein paar Bildeln untergekommen,
die eigentlich mehr in Ihr Ressort fallen. Eins davon sollen
Sie mir deuten. Was halten Sie davon?"

Herr Bohumil Broutschek schob eine eisengraue Stirnlocke
beiseite, stülpte den Zwicker auf sein Knollennäschen, studierte Vejdrychs fotografische Beute: "Also, was die Fotos
angeht - ich hab schon technisch bessere gesehen. Die Haxen
von dem Madel - ha, und die Stirnlocke - vom G'sichtel is ja
nicht viel zu sehen, es könnte die Kulhankova sein. Bis jetzt
war sie ein braves Madel, hat nix auf dem Kerbholz. Erpreßt
sie neuerdings mit Fotos?"

"Eigentlich nicht. Das war eine politische Observation."

"Seit wann geht die Kulhankova in die Politik? Oder ist es der Bub, der sie da gerade auf den Hintern pusselt. Ist das ein Po-Litiker?" Broutschek skandierte das Wort derart, daß Vejdrych sich durchschaut wußte.

"Gehn's, Broutschek! Halten's mich doch nicht für einen Teppen! Der Bub ist nur ein Lauser, aber er ist ein besonderer Lauser."

"Ja, ja, das ist nicht zu übersehen," schmunzelte Broutschek. "Wer ist er denn, dieser schwerbewaffnete Jüngling?"

Vejdrych beugte sich vor und flüsterte dem Beamten Broutschek den Namen des Inkulpanten ins Ohr: "Die Familie von dem Buben ist suspekt. Irgendwo müssen wir die Leute anpacken."

"Anpacken, aha! Und wenn's garnicht anders geht, dann am letzten Zipfel - an dem vom Herrn Sohn. Herr Vejdrych, das gibt doch nix! Was wollen Sie mit dem Foto beweisen? Die körperliche Überlegenheit der germanischen Rasse? Oder wollen Sie dem alten Meidner das Bildel für seine Privatgalerie verkaufen? Wenn der draufkommt, daß sein Bub so ein Mordskerl ist, kauft er Ihnen das Bild mit Freuden ab. Und wie stehen Sie nachher da? Als ein Polizist, der mit pornografischen Bildeln handelt."

Mit gemessener Handreichung gab der Mann von der Sitte das Foto zurück: "Wenn ich Ihnen einen Rat geben darf, Herr Vejdrych," - zum zweiten Mal schlabberte Broutschek genußvoll den Doktortitel - "so übergeben Sie Foto und Negativ dem Herrn Direktor Brejcha. Das wär sauber, und wenn einer damit etwas anzufangen weiß, dann ist es unser Chef."

Dieser Rat war das Letzte, was Vejdrych zu hören wünschte: "Ich will mir's überlegen, Herr Broutschek. Bis auf weiteres aber bitte ich um Ihre Diskretion."

"Das ist doch selbstverständlich. Ich habe das Bild nie gesehen.

Allein der Doktor Vejdrych wurde die Erinnerung an seine Flucht über die Gartenmauer nicht los. Rachsüchtig wie er war, mochte er sich von der Hoffnung nicht trennen, daß er mit Hilfe des obszönen Fotos den Meidners irgendeinen Ärger bereiten könne. Daher offenbarte er sich mitnichten seinem Chef Brejcha, schickte vielmehr das Foto über mehrere Zwischenstationen an den Vetter Hans. Denn der Vetter Hans war allemal zuständig für Ärger im Hause Meidner.

Er war es auch diesmal. Kaum im Besitz des Bildes, fing Hans seinen Neffen mittags vor der Schule ab: "Willy, ich muß mich mit dir einmal unterhalten. Am besten jetzt und hier."

"Gern, Onkel Hans. Komm doch zu uns. Es sind nur ein paar Schritte."

"Eben das möchte ich nicht. Du weißt, wie dein Papa und ich miteinander stehen. Setzen wir uns doch hier in die Konditorei!" Und der Onkel Hans wies auf das kleine Cafe an der Straßenecke.

"Zahlst du mir auch den Kaffee, Onkel? Ich bin nämlich stier."

Der Onkel grinste: "Das kann ich mir denken. Also gut, komm, ich zahle."

Sie nahmen Platz in einer stillen Nische. Nachdem die Bedienung die bestellten Getränke gebracht hatte, blätterte der Onkel Hans seinem Neffen das Foto auf den Marmortisch: "Du darfst es behalten, Willy. Du darfst es sogar deiner Frau Mama zeigen, wenn du es für richtig hältst.

Besser wäre es freilich," und Hans weidete sich an dem purpurroten Gesicht Willys, "besser wäre es freilich, wenn du deiner Frau Mama sagen würdest, daß du eine Dummheit begangen hast und daß nur dein Onkel Hans dich vor den Folgen dieser Dummheit bewahren kann."

"Willy Meidner überwand seinen Schock: "Wo ist das Negativ, Onkel?"

"Leider nicht in meinem Besitz. Sonst säßen wir nicht hier. Man hat mir nur das Positiv gegeben und die Herausgabe de Negativs angeboten. Allerdings zu einem Preis, den ich zur Zeit nicht aufbringen kann. Glaub mir, ich hätte die Sache sonst von mir aus geregelt."

Das gerade glaubte Willy seinem Onkel nicht: "Was ich nicht verstehe, ist der Umstand, daß man sich gerade an dich gewandt hat. Das läuft doch auf Erpressung heraus. Was kann man bei dir schon erpressen? Da wäre es doch viel einfacher gewesen, man hätte sich direkt an Papa oder Mama gewandt?"

Wenn er sie auch nicht unbedingt erwartet hatte, der Onkel Hans war auf solch eine Frage vorbereitet: "Wie ich ins Spiel komme, kann ich nur vermuten. Vielleicht ist Politik dahin-

ter, kann sein, daß man meint, mir wäre es unangenehm, wenn
mein Neffe in einen Skandal verwickelt wird. Ich kann mir's
nur so zusammenreimen. Schau her, in dem Kuvert, das man mir
unter die Tür geschoben hat, war dieser Zettel drin. Lies
selbst!" Und der Onkel Hans zog einen Zettel aus seiner
Brieftasche, Dutzendpapier, möglicherweise aus einem Schul-
heft gerissen, die Schrift in Blockbuchstaben. Der Text simpel: Zahlen Sie 5.ooo Kronen für das Negativ? Antwort mit
Inserat in der "Frühpost" Kennwort: Mit Wiedersehen einverstanden, Willy. Und Datum binnen Wochenfrist. Wir melden uns
wieder.

Willy Meidner fand den Text interessant: "Sie sagen nicht,
was sie tun wollen, wenn wir nicht reagieren."

"Das mußt du dir selber ausdenken, lieber Neffe, grinste
der Verwandte. Vielleicht schicken sie es deinem Schuldirek-
tor, dann mußt du von der Schule. Oder sie schicken es an
alle Eltern deiner Mitschüler? Dann kannst du fortziehen aus
dem Städtchen. Was weiß ich, was solche Menschen im Kopf
haben?"

"Genau das werde ich mir in den nächsten 24 Stunden
überlegen, Onkel. Kann ich das Bild haben?"

"Aber bitte, gern. Ich brauch's ja nicht für mein Fotoal-
bum. Bring es nur der Mama schonend bei, daß sie wieder
einmal etwas für dich locker machen muß, mein Junge!"

Willy nahm das Foto an sich und verließ grußlos das Lokal.
Der Vetter Hans rieb sich die Hände. Er rieb nicht lange,
denn als er die Zeche bezahlen wollte, wurde ihm gesagt, daß
der junge Herr Meidner noch einen anderen Verzehr auf dem
Konto habe. Ob der Herr diesen Posten mitübernehmen wolle?

Was blieb dem Onkel übrig? Das kleine Café neben der
Schule war eben von den Gymnasiasten frequentiert. Man kannte
jeden von ihnen, und wenn er nicht unangenehm auffallen
wollte als älterer Begleiter eines Schülers, so mußte er die
Zeche bezahlen, eingeschlossen die Schulden des Schülers.
Zähneknirschend übernahm der Vetter Hans die gesamte Schul-
digkeit. Ihm begann zu dämmern, daß sein Neffe geschickter
sein könnte als angenommen.

Damit hatte er recht. Denn Willy ging keineswegs zu seiner
Mutter. Er suchte vielmehr seinen Vater in dessen Büro auf
und offenbarte dem alten Meidner alles. Der Profes_sor war

gerührt und schloß seinen Sohn in die Arme: "Dein Vertrauen, Junge, macht mich stolz. Dummheiten begeht jeder von uns. Die dümmste aller Dummheiten aber ist es, wenn man Dinge zu korrigieren versucht, die über das eigene Vermögen gehen. Und das Falscheste, was man bei Erpressungen tun kann, ist Nachgeben. Was deinen Onkel anlangt, so teile ich deine Vermutung. Wenn der in Geldnöten ist - und wann ist er das nicht? - dann läßt er Anstand und Gewissen beiseite. In diesem Fall geht es jedoch nicht darum, ob der gute Hans ein Geld bekommt oder nicht. Mich interessiert weitaus mehr, wie er an das Foto gekommen ist. Hast du den Erpresserbrief an dich genommen?"

"Hier, Papa! Der Onkel Hans hat garnicht gemerkt, daß ich ihn eingesteckt hab."

"Er wird's schon merken. Und wie er es merken wird! Das könnte nämlich ein Beweisstück erster Güte werden, dieser Erpresserbrief. Laß mir die Sachen hier, Junge, ich werde die Angelegenheit unter den Tisch fegen, und es wird nichts gewesen sein. Du schaffst sowas nicht, aber ich kann es. Deshalb war es gescheit, daß du zu mir gekommen bist.

Und jetzt noch etwas. Ich entnehme der ganzen Affäre, daß du ein gewisses Problem auf deine Weise gelöst hast. Das ist ganz in Ordnung, und ich will mich da nicht weiter einmischen. Sag mir nur eins, wie bist du an das Mädel gekommen, war es sauber?"

"Bis auf die Fotos schon, Papa," und Willy berichtete, was in dieser Angelegenheit zu berichten war.

Der Professor nickte: "Deinen Freund Heinrich werde ich mir einmal ins Gebet nehmen und ihm beibringen, daß er auf dem besten Wege ist, ein Kuppler zu werden. Damit er nicht glaubt, er kann sich in alle Zukunft mit solchen Sachen an dich hängen. Ansonsten hat er seine Sache garnicht so schlecht gemacht. Laß es mich wissen, wenn du wieder einmal eine Aufbesserung zum Taschengeld brauchst. Aber nicht zu oft, du Lauser, ja?"

"Da kann ich mich ja auf etwas gefaßt machen," sagte Heinrich Nowack, als Willy ihm berichtete. "Trotzdem - dein Vater ist ein toller Knabe!"

Was Nowack aber nicht aussprach, war dies: Die gute Margarete muß nicht ganz gescheit sein, wenn sie einen solchen

Mann wie Willys Vater betrügt.

Just während Nowack das dachte, saß der alte Meidner beim Polzeidirektor. Der hörte ihm aufmerksam zu, nahm das Foto ohne es anzusehen, griff nach dem Telefon: "Bitte, schicken's mir den Herrn Broutschek, Fräulein!"

Als der Sittenwächter kam, zeigte Brejcha ihm das Bild: "Lieber Broutschek, der Herr Professor Meidner hier, Sie kennen ihn ja - wer kennt ihn nicht? - hat mir eben dieses Bild übergeben. Ich darf - mit Ihrer Erlaubnis, Herr Professor - vorwegnehmen, daß der männliche Teil des Duos der junge Meidner ist. Was halten Sie davon?"

Broutschek setzte wieder einmal seinen Zwicker auf und wiegte den Kopf: "Schlechte Aufnahme, nicht aus meiner Abteilung. Das Mädel hier kommt mir bekannt vor. Richtig, der Wandteppich da hinten! Das muß die Kulhankova sein. Sauberes Ding, tut's nicht unter hundert Kronen. Das steht dafür, denn die Kulhankova paßt auf sich auf. Da ist Ihr Bub kein großes Risiko eingegangen, Herr Professor!"

"Doch! Erpressung. Lesen Sie sich das durch, Broutschek!" Und Brejcha reichte dem Beamten Broutschek Onkel Hans' Zettel.

Broutschek las, wendete das Blatt hin und her, schüttelte den Kopf: "Das paßt nicht zur Kulhankova. Weder das Foto noch der Brief. Soll ich mir das Mädel ins Gebet nehmen, Herr Direktor? Ich könnte Ihnen schon morgen Bericht erstatten. Im Augenblick möchte ich noch keinen Verdacht äußern, aber ---"

Josef Meidner begriff schnell. Broutschek wußte mehr als er vor ihm aussprechen wollte: "Ich sehe schon, meine Sache ist in guten Händen bei unserer Polizei. Darf ich mich jetzt verabschieden?"

"Sehr rücksichtsvoll, Herr Professor! Doch das wird vorerst nicht nötig sein. Mein Broutschek wird schon wissen, wie er mir Stichworte gibt, ohne daß er Polizeigeheimnisse verrät. Gelt, lieber Broutschek?"

Der schmunzelte: "Also, wenn die Sitte leugnet, daß sie solche Fotos gemacht hat, dann lügt sie nicht. Und wenn es nicht die Sitte war, dann sind noch andre Interessen im Spiel. Das wird eine Frage des gemeinsamen Nenners. Darf ich ein bissel recherchieren, Herr Direktor?"

"Ja, aber unauffällig, wenn's geht. Damit niemand von der Kulhankova gewarnt werden kann, bevor wir zuschlagen."

"No, ich fang am besten gleich an. Adieu, die Herren!"

"Herr Professor Meidner," sagte Direktor Brejcha, als der Beamte aus dem Zimmer war, "das gibt keine Haupt- und Staatsaktion. Ich werde die Angelegenheit in aller Stille bereinigen, und zwar sehr schnell. Denn wenn mich nicht alles täuscht, war mein Broutschek nicht sehr überrascht. Ich glaube, er ist dem Täter bereits auf der Spur. Soll ich Ihnen das Negativ zusenden, sobald ich es habe?"

"Danke, mir genügt, wenn es vernichtet wird."

"Verlassen Sie sich darauf. Ich werde Ihnen Nachricht geben. Wissen Sie, Herr Professor, vielleicht haben Sie mir einen größeren Gefallen getan als Sie ahnen. Da geht jemand Wege, von denen ich nichts wissen soll. Und das mag ich nicht."

"Besten Dank, Herr Direktor, und entschuldigen Sie die Störung!"

"Es war mir ein Vergnügen, Herr Professor. Und - machen Sie sich keine Sorgen. Vielleicht werden wir Ihren Vetter Hans ein bissel einsperren müssen, aber das ist der ja gewohnt. Das werden Sie mir doch nicht übelnehmen, oder?"

"Ganz im Gegenteil, Herr Direktor!"

"---und erinnern Sie sich, Herr Chef, daß mir der Vejdrych einmal eine Chonte für die Hiebler-Aktion abgestaubt hat? Das war nämlich die Kulhankova damals. Also hab ich mir gedacht, daß das Foto vielleicht vom Vejdrych seiner Abteilung veranlaßt worden ist. Hab ich mich bei uns im Foto-Labor ein bissel umgehört, ob der Vejdrych sich Gerät ausgeborgt hat, Kamera und so weiter. Daß er so blöd ist und wird bei uns den Film entwickeln lassen, hätte ich nicht für möglich gehalten. Aber siehe, er hat wollen Geld sparen, und so hat er.

No, da hab ich mir dann die Lida ins Gebet genommen, und richtig, der Vejdrych geht zu ihr und zahlt ihr nur zwanzig Kronen, der Schkrop. Und er mißbraucht sie auch noch für solche Ferkeleien. Jetzt wäre nur zu klären, was hat der Vejdrych für ein Interesse an dem Meidnerbuben und warum hat er sich den Nazi eingespannt?"

"Das lassen Sie meine Sorge sein, Broutschek! Im übrigen,

Gratulation! Ich werde Sie zur Gehaltsaufbesserung vorschlagen. Der Lida aber bestellen Sie bitte, wenn der Vejdrych sich noch einmal an sie heranmacht, dann zahlt er hundert Korunen wie jeder andere Christenmensch, und sie braucht sie sich vor ihm nicht zu fürchtern. Sie steht jetzt unter unserem Schutz, nicht wahr?"

"Das wird der Lida sehr lieb sein, Herr Direktor. Sie ist nämlich ein anständiges Mädel."

Josef Meidner bekam schon wenige Tage später einen Anruf des Polizeidrirektors: "Alles in Ordnung, lieber Professor! In meinem Aschenbecher verglüht eben ein Streichholz, und es stinkt noch ein bissel bei mir. Ja, und was ich noch sagen wollte, bei Ihrem Verwandten hat es eine kleine Recherche gegeben. Mit Erfolg, ja gewiß! Bei dem haben wir immer Erfolg. Sie werden ihn eine Weile vermissen - Sie werden nicht? Um so besser! Nichts zu danken, Herr Professor, nichts zu danken!"

Der Doktor Vejdrych aber erlebte eine böse Stunde bei seinem Chef: "Versuchen Sie mir bitte nicht zu erklären, Herr Vejdrych, warum Sie den Meidners ans Zeug wollen. Den wahren Grund dafür kenne ich sowieso. Keine Märchen, bitte! Nur dies noch für heute: Wenn ich noch einmal Anlaß haben sollte, die Spur aufzunehmen, die von Ihnen zum Vetter Hans führt, dann werde ich sie Schritt für Schritt verfolgen. Überlegen Sie sich, ob Ihnen das dafürsteht. Adieu für heute, Doktor Vejdrych!"

"Heiden raus!" Das braune Caesarengesicht verzog sich mit
Verachtung, stumpf schimmerte die grausilberne Locke über der
gerunzelten Stirn. "Tiberius intrat", flüsterte der dicke
Puji seinem Banknachbarn, dem "Rebben" zu, und die beiden
Judenbuben packten ihre Sachen zusammen. Die christkatholi-
sche Religionsstunde hatte begonnen.

Mit Puji - so genannt ob der Ähnlichkeit mit dem Kaiser
von China - und dem Rebben, einem frommen Kantorssohn, flüch-
teten acht weitere Juden, ein Altkatholik, drei Protestanten
und ein Konfessionsloser.

Tiberius bekreuzigte sich: "Im Namän däs Vatärs, däs Soh-
näs und däs Heiligän Gajstäs, ---"

Der Dr.phil. Josef Czerniakowski war nicht nur Katechet,
er war auch Philosoph. Darum hielt er sich im Geheimen eine
Freundin, und die ganze Stadt wußte es.

Als Religionslehrer war er dennoch streng. Das Formale
ging ihm über alles. Wehe dem Schüler, der die Einteilung des
Kirchenjahres nicht genau kannte!

An allen Sonntagen innerhalb des Schuljahres hielt er in
der Aula des Gymnasiums seine Exhorte ab, eine Schulmesse, zu
welcher auch die Schülerinnen des benachbarten Mädchenlyzeums
gebeten waren. Rechts die Gymnasiasten, links die Mädchen.
Oben auf der Empore traten etliche Buben das Harmonium,
einige Mädchen halfen dem Organisten beim Umblättern.

Man konnte sündigen, soviel man wollte, dem Dr. Czerniakowski war es egal. Fürs Fernbleiben von der Exhorte kannte
er keine Entschuldigung. Nach dem Vaterunser begann er die
Religionsstunde stets mit der Frage an einen seiner Pappenheimer: "Wo bist du gewäsän letztän Sonntag? Ich hab dich
nicht gäsähän baj der Eggsorrtä!"

Ein Aufmüpfiger, der dem Pater das Götz Zitat entgegen-
hielt, wurde am gleichen Tage von der Schule entfernt. Dafür
sorgte der jüdische Direktor.

Daß Heinrich Nowack nicht zu den Lieblingen des Theologen
zählte, wird niemanden verwundern. Heinrich Nowack pflegte
seine Sonntage im Gebirge zu verbringen und machte daraus
kein Geheimnis. "Ich war aber auf ein Vaterunser in der

Wallfahrtskapelle, Herr Professor!"

"Räd kajne Liege! Ich wajß was du gemacht hast. Bist wie ein wildäs Tier unter die Bajme herumgekrochän. Sätz dich!"

Wegen einer schlechten Religionsnote brauchte man kein Schuljahr zu wiederholen. Das war Heinrichs Glück und Segen bei der Sache.

Czerniakowski war Tscheche und mußte eines Tages einem deutschen Kleriker Platz machen.

Franz Xaver Krotzer hieß der Neue, der plötzlich und unerwartet in der Klasse des Willy Meidner, des Fritz Diwoky, des Alfred Mücke erschien: "Gelobt sei Jesus Christus, liebe junge Freunde, ich bin ----."

"Und was ist mit den jungen Freundinnen?" krähte Walter Piontek in die Begrüßung hinein und wies auf die zwei Mädchen, die zusammen mit 32 Buben die Klasse darstellten.

Die jüdischen Schüler, schon aufgestanden, um die Klasse zu verlassen, setzten sich wieder. Niemand hatte sie zum Gehen aufgefordert, und die Angelegenheit konnte unterhaltsam werden.

Doch es erwies sich umgehend, daß Walter Piontek das Kaliber des Geistlichen unterschätzt hatte: "Ich bin der Professor Franz Xaver Krotzer. Und wer sind Sie dort in der vorletzten Bank? Walter Piontek? Schön, Herr Piontek, Sie werden mir bis zur nächsten Stunde ein Referat über das Prinzip der Koedukation aus katholischer Sicht halten. Literatur über das Thema können Sie sich nachher bei mir im Lehrerzimmer abholen. Oder wünschen Sie alternativ, daß ich Ihr Verhalten zum Gegenstand einer Lehrerkonferenz mache?"

Walter Piontek, der sich erhoben hatte, murmelte eine undeutliche Zustimmung und setzte sich hochroten Antlitzes. Wer Walter Piontek genauer kannte, wußte, daß er dem Pater blutige Rache geschworen hatte.

Piontek mußte seine Rache aufs Eis legen. Denn Franz Xaver Krotzer war ein Kleriker neuer Art. Er verzichtete auf die Autorität des Priesters und steckte ein, wenn die Adoleszenten ihm mit Widersprüchen und Zweifeln kamen. Doch seltsam, am Ende jeglicher Diskussion stand Pater Franz wieder fest auf den Beinen. Und mit ihm der christkatholische Glaube.

"Sie fragen mich nach der Inquisition? Ich habe hier nichts zu verantworten und nichts zu verteidigen als die alte Weisheit der Geschichte, daß wer die Macht besitzt, sie meist auch zu mißbrauchen versteht. Mit Abester bsicht natürlich. Die Menschen des ausgehenden Mittelalters dachten in anderen Kategorien als wir. Ihr Leben war zumeist kurz und mühevoll, die Verheißung lag im Jenseits. Dem Körper konnte nicht viel geholfen werden, also war es wichtiger, die Seele vor der Verderbnis zu retten.

Das erscheint Ihnen als krause Logik. Wir sind dank Technik und Medizin reich und langlebig geworden. Das hat die Frage, was hinterher kommt, aufgeschoben. Aufgehoben ist sie nicht."

Willy Meidner meldete sich: "Immerhin hat unsere Entwicklung zum Humanismus den Scheiterhaufen ein Ende bereitet."

Pater Krotzer lächelte dünn: "Meinen Sie? Müssen es denn immer Scheiterhaufen sein? Geht es denn stets nur um die ewige Seligkeit? Heute verspricht man dem Menschen das irdische Paradies. Und wehe dem, der an dem Weg zweifelt, der dahin führen soll!"

Jetzt kam Heinrich Nowack: "Ist es denn statthaft, das Christentum mit dem Kommunismus zu vergleichen?"

"Nicht das Christentum, sondern die Kirche; nicht ihre Lehre, sondern ihre Irrtümer."

"Dann geben Sie also zu, daß die Kirche irren kann?"

"Aber ja! Wir leben immer noch in der Ecclesia militans. Wir kämpfen darum, Gottes Willen zu erfahren und zu vollziehen, und wir wissen, daß wir noch nicht im Besitz der vollen Wahrheit sind. Das behaupten nur die Kommunisten von sich, die wissen es ganz genau."

"Die Inquisitoren haben es aber auch ganz genau gewußt, was der wahre Glaube ist."

"Wir Christen sind inzwischen etwas demütiger geworden. Aber wenn Sie das Thema derartig interessiert, Nowack, dann rate ich Ihnen, sich besser darüber zu informieren. So einfach, wie Sie glauben, haben es sich die Inquisitoren nämlich nicht gemacht."

Das war eine andere Religionsstunde als die des Dr. Czerniakowski. Pater Krotzer hatte bald eine Gefolgschaft, die auf ihn schwor. Nur Walter Piontek blieb bei seiner Ablehnung: "Falltz mir doch nicht auf den Jesuiten herein!" beschwor er seine Mitschüler. Ohne rechten Erfolg. Insbesondre

die Mädchen, Michelangela Tümpfel voran, hingen wie ausge-
löscht an Pater Krotzers Soutane. Weil er sowieso keine trug;
er bevorzugte dunkle Schneideranzüge und weiße Hemden mit
Klappkragen über schwarzem Sweater.

Es dauerte eine geraume Weile, bis die Klasse auf des
Paters Achillesferse stieß.

"Wißtzihr, was mit ihm los ist?" kam Walter Piontek eines
Morgens in die Klasse, "er behumpst unsere Mammis!"

Folgendes war geschehen: "Ich sehe es Ihnen an, gnädige
Frau," hatte Pater Krotzer in Gesellschaft zu Mutter Piontek
gesagt, "es bedrückt Sie irgendetwas. Die Heilige Beichte
hilft Vielen. Kommen Sie doch zu mir. Ich nehme die Heilige
Beichte jeden Freitag zwischen vier und fünf ab. In der Alten
Kirche."

Auf Mutter Pionteks Antwort, sie benötige nicht so sehr
einen Beichtvater als vielmehr einen Ehemann, der dem Alkohol
weniger zugeneigt wäre, hatte Pater Krotzer ihr angeboten,
die Probleme ihres Lebens - unter dem Beichtsiegel, versteht
sich - einmal gründlich durchzusprechen. Hierfür eigne sich
eventuell seine Wohnung im Seitentrakt des Pfarrhauses besser. Er sei aber auch bereit, in die Pionteksche Wohnung zu
kommen. Vielleicht an einem Nachmittag, wenn Vater Piontek
nicht anwesend sei?

Die recht resolute Frau Piontek hatte den Braten gerochen
und war zum Schein auf das Spiel eingegangen. Nur daß sie
eben den Pater Krotzer nicht allein empfing, sondern den Sohn
Walter in Bereitschaft hielt, sehr zur Enttäuschung des Paters. Man hatte es seinem Gesicht ablesen können.

Willy Meidner berichtete daheim ausnahmsweise einmal alles, was sich an diesem Tage in der Schule getan hatte. Frau
Margarete wurde daraufhin recht nachdenklich. Auch sie war
schon beim Pater Franz beichten gewesen und hatte dabei
feststellen müssen, daß seine Beichtstunde in der Alten Kirche schon fast ein Gesellschaftstreff für die Damen des
Städtchens geworden war.

Ein Privatissimum bei dem Geistlichen war bereits
vereinbart, denn als sie ihm ihre Sünde mit Heinrich Nowack -
ohne Namensnennung - bekannt hatte, war der Pater gebührend
entsetzt gewesen. Das war sein Recht. Doch dann begab er sich
aufs Glatteis. Frau Margaretens große Sünde und ihr Motiv

müßte extra besprochen werden. Für die leibliche Untat könne er ihr Absolution erteilen, die geistige Sünde aber müsse wegen mangelnder Reue intensiv analysiert werden.

Man war mit der Analyse auch beim Privatissimum nicht ganz ans Ziel gekommen, doch nach Willy Bericht wußte Frau Margarete endgültig Bescheid. Sie bat ihren Sohn, er möge doch seinen Freund Nowack einmal zu ihr schicken, sie habe mit dem etwas wichtiges zu besprechen.

"Geht es darum, daß ich mit ihm über Weihnachten zum Skilaufen kann, Mammi?"

"Kann sein, wich sie der Frage aus. Jedenfalls wird das, was er mir zu sagen hat, mit entscheiden."

Jungheinrich kam umgehend, denn Willy ließ ihm keine Ruhe. Er wollte mit Heinrich ins Gebirge, und er wußte, warum er es wollte. Jungheinrich trat also wieder unter Frau Margaretens Augen. Er war dabei nicht verlegener als die Dame. Beide wunderten sich, wie leicht es ihnen fiel.

"Hör zu, Nowack," sagte Frau Margarete, "wir müssen ein ganz großes Schwein schlachten, und dabei sollst du mir helfen." Mit knappen Worten schilderte Frau Margarete ihre Erlebnisse in Pater Krotzers privatem Beichtstuhl.

Heinrich Nowack war sofort bereit, mitzumachen: "Also gut, ich geh bei ihm beichten."

Prompt bekam Jungheinrich am folgenden Freitag keine Absolution: "Wenn Sie mir den Namen Ihrer verheirateten Geliebten nicht nennen ---"

"Exgeliebten," korrigierte das Beichtkind.

"Das spielt hierbei keine Rolle. Nur wer alles zu bekennen bereit ist, empfindet die wahre Reue."

"No gut, dann nenne ich ihn," gab Heinrich Nowack den Namen preis. Er tat es im vollen Einverständnis mit Frau Margarete, und nicht etwa wegen der Absolution, die ihm um des Absolvierenden willen recht zweifelhaft erschien.

Als, wiederum nach einer Woche, der Pater Krotzer sein Beichtkind Margarete mit dem Namen Heinrich Nowack erpressen wollte, fiel er in die Löwengrube: "Ich verlange jetzt, Hochwürden, daß Sie Ihrem Bischof bekennen, woher Sie wissen, daß der Quell meiner Sünde Heinrich Nowack heißt. Ich werde den Beweis erbringen, daß Sie meinen Namen unter dem Beicht-siegel erfahren haben."

Der Pater Krotzer konnte seinem Schüler Nowack nicht mehr in die Augen sehen. Daß er einer Intrige zum Opfer gefallen war, nahm er an. Doch im Gegensatz zu ihm, standen die Intriganten nicht unter dem Beichtsiegel. Franz Xaver Krotzer beantragte seine Versetzung an die Mädchenschule. Er erhielt sie, und Michelangela Tümpel bereute fortab, daß sie in die Bubenschule ging.

Heinrich Nowack aber sah das erste Mal in seinem Leben eine gute Zensur in Religion auf seinem Zeugnis. "So rächt sich ein wahrer Christ," sagte er zu sich und bewunderte ein wenig Pater Krotzers Raffinesse. Nowacks Eins in Religion war eine Lüge, der man nicht widersprechen durfte.

Willy Meidner und sein Freund Heinrich Nowack spurten auf
ihren Brettern über die verschneite Waldstraße. Sie waren in
Skikleidung, was damals bedeutete: Knickerbockers aus breitem
Samtkord und Westen aus ebensolchem Stoff; Filzhüte nach
Trenckers Modell. Ihre Ski waren aus Hickory-Holz, über zwei
Meter lang, mit Zehenbacken und Riemen sowie einem Feder-
strammer hielten sie am klobigen Schuh. Je nachdem konnte man
die Riemen in Seitenbügel einhängen und bekam dadurch einen
mäßigen Fersenzug. Oder aber man ließ es sein und konnte dann
auf ebener Fläche mit Langlauftechnik gleiten.
    Die Knaben trugen schwere Rucksäche, darin den Bedarf für
eine gute Woche: Wäsche, Lebensmittel, alles zusammen so an
die fünfzehn Kilo Gewicht. Sie waren mit der Bahn gefahren
und dann mit einem wackeligen Bus, der im Hauptdorf Endsta-
tion hatte. Nun waren es noch fünf Kilometer bis zu dem
Weiler im Talschluß. Dort lagen die "Hütten" der Sommer- und
Winterfrischler - für die Dauer von etlichen Jahren angemie-
tete Räume in den Häusern der Bergbauern. Man richtete sie
sich nach eigenem Geschmack ein und wußte, daß nichts verkam,
wenn man längere Zeit ausblieb. Die Bauern kümmerten sich um
das Eigentum ihrer Mieter. Das war günstiger als ein Chalet
zu besitzen, welches immer muffig roch, wenn man ankam, in
das eingebrochen war oder wo Kleintiere sich eingenistet
hatten. Beim Bauern bekam man zurechtgespaltenes Holz in
beliebiger Menge und für wenige Groschen, der Bauer lieferte
frische Milch, besorgte Petroleum für die Beleuchtung, lüf-
tete von Zeit zu Zeit durch, und was der Vorteile mehr waren,
zum Beispiel der immer funktionierende Brunnen. In eigenem
Chalet hatte man stets Ärger mit der Wasserversorgung.
    Solch eine Hütte beim Bauern besaßen die Ringlebs und die
Fahlbuschs. Maidi Ringleb war Heinrich Nowacks neueste Freundin, sie hatte Heinrich eingeladen. Natürlich nicht auf ihre
Hütte, das verbot der Anstand. Aber da stand ein Gasthaus im
Tal, garnicht weit von dem Quartier der Ringlebs, dort gab es
billige Zimmer.
    Um des Anstandes willen durfte Heinrich nicht allein kom-
men, also hatte er seinen Freund Willy mitgebracht.

Die walfischdicke Wirtin war schon im Bilde und empfing die "Herren" freundlich, kredenzte ihnen glühendheißen Tee in kantigen Glaskelchen. Der rotnasige Hausknecht, ein ehemals reicher Bauer, wies ihnen mit zitterndem Säuferfinger ihr Zimmer. Sehr bescheiden war es eingerichtet in dem uralten, etwas verkommenen Haus. Zwei Eisenbetten, ein Stuhl, ein Wandhaken, ein dreibeiniger Waschtisch aus Gußeisen mit einem emaillierten Becken. Das Wasser darin war gefroren, der Raum ließ sich über ein eisernes Kanonenöfchen nur mit Mühe und nur für kurze Zeit beheizen. Das schien den Knaben weiter nicht wichtig, sie waren ja nicht gekommen, um in dem Zimmerchen zu hausen. Die Gaststube war gut geheizt. Dort konnte man sich jederzeit aufwärmen, hier oben, im Dachgeschoß, würden sie ja bloß schlafen. Der Zimmerpreis war billig, wie alles in dieser Bauernkneipe. Denn die Bevölkerung hier war nicht mit Gütern gesegnet; ein Bauer, der mehr als zwei Kühe hielt, galt schon für reich. Für das Zubrot mußte die Waldarbeit herhalten. Allerdings - für einen Kartoffelschnaps reichte es den krummen Kerlen allemal. Der Wirtin sah man es an, daß wenigstens sie nicht hungerte in diesem Dorf.

Nein, Ringlebs seien noch nicht gekommen, sie würden für den kommenden Tag erwartet, gab die dicke Wirtin Auskunft. Auch Frau Fahlbusch sei auch nicht da.

Die Ringlebs und die Fahlbuschs waren verschwägert. Frau Hetta Ringleb, Maidis Mutter, war eine geborene Fahlbusch.

Maidi Ringleb aber war seit etlichen Wochen Heinrich Nowacks Erwählte. Wer da wirklich die Wahl getroffen hatte, stand für Nowack nicht fest. War die Initiative von Maidi ausgegangen? Das Mädchen tat immer so naiv. Treuherziger Blick aus blauen Augen.

Wie dem auch war, die Abwechslung tat gut nach der Geschichte im Haus am Quai. Nun konnte er Willy wieder an seinem Privatleben teilnehmen lassen, brauchte sich nicht zu verstellen.

Mit Maidi gab es nicht viel zu erleben. Sie stand unter dem Tabu ihrer Jugend, Herkunft und Erziehung. War unberührbar vom Halsausschnitt abwärts. Das, fand Heinrich Nowack, war schon fast ein neues Erlebnis.

"Bleib in der Unterwäsche, Willy, und zieh den Trainingsanzug über," riet Heinrich seinem Freund, als sie beim Schein

einer Kerze Abendtoilette machten. Nowack besaß Erfahrungen
mit derlei Winterquartieren. Willy kannte nur die Sportho-
tels, welche seine Eltern bevorzugten. Dieses Zimmer unter
dem Dach des Bauerngasthofs würde über Nacht eine Eishöhle
werden. Das Kanonenöfchen war längst ausgegangen. Man hätte
alle Stunden ein Holzscheit nachlegen und die ganze Zeit über
das Feuer bewachen müssen. Wer mochte das schon? Dann lieber
eine eisige Nacht. Das Thermometer hatte schon am Abend minus
25 Grad gezeigt. Gut, daß sie mit schweren Federbetten ausgestattet waren. Mochten die auch klamm sein, der Körper heiz-
te das auf. Willy klapperte mit den Zähnen, als er unter die
Decke kroch. Trotzdem fand er Ungewohntes reizvoll: "Das,
wenn die Mama wüßte!"

"Hör auf," grunzte Heinrich Nowack, dem an solchem Thema
wenig gelegen war. "Tu dich unter die Decke und laß dir nur
ein Lufloch zum Atmen. Wirst sehen, wie bald dir wieder warm
ist. Gute Nacht!"

Als der Morgen milchig durch die Frostblumen des Fensters
grüßte, erhoben sich die beiden Jünglinge nach einigem Zögern
und unter gegenseitiger Ermunterung. Daß im Waschbecken anstelle des Wassers ein Eisblock lagerte, war ihnen willkomme-
ner Anlaß, auf die Morgentoilette zu verzichten. Heinrich
kicherte: "Siehst du, Willy, deshalb werden die hier nie ein
Wasserklosett haben!"

"Das versteh ich nicht ganz," brummte Willy und verließ das
Zimmer in Richtung Plumpsabort. Als er zurückkam, war er
gescheiter: "Verflucht und zugenäht," schimpfte er, ich hab
mir dort fast den Hintern abgefroren!"

"Gelt!" lachte Heinrich. "Und wie war es mit dem Brett?"

"Eine Gemeinheit! Zuerst war es nur kalt, dann aber ist es
aufgetaut. Pfui Teufel noch eins! Wo kann man sich jetzt
waschen?"

Geh ans Fenster und hol dir eine handvoll Schnee," riet
Heinrich. "Nein, nicht von unserem Fenster hier! Dann wird es
erstens kalt und zweitens wohin mit dem Schnee? Geh noch
einmal aufs Örtchen, dort gibt es auch ein Fenster. Und merk
dir eins, nichts ist erfrischender als eine Handvoll Schnee
auf den nackten Podex. Willy, mein Willy, du wirst mir hier
noch einiges lernen müssen!"

In der Gaststube war der alte Säufer gerade dabei, den

großen Kachelofen anzuheizen. Schon knisterten die Späne über dem Papierknäuel, die ersten dünnen Scheiter konnten darübergelegt werden. Zu wärmen vermochte allerdings nur der Anblick des Feuers.

"Kommen's in Kuchel, meine Herren," lockte die dicke Wirtin."Hier brennt der Ofen schon eine Stund'. Wärmen's Ihnen bissel auf, der Tee ist gleich fertig!"

Die Küche war noch schmuddeliger als die Gaststube. Auch hier dicke Deckenbalken, vollgesogen mit dem Wrasen aller Gerichte, die seit eh und je hier gebraten und gekocht wurden. Roh und dunkel die Tischplatte. Flüchtig wischte die Wirtin mit feuchtem Tuch die Reste des vergangenen Abends fort: Bierringe, Tabaksasche, Brotkrümel. Dann schob sie den beiden jungen Herren die heißen Glaskelche zu, mitnebst einem Steingutteller, auf dem Schnitten sauren Bauernbrotes lagen und ein Kanten steinhartgefrorener Butter.

Sie wärmten ihre Finger an den Gläsern und schnibbelten dünne Butterschabsel auf die Brote. Heinrich unterhielt sich mit der Wirtin über örtliche Verhältnisse. Er kannte zwar die Gegend, war aber noch nie am Ort gewesen. Ja, die Herrschaften Ringleb und die verwitwete Frau Fahlbusch seien feine Leute, kämen auch manchmal hierher, auf ein Paar geselchte Würstel. Nein, außer ihnen gäbe es keine Hüttenbesitzer hier. Höchstens die alte Frau Mohler mit ihrem Sohn, dem Herrn Doktor. Die Mohlers besäßen aber ein eigenens Haus, links von der Wegegabel aus eine Viertelstunde bachauf.

"Frau Lebkowa, Frau Lebkowa, wo sind Sie?" Wie ein Sturmwind kam Maidi Ringleb in die Küche gefegt, hinter ihr der Vetter Hänsi Fahlbusch.

"Da seid ihr ja! Grüß dich, Heini, servus, Willy! Kriegen wir auch einen Tee, Frau Lebkowa? Ihr Faulpelze, warum sitzt ihr noch beim Frühstück? Wann seid ihr gekommen, gestern abend schon? Warum habt ihr nicht bei uns vorbeigeschaut? Wir sind auch schon seit gestern hier. Der Doktor Mohler hat uns im Wagen gebracht. Wie habt ihr geschlafen, sind die Betten gut?"

Maidi erwartete keine Auskünfte. Rotbackig und weizenblond, sprudelte sie ihre Fragen heraus und überprüfte flinkäugig das Äußere der beiden "Herren".

"Und gewaschen seid ihr auch noch nicht. Schämt euch!"

"Hoho, Maidi, du bist lustig, das Wasser im Lavoir war gefroren."

"Stimmt das? Hänsi, geh nachschauen! No, und wenn schon, gibt's draußen denn keinen Schnee?"

Hänsi, der sich im Hause auskannte, kam zurück und meldete: "Sie haben wirklich Eis im Waschbecken!"

Frau Lebek fühlte sich bei ihrer Ehre als Gastwirtin gepackt: Die Herren haben ja das kleinere Zimmer genommen, wo nur der Eisenofen steht, weil es billiger ist als das große Zimmer, das mit dem gemauerten Ofen. Aber bitte, ich schick den Herren gleich einen Krug warmes Wasser hinauf."

"Wir machen Ihnen ja keinen Vorwurf, Pani Lebkowa," wiegelte Heinrich ab. Für den Preis haben wir nicht mehr erwartet und dafür können Sie auch nicht mehr bieten. Außerdem - bei Ihren guten Federbetten haben wir überhaupt nicht gefroren!"

Das beruhigte die Wirtin. Heinrich hatte bereits ihr Herz gewonnen, als er, wie von ungefähr, einige polnische Wörter gebrauchte. Hier befand man sich nahe der polnischen Grenze, und Heinrich war der Wahrheit sehr nahegekommen. Nicht nur der verstorbene Herr Lebek stammte aus Polen!

"Maidi, was haben wir heute vor?"

"Wir erwarten euch drüben am Deutschen Eck. So nennen wir den Hang über der Straßengabel. Wer zuerst da ist, trampelt schon den Schnee im Auslauf fest."

"Müssen wir nicht deine Mama begrüßen?"

"Das hat Zeit. Sie geht mit der Tante Fahlbusch einkaufen. Vor Mittag werden sie nicht zurück sein. Und ihr seid abends sowieso zum Essen eingeladen. Heute bei Fahlbuschs, morgen bei uns. Also bis gleich, komm Hänsi!"

Nowack und Willy waren am Hang. Für Willy war es der erste Versuch auf den Brettern. Heinrich, der leidlich gut fuhr, brachte ihm die Anfangsgründe bei: Anschnallen, Stöcke fassen, gehen, wenden, hinlegen, aufstehen. Dann Rutschversuche schräg zum Hang, das Anstemmen mit dem Talski. Schneepflug und Schneepflugbogen.

Willy Meidner war nicht ungeschickt, aber in einer Stunde

kann man nicht Skilaufen lernen. Heinrich Nowack atmete auf, als Maidi und Hänsi ankamen. Jetzt hatte er einen Lehrer für Willy. Hänsi würde ihn mit Vergnügen beim Unterricht ablösen. Der Kleine war zwar noch ein halbes Kind, aber vom Skilaufen verstand er was. Er, Heinrich, konnte nun mit Maidi höher hinaufsteigen und auf dem steilen Hang Tiefschneeschwünge üben.

Maidi fuhr besser als Heinrich. Sie kam eben öfter in die Berge, war mit ihren Eltern sogar schon in den Alpen gewesen.

Als es Mittag wurde, trennte man sich. Die Hüttenbesitzer zogen heim zum Essen, Willy und Heinrich versuchten die Küche der Frau Lebek. Es mochte nicht sehr sauber sein in dem Bauerngasthaus, aber das Essen war vorzüglich. Die Polin verstand was vom Kochen.

Junge Menschen brauchen keine Mittagsruhe. Solange das Tageslicht reichte, wurde das Deutsche Eck zerpflügt. Danach saß alles in Fahlbuschs Hütte bei Tee und Keks. Die Damen Fahlbusch und Ringleb gaben sich freundlich-zurückhaltend. Maidis Mutter war Heinrich zur Genüge bekannt, er wußte auch, daß sie seine Freundschaft mit ihrer Tochter ohne Wohlwollen betrachtete. Doch solange Maidi willens war, das zu ignorieren, brauchte sich Heinrich durch Frau Ringlebs kleine Bosheiten nicht stören zu lassen. An Frau Fahlbusch meinte er eine Verbündete gefunden zu haben. Zwischen den Schwägerinnen bestand offenkundig wenig Sympathie.

Hänsis Mutter war überhaupt eine interessante Person. Sie war wesentlich jünger als Maidis Mutter, sehr sportlich und attraktiv. Wer Hänsi kannte, hätte nie auf solch eine Mutter geschlossen. um Abend gab es Eierspeise und Butterbrot, hinterher Tee mit Rum, dazu eine Zigarette für Frau Hetta Fahlbusch, eine Zigarette für Heinrich Nowack, eine für Willy Meidner. Keine Zigarette für Mama Ringleb, die rauchte nicht. Keine Zigaretten für Maidi oder Hänsi, die durften nicht rauchen. Eine kleine Kartenpartie?

Maidi begehrte ins Gasthaus: " Wir könnten dort noch Karten spielen."

"Das könnt ihr auch hier!"

"In der Gaststube ist es lustig, und vielleicht ist wer gekommen, den wir kennen!"

"Wer sollte das sein, Maidi? Hast du noch jemanden eingeladen?"

"Laß sie doch gehen," bat Hetta Fahlbusch die Schwägerin. Sie wußte, um was es den Jugendlichen ging. Mama Ringleb wußte es auch. Ebendarum sah sie es nicht gern. Sie wollte immer alles unter Kontrolle behalten.

"Na gut, Maidi. Aber um zehn bist du zuhause! Hetta, ich breche jetzt auch schon auf. Die Luft hier hat mir Kopfschmerzen gemacht."

Bei der Lebkowa war überhaupt nichts los. Man saß um einen ungedeckten, ungescheuerten Tisch, und es war nicht einmal sonderlich warm in der ländlichen Gaststube. Am Nebentisch stierten drei verhutzelte Bergbauern in ihre Schnapsgläser. Warum Jugendliche ein solches Milieu dem gepflegten Zuhause vorziehen, ist leicht zu erraten. Hier waren sie ohne Aufsicht. Bei Mutter oder Tante hätten sie den Tee nicht zu bezahlen brauchen, die Gläser wären dort sauberer gewesen und die Spielkarten weniger klebrig. Aber selbst wenn man nur Rommé spielt und garnichts Böses vorhat - man ist lieber unter Seinesgleichen. Man kann enger zusammenrücken, braucht nicht jedes Wort sorgfältig zu wählen, darf zeigen, daß man verliebt ist, darf reden über das Verliebtsein Anderer. Selbst Hänsi, von diesen Dingen noch unbetroffen, fand sich hier besser bestätigt als unter den Augen von Tante und Mama.

Polternd ging die Tür zur Gaststube auf. Alles blickte hin. Wer kam da, ins Licht der Stube blinzelnd und den blauen Schianzug schneebekrustet, zur Stube herein?

Heinrich erkannte die Ankommmende zuerst und zog scharf die Luft ein: "Sieh an, welch ein Zufall! Die liebe Grit Hempel!"

Seine Überraschung war so echt wie die von Maidi. Mit aufgerissenen Augen sagte die halblaut: "Na sowas!" Und raunte Heinrich zu: "Wie kommt die denn her? Hast du das auf dem Kerbholz?"

Zwischen Maidi und Grit schienen etliche ungerupfte Hühner zu liegen.

"Wie die herkommt? Ich hab eine Ahnung. Frag den da!" Und Heinrich wies auf Willy, der am meisten überrascht zu sein schien. Es war zum Greifen, er überspielte seinen Part. Das verriet ihn.

Nur Hänsi blieb glücklich wie immer und freute sich offen-
heraus. Bei ihm warf Grit ihren Anker: "Ja sowas, Hänsi! Was
treibst du hier?"

"No weißt du es nicht, wir haben eine Hütte!"

"Das ist mir neu!"

In diesem Fall log Grit vielleicht nicht. Die Familien
kannten sich, wie alles, was zur Gesellschaft gehörte. Also
kannte Grit auch den kleinen Hänsi. Doch wo die Fahlbuschs
ihre Wochenenden verbrachten, konnte Grit zu keinem Zeitpunkt
interessiert haben. Hänsi mit seinen dreizehn Jahren kam für
sie nicht einmal als Knappe in Frage.

Dann aber fühlte sich Grit zu einer Erklärung veranlaßt
und wandte sich an die "Großen": "Kinder, ich war oben im
Berghotel. Dort war es so stier ---"

" --- daß du dich mitten in der Nacht auf die Bretter
gestellt hast und in unser abgelegenes Dorf abgefahren bist,
weil du glaubtest, daß hier mehr los sein könnte als oben,
nicht wahr?" Maidi machte es überhaupt nichts aus, Grit als
Lügnerin bloßzustellen. Ihr paßte Grits Anwesenheit nicht.
Die Person legte ihre Schlingen aus, wo immer sie auftrat.
Maidi sorgte sich um ihren Heini, der, das wußte sie, vor
Jahr und Tag Grit zu Füßen gelegen hatte. Wer weiß, was sich
da wieder aufwärmen mochte!

"Also setz dich schon und trink einen Tee, bevor du wieder
aufsteigst. Du siehst ja, daß hier kein Betrieb ist."

Heinrich Nowak hatte beschlossen, sich bei Willy für die
Überrumpelung zu revanchieren. Klar, daß die beiden sich
verabredet hatten! Nun sollten sie ihre Karten aufdecken.

Grit setzte sich zu ihnen und bestellte sich einen Tee mit
viel Rum. Auf Heinrichs Provokation reagierte sie nicht.

Willy hingegen tappte zu: "Du kannst doch heute in der
Dunkelheit unmöglich wieder zurück!"

Grit Hempel rührte mit dem Blechlöffel in ihrem Tee: "Oh,
ich kann!"

Worauf Hänsi seine Bergerfahrung in die Waagschale warf:
"Das ist aber gefährlich. Es sind Wolken am Himmel. Wo der
Aufstieg durch den Wald geht, ist es stockfinster! Du kannst
dich leicht verirren bei diesem Wetter. Kennst du den Weg so
gut wie ich? Bist du ihn schon öfter gegangen?"

"Heute zum ersten Mal. Habe ich hergefunden, werde ich auch zurückfinden. Ihr könnt ja morgen im Berghotel anfragen, ob ich angekommen bin."

Luder, dachte Heinrich. Jetzt weckt sie des armen Hänsi Bergwachtinstinkte. Dagegen wird schwer zu argumentieren sein.

Das schien auch Maidi erkannt zu haben: "Hänsi hat recht, heute kannst du unmöglich zurück ins Berghotel, Grit. Ich husche schnell zur Mama hinüber, sie soll für dich bei uns ein Notbett aufschlagen."

"Um Gotteswillen, nein!" Grits Entsetzen war echt.

Schau, schau, meine Maidi ist raffinierter als ich dachte. Ein Notquartier bei Ringlebs und dann ab mit dir, Gretchen. So habt ihr beiden euch das sicher nicht gedacht, du und dein Willy. Jetzt müssen eure Karten auf den Tisch!

Und Willy deckte die Karten auf: "Also lassen wir das Theater, Kinder. Ich hab mich mit der Grete hier verabredet. Wir haben euch vor vollendete Tatsachen gestellt, damit es keine Einwände gibt. Von keiner Seite. Und jetzt ist die Grit eben da und ich hab sowieso schon ein Zimmer für sie bestellt. "Komm mit, Grete, ich zeig dir dein Quartier!"

Maidi und Heinrich sahen sich an. Sie dachten beide das Gleiche. Das würde einen Happen für Mutter Ringleb geben!

"Bring deiner Mutter bei, daß ich unschuldig bin. Mit Willy red ich sowieso noch ein hartes Wort."

"Du freust dich wirklich nicht, daß sie da ist?" Maidi fragte es nicht ohne einen Beiklang von Eifersucht.

"Wenn ich an die Laune denk, die sie deiner Mutter machen wird, könnte ich die Grit umbringen."

"Das ist gut," stellte Maidi beruhigt fest und überließ ihre Hand Heinrich, der sie länger als nötig drückte. "Meine Mutter kannst du mir überlassen. Das schaff ich schon, daß sie es nicht auf dein Konto schreibt."

"Was ist eigentlich los?" fragte Hänsi, der nichts begriffen hatte.

Maidi erklärte es ihm, so gut es ging.

"Au fein," freute sich Hänsi, "da wird meine Mammi aber Spaß haben! Bring die Ringlebs mit den Hempels zusammen, und es fliegen die Fetzen, sagt die Mammi doch immer!"

Heinrich sah Maidi an. Die zögerte erst, dann lachte sie:

"Es stimmt. Mach dich auf etwas gefaßt, Heinrich!"

Grit Hempel und Willy Meidner erschienen wieder in der Gaststube.

"Was kostet eigentlich das Zimmer, Grete?" Maidi wollte es genau wissen.

"Zwölf Korunen, mit Heizung."

"Da hat die Lebek aber schön zugelegt," meinte Heinrich.

"Wieso? Ist das teuer?"

"Klar! Wir zahlen nur sechs Korunen pro Nacht."

"Seid ihr aber sparsam!"

"Ich muß es sein, ich bin ja kein Kommunist. Und der Willy macht mit, weil er einmal das einfache Leben kennenlernen will. Damit ihn kein Kommunist damit verlocken kann."

Grit sah Heinrich schräg an. Gemessen am Wohlstand der Meidners, Hempels, Ringlebs, waren die Nowacks kleine Leute. "Wer von unten kommt, blickt nicht zurück," hatte ihr Heinrich seinerzeit erklärt, während jener flüchtigen Episode, da sie ihn mit Hilfe von Upton Sinclair und ähnlicher Lektüre zu ihrer Konfession zu bekehren versuchte. "Aufsteiger wollen nicht sie Gleichen sein, sondern mehr werden." Grit erinnerte sich an Nowacks Bekenntnis und verzichtete darauf, ihm aus den Schriften der marxistischen Kirchenväter zu beweisen, daß der wahre Aufstieg des Menschen nur auf einem einzigen Pfade erfolgen könne, jenem Pfade, den die Partei wies.

Sinnlos, solche Gefechte vor Maidis Augen und Ohren zu führen. Damit konnte sie hier, an Ort und Stelle, nur Terrain verlieren.

"Nun gut. In eurem Falle friert ihr freiwillig. Ich werd es nicht tun. Kriegt man hier etwas zu essen?"

Die Wirtin offerierte Entenbraten mit Kraut und Knödeln, allerdings aufgewärmt. Grit bestellte.

Maidi sah auf ihre Uhr: "Mein Gott, es ist schon halb Neun, und wir müssen noch die Mütter verständigen. Hänsi, Aufbruch! Heinrich, begleitest du mich?" Ich werde Hilfe benötigen."

Eine Maidi, die jemals Hilfe benötigt hätte, gab es nicht. In Wirklichkeit wollte sie ihren Heinrich nur eine Weile für sich allein haben, um sich zu vergewissern, daß Grit ihr auf keinen Fall gefährlich werden konnte.

Deshalb gingen sie auch zuerst zu Fahlbuschs, lieferten

Hänsi ab und berichteten seiner Mutter das Neueste.

Die nahm es gelassen auf: "Wenn die Familie Hempel ins Spiel kommt, muß man stets mit Überraschungen rechnen. Sag deiner Mutter, Maidi, ich trüge an allem schuld. Ich habe den Hempels von unserer Hütte erzählt und dabei Grit eingeladen, uns einmal zu besuchen. Es könnte tatsächlich so gewesen sein, auch wenn ich mich im Augenblick nicht daran erinnere."

"Glaubst du, Tante, daa die Mama das schluckt?"

"I wo! Es wird ihr aber genügen, gegebenenfalls die eigenen Hände in Unschuld zu waschen. Kennst du deine Mutter immer noch nicht, Maidi? Sollen wir beide das dem Mädchen erklären, Herr Nowack?" Lustig zwinkerte Frau Fahlbush dem Knaben Heinrich zu. Zwischen ihnen bestand irgendein Einverständnis, das keiner Erklärung bedurfte.

Maidi und Heinrich ließen sich Zeit, als sie zur Ringleb-Hütte zogen. Es war kein Hänsi mehr dabei, und schön dunkel war es auch.

Frau Ringleb sah mißtrauisch auf das erhitzte Gesicht ihrer Tochter: "Du bist spät dran, Maidi!"

"Uns ist etwas dazwischengekommen, gnädige Frau!" Heinrich fiel mit der Tür ins Haus. Er mußte Maidis Mutter ablenken und es gelang ihm auch. Umgehend war Frau Ringleb vollbefaßt mit Hempel-Ärger.

"Dann in Gottesnamen," grollte sie schließlich, "wenn meine Schwägerin das auf sich nehmen will, werde ich gute Miene zum bösen Spiel machen. Haben Sie wirklich nichts von dem Komplott gewußt, Herr Nowack?"

"Wenn ich es gewußt hätte, so hätte ich versucht, es zu verhindern. Welchen Grund sollte ich haben, mir Ihren Unwillen zuzuziehen, gnädige Frau?"

"Das leuchtet mir zur Not ein," antwortete Maidis Mutter trocken. "Tragen wir es also mit Fassung. Bringt mir das Hempelmädchen morgen im Laufe des Tages vorbei."

Der neue Tag brachte die gefürchtete Begegnung. Sie saßen noch beim Frühstück, Grit und Willy und Heinrich, da kam Hänsi an: "Was, ihr trinkt schon Tee? Ich soll euch zum Kaffee bei uns einladen, Tante Gisela und Maidi sitzen schon bei uns am Tisch."

Das war keine Einladung, vielmehr ein Befehl. Sie ließen

172

den Tee der Lebkowa stehen und brachen auf.

"Kommen Sie herein, Fräulein Hempel. Nein, was sind Sie erwachsen geworden, seit wir uns zuletzt gesehen haben. Ich hatte Sie immer noch als halbes Kind in Erinnerung!"

Die Dame Ringleb verstand es, Salz mit Zucker zu mischen. Grit antwortete, wie es erwartet wurde. Bescheiden aber selbstbewußt, höhere Tochter aus gleicher Klasse. Was sie dabei dachte, vermochte Heinrich Nowack unschwer zu erraten: Wart nur noch zwei, drei Jährchen, liebe Frau! Dann rede ich anders mit dir!

Man setzte sich zu Tisch. Maidi, die ihrem Heinrich gegenübersaß, telegraphierte per Fußkontakt: Alles in Ordnung mit uns beiden! Beglückt strampelte Heinrich seine Zustimmung wieder und kam dabei anscheinend an die falsche Stelle. Eine hochgezogene linke Augenbraue klärte ihn über seinen Irrtum auf und das Blut stieg ihm zu Kopf. Hänsis Mutter schenkte ihm dafür ein Mona-Lisa Lächeln.

Den Tag verbrachte man auf den Skihängen der Umgebung. Da Willy jetzt in Grit eine Skilehrerein hatte, was Hänsi befreit, und so zogen die drei Könner zum nächsten Berggipfel hinauf. Der windzerblasene, kahle Gipfel mit seinen eisverpackten Baumleichen war ein schönes Erlebnis. Die Abfahrt freilich, durch den ungespurten Tiefschnee der Baumzone, hatte ihre Tücken. Sie kamen aber heil ins Tal und waren beglückt von der Natureinsamkeit. Willy hatte inzwischen einige Fortschritte gemacht und führte ihnen saubere Schneepflugbogen vor. Zum Kaffee und anschließenden Abendimbiß war man diesmal bei Ringlebs. Grit entpuppte sich als gute Kartenspielerin, was ihr bei der Herrin des Hauses weniger Wohlwollen eintrug als das bescheidene Auftreten, zu dem sie sich entschlossen hatte.

Alles in allem war es ein gelungener Abend gewesen, als die Dame des Hauses um zehn Uhr die Tafel aufhob. Außer Kartenspiel hatte es Himbeersaft, Kekse, Zigaretten und einen Schnaps gegeben.

Maidi begleitete ihre Freunde noch zm Gasthaus, und wie es so kommt, konnte Heinrich Maidi nun wieder nicht allein nach Hause gehen lassen.

"Es war doch alles in Ordnung?" fragte Maidi beim Abschiedskuß.

"Ja, das hat deine Tante fein gelöst," antwortete Heinrich. Das verdroß Maidi: "Und ich vielleicht nicht?"

"Du bist ein Schatz!"

"Sag's noch einmal!" forderte Maidi.

"Du bist zwei Schätze!"

Nun war Maidi zufrieden.

Im Gasthaus warteten Grit und Willy. Vor ihnen stand ein Glasballon mit Kartoffelschnaps.

"Pfui Deubel und prosit! Komm, trink einen mit uns," wurde Heinrich aufgefordert.

Sie tranken den Ballon leer und gingen zu Bett.

"Heute nacht brauchst du nicht auf mich aufzupassen, Heinrich," murmelte Willy, als sie sich in ihrem Zimmer in die kälteklammen Betten kuschelten, "wenn du aufwachst und ich bin nicht da, such mich bitte nicht am Lokus. Schlaf weiter, ja?"

"Seid Ihr schon so weit?" staunte Heinrich.

"Sind wir nicht! Stell keine dummen Fragen!"

Die Tage vergingen schnell. Abwechselnd war man bei Maidis Mutter oder Maidis Tante zum abendlichen Kartenspiel eingeladen. Man spielte nicht nur, man unterhielt sich auch, und nicht einmal schlecht, wenn Maidis Tante die Gastgeberin war. Die wußte gut zu erzählen von ihren Klettertouren in den Alpen. Das war etwas, wovon Heinrich träumte: Einmal alpine Hochtouren mitzumachen. Er hing der Tante am Munde und die Dame genoß des Jungen Verehrung mit Vergnügen. Maidi fühlte sich vernachlässigt und machte ihrem Heinrich Vorwürfe, wenn der sie heimbrachte. Heinrich wußte Maidi zu beruhigen. Es gab ein einfaches Mittel, ihr den Mund zu schließen.

Plötzlich gab es einen Kälteeinbruch. Die Nächte im ungeheizten Zimmer des Gasthauses wurden unangenehm. Heinrich verkroch sich tief unter seine Federdecke. Willy Meidner aber schlüpfte aus seinem Bett, als er seinen Freund eingeschlafen glaubte. Es gelang ihm, das Zimmer geräuschlos zu verlassen und sich zu Grits Tür zu schleichen. Grit lag wach und umfing ihn. Willy, ohne Spezialerfahrung, wußte dennoch, was zu tun war. Grit wußte es nicht. Sie erfuhr es auch nicht in dieser Nacht, denn die Kälte behinderte die Liebenden in unvorhergesehenem Ausmaß. Als Grit sich entkleidet hatte wie Willy es wünschte, fror sie dermaßen, daß ihr die Zähne klapperten. Willy ging es nicht anders. Da half keine Leidenschaft, sie mußten das Liebesopfer verschieben. Willy kehrte in sein Zimmer zurück, und diesmal ging es nicht ohne Geräusche ab. Noch unter der Decke schüttelte ihn der Frost und sein Freund Heinrich wachte auf: "Ich hab dir schon immer gesagt, mein lieber Willy, bei diesen Temperaturen wird das nix, außer du bist vielleicht bei den Eskimos in die Schule gegangen."

"Halt den Mund," schimpfte Willy, "warum schläfst du nicht?"

Das Wetter hatte Mitleid mit den Liebenden. Am nächsten Tage begann es zu tauen. In dem winzigen Blechlavoir, darin Willys und Heinrichs vollgeschneuzte Taschentücher mitsamt dem Waschwasser zu einem marmorierten Eisblock gefroren waren, fand ebenfalls eine Art Tauwetter statt. Die beiden Jünglinge sahen keinen besseren Ausweg als den ganzen Ekel ins Freie zu tragen und dort in den Schnee zu kippen.

"Und was jetzt?" fragte Heinrich.

"Liegen lassen," sagte Willy. "Ich weiß daß Taschentücher Geld kosten. "Aber um keine Preis würde ich das Dreckszeug noch einmal anrühren."

"In den meinen waren so schöne Monogramme," seufzte Heinrich, "gestickt!"

"Hör zu, Heinrich, ich hab zuhause viele Taschentücher, mit und ohne Monogramm. Ich ersetz dir den Schaden. Komm, lassen wie den Unflat liegen."

"Und mit was, bitteschön, putzen wir unsere Rüssel bis dahin ab?"

"Ich hab eine Rolle Klosettpapier mit. Die Hälfte davon geb ich dir."

Als die beiden Jünglinge ihre Patentlösung erstmalig den Damen vorführten, gab es ein großes Gelächter. Mutter Ringleb half schließlich mit einigen Päckchen der damals noch wenig bekannten Papiertaschentücher aus, und die Klosettrolle wurde wieder ihrer natürlichen Bestimmung zugeführt.

Das Wetter hatte Mitleid mit den Liebenden, nicht aber mit den Skiläufern. Maidi Ringleb schimpfte permanent über den

175

Schlackschnee, der ein sauberes Fahren kaum zuließ. Grit Hempel und Willy Meidner wiederum schienen die Enteisung ihrer Schlafräume genutzt zu haben. Denn eines Morgens holte Willy seinen Freund Heinrich vorzeitig aus dem Bett. In der Hand hielt er einen vollgepackten Rucksack: "Komm bitte mit, ich schaff das nicht alleine."

Heinrich fuhr in seine Sachen und trabte mit Willy in den grauenden Morgen. Er fragte nichts, denn er ahnte, wozu seine Hilfe benötigt wurde. Er führte seinen Freund bachauf, zu einer einsamen Stelle, wo das schnellströmende Wasser die Eisdecke gebrochen hatte: "Hier kannst du's auswaschen. Ich will daweil Schmiere stehen." Willy entfernte sich, gehorsam und schuldbewußt. Kam nach einer guten Viertelstunde wieder und bat um Hilfe beim Auswringen des nassen Tuches. Gemeinsam schwangen sie das Tuch im Wind. Heinrich stellte keine Fragen, gab keinen Kommentar. Willy war ihm dankbar dafür. Bei aller Frivolität, der man sich verbal hingab, galt immer noch die alte Regel, daß über gewisse Dinge nicht gesprochen wurde, sobald sie Ereignis waren.

Ein Rest von Feuchtigkeit war in dem Leinen geblieben. "Das müssen wir austauschen, Willy. Nimm es in dein Bett. Bei uns läßt sich irgendein Malheur vorschützen, wenn es wem auffallen sollte."

Beim gemeinsamen Frühstück fragten Grits Augen vergeblich bei Heinrich an: Wirst du schweigen? Heinrich schwieg.

Die selbstbewußte Grit Hempel war sehr kleinmütig geworden. Maidi beklagte sich über der Freunde Einsilbigkeit an diesem Tage. Zu allem Unglück brach sich Heinrich Nowack im Schlackschnee nicht nur einen Ski, er verletzte sich auch am Knöchel, humpelte mitleiderregend, blieb aus diesem Grunde daheim und legte sich ins Bett. Hänsis Mutter besuchte ihn, besah seinen Knöchel, legte eine kühlende Salbe auf und verband die Schwellung: "Jetzt gibt es zwei Tage Bettruhe für Sie, Heinrich Nowack!"

Heinrich seufzte: "Ich werde schrecklich einsam sein, gnädige Frau!"

Eine dunkle Braue hob sich: "Soll ich Ihnen meine Nichte ans Bett beordern?"

Umgehend beging Heinrich Verrat an Maidi: "Ich hätte einen ganz anderen Wunsch. Könnten nicht Sie, gnädige Frau, mir etwas aus einem Märchenbuch vorlesen?"

Die dunkle Braue sank herab: "Ich hab schon verstanden, Frechdachs! Wenn ich zwanzig Jahre jünger wäre, bekämen Sie jetzt eine Ohrfeige." Die Dame erhob sich: "Im übrigen lasse ich mir Ihre Verehrung gern gefallen. Nur seien Sie gewiß, daß keiner der unverschämten Wünsche, die in Ihren Augen stehen, je in Erfüllung gehen wird."

Heinrich Nowack seufzte.

"Sie werden es überleben," sagte die Dame und verließ das Zimmer.

"Eine Margarete Meidner ist das nicht,"flüsterte der gute Engel.

"Gib's nicht auf, du hast Glück bei den reiferen Frauen!" stichelte der schwarze Engel. "Was hast du von Maidi zu erwarten? Die läßt sich küssen, aber wenn du weitergehst, bricht ihr eine Welt zusammen, und womöglich fängt sie zu schreien an." Der Böse ließ nicht locker: "Bei der Anderen aber --" der Engel von Heinrich Nowacks dunklem Ich überließ es der Phantasie seines Opfers, den Gedanken weiterzuspinnen.

Darüber wurde der weiße Engel ärgerlich: "Sie weiß besser als du, daß das nichts werden darf. Hat sie es dir nicht klipp und klar gesagt?"

"Aber sie mag dich. Wenn du es nicht versuchst, wirst du es nie erfahren. Du möchtest doch, oder?"

"Ja, ich möchte. Ich werde es aber sein lassen. Und jetzt laßt mich in Ruhe, alle beide laßt mich in Ruhe!" Heinrich Nowack beendete das Gespräch mit seinen Engeln, drehte sich zur Seite und schlief ein, schlief den gesunden Heilschlaf seiner Jugend.

Geweckt wurde er von den fröhlich ins Zimmer stürmenden Vier. Die kamen von den Skiwiesen zurück und wollten ihn nun pflegen. Hänsi und Willy sorgten für Licht und Wärme im Zimmer, indem sie Kerzen entzündeten und Holz herbeischlepp-ten für das Kanonenöfchen, das der alte Säufer geschickt an den vorhandenen Kamin angeschlossen hatte. Bald prasselte es heiß im rotglühenden Eisentopf. Die Mädchen holten Essen aus der Küche, denn es war Ehrensache, daß der Verletzte im Bett gefüttert wurde.

"Kinder, so krank bin ich doch garnicht! Ich bin heute schon zweimal draußen gewesen."

"Wie, was, draußen? Bist du verrückt? Du hast strenge Bettruhe!" kreischte Maidi.

"Und was glaubst du, wer für ihn auf den Topf gegangen wäre? fragte Willy.

Die gschamige Maidi kapitulierte sofort: "Pfui, Willy! Über sowas redet man nicht." Ihre Rotapfelwangen glühten.

"Aber man tut es. Und nur ein Bourgeois tut so, als müßten lediglich die Proleten auf den Abort." Grit Hempel schien wieder obenauf zu sein. "Und hier ist deine Ente, Heinrich!"

"Was, hier vor euch allen eine Ente?" Heinrich tat entsetzt, doch Grit enthüllte die in ein weißes Tuch gepackte Gabe. Und siehe, es war Entenbraten. Wieder einmal hatte die Wirtin Entenbraten im Menü, und die Vier hatten ihrem Heinrich eine große Portion spendiert. Mit Rotkohl und Kartoffelknödeln. Es roch verführerisch. Heinrich setzte sich auf und ließ sich füttern. Alle fanden es wunderschön und gemütlich. Nach der Mahlzeit wurde Hänsi losgeschickt, um in den Mütterhäusern zu verkünden, daß man den Abend am Bett des Kranken verbringen wolle. Schneller als erwartet kam Hänsi zurück: "Deine Mammi, Maidi, sitzt bei meiner Mammi, und sie legen Patiencen. Beide haben nichts dagegen, aber wir sollen um zehn zuhause sein."

"Wie spät ist es jetzt?" Grit Hempel sah auf ihre Armbanduhr: "Noch nicht einmal acht. Fein."

"Dann hätten wir noch über zwei Stunden Zeit," frohlockte der invalide Heinrich. "Willy, wie wäre es mit der nächsten Ente?"

Willy Meidner verstand sofort: "Machen wir. Ich bin gleich wieder da."

"Aber wir haben doch unsere Ente schon unten gegessen," entsetzte sich Maidi. "Ich krieg nichts mehr herunter."

"Warte es ab."

Willy blieb eine geraume Weile fort. Als er zurückkkkam, balancierte er ein Tablett mit Gläsern und hielt in der andern Hand einen großen Krug: "Nun, was sagt ihr jetzt? Noch einmal Ente - aber kalt!"

Diese Kalte Ente verdiente ihren Namen eigentlich nicht, denn sie bestand aus Tee, Zucker, Zitronensaft, Kartoffelschnaps und Sodawasser. Besseres hatte das Haus Lebek nicht zu bieten. Doch es schmeckte, und außerdem war es alkoholisch.

"Wieviel Fusel hast du hineingetan, Willy? " fragte Heinrich Nowack seinen Freund.

"Nur drei Vöglein. Das ist nix auf fünf Personen," log Willy. Denn er hatte fünf Vöglein in das Gebräu getan. Ein Vöglein, das waren hundert Zentiliter. Mithin enthielt diese seltsame Kalte Ente einen halben Liter Schnaps. Das mußte einen vergnügten Abend geben. Es wurde ein vergnügter Abend.

Als Maidi und Hänsi gegangen waren, Hänsi etwas schwankend und unaufhörlich brabbelnd, verabschiedeten sich auch Willy und Grit: "Wir lassen dich allein auf deinem Schmerzenslager, Heinrich. Du verstehst?"

"Ihr macht Fortschritte!" knurrte Heinrich und zog die Decke über den Kopf.

Kampf der Königinnen

Der vorletzte Ferientag war angebrochen. Die vier Gesunden hatten sich nach gemeinsamem Frühstück von ihrem maroden Gefährten verabschiedet: "Es hat wieder gefroren und ein bissel geschneit. Dürfen wir dich allein lassen, Heinrich?"

"Das ist doch selbstverständlich. Wozu seid ihr hier? Doch nicht, um mich zu pflegen!"

"Die Tante will auch noch vorbeikommen und nach deinem Verband sehen," verkündete Maidi arglos.

"Sie soll sich nicht soviel Mühe machen!" Heinrich schloß die Augen, um sich nicht zu verraten.

Guter Engel, böser Engel. Wer von euch beiden wird gewinnen? Die Antwort kam eben die Treppe herauf.

Als die Vier um die Mittagsstunde vom Übungshang heimkehrten, konnten sie mitansehen, wie ihr Freund Heinrich vollangekleidet und auf seine Skistöcke gestützt das Ziummer durchmaß.

"Es geht schon viel besser," erklärte er. Deine Tante, Maidi, hat mir einen prima Verband gemacht!"

"Das ist wirklich ein Segen," sagte das Mädchen Maidi fromm. "Dankeschön, Tante, daß du ihn so gut behandelt hast!"

"Nicht der Rede wert," antwortete die Tante und empfahl sich.

Willy Meidner lachte in sich hinein. Ihm war etwas aufgefallen, doch er behielt es für sich.

Ja, wirklich, Heinrichs Knöchel hatte dank guter Pflege erstaunliche Besserung erfahren. Es sei ihm zu langweilig in der Stube, behauptete er. Und während die anderen nach dem Mittagessen noch einmal in den Schnee zogen, humpelte Heinrich zu den Müttern, Teetrinken und Kartenspielen. Er tat es nicht zuletzt, um vor Maidis Mutter seine völlige Unbefangenheit zu dokumentieren. Er tat es aber auch, weil ihm gesagt worden war, daß einmal so gut wie keinmal sei und ein Kehrwieder ausgeschlossen.

Heinrich Nowack hatte beschlossen, der Keinmaligkeit des Geschehenen das Siegel eines schönen Traumes aufzudrücken. Und wahrlich, er verlor beim Kartenspiel derartig, daß Mutter

Ringleb, die gerne gewann, ihn neckte, ob er denn auf alles Glück in der Liebe aus sei. Heinrich brachte es fertig, verlegen zu lachen und zu erklären, daß er gegen diesen Aberglauben nichts einzuwenden hätte.

Den Abschiedsabend beging man gemeinsam bei Fahlbuschs. Bei Tee, Himbeersaft und einer Flasche Wein. Das Hauptgespräch drehte sich um Heinrichs Heimtransport. Bis zum Bus war es eine gute Stunde Fußweg. Hänsi war es, der die billigste und beste Lösung fand: "Wir leihen uns bei der Lebkowa einen Rodelschlitten. Da setzen wir den Heinrich drauf und ziehen abwechselnd, was meint ihr dazu?

Für diese einfache und preiswerte Lösung bekam Hänsi soviel Applaus, daß er außer Rand und Band geriet, besonders als Heinrich ihn auf die Schulter klopfte: "Hänsi, was täten wir ohne dich?"

Nichts schöneres hätte Hänsi widerfahren können als dieses Lob aus dem Munde seines heimlichen Helden.

Es kam der letzte Tag. Für die Mittagsstunde war der Aufbruch vorgesehen. Doch gerade an diesem Tag schien die schönste Sonne. Die Gesunden zogen noch einmal zur nächsten Übungswiese.

An der Unterkante der Wiese stand ein Heustadel. Dort machte Heinrich sich einen bequemen Sitz zurecht, ließ sich von der Sonne bescheinen und sah den Schwüngen der anderen zu. Der fröhlichen Vier? Es waren nur noch drei. Man hatte Hänsi um Zigaretten ins Wirtshaus geschickt. Für Botengänge solcher Art ließ sich Hänsi gern mißbrauchen. Er freute sich, wenn er gefällig sein konnte.

Jetzt aber kam er atemlos zurück: "Hört zu, hört zu," keuchte er noch im Herbeilaufen, "es ist etwas Schreckliches passiert! Vor dem Wirtshaus steht der braune Packard von Meidners und in der Gaststube hab ich Grits Mutter gesehen!"

Willy Meidner stieß einen gräßlichen Fluch aus. Grit wurde leichenblaß. Das andere Pärchen sah sich ungläubig an. Hänsi gab weiteren Bescheid: "Ich hab auch die Mammi und die Tante informiert; beide sind unterwegs nach hierher."

Wenn das wahr ist, müssen die beiden Damen jetzt Mauer machen, dachte Heinrich Nowack. Da würde es einiges zu erklären geben. Ein kleiner Slandal war im Anzug. Maidis Mutter konnte die Meidnerin nicht ausstehen und ebensowenig die Gritmutter Hempel. Das beruhte vermutlich auf Gegenseitigkeit. Daß die Damen Hempel und Meidner wiederum, die sich ebenfalls nicht gut vertrugen, plötzlich gemeinsam ankamen, hatte etwas zu bedeuten. Was war da im Busch? Vor allem, wie war die Nachricht von Willy und Grit in die Stadt gekommen?

Ich bin ja minderjährig, dachte Heinrich Nowack; mir können sie Kuppelei nicht gut anhängen. Au fein, das gibt eine Hetz. Drei solche Königinnen, die sich angiften, und ich darf dabei sein!

Da kamen sie schon zum Heustadel geschritten, Hänsis Mutter und ihre Schwägerin. Frau Ringleb nahm das Wort:

"Nun hört einmal zu, ihr alle! Ich habe die Grit Hempel nach hier eingeladen und selbstverständlich die Aufsicht geführt. Es ist nichts geschehen, was man nicht vor aller Welt vertreten könnte. Sie, Heinrich Nowack, können es bezeugen, nicht wahr?"

Frau Ringleb hatte einen Ruf zu verlieren; gerade für sie eines ihrer wertvollsten Güter. Also demütigte sie sich vor dem ansonsten nicht so sehr geschätzten Anbeter ihrer Tochter, indem sie ihm Komplizenschaft anbot. Heinrich genoß es: "Wer könnte das besser bezeugen als ich, gnädige Frau!" erklärte er im Biedermannston. (Und du, Dame, du weißt, daß ich es weiß, daß du es weißt, wie wenig mein Zeugnis wert ist. Sich das gefallen lassen, das tut weh, gelt?)

Hänsis Mutter weidete sich offensichtlich an der verhaltenen Wut ihrer Schwägerin. Ihr selber war die Angelegenheit kein Weltuntergang: " Vielleicht schicken wir unseren Heinrich Nowack einmal voraus, als Kundschafter gewissermaßen?"

"Ja," meinte Heinrich, "Das wollte ich auch eben vorschlagen. Ihr anderen seid noch beim Skilaufen. Mich hat Hänsi angetroffen, und ich komme herbei zur Begrüßung der Ankömmlinge. Hänsi kommt mit mir, das ist selbstverständlich, und außerdem habe ich mit ihm eine Art Brieftaube bei der Hand."

"Ich bin aber keine Brieftaube," maulte Hänsi.

"Nein, du bist ein Unglücksrabe. Falls es stimmt, was du gesehen hast. Komm, Hänsi, sei lieb!" Heinrich wußte, wie man Hänsi zu nehmen hatte: "Vielleicht ist es sehr wichtig, daß ich dich bei mir habe!"

Vor seinem und Hänsis Abgang musterte Heinrich noch einmal die Zurückbleibenden. Er tat es mit Genuß. Die ratlose Maidi, den zornig-verlegenen Willy, die förmlich in sich zusammengesunkene Grit, die mehr amüsierte als betroffene Mutter Fahlbusch, die sich mit Mühe beherrschende Mutter Ringleb: Theater, ganz großes Theater, dachte Heinrich und wünschte sich fast, Hänsi hätte recht gesehen. Heinrich war überzeugt, daß Hänsi seiner eigenen Sensationsgier aufgesessen war. Der Junge ahnte, daß zwischen den vier älteren Gefährten Beziehungen bestanden, welche den Erwachsenen verborgen bleiben sollten. Daß man ihn gelegentlich zum Schmierestehen einsetzte, faßte er als Vertrauensbeweis auf. Die Mutter Hempel kannte er von Ansehen recht gut, nicht so die Meidnerin. Der Zufall wollte es, daß diese beiden Damen sich recht ähnlich sahen. Der braune Packard von Meidners wiederum war stadtbekannt. Soviele private Autos gab es nicht im Jahre 1937, nicht, in einer Stadt von 1oo.ooo Einwohnern, und schon garnicht, wenn es sich um einen amerikanischen Wagen handelte. Heinrich wußte auch nicht, ob es in der ganzen Stadt noch einen zweiten Wagen dieses Typs gab. Gretes Mutter und Meidners Ford, daraus hatte sich Hänsi vermutlich seine Tatarennachricht fabriziert. Zunächst also gab es keinen Grund zur Panik. Die Meidnerin würde von Grits Anwesenheit nicht begeistert sein, doch allein gegen so viele Leumundszeugen stand sie auf verlorenem Posten. Zusammen mit Mutter Hempel, die ihre Tochter ins Gebet hätte nehmen können, und dann überhaupt, was wäre der Grund gewesen, daß sich die beiden Damen zusammentaten - doch nur eine böse Fama, welche die Stadt erreicht hatte. Ja, Frau Margarete, wenn ich reden wollte! Heinrich gluckste vergnügt vor sich hin: Und wetten, Margarete, daß du es nicht gern hättest, wenn ich redete!

Und so humpelte Heinrich Nowack frohgemut den Weg entlang zur Maison Lebkowa, wie sie inzwischen das Dorfrgasthaus zu nennen pflegten. Die anderen folgten ihm zagend.

Vor dem Gasthof stand tatsächlich der Meidnerwagen. Also schlugen sie einen Haken um die Vordertür und huschten in die Küche: "Wer ist da gekommen, Frau Lebek? Zwei amen, hab ich gehört?"

"Aber was denn? Nur eine gewisse Frau Professor Meidner ist da. Sie sitzt in der Gaststube und wartet auf den Herrn

Willy. Ich hab ihr gesagt, ich weiß nicht, wo die Herrschaften sind."

"So, Hänsi, du hast es mitgehört. Und jetzt nimmst du deine Füße in die Hand und erzählst den Müttern, was du eben gehört hast. Ich schlage vor, die Grit und der Willy und eventuell auch die Maidi kommen gemütlich her. Die Mammis brauchen, so meine ich, nicht gleich dabei zu sein - erfahren es erst später von dir. Aber die werden selber am besten wissen, was sie zu tun haben. Wirst du behalten, was ich dir gesagt habe, Hänsi? Wirst du es korrekt ausrichten?"

Frau Margarete saß in der Gaststube bei einem Tee mit Rum, als Heinrich von der Küche aus den Raum betrat: "Grüß Gott, gnä-Frau! Küßdiehand! Ich hab's schon vom Fahlbusch-Buben gehört, daß Sie da sind. Mich hat er gefunden, weil ich seit gestern nicht Skilaufen kann, ich hab mir den Knöchel verknackst. Aber sie werden bald da sein, ich hab den Hänsi um die anderen geschickt.

"Grüß dich Gott, Heinrich Nowack," sagte Frau Margarete freundlich. "Bist nicht ein bissel überrascht, daß ich gekommen bin, dich und den Willy zu holen?"

"Das schon, aber ich bin auch sehr erfreut!"

"Ist das ehrlich?" Frau Margaretens Zeigefinger stach in Heinrichs Richtung: "Du, sag einmal, was hab ich da gehört? Es ist noch ein Mädel bei euch? Wer ist es denn? Doch nicht die Hempel?"

"Sie sind eine Hellseherin, verehrte gnädige Frau. Ich war es leider nicht. Keine Ahnung hab ich gehabt, daß die plötzlich hier aufkreuzen wird, und der Willy hat sich von mir was anhören dürfen, wegen Vertrauensbruch und so weiter. Ich hab vor Ihnen grade zu stehen für den Willy, und er stellt mich vor vollendete Tatsachen. Das macht man nicht mit einem Freund. Was mögen Sie jetzt von mir gedacht haben? Aber wenn ich einen Rat geben darf, dann halten Sie es bitte wie ich, machen Sie gute Miene zum bösen Spiel. Man kann die Buben nicht festbinden."

"Du Lauser," empörte sich Frau Margarete, "willst mir vielleicht noch Vorschriften machen?"

"Wie käme ausgerechnet ich dazu?" fragte Heinrich zurück.

"Ja, wie kämst du dazu?" seufzte Frau Margarete. "Sollst also recht behalten. Ich werd's schlucken. Aber eins sag ich dir, erst laß ich die kleine Hempel noch ein bissel zittern. Und du mischst dich nicht ein, hörst du!"

"Das hör ich sogar sehr gern. Einen Dämpfer hat die Grete verdient, daß sie ohne mein Vorwissen hergekommen ist. Was glauben Sie, wie das Barometer für mich im Hause Ringleb gestanden ist?"

Frau Margarete kicherte: "Kann ich mir gut vorstellen. Und jetzt glaub ich auch, daß du unschuldig bist." Doch gleich kam wieder Frau Margaretens Hauptsorge nach: "Du, sag einmal, der Willy und die Grete: Ist zwischen den beiden was passiert? Ich mein, wo das Mädel doch hier im Haus mit euch gewohnt hat?"

Heinrich Nowack spreizte die Hände mit den Handflächen nach oben: "Gesehen hab ich nix, gehört hab ich nix. Aber wenn ich was gesehen oder gehört hätte, glauben Sie wirklich, gnä' Frau, ich tät Ihnen jetzt was erzählen?"

"Natürlich nicht. Du bist ja diskret. Und ich muß auch noch Wert darauf legen."

"Vielleicht sollten Sie es nicht so genau wissen wollen. Man kann das Junge nicht ewig im Nest behalten. Einmal lernt es fliegen, früher oder später."

"Wenn's aber noch zu früh ist?"

Heinrich mußte lachen: "Also, dabei ist noch keiner abgestürzt."

Frau Margarete seufzte: "Ich seh schon, du schlägst mich mit meinen eigenen Waffen. Wo hast du bloß diese Selbstsicherheit her, daß du mir alten Frau Ratschläge geben möchtest?"

"Das Unglück, liebe gnädige Frau ist, daß Sie für den Willy nicht zu alt sind, sondern zu jung."

"Wenn ich dich so höre, glaub ich fast, daß einer von uns im falschen Jahr geboren ist."

"Ja! Ich bin zu spät geboren. Und das ist schade!"

"Das hast du nett gesagt, Heinrich! Jetzt aber komm, ich höre, man ist im Flur. Und bitte, laß mich die kleine Hempel ein bissel rösten. Ich will vergeben und vergessen, aber vorher muß ich meine kleine Rache haben!"

In diesem Augenblick ging die Tür auf, eine verlegene Grit und ein krampfig-überfröhlicher Willy kamen in die Stube: "Was höre ich, Mama? Du bist hier?"

"Du hörst es nicht nur, du siehst es auch, mein Sohn! Oder hältst du mich für ein Gespenst? Wen aber erblicke ich an deiner Seite? Die kleine Grit Hempel, wenn ich nicht irre. Versteck dich nicht, Kind! Bist ja sonst nicht schüchtern gewesen. Hast nicht geglaubt, daß wir uns hier treffen werden, gelt? Nun, deine Eltern werden sich sicher freuen, wenn ich dich ihnen wohlbehalten abliefere. Du fährst doch mit uns nach Hause, nicht wahr?"

"Eigentlich wollte ich - die Karten für den Bus - die anderen --" Grit war so verlegen und verschüchtert, daß Frau Margaretens rachsüchtiges Gemüt sich zunehmend beruhigte: "Narrheiten, du kommst mit uns und der Heinrich Nowack auch. Packt euer Zeug, derweil ich bei Ringlebs meine Anstandsvisite mache. Wer zeigt mir den Weg? Nein, nicht du, Heinrich, du hast ein krankes Bein. Willy, du gehst mit mir. Dein Heinrich wird schon wissen, was in deinen Rucksack gehört."

"Was habt ihr miteinander gesprochen?" zischte Grit, als sie mit Heinrich zu den Zimmern hinaufstieg.

"Nun, ich hab versucht, in aller Unbefangenheit aus ihr herauszukriegen, was der Anlaß ihres Kommens ist."

"Und?"

"Nichts als Sehnsucht nach ihrem Buben. Mit dir als Überraschung hat sie nicht gerechnet, und ich habe ihr mit einiger Mühe ausreden müssen, daß ich an von Anfang an mit im Bandel war."

"Vermutet sie was?"

"Was würdest du an ihrer Stelle vermuten?"

"Ihre Phantasie kenne ich. Ob sie was aus dir herausgefragt hat, will ich wissen."

"Was hätte sie aus mir herausfragen sollen?"

Grit war nicht dümmer als Heinrich sich dumm stellte. Er betonte seine Diskretion so sehr, daß nur ihr Getändnis ihm das entlocken konnte, was Grit gern erfahren hätte, ob nämlich die Meidnerin Verdacht geschöpft hatte.

Zwischen Heinrich und Grit gab es von früher her einige unbeglichene Rechnungen. Jetzt war der Zeitpunkt gekommen, die Konten auszugleichen. Grit kapitulierte: "Du weißt doch, was geschehen ist!"

"Was, wo und wann?"

"Willy und ich. Hier. Erzähl mir nicht, daß du immer fest

geschlafen hast."

"Paß auf, Grit! Was du mit dem Willy hast oder nicht hast, geht mich nichts an. Und wie du mit der Meidnerin fertig wirst, ist deine Sache. Daß du mir keine Diskretion zutraust, entspricht deinem, nicht meinem Charakter. Bestechen brauchst du mich nicht, damit ich den Mund halte. Wenn du aber auf anderer leute Kosten Dummheiten machst, dann erwarte nicht, daß diese Leute dir noch aus der Patsche helfen. Ich hab dich nicht gebeten, heimlich herzukommen. Und wenn ich es gewußt hätte, wäre ich dagegen gewesen, denn bei der Ringleb hab ich es ausbaden müssen. Für meinen schlechten Ruf möchte ich aber in Zukunft alleine zuständig bleiben. Geschehen ist geschehen, ich trag es nicht nach. Aber wenn du mir bei sowas noch einmal in die Quere kommst, kenn ich keine Nachsicht mehr, verstanden?"

Kleinmütig bat Grit um gutes Wetter. Sie hat bezahlt, vermerkte Heinrich in seinem Gedächtnis.

Sie packten schweigend ihre Sachen zusammen und trugen sie zum Auto, die Meidnerin kam mit Willy zurück: "Es ist alles abgesprochen, Kinder! Ringlebs fahren mit dem Bus, wie geplant, ihr kommt alle mit mir. Ich soll dich von Maidi noch schön grüßen, Heinrich. Das ist wirklich ein reizendes Mädchen, hab ich garnicht gewußt!"

"Darf ich fahren, Mammi," bat Willy?

"Meinst du wirklich, daß dein Freund mit seinem verletzten Bein hinten Platz haben wird? Wenn du fährst, muß ich vorne bei dir bleiben."

"Mir macht es nichts aus, hinten zu sitzen, gnädige Frau!"

"Dann von mir aus! Unterhalte du das Fräulein Hempel, während ich auf meinen Sohn aufpasse."

Die Fahrt dauerte an die zwei Stunden, denn die Straßen waren schlecht und zum Teil noch verschneit. Auf den Vordersitzen ging es munter zu, Mutter und Sohn bestritten die Unterhaltung. Im Fond des Wagens herrschte Stille. Grit war wütend, weil sie nicht neben Willy sitzen konnte, und genau das machte die Meidnerin froh.

Auf die freundliche Frage, ob Grit vor ihrem Elternhause abgesetzt werden wolle, verneinte die. Nein, solchen Umweg könne sie dem Meidners nicht zumuten.

"Also gut, dann halten wir nur bei Nowaks, die wohnen ja

nicht weit von euch," gab sich Margarete Meidner zufrieden. Doch dann meinte sie hinterhältig: "Und grüß bitte deine Eltern schön von mir, wenn sie sich wundern, daß du schon so früh am Tage zurückkommst aus den Bergen. Und sag ihnen, ich würde demnächst einmal anrufen."

Heinrich Nowack hielt sich die Hand vor den Mund. Guter Gott, Willys Mutter hatte der armen Grit wirklich kein Mausloch offengelassen. Das Märchen vom Berghotel war geplatzt wie eine Seifenblase. Und Grit würde ihren Eltern einiges zu erklären haben. Weiber in ihrem Zorn, dachte Heinrich, sind doch zehnmal tückischer als jeder Mann.

Im Grünen Baum war Amtswaltertagung. Die Herren benutzten das Extrazimmer und saßen dort an U-förmiger Tafel. Man hatte die rotsamtenen Portieren der Fenster zugezogen, ein Kompliment an Direktor Brejcha und sein Leute, die in irgendeiner Gegenüberwohnung sitzen mochten, mit Feldstechern ausgestattet, um die Teilnehmer des Treffens zu observieren.

Franz Thurneyßl präsidierte. Als er sich mit einem "Heil, Kameraden!" erhob und den rechten Arm hochreckte, flog seine silbergraue Mähne nach hinten. So energisch hatte er sein Kinn vorgestoßen.

Vierundzwanzig Amtswalterfüße trappten auf den Boden, zwölf Amtswalterleiber reckten sich, neunundfünfzig Fingerspitzen streckten sich dem Franz Thurneyßl entgegen, neunundfünfzig nur, denn es hatte der Amtswalter Formanek Ladislaus im Karpathenwinter des Jahres 1915 seinen rechten Ringfinger dem Frost und dem Kaiser geopfert.

Dreizehn Hinterteile einschließlich des Thurneyßl'schen patschten wieder auf die Thonetstühle. Ein Schreiben Konrad Henleins wurde verlesen und andächtig zur Kenntnis genommen. Man tat verschwörerisch, obwohl die Botschaft des Führers der Sudetendeutschen Partei nichts enthielt, was die Regierung des Staates nicht hätte wissen dürfen - und auch nichts, was sie nicht schon wußte, denn sie besaß bereits eine Abschrift des Circulandums.

"Und nun gebe ich das Wort unserem Kameraden Sepp, der uns von seiner Auslandsreise etwas zu erzählen hat."

Jedermann im Raume wußte, welches Ausland gemeint war, niemand erwartete vom Kameraden Sepp mehr als Andeutungen. Er nannte weder Namen noch Orte. Doch als er von der Stadt sprach "wo das große Tor steht" oder vom "Büro des Mannes, der unsere Philosophie neu befruchtet hat", konnten sich alle ausrechnen, daß der Kamerad Sepp in Berlin beim Amt Rosenberg vorgesprochen hatte.

Aurelius Jarzombek, vom neugegründeten Bund deutscher Erzieher zur Amtswaltertagung entsandt, vermerkte in seinem Gedächtnis, daß die Leute vom sogenannten Kameradschaftsbund im Begriffe waren, zu kapitulieren. Die Brandt-Rutha-Affäre hatte ihnen anscheinend das Genick gebrochen. Sie verließen das sinkende Schiff Othmars Spanns und wechselten über zu Alfred Rosenberg. Schon wieder falsch, dachte Jarzombek, der wußte, daß des Balten Einfluß im Schwinden war. Er, Aurelius, hatte rechtzeitig auf jenes Unternehmen gesetzt, dem die Zukunft gehören würde.

Natürlich wurde der Kamerad Sepp gehörig ausgefragt, als er seinen Bericht beendet hatte. Wer fuhr schon ins Reich, wenn dies allein einen bereits polizeiverdächtig machte? Doch die Neugier war groß: Wie stand es um die Wehrmacht? Waren die neuen Panzer wirklich so gut? Bekam man genug zu essen oder litten die Reichsdeutschen bereits an Buttermangel? Lieber Kanonen als Butter, hatte Herrmann Göring postuliert, und die deutschfeindliche Presse brachte daraufhin prompt Berichte über regionale Hungersnöte im Reich. Wie es denn mit den Juden sei? Ob der Kamerad Sepp mißhandelte Juden gesehen habe? Und ob ihm ein Konzentrationslager gezeigt worden sei?

Die Antworten kamen wie gewünscht: Ja, die Wehrmacht sei schon sehr stark, überall sehe man Soldaten, fröhliche Jungen in prächtigen Uniformen. Von den neuen Panzern habe er nur gehört, sie seien unüberwindlich. Daß sie auf den Straßen herumstünden, könne man ja nicht erwarten, wie?

Alles lachte.

Butter habe er überall bekommen, Margarine noch mehr und in vielen Sorten. Zugegeben, das Essen sei teurer im Reich und nicht überall gut. Das sei aber schließlich nichts Neues, preußische Gaumenfreuden wären schon immer ein Kapitel für sich gewesen.

Ja, und die Juden. Jüdische Geschäfte mehr als genug. Er sei freilich dort nicht einkaufen gewesen: "Das kann ich hier doch jeden Tag haben, nicht wahr?"

Wiederum lachte die Runde ein dröhnendes Lachen.

Nein, mißhandelte Juden habe er nirgends gesehen, wohl aber Parkanlagen, welche zu betreten, für Juden verboten sei.

Seltsamerweise wurde diese Beobachtung mit Stillschweigen quittiert. Unter den Anwesenden befand sich mit Sicherheit kein Philosemit und niemand, der den Juden so hold war, daß er ihnen nicht irgendeine Repressalie gegönnt hätte. Aber die Vorstellung, daß man irgendwem das Betreten einer öffentlichen Anlage verwehren könnte, erschien allen derartig absurd, daß ihnen dazu nichts einfiel.

Schließlich brach Franz Thurneyßl das Schweigen: "Hat jemand noch Fragen an den Kameraden Sepp?"

Wer jetzt noch fragt, will provozieren, dachte Aurelius Jarzombek, der sich überhaupt wunderte, wie schlecht verschlüsselt gesprochen wurde. Sind diese Leute so sicher, daß unter ihnen kein Spitzel sich befindet?

Die provokatorische Frage kam in dem Augenblick, da Aurelius entschied, daß ein Spitzel in diesem Kreis ganz gewiß nicht zu den Lauten zählen würde. Poldi Erben, blondhaarig und guter Turner, Typ des Lustigen Burschen, stand auf: "Hör zu, Kamerad Sepp, du hast uns viel Schönes erzählt, wir hätten aber gern etwas schwarz auf weiß. Hast du uns garnix Einschlägiges mitgebracht? Propagandamaterial und sowas?"

"Hab ich," grinste der Kamerad Sepp. "Liegt alles bei mir zuhause, gut versteckt unter dem Wohnzimmerteppich. Abzuholen nach Einbruch der Dunkelheit, Mantelkragen bitte hochschlagen, dreimal läuten, zweimal kurz, einmal lang. Damit ich weiß, daß es nicht die Staatspolizei ist!"

"Kameraden, Kameraden!" dämpfte Thurneyßl das Gelächter, "bitte keinen Hochverrat! Nicht einmal im Scherz wollen wir uns mit sowas abgeben!"

"No, warum nicht?" Der Witzbold Poldi konnte es nicht lassen. "Ich stell mir vor, da kommt unsere geliebte Staatspolizei an, und sie schaut dem Kameraden Sepp unter den Wohnzimmerteppich. Und was findet sie dort? Die letzte Rede unseres Herrn Staatspräsidenten, sauber hektographiert. Das wär doch eine Hetz, oder?"

"Und dann vergleicht sie womöglich das Schriftbild mit anderen Hektographien, die sie schon besitzt - und was dann?" Der Amtswalter Dr. Josef Hudetschek hatte diesen Einwurf gemacht, leise, warnend, irgendwie lauernd.

"Aber Kamerad Hudetschek, du glaubst doch nicht, daß wir dafür die gleiche Maschine nehmen möchten wie --"

"Aus, meine Herren!" fuhr Thurneyßl dazwischen. "Jetzt schließe ich den Punkt ab. Als nächtes hätten wir den Bericht des Kassenwarts. Außerdem brauchen wir neues Bier. Laß den Kellner hereinkommen, Hans!"

Als Johann Berdin mit dem Kellner hereinkam, streifte er wie zufällig Jarzombeks Rücken, während er hinter den Stühlen

191

entlangschritt.

Ihm war es also auch aufgefallen. Interessant! Der Mann
hat nicht provoziert, er hat gewarnt. Aber seine Warnung
konnte auch Provokation gewesen sein.

Man muß ihn nicht gleich verdächtigen, aber er versteht
etwas von Konspiration, versteht mir ein bissel zuviel davon.
Und jetzt weiß er, daß hektographiert wird und daß man dafür
eine Schreibmaschine verwendet, die irgendwo im Umkreis des
Kameraden Sepp zu suchen ist. Wenn ich Staatspolizist wäre,
wüßte ich, wo ich diese Schreibmaschine zu suchen hätte.

Der Kamerad Sepp war Baumeister, hatte ein eigenes Büro,
darin wohl mehr als eine Schreibmaschine sich befand, vielleicht auch ein Hektographiergerät. Natürlich verwendet niemand eine Schreibmaschine, die neben dem Hektographen steht.
Aber vielleicht hat man noch irgendeine alte Maschine irgendwo auf dem Dachboden stehen. Ich werde das mit Berdin besprechen müssen, gleich nach der Versammlung. Die Brüder
brauchen wirklich Nachhilfeunterricht in Hoch- und Landesverrat! Nun aber der Kamerad Hudetschek. Kamerad und Kollege. Den werde ich mir unter die Lupe nehmen! Jetzt und auch
später.

Doch der Kamerad Hudetschek machte an diesem Abend den
Mund nicht mehr auf. Manchmal kritzelte er etwas auf eine
Papierserviette. Doch die ließ er liegen, als man aufbrach.

Unter dem Vorwand, etwas vergessen zu haben, löste sich
Aurelius Jarzombek aus dem allgemeinen Aufbruch und kehrte
ins Sitzungszimmer zurück. Der Kellner räumte gerade den
Tisch ab: "Haben der Herr etwas vergessen?"

"Ja, meinen Füllfederhalter."

"Auf dem Tisch hat aber keiner gelegen," verteidigte sich
der Kellner.

"Vielleicht ist er auf den Boden gefallen?"

"Bitt'schön, ich schau gleich nach." Dem Kellner waren
solche Verluste seiner Gäste unangenehm. Füllhalter galten
für wertvoll, besonders wenn der Gast behauptete, die Feder
sei aus Gold gewesen. Da schwang dann immer ein Verdacht mit,
von dem sich ein Kellner zu befreien hatte.

Während der Kellner unter dem Tisch werkte, sah sich
Aurelius den Platz des Kollegen Hudetschek genauer an. Da lag
die bekritzelte Papierserviette, da stand das Bierglas mit

einem schalen Rest darin auf dem Bierdeckel - da waren auf dem Bierdeckel fünf Biere und ein Schnaps angestrichen. Hoppla! Mehr als zwei Biere konnte Hudetschek nicht getrunken haben, das war seltsam! Und richtig, links vom Kollegen Hudetschek hatte der kleine Lewinski gesessen, der trank fleißig. Und unter seinem Glas befand sich kein Bierdeckel.

"Ich finde keinen Füllfederhalter, der Herr!" Der Kellner tauchte unter dem Tischtuch hervor.

"Oh Gott," griff sich Jarzombek an die Stirn und dann in seine rechte Brusttasche: "Ich hab ihn versehentlich in die falsche Tasche gesteckt, und da ist er ja. Entschuldigen Sie meinen Irrtum, Herr Ober! Hier haben Sie eine Korune für Ihre Bemühung!"

Und Aurelius Jarzombek enteilte, den Lewinskischen Bierdeckel in seiner Tasche. Wenn sich auch nichts verdächtiges darauf befinden konnte, die Zeche, welche den Tausch bewies, würde Berdin Anlaß zu weiteren Schritten geben.

"Heinrich, was geschieht in Österreich?" fragte Willy
Meidner. Die beiden Freunde schritten durch die nächtlichen
Gassen. Gaslichter warfen alle fünfzig Schritte ihren gelben
Schein auf das schmutzige Grau der Fassaden. Sie kamen aus
einem Konzert und hatten dort in der Pause etliche Gerüchte
aufgeschnappt: Schuschnigg, Volksabstimmung, Rintelen, Seyß-
Inquart.

"Schau, Willy, ich weiß es auch nicht genauer als du. Aber
ich weiß, daß Österreich ein Staat von sieben Millionen
Einwohnern ist - oder sind es schon acht? -die allesamt
deutsch sprechen. Ich weiß, daß in Deutschland ein Mann
regiert, der aus der Alldeutschen Bewegung kommt, auch wenn
er in seinem "Kampf" den Schönerer als Versager abtut. Hast
du übrigens jemals den Kampf gelesen?"

"No klar - ziemlich langweilig."

"Da geht es dir nicht anders als mir. Trotzdem gibt es
Leute, die finden ihn sehr aufregend."

"No klar, die Hitlerianer!"

"Nein, die eben nicht. Hitlers Gegner vielmehr finden das
Buch erschütternd. Wir können das vermutlich deshalb nicht
nachvollziehen, weil wir uns von ihm nicht angegriffen füh-
len. Wir sind Deutsche, wir sind Arier, wir mögen den Kommunismus nicht, und wenn uns wer im Nacken sitzt, so sind das
haargenau Leute, die der Hitler auch nicht mag - die Tschechen zum Beispiel.

Jetzt nimm einmal Österreich: Magst du den Schuschnigg?"

"Also rein vom Äußerlichen her gefällt er mir besser als
der Hitler. Er macht einen recht gebildeten Eindruck, und
wohlerzogen scheint er auch zu sein. Freilich, wie er mit den
Sozialisten umgeht und mit den Illegalen - das versteht man
einfach nicht, wenn man den Mann sieht."

"Weißt du, daß der Schuschnigg in seinen Konzentratinsla-
gern allein 12.000 Nazis eingesperrt hält? Die Sozis sind da
nicht mitgezählt."

"No, der Hitler hat auch Konzentrationslager. Und nicht zu
knapp."

"Wird von mir nicht bestritten. Nur, nimm die österreichischen Zahlen mal acht. Glaubst du, daß Hitler hunderttausend Menschen in Konzentrationslagern hält - nicht Verbrecher oder Asoziale, sondern politische Gegner seines Systems. Es könnte sein, daß diese Zahl zutrifft. Über die deutschen Konzentrationslager erfahren wir nichts genaues. Doch was wäre damit bewiesen? Wenn Hitler wirklich 1oo.ooo politische Gegner eingesperrt hält, steht er damit noch nicht schlechter da als Schuschnigg."

"Ja, aber Schuschnigg ist wenigstens kein Antisemit. Die Juden läßt er in Ruhe."

"Wem sagst du das, Willy? Woher, glaubst du, habe ich meine Kenntnis über Schuschniggs KZ? Du wirst es erfahren. Doch zurück zum Thema. Wenn Hitler jetzt den Schuschnigg zu sich zitiert, was will er von ihm? Daß Schuschnigg die Sozialdemokraten freiläßt? Wohl kaum. Wahrscheinlich will er Schuschnigg dazu bringen, daß die Illegalen nicht mehr verfolgt werden."

"Es ist überhaupt reine Idiotie, die österreichischen Nazis Illegale zu nennen!"

"Sag das nicht, Willy! Wer die Gesetze gibt, bestimmt auch, was gesetzlos sei. Die NSDAP ist in Österreich durch Gesetz verboten worden, nicht wahr?"

"Und Hitler hat die KPD verboten, die SPD, und überhaupt alle Parteien außer seiner NSDAP. In Deutschland ist man somit als Sozialdemokrat ein Illegaler."

"In Polen übrigens auch. Von Rußland nicht zu reden. Sieh dich um. Das ist unser Europa, Willy!"

"Hitler ist kein Demokrat."

"Schuschnigg auch nicht."

"Was wird Hitler tun?"

"Ich glaube, er wird Österreich irgendwie in seine Gewalt bringen."

"Das werden die anderen nie erlauben."

"Welche anderen?"

"England, Frankreich, wir."

"Verstehst du unter "wir" etwa die Kleine Entente?"

"Mein lieber Heinrich, so klein ist diese Entente garnicht: Rumänien, Jugoslawien, die Tschechoslowakei; das sind zusammen fast 5o Millionen Menschen!"

"Also erstens, Willy, werden diese Kleinen für Österreich

keine Kastanien aus dem Feuer holen. Die Rumänen schon garnicht, denn sie haben mit Österreich keine gemeinsame Grenze
und sind den Österreichern auch nicht so viel schuldig wie
etwa die Tschechen. Die Jugoslawen haben andere Sorgen. Und
unser lieber Präsident Benesch wird, wie ich ihn einschätze,
sich eher freuen als trauern, wenn Österreich von der Land-
karte verschwinden sollte. Hinterher wird er zwar Angst kriegen, vorläufig aber lebt er von seinem alten Haß auf Österreich. Er hat noch nichts dazugelernt seit 1919.

Nein, da müßte schon Frankreich daherkommen oder England.
Und natürlich Italien, das wegen Südtirol ein notorisch
schlechtes Gewissen haben sollte. Gerade Italien wird sich
hüten. Seit Abessinien hat es keine Freunde außer Hitler. In
Spanien arbeiten sie zusammen. Sicher, Mussolini betrachtet
den Schuschnigg als seinen Schützling. Doch einen Krieg mit
Deutschland wird er nicht anfangen. Ein Faschist gegen den
anderen? Die Welt würde sich kaputtlachen, und alle Faschisten könnten einpacken. Und wenn ihm Hitler auf alle Hüh-
neraugen tritt, Mussolini wird die Zähne zusammen beißen und
schweigen.

"Du meinst also, Heinrich, daß Hitler Österreich schlucken
wird?"

"Ich bin kein Prophet, Willy. Doch irgendetwas in dieser
Richtung wird passieren."

"Sollen wir uns das wünschen?"

"Wenn du nicht zufällig jüdische Verwandte in Wien hast,
kann es dir egal sein."

"Hab ich nicht, Heinrich."

"Also? Was dagegen, daß Hitler nach Wien kommt?"

"Eigentlich nicht."

"Siehst du, das ist der Unterschied zwischen dir und mir.
Für mich schwimmt ein Haar in dieser Suppe."

"Eine jüdische Großmutter?"

"Gott bewahre! Soweit ich meine Vorfahren kenne, waren sie
alle Christen. Die Nowacks, die Scholtis, die Hollein, die
Hyl - und wie sie alle geheißen haben.

Nein, das wäre es nicht. Aber ich habe im letzten Sommer
ein Mädchen kennengelernt, Jeannette Wendenburg. Du weißt,
wir fahren immer auf Sommerfrische in die Gegend von R-stadt.
Da liegt ein kleines Dorf mit einem großen Grafenschloß.

Jeannettens Onkel hat dem Grafen die Schnapsfabrik abgepachtet und gilt auch als wichtiger Mann in der Gegend. Seine Wiener Verwandten kommen ihn gern besuchen, denn er bvewohnt eine Villa, die zwar nicht an das Schloß heranreicht, dafür aber viel komfortabler ist. Und wenn wir Sommerfrischler von Grafen nicht viel merken, weil der mit seiner Familie hoch über uns Plebejern thront, so ist das mit den Juden anders. Die verkehren mit uns, auch wenn sie finanziell auf uns herabsehen könnten. Das ist eine große Familie in dem kleinen Waldnest, die zwei Dutzend Sommerfrischler, die alle Jahre wiederkommen, mal bleiben welche fort, mal kommen neue hinzu, alles in allem aber kennt man sich, kennt auch die wichtigsten Einwohner: den Oberforstrat, den Domänendirektor, die Lehrer, Landmesser, kleinen Fabrikanten, den Arzt - und was da sonst noch Lesen und Schreiben gelernt hat. Man muß sich kennenlernen, denn es sind stets die gleichen Spaziergänge, es ist das eine kleine Schwimmbad, der eine Tennisplatz, die eine Konditorei im nahen Städtchen, wo man sich trifft. Und wenn ausgegangen wird, dann gibt es nicht mehr als zwei oder drei Gastwirtschaften, die bis zur Sperrstunde das Nachtleben aufrechterhalten. Sag nicht, daß das fad ist. Für mein Kaliber gibt es Dorfschönheiten alle Jahre neu, für die älteren Jahrgänge - man sollte es nicht für möglich halten - finden sich stets andere Flirt- und Eifersuchtskonstellationen. Sag nicht, das sei langweilig. In Monte Carlo wird es kaum anders ablaufen, wenn du die Spielbank wegdenkst.

Also gut, im letzten Sommer war es keine Dorfschönheit, es war der Besuch aus Wien. Gesehen, im Schwimmbad kennengelernt, Tennis gespielt, abends spazierengegangen. Die stille Allee am Schloßpark entlang. Der Bach an der Schloßmauer plätschert, die alten Buchen flüstern dir war, die Erlenbüsche auch, die Luft ist mild. Man wird romantisch, wenn man es nicht schon ist. Händchen halten, um die Taille fassen, es begegnet einem auf dieser Allee kein Mensch zu dieser Stunde. Und da gibt es auch noch den kleinen Steg über den Bach, da geht ein Wiesenweg die Lehne hinauf, da steht eine Bank. Was soll ich dir erzählen, Willy, das kennst du alles auch, wirst es anderswo ähnlich erlebt haben. Trotzdem ist es immer wieder neu und schön. Diesmal war es noch schöner. Der Unterschied zu gehabten Poussagen ist diesmal das Fremde. Ach was,

Jüdinnen haben wir bei uns genug, aber Wienerinnen nicht. Sie war wie aus einer anderen Welt, weißt du! Und da ist mehr hängengeblieben als eine schöne Erinnerung. Ich bin nach Wien eingeladen. Jeannettens Eltern mögen mich. Wenn jetzt der Hitler nach Wien kommt, ist alles aus."

"Da ist für mich aber doch noch ein Unterschied, der mir nicht gefällt, mein lieber Heinrich. Für wen ist es aus, für das Mädchen oder für dich?"

"Für sie und für mich."

"Was bist du für ein Egoist, Heinrich. Du denkst nur an das, was dir abgehen wird, weil aus der Einladung nach Wien eventuell nichts wird. Hast du auch bedacht, was für ein Leben das Mädchen in Wien erwartet, wenn der Hitler dorthin kommt? Wenn du schon jammerst - was gedenkst du für das Mädchen zu tun?"

"Was könnte ich?"

"Du könntest deine Jeannette beispielsweise herkommen lassen."

"Eine großartige Idee: wenn ich volljährig wäre, wenn ich Geld hätte, wenn sie überhaupt mitkommen wollte ---."

"Heinrich, hast du einen Reisepaß?"

"Hab ich."

"Würden dir deine Eltern eine Entschuldigung für die Schule schreiben?"

"Woran denkst du?"

"Sag ich dir gleich. Erst aber antworte mir: Würden sie?"

"Ich glaube schon." Heinrich begann zu ahnen, worauf sein Freund hinauswollte.

Willy zog seine Brieftasche: "Fünfhundert Korunen! Damit kommst du nach Wien und zurück. Was du nicht verbraucht hast, gibst du mir wieder. Da, nimm schon, es drückt mir nicht das Herz ab. Das Geld war für einen neuen Tennisschläger bestimmt. Der kann warten. Fahr nach Wien und bring deine Jeannette her. Nicht zu uns natürlich, denn unterbringen können wir sie hier nirgends. Bring sie zu ihrem Onkel Schnaps-brenner."

"Das, Willy, geht leider nicht. Der Onkel ist im letzten Winter gestorben."

"Dann bring sie eben her, deine Jeannette. Irgendwo bringen wir sie unter. Und wenn wir niemanden finden: Juden haben überall Verwandte."

"Willy, das ist eine Schnapsidee!"

"Wenn du nichts tust, wird es eine Schnapsidee bleiben."

Heinrich schwänzte die Schule und fuhr am folgenden Tag nach Wien. War zwei Tage später wieder daheim. Seinem Freund Willy berichtete er: "Alles für die Katz, und ich bin dir dreihundert Korunen schuldig. Hier hast du den Rest, ich werde meine Schuld abstottern. Ja, Willy, es war für die Katz. Sie will nicht und sie darf nicht weg. Der Hitler kommt nicht, sagt sie. Es wird eine Volksabstimmung geben, der Schuschnigg hat dazu aufgerufen. Und der Seyß-Inquart als Innenminister sei kein Schlimmer. Aus."

"Hast du heute schon die Radionachrichten gehört?"

"Hab ich. Und ich hab auch gesehen, wer mit mir im Wiener Zug gefahren ist. Lauter Leute mit guten Nasen. Komisch, man macht immer Witze über die jüdischen Nasen. Es scheinen aber nicht alle Juden von ihren Nasen Gebrauch zu machen."

"Dein Mädchen anscheinend nicht?"

"Die hat weder Nase noch Riecher. Sie hat vor Rührung geweint, daß ich gekommen bin, und es war herzzerreißend schön mit ihr. Aber mitkommen? Nix!"

So geschehen und gesagt am 11. März 1938. Am 15. März rief ein aufgeregter Heinrich Nowack bei Meidners an und verlangte Willy zu sprechen: "Willy, kannst du zu mir kommen? Sie ist da! Zu Fuß und ohne Paß über die Grenze, auf Pascherwegen. Wir müssen ihr helfen!"

Willy verstand. Es ging nicht um den Platz. Den hätten Nowacks gehabt. Es ging um die Legitimation. Jeannnette war minderjährig und sie war illegal ins Land gekommen. Die Gesetze waren altmodisch und nahmen keine Rücksicht auf die neuen Diktaturen. Aus diesem Grunde konnten weder die alten Nowacks etwas ausrichten, noch würden Willys Eltern viel unternehmen wollen: "Laß mich nachdenken, Heinrich. Der Papa will damit vielleicht nicht belästigt werden, und die Mama krieg ich niemals herum. Nicht einmal jetzt, wo der Vetter Hans im Kittchen sitzt. Aber ich werde mir etwas einfallen lassen. Steck dein Mädchen ins Bett und laß sie ausschlafen.

Ich melde mich, sobald ich etwas handfestes habe.

Willy Meidner hängte ab und nahm den Hörer wieder auf, wählte eine ihm durchaus bekannte Nummer in der Polizeidirektion, jene Nummer, mit welcher man Direkor Brejcha persönlich erreichen konnte. Vater Meidner gehörte zu den wenigen Personen, welchen diese Nummer bekannt war und Willy hatte diese Nummer bei seinem Vater abgestaubt.

Brejcha meldete sich selbst, ein Glücksfall, er hätte auch unterwegs sein können.

"Guten Tag, Herr Direktor, hier ist Willy, Sie werden meine Stimme erkannt haben. Ich wage es, Sie in einer privaten Angelegenheit zu belästigen. Nein, kein Malheur, es geht auch nicht um meine Person. Ich möchte Ihren Rat erbitten in einer komplizierten aber durchaus ehrenhaften Angelegenheit. Sie glauben mir? Ich bin Ihnen sehr dankbar. In Ihrer Wohnung? Ja, ich weiß, wo Sie wohnen. In einer Stunde? Ich werde pünktlich sein."

Danach rief Willy noch bei Nowacks an: "Heinrich, ich werde erst später zu Dir kommen, in zwei, drei Stunden vielleicht. Wahrscheinlich bringe ich ein gutes Ergebnis mit. Unternehmt unterdes nichts. Verlaßt euch auf mich. Schöne Grüße einstweilen an deine Dame!"

Direktor Brejcha war neugierig, doch er verstand es, seine Neugier zu zügeln. Er hätte schon am Telefon fragen können, doch er respektierte des Jungen Geschick. Wer immer das Gespräch mitgehört hatte - und Brejcha verließ sich nicht auf die Loyalität seiner Untergebenen - wer immer mitgehört hatte, würde mit dem Gehörten nicht viel anfangen können. Der Junge war ein echter Meidner, hatte an alles gedacht!

Eine Stunde später wußte Direktor Brejcha alles.

"Sie sind mir vielleicht ein rassebewußter Henleinist, Willy Meidner. Ich denke, ihr Jungturner seid alle Antisemiten?

Aber es ist schon recht, daß Sie sich an mich gewandt haben. Selbstverständlich werde ich helfen. Die junge Dame braucht einen Paß, braucht ein Dokument, das ihr den Aufenthalt hier gestattet und mehr noch. Sie muß damit notfalls auch von hier wegkönnen. Bei den Nowacks kann sie nicht bleiben ohne polizeilich gemeldet zu sein. Zudem ist sie minderjährig. Was tun, wenn man in Wien ihre Eltern zwingt,

sie zurückzurufen. Man wird schon nicht, trotzdem ist auch
dies zu besorgen. Wir werden also ein wenig zaubern müssen.
Völlig legal, das versteht sich. Denn ich vertrete ja unsere
Gesetze, nicht wahr? Also, passen Sie einmal auf! Sie gehen
jetzt zu den Nowacks und beruhigen die Leutchen. Ich lasse
den Nowaks telefonisch Bescheid zukommen. Wenn die Cousine
aus Prag zu mir kommen soll, dann bringen Sie mir die Jeannette aus Wien hierher in meine Wohnung. So einfach macht man
das, Willy Meidner. Für den Fall, daß Sie einmal Polizist
werden sollten, haben Sie etwas gelernt.

So, und nun stelle ich Ihnen eine Fahrerlaubnis aus. Sie
sind ja sowieso mit dem Wagen vom Papa hergekommen. Leugen
Sie nicht, ich hab sie kommen sehen. Natürlich haben Sie den
Wagen um die Ecke abgestellt. Lausbub, glauben Sie, mit sowas
können Sie den Brejcha leimen?"

Direktor Brejcha ging an seinen Schreibtisch und schrieb
einen Zettel aus, den er abstempelte: "Da, Ihre Fahrerlaubnis
für die nächsten drei Tage. Vielleicht brauche ich Sie noch
als Chauffeur. Den Zettel kriege ich zurück, wenn die Angelegenheit erledigt ist."

Im Hause Nowack saß ein wunderschönes Mädchen, ein Schneewittchen, Milch und Rosen die Haut, rabenschwarzes Haar,
herzförmiges Gesicht, grüngesprenkelte Augen. Die freilich
waren verquollen vom Mangel an Schlaf und von Tränen. Das
Mädchen Jeannette war elegant gekleidet. Und teuer.

Wenn Mama das Kostüm sähe, würde sie vor Neid zerplatzen,
dachte Willy. Und sie würde sich nach Jeannettens Wiener
Schneider erkundigen. Willy dachte es nicht nur, er sagte
es auch. Trotz allem Kummer mußte das Mädchen Jeannette lachen: "Die Adresse kann ich Ihnen geben, Zwedinek & Vypr-
chal, Mariahilferstraße 157."

Willy mochte die Wienerin sofort. Nicht wegen ihrer Kleidung, nicht wegen ihrer Schönheit. Sie war einfach nett. Und
er sagte es offen heraus: "Heinrich, du läßt dir auch nichts
Gutes entgehen. Ich möchte wissen, wie du das anfängst!"

Dann aber beruhigte er sofort die Wartenden: "Ich hab
schon einen Ausweg gefunden. Meine Beziehungen! Der Direktor
Brejcha hat mir seine Unterstützung versprochen, es wird
alles in Ordnung gehen."

Jeannette Wendenburg schüttelte den Kopf: "Was kann schon
noch ins Ordnung gehen? Ich bin nach der ersten Radiomeldung
Hals über Kopf losgefahren. Mit der Elektrischen in Richtung
Preßburg. Und dann über die Felder. Meine Eltern sind zur Kur
nach Meran. Werden sie überhaupt zurückkommen? Werden sie
erfahren, wo ich bin?"

"Haben Sie die Adresse Ihrer Eltern in Meran? Da sollte
man doch Rat wissen. Es gibt ein Telefon!"

"Willy, das klingt sehr schön, aber wie willst du Meran
erreichen? Glaubst du, man bekommt jetzt eine private Verbindung? Womöglich über Österreich?"

"Man könnte es über Ungarn versuchen."

"Sei kein Narr, Willy. Im Augenblick glühen alle Drähte in
Europa."

"Ich find einen Weg," trotzte Willy. Gewohnt, mit Meidne-
rischer Selbstverständlichkeit alle Mittel zu nutzen, die für
Geld zu erhalten waren, begriff er nicht, daß Hitlers Einmarsch in Österreich manche Dinge von Grund auf verändert
hatte: "Ich rufe einmal den Papa an. Der weiß, wie man Aus-
landsverbindungen bekommt. Darf ich an Ihr Telefon, Frau
Nowack?"

Doch der Professor belehrte seinen Sohn umgehend über die
Aussichtslosigkeit des Vorhabens: "Egal, was dir wieder einmal im Kopf steckt, Willy, für die nächsten Tage schlag dir
sowas aus dem Sinn. Nicht einmal hinfahren könntest du jetzt,
außer du fährst über Rumänien und die Türkei."

Da erst gab sich Willy geschlagen: "Wenn mein Vater nicht
aus- und ein weiß, müssen wir uns an Brejcha halten. Fräulein
Wendenburg, ich werde Ihre Eltern benachrichtigen, wenn nicht
heute, dann morgen oder übermorgen. Verlassen Sie sich auf
mich."

Heinrichs Vater war inzwischen nach Hause gekommen und
mischte sich ein: "Fürs erste bleiben Sie bei uns, Fräulein
Wendenburg, auch wenn der Platz etwas knapp ist. Wir werden
Ihnen im Zimmer der Mädchen ein Bett aufschlagen. Und wenn
ich so viel zu sagen hätte wie mein Junge, ließe ich· Sie
überhaupt nicht mehr fort."

Jeannette Wendenburg wurde unter ihren Tränen rot wie eine
Pfingstrose. Sie kannte Heinrichs Eltern ja vom letzten Sommer her und wußte, wie sie des alten Nowack Worte zu deuten

hatte. Es war die vorbehaltlose Zustimmung zur Wahl seines Sohnes. Dieser Zustimmung war sie sich im Sommer nicht so sicher gewesen. Auch im Kreise der Feriengäste und ihrer ortsansässigen Freunde gab es Gruppen, welche den Juden nicht gewogen waren. Sie hatte Heinrichs Vater eigentlich mehr jenen Leuten zugeordnet. Nun freute sie sich, daß dies offenbar ein Fehlurteil gewesen war. Doch der Kummer um ihre Eltern überwog bald wieder: "Was soll aus uns werden?"

Unterdes ließ Direktor Brejcha sein Telefon spielen. Er führte allerdings nur Ortsgespräche. Dann rief er bei Nowacks an und ließ sich Willy geben: "Jetzt, Willy Meidner, packen Sie ihren Gast in den Wagen und bringen Sie ihn in meine Wohnung. Ihren Freund lassen Sie vorläufig, wo er ist. Der braucht nicht alles zu wissen, was wir beide miteinander treiben!" Brejcha lachte breit. Es bereitete ihm tatsächlich ein gewisses Vergnügen, mit dem Meidnerbuben zu konspirieren. "Fahren Sie los, ich erwarte euch mit Ungeduld!"

Als Willy Meidner mit Jeannette Wendenburg zu Brejcha kam, war der Direktor schon nicht mehr allein in seiner Wohnung. Es befanden sich bei ihm ein älterer Mann mit pockennarbigem Gesicht und stark gekräuseltem Schwarzhaar sowie des Mannes Ehefrau, eine elegante Mittvierzigerin, deren Zähne um mindestens vierzig Jahre jünger waren als ihre Trägerin, und deren Figur allen sportlichen Tätigkeiten erfolgreich widerstanden hatte - um die Leibesmitte herum. Doktor Ruhfuhs war, Willy kannte ihn vom Sehen her - ein berühmter Advokat und sehr aktiv in etlichen jüdischen Vereinen.
Dann war da ein hagerer, grauhaariger Herr mit einem Gesicht wie ein Zwetschgenkrampus: Redakteur Taussig von der "Tagpost".
Das Ehepaar Ruhfuhs nahm Jeannette sofort ins Verhör: Familie, Verwandtschaft, gemeinsame Bekannte. Es stellte sich heraus, daß alles gegeben war.
"Das ist ein Fall für Leo Krieger!" entschied der Advokat, seine Gattin nickte Zustimmung: "Leo Krieger, jawohl!" Und ob man telefonieren dürfe.
"Selbstverständlich." Direktor Brejcha hatte dem Verhör mit funkelnden Augen beigewohnt und manchmal Willy, der

neben ihm saß, in die Seite gestoßen: "Siehst du, Eleve, so macht man das!"

Leo Krieger, ein alerter junger Mann von wenig über Dreißig, war binnen zehn Minuten zur Stelle. Seine blauen Augen leuchteten fröhlich aus rotem Gesicht. Das schon schüttere Blondhaar trug er glatt nach hinten gekämmt und ohne den geringsten Versuch, die frühe Glatze zu verbergen. Ein etwas hoher Rücken, beileibe kein Buckel, eher schon ein etwas zu kurz geratener Hals auf mächtigem Thorax, ließ dem Mann wie einen Ringkämpfer aussehen, wozu nicht wenig beitrug, daß er X-beinig tänzelte, als wolle er im nächsten Augenblick bei seinem Gesprächspartner einen Griff ansetzen.

"Habediähre, Herr Direktor, Schalom, Schalom, meine Freunde. Au waih, ich sehe neue Gesichter! Wendenburg aus Wien, hab ich gehört? Keine Sorge, mein schönes Kind, wir werden alles wenden!"

Danach erst nahm Leo Krieger die Anwesenheit Willy Meidners zur Kenntnis: "Noch ein unbekanntes junges Gesicht! Wem könnte es gehören? Nicht von unseren Leuten, das sieht man. Man sieht die Nase und weiß alles. Man sieht die Locken auf dem Köpferl und sagt, aha. Denk ich mir die Locken weg, wen sehe ich? Ich sehe den Herrn Professor Meidner. Stimmt es, junger Meidner?"

An sich war der Hinweis auf Meidnerlocken eine Unverschämtheit, denn der Professor trug auf seinem Kopf alles, nur keine Locken. Natürlich hatte Krieger gewußt, wem er begegnen würde. Nur konnte er es nicht lassen, Theater zu spielen. Und er fuhr fort: "Meidner junior also! Servus, Konpennäler! Dreht der Hektor Frey immer noch seine miesen Touren? Mein Vater hat ihm keine Noten abgekauft. Deshalb hab ich auch woanders maturieren müssen."

"Leo, zur Sache!" rief Frau Dr. Ruhfuhs. "Da sitzt ein armes Geschöpf aus Wien. Zurück kann das Mädel nicht, es ist Hals über Kopf aus dem Elternhaus."

"Wegen dem da?" fragte Leo Krieger und wies auf Willy Meidner.

"Nein, wegen dem Hitler, Sie Schmock! Der junge Mann hier hat sich eingeschaltet, weil das Mädel zu einem Freund von ihm gekommen ist, dort aber auf die Dauer nicht bleiben kann. Und jetzt müssen Sie helfen, Krieger! Wir brauchen Verwandte,

die für das Mädel gutstehen. Das Kind heißt Wendenburg. Haben
wir hier Wendenburgs?"

"Haben wir nicht. Wie, bitteschön, war der Mädchenname
Ihrer Frau Mutter, Fräulein Wendenburg?"

"Blumenfeld."

"Blumenfeld aus ---?"

Da Jeannette nicht verstand, was Leo hören wollte, half
Frau Ruhfuhs nach: "Wo ist die Mama geboren, Kind?"

"In Ödenburg."

"Ödenburg ist sehr gut," mischte sich der Zwetschgenkrampus ein. "Wir haben hier etliche Leute aus Ödenburg. Zwar
keine Blumenfelds, aber die Fischl zum Beispiel, meine verehrten Chefs, die sind aus Ödenburg."

"Meine Ödenburger Großmutter war eine geborene Fischl,"
warf Jeannette ein.

"Hab ich's nicht gewußt?" strahlte Leo Krieger. "Nix wie
ein bissel Mischpochologie, und alle Probleme sind zu lösen.
Herr Redakteur Taussig, werden Ihre Fischl's dieses Kind als
Nichte akzeptieren?"

"Sie würden es, da bin ich mir ziemlich sicher. Nur - die
Fischl's sind zur Zeit in Südfrankreich. Zwar wollten sie in
der nächsten Woche zurückkommen, aber wer garantiert einem
das in heutigen Zeiten?"

"Dann weiter in der Mischpochologie," kommandierte leo
Krieger. "Ihres Vaters Mutter, Fräulein Wendenburg, wie hat
die geheißen?"

"Klopfer. Doch geben Sie sich keine Mühe. Meines Vaters
einzige Schwester ist schon lange tot und ihr Mann, mein
Onkel Munk, ist im letzten Winter gestorben. Wenn der noch
lebte, wäre ich längst bei ihm in R--stadt."

"Wie, was? Etwa der Joel Munk von der Schnapsfabrik aus
R---stadt?"

"Ja, der."

"Und Sie wollen mir erzählen, Sie wissen nicht, daß der
Joel Munk einen leibhaftigen Bruder hat, der hier bei uns im
Städtchen wohnt?"

"Aber ja, das habe ich gewußt. Bloß haben wir mit diesen
Munks nie etwas zu tun gehabt. Man hat dem Onkel Joel von
seinem Bruder nicht sprechen dürfen. Er war schrecklich broj-
ges auf ihn."

"Narrischkeiten. Die Zeiten haben sich geändert, und der Joel ist inzwischen ein Seliger. Sein Schwager Nathan aber wird selig sein, wenn er etwas für seine Leute tun kann. Außerdem hab ich den Nathan am Bandel.

Herr Direktor Brejcha: Morgen wird die halbe Familie Munk bei Ihnen vorbeikommen und die Wiener Nichte für sich reklamieren. Wann wird es Ihnen genehm sein?"

Leo Krieger wollte sich, der positiven Antwort gewiß, erheben, doch Doktor Ruhfuhs rückte ihn zurück in sein Fauteuil: "Langsam, Leoschku, langsam! Herr Direktor Brejcha, Sie verzeihen, daß ich diesen Menschen, der auch ein Jurist ist - leider - Ihnen noch länger zumute! Aber jetzt zu dir, Leo: Wie benachrichtigen wir die Eltern Wendenburg, die vielleicht noch in Meran, vielleicht schon wieder in Wien sind?"

"Großer Jüdischer Gott! Ruhfuhs, wissen Sie, wieviele Menschen zur Zeit in meinem Büro auf mich warten und hören wollen, was Onkel, Bruder, Schwester, Tante und wasweißich in Wien und Österreich zur Zeit machen? Wissen Sie, wie viele Adressen meine Sekretärin schon notiert hat, die in Österreich benachrichtigt werden sollen? Wissen Sie, wie viele Menschen ich hier untergebracht hab für die paar Tage oder auch Wochen, bis sie ein polnisches Transitvisum kriegen zur Weiterfahrt nach Schweden, Finnland oder auf den Nordpol?

Der Karl Farkas allein hat mir heute siebzehn Adressen in Wien gegeben, die ich benachrichtigen soll, daß ihm, dem Glückspilz, die Flucht gelungen ist! 'Warum schicken Sie den Leuten keine Postkarte?' frag ich ihn. 'Es sind Christen, ich möchte ihnen nicht schaden,' antwortet er mir. So blöd kann nur ein Jud sein, und noch dazu ein gescheiter!"

"Bei mir hat er wollen ein Inserat in der 'Tagpost' aufgeben. Er glaubt wirklich, die Tagpost liegt jetzt in Wien noch woanders auf als bei der Gestapo. Ich hab ihm gesagt, er soll sich seinen Dank sparen für später - wenn es jemals ein Später geben sollte." Das war der Redakteur Taussig.

"Er gibt doch einen Vortragsabend hier, der Farkas, nicht?" Direktor Brejcha schaltete sich ein: "Spitzen Sie doch die Leute von unserem Radiosender an, Herr Redakteur Taussig. Vielleicht bringen die in ihren Lokalnachrichten eine Notiz über den Erfolg des Karl Farkas in unserem Städtchen. Und das wird irgendwer in Wien sicherlich hören und es wird sich herumsprechen, daß der Farkas gerettet ist."

"Mein Kompliment, Herr Direktor, das ist eine fabelhafte Idee. Ich werde den Leuten vom Sender ein paar Freikarten schicken. Mit Boten."

"Ja, und diesen Boten kündigen Sie vorher dem Redakteur Smolik an, und sagen Sie ihm ruhig, was Sie sich davon erwarten. Er wird Verständnis haben. Mich erwähnen Sie bitte nicht. Ich bin Beamter und als solcher strikt neutral, wenn es um Kunst oder Politik geht."

Brejchas Gäste lachten im Chor. Zu Jeannette Wendenburg aber sagte der Polizist: "Es tut mir leid, liebes Kind, daß wir nicht auch Sie in die Radiosendung stecken können. So gern ich es täte."

"Herr Direktor Brejcha, wir vertrauen Ihnen voll und ganz. Wir wissen, daß Sie tun werden, was in Ihrer Macht steht. Hätten Sie uns sonst herbestellt? Seien Sie tausendfach bedankt und seien Sie gewiß, wir werden für das kleine Fräulein Wendenburg sorgen," erklärte Doktor Ruhfuhs gravitätisch. "Sie aber, Leoschku, werden uns noch ein paar Fragen beantworten müssen. Fürs erste haben wir die Munks, das ist gut, nur ist es keine Dauerlösung. Wohin mit dem Fräulein Wendenburg nach anngemessener Frist?"

Leo Krieger griff sich an den Kopf: "Ihre Sorgen möchte ich haben, Doktor Ruhfuhs! Die Hitlerbuben singen '---denn heute gehört uns Deutschland und morgen die ganze Welt' - und Sie fragen mich, was in ein paar Monaten sein wird! Jetzt haben diese Banditen erst einmal Österreich. Was kommt als nächstes? Raten Sie, Doktor Ruhfuhs! Welche Sprache spricht man in Österreich? Chinesisch? Und jetzt sind Sie gefragt, Herr Direktor Brejcha: Welche Sprache spricht man in Konrad Henleins Herrschaftsbereich?"

Brejcha fand, daß Leo Krieger gebremst werden mußte: "Sie fragen zuviel für meinen Geschmack, Doktor Krieger. Wir haben Sie hergebeten, um Antworten zu hören, nicht aber, um Gretchenfragen gestellt zu bekommen."

Leo Krieger lenkte sofort ein: "Pardon, Herr Direktor, ich bin wieder einmal mit mir durchgegangen. Das passiert stets ohne Absicht." Leo lächelte die Runde an: "Die meisten von Ihnen werden wissen, daß ich Zionist bin, ein Jude also, der anderen Juden Geld abnimmt, damit wiederum andere Juden nach

Palästina auswandern können. Also werde ich stets der Meinung sein, daß auch das Fräulein Wendenburg nach Palästina gehört. Nur wird man sie vorher fragen müssen, ob sie auch will. Aber selbst ich bin der Meinung, daß diese Frage nicht heute gestellt werden muß. Lassen Sie mir also bitte etwas Zeit und diesem armen Kinde ebenfalls. Für jetzt, für heute und morgen müssen wir Probleme lösen. Herr Direktor Brejcha, werden Sie dem Fräulein Wendenburg eine Aufenthaltsbewilligung geben, wenn die Munkischen sie als Verwandte bei sich aufnehmen?"

"Selbstverständlich. Kommen Sie alle morgen um 11 Uhr in mein Büro."

"Küßdiehand, Herr Direktor! Und Sie, Doktor Ruhfuhs, damit Sie beruhigt sind: Ich grabe schon einen neuen Kanal nach Wien. Im Augenblick freilich sind alle alten Kanäle verschüttet. Haben Sie Möglichkeiten, Herr Taussig? Noch nicht? Hab ich mir gedacht. Sie sind auch nicht tüchtiger als ich. Sobald Sie einen Reporter nach Wien schicken können, werden Sie mir Bescheid geben, ja? Mit Nichtjuden als Kurieren ist das so eine Sache. Leute, die es aus Sympathie machen, sind für das Geschäft meist viel zu brav. Leute, die man kaufen kann, lassen sich auch von anderen kaufen. Außerdem, soviel Geld, wie wir haben müßten, um alles zu kriegen, was für uns wichtig ist, soviel Geld gibt es garnicht. Kurzum, es geht nicht von heute auf morgen. Aber es wird gehen, oder ich heiße nicht Leo Krieger!"

Direktor Brejcha löste die Versammlung auf.

Nachzutragen wäre, daß alles geschah, wie Leo Krieger prophezeit hatte. Er grub einen neuen Kanal nach Wien und er schaffte es, Nachricht an Jeannettens Eltern zu geben und von ihnen Nachricht zu bekommen. Als das erreicht war, behielt Leo Krieger noch einmal recht. Im Herbst 1938 holte sich Hitler die Sudetengebiete. Davon wird noch zu reden sein. Doch in der Zwischenzeit waren Jeannettens Eltern über Vermittlung eines gewissen Herrn Eichmann aus Österreich emigriert, mit einem Affidavit für die Türkei. Sie hofften, von dort aus nach Palästina zu kommen, schrieben sie. Damit war Jeannettens Weg vorgezeichnet. Sie nahm Abschied von ihrem Heinrich. Keinen leichten Abschied nahm sie von ihm, denn da war eine große Liebe geworden in den Monaten März bis August

1938.

"Soll ich mitkommen?" fragte Heinrich verzweifelt.

"Würdest du?"

"Für dich ginge ich bis ans Ende der Welt!"

"Ja, aber nach Palästina würde man dich nicht hineinlassen. Die Engländer nicht und meine Leute auch nicht. Ach Heinrich, liebster Heinrich, diesmal lassen sie mich hinaus und für dich sind die Grenzen geschlossen. Wir werden warten müssen, bis die Zeiten sich ändern. Ich werde dir schreiben."

Sie schrieb ihrem Heinrich auch. Sie schrieb ihm aus dem Kibbuz Degania. Eine Postkarte, noch eine Postkarte. Und dann keine mehr. Denn die Zeiten hatten sich derart geändert, daß keine Post mehr von Palästina nach Mitteleuropa gelangte.

13 Irma Frey meldet sich ab

Aus dem Lautsprecher kam Marschmusik, im Hintergrund hörte man das Heil-Gebrüll von Menschenmassen. Wäre es an- oder abgeschwollen, so hätte man an die Radio-Übertragung eines Fußballspieles denken können. Doch das Gebrüll blieb gleichmäßig stark, und nur die kurzatmige Stimme des Reporters zerschnitt es bisweilen: "Der Führer ist soeben vor dem Rathaus vorgefahren. Jetzt verläßt er seinen Wagen und betritt das Rathaus ---"

Hektor Frey durchmaß sein Wohnzimmer wie ein Zirkuslöwe den engen Käfig. Hin und her, her und hin. Es fehlte nur der Schweif, mit welchem der Löwe gegen das Gitter schlägt. Natürlich - Frey war schließlich kein Löwe.

Mit flacher Hand schlug er sich an die Ohren: "Was soll ich tun, was soll ich tun?"

"Vielleicht solltest du dich erst einmal hinsetzen anstatt hin- und herzutrampeln. Man kann die Sendung ja kaum verstehen!" Irma Frey saß entspannt vor dem Lautsprecher und strickte an einem Pullover, den sie Susanne Leidinger versprochen hatte. Sie strickte den Pullover recht geräumig. Auf diese Weise würde er auch Susannens Bruder Kurt passen, falls der Lust haben sollte, Irmas Geschenk zu tragen.

"Wie kann ich sitzen, wenn eine Welt zusammenbricht?"

"Erstens bricht Österreich nicht zusammen. Zweitens ist Österreich nicht die Welt. Drittens aber, Hektorchen, solltest du dich hinsetzen, bevor du zusammenbrichst. Dann tut es nämlich nicht so weh."

"Mein armes Wien!" greinte Hektor Frey.

"So, wie es aus dem Lautsprecher klingt, beklagen die Wiener im Augenblick garnichts. Mir kommt das wie Jubel vor. Oder täusche ich mich?"

"Sie müssen wahnsinnig geworden sein!"

"Ja, sie freuen sich wahnsinnig."

"Irma, was soll deine Ironie? Weißt du, was wir verloren haben?"

"Wir oder du, Hektor?"

"Ich werde nicht mehr nach Wien fahren können, jetzt, wo es diesem Hitler gehört!"

"Und vorher, als es dir gehörte, hat der Hitler nicht hinfahren können. Siehst du, Hektor, so gleicht sich das aus. Aber Spaß beiseite. Natürlich ist Hitler der falsche Mann, der zufällig das Richtige tut. Österreich hat schon 1919 den Anschluß an Deutschland gewollt - wenn man das jetzt hört, wollen es die Österreicher immer noch. Damals hat man es ihnen nicht erlaubt. Jetzt ist einer gekommen, der hat erst nicht um Erlaubnis gefragt - und siehe da, es geht!"

"Damals waren wir Sozialdemokraten es, die den Anschluß gewollt haben. Jetzt sind es die Nazis. Das ist doch ein Unterschied!"

"Für dich, Hektorchen, mag das ein Unterschied sein. Denn die Sozialdemokraten sind keine Antisemiten. Wenn Hitler Sozialdemokrat wäre, hättest du auch heute nichts gegen den Anschluß, gelt? Übrigens du und Sozialdemokrat - daß ich nicht lache! Aber hör dir das an, hör! Jetzt verkündet er die Heimkehr seiner Heimat ins Deutsche Reich. Vor der Geschichte! Hat der Mann ein Schmalz! Und hör, wie sie jubeln, die Heimgekehrten!"

"Diese Verlorenen!"

"Meinetwegen. Seien sie verloren! Doch du und deinesgleichen, ihr seid die Verlierer. Wem aber habt ihr das alles zu verdanken, dem Hitler vielleicht? Nein, mein lieber Hektor, da ist einiges vorangegangen, ehe ein Hitler kommen konnte. An die Adresse derer, die ihn groß gemacht haben, mußt du dich wenden. Schau dir einmal unseren Präsidenten Benesch an, den Maulwurf, der sein lebenlang die Mauern des Hauses Habsburg unterwühlt hat. Der es nicht lassen konnte, den toten Löwen mit Eselstritten zu bearbeiten. Wo ist er jetzt mit seiner politischen Weisheit, die ihn die Gefahr aus dem Norden nicht sehen ließ. Lieber Hitler als Habsburg, soll er gesagt haben. Welch ein Prophet! Da bündelt er alle Leichenschänder der Donaumonarchie zur Kleinen Entente zusammen, und gemeinsam richten sie ihre Kanonen auf das bissel Österreich und freuen sich, daß dort die Roten und die Austrofaschisten sich zerfleischen. So ist es ihnen recht, so bleibt Österreich ungefährlich. Das größere Deutschland überlassen sie der Großen Entente, obwohl die am Ende nur noch aus Frankreich besteht. Ein paar Nadelstiche, gerade genug, damit Hitler die Auslandsdeutschen nicht ver-

211

gißt. Wie schnell sie alle doch das Selbstbestimmungsrecht verworfen hatten! Für Deutsche sollte nicht gelten. Hätte man es ehrlich gemeint mit der Selbstbestimmung für alle Nationen, dann könnte heute kein Hitler prahlen, er habe erreicht, was vor ihm niemand vermochte. Ein ungekränktes Deutschland hätte sich diesen Dahergelaufenen nicht gefallen lassen. Jetzt haben wir den Salat. Er kassiert ab, und wer national denkt, der muß ihn dafür noch loben."

"Irma, das ist mir alles nicht so wichtig. Sag mir lieber, was jetzt aus dem Vermögen wird, das ich in Wien deponiert habe."

"Du hast ein Vermögen in Wien? Wie schön, daß ich das jetzt schon erfahre!"

"Ich hätte es dir beizeiten gesagt. In meinem Testament ist ein entsprechender Zusatz eingefügt. Man redet nicht gern über Dinge, die sich herumsprechen können. Verzeih, aber ein unbedachtes Wort kann schon genügen, und dann geht die Kunde rundum: Der Gymnasialprofessor Hektor Frey hat Vermögen im Ausland."

"Wie groß ist es denn, dieses Vermögen, mein lieber Hektor?"

"Rund eine halbe Million."

"Kronen?"

"Nein, Schillinge, ich hab mich nicht auf die Krone verlassen wollen."

"Und auf den Schilling ja?"

"Es ist ein Dollarguthaben."

"Phantastisch! Sag einmal, hast du alles mit deinen Kantaten verdient?"

" Nein, der Grundstock stammt noch von meiner Mama. Sie war zwar nur eine geborene Frankl, aber ihre Mutter kam aus dem Hause Bonfili - Treves von Bonfili, falls dir das etwas sagt."

"Irma ging zum Radio-Apparat, aus welchem zum zehnten Male das Horst- Wessel-Lied erklang, und stellte ihn ab: "Es sagt mir nichts."

"Treves ist, wie Dreyfus ein jüdischer Name und verrät, daß die Familie einmal in Trier gesessen hat. Die Treves-Bonfili saßen allerdings in Venedig, mit einer Seitenlinie in Triest. Ein Bankhaus. Meine Großmutter war freilich nicht mehr beteiligt, sie bekam aber noch eine schöne Mitgift. Davon ist etwas übriggeblieben, sogar noch für mich, als einen ihrer Enkel."

"Das ist für mich neu und interessant. Und an der Kriegsanleihe habt ihr nichts verloren?"

"So dumm waren meine Eltern nicht. Sie haben zwar gezeichnet, das mußte man ja schließlich, aber eben nur bares Geld. Immobilien und Wertpapiere blieben unangetastet."

"Das dürfte der Unterschied sein," seufzte Irma, "zwischen klugen Juden und dummen Christen. Meine Großeltern haben alles gezeichnet, was sie besaßen und versilbern konnten. Und so hat meine Mutter, anstatt etwas zu erben, ihre Eltern noch unterstützen müssen."

"Ich bitte dich, Irma, wie kannst du so verallgemeinern?"

"Entschuldige, Hektor, du hast nicht richtig zugehört. Kluge Juden und dumme Christen, habe ich gesagt. Das Gegenteilige habe ich damit nicht ausgeschlossen. Also - wie retten wir das Geld?"

"Ich lasse es sofort transferieren. Nach hierher. Soll mir der Fiskus auf den Hals kommen!"

"Mein kleiner Idiot!" Irma setzte sich auf den Rand des Fauteuils, in das Hektor versunken war, und streichelte seine graue Mähne: "Die Nationalsozialisten sind so knapp an Devisen, daß sie selbst ihre Agenten nur mit schäbigen Taschengeldern ins Ausland schicken. Und du glaubst, sie servieren dir eine Drittelmillion Mark in die hohle Hand? Weißt du, was sie dir günstigstenfalls offerieren werden? Du dürftest hinüberkommen und das Geld an Ort uns Stelle verbrauchen. Möchtest du das, Viktorchen?"

"Nein!" schrie Hektor Frey auf und sprang hoch, raufte sich die Haare. "Dann verzichte ich lieber auf das Geld!"

"Das wird vielleicht nicht nötig sein, Viktor. Laß mir ein wenig Zeit, ich will mich umhören. Und nun sei lieb, nimm eine Schlaftablette und geh ins Bett."

Eine Woche nach diesem Gespräch - Europa hatte sich mit dem Anschluß mehr oder weniger knurrend abgefunden - kam Irma an und machte ihrem Hektor einen Vorschlag.

"Hektor, es gibt nur einen Weg, das Geld zu retten, aber zu diesem Zweck müssen wir uns scheiden lassen."

"Du willst mich verlassen?" Hektor Fey fuhr aus seinem Lehnstuhl hoch wie eine Rakete.

"Dummkopf, wenn ich das wollte, hätte ich es längst getan!" Und wortreich entwickelte Irma ihren Plan: "Nur, wenn ich geschieden bin, kann ich in Wien agieren. Der Frau eines Juden würden sie was pfeifen. Du sprichst mir das Geld als Abfindung zu, die kassiere ich eben in Österreich ein. Wir werden das Geld zwar nicht transferieren können, aber mir können sie es nicht sperren. Kommt Zeit, kommt Rat!"

Hektor Frey war immerhin Mathematiker, und so begann er zu rechnen: "Ich bin mein Geld los und du hast es. Wo bleibt da mein Geschäft, wenn ich dich auch verliere?"

"Also erstens sind wir nur pro forma geschieden, zweitens gebe ich dir einen Schuldschein über eine Million Kronen. Diese Million löse ich ein mit dem Geld, das ich herüberschaffe von deinem Dollarkonto."

"Nur eine Million? Das wären ja erst 2oo.ooo Schilling. Wo bleibt der Rest?"

"Bei mir, Hektorchen, bei mir. Als Honorar für meine Bemühungen."

"Du willst mich betrügen, du willst meine Notlage ausnützen!"

"Sei doch gescheit, Hektor! Wenn du dein Geld in Wien läßt, wird es gesperrt. Du siehst davon keinen Groschen mehr, außer du begibst dich in die Gewalt der Hitleristen. Hast du nicht gehört, was sie mit euch Juden dort treiben? Der Karl Farkas war doch hier, hat bei Leidingers gewohnt, hat der Susanne erzählt, was in Wien alles passiert ist. Morde, Selbstmorde, Demütigungen. Der Friedell ist aus dem Fenster gesprungen. Warum?

Glaubst du, sie lassen sich erst deinen tschechischen Paß zeigen, bevor sie an deiner Nase Anstoß nehmen? Ja, gut, es werden ruhigere Zeiten kommen. Jetzt herrscht der Wiener Pöbel auf den Straßen. Wenn die Gestapo erst einmal alles in der Hand hat, wird das aufhören. Und anderes wird kommen. Die Reichsdeutschen haben kein goldenes Wiener Herz, dafür aber sind sie viel gründlicher!"

"Nur eine Million," jammerte Hektor. "Und nicht einmal dafür kannst du mir Sicherheiten geben!"

"Doch, ich kann. Ich habe Erspartes. Keine Million, aber

immerhin über hunderttausend Korunen. Tantiemen von meinem letzten Buch. Das hättest du nicht gedacht, Hektorchen, wie? Und du bekommst einen Schuldschein, meinetwegen sogar notariell abgesichert."

"Aber die Scheidung!"

"Die paßt dir nicht? Mir auch nicht. Schließlich verzichte ich auf meine Witwenpension."

"Ich willige in keine Scheidung!" bäumte sich Hektor Frey auf.

"Das brauchst du nicht. Ich erkläre einfach, du kämst deinen ehelichen Pflichten nicht mehr nach. Wäre dir das recht?"

"Gelogen wäre das!"

"Na, na, na! Und wenn schon! Wie wolltest du es denn beweisen?"

"Irma, was habe ich dir denn getan, daß du so kaltherzig mit mir umgehst?"

"Das will ich dir jetzt sagen, geliebter Mann. Du hast vor mir einigen meiner Schwestern mehr oder weniger Gewalt angetan. Widersprich mir nicht, es war psychische Vergewaltigung. Du hast sie unter seelischen Druck gesetzt, bis sie mit dir ins Bett gingen. Bei mir hast du es auch versucht, und ich habe keine andere Möglichkeit gehabt als die eine - ich konnte dafür sorgen, daß ich dein letztes Opfer wurde. Was du mir angetan hast? Du hast mir die Jahre genommen, da ich hätte Mutter werden können. Nicht durch dich! Nein, das hätte ich nicht gewollt, du altes Scheusal!"

Irma stand auf: "Ich verlasse jetzt unsere Wohnung. Du hörst von meinem Anwalt. Und du hast nur noch eine Wahl. Laß mich dir dein Vermögen retten oder verzichte auch darauf. Die Entscheidung liegt bei dir. Adieu!"

So glatt wie Irma es sich vorgestellt hatte, gingen die Dinge freilich nicht über die Bühne. Die Scheidung war noch am einfachsten zu bewerkstelligen. Man einigte sich auf beiderseitiges Einverständnis.

Schwieriger war es schon, Hektor Frey zu der vorgeschlagenen Abfindung zu bringen. Kurt Leidinger, Irmas Anwalt, mußte dem Professor - von Jude zu Jude - klarmachen, daß er ohne Irmas Hilfe von seinen österreichischen Geldern nichts würde retten können. Frey wollte es nicht glauben und versuchte es zunächst auf seine Weise. Er nahm seinen Paß und fuhr nach Wien, suchte einen Bekannten auf. Der berief sich auf die gesetzliche Meldepflicht und verweigerte ihm das Quartier. Also wagte sich Frey in ein Hotel. Er bekam ohne weiteres ein Zimmer. Doch am nächsten Morgen stand die Gestapo vor der Tür. Frey verzichtete darauf, den Grund seiner Reise anzugeben und war froh, als man ihm freies Geleit zur Grenze anbot. Wieder daheim, war er glücklich, Irma sein Wiener Vermögen überschreiben zu dürfen.

Nun fuhr Irma nach Wien. Sie hatte mehr Glück als ihr geschiedener Mann, denn zuerst wollte man ihr die vollzogene Scheidung nicht glauben. Irgendwelches Geld an Frey zu transferieren war völlig ausgeschlossen. Irma hätte ihr Versprechen nicht einhalten können, wäre ihr nicht ein SS-Hauptsturmfüher namens Eichmann zu Hilfe gekommen. Der sammelte Geld bei reichen Juden, um damit armen Juden das nötige Kleingeld für die Ausreise zu verschaffen. Bei solchen Geschäften läuft manches nebenher, und der Herr Eichmann war ein Mensch, der mit sich reden ließ, wenn er nur ein paar Juden mehr aus dem Lande bekam.

So geschah es, daß Irma einen Teil von Hektors Vermögen ausgezahlt bekam, freilich kaum mehr als den Gegenwert der versprochenen Million Kronen. Eher etwas weniger, denn die Nationalsozialisten bestanden auf einem für sie günstigen Wechselkurs: Eine Mark gleich zwei Schillingen oder zehn Kronen. Von Dollars zu reden, war nicht erlaubt.

Das wirkliche Geschäft hierbei machten etliche arme Juden, die dank Eichmanns Vermittlung mit einem Teil von Hektors Geldern das Weite suchen durften. Wie weit sie dabei gekommen sein mögen, weiß man freilich nicht genau.

Immerhin, Irma hatte ihr Wort gehalten - und den Rest von Hektors Geld für sich. Sie erwarb von diesem Geld ein hübsches kleines Häuschen am Traunsee, und wenn sie nicht gestorben ist, so lebt sie da noch heute.

Ihrem Mann überschrieb sie ihr eigenes Kapital in Korunen, das war zwar wenigerals ein Zehntel dessen, was er in Österreich besessen hatte, es war aber immer noch besser als garnichts. Von Hektor Frey aber wird an anderer Stelle zu berichten sein.

Sie waren also in Wien, die Freunde vom Vetter Hans; damit
hatte er recht behalten. Josef Meidner nahm es zur Kenntnis.
Ebenso nahm er zur Kenntnis, was im Radio zu hören war. Daß
der Eroberer Adolf Hitler vom Wiener Rathaus aus die Heimkehr
seiner Heimat ins Deutsche Reich vor der Geschichte verkündete. Genau genommen waren die Österreicher nur 72 Jahre
außer Haus gewesen. Erbpachtverträge werden auf 99 Jahre
geschlossen, dachte Josef Meidner. Denn erst nach hundert
Jahren wird aus Besitz ein Eigentum. So gesehen war die
Bismarck'sche Konstruktion, welche Österreich aus dem Deutschen Bund ausschloß, noch nicht überjährig geworden. Nur
schade, daß wieder einmal der falsche Mann ins Buch der
Geschichte hineinkritzelte.

Die Wiener, von Ausnahmen abgesehen, schienen ihren Landsmann willkommen zu heißen. Sie standen Kopf an Kopf und
brüllten, bis sie heiser wurden. Die Vox Populi votierte
ohrenbetäubend für den bedeutenden Landsmann. Und es war
Beifall, was sie bezeigte, nicht Mißfallen.

Während dieses öffentlich geschah, machten sich andere
Leute daran, in aller Stille die Schätze der Führerheimat zu
heben. Sie beschlagnahmten für das Reich, was nicht niet- und
nagelfest war. Und was niet- und nagelfest war, beschlagnahmten sie ebenfalls.

An einer Stelle allerdings wurden die Schatzsucher nicht
fündig. Der Schatz Franzenshütte AG versank vor den Augen der
Schatzsucher in unerreichbare Tiefen. Nicht anders als es die
Märchenbücher erzählen: Wenn man nach einem Schatz gräbt,
darf man nicht reden. Hier hatte aber einer geredet. Wer?

Die Franzenshütte, so war man sicher gewesen, gehörte
einer Bankengruppe, die von ein paar reichen Juden und von
ein paar repräsentativen Uradeligen kontrolliert wurde. Mit
ihnen würde man leichtes Spiel haben, glaubte man. Das erwies
sich als Irrtum. Die Bankengruppe besaß nur noch einen Bruch-
teil der Aktien, keine 2o Prozent. Die Mehrheit der Aktien
war an eine anglo-schweizer Gruppe verkauft, und mit dem
Erlös war eine österreichische Staatsanleihe saniert worden -
die Gelder waren somit in ein Nichts zerflossen. Geblieben

war nur die Pflicht des Staates, die Anleihe zu zinsen und zu tilgen. Vetter Hansens Freunde, soweit sie von Geldgeschäften etwas verstanden, schäumten vor Wut und suchten nach Schuldigen. Doch diese - die Aufsichtsräte der Franzenshütte AG - waren sämtlich ins Ausland verzogen, zumeist ohne ihre Anschrift zu hinterlassen.

Wie das möglich war, fragten sich die Schatzgräber. Einer der Ihren hätte sie aufkären können, der Vetter Hans. Denn er hatte das verhängnisvolle Wort gesagt, als er dem Mann seiner Cousine, dem Direktor Josef Meidner, die nächste Zukunft Österreichs prophezeite. Es ist aber nicht sicher, ob der Vetter Hans sich jemals bewußt wurde, daß er der Schuldige war. Denn von der Verbindung, die zwischen Josef Meidner und Arthur Bronner bestand, wußte er nichts.

Josef Meidner wurde, nachdem sich Mitteleuropa über den Anschluß beruhigte, nach Wien zitiert. Vom stellvertretenden Aufsichtsratsvorsitzenden, denn der Vorsitzende war nicht aufzufinden.

Graf Prebichl - denn er war der Stellvertreter - empfing den Generaldirektor der Franzenshütte aufgeregt: "Lieber Herr Meidner, was fangen wir jetzt an?"

"Pardon, Graf Prebichl, um was handelt es sich eigentlich? Wo steckt denn der Baron Marburg?"

"Ja, wissen Sie es denn wirklich nicht? Der Marburg ist denen tschari gegangen. Weg ist er, und ich steh da, wie der Ochs vor dem neuen Tor!"

(Ochs könnte stimmen, dachte Meidner, aber das neue Tor ist nur dir neu, mein Lieber.)

Laut sagte er: "Der Herr Baron Marburg wird Gründe gehabt haben, ein Land zu verlassen, welches jetzt Ostmark heißt. Oder glauben Sie, Graf Prebichl, man hätte ihn als Ostmärker anerkannt?"

"Naa, noch net einmal ich ---" platzte der Graf heraus. "Schaun's, Herr Meidner, ich nehm es ihm ja garnicht übel. Nur daa er mich so hat hängen lassen! Und was jetzt?"

"Im Falle einer Verhinderung des Aufsichtsratsvorsitzenden übernimmt sein Stellvertreter die Geschäfte --" zitierte Josef Meidner die Satzung.

"Schön, ich hab aber keine Ahnung vom Geschäft," klagte

Graf Prebichl. "Gehn's, Herr Meidner, Sie wissen doch, warum unsereins in die Aufsichtsräte gewählt wird: Ein fescher Name ist gute Reklame! Und wir kassieren halt ein bissel ein Geld für unseren guten Namen. Aber sonst -- also, wie schon gesagt, ich hab keine Vorstellung, was ich jetzt tun muß."

"Vielleicht können Sie mir erst einmal erzählen, was seit dem Anschluß hier passiert ist?"

"O je, eine ganze Menge Sachen sind passiert!"

"Mit unserer Gesellschaft, meine ich."

"Aha, mit unserer Gesellschaft. No, das war so: Zuerst haben sie den Marburg gesucht und nicht gefunden. Dann sind sie auf mich armen Hascher gekommen. Wieviel Aktien ich vertret', haben die mich angebrüllt. Also wissen's, mein lieber Meidner, anbrüllen laß ich mich nicht: "Bitt'schön, fragen's mich anständig," hab ich gesagt. "Ich bin Max Leopold, Graf Prebichl, unvorbestraft und gewesener Frontoffizier. Dekoriert und dreimal verwundet, und zum Major hat man mich nicht gemacht, weil ich ein Graf bin, sondern weil es zum Maria-Theresienorden nicht ganz gelangt hat. Deshalb, Herr General - oder als was sie sonst hier sind -" hab ich dem Dicken ins Gesicht gesagt, "fragen's mich mit dem Ton, der unter Offizieren üblich ist, und ich will Ihnen sagen, was ich weiß. Auf Anschreien, bitteschön, reagier ich nicht. Und Angst hab ich auch keine. Angst zu haben, hab ich am Isonzo verlernt." Da ist er vernünftig geworden, der Wamperte."

"Gott segne Sie, Graf Prebichl! Ich glaube, ER ist wirklich mit Ihnen."

"Sowieso," bestätigte Graf Prebichl selbstzufrieden. "Die Mama betet ja jeden Tag für mich; im Stift von den Sternkreuzdamen." Dann aber kam ihm der Einfall, daß dieses der Direktor Meidner nicht wissen konnte. "Wie kommen's denn drauf, Herr Meidner?"

"Sie dürfen es mir nicht übelnehmen, Graf: Weil Gott immer mit den Einfältigen ist - pardon, mit den Menschen ohne Hinterlist. So hab ich es gemeint."

"Sie, Herr Meidner," drohte Graf Prebichl geschmeichelt, "sagen's jetzt nur nicht, daß ich ein Tepp bin!"

"Nein, aber ein reiner Tor."

"Naa, so rein auch wieder net! Immerhin zahl ich irgendwohin Alimente."

Doch dann ließ der Graf die Maske des Bobby fallen: "Was können wir tun, Herr Professor? Ich nehme an, daß wir Verbündete sind?" (Der Major kam zutage.)

"Sind wir, Graf Prebichl. Und was wir tun können? Nun, zunächst einmal müssen wir den Herrschaften Sand in die Augen streuen. Sie werden Aufsichtsratsvorsitzender und ich bleibe Generaldirektor. Das ist die Rechtslage. Wir beide aber warten auf London. Dort wird unser Freund Marburg inzwischen eingetroffen sein. Und mit ihm die Aktienmehrheit."

"Meidner, Professor, Freund!" Graf Prebichl war aufgesprungen und packte Josef Meidners Hände. "Sie haben Nachrichten? Nein, nein, ich frag Sie nichts, ich muß schwören können, daß ich nichts weiß. Aber ich seh schon, mit Ihrer Hilfe werden wir denen einen Tschurbel machen, daß ihnen die Köpfe wackeln. Meidner, geh - pardon, waren Sie Offizier im Krieg?"

"Nur Oberleutnant bei den Pionieren. Auch am Isonzo."

"No, ist das nix? Wir waren Offizierskameraden! Ich heiß Max Leopold. Und wie heißt du?"

"Josef, Maria, Franz."

"Josef, ich bitt dich, sag Maxl zu mir!"

Am folgenden Tage wurden die beiden Franzenshüttler vom Dicken persönlich empfangen. Der thronte hinter einem Schreibtisch, welcher einst dem Fürsten Metternich gehört hatte.

"Graf Prebichl, ich ernenne Sie zum Aufsichtsratsvorsitzenden der Franzenshütte AG," blubberte der Dicke gemütlich vor sich hin.

"Das kann, bitteschön, nur die Hauptversammlung der Aktionäre entscheiden, Herr Generaloberst," konterte Graf Prebichl tapfer.

"Weiß ich, mein lieber Graf, weiß ich. Nur - würden Sie mir bitte sagen, wie eine solche Hauptversammlung heute und hier zusammenkommen soll?"

"Das weiß ich nicht, Herr Generaloberst. Aber vielleicht wissen Sie es?"

"Und ob!" erwiderte der Dicke. Seine Stimme klang garnicht mehr jovial: "Als der Beauftragte des Führers für den Vierjahresplan habe ich jede Vollmacht. Nehmen Sie die Ernennung an oder nicht?"

"Ich nehme an," sagte Graf Prebichl, denn Josef Meidner hatte ihn in die Seite gestoßen.

"Sehen Sie, so einfach ist das bei uns," sagte der Dicke zufrieden und wandte sich dem Begleiter des Grafen zu: "Sie sind der Professor Doktor Meidner, Ausländer, tschechoslowakischer Staatsbürger, wie?"

"Allerdings, Herr General."

"Generaloberst," korrigierte der Dicke. "Na, den Unterschied lernen Sie noch."

Der Allmächtige blätterte in einer Akte: "Sie leiten das Unternehmen Franzenshütte?"

"Jawohl, Herr Generaloberst, zu Befehl!" Meidner erlaubte sich die Übertreibung als Scherz. Der Dicke merkte es nicht und fuhr fort: "Können Sie mir erklären, Herr Meidner, warum Ihr Aufsichtsratsvorsitzender, Alexander Israel Marburg, die Ostmark Hals über Kopf verlassen hat?"

Ich könnte, mein Lieber, dachte Josef Meidner. Laut aber sagte er: "Ich habe nur Vermutungen."

"Und was vermuten Sie?" fragte der Dicke tückisch.

Nur keinen billigen Sieg, sagte sich Josef Meidner und antwortete daher etwas einfältig: "Nun, der Baron Marburg war - ja, genau weiß ich es nicht, er war zwar getaufter Protestant, aber er war immerhin ---."

"Er war immerhin mit vier jüdischen Großeltern gesegnet," platzte der Dicke fröhlich dazwischen. "Und da wird er Schiß vor uns gehabt haben, der Herr Marburg, wie?"

Nicht provozieren lassen, Josef, warnte den Professor der Verstand. Heute könntest du es dir noch leisten, dem Dicken zu antworten, wie er es verdiente, morgen vielleicht schon bekämst du eine böse Quittung dafür. Wie hat dir dein Freund Arthur geraten? Obenbleiben Josef, obenbleiben! Nur so kannst du uns helfen!

Also antwortete der Professor zögernd. "Das wäre denkbar, Herr Generaloberst."

"Unsinn," schnaufte der Dicke, "was hätten wir ihm den antun sollen? Wir hätten ihm seine Aktien abgekauft und basta. Danach hätte er gehen können. Wir sind keine Unmenschen. Alles nur Gerüchte!

Aber was müssen wir feststellen?" Wütend knallte der Dicke seine ringgeschmückte Patschhand auf die Schreibtischplatte: "Der Herr Marburg hat scheint's alle seine Aktien mitgenommen, als er davonging. Wissen Sie, wie er das gemacht hat?"

Und, als die beiden Herren ihm die Antwort schuldig blieben: "Nein, Sie wissen es nicht, aber wir wissen es. Verkauft hat er seine Aktien, in die Schweiz und nach England. In den Depots der Marburg'schen Hausbank haben wir nur noch die Verträge gefunden. Können Sie mir das erklären, Graf Prebichl?"

Der Graf wies darauf hin, daß er mit der Marburg-Bank nichts zu tun habe.

"Oder Sie, Professor Meidner?"

Meidner wusch seine Hände in Unschuld. Er habe nur über Dispositionsgelder zu verfügen, Abschlüsse und Bilanzen zu erstellen. Die gingen alle über tschechoslowakische Banken. Über die Erträge aber entschiede die Aktionärsversammlung auf Antrag des Aufsichtsrates.

So sehr der Dicke Josef Meidner und dem Grafen zusetzte - und es erschien, mit Detail- jedoch nicht mit Sachkenntnissen gespickt, auch noch Vetter Hans auf dem Plan - es kam nichts an den Tag. Daß beide Herren von dem Aktienverkauf nichts gewußt hatten, war ihnen nicht zu widerlegen. Und darum blieb auch die Franzenshütte, was sie gewesen war, ein ausländisches Unternehmen. Graf Prebichl blieb, wozu ihn der Dicke ernannt hatte und was er der Satzung nach sowieso gewesen wäre, geschäftsführender Aufsichtsratspräsident, solange Baron Marburg es vorzog, sich außerhalb Österreichs aufzuhalten. Noch galt internationales Handelsrecht für die neugegründete Ostmark.

Wieder daheim, fand der Professor Meidner eine Ansichtspostkarte auf seinem Schreibtisch. Sie zeigte die Themse und das Parlamentsgebäude. Umseitig war zu lesen: "Herzliche Grüße von unserem Ausflug nach London! Auf ein baldiges Wiedersehen freuen sich Arthur und Alexandra."

Guter alter Bronner, schmunzelte Josef Meidner und meldete ein Telefonat nach Wien an: Graf Prebichl.

Maxl meldete sich mit "Heil Hitler!" - so war es ausgemacht, und da sie wußten, daß jedes Gespräch abgehört wurde,

siezten sie sich wieder. Anstelle des Namens Marburg gebrauchten sie den Namen Prochazka. So hatten die Tschechen zu
Altösterreichs Zeiten den Kaiser Franz Josef genannt.

"Also, was gibt's, mein lieber Meidner?"

"Die Bilanzen und Abschlüsse sind fertig, Herr Graf."

"Ja, dann werden wir wohl die Aktionärsversammlung einberufen müssen. Aus Zürich ist schon ein Antrag gekommen."

"Weiß ich bereits von Herrn Prochazka, Herr Graf."

"Ah, das ist fein. Und was sagt Ihre Regierung dazu, daß
ich allein unsere Gesellschaft vertrete?"

"Sie hat Bedenken wegen der Schweizer Korrektheit."

"Also, ich darf Ihnen sagen, lieber Meidner, daß die
Schweizer mich akzeptiert haben."

"Das hat der Prochazka den Leuten in Prag auch versichert,
nun möchten sie noch wissen, was mit London los ist. Wissen
Sie etwas darüber?"

"Nicht das geringste. Und Ihr Prochazka weiß auch nichts?"

"Die anderen in Prag, die Regierungskreise, wollen gehört
haben, daß es irgendwo noch eine Sperrminorität geben soll.
Der Prochazka meint, möglich sei alles, aber er glaube es
nicht."

"No, dann warten wir es halt ab. Und Sie schicken mir
bitte den Text der Einladung. Ich unterschreib und geb's
heraus. Und vor der Versammlung komm ich auf einen Tag zu
Ihnen und wir gehen die Unterlagen durch, ja?"

Die Aktionärsversammlungen fanden wechselweise in Wien und
in Prag statt. Diesmal war, welch ein Segen, Prag an der
Reihe.

Da sich die Aktien der Franzenshütte zum allergeringsten
Teil im freien Handel befanden - gerade so viele , daß die
Börse interessiert blieb - wurden nur wenige Besucher erwartet: die Vertreter der Regierungen, denn Österreich wie die
Tschechoslowakei hielten jeweils einen symbolischen Aktienan-
teil; dann die Leute, welche pflichtgemäß teilzunehmen hatten, von den Juristen bis zum Chef der Verwaltung; sodann die
österreichische, die schweizer, die englische Gruppe der
Aktionäre - das ungefähr war es.

Die Schweizer hatten zwei Bankmenschen geschickt, London
einen ausgewachsenen Lord mitsamt seinem Sekretär. Letzterer

223

war ein kleiner, dicklicher Herr, der sich als Mr. Burnes vorstellte und in akzentfreiem Deutsch erklärte, er sei Assistent Seiner Lordschaft und damit nicht bloßer Sekretär im kontinentalen Verständnis. Mr. Burnes sprach übrigens auch ein ganz passables Tschechisch, worüber sich männiglich wunderte. Denn Tschechen, die englisch sprachen, gab es ja. Engländer mit Tschechischkenntnissen indes besaßen weltweiten Seltenheitswert. Sein Tschechisch erklärte Mr. Burnes mit einem mehrjährigen Aufenthalt in Pittsburgh, USA.

Als der phänomenale Mr. Burnes sich mit Josef Meidner bekanntmachte, zwinkerten beide Herren sich vergnügt zu.

"Wie war Ihre Reise, Mr. Burnes?" fragte Josef Meidner. "Hatten Sie eine gute Überfahrt?"

"Oh, wir sind nicht übergesetzt, wir sind geflogen. Zwischen London und Berlin gibt es jetzt zwei Flüge täglich. Man braucht nur vier Stunden von London nach Berlin, es ist eine wunderbare Sache, das Fliegen! Sie also sind Professor Meidner, ja? Ich habe schon von Ihnen gehört und bin erfreut, Sie endlich kennenzulernen. Ach ja, wo war ich stehen geblieben? Bei unserm Flug, nicht wahr? Prächtig, dieses Berlin! Seine Lordschaft hatte dort eine wichtige Besprechung, es war sehr interessant, auch für mich, dieses neue Deutschland. Man macht sich völlig falsche Vorstellungen in London. Es war unglaublich, sage ich Ihnen, was wir da zu sehen und zu hören bekamen, ich sage es ohne jede Übertreibung: Unglaublich!"

"Darf man erfahren, mit wem Sie dort verhandelt haben, Mr. Burnes?"

"Nein, das dürfen Sie nicht. Bedaure, mein lieber Professor! Noch nicht! Doch Sie werden es erfahren, glauben Sie mir, noch heute werden Sie es erfahren ---" Burnes gewahrte seinen Lord: "oh Euer Lordschaft, darf ich Sie mit Professor Meidner bekanntmachen?"

Der Lord sah nicht aus, wie man sich einen Lord vorstellt. Er war weder groß, noch hager, noch fahlblond, noch langgesichtig. Der Lord war mittelgroß, dunkelhaarig, vollschlank. Seine Nase war nicht lang, sondern dick, und er trug eine Sardellenglatze. Im Gegensatz zu den Festlandsbewohnern auf dieser Vollversammlung, welche feierliches Dunkel angelegt hatten, war der Lord mit einem verknüllten blauen Kammgarnanzug bekleidet, seine Krawatte war unpassend in Farbe und

Muster, denn es war seine Schulkrawatte. Ihre Farben ohrfeigten geradezu das Blau des Anzugs. In mühsamem Englisch versuchte Josef Meidner mit Seiner Lordschaft ins Gespräch zu kommen, als Graf Prebichl auf die Gruppe zutrat und um die Ehre bat, mit dem Engländer bekanntgemacht zu werden. Während Meidner noch die passende englische Formel suchte, schaltete sich Mr. Burnes in flüssigem Französisch ein: "Seine Lordschaft spricht nur wenig deutsch, hingegen sehr gut französisch. Dürfte ich diese Sprache vorschlagen?" Nun ging alles glatt, denn das war der gemeinsame Nenner: Sowohl der Graf als auch Josef Meidner beherrschten das Französische.

Die beiden Aristokraten hatten sich umgehend viel zu sagen: Bekanntschaften, eventuelle Verwandtschaften waren zu überprüfen. Die Namen bzw. Familien kannte man ja, es ging nur noch um die Frage herauszufindender Gemeinsamkeiten. Schließlich waren Europas Große Familien insgesamt eine große Familie. Und so dauerte es nicht lange, bis man entdeckte, daß man um drei Ecken verschwägert war.

Während Graf und Lord miteinander beschäftigt waren, nahm Meidner den Assistant Secretary beiseite: "Arthur, du Schurke, wie hast du das wieder angestellt?"

Bronner-Burnes überhörte die Frage: "Wo haben Sie Quartier genommen, Herr Professor, im Ambassador?"

"Nein, im Hotel Beranek, wie immer. Ich habe dort seit Jahren mein Zimmer 112 reserviert, wenn ich nach Prag komme."

"Wie interessant! Ich hoffe, wir werden uns noch einmal sehen in diesen Tagen. Bitte entschuldigen Sie mich jetzt, ich muß mich um Seine Lordschaft kümmern." Und Arthur Bronner enteilte tänzelnd, alldieweil mit ungefügem Schritt einer der ostmärkischen Begleiter Graf Prebichls auf Meidner zustrebte: "Gestatten, Frutschnigg, Ingenieur Tassilo Frutschnigg! Ich vertrete zusammen mit meinem Kameraden Severin, Obersturmführer Severin von der Commerzbank Wien, die in ostmärkischem Besitz befindlichen Aktien der Franzenshütte."

"Sehr erfreut," sagte Meidner und ließ offen, was ihn erfreute.

"Ich soll Ihnen Grüße bestellen von Ihrem Vetter Hans." Ingenieur Frutschnigg hatte seine Stimme gesenkt, doch Josef Meidner schien es, alle Anwesenden müßten zugehört haben.

"Besten Dank, und erwidern Sie bitte meine Grüße," verneigte sich der Professor und wandte sich dem Vertreter der Tschechoslowakischen Regierung zu, der im Höflichkeitsabstand wartete und offensichtlich mit Meidner zu reden wünschte: "Habediähre, Herr Direktor Kroupa! Kennen Sie den Herrn Ingenieur Frutschnigg schon? Ich habe ihn soeben kennengelernt."

Nun hatte es der Ostmärker eilig, sich davonzumachen. Er legte offensichtlich keinen Wert darauf, mit dem Tschechen näher bekannt zu werden. Meidner blieb mit Kroupa allein.

"Wissen Sie eigentlich, was hier gespielt wird, Herr Kroupa?" fragte er unschuldig. " Was will der Lord hier? Und was ist mit diesem Frutschnigg und seinem Freund Severin los? Seit wann hat die deutsche Commerzbank in Wien eine Filiale?"

"Reden Sie keinen Stuß, Meidner," sagte der Tscheche grob. "Glauben Sie, ich hätte Ihren alten Freund Bronner noch nie in meinem Leben gesehen? Kein Jahr ist es her, daß er unsere Republik verlassen hat, und schon taucht er als Mr. Burnes wieder auf, mit britischem Paß!"

"Also gut, lieber Herr Kroupa," gab Meidner zu. "Arthur Bronner ist wieder da. Das kam auch für mich überraschend. Wie er an den Lord gekommen ist, müssen Sie ihn selber fragen, ich weiß es nicht. Mit Rücksicht auf die Frutschnigg und Co. würde ich zur Diskretion raten. Übrigens kommen die beiden Engländer direkt von Berlin her, wo sie Zwischenstation gemacht haben. Daraus könnte man Schlüsse ziehen. Ich habe es noch nicht getan, weil ich es erst seit 5 Minuten weiß. Ich werde aber darüber nachdenken. Vielleicht helfen Sie mir dabei?"

"Am liebsten möchte ich Ihnen glauben, Herr Meidner." Des Tschechen Gesicht drückte plötzlich Verzweiflung aus: "Was treiben die Engländer in Berlin? Möglicherweise zwingen sie uns, mit den Russen zu paktieren, bevor der Hitler auf uns losgeht. Ich möchte das nicht. Möchten Sie es?"

"Nein, lieber Kroupa, das möchte ich auch nicht. Doch beruhigen Sie sich. Wenn mein Freund Bronner mit von der Partie ist, dann bestimmt nicht, um den Hitlerianern einen Gefallen zu tun. Noch braucht ihr euch nicht den Russen in die Arme zu werfen."

"Wir sind ein kleines Land, Herr Meidner. Wir haben uns idiotisch benommen gegenüber unseren Minderheiten. Anstatt im eigenen Haus Ordnung zu machen, haben wir in der europäischen

Politik herumgezettelt. Jetzt bekommen wir die Quittung für unsere Großmannssucht. Die wirklich Großen arrangieren sich auf unsere Kosten. Läßt sich da nichts mehr retten? Haben wir wirklich nur noch die Wahl Hitler oder Stalin?"

Josef Meidner wußte die Antwort nicht. Der Tscheche tat ihm leid. Das war einer von den Einsichtigen. Mit Seinesgleichen hätte man das Staatsschiff retten können. War es dafür schon zu spät? Er versuchte Kroupa zu trösten: "Heute und hier, Herr Direktor, wird dieses Problem nicht zur Diskussion stehen. Hitler bekommt die Franzenshütte nicht. Dessen bin ich sicher, seit ich weiß, daß Burnes hier ist."

"Wo stehen Sie eigentlich, Meidner?"

"Mit beiden Füßen auf dem Teppich, Herr Kroupa. Und ich passe auf, daß mir keiner den Teppich wegzieht. Mehr als das kann, so fürchte ich, in diesen Zeiten keiner von uns tun.

Und Josef Meidner winkte seiner Sekretärin zu, sie möge ihm das Manuskript seines Geschäftsberichtes reichen. Denn Graf Prebichl und die anderen Gäste hatten bereits Platz genommen. Der Graf wandte sich um und sah, daß sein General-direktor bereitstand. Also erklomm er das Podium und eröff-nete die Aktionärsversammlung. Er tat es in deutscher Spra-che, fügte aber eine tschechische Willkommensformel hinzu - Höflichkeit gegenüber dem Gastland - und wiederholte sodann seine Begrüßung auf französisch. Danach gab er Josef Meidner das Wort.

Dessen Geschäftsbericht - er lag auch schriftlich vor - stellte jedermann zufrieden, eine Dividende von 13% wurde genehmigt, alle Formalien liefen glatt: Bis zu dem Augen-blick, da die Neuwahl des Aufsichtsrates erfolgen sollte. Waren nämlich bislang alle Beschlüsse einstimmig durch Hand-aufheben der anwesenden Aktionäre genehmigt worden, so stell-te sich nun die Mehrheitsfrage.

Als erster meldete sich Seine Lordschaft zu Wort. Die Entlastung des alten Aufsichtsrates habe er akzeptieren kön-nen, nicht mehr aber dessen Rücktritt. Ein solcher könne nur von anwesenden Aufsichtsratsmitgliedern erklärt werden. So-viel er aber sehe, wäre der Aufsichtsrat lediglich durch Graf Prebichl hier im Raume vertreten, wo denn die übrigen Auf-sichtsräte seien und ob schriftliche Erklärungen vorlägen?

Graf Prebichl wäre für eine Antwort zuständig gewesen,

konnte die gewünschte Erklärung aber nur für seine Person abgeben. daraufhin erklärte der Brite kalt, ohne legalen Rücktritt gäbe es auch keine Neuwahl.

Als nun der Dr. Severin von der Commerzbank rabiat werden wollte und auf ein Jus ex post factum hinwies, auf ein Recht, das sich aus den Ergebnissen von Veränderungen ableite, meldete sich der kleine Mr. Burnes zu Wort und verlas eine Bestätigung des großdeutschen Außenministeriums, welcher zufolge die Regierung des Reiches Wert darauf lege, alle internationalen Besitzverhältnisse zu garantieren, ungeachtet der politischen Veränderungen, die sich im mitteleuropäischen Raum vollzogen hätten.

Eine beglaubigte Kopie dieses Schreibens übergab Burnes dem Grafen Prebichl, hinzu fügte er eine beglaubigte Vollmacht des Barons Marburg sowie aller übrigen Aufsichtsräte, welcher zufolge Seine Lordschaft ihre Interessen wahrzunehmen habe.

Das war die Bombe, welche Burnes aus Berlin mitgebracht hatte. Die Versammlung mußte unterbrochen werden, damit die neue Lage anhand der gültigen Mehrheiten festgestellt werden konnte. Nach einer Stunde war es so weit. Jetzt erst erklärte Seine Lordschaft den Rücktritt von Marburg und Genossen. Bei der Wahl zum neuen Aufsichtsrat spielten die Schweizer mit den Briten zusammen, und die Herren Severin & Frutschnigg hatten Mühe, daß man ihnen wenigstens den Grafen Prebichl zugestand, ihn sogar als neuen Stellvertreter Seiner Lordschaft, des neuen Präsidenten. Den Rest des Aufsichtsrates stellten die Schweizer.

Niemand wußte sich zu erklären, wie das Schreiben aus dem Hause Ribbentrop zustandegekommen war. Der Lord hätte es gekonnt, doch er schwieg sich aus.

Frutschnigg und Severin waren verzweifelt, ihr Dicker würde ihnen in Berlin die Haut abziehen für solches Ergebnis. Josef Meidner war überrascht und Kroupa noch viel mehr. Doch sie hüteten sich, mehr als Überraschung zu zeigen. Offene Freude stand lediglich in Max Prebichls Gesicht. Er konnte es sich leisten, denn er stand nun da als einziger Garant für Deutschlands Einfluß : "Wenigstens ich habe für das Reich gesiegt," äußerte er sich strahlend zu Josef Meidner, und zwar so, daß die Herren Frutschnigg & Severin es mitanhören mußten.

Diesen seinen Sieg kommentierte er später im stillen Kämmerlein folgendermaßen: "Siehgst es Josef, jetzt sind die noch stolz, daß sie wenigstens mich durchbekommen haben, diese tepperten Fallotten!"

"Und der Lord, was ist er nun, Freund oder Feind?"

"Sag's keinem weiter, Josef," flüsterte der Graf, "wir haben das alles längst arrangiert gehabt, vor ein paar Wochen in Zürich. Irgendwer hat den Engländern zugetuschelt, daß der Ribbentrop und der Göring grad wieder bös miteinander sind, und da haben sie es dem Sektverkäufer abgehandelt für ein paar verbotene Auslandsgeschäfte vom Dicken. Die kann der Rübenkopf dann dem Führer stecken. Dafür hat er prompt geliefert, der Hanswurst."

"Woher weißt du das alles, Maxi?"

"Geh, schau, du hast deinen Bronner, ich hab meinen Lord. Glaubst vielleicht, ich hab ihn erst hier kennengelernt? Wo er doch ein Cousin von mir ist, wenn auch nur im dritten Grad."

"Da kann man wieder einmal sehen, wie bedeutungslos der Adel heutzutage geworden ist, gelt?"

"Haargenau!"

Josef Meidner und Arthur Bronner saßen sich im Hotel Beranek gegenüber. Nicht umsonst hatte der Professor seinem alten Freund die Zimmernummer genannt.

"Wir hätten uns auch woanders treffen können, Josef. In irgendeinem verschwiegenen Beisel. Wir beide kennen uns ja schließlich aus in Prag, besser als die Herren Frutschnigg und Severin. Warum hast du mich hierher bestellt?"

"Weil das garnicht mein Zimmer ist und wir gleich umziehen werden in eine andere Suite, wo auch der Herr Kroupa bald erscheinen wird. Hast du was dagegen?"

"Eigentlich ja. Ich wollte hier anonym bleiben."

"Da hättest du dir einen Bart ankleben müssen. Der Kroupa hat dich sofort erkannt."

"Hab ich wirklich ein so markantes Ponem?"

"Ponem vielleicht nicht, sonst hättest du dich nicht nach Berlin trauen können. Aber markant, das schon! Mach dir nix draus, der Kroupa hat ein paar tüchtige Leute unter sich. Mit ihrer Hilfe wird manches einfacher sein. Die Überwachung von Frutschnigg & Severin besorgt er zum Beispiel schon für uns."

"Das wird man sich merken müssen. Wer weiß, ob wir den Kroupa nicht auch noch für ganz andere Sachen benötigen können. Also gut, mir ist es recht. Man kann nie genug Verbündete haben. Was soll er für dich tun?"

"Kennst du den Vetter Hans? Den soll er mir vom Halse halten."

"Ist der Saukerl schon wieder dabei?"

"Er hat mir durch diesen Frutschnigg Grüße bestellen lassen, und das läßt mich einiges befürchten. Den Anschluß hat er exakt vorausgesagt. Was kann er jetzt von mir wollen? Vergiß nicht, Arthur, daß Vetter Hansens Leute auch hier im Lande schon eingesickert sind. Und wir kennen sie nicht! Ich bin überzeugt, daß ich heute Besuch bekommen werde. Darum habe ich etliches Spielmaterial vorbereitet. Alles für den Fall, daß die Dinge anders laufen würden als sie gelaufen sind. Ich konnte ja nicht wissen, daß du und dein Lord - daß ihr solche Asse im Ärmel haben werdet. Mit dir, Arthur, hatte ich überhaupt nicht gerechnet. Du hättest mir vorher auch etwas zukommen lassen können!"

"Ebendas nicht. Du hast so herrlich echt gewirkt. Und das solltest du! Kann ich das Spielmaterial sehen?"

Meidner gab es ihm: "Lauter Durchschläge an Gott und andere Leute; Briefe, Mahnungen, was ich tun solle von Freundesseite aus; das Wasser der Unschuld, in dem ich täglich meine Hände wasche. Die Originale sind übrigens wirklich auf die Post gegangen."

Bronner überflog die Blätter: "Nicht schlecht! Sparsam, doch unübersehbares Lob über die neuen Verhältnisse - das sollte dich ihnen empfehlen. Wenn ich nicht wüße, daß du gelogen hast, Josef, so wäre ich jetzt sehr böse auf dich.

Nun schön, lassen wir das hier liegen, tun wir es unter die übrigen Akten, die keine Geheimnisse enthalten. Wir wollen ihnen die Entdeckerfreude verlängern. Es sieht auch echter aus, wenn sie nicht alles gleich auf dem Tablett haben.

Und wohin gehen wir jetzt? Der Empfang beim Handelsminister wird bald zu Ende sein."

Von diesem Empfang hatten sich Bronner und Meidner weggestohlen.

"Wir gehen jetzt zum Direktor Kroupa," sagte Meidner. "Der hat zwar nur ein kleines Ressort beim Handelsminister, er hat aber noch etliche andere Aufgaben, von welchen sein Minister vielleicht garnichts weiß - wohl aber unser Freund Brejcha. Der hat mich an ihn verwiesen. Wundert dich das nicht, Arthur?"

Bronner, der bei Nennung des Namens Brejcha durch die Zähne gepfiffen hatte, grinste jetzt unschuldig: "Bei Brejcha würde ich mich nur wundern, wenn er seine Hände irgendwo nicht drin hätte. Gehen wir jetzt, Josef?"

"Ja, gehen wir. Den Schlüssel nehme ich mit. Der Portier wird ihnen sagen, ich sei im Hause, denn der Schlüssel wird nicht am Brett hängen, wenn sie nach mir fragen. Sie werden kommen und anklopfen wie ehrliche Besucher. Nichts wird sich rühren. Also werden sie die Tür aufmachen. Sie wird verschlossen sein. Aha, werden sie denken, der Meidner ist zwar ausgegangen, aber er ist ein vorsichtiger Hund, er hat den Schlüssel eingesteckt, und der Portier hat ihn bloß nicht gesehen, als er das Haus verließ.

Und dann werden sie ihre Dietriche aus der Tasche ziehen und einbrechen."

In diesem Augenblick läutete das Zimmertelefon. Meidner hob ab: Ja? Danke!" Und zu Bronner: "Es ist Zeit. Sie kommen. Kroupas Leute beschatten sie." Meidner nahm Hut und Mantel, die Herren begaben sich in ein anderes Zimmer, welches offenstand.

"Hier sollen wir sicher sein, Josef?"

"Was heißt sicher? Hier treffen wir uns mit Kroupa. Und dessen Leute werden den Flur bewachen und dafür sorgen, daß niemand dieses Zimmer betritt und daß die Luft rein ist, wenn wir das Zimmer verlassen. So läuft das jetzt bei uns, Arthur. Jeder verschwört sich mit jedem. Im Augenblick bin ich mit Brejcha im Bandel, bin ich mit dir im Bandel, mit dem Prebichl - und wenn du es verlangst, so werde ich mich noch mit ganz anderen Leuten abgeben demnächst. Das sind Zeiten!"

"Ja, Josef, das sind Zeiten! Und nur, weil ein dahergelaufener Strolch beim politischen Poker mit fünf Assen mogelt."

"Schon, schon, aber wie ist es gekommen, daß man den Strolch an den Spieltisch gelassen hat? Diese Pokerpartie hat eine Vorgeschichte. An diesem Tisch sind einmal ein paar

Leute furchtbar ausgenommen worden."

"Wem sagst du das, Josef? Oder ist dir nicht bekannt, daß meine Familie aus Laibach kommt, welches Städtchen heute Lubljana heißt? Dort sind wir einmal reich gewesen - und deutsch. Reich hätten wir bleiben können, deutsch nicht.

Wann kommt denn eigentlich dein Kroupa?"

"Jeden Augenblick. Wenn er nicht schon da ist, so hat ihn irgendetwas aufgehalten. Er kommt aber ganz bestimmt. Oder er gibt uns Nachricht. Auf den Mann können wir uns verlassen."

"Nun schön, dann wollen wir uns die Zeit damit vertreiben, daß ich dir einmal voraussage, was unseres Erachtens in den nächsten Monaten - und wahrscheinlich auch Jahren - geschehen wird." Und Bronner hub an mit seiner Prophetie.

Als er geendet hatte, schüttelte Meidner den Kopf: "Man kann es sich kaum vorstellen. So schlimm wird es werden?"

"Vielleicht noch etwas schlimmer, vielleicht nicht ganz so schlimm. Fest steht, daß wir den Herrn Hitler vor 1940 oder 1941 nicht bremsen können, es wäre denn, der Russe ginge mit uns. Ich für meinen Teil hoffe, daß er es nicht tut, denn erstens ist die Bande, die Stalin um sich versammelt hat, kaum viel besser als es die Nazis sind, zweitens werden die Russen immer nur an ihr eigenes Interesse denken. Man fragt sich auch, was die Russen militärisch im Augenblick wert sind. In Spanien haben sie ja nicht viel geboten. Das kann Täuschung gewesen sein. Wirtschaftlich können sie sich einen Krieg kaum leisten. Die Engländer und die Franzosen übrigens auch nicht."

"Und Hitler kann?"

"Ja, der kann. Wie lange er durchhält, das ist eine andere Frage, aber anfangen kann er schon. Er hat ein starkes Heer, seine Rüstung läuft auf Hochtouren, das Volk steht hinter ihm. Er hat ungeheure emotionale Kräfte mobilisiert. Die Deutschen sind todessüchtig, waren es schon immer. Außerdem hat man sie in Versailles tödlich beleidigt, der Dorn sitzt ihnen tief im Herzen. Sie dürsten nach Genugtuung, sie verdursten an ihren Kränkungen. Und da kommt ihnen ein Führer wie der Messias, verspricht ihnen das Labsal der Genugtuung. Kannst du erwarten, daß sie vernünftig bleiben?"

"Wäre es nicht besser, man stillte ihren Durst und ersparte Europa den Krieg?"

"Bevor Hitler kam, wäre das sinnvoll gewesen. Und billig dazu: Ein paar Grenzkorrekturen, ein paar Federstriche durch diskriminierende Vertragsbestimmungen. Ich wäre dafür gewesen. Aber da waren ja die vielen kleinen Schmierenpolitiker im europäischen Kindergarten. Soll ich dir Namen nennen? Du kennst sie auch. Die Leichenfledderer und Taschendiebe Klein-Europas, sie hätten sich quergelegt, was sage ich hätten? Sie haben sich quergelegt, von Bukarest bis Warschau, von Rom bis Brüssel. Und jetzt ist es sowieso zu spät. Denn Hitlers Durst ist unstillbar. Auch wenn Deutschland bekäme, was ihm zusteht - einem Hitler wird das nicht genügen, er wird nach Osten greifen, so weit man ihn ausgreifen läßt."

"Das könnte Europa doch nur lieb sein."

"Josef, im Grunde hast du recht, das könnte Europa schon passen, weil sich Hitler dabei mit Sicherheit verschlucken würde. Ein verlockender Gedanke: Nazismus und Kommunismus fressen sich gegenseitig auf! Was aber, wenn einer von beiden am Ende doch noch gewonnen hat? Deutschland und Rußland vereint, sie mögen sich vorher noch so sehr zerfleischt haben, wären stark genug, der übrigen Welt ihren Willen zu diktieren. Stalin weiß das. Und Hitler weiß es auch. Und es gibt Leute in den großen Demokratien, die alles daransetzen werden, diese Konstellation zu verhindern."

"Man will also den Krieg?"

"Hitler will ihn. Wir haben zuverlässige Berichte, daß er sich darauf vorbereitet. Er denkt allerdings an das Jahr 1942. Dann sind seine Vorbereitungen abgeschlossen. Was immer er bis dahin einsteckt in Europa, wird ihn stärker machen. Also muß man erreichen, daß er schon eher losschlägt. Das ist ein ungeheures Risiko, denn auch England - England vor allem, wird vor 1942 kaum ausreichend gerüstet sein. Aber das Britische Weltreich ist groß und schon deshalb nicht ohne weiteres zu schlagen; nicht einmal, wenn Hitler die Insel erobern könnte, wäre das Empire am Ende. Was habe ich dir vorhin gesagt von Hitlers kürzerem Atem? Darauf muß man es ankommen lassen. Und man wird es darauf ankommen lassen. Glaub mir, Josef, man wird!"

"Wenn ihr Hitler bezwingt, habt ihr den Russen auf dem Hals."

"Den Russen kann man nicht kalkulieren. Ginge er mit uns,

so wäre Hitler mattgesetzt. Umsonst tut Stalin aber nichts. Also wird er etwas fordern. Solange der Friede besteht, muß er mit seinen Forderungen bescheiden bleiben. Stalin ist aber nicht bescheiden. Was also wird er sich wünschen? Eine Situation, die ihm erlaubt, zu fordern, was er will."

"Und wenn Stalin sich auf die Seite von Hitler schlägt?"

"So grotesk es scheint, ich halte es für möglich."

"Dann hättest du ja die Lage, die gewisse Leute über alles fürchten."

"Eben nicht. Diese Lage wäre erst gegeben, wenn einer von den beiden Diktatoren den anderen besiegt und dessen Land einkassiert hätte. Wie aber sollte das geschehen? Kannst du dir einen Hitler als Herren Deutsch-Rußlands vorstellen?"

"Kaum. Eher schon umgekehrt, einen Stalin als Herren über Rußland und Deutschland. Eine scheußliche Vorstellung. Oder nicht?"

"Für mich schon. Es gibt aber Leute, die sagen, laßt uns doch erst einmal mit Hitler fertigwerden, dann wird man weitersehen."

"Umsehen werden die sich, wenn es so weit kommen sollte."

"Ganz meine Meinung, Josef. Doch der Zug ist schon abgefahren. Hitler bekommt seinen Krieg. Er bekommt ihn binnen Jahresfrist oder nicht viel später."

"Und ich soll bei eurem Spiel mitmachen?"

"Wann du es nicht tust, tut es ein anderer."

"Was geschieht, wenn ich mich weigere?"

"Von mir aus geschieht dir garnichts. Ich bin dein Freund und werde es bleiben. Aber wer auf der Verliererseite steht, zahlt immer. Das weißt du doch!"

"Es gefällt mir garnicht, das Spiel, Arthur. Ich habe geglaubt, man wird etwas verhindern können."

"Wir werden alle nicht viel verhindern können. Weißt du, Josef, Politik wird zwar äußerlich von einzelnen Menschen gemacht, diese agieren aber mit anonymen Massen: Meinungen, Ideen, Vorurteilen - ja sogar Meinungslosigkeiten. Das wird hin- und hergeschoben, das wird bewegt als ob es echte Massen wären. Kluge Politiker versuchen zu verhindern, daß diese Massen zusammenprallen, denn man weiß doch nicht, was bei einem solchen Zusammenprall herauskommt. Meist nichts Gutes. Also operiert man oft mit ungeprüften Quantitäten und will es garnicht so genau wissen, wessen Macht die stärkere ist. Es gibt aber immer auch einzelne Menschen - oder Gruppierungen - die den ungeprüften Quantitäten auf den Grund kommen wollen, weil sie glauben, daß bei diesem friedlichen Spiel geschwindelt wird. Und natürlich wird dabei geschwindelt! Frankreich hat weiß Gott wieviel Tanks und Militärflugzeuge, sie sind aber allesamt reichlich unmodern. Kein Mensch weiß genau, was sie im Ernstfall noch wert sind gegenüber modernen Kampfmitteln. England hat eine imposante Flotte, die größte der Welt. Wird diese Flotte die Meere noch so beherrschen wie 1918? Frag mich das nicht, ich bin kein Admiral.

Frag mich aber, was ich von Hitler halte. Der gehört zu jenen Leuten, die es wissen wollen. Ich fürchte, er wird manchen Schwindel aufdecken und machen Schwindler entlarven. Am Ende aber werden Realitäten zählen, die Hitler für Schwindel gehalten hat und die kein Schwindel waren. Zum Beispiel das Erdöl, die Stahlproduktion - nicht zuletzt die Zahl der Arbeitskräfte, die hinter den Armeen stehen müssen. Siehst du, Josef, das ist etwas, das dein Hitler nicht begreift, daß man einen Krieg auf die Dauer nicht mit Soldaten gewinnt, sondern mit der Summe aller Produktion, die man aufbieten kann. Und hier kommt deine Franzenshütte ins Spiel. Wenn wir wissen, was die leistet, wissen wir auch einiges über die Leistung von Hitlers Rüstungsindustrie. Ich möchte mit dir in Verbindung bleiben, Josef, komme, was wolle."

"Wenn ich dich recht verstehe, stellst du mir einen Wechsel aus, einlösbar nach dem Untergang Hitlers. Bis dahin soll ich meinen Kopf riskieren. Das gefällt mir nicht besonders, Arthur."

"Mir gefällt es auch nicht. Nur, so schlimm, wie du es dir vorstellst, wird es nicht sein. Du wirst gelegentlich einen Kurier empfangen und ihm Auskunft geben auf konkrete Fragen. Nichts Schriftliches! Ich sage dir gleich, wie das funktioniert. Es ist ziemlich narrensicher, wir wollen nur die groben Zahlen und grobe Beurteilung der Lage. Also?"

Josef Meidner seufzte: "Dafür soll ich Generaldirektor sein? Und nicht einmal Bedenkzeit gebt ihr mir?"

"Wir sehen uns heute zum letzten Mal, Josef - auf lange. Deshalb mua ich deine Antwort schon heute haben."

"Woran werde ich euren Kurier erkennen?"

Bronner erklärte ihm das simple Spiel, bei dem eine Münze wichtig war und ein Gespräch, das sich auf Numismatik bezog. Hier war wiederum der Tag wichtig. gerade Tage - kupferne Münzen, ungerade Tage - silberne Münzen. Die gerade bzw. ungerade Zahl mußte dann im Zusammenhang mit Münzen wiederholt werden.

"Räuber und Gendarm, Arthur! Geht es nicht einfacher?"

"Wahrscheinlich ja, ich hab mir das nicht ausgedacht."

"Wer denn?"

"Wenn Ihr's nicht fühlt, Ihr werdet's nicht erjagen, Wagner!"

"Also schön, Arthur! Ich bin euer Mann. Und nun frag ich dich, sollen wir den Kroupa mitnehmen?"

"Nicht mit dir zusammen, Josef. Das wäre gegen die Regel."

"Möchte ich auch nicht. Es ist mir nur so eingefallen."

Bronner wiegte den Kopf, als überlegte er: "Vielleicht komme ich noch darauf zurück." Er durfte seinem Freunde nicht verraten, daß Kroupa längst im Spiel war, allerdings an einer anderen Leine als der, die Bronner in der Hand hielt. Darum lenkte er ab: "Sag einmal, Josef, die Produktionszahlen in dem Spielmaterial: Wieviel ist davon echt?"

"Noch nicht einmal die Höhe der verschleierten Gewinne."

"Aha, die sollen also glauben, daß ihr den Finanzminister gewaltig übers Ohr gehauen habt?"

"Ja - und daß sie mich damit in der Hand haben, die Herren Frutschnigg und Severin."

Das Tischtelefon klingelte, Herr Kroupa meldete sich an. Kam alsbald im Zimmer an, begrüßte die Herren, wandte sich umgehend scharf an Meidner: "Was Sie in Ihrem Zimmer für die Nazis liegengelassen haben, Herr Generaldirektor - also wenn ich nicht wüßte, daß die Zahlen falsch sind, müßte ich Sie verhaften lassen!"

"Siehst du, Josef," grinste Bronner, "man muß den Leuten nur die Wahrheit sagen, und schon glauben sie einem nicht."

"Daß auch Ihre Leute bei mir schnüffeln würden, habe ich nicht erwartet, Herr Kroupa," beschwerte sich Meidner.

"Du wirst dich daran gewöhnen müssen, Josef, daß hier keiner dem anderen traut. Schau, der Herr Kroupa hier, der traut auch mir nicht. Er glaubt, ich heiße Bronner. Bitte, hier ist mein Paß, Herr Kroupa, ich heiße Burnes."

Kroupa nahm den Paß, lächelte: "Mich interessiert Ihr Paß nicht so sehr. Wenn Sie wollen, überreiche ich Ihnen morgen einen genau so schönen, echten und guten Paß, auf jeden Namen ausgestellt, der Ihnen einfällt. Nein, Herr Bronner, Ihr Paß hat für mich keine Bedeutung; mich interessiert, was Sie in Berlin gemacht haben, in der Höhle des Löwen. Ich muß schon sagen, Sie trauen sich was!"

"Im Schutze des britischen Löwen ist das Wagnis garnicht so groß, Herr Kroupa. Das nebenbei. Was wir in Berlin gemacht haben, darf und will ich Ihnen sagen. Den Erfolg unserer Berlin-Reise haben Sie heute nachmittag sowieso erlebt. Also: In Berlin gönnt keiner von Hitlers Unterkönigen dem anderen seine Erfolge. Der Dicke scharrt sich für seinen Vierjahresplan alle Industrie zusammen, die er kriegen kann. Ich vermute, daß es ihm hierbei nicht nur um den Erfolg geht, sondern auch um die Tantiemen, die dabei für ihn abfallen. Die braucht er nämlich für seinen fürstlichen Haushalt. Ich selbst war zwar nicht in Karinhall, wohl aber Seine Lordschaft. Nun dürfen Sie mir glauben, daß man in englischen Adelskreisen vor kostspieligem Interieur nicht zurückschreckt. Trotzdem war der Lord beeindruckt von Karinhall. "So würde sich vermutlich Wodan einrichten, wenn er bei Metro-Goldwyn-Mayer unter Vertrag stünde."

Bronner kicherte: "Seither habe ich eine lebhafte Vorstellung vom Dritten Reich und seinem Ausgang: Es wird eine Götterdämmerung geben! Kommen Sie mit, Herr Kroupa? Ich meine, ob Sie genügend vertraut sind mit Richard Wagner?"

Kroupa seufzte: "Leider ja. Ich bewundere nämlich Wagners Musik."

"Da geht es Ihnen nicht anders als mir. Solange das Ganze auf einer Opernbühne stattfindet, ist es ein Erlebnis. Auf einer Weltbühne aufgeführt, wird es zur Katastrophe. Nun gut, wir werden es erleben und mit einigem Glück sogar überleben. Vielleicht können wir es ein wenig mitgestalten, wenn es schon nicht zu verhindern ist. Und damit wären wir bei der Franzenshütte. Der Dicke möchte sie einkassieren. Mit Hilfe der paar Aktien, die er in Wien vorgefunden hat. Doch noch liegt die Franzenshütte im Ausland - noch liegt sie im Ausland, Herr Kroupa!

Also haben wir uns an den Außenminister gewandt, den der

Dicke nicht um seine Erlaubnis gefragt hatte. Der ungefragte Außenminister hat sich gefreut, daß er dem Dicken einen Tort antun kann und hat uns prompt den Sand geliefert, den wir dem Dicken heute nachmittag ins Getriebe geschüttet haben. Viel wird es nicht helfen, doch wir haben Zeit gewonnen."

"Zeit wofür?"

"Das sollten Sie mich doch nicht fragen, Herr Kroupa. Gerade Sie, der weiß, wie es um unsere Rüstung steht."

"Wird diese Zeit uns denn reichen, Herr Bronner? Ich meine uns Tschechen?"

"Vielleicht ja, vielleicht nicht. Ich kenne Hitlers Absichten, ich kenne aber nicht seinen Terminkalender. Wenn ich mich auf meine Gefühl berufe, dann wird die Zeit, so fürchte ich, für euch Tschechen nicht reichen."

"Ihr laßt uns im Stich?"

"Machen Sie mich nicht für jeden Blödsinn verantwortlich, der in den letzten 2o Jahren in Europa begangen worden ist. Und vergessen Sie nicht, daß Ihre Regierung keinen geringen Anteil daran hat, Herr Kroupa. Man wird Hitler entgegentreten müssen, man wird aber euretwegen keinen Krieg beginnen, für den man nicht gerüstet ist - noch nicht gerüstet ist."

"Wir haben auf die Entente vertraut, und jetzt sprechen die Engländer und Franzosen unser Todesurteil aus."

"Und die Alliierten haben 1918 auf eure gefälschten Landkarten vertraut, als sie euch den Staat zurechtflickten und ihm den Bestand garantierten, weil ihr versprochen habt, eine zweite Schweiz werde aus diesem Vielvölker-Puzzle werden. Wo ist sie, die zweite Schweiz?"

"Herr Bronner, Sie wissen ----"

"Ich rede jetzt nicht als Bronner und nicht als naturalisierter Burnes, ich rede jetzt, wie Englands Politiker reden, wenn sie über euren Staat und seine Erhaltungswürdigkeit diskutieren.

Wenn Hitler euch für einige Zeit einkassiert, ihr werdet's überleben. darauf versteht ihr euch ganz gut, ihr habt schließlich 4oo Jahre Habsburg überstanden.

Die Bronners aber, die Hitler in seine Gewalt bringt, die werden erheblich schlechter dran sein. Ihr Tschechen habt zehntausend Gründe, daß diesem Hitler so schnell wie möglich der Krieg gemacht wird. Umso schneller wird er zu Ende sein, und dann werdet ihr, wie ich euch kenne, den Deutschen alles hundertmal vergelten, was Hitler euch angetan hat.

Die Bronners aber, soweit sie noch in eurem Lande sind - und die meisten sind es, denn wo sollen sie hin? - die Bronners brauchen Zeit, um sich in Sicherheit zu bringen. Vor allem die Bronners haben ein ureigenes Interesse daran, daß Hitler bekämpft und geschlagen wird. Denn sie können sich mit ihm nicht arrangieren. Also sind die Bronners die besten Bundesgenossen gegen Hitler. Sie werden zu jedem Opfer bereit sein. Sie werden aber auch darauf dringen, daß der Kampf erfolgreich geführt wird. Erfolgreich heißt, daß man auch einmal ein Bauernopfer bringen muß. Vielleicht seid ihr Tschechen das Bauernopfer. Nehmt es hin, ihr werdet's überleben. Ich sage Ihnen, Herr Kroupa, dieser sudetendeutsche Herr hier, der bei Hitler Karriere machen könnte, hat es schon begriffen. Er wird Kopf und Kragen riskieren, um uns zu helfen. Dabei ist es noch nicht einmal sicher, ob Ihre Leute es ihm einmal danken werden. Denn er wird mit den Nazis kooperieren. In unserem Auftrag, Herr Kroupa. Vergessen Sie das bitte nicht, wenn der Tag der Abrechnung kommt. Bis dahin aber ziehen Sie den Kopf ein und beschweren Sie sich nicht über eine Suppe, die Ihre Leute sich selbst eingebrockt haben. Sie sagen, auch die Entente sei schuld. Meinetwegen. Die Entente wird es auslöffeln, ihr aber braucht nur den Kopf einzuziehen, wenn andere kämpfen.

Und jetzt zur Sache, Herr Kroupa: "Sie und Herr Meidner: Jeder von euch beiden weiß jetzt, daß der andere für uns arbeitet. Das ist eine Art Rückversicherung, die ich soeben für euch abgeschlossen habe. Fällt der eine, so fällt der andere mit. Ihr werdet auf einander angewiesen sein."

Bronner erhob sich: "Damit habe ich zwar eine unserer Spielregeln verletzt, aber ich glaube, ich kann es verantworten. Wenn heutzutage ein Jud und ein Deutscher zusammenarbeiten können, so wird es der Tscheche mit einem Deutschen zur Not auch zuwege bringen.

Und jetzt, Herr Kroupa, fragen Sie einmal nach, ob die Herren Frutschnigg und Severin schon in Meidners Appartement gewesen sind. Wenn ja, so möchte ich gern zu seiner Lordschaft zurückkehren und den hohen Herren auf das vorbereiten, was er morgen auf dem Hradschin zu sagen hat.

Ihr beide aber, ihr könntet euch jetzt in etlichen Bars
zeigen, damit die Spitztel was zu tun und zu berichten haben.
Wenn man euch beisammensieht, so wird man folgern, daß einer
den anderen bescheißen will. Und das solches hierzulande gute
Sitte ist, wird man es glauben."

Über der Stadt lag ein dunkler Schleier. Die Schornsteine ihrer Fabriken qualmten in einen grauen Herbsthimmel hinein.

Über allem Land lag ein düsteres Grau: Angst und Ungewißheit trübten die Sinne der Menschen.

Chamberlain und Hitler konferierten in Bad Godesberg. Die tschechoslowakische Regierung hatte die Mobilmachung angeordnet, zum zweiten Mal in diesem Jahr 1938. Nun hoben die Resevesoldaten an der Grenze Schützengräben aus und besetzten die betonierten MG-Bunker. Auch die deutschstämmigen Reservisten hatte man zur tschechischen Armee einberufen, obzwar es im Kriegsfall gegen die Deutschen im Reich gehen würde. Nicht wenige deutsche Reservisten kamen der Einberufung nicht nach und hielten sich versteckt. Etliche waren sogar ins Reich geflohen. Das konnte ein Abschied für immer werden, wenn Hitler sein Spiel verlor.

Es gab auch grüne Kader in den deutsch besiedelten Gebieten, junge Männer, die nur darauf warteten, der tschechischen Armee in den Rücken zu fallen. Und an der langen Grenze zum Reich schoß man da und dort. Es gab Tote, doch niemand wußte genau, ob es Hunderte von Opfern der tschechischen Soldateska waren, wie Hitler behauptete, oder ob nur wenige Freikorpskämpfer von verirrten Kugeln getroffen wurden.

Alle Waffen hatten die Deutschen abgeben müssen. Und alle Rundfunkgeräte, auch die der Tschechen, wurden eingesammelt.

Die Sache mit den Rundfunkgeräten war ein ausgemachter Blödsinn. Weil es keine Nachrichten gab, kochte das Land von Gerüchten über. Was man mit der Abschnürung von aller Welt hatte erreichen wollen, lag auf der Hand: Hitler sollte die Deutschen nicht zum Aufstand aufrufen können.

Einmal mehr erwies es sich, wie schlecht die tschechischen Herren ihre deutschen Zwangsmitbürger kannten. Solch ein Aufruf wäre für Hitler eine schlimme Blamage geworden. Das Gros aller Deutschen hätte weggehört. Die sudetendeutschen Freikorps wurden zwar zur Legende - aber mehr als das waren sie zu keinem Zeitpunkt. Daran änderten auch die Toten nichts, die es tatsächlich unter den Deutschen gab - einige Dutzend.

Schlimmer vielleicht war, daß das tschechische Volk fast erstickte an den Düften seiner eigenen Gerüchteküche. Man hielt Hitlers Wehrmacht - die doch erst seit zwei Jahren im Aufbau begriffene - für unwiderstehlich. Und man ahnte nicht, daß die deutsche Generalität nur auf Hitlers politische Niederlage wartete. Für diesen Fall sah man seine Absetzung vor.

Ein dunkler Schleier lag über der tschechoslowakischen Republik, doch es herrschte Ruhe.

Die Polizei verhaftete - ziemlich systemlos - verdächtige Deutsche. Die Verhafteten wurden in schnell errichtete Konzentrationslager überführt und dort von den Wachgendarmen kräftig verprügelt.

Als Direktor Brejcha davon hörte, eilte er in das nächstliegende Konzentrationslager. Er tat es in der richtigen Vermutung, daß man die Bürger seiner Stadt nicht an weit entfernte Plätze gebracht haben würde.

Eine Amtsgewalt besaß er in dem besagten Lager zwar nicht, anderseits konnte man einen Mann seines Ranges hier nicht einfach abweisen, schon garnicht, nachdem er ein Empfehlungsschreiben des zuständigen Gendarmeriegenerals vorwies.

Im Lager kümmerte sich Brejcha zunächst überhaupt nicht um die Häftlinge. Ob man die Henleinisten noch ein Weilchen prügelte oder nicht, bereitete ihm keine Kopfschmerzen. Brejcha war auf etwas anderes aus, er ließ sich daher die Listen zeigen. Und alsbald stutzte er bei einem Namen: "Das kann doch nicht wahr sein!" Brejcha ließ den Kommandanten zu sich bitten und bat ihn um eine Schreibkraft: "Ich hätte nämlich gern alle Häftlinge aus dem Bereich meiner Direktion aufgelistet."

Der Lagerkommandant war kein Dummkopf: "Eine Schreibkraft hätten wir schon, Herr Direktor. Wenn ich aber einen Vorschlag machen darf: Wir haben doppelte Durchschläge von jedem Schub gemacht, der bei uns angekommen ist. Einen Durchschlag haben wir an Ihre Direktion geschickt. Ich nehme an, daß Sie diese Durchschläge mit sich führen. Kann ich sie sehen?"

Brejcha gab dem Kommandanten seine Papiere und der verglich sie kurz mit seinen Akten. Schon beim zweiten Blatt pfiff er durch die Zähne: "Ich hab mich eh schon gewundert, was für unwichtige Leute aus Ihrer Stadt gekommen sind. Wo hat der Direktor Brejcha denn seine Obernazis gelassen, hab ich mich gefragt."

"Lieber Kapitän (Gendarmerierittmeister), ich habe den Eindruck, daß Sie sehr schnell und sehr gut kombinieren können. Ich werde das lobend nach oben berichten. Und nun sehen Sie sich einmal diese Blätter hier an. Es sind Anweisungen von meiner eigenen Hand. Solche Leute habe ich für eine eventuelle Verhaftung vorgemerkt. Nicht so viele, wie Sie in Ihrem Lager haben, und andere Namen sowieso. Aber die da haben Kaliber, diese meine Hochverräter. Vergleichen Sie einmal!"

Abermals pfiff der Gendarm durch die Zähne: "Da hat bei Ihnen jemand sauber sabotiert, Herr Direktor!"

"Ja, und ich weiß auch, wer. Mir war schon lange bewußt, daß eine Schlange an meinem Busen gelegen hat, doch diese Schlange besaß hohe Protektion. Bis heute konnte ich nichts unternehmen."

"Ihr Stelvertreter, der Dr. Vejdrych, wie? Er hat nicht warten wollen, bis Sie in Pension gehen. Vielleicht will er Sie mit diesem Fehlschlag erledigen? Vielleicht tanzt er auf zwei Hochzeiten? Was wollen Sie ihm beweisen? Er hat mehr Leute verhaftet als Sie angeordnet haben: Übereifer! Es sind ihm wichtige Leute durch die Lappen gegangen: Künstlerpech! Ich möchte voraussagen, daß er Ihnen einen geflüchteten Spitzel präsentieren kann, der alles verraten hat. Was wollen Sie ihm vorwerfen?"

"Vorwerfen? Garnichts. Wegloben will ich ihn. Dahin, wo er keinen Schaden anrichten kann. Meinetwegen kann er dort ein größeres Gehalt kriegen. Mir tut das nicht weh, höchstens der Staatskasse. Sagen Sie, Kapitän, hätten Sie nicht Lust, an Vejdrychs Stelle zu treten?"

"Lust schon, Herr Direktor. Vor allem würde ich gern mit Ihnen zusammenarbeiten. Aber es wäre nicht klug. Für Vejdrych und seine Freunde wäre ich ein Gezeichneter. Nein, Herr Direktor, das - und alles, was noch kommt - werden Sie allein durchstehen müssen. Ich bleib vorläufig ein kleiner Mann. Meine Stunde wird später kommen."

Brejcha seufzte: "Sie sind ein gesheiter Kerl, Kapitän. Umso weniger verstehe ich eines - nehmen Sie mir die Frage nicht übel: Warum haben Sie die Schweinereien in Ihrem Lager zugelassen. Ihre Leute haben ganz schön auf die Henleinisten eingeschlagen - oder nicht?"

Der Gendarm schmunzelte: "No, totgeschlagen haben sie schon keinen, und ein bissel die Furcht des Herrn zu lernen, kann den Brüdern nichts schaden. Was mich anlangt - ich hab nix damit zu tun. Das ist alles passiert, wie ich auf Dienstreise war. Kaum hab ich es gehört nach meiner Rückkehr, bin ich wie der Teufel dazwischengefahren. Die Schuldigen sind alle abgelöst, und die neuen Leute sind sehr korrekt zu dem Häftlingen, das wird Ihnen jeder bezeugen. Auch über mich sagt man, daß ich ein anständiger Mensch bin. Fragen Sie doch nach!"

"Wenn Sie mich dazu auffordern, kann ich es auch bleiben lassen. Mich würde etwas anderes interessieren: Wohin haben sie Ihre alten Leute versetzt?"

Der Gendarm nannte ein anderes Konzentrationslager.

"Aha! Und was machen diese Leute dort?"

"Nun, ich hoffe, sie benehmen sich dort anständig. Man hat sie ja verwarnt."

"Und von wo sind die Gendarmen gekommen, die Sie jetzt hier haben?"

Der Gendarm grinste: "Sie haben es erraten, Herr Direktor! Wir haben ausgetauscht."

Brejcha grinste zurück: "Und so wird es später heißen, am Anfang seien zwar Übergriffe vorgekommen, dann aber sei dagegen vorgegangen worden. Gut gemacht, Kapitän! Ausgezeichnet! Man wird Ihnen von allen Seiten das beste Zeugnis ausstellen. Ihre Zukunft ist gesichert, so oder so."

"Ich denke nicht so sehr an meine Zukunft. Ich denke an eine Aufgabe."

"Und die heißt?"

"Unser Vaterland. Es geht schweren Zeiten entgegen. Schuld daran sind nicht nur diese Deutschen hier, die wir geprügelt haben, weil sie einmal geprügelt werden mußten. Als Patrioten, die sie sind, könnte ich sie respektieren, weil ich selber ein Patriot bin. Ich bin aber gegen sie, weil sie einem Manne helfen, der uns alle schlimmer prügeln wird als man es sich vorstellen kann. Ein kleiner Vorgeschmack kann diesen Deutschen also nicht schaden. Leid tut mir freilich, daß ich nicht auch ein paar von unseren Tschechen verdreschen kann. Denn sie und ihresgleichen haben Hitler groß gemacht."

"Meinen Sie Typen à la Vejdrych?"

"Der ist nur ein kleiner Scheißer im System. Die Leute, welche ich meine, sitzen höher als die Vejdrychs. Ganz hoch sitzen einige von ihnen, höher geht's bald nicht mehr."

"Sagen Sie das nicht zu laut, Kapitän!"

"Sind Sie ein Lautsprecher, Herr Direktor?"

"Kapitän, Kapitän, wie schade, daß wir uns erst fünf Minuten vor Zwölf kennengelernt haben!" Brejcha erhob sich, packte die Listen in seine Aktentasche: "Das bekommen Sie umgehend zurück. Und jetzt werden Sie mir sicher noch eine Bitte erfüllen. Der Häftling Hektor Frey sollte sofort ent- lassen werden. Am liebsten nähme ich ihn gleich mit mir. Der Häftling Frey ist nämlich Jude, und ich möchte gerne wissen, wie ausgerechnet dieser Mann unter die Nazis geraten ist. Leider will er nicht wahrhaben, daß er Jude ist, und darum hat er vermutlich geschwiegen. Ich habe meinen Augen nicht getraut, als ich seinen Namen auf der Liste sah. Und das ist der Punkt, den ich benützen will, um Herrn Vejdrych zu erle- digen, ohne daß er zum politischen Märtyrer wird. Dos moi, pou stó - das war Griechisch, Kapitän!"

"Gib mir einen Punkt, auf dem ich stehen kann, und ich hebe die Welt aus den Angeln: Archimedes."

"Großartig, wenn auch nicht korrekt übersetzt: kai gén kinéso - und ich will die Erde bewegen. Immerhin, für einen Gendarmen sind Sie eigentlich viel zu gebildet. Sie waren auf dem Gymnasium? Wo?"

"Nur in Kremsier."

"Was heißt, nur in Kremsier? Ich hab in Boskowitz ma- turiert. Können Sie sich was Schlimmeres vorstellen?"

Noch einmal Hektor Frey

Der Häftling Viktor Frey wurde vorgeführt, ein gebrochener Mann in einem ehemals silbergrauen Zweireiher. Nun schlotter- te der Anzug um seine Figur, das Tuch war verdreckt und verfleckt, Strohhalme hingen daran. Des Professors Kinn war von rötlichen Bartstoppeln bewuchert. Er sah richtig biblisch aus: Hiob, eben vom Misthaufen kommend.

"Lieber Professor Frey!" stürzte sich Direktor Brejcha auf den völlig apathishen Mann, umarmte ihn und pusselte ihn modo balcanico ab. (Noch war dieser Modus mannmännlicher Begrüßung den Hirten und Räubern in und um Mazedonien vorbehalten.)

"Ein schrecklicher Irrtum ist vorgefallen, Herr Professor! Ich entschuldige mich tausendmal im Namen unserer Republik. Man wird den Schuldigen suchen und finden. Ihnen soll jede Genugtuung werden! Kommen Sie, ich nehme Sie gleich mit mir!"

"Ich soll frei sein?" Des Professors Augenlider hoben sich mißtrauisch und zweifelnd. Seine Bindehäute waren gerötet, die Lippen zuckten und waren schrundig. Er roch aus dem Mund, denn man hatte ihm einige Zähne eingeschlagen.

"Sie sind frei, Herr Professor Frey! Sie sind nie freier gewesen als jetzt!" jubelte Brejcha.

Des Direktors Gemüt war elastisch genug, den Doppelsinn seiner Aussage zu genießen. Welcher Doppelsinn darin lag, daß Hektor Frey inzwischen auch sein Weib losgeworden war - und fast sein ganzes Vermögen.

"Hat man Ihnen gemeldet, daß ich widerrechtlich aus meiner Wohnung verschleppt worden bin? Meine gechiedene wider Frau war Zeugin! Hat nicht sie Ihnen ---?"

Einen Dreck hat sie, Hektorchen! Im Gegenteil, sie hat überall herumerzählt, du wärst zu deinem Vergnügen verreist. Und aus Angst vor dem Krieg. In die hinterste Karpatho-Ukraine. Wenn nicht deine beiden Buben, der Meidner Willy und sein Spezi, der Nowack, bei mir vorbeigekommen wären, hätte ich dich kaum hier vermutet. Das freilich sprach Brejcha nicht aus. Stattdessen nahm er seinen Schützling beim Arm und verfrachtete ihn in sein Auto. Nach herzlichem Abschied vom braven und tüchtigen Gendarmeriekapitän, mit welchem er ein Wiedersehen besprach, fuhr man los.

"Fahren Sie, so schnell Sie können," wies Brejcha den Chauffeur an, "der Herr Professor hat es eilig, nachhause zu kommen, und diesen Gefallen sind wir ihm schuldig."

In Wahrheit war es Brejcha, der das Ende der Fahrt ersehnte. Denn bei allem gebotenen Mitleid: Der arme Professor Frey roch im Augenblick garnicht gut.

Die kleinen Detektive

Das aber war der Anlaß gewesen für Brejchas Besuch im Lager; Willy Meidner und Heinrich Nowack waren zu ihm gekommen und hatten sich vor dem Polizeidirektor ungeniert über die Rechtspflege im Tschechoslowakischen Staat ausgelassen: "Uns fehlt zum Beispiel schon seit zwei Wochen unser Mathematik-Professor, Herr Direktor. No, wir können auf ihn verzichten, aber wo steckt er? Der kann doch nicht ins Reich ausgebüxt sein, als Jude!"

"Andere Sorgen habt ihr jetzt nicht?"

"Willy Meidner, dem der Direktor längst kein Fremder war, wagte ein offenes Wort: "Herr Direktor, wir wollen jetzt nicht wissen, wer politisch Butter am Kopf hat. Nur daß ein Mensch einfach verschwindet, das geht doch nicht!"

"Woher wißt ihr denn, daß euer Professor spurlos verschwunden ist?"

"Also das ist so! Mein Freund hier, der Heinrich Nowack, er sollte beim Frey eine Strafarbeit abliefern. Ich hab Zeit und geh mit. Schon weil ich wissen will, ob wir richtig gerechnet haben, der Nowack und ich. Gemeinschaftsarbeit, wissen Sie!

Wir kommen zu Frey's Wohnung, und die Irma, die Frau vom Professor, sie macht uns auf: Mein Mann ist verreist.

Wer verreist heutzutage und jetzt schon gar? Überhaupt der Frey ohne seine Irma? Das gibt es doch nicht. Gut, es ist keine Schule im Augenblick, man hat alle Schulen geschlossen wegen Kriegsgefahr: Glauben Sie eigentlich den Blödsinn, Herr Direktor?

Da stimmt etwas nicht, haben wir uns gesagt und haben gleich ein bissel Detektive gespielt, der Nowack und ich. Wollen sehen, ob die Irma koscher ist. No, was glauben Sie, Herr Direktor? Ist sie koscher, die Irma?"

"Ich glaube nichts, ich höre. Weiter im Text, Willy!"

"Also, wir haben uns abgelöst, der Heinrich und ich und noch ein paar Freunde. Rund um die Uhr."

"Ein paar Freunde? So? Das heißt vermutlich, daß die ganze Jungturnerbande, die Sie anführen, Heinrich Nowack, Polizei gespielt hat? Ja schämen Sie sich denn garnicht? Detektiv spielen anstatt soliden Hochverrat treiben? Was denkt ihr euch eigentlich, ihr Hitlersäuglinge? Wenn ich das eurem Bezirksturnwart melde, fliegt ihr alle raus aus dem Verein!"

Während Willy Meidner aus allen Wolken fiel, blieb Heinrich Nowack eiskalt: "Nicht nötig, Herr Direktor, daß Sie uns beweisen, wie tüchtig Sie sind. Ich wette, Sie können mir sämtliche Namen aus meiner Gruppe aufzählen. Wenn Sie bisher nichts gegen uns unternommen haben, dann weil Sie wissen, daß wir keinen Hochverrat treiben - oder nur ein bissel. Und mit dem Bezirksturnwart können Sie uns auch nicht drohen, der sitzt ja bei Ihnen im Häfen und ist wahrscheinlich froh, wenn er beim Sitzen wirklich sitzen kann.

Aber wie tüchtig Sie auch sind, Herr Direktor, alles wissen Sie auch nicht. Zum Beispiel das, was wir jetzt herausbekommen haben. Wetten?"

"Da bin ich aber gespannt, Sie Lauser, Sie!"

Heinrich Nowack zog ein Notizbuch aus seiner Brusttasche: "Sehen Sie sich das an, Herr Direktor!" Und er überreichte Brejcha die in schwarz-graues Wachsleinen gebundene Kladde.

Der nahm sie entgegen, schmunzelte, blätterte, las, runzelte die Stirn: "Saubere Arbeit, ihr Halunken. Rund um die Uhr beobachtet; meine eigenen Leute gesehen und von diesen nicht gesehen worden. Wirklich sauber. Ich sollte euch engagieren können. Darf ich das Buch behalten?"

"Es steht Ihnen zur Verfügung, Herr Direktor!"

"Dann will ich euch dafür auch euren Lehrer wiederbeschaffen. Und nun geht nach Hause und hört auf mit dem Detektivspielen."

Aus dem Notizbuch ging hervor, daß Hektor Frey verhaftet worden war, als man in seinem Hause einen bekannten Henleinpartei-Bonzen suchte. Der, anscheinend gewarnt, hatte kurz vor der Razzia fluchtartig das Haus verlassen. Statt seiner wurde Frey aufgegriffen und abtransportiert. Und es ging aus dem Büchlein weiterhin hervor, daß Dr. Vejdrych das Haus mehrfach aufgesucht hatte, vor des Nazi Flucht und nach Freys Verhaftung.

Direktor Brejcha war durchaus der Mann, daraus seine Schlüsse zu ziehen.

Denn er wiederum wußte, was die Buben nicht wissen konnten, daß nämlich die von Irma Frey eingereichte Scheidung längst rechtskräftig geworden war.

Rache ist manchmal süß, dachte Brejcha. Aber manchmal nützt alle Süßigkeit nichts. Selbst wenn der Vejdrych sie jetzt nimmt - als Frau ist die Frey'sche auch nicht mehr erste Wahl. Und dann auch noch eine Deutsche: da hat er nur was davon, wenn --- Herrgottsakra, daran hätte ich früher denken müssen!

Dem Direktor Brejcha war plötzlich ein Gedanke gekommen.

Direktor Brejchas Fleißarbeit

Lange saß der Direktor über den Protokollen der Verhaftungsaktion. Es ergab sich aus der Lektüre, wenn man zwischen den Zeilen zu lesen verstand, daß Brejchas Stellvertreter, der Dr. Vejdrych schuld hatte an dem sinn- und erfolglosen Ablauf der Aktion. Mit diesem Wissen war freilich im Augenblick nichts anzufangen. Die zuständigen Stellen in Prag trugen sich zur Zeit mit anderen Sorgen. Denn die Lage entwickelte sich bestürzend schnell zuungunsten der Tschechoslowakischen Republik. Es gab Leute im Land, die es darauf ankommen lassen wollten, weil sie zu recht vermuteten, daß Hitler bluffte.

Doch diese Leute waren in der Minderzahl. Ihre Stimmen gingen unter im Gewimmer der Friedensfreunde - auch der Freunde im Ausland, die, so war es versprochen, nach gegebener Frist helfend eingreifen wollten.

Brejcha sah die Lage nüchtern an. Falls es Krieg geben sollte - woran er nicht glaubte - fiel der Fall Vejdrych sowieso ins Wasser. Kam es zu einer friedlichen Löseung, so würrden die Tschechen einen hohen Preis zu zahlen haben. Mit einem Autonomiestatut für die deutschsprachigen Gebiete würden sie kaum davonkommen. Das mußte eine Wachablösung in Prag ergeben. Benesch, der unglückliche Präsident - unglücklich aber nicht schuldlos - war kaum zu halten. Anderen Leuten an der Sitze des Staates aber würden sich mit Lappalien wie der Untreue des Dr. Vejdrych kaum befassen wollen.

Wenn man Vejdrych ausschalten wollte, dann so, daß er bei

den kommenden Herren nicht Schutz suchen konnte. Also nicht auf der politischen Schiene.

Brejcha verließ seinen Schreibtisch und begab sich in seine private Dunkelkammer. Dort fotografierte er alle Dokumente, die ihm wichtig erschienen im Falle Vejdrych. Solche Dinge tat der Direktor nicht zum ersten Mal. Und er tat sie stets allein, weil er grundsätzlich niemandem vertraute, auch nicht irgendwelchem technischen Personal.

Alle Untergebenen nahmen an, daß Brejcha Unterlagen über interessante Personen und Vorgänge in seinem Panzerschrank verwahre. Das war falsch.

Zwar lagen in des Direktors Panzerschrank auch etliche Sachen von Belang. Doch das war nur Handmaterial, welches schnell zur Verfügung stehen sollte. Des Direktors eigentliches Geheimarchiv befand sich da, wo kaum jemand, der Brejcha kannte, es vermutet haben würde - im Pfarrhaus einer Vorstadtkirche. Der Pfarrer war ein Jugendfreund und - verschwiegen.

Solches aber hatte sich Brejcha ausgerechnet: Solange dieser Staat bestand, würde man Pfarrhäuser, insbesondere die von rein tschechischen Pfarreien, kaum durchsuchen. Selbst bei gewaltigen Umwälzungen sucht man nicht in Vorstadtpfarren nach konspirativem Material. (Darin irrte Brejcha, doch das sollte sich erst etliche Jahre später herausstellen.)

Huntertprozentige Sicherheit kann es nicht geben, meinte der Polizist. Wenn das Schicksal es will, sucht einer in den Büchern seine verstorbene Erbgroßtante - und wen findet er? Meinen Vejdrych! Der Gedanke machte Brejcha schmunzeln.

Darauf wollen wir es ankommen lassen. Außerdem - mir schaden die Dossiers ja nichts. Gefährlich sind sie nur für jene Leute, deren Namen dort vorkommen.

Du bist ein Schurke, Brejcha, flüsterte ihm sein Schutzengel zu. Immer wenn er auf dem Weg zum Pfarrer, seinem Jugendfreund war, überkamen den Agnostiker kindlich fromme Erinnerungen. Ja, lieber Schutzengel, ich bin ein Schurke, flüsterte er, ich bin sogar ein doppelter Schurke. Denn nur damit kann ich der Gerechtigkeit dienen.

Zu nächtlicher Stunde traf Direktor Brejcha im Pfarrhaus ein. Daran war nichts ungewöhnliches. Wie oft kamen Leute und baten um einen Versehgang. Solches tat auch der Polizeidirektor mit hochgestelltem Mantelkragen. Die Köchin kannte ihn nicht, und fragte nur, ob es ein weiter Weg sein würde. Nein, ganz nahe, wurde ihr die Antwort mitsamt Adresse. Als der verschlafene Geistliche die Adresse hörte, ließ er das Allerheiligste daheim. Man ging selbander durch die nächtliche Stadt, plauschte ein wenig über die politische Lage. Dann übergab der Direktor dem Pfarrer die Fotos: "Ich hab sie in dickes Stanniol eingesiegelt. Aber sehr feucht darfst du sie trotzdem nicht lagern, Josef."

"Ich tu sie wie immer in den hinteren Deckel und kleb das Respektblatt am Deckel fest."

"Tu mit ihnen, was du für richtig hältst. Du bist nicht mein einziges Archiv, Josef, aber mein sicherstes. Niemand kann wissen, was kommt. Vielleicht werde ich demnächst außer Landes gehen. Viellleicht auch nicht. Sobald du erfährst, daß ich weg bin, wartest du ein Jahr. Hörst du nichts mehr von mir, so mach mit den Filmen, was du willst. Du weißt ja, in welchen Bänden sie sind.

Du kannst sie vernichten, aber ich glaube, dein Generalvikar wird sich freuen, wenn er das Material bekommt. Josef, ich bin wahrscheinlich ein ganz schlechter Christ und ganz sicher kein treuer Diener der Kirche. Doch wenn ich jemandem mein Wissen gönne, dann euch. Ihr wißt nicht nur, was Macht bedeutet, ihr habt auch gelernt, maßvoll mit der Macht umzugehen. Ihr werdet es nicht mißbrauchen wie ein Erpresser, denn Erpressung ist nicht euer Geschäft. Möglicherweise wird euch dies oder jenes von Nutzen sein. Ihr werdet es schon richtig verwenden, ich verlasse mich darauf."

Am nächsten Tage bestellte der Polizeidirektor seinen Stellvertreter zu sich. Der hatte geahnt, daß sein Chef etwas gegen ihn im Schilde führte und erschien daher mit einem dicken Aktenbündel. Darin war Vejdrychs Unschuld am Mißlingen der Verhaftungsaktion lückenlos dokumentiert.

Und nicht nur das. Vor der Tür wartete, von Vejdrych seinerseits bestellt, der vorgesehene Sündenbock, ein subalterner kleiner Polizist.

"Beenden wir die Komödie bevor sie begonnen hat, Vejdrych," leitete Brejcha das Gespräch ein. "Und den Lakomy, den schicken's in sein Büro zurück. Und sagen Sie ihm, er braucht sich nicht zu fürchten, ihm passiert garnichts."

Jetzt begriff der Doktor Vejdrych, daß er das Spiel verloren hatte. Sein Direktor hatte ein ganz anderes Blatt in der Hand. Und das spielte er aus: "Für wie blöd halten Sie mich eigentlich, Doktor?" Ein freundliches Lächeln begleitete die Frage. Vejdrychs Magen begann sich zu melden. Wenn Brejcha freundlich kam, war er am gefährlichsten.

"Ich habe Sie niemals für blöd gehalten, Herr Direktor!"

"Wirklich nicht? Nun, ich glaub's Ihnen. Aber sich selber haben Sie für noch gescheiter gehalten, nicht wahr? Das war ein Irrtum, mein Lieber.

Sie haben geglaubt, ich werde Ihnen nicht hinter Ihre Tricks kommen bei der Verhaftungsaktion, bei der Sie alle Ihre Freunde von morgen haben davonkommen lassen. Nein? Das haben Sie nicht geglaubt? Gut. Dann aber haben Sie darauf spekuliert, daß man Ihnen in der jetzigen kritischen Situation keinen Strick mehr daraus drehen kann. Und das stimmt. Was Ihnen vor einem Jahr noch den Kragen gebrochen hätte, ein für allemal, kann sich heute bereits als der Beginn Ihrer Karriere von Morgen erweisen. Denn Sie haben den deutschen Hochverrätern gegenüber ein Auge zugedrückt. Purzeln Sie heute darüber, so werden sie morgen deswegen aufsteigen. Garnicht so dumm kalkuliert.

Und jetzt frag ich Sie noch einmal, für wie blöd Sie mich halten! Glauben Sie, ich bediene mich untauglicher Mittel, wenn ich Sie feuern will? Lesen Sie das da!"

Und Brejcha warf dem Doktor einen Faszikel Fotokopien zu. Vejdrych nahm die Blätter, warf einen Blick auf sie, wurde totenbleich.

Brejcha grinste: "Die Originale stehen auf Wunsch ebenfalls zur Verfügung, Doktor. Aber nur vor Gericht. Wie Sie sehen und wissen, sind das keine politischen Sachen, bei denen man sich herausreden kann vor einem neuen Regime. Das sind kriminelle Delikte: Veruntreuungen, Unterschlagungen, falsche eidliche Aussagen. Und dann noch eine nette kleine Beihilfe zur Abtreibung. Dafür würde Sie sogar ein deutsches Gericht verurteilen müssen. Jedes Gericht!

Und nun werden Sie so gut sein und mir dieses vorbereitete Geständnis unterschreiben. Im Gegenzug befürworte ich Ihnen ein Gesuch um vorzeitige Pensionierung aus privaten Gründen.

Wieviel Dienstjahre haben Sie? Über zehn? Sehen Sie, dann bekommen Sie sogar eine kleine Pension.

Ihr Geständnis nehme ich an mich. Es wird mitnebst den Beweisen an sicherem Orte verwahrt bleiben und stets als Damoklesschwert über Ihnen hängen, wenn Sie eine neue politische Karriere anstreben sollten.

Haben Sie unterschrieben, ja? Gut. Ich beurlaube Sie, bis die Bestätigung aus Prag eintrifft. Sie können jetzt nach Hause gehen, Doktor Vejdrych. Ihre politische Beerdignug haben Sie soeben hinter sich gebracht."

Der alte Staatspräsident, ein Philosophieprofessor, war rechtzeitig gestorben.

"Eine Weile will ich mir das noch ansehen," hatte er vor seinem Rücktritt gesagt, und es war Sorge in seiner Stimme gewesen. Denn er kannte seinen Nachfolger, und diese Kenntnis ließ ihn um sein Werk fürchten.

Der Staat des "Befreier-Präsidenten" war aus einem alten Traum der Tschechen entstanden. So unfrei, wie sie sich unter Alt-Österreich vorkamen, waren die Mährer und Böhmen zwar nie gewesen: Unfrei in der Wahl ihrer Religion waren die Untertanen aller Nationen Europas zu allen Zeiten. Cuius Regio, eius Religio. Selbst im Mutterland der Demokratie, in England, hatten die Katholiken seit Heinrich VIII. nichts zu lachen, und die Puritaner waren nicht aus Übermut in die Mayflower gestiegen, die Quäker nicht aus Langeweile nach Pennsylvania ausgewandert.

Als Habsburg sich die Kronen Böhmens und Mährens erheiratete, durften die gemäßigten Reste der Hussiten, die Utraquisten, ihr Abendmahl weiterhin in zweierlei Gestalt nehmen.

Luthers Protestantismus ließen sie ins Land dringen, wenngleich sie es nicht mit Freuden taten. Die einzige Freiheit, welche den Böhmen und Mährern wirklich beschnitten wurde, war ihr altes Recht, sich ihre Könige selbst zu wählen. Doch selbst dieses Recht hatten sie früher nicht in jedem Falle wahrnehmen können - zu ihrem Glück, wie später das polnische Exempel zeigen sollte.

Sie taten zu allen Zeiten gern, was sie wollten, die böhmishen Adeligen - und darin unterschieden sie sich kaum von ihren Adelsvettern im übrigen Europa.

Freilich: Die Gegenreformation ging von Habsburg aus, und aus unerfindlichem Grunde hielt man in Böhmen die Habsburger für Deutsche. Also setzte man die Habsburger ab und wählte einen Gegenkönig, der ein guter calvinistischer Protestant war: Friedrich von der Pfalz - ebenfalls einen Deutschen! Seither tun sich die tschechischen Historiker so schwer, wenn sie die Habsburger-Herrschaft als einen Versuch der Germanisierung darstellen wollen.

Richtig daran ist, daß im Westfälischen Frieden die böh-misch-mährischen Länder Habsburg zugestanden wurden. Und also nahm Habsburg das Recht in seine Hände und entlohnte die treuen Parteigänger der Liga, alle die Obristen und Generale des Dreißigjährigen Kriegs, mit böhmischem und mährischem Grundbesitz, welcher vakant geworden war nach dem Fortzug jener Adelsfamilien, die auf ihrem Protestantismus beharrt hatten: die Zierotin, Smiricky - und manche andere, deren Namen untergegangen sind in den Exilen. Ihre Güter steckten ein die Clam, die Colloredo, Herberstein, Buquoy.

Besieht man es recht, so ist diese ausländische Adelsinva-sion nicht ganz stimmig. Die durch Ausweisung und Flucht enteigneten Adelsgüter gingen zum größeren Teil an den altge-sessenen Adel, der vorsichtig genug gewesen war und sich nur mäßig oder garnicht empört hatte: Lazansky, Czernin. Wrbna, Chotek, Waldstein - das waren keine Immigranten, die saßen seit eh und je im Land! Und es waren nicht nur die Liechten-steiner, die sich breit machten auf den enteigneten Gütern, es waren's die Harrach ebenso wie die Nostiz, die Schlick, die Praschma.

Das Land war entvölkert nach dem Dreißigjährigen Kriege, doch das galt für die deutschen Nachbarländer gleichermaßen. Eine nennenswerte Einwanderung von Deutschen hat nach dem Dreißigjährigen Krieg nicht stattgefunden. Trotzdem dominiert plötzlich die deutsche Sprache - wenn schon nicht auf dem flachen Lande, so doch in den größeren Städten. Wie ist das zu erklären? Hatte etwa das böse Habsburg versucht, den Tschechen ihre Sprache zu nehmen?

Absichtlich bestimmt nicht. Es war wohl so, daß der ver-bliebene Adel sich auf Habsburgs Seite schlug, weil Habsburg ihm den Besitz garantierte. Der Adel hatte die Ämter inne. Die Ämter unterstanden Wien. Somit empfahl sich Deutsch als Amtssprache. Ein Bürgertum, das gebildet genug war, die Schreiberstellen zu füllen, gab es nicht mehr. Dieses Bürger-tum war mit Amos Comenius exiliert. Der Rest paßte sich an. Man brauchte nicht zu germanisieren. Damit konnte man das Volk in Ruhe lassen, denn es hatte ohnehin nichts zu sagen im Zeitalter des Absolutismus. Die Religion schrieb man dem Volke vor, nicht die Sprache. Die Gottesdienste bedienten sich weder der deutschen noch der tschechischen Sprache, sie wurden in Latein abgehalten. Und nur das war es, was den Tschechen nun fehlte. Den katholisch gebliebenen Deutschen allerdings auch.

So, und nicht als Ergebnis einer planmäßigen Entnationalisierung, wurde das Heilige Prag mählichzu einer deutschen Stadt. Doch just in dieser Zeit war die Aufklärung ans Werk gegangen. Sie gebar die französische Revolution und die wiederum zeugte einen Napoleon, der in Europa das unterste zuoberst kehrte. Dem kleinen Volk der Tschechen muß das einen Impuls gegeben haben.

Das Wiedererwachen des tschechischen Nationalbewußtseins wird für gewöhnlich an den Abbé Dobrovsky geknüpft, den Freund Goethes. Und Herder genießt bei den Tschechen große Verehrung, weil er die Literaturen der Zwergnationen Europas hoffähig machte. Um der Wahrheit willen muß bestätigt werden, daß bei den Tschechen sehr viel an alter, eigener Literatur zu finden war, und es ist darum noch weniger zu verstehen, daß sie den genialen Fälscher Wenzel Hanka lange lobten, weil er ihnen einen Art Nibelungenlied in ihr echtes Liedgut hineinpaschte.

Wir übergehen den Streit um die Königinhofer Handschrift und wenden uns wieder dem Manne zu, mit dem wir begonnen haben. Thomas Garrigue Masaryk besaß den seltenen Mut, den Fanatikern seiner Nation ihr, wie sie meinten, bestes Recht aus den Händen zu schlagen, die Königinhofer Handschrift. Mit ihrer Echtheit wäre das Erstgeburtsrecht der Tschechen in ihren Ländern unbestreitbar geworden. Doch Masaryk war nicht nur mutig, er war auch klüger als die meisten seiner Landsleute. Er kämpfte mit anderen Waffen und galt daher auch seinen Gegnern als Fels der Rechtschaffenheit. Mit diesem Ruf und seiner aus Amerika stammenden Frau floh er vor dem habsburgischen Tribunal ins Land der unbegrenzten Möglichkeiten. Das Tribunal hätte ihm unter Kriegsrecht vermutlich Hochverrat, zumindest aber Verletzung seiner Beamtenpflicht als k u k Hochschulprofessor nachweisen können. Auch das zählte bei Präsident Wilson letztendlich zu Masaryks Pluspunkten. Und daß ein Amerikaner nichts von europäischen Grenzen versteht, ist eine Weisheit, die seit eh und je gilt, damals wie heute.

Gegen gekrönte Häupter haben die Amerikaner seit 1776 eine

tiefeingewurzelte Abneigung, hingegen halten sie das Wort Demokratie für den Stein der Weisen. Wer das weiß und zu nutzen versteht, kann die Amerikaner um den Finger wickeln. Thomas Garrigue Masaryk wußte es.

Nicht weniger erfolgreich als Masaryk in den USA, kunkelte im europäischen Untergang ein gewisser Doktor Schicha, der sich später, als die Steckbriefe gegen ihn aufgehoben waren, wieder Doktor Benesch nannte.

Als man beim großen Reinemachen in Europa die Verträge von Versailles, St. Germain, Trianon und St. Stefano schloß, bekamen die Böhmen und Mährer ihren Staat. Sie bekamen ihn sogar größer als erträumt, denn man teilte ihnen Oberungarn und die Huzulei als Draufgabe zu. Freilich sollten sie für all ihren Gewinn versprechen, den übergroßen Happen pfleglich zu behandeln.

"Wie könnten wir denn die Fehler Österreichs wiederholen?" versicherten sie aus voller Brust. "Unsere Minderheiten werden es gut bei uns haben!"

Die Tinte unter den Verträgen war noch in den Tintenfässern, da ließen sie schon ihr Militär auf die deutsche Minderheit schießen; am 4. März 1919, genau 68 Tage nach der Staatsgründung. Es gab 54 Tote und ein paar Hundert Verwundete, Frauen und Kinder darunter.

Wir wollen es dem Präsident-Befreier unterstellen, daß er hierüber nicht glücklich war. Er blieb aber in seinem Amt, um Schlimmeres zu verhindern. Was ihm gelegentlich gelang. Wenn ein Deutscher die Haydn-Hymne summte - damals noch nicht als Deutschlandlied bekannt, sondern als "Gott beschütze, Gott erhalte -", wurde er lediglich verhaftet und kam manchmal mit einer Geldstrafe davon. Um ehrlich zu bleiben: Die anderen Nachfolgestaaten Altösterreichs trieben es mit ihren Deutschen weitaus schlimmer als die Tschechen. Die Ungarn magyarisierten mit sanfter aber unwiderstehlicher Gewalt; die Polen schikanierten bis hin zur wirtschaftlichen und manchmal auch physischen Vernichtung; die Rumänen waren schnell mit ihrer Sigurantza zur Stelle, und deren Gefängnisse waren weiß Gott keine Sanatorien! In Jugoslawien bekamen die Deutschen keine politische Vertretung, und das Gesetz des Balkans ist nun einmal die nackte Gewalt. Südtirol war vielleicht am schlimmsten dran, es wurde brutal italianisiert. Wenn es nach

den Faschisten gegangen wäre, hätte es in der zweiten Hälfte
unseres Jahrhunderts keine Südtiroler mehr gegeben. Wie es
manchmal so läuft, gerade die Südtiroler sind letztendlich am
besten davongekommen von allen Auslandsdeutschen. Glücklich
aber wurde bei der Neuordnung Europas noch nicht einmal der
Präsident Wilson. Denn er starb an seiner Paralyse.

Altösterreich existierte nicht mehr. Doch jeder Mensch
behält ein paar Eierschalen an sich. Des Doktor Benesch
Eierschalen waren habsburgisch gewesen, und daher lebte dieser Mensch in ständiger Furcht vor einer Wiedergeburt Altösterreichs. Die Reichsdeutschen hingegen hielt er für dermas-
sen ausländich, daß sie ihn überhaupt nicht tangierten. Von
ihnen erwartete er weder Gutes noch Böses. Bis sein Parteige-
nosse Adolf Hitler ihn eines anderen belehrte. Parteigenos-
se? Ja doch! Benesch's Partei, auf die er sich stützte, hieß
"Die Natonalsozialisten". Es war dies freilich eine rein
tschechische Partei, und wenn sie mit Hitlers Partei etwas
gemeinsam hatte, dann lediglich die doppelte Lüge im Namen.

Die Tragödie des Doktor Benesch ist nicht seine Tragödie
allein, sie ist die Tragödie von 15 Millionen Menschen. Und
sie ist ein Lehrstück über die Folgen schlechten Gewissens.
Der Totengräber Österreichs fürchtete in den Deutschen
seines Staates die Österreicher, und gebannt starrte er auf
Wien, das armselig gewordene Wien, nur noch Wasserkopf einer
ausgezehrten Mißgeburt. Dorthin starrte der Doktor Benesch
voll Argwohn und Angst. Berlin lag hinter seinem Rücken.

Das hinderte den Politiker wenig, die eigenen Deutschen
schlecht zu behandeln. Nicht, daß er sie verfolgte oder
quälte. Er benachteiligte sie nur, wo immer möglich. Er tat
es mit dem kaum verhüllten Ziel, die rein deutschen Sied-
lungsgebiete zu verkleinern und - auf lange Sicht verschwinden zu lassen. Was er tat, tat der Doktor Benesch nicht als
Einzelperson. Als solcher war er lediglich Außenmi_nister mit
dem Lieblingsaufgenthalt Genf, Völkerbundspalais. Ansonsten
war er eventuell noch Parteiführer. Als solcher war er
schließlich designierter Nachfolger der Befreierpräsidenten.
Alles zusammen hätte nicht gereicht, den Doktor Benesch die
Rolle spielen zu lassen, die ihm der Redner Hitler später
zumaß. Benesch allein war ein Wiesel, mehr nicht. Klein, aber
sehr beweglich. Ein Räuberchen, schwer zu fangen, schwer zu

treffen. Blutgierig, mit giftigem Biß. Dennoch unbedeutend als Person. Hitler tat ihm zuviel Ehre an. Aber: Benesch stand nicht allein. Er besaß Vorgänger und Gefährten. Die machten ihn stark. Und gefährlich. Und: Benesch verriet alles und Jeden. Am Ende sein Land. An den Großen Slawischen Bruder. Der ihm erlaubte, was die Engländer und Franzosen dem Doktor Benesch nie gestattet hätten: Die Deutschen auszutreiben. Er verriet sein Volk an den Russen, der den Tschechen hernach ihre Freiheit wieder wegnahm und des Doktor Benesch Namen aus den neugeklitterten Geschichtsbüchern tilgte. Die junge Generation im Lande kann auf Benesch nicht einmal mehr böse sein, denn sie weiß kaum, daß es ihn gegeben hat.

Als der Doktor Benesch Staatspräsident wurde, lebten seine Deutschen, fast ein Viertel der Gesamtbevölkerung des Landes, nicht in Furcht und Schrecken. Sie lebten jedoch in ständiger Gereiztheit, weil man sie ständig reizte.

Thomas Garrigue Masaryk hatte die Deutschen auch nicht geliebt, er hatte jedoch über den Tag hinaus gesehen. Man weiß nicht, wer Mararyks Vater war: ein Jude, ein Aristokrat, ein Deutscher? Auf jeden Fall ein Mann, der den Sinn für Gerechtigkeit zu vererben wußte.

Sein Nachfolger glaubte, sich auf seine großen Freunde verlassen zu können. Und wie alle kleinen Leute und kleinen Geister fühlte er sich sicher im Schatten der Großen. Man würde ihm seine kleinen Untaten durchgehen lasen - dachte er. Gerechtigkeit war etwas für Philosophen. Benesch zog das vor, was er für Geschicklichkeit hielt. Das ist die politische Moral der Taschenspieler. Dreienhalb Millionen Deutsche und eine Million Ungarn störten ihn solange nicht in seinem Lande, als man ihm erlaubte, sie allmählich wegzumogeln.

Und nun starb auch noch der alte Staatspräsident. Der wieselige Nachfolger, unter dessen kurzgestutztem Schnurrbart stets ein undeutbares Lächeln spielte, residierte auf Europas köstlichstem Hügel, auf dem Hradschin. Da, wo vor ihm Kaiser regiert hatten und vor den Kaisern jener gewaltige Sohn aus den Stämmen Przemysl und Stauffen: Ottokar II. Um ein Haar wäre er Kaiser geworden anstelle des ersten Habsburgers. Daß der Böhme den Wurf nach der Reichskrone Reichskrone mit dem Leben bezahlte, lag sicher nicht an der grauen schweizerischen Knausers Feldherrentum und auch nicht an des letzten großen Przemysliden Übermut. Der herrische Mann, Tscheche allenfalls noch dem Namen nach (und nicht einmal der ist tschechisch, denn er leitet sich her von Odoaker), war den Mächtigen des Reiches zu stark, um ihr Oberster sein zu dürfen. Er hätte die Schürer der deutsche Zwietracht zu Paaren getrieben. Mit Ottokar erst brach der staufische Plan von der Renovatio Imperii Romani zusammen. Und damit auch die Möglichkeit der Integration Böhmens und Mährens in das Reich.

Der siegreiche Habsburger war ein Schweizer, er träumte keinen Traum, sah vielmehr zu, daß sein Eigen sich mehrte, mählich aber sicher. Letztlich waren auch die Habsburger Deutsche, sie leugneten es nicht. Nur stürzten sie sich deswegen nicht in Ungelegenheiten. Bis die Ungelegenheiten sie stürzten. Zuerst vom spanischen Thron, wo sie vor lauter Inzucht verkamen; dann auf dem Thron zu Wien, den sie besser in Frankfurt aufgestellt hätten. Oder in Prag.

Wir wollen sie nicht schelten. Wahrscheinlich waren sie tüchtiger als die meisten anderen europäischen Fürstenhäuser. Mord und Totschlag haben sie nicht geschätzt. Und Europa haben sie vor den Türken bewahrt.

Nun aber saß der Mann, der dem sterbenden Löwen den Eselstritt versetzte, im Erbe der Przemysliden, Luxemburger, Habsburger. Zur Präsidentenvilla gehörte auch ein Tennisplatz. Die Byzantinerpresse berichtete alsbald vom neuen Präsidenten, er hetze jedem Ball nach und gäbe niemals auf.

Diese Eigenschaft des Mannes Benesch, Eduard, sollte vielen Menschen zum Verhängnis werden. Ihm am Ende auch.

Denn als er aus dem Exil kam und wieder Präsident wurde, durfte er es solange bleiben, bis das Odium der Austreibung aller Deutschen - und unter welchen Umständen! - an seinen Namen fixiert war. Dann ließ man ihn ins Nichts verdämmern.

Das Münchener Abkommen war geschlossen, die tschechischen Truppen und Behörden hatten die dem Deutschen Reich zuerkannten Gebiete geräumt. Konrad Henlein wurde Hitlers Satrap im neugegründeten Sudetengau. Polen und Ungarn waren beteiligt an Hitlers Beute. Die Polen nahmen sich - nicht ganz zu unrecht - das Teschnerland; Ungarn bekam die Südslowakei. Die Stadt des Direktors Brejcha lag nun in einem von Deutschland und Polen umschlossenen Zwickel. Ihre Bewohner versuchten, mit der neuen Lage fertigzuwerden. Das war schon verkehrstechnisch nicht einfach. Denn es gab nur noch den Weg nach Süden, und der endete im Gebirge.

Siegfried Brinner und sein Bruder Eugen hielten miteinander Rat. Was sollte aus ihrem Besitz werden, aus dem Hotel Empire mitsamt der Barcelona Bar? Seit der Katastrophe von München ging das Hotel nicht mehr gut. Kein Wunder, denn der Orientexpreß hielt nicht mehr hier. Wenn er überhaupt noch verkehrte, nahm er seinen Weg direkt über das deutsche ins polnische Gebiet, und dann erst suchte er sich seinen Weg durch die Restslowakei nach Rumänien.
"Nix wie die Em-pi-rä Gäste sind uns geblieben, klagte Siegfried, die Empaiers sind futsch und die Angpiirs erst recht. Damit spielte Sigi Brinner auf die drei Möglichkeiten an, das Wort Empire auszusprechen, einheimische, die anglophile und die frankophone.
Die einheimische Art war nicht unbedingt ein Zeichen von Unbildung. Manche, die es besser wußten, wählten diese Form aus Dafke: Um die Brüder Brinner zu bestrafen für einen Hotelnamen, der den Gast zwang, seine Sympathie für England oder Frankreich öffentlich zu bekennen.
Jetzt, wo das Städtchen O. fast eine Exclave war, eingeschnürt zwischen Polen und Deutschland, blieben die Empaiers ebenso fort wie die Angpiirs. Es gab ein Transitabkommen, das der Staatsbahn die alten Strecken zu befahren erlaubte. Doch wer fährt schon gern durch ein Gebiet, wo die Gestapo zuhause ist? Die der Gebrüder Brinner beste Gäste gewesen, sie fuhren nun, wenn sie überhaupt fuhren, auf anderen Wegen in den

Orient, welcher bekanntlich dicht hinter O. begann. Es gab keine Zwischenstation mehr im Hotel Empire, für einen Abend der Erholung, eine Nacht der Entspannung. Außer den Brinners beklagten es auch die Edelnutten der Stadt.

"Das Hotel steht fast leer," jammerte Eugen Brinner. "Die Bar ist stier. Was noch dort sitzt, sind alles Schnorrer, die für einen billigen Cocktail mindestens zehn nackte Mädchen sehen möchten."

"Im Restaurant werden wir bald koschere Küche führen können. Die paar Gäste, die noch kommen, sind alles Juden," setzte Siegfried die Klage seines Bruders fort. "Miese Zeiten sind das!"

"Und wird sich was ändern demnächst oder später?" fragte Eugen.

"Gott soll abhüten!" schrie Siegfried auf. Er neigte wie die meisten Juden dazu, die schlechteste Gegenwart einer unsicheren Zukunft vorzuziehen.

In diesem Augenblick klopfte es an die Tür. Auf der Brüder "Herein!" erschien Shmooly, der Bandleader aus der Barcelona Bar.

Shmooly, der vorgab, Franz Schmiedinger zu heißen, war groß, blond, dicklich. Er trug blaue Quellaugen in einem rötlichen Gesicht, das man besser als Ponem bezeichnet hätte.

"Was gibt's, Shmooly?" fragte Siegfried Brinner freundlich.

"Ich möchte kündigen, die Herren," erwiderte Shmooly.

"Soll das schon wieder heißen, sie möchten aufgebessert werden, Shmooly? Schlagen Sie sich das aus dem Kopf; die Geschäfte sind nicht danach."

Franz Schmiedinger nickte: "Eben. Ich möchte meine Papiere."

Die Lait hobach gern, wos verloß'n einem sinkenden Schiff mitten im Jam!" zischte Eugen Brinner. Stets, wenn er sich aufregte, verfiel der Hotelier in das Idiom seiner Zablotower Kindheit.

"Sie haben gesagt, Herr Eugen, das Schiff fängt zu sinken an. Recht haben Sie, und ich möchte nicht untergehen mit dem Schiff, habe ich recht?"

"Shmooly, wie viele Jahre waren Sie bei uns?"

"Vier Jahre. Nein, fast fünf!"

262

"Gute Jahre oder schlechte?"

"Gute Jahre, die Herren Brinner! Sie haben gut gezahlt, ich hab gut gespielt und gesungen, und Sie wiederum haben gut verdient an der Barcelona Bar. Aber jetzt ist Ssof, Ende. Rien-ne-va-plus; es geht nix mehr, es wird nix mehr gehen, nur Sie beide werden bald gehen. Letzteres ist ein Rat von mir, und zwar ein gut gemeinter."

"Setzen Sie sich, Shmooly," sagte Siegfried Brinner, der im Gegensatz zu seinem Bruder die Fassung nur selten verlor. "Eugen, tu bitte dem Direktor Schwab klingeln, er soll uns aus dem Restaurant drei schöne Krügel Pilsener heraufschik-ken. Dabei wollen wir in Ruhe alles besprechen. Natürlich haben Sie recht, Herr Schmiedinger. Auch wir wissen, daß man hier nicht bleiben kann in dieser Falle. Wir wollen offen miteinander reden."

Wer die drei Herren beisammensitzen sah, hätte einzig Shmooly für einen Juden gehalten. Und gerade er war es nicht. Zumindest besaß er einwandfreie Papiere darüber, daß sowohl seine Eltern als auch seine Großeltern die Heilige Taufe empfangen hatten, und zwar allesamt in der Waagerechten. Trotzdem sah man es Shmooly an. Der Seitensprung seiner Mutter stand ihm ins Gesicht geschrieben. Aber sonst stand das nirgendwo, und Shmoolys Mutter war schon lange tot; ebenso Herr Jaroslav Schmiedinger, Shmoolys gesetzlicher Vater.

Die Brinners hingegen, solange sie den Mund hielten oder nicht die Beherrschung verloren: Lords in Reinkultur! Beide waren groß, schlank, grauäugig und graublond, steif wie die Ladestöcke, kurznasig, arrogant.

Wir bestimmen, wer bei uns Gast sein darf, war der Brüder Devise. Damit hatten sie in guten Zeiten ihr Hotel gefüllt bis auf das letzte Zimmer. Unbarmherzig schickten sie jeden Quartiersuchenden zur Konkurrenz, wenn dessen Aussehen, Geld-börse und Benehmen nicht dem Niveau genügten, das sie für ihr Hotel festgelegt hatten. Das sprach sich herum, also wollte jeder, der die Brinnerschen Preise bezahlen konnte, bei Brin-ners im Empire wohnen. Dort bekam er freilich auch was für sein Geld. Elegante Zimmer, wohlgedrilltes Personal und jeden Tag frische Bettwäsche. Alle Zimmer hatten Bad und Toilette, was in jenen Zwanziger-Dreißigerjahren zwischen Breslau und

Wien eine Seltenheit war, und wo selbst gutbürgerliche Wohnungen ihr nachträglich eingebautes Bad von der Küche abzweigen mußten, dort, wo früher das Dienstmädchen hauste oder die Köchin - ein Zustand, dem der Ausgang des Weltkrieges in vielen Haushalten der Donaumonarchie ein Ende gesetzt hatte. An die Stelle des mitwohnenden Dienstmädchens trat das Badezimmer.

Das Empire Hotel führte eine gepflegte Küche, was viel heißen wollte in einem Lande, welches von lauter Feinschmekkern bewohnt ist. Und das Café Empire verzichtete auf Wiener Nostalgie und suchte erst auf Berlins Kurfürstendamm seine nächste Entsprechung. Die Hotelbar aber, die weitberühmte Barcelona Bar, sie war das Verworfenste, was man sich in Bukarest vorzustellen vermochte.

Die Preise der Brinners waren allerdings gepfeffert, besonders in der Barcelona Bar. Ein Essen im Restaurant konnte man sich leisten - mußte sich die eingeborene Bevölkerung leisten können. Schon damit die einheimischen Leckermäuler der Ruf der Brinnerschen Köche zu bestätigen wußten. "Mehr als doppelt so gut wie die Hausfrauen hierzulande kann niemand kochen," hatte Eugen Brinner gesagt, "also kann man hier fürs Essen nicht zehnfache Preise nehmen. Das könnte den nächsten Kneipenwirt in Versuchung führen, den Leuten ein gleichgutes Essen für den halben Preis zu offerieren. Im Restaurant wollen wir nicht verdienen, dort wollen wir uns einen guten Namen machen bei den Leuten hier."

Wer abends oder nachts die Barcelona Bar betrat, der fand hier Shmooly vor, der Tanzmusik bot und Liedchen sang, dazu freche Conférencen bot, wenn er das Programm ansagte. Letzteres Programm -Kabarett und Varieté war die Spitze der Verruchtheit zwischen Prag und Tarnopol. Das Programm - es war Artistik und Erotik - und es war gut, obwohl niemand so recht wußte, woher die hübschen Mädchen kamen, die hier Busen zeigten. Striptease war in den Dreißigerjahren in Europa noch unbekannt. So direkt wollte man es auch garnicht haben. Das Endergebnis mußte nicht ein splitternacktes Mädchen sein, mit elektrischen Kurzschluß in dem Augenblick, wo sich das Auge zu erfreuen begann. Die Schönheitstänze der Dreißigerjahre waren erotisch, weil sie weniger zeigten als pure Nacktheit, dieses Weniger aber nicht nur einen Augenblick.

Zweimal jeden Abend lief das Programm, 5 oder 6 kurze Nummern. Zwischendurch spielte Shmooly seine Lieder: "Gnädige Frau, wo waren Sie gestern?"

Er spielte die Penny-Serenade, er spielte den Tango Bolero. Und was es sonst noch gab. Man konnte tanzen, man konnte an der Bar sitzen und die Barfrau anschmachten. Sie war es wert, denn sie empfing alle ausgesprochenen und unausgesprochenen Begehrlichkeiten wie ein Geschenk, das man freundlich lächelnd annnimmt, um es sofort wegzustellen. Ein Cocktail an der Bar kostete zehnmal soviel wie er wert war, und eine Kalte Ente an einem der Tische - Parkett oder Loge - brachte einen Arbeiter glatt um seinen Wochenverdienst. Hätte jemand versucht, die Brinners wegen ihrer Preise zu rügen, so hätten sie vermutlich die Achseln gezuckt: Bittesehr, sind wir ein Proletarierbeisel?

Wer in der Barcelona einen Edelknaben oder ein Edelfräulein kennenlernen wollte, suchte sein Glück vergebens an der Bar. Die Brinners hielten auf Anstand: Chonten führen wir nicht!

Man mußte die Regeln kennen und dem Kellner Manfred einen Geldschein zustecken, damit er sich herabließ, dem Gast zu empfehlen, er möge doch jene Dame, die zur Gesellschaft in Loge Drei gehöre, beim nächsten Tanz auffordern, sobald die Dame sich erheben und dem Erfrischungsraum zustreben werde: Der Herr können sich im Entrée aufhalten, bis die Dame zurückkommt, dann fordern der Herr die Dame zum Tanz auf, danach zu einem Drink an die Bar. Der Herr machen dort sein Angebot, nicht unter fünfhundert Korunen, erlaube ich mir vorzuschlagen, dann bestellen der Herr bei mir ein Taxi. Der Herr warten vor dem Hotel auf das Taxi. Die Dame wird nachkommen und dem Chauffeur sagen, wohin. Nein, nicht bei uns im Hotel, auf keinen Fall! Die Dame wird Adresse angeben, die Dame hat Quartier. Das Taxi bezahlen der Herr. Den ausgemachten Betrag können der Herr bei mir hinterlegen. Ich garantiere!

Das war der Oberkellner Manfred aus der Barcelona Bar. Seine Angebote machte er nur solchen Gästen, von deren Bonität er sich überzeugt hatte. Er arrangierte, was der Gast bezahlen wollte: zwei Damen, eine Dame plus Herr, einen

Herren solo. Oberstes Gebot war, daß kein Schatten auf das Hotel Empire fallen dürfe. Der Ruf des Hotels ging ihm über alles. Und er reichte auch bis weithin und über die Zeiten hinweg.

Die drei Krügel Pilsner kamen aus dem Restaurant. Man trank den Schaum weg, man prostete sich zu.

"Wenn Sie uns schon verlassen, Shmooly, werden Sie dann am Ort bleiben?" fragte Siegfried Brinner, und sein linkes Augenlid sank kummervoll nieder, bis es den Augapfel fast verdeckte.

"Nein, in dieser Stadt bleibe ich auf keinen Fall. Hier kennt man mich und weiß, was ich für Conférencen gemacht habe zu meinen Liedern und zu Ereignissen des Tages. Die Penny-Serenade wird mir nicht den Hals brechen, auch nicht "Gnädige Frau, wo waren Sie gestern?" Den Schmus singt man sogar in Berlin. Aber was ich mich geäußert habe über gewisse Politiker, o je! Glauben Sie, es waren keine Nazis unter dem Publikum? Gut, sie haben nichts gesagt, weil sie bis vor kurzem nichts sagen durften. Gemerkt haben sie es sich bestimmt. Solchene merken sich alles! Morgen drehen sie mir einen Strick daraus. Darum will ich weggehen, solange es geht. Ich will weg, weil ich muß! Bevor sie kommen, die von drüben. Und kommen werden sie!"

"Was haben Sie vor Shmooly?"

"Ich geh nach Brünn. In die Ciro. Rein tschechisches Publikum. Der Shmooly ist tot. Ich werde auferstehen als Franta Smidl. Gut, was? Meine Erfindung, der neue Name!"

"Es wird Sie dort keiner wiedererkennen?"

"Ich werd mir die Haare nicht mehr färben und ich werd mir ein Menjou-Bärtchen wachsen lassen. Meine Papiere sind in Ordnung, mein Tschechisch ist gut. Und - ich bitte Sie - wer aus dem Städtchen O. kommt schon nach Brünn? Paar Studenten vielleicht. Die gehen bestimmt nicht in die Ciro.

Sie aber, meine Herren Brinner, Sie sollten sich überlegen, was aus Ihnen wird! Mir hilft mein Taufschein. Was hilft Ihnen, wenn es ernst wird?"

"Sie glauben tatsächlich, Shmooly, dieser Hitler, er kommt auch über den Rest von unserer schönen Republik?"

"Fragen Sie ihn, nicht mich! Wenn Sie mich fragen, so sage
ich, er kommt. Und eines hat er Ihnen schon angetan, er hat
Ihr schönes Geschäft kaputtgemacht."

"Ja, der Orient-Expreß hält nicht mehr bei uns! Sigi
Brinner stellte es mit Trauer fest. Doch dann erheiterte
Erinnerung seine Züge: "Wissen Sie noch, Shmooly, wie das
war, wenn die Traganache gekommen sind, die Dumitriu, Tarno-
vietchi? Das waren Feste!"

"Die Holzhändler, die Wollhändler, die Petroleumhändler;
alle diese Schmalz- und Persianerköpfe, Ölaugen, Dicknasen.
Ihre Brieftaschen gespickt mit großen Scheinen, und in den
Hosen hat es ihnen gesummt wie ein Hornissenschwarm. Ich hör
noch den Froim Perlmuter kreischen, daß er gibt fimftosend
Korunen dem Ersten, der pudelnackert an der Bar steht!"

"Das hör ich aber zum ersten Mal, Shmooly!" konstatierte
Sigi Brinner streng.

"No, hat es Ihnen der Herr Eugen nicht erzählt? Er war
doch dabei!"

"Eugen, ich traue meinen Ohren nicht! Hast womöglich mitgemacht bei dem - äh - Wettbewerb?"

"Dabei nicht, aber hinterher hab ich einen Preis gewonnen!" Eugen lachte: "Shmooly, jetzt werden Sie mich aber
nicht verraten. Mein Bruder kriegt sonst die Fraisen."

"Sodom und Gomorrha in meinem Hause!" zürnte Siegfried
Brinner. "Wenn das die Polizei erfahren hätte!"

"Die war doch dabei. Sie hätten den Direktor Brejcha sehen
sollen, wie er der Barfrau Eiswürfel in den Ausschnitt ge-
stopft hat, und wie sie sich revanchiert hat. Auch mit Eis-
würfeln."

"Was, unsere Barfrau? Dieses Prachtweib, das jedem den
Kopf verdreht und keinen dranläßt? Unsere tugendhafte Barfrau, bei welcher nicht einmal ich --."

"Sie ist selbst an jenem Abend tugendhaft geblieben, Herr
Siegfried. Und sie ist das einzige ungelöste Problem, das wir
beide hier zurücklassen werden."

"Was, Sie auch? No, wenigstens etwas!" knurrte Siegfried
Brinner. "Sollen sich die Nazis an ihr die Zähne ausbeißen.
"So, Sie gehen also und Sie setzen voraus, daß wir noch
bissel bleiben. Gut, gut, wir werden es bedenken. Trotzdem
muß das Hotel weitergehen und erst recht die Bar: Wer über-

nimmt die Band?"

"Ich denk, der Havlik wird es machen. Spielen kann er und singen auch. Für eine Conférence reicht sein Deutsch zwar nicht ganz aus, aber wer wird jetzt noch Conférence hören wollen?"

"Hören dürfen!"

"Eben. Ja, und das Programm könnte weitergehen. Die Engagements sind fixiert bis April nächsten Jahres."

"Wer kümmert sich um die Chontessen?" Nie hätte ein Siegfried Brinner das Wort anders gebraucht als in solch achtungsvoller Form!

"Meine Herren Brinner!" Shmooly breitete die Arme aus: "Chonten wird es im Städtchen O. immer geben, und wenn sie eine Hakenkreuzbinde am Arm tragen müßten beim Geschäft! Überlassen Sie das ruhig dem Manfred. Nur die Edelknaben wird man in Pension schicken müssen. Auf Buseranten sind die Nazis noch geiler als auf Juden!"

"Ein schöner Vergleich!" murrte Eugen Brinner.

"Ich hab nicht gesagt, daß ich es schön finde. Ich hab nur gesagt, was ist. So ist es und so sind sie."

"Shmooly weg, Buseranten weg - was wird aus uns, was sollen wir anfangen?" Eugen Brinner rang die Hände.

"Verkaufen. Möglichst schnell!"

In diesem Augenblick klingelte das Haustelefon. Direktor Schwab meldete, daß ein Herr Thurneyßl die Herren Brinner zu sprechen wünsche.

"Dann räum ich jetzt das Feld." Shmooly stand auf. "Wenn ich dem Thurneyßl sein germanisches Ponem seh, bekomm ich Hämorrhoiden bis hinauf ins Gesicht."

"Kennen Sie ihn denn?"

"Nicht werd ich! Ein mieser kleiner Bankbeamter und Henleinist."

Die Brinners, Lords auch in der Krise, winkten Shmooly Entlassung: "Gehen Sie, aber kommen Sie sich noch verabschieden, Shmooly!"

In der Tür, die Shmooly öffnete, erschien der Direktor Schwab, eine durchaus subalterne Figur. Ihm unterstand eigentlich nur das Restaurant: "Darf ich den Herrn Thurneyßl heraufbringen?"

"Sie dürfen," entschied Sigi Brinner, "aber erst nehmen Sie die drei Krügel mit."

Die Brinners spürten instinktiv, daß Schwab und Thurneyßl miteinander verpackelt waren. Das bewog Sigi, seinen Untergebenen wie einen Lakaien zu behandeln. Noch konnte er sich das leisten. Direktor Schwab, gelernter Oberkellner, der er war, faßte die Krügel mit geübtem Griff und entschwand.

"Hab ich dir nicht gesagt, Eugen, dieser Niemand von Schwab wird uns eines Tages verraten?"

"Wer verrät heute nicht?" lautete Eugens müde Gegenfrage.

Kurz darauf erschien, turmschädelig, glotzäugig und graugelockt, Herr Josef Thurneyßl. Er trug unter seinem Arm eine große schweinslederne Aktentasche.

"Habediähre! Thurneyßl mein Name!" schlug er die Fersen zusammen und knickte einmal mit seinem Kopf vor und zurück.

"So sieht er auch aus," raunte Siegfried zu seinem Bruder hin. Er raunte es gerade so laut, daß Thurneyßl es nicht gehört haben mußte. Laut sagte er dann, blieb aber sitzen und streckte keine Hand vor: "Die Ehre ist auf unserer Seite. Nehmen Sie Platz, Herr Thurneyßl. Wer wir sind, wissen Sie wahrscheinlich. Also, was haben Sie auf dem Herzen?"

"Jawohl, ich kenne die Herren vom Sehen." Thurneyßls Stimme sollte markig klingen, kam aber nur gepreßt. Er versank in dem Ledersessel, den Sigis Hand ihm zugewiesen hatte und zog die Aktentasche auf seine Oberschenkel. Der Sessel war noch warm von Shmoolys Gesäß.

"Sie kennen uns vom Sehen oder vom Ansehen?" Sigi Brinner konnte aus den Feinheiten der deutschen Sprache etliche Ironie herausholen, wenn er wollte. Bei Thurneyßl half das nichts. Der saß da wie ein Stock.

"Ihr Anliegen, Herr Thurneyßl?"

"Hm, hm - ich, hm - komme als Bevollmächtigter einer deutschen Interessengruppe. Und ich möchte --"

"Was Sie möchten, interessiert uns nicht," schnitt ihm Sigi grob das Wort ab. Uns interessiert Ihre Vollmacht. Interessen hat jeder. Vollmacht kann nur geben, wer Kapital hat. Und das ist es, was uns interessiert, Herr Thurneyßl: Hat man Geld oder hat man nur Interessen? Denn was Ihre Gruppe möchte, Herr Thurneyßl, das können wir uns denken. Sie möchte unser Hotel kaufen.

Gut! Es kostet nichts, zu fragen, was es kostet. Es kostet auch nichts, zu fragen, ob wir überhaupt verkaufen wollen. Nun, das wäre unter anderem auch eine Frage des Gebotes. Sagen Sie also, was Sie zu bieten haben!"

Thurneyßl holte tief Luft: "Ihre Vermutung ist nicht ganz falsch. Unter gewissen Umständen ----"

"Sparen Sie sich die Umstände. Sie sind bekannt. Wieviel bieten Sie?"

"Ihr Hotel, ich meine jetzt, der ganze Komplex, war einmal dreißig Millionen wert, netto, ohne die Hypotheken."

"Das ist es heute noch."

"Seine Rendite ----."

"Seine Rendite hat nichts mit dem Wert der Immobilie zu tun. Der Verkehrswert mag schwanken. Im Augenblick wirft das Hotel etwas weniger ab. Das haben die politischen Umwälzungen mit sich gebracht. Ich vergebe mir nichts, wenn ich zugebe, was jeder sieht. Doch da sind die Gebäude, da ist das Grundstück, da ist das Inventar, das eingespielte Personal, der gute Ruf. Das alles existiert, und es befindet sich weder auf dem Mond noch in der Antarktis. Es liegt hier, in dieser lebendigen Stadt, die im Augenblick etwas abgeschnitten sein mag vom großen Weltverkehr. Wollen Sie, gerade Sie, Herr Thurneyßl, uns weismachen, daß das immer und ewig so bleiben wird? Da müßte man schon die ganze Industrie hier zerschlagen, und wer könnte das wollen? Nein, Herr Thurneyßl, Sie träfen sich selber ins Gesicht, wenn Sie behaupten wollten, diese Stadt sei dem Untergang geweiht!"

Angriff war das Letzte, was Thurneyßl erwartet hatte: "Aber Sie machen zur Zeit keinen Gewinn!" erwiderte er lahm. "Das steht doch fest!"

"Und woher wissen Sie das? Immerhin sind wir schuldenfrei, bis auf geringe Hypotheken, deren Höhe Sie anscheinend kennen. Ja, wir sind schuldenfrei, und Personal kann man abbauen. Ihren Freund Schwab vielleicht zuallererst, weil er nämlich seine Treuepflicht verletzt und Sie und Ihre Freunde informiert hat, wie unsere Geschäfte gehen.

Na schön. Wir verdienen im Augenblick nicht viel mehr als die Unkosten. Damit mag der Verkehrswert, der normalerweise an die hundert Millionen herankommen würde, gemindert sein. Den Wert der Immobilie kennen Sie. Was hätten Sie uns zu

270

bieten; ich meine für den Fall, daß wir einen Verkauf in Erwägung ziehen sollten?"

"Ich bin ermächtigt, Ihnen acht Millionen zu bieten."

"Das ist zwar ein Witz, aber es ist immerhin Geld. Haben sie denn wenigstens dieses Geld? Und wenn, wo liegt es? Wollen Sie uns in Kronen bezahlen, die international kaum noch notiert werden? Oder vielleicht in Reichsmark, die niemand mag?"

Sigi Brinner, denn er allein bestritt das Gespräch, geriet in Rage: "Wir wollen Ihnen einen Gegenvorschlag machen, Herr Thurneyßl. Dreißig Millionen Immobilienwert entsprechen etwa sechs Millionen Schweizerfranken oder anderthalb Millionen US-Dollar. Dafür kriegen Sie unser Hotel. Haben Sie Fränkli in Ihrer Aktentasche?

Und jetzt zeigen Sie uns endlich Ihre Vollmacht!"

Die Vollmacht war in Ordnung, eine namhafte Bank bestätigte, daß die von Josef Thurneyßl vertretene und im Handelsregister eingetragene Gesellschaft über einen Kredit von mehr als zehn Millionen verfüge.

Die Gebrüder Brinner lasen die Vollmacht aufmerksam durch, dann sahen sie sich wortlos an. Es war bekannt, daß die Brinners sich wortlos zu einigen pflegten.

"Lieber Herr Thurneyßl," sagte Sigi schließlich, und er tat es nicht ohne Herzlichkeit, denn er wußte nun, daß Kapital hinter dem kleinen Turmschädel steckte, "lieber Herr Thurneyßl, wir sind überzeugt, daß wir Sie leicht auf zwölf Millionen treiben könnten, vielleicht auch noch ein bissel höher. Doch selbst wenn sie einen solchen Betrag in einer harten Währung zahlen könnten, müßten wir ablehnen."

"Machen Sie keine Scherze, Herr Brinner! Wir bekommen ihr Hotel eines Tages vielleicht viel billiger!"

"Sie bekommen es umsonst, wenn Sie es sich nehmen - eines Tages. Juristisch nennt man das dann Raub. Sie täuschen sich dennoch, wenn Sie darauf spekulieren sollten. Das Hotel gehört nämlich nicht mehr uns. Es gehört, halb und halb, zwei ausländischen Versicherungsgesellschaften. Die lassen sich nichts beschlagnahmen. Ja, wir haben schon verkauft, Herr Thurneyßl. Das konnte Ihr sauberer Freund Schwab nicht wissen. Aber Sie wissen es jetzt. Ob wir dabei gewonnen oder verloren haben, kann Ihnen egal sein. Die Anglo-Schweizer

Versicherungen sind es, an die Sie sich halten müssen, wenn Sie das Hotel Empire kaufen wollen.

Vielleicht haben Ihre Auftraggeber gelaubt, sie könnten mit ein paar dummen Ostjuden ein mieses Spiel treiben. Irrtum, Herr Thurneyßl! Packen Sie Ihre Akten zusammen, mit allem Material, das Ihnen der kleine Schwab zugespielt hat. Die sind nicht mehr wert als das Papier, auf dem sie stehen."

Siegfried Brinner erhob sich zu seiner vollen Größe: "Ich weiß so wenig wie Sie, was für Geschäfte die Schweizer hier machen wollen. Nur eines weiß ich, und das wird auch Ihren Auftraggebern nicht unbekannt sein: Schweizer Eigentum kann man nicht ohne weiteres beschlagnahmen. In England aber gibt man keinen Penny für die Krone oder Reichsmark. Und nun gehen Sie in Frieden, Herr Thurneyßl!"

"Du, wenn die herausbekommen, daß der Verkauf noch garnicht perfekt ist, was dann, Sigi?" Eugen fragte es besorgt, nachdem Thurneyßl verstört abgezogen war.

"Es ist verkauft, Bruderherz! Ich habe bereits unterschrieben, als ich vor einem Monat in Zürich war. Daß der Vertrag erst gültig wird, wenn deine Unterschrift dazukommt, ändert nichts am Ausstellungsdatum. Du wirst also heute noch nach Zürich fahren - ich weiß, ich weiß, es ist ein wahnsinniger Umweg, den du machen mußt, über Ungarn, Jugoslawien und Italien. Also wirst du dir in Budapest ein Flugzeug nehmen. Und morgen abend wirst du in Zürich unterschrieben haben. Wenn dem Thurneyßl seine Freunde schnell arbeiten, kriegen sie es nicht mehr rechtzeitig heraus. Sie werden vor einer vollendeten Tatsache stehen.

Wir aber, Bruder Eugen, wir werden so schnell wie möglich unsere Zelte hier abbrechen. Zweieinhalb Millionen Schweizerfranken sind nicht viel, gemessen an dem, was unser Hotel gestern noch wert war. Das ist die eine Seite. Die andere aber ist, daß die Thurneyßl und Comgagnie ganz richtig spekuliert hatten. Denn ohne den Verkauf an die Schweizer müßten wir vielleicht morgen schon jeden Bettel akzeptieren, den uns die Henlein-Banditen bieten würden, und wir wüßten nicht einmal, wohin mit dem schlechten Geld. Wohin, Brüderchen, geht man heute mit Kronen? Soll ich es dir sagen, oder weißt du es selber?

Fünfzigtausend Fränkli mußt du nachweisen, wenn du in der Schweiz leben willst. Haben wir die? Wir haben mehr. Wir werden nicht im Dolder wohnen, no wenn schon. Aber vielleicht finden wir im Tessin ein kleines Hotelchen, für, sagen wir, eine Million Fränkli? Wie man aus einem kleinen Hotel ein großes macht, das wissen wir doch. Es wäre gelacht, wenn wir das nicht noch einmal schaffen würden. Erinnerst du dich, wie wir vor 2o Jahren hier angekommen sind?"

In der Tat, als die Brüder Brinner kurz nach dem Ersten Weltkrieg ins Städtchen O. gekommen waren, besaßen sie nicht viel mehr als das, was sie auf dem Leibe trugen. Bei aller Trauer um das schöne Empire Hotel - etwas mehr nahmen sie schon mit sich, als sie zwanzig Jahre später das Städtchen O. verließen.

Sie verschwanden noch vor Jahresende 1938. Sie hinterließen: dem Bandleader Shmooly eine kleine Abfindung, dem Josef Thurneyßl ein bitteres Gefühl, dem Subdirektor Schwab die fristlose Kündigung, der Barcelona Bar eine große Leere und der Barfrau, ihr Name sei gelobt aber verschwiegen - eine Einladung nach Zürich.

Diese Einladung wurde angenommen, denn zum ersten Mal in ihrem Leben hatte die Barfrau den Eindruck, daß man sie für länger haben wolle als für eine Nacht.

Aufgeregt nahm Gustl Giese seinen Freund Maxi Schindler
beiseite: "Du, der Hudetschek ist nicht mehr hier!"

Das geschah am Tage nach jener Vakanz, welche durch den
Einmarsch deutscher Truppen entstanden war. Alle Deutschen
der Stadt trugen bereits Hakenkreuzbinden. Man besaß sie des
Längeren schon, nun aber wurden sie mit Stempeln versehen,
auf daß kein Unberechtigter sie trüge. Wer stempelte? Nun,
die Volksdeutsche Partei und ihre Gliederungen: Volksdeutsche
Mannschaft, Volksdeutsche Jugend.

Irgendwer hatte diese Armbinden in aller Eile produziert,
sie stimmten nicht in Maß und Farbe mit jenen des Großdeutschen
Reiches überein - doch das sollte sich bald ändern.

Denn über Nacht war das alles über die Stadt gekommen und
hatte die Dinge verändert:die deutschen Soldaten, die deutsche
Polizei, die Gestapo.

Und umgehend begann auch die große Säuberung, die Trennnung
der Spreu vom Weizen. Binnen Tagen stand fest, wer eine
Hakenkreuzbinde tragen durfte und wer sich das Recht hierzu
nur angemaßt hatte.

Dabei verschwand mancher in der grauen Menge, sang- und
klanglos; trug keine Armbinde, trat bei keiner Feier mehr
auf, wurde überhaupt nicht mehr gesehen. Aufrechte Deutsche
- als die man sie bislang genommen hatte - gab es plötzlich
nicht mehr; die Juden und jüdisch Versippten sowieso.
Hierüber wunderte man sich am wenigsten, waren doch die jüdischen
Lehrer an den deutschen Schulen schon beim letzten
Jahreswechsel entfernt worden - zwangspensioniert.

Nun nahmen auch die jüdischen Schüler nicht mehr teil am
Unterricht, welcher nach einigen Tagen weiterging, als habe
es keine Jubelwoche gegeben nach dem Einmarsch der deutschen
Truppen.

Sonst hatte sich nicht viel geändert am Gymnasium der
Deutschen, an welchem der Professor Hudetschek dem Lehrkörper
angehörte. Der stellvertretende Direktor war geblieben,
stellvertretend, seit der reguläre Direktor, ein Jude, im
letzten Feriensommer plötzlich verstorben war. Kaum jemand
erfuhr, daß dieser Tod ein Selbstmord war, denn der taktvolle

Schulmann hatte seine Tat in die Großen Ferien verlegt, auf daß sie kein Aufsehen mache. Er hatte kommen sehen, was nun eingetreten war. Und er hatte den Gedanken nicht ertragen können, daß man ihm über kurz oder lang verwehren würde, weiterhin ein deutscher Lehrer zu sein. Darum hatte er die Schulleitung niedergelegt und einen kommissarischen Nachfolger benannt. Der war zwar ein aufrechter Deutscher, doch nicht als Nationalsozialist verrufen. Man gab ihm nur eine geringe Chance, als definitiver Leiter der Schule bestätigt zu werden: den tschechischen Herren war er zu deutsch und den folgenden deutschen Herren nicht deutsch genug. Außerdem war da noch ein Ehrgeiziger am Werk: Aurelius Jarzombek.

Aurelius war kein Geheimtip in den Augen seiner Schüler, die ihn als eifrigen Reserveoffizier der tschechoslowakischen Armee kannten, wo er es bis zum Stabskapitän gebracht hatte, zu einem Rang, der zwischen Hauptmann und Major lag.

Doch daß Schüler ihre Lehrer oft falsch einschätzen, ist eine Binsenweisheit. Sie kennen die Marotten der Lehrer und schließen aus diesen auf die Person. Sie übersehen dabei, daß sie den Lehrer fast immer nur auf dem Podium erleben, auf einer Bühne also, wo er eine Rolle zu spielen hat. Der Komödiant ist aber selten identisch mit der Maske, die er trägt.

Der neue Direktor aber blieb nicht kommissarisch, weil sich seinem Konkurrenten Jarzombek eine größere Laufbahn eröffnet hatte, die ihn bald in die Landeshauptstadt führen sollte. Nicht umsonst war Aurelius unter den Auserwählten gewesen, die versuchten, den alten Fuchs Brejcha zu verhaften. Jatzombek gehörte, was niemad vermutet hätte, schon lange Heinrich Himmlers Fünfter Kolonne an und war in Wirklichkeit das, was die Schüler in Hudetschek zu sehen glaubten: ein toller Verschwörer.

Aber nun fehlte plötzlich der Lehrer Hudetschek im Kollegium. Die Gestapo habe ihn festgenommen, flüsterte man, und niemand wunderte sich über der Gestapo Fixigkeit. Diese Institution war praktisch zusammen mit den Soldaten gekommen und hatte binnen 24 Stunden ihre Tätigkeit aufgenommen.

Falsch: die Gestapo war schon vor den Soldaten dagewesen, mit ihren angeworbenen Hilfstruppen nämlich. Und dieses war ihr erster Coup: Am frühen Nachmittag des 13. März 1939 hatten sich beim Polizeidirektor Brejcha die Delegierten der

deutschen Minderheit angemeldet. Ein Jahr zuvor hätte Brejcha die Bande vermutlich wegen ihrer Unverschämtheit festgesetzt
anstatt sich ihre Beschwerden anzuhören. Doch seit einem halben
Jahr war manches anders geworden. Seit der Kapi-
tulation von München ging in Prag die Angst um. Vorbei war
der Traum, man würde die Deutschen mit Hilfe Frankreichs
abwehren können - Frankreich hatte gekniffen.
 Vorbei das Vertrauen auf die eigene, wohlausgerüstete
Armee. Hitler ad portas. Niemand mehr da, der zu helfen bereit war. Niemand außer vielleicht Moskau. Aber in Moskau war
Stalin voll damit befaßt, die Rote Armee zu dekapitieren.
 Also fürchtete man in Prag den Einmarsch der Deutschen geradezu herbei.
 Denn auch die slowakischen Brüder wollten nicht mehr mitmachen
im 1918-er Staat; verlangten Selbstständigkeit. Erkläre das
einer der Welt, daß Tschechen und Slowaken einander
nicht ausstehen konnten in dem Staat, der sich tschecho-slowakisch nannte!
 Die Sudetenländer hatte man verloren, der intrigante Präsident Benesch
war ins Exil gegangen. Ohne ihn war man rat-los in Prag. War Benesch
doch der Baumeister dieses Traumhauses aus Ansprüchen und Eitelkeiten
gewesen, das die tschechische Großmannssucht auf Kosten jener Nationen
 befriedigte, die unfreiwillig helfen mußten, den Tschechenstaat von knapp
sieben auf fast fünfzehn Millionen Einwohner aufzublähen!
 Um die Prager Nöte wußte auch Direktor Brejcha. Zudem hatte er drüben,
im neuen Sudetengau des Großdeutschen Reiches,
noch einige seiner "Ohren" sitzen. Und wenn die Nachrichten
auch spärlicher flossen, so genügten sie doch dem alten
alten Fuchs Brejcha, um für seine Person den Alarmzustand auszurufen.
 Ebendarum gab er sich erfreut über den Besuch und bot den Herren die
Fauteuils seines Dienstzimmers sowie einen Cognac an:
"Was kann ich für Sie tun, meine Herrschaften?"
Die Deutschen ergingen sich in allgemeinen Phrasen und Klagen:
Ob der Herr Direktor schon wisse, daß in Preßburg Unruhen
 - ausgebrochen seien - und was man hier zu erwarten habe?
Garnichts, war die Antwort, denn hier im Städtchen O. sei
alles ruhig. Oder habe man auf deutscher Seite andere Infor-
mationen. Und wer, bitte, sollte in dieser Stadt Unruhen
auslösen?
 "Wenn nicht Sie, Verehrteste, wer sonst käme in Frage?"
 Empörtes Dementi der Deutschen. Doch zur Sache wollte
keiner kommen. Brejcha merkte, daß er aufgehalten werden sollte

und segnete daher das Klingeln des Telefons. Er meldete sich und vernahm eine Stimme, die er gut kannte: "Opalek hier, Herr Direktor. Ich soll Sie an Ihre Dienstreise erinnern!"

Guter Meidner, dachte Brejcha, hast mich also nicht im Stich gelassen. Das ist dein Dank, weil ich dir die Sadisten und Erpresser vom Leib gehalten habe. Das Stichwort "Opalek" hatte er einst mit Meidner verabredet: Wenn einer von uns den anderen anruft und sich mit Opalek meldet, dann ist das so, wie wenn eine Ordonnanz einen Befehl mit drei Kreuzen zu überbringen hat.

Nebenbei, und damit kein Irrtum sich einschleiche: der richtige Herr Opalek war ein vor Jahr und Tag verstorbener gemeinsamer Bekannter gewesen. Sehr unwahrscheinlich, daß sich ein anderer Opalek mit Brejcha oder Meidner in Verbindung setzen würde. Anderseits war dieser Name so ausgefallen auch wieder nicht, daß ein Telefonspitzel hätte Verdacht schöpfen müssen.

Dem Telefon gab Brejcha eine beliebige Antwort, bestimmt für die Mithörer in den Fauteuils, nicht aber für den Anrufer, der längst abgehängt hatte.

Mit einem Lächeln bat Brejcha um Entschuldigung für die Störung. Während er dies tat und die Delegation abermals aufforderte, ihre Beschwerden zu präzisieren, arbeitete sein Gehirn auf Hochtouren. Dienstreise - das war eindeutig und hieß: verschwinde!

Vorher aber waren Notmaßnahmen in Gang zu setzen. Die Spitzelkartei war zu vernichten und ganz besonders die Liste derjenigen Agenten, die "drüben" für ihn arbeiteten.

Schließlich waren noch einige Freunde zu warnen; Gefährdete, potentielle Opfer jener Leute, die jetzt kommen würden. Darüber gab sich Brejcha mämlich kleiner Illusion hin: Hitler ad portas - der Wartezustand war zu Ende.

Er war nicht zu Ende im Zimmer des Direktors. Die Deutschen spielten auf Zeit und Brejcha ebenfalls. Er klingelte seiner Vorzimmerdame und bestellte Kaffee; beobachtete ververgnügt, wie die Deutschen nervös wurden. Als dann wirklich Kaffee gebracht wurde, stand ihnen die Erleichterung in den Gesichtern gechrieben.

Idioten, lachte Brejcha in sich hinein. Glaubt ihr wirklich, ich ließe euch jetzt noch verhaften? Das könnte euch passen, Märtyrere der letzten Minute zu werden!

Der Kaffee wärmte die Beschwerden neu auf: Unruhen in Preßburg. Und was Brejcha zur Aufrechterhaltung der Ordnung tun wolle für den Fall, daß erboste Tschechen sich auf die deutsche Minderheit stürzen sollten.

"Also meine Herren, daß wir hier ein paar Schreihälse und Fanatiker haben, das sei nicht geleugnet. Wo gibt es so etwas nicht? Daß unsere Chauvinisten aber einen Deutschen mit einem Slowaken verwechseln könnten, das glauben Sie doch selber nicht! Und Slowaken haben wir hier kaum - und wenn - woran sollte man sie erkennen? An ihren weißen Strümpfen vielleicht?"

Das war pure Ironie. Denn die weißen Strümpfe der Deutschen waren den Tschechen wie den Slowaken ein Greuel.

Ja, aber die Kommunisten!

"Die müssen für vieles herhalten, meine Heren! Ich will nicht sagen, daß sie Unschuldsengel sind, sie fischen immer gern im Trüben. Doch mit den Hlinkaleuten in Preßburg würden sie sich noch weniger verbünden als mit Ihnen, den Volksdeutschen. Zwischen Ihnen und den Kommunisten liegen doch wirklich Welten, nicht wahr?

Eben wollte einer der Deutschen, der Turnprofessor Jarzombek, zu empörter Antwort ansetzen, da klingelte abermals das Telefon. Brejcha hob ab: "Für Sie, Doktor Jarzombek!"

Aurelius sprang auf und eilte kurzbeinig an den Apparat, nannte seinen Namen, hörte, zog den Atem ein und rief laut in die Muschel: "Jawohl, wird gemacht! Ende!" Wandte sich sodann an seine Freunde und sprach mit Bewegung: "Meine Herren, es ist so weit. Walhalla minus zwölf. Es läuft."

Im gleichen Augenblick hatten sämtliche Delegierten Pistolen in den Händen und richteten deren Läufe auf Brejcha. Aurelius Jarzombek aber dozierte, wobei er auf den Fußspitzen wippte: "Herr Direktor Brejcha, in diesem Augenblick haben deutsche Truppen bei Schönbrunn die Grenze überschritten. Sie werden unsere Stadt besetzen, um einem polnischen Angriff zuvorzukommen, der wie wir wissen, für morgen früh geplant ist. Bis auf weiteres übernehmen wir die zivile Befehlsgewalt. Bitte, machen Sie uns keine unnötigen Schwierigkeiten. Wir haben nichts gegen Ihre Person, aber wir müssen dafür dafür sorgen, daß die Ihnen unterstehende Polizei keine übereilten Taten begeht. Dabei werden Sie uns helfen. Wir wollen doch jegliches Blutvergießen vermeiden, nicht wahr?"

Das war der Augenblick, den der alte Fuchs Brejcha vorausgesehen hatte. Nach München konnte nur noch dieses kommen. Er fühlte sich zwar dem Augenblick gewachsen, denn er hatte vorgesorgt. Doch eine Sekunde lang fragte er sich, ob es einen Sinn ergeben hätte, wenn er seine Besucher auf Waffen hätte visitieren lassen. Nein, entschied er, das hätte nicht mehr gebracht als ein paar Stunden Verhöre für die Übeltäter. Seine Aufgabe war eine andere, und die konnte er jetzt genausogut bewältigen. Wenn das Spiel schon verloren war und Widerstand zwecklos, dann gab es nur noch eines: Nebel verbreiten und Sand ins Getriebe streuen. Und einen guten Abgang finden. Diese Leute da wollten ihm nichts Gutes, dafür würde er sie ärgern, ansonsten aber mußte jetzt anlaufen, was lange geplant war.

Also mimte Brejcha Ergebenheit: "Ich nehme an, daß es nichts nützt, wenn ich mich jetzt auf das Recht berufe, welchem zufolge Gewalt nur im Rahmen der Verfassung ausgeübt werden kann?"

Die Deutschen bewiesen einmal mehr, daß sie keinen Sinn für Brejchas Humor hatten: "Über das Recht haben wir uns lange genug unterhalten," tönte Franz Thurneyßl, "das ist nun vorbei!"

"Sie haben mir das deutlich gemacht," erwiderte Brejcha, indem er auf die Pistolen zeigte, deren Läufe immer noch auf ihn gerichtet waren. In Gedanken fügte er hinzu: Miese Imitation deines Führers, der du bist, Franz Thurneyßl! Laut aber sagte er: "Was ist schon zu Ende, wenn etwas vorbei ist?"

Nun mischte sich ein Delegierter ein, der bislang still geblieben war, ein dunkelhaariger, energischer Mann, er hatte sich als Ingenieur Schmidt vorgestellt, und Brejcha konstatierte, daß er von diesem Mann erstaunlicherweise kein Dossier besaß. Das verstörte ihn einigermaßen.

"Lassen Sie das Philosophieren, Herr Brejcha! Zur Sache! Sie werden sofort allen Ihren Beamten befehlen, sich jeder Aktion gegen die deutschen Truppen zu enthalten. Am besten wäre es, Sie schickten Ihre Männer für - sagen wir - drei Tage nach Hause."

"Das geht auf keinen Fall, meine Herren! Denn erstens kann ich nicht alle Beamten sofort verständigen, zweitens aber -" Brejcha zögerte - "auf wen soll ich mich berufen?"

"Berufen Sie sich auf den Staatspräsidenten. Der befindet sich zur Zeit in Berlin und bittet den Führer um Hilfe."

"Davon ist mir nichts bekannt."

"Ihrem Präsidenten auch nicht," grinste Thurneyßl, "aber wird es in diesem Augenblick erfahren."

Das war selbst dem auf Frieden eingestimmten Brejcha zuviel: "Ach, der Herr Präsident weiß es noch nicht und Sie wissen es schon, was der Herr Präsident erbitten wird? Darf ich fragen, wer bei diesem Gaunerstück die Regie führt?"

Franz Thurneyßl ließ sich prompt auf die Provokation ein: "Die Zeiten, wo euereins Fragen gestellt hat, sind vorbei, Herr Brejcha. Entweder Sie arbeiten mit uns zusammen oder es geht ohne Sie!"

"In den nächsten 24 Stunden wird es ohne mich nicht gehen," stellte der Polizeidirektor gelassen fest. "Falls Sie nämlich einen unblutigen Verlauf wünschen. Denn soviel Zeit werden Sie mindestens brauchen, um die Dinge halbwegs in den Griff zu bekommen. Und das gilt auch nur für den Fall, daß ich Ihnen helfe."

"Wollen Sie uns Schwierigkeiten machen?" brüllte der Ingenieur Schmied.

"Ich wüßte nichts, was ich lieber täte." antwortete Brejcha schlicht. "Nur müßten dabei zu viele Unschuldige die Zeche bezahlen, und daran möchte ich nicht beteiligt sein."

Eine solche Offenheit mußte doch die Deutschen überzeugen. Brejcha schien die Partie verlorenzugeben und er war nicht der Mann, der die Karten auf den Tisch warf und über Schwindel und Betrug zu plärrte.

"Was darf es also sein, meine Herren," fragte er höflich. "Sie möchten, wenn ich Sie recht verstanden habe, den ganzen Polizeiapparat übernehmen. Ohne meine Mitwirkung dürfte das schwierig sein und Zeit kosten, vielleicht sogar mehr, nämlich Blut. Und wenn es nur Verkehrsunfälle wären, weil die Schaltung der Verkehrsampeln nicht richtig funktioniert. Also gut, ich werde Ihnen helfen. Doch dafür brauche ich freie Hand. Ich bin nämlich auf mich allein gestellt, seitdem mein Vertreter Dr. Vejdrych ausgeschieden ist. Schade, daß wir ihn

280

nicht erreichen können. Jetzt wäre er gut zu gebrauchen."

"Den Vejdrych können wir Ihnen herbeischaffen --,-" platzte Jarzombek heraus; und duckte sich allgleich unter des In-Ingenieurs Schmied bösen Blicken.

Brejcha stellte sich dumm:" Haben Sie ihn vielleicht in Gewahrsam genommen wie mich?"

Jarzombek wollte seinen Fehler wieder gutmachen:" Das nicht, aber wir wissen doch, wo er wohnt!"

Der Ingenieur Schmied sah anklagend zur Decke, als wollte er sich beim Himmel beklagen für die Dummköpfe, die ihm beigesellt waren.

Brejcha aber lächelte und war voller Dank gegen seinen Schöpfer. Denn nun wußte er, daß die Deutschen wirklich seinen ehemaligen Stellvertreter gekauft hatten. Er war also auf der richtigen Fährte gewesen. Und diese Gewißheit entschied auch über die nächsten Maßnahmen, die zu treffen waren. Wenn man Vejdrych als Verräter einkalkulierte, wie auch dessen mögliche Verbündete, die er noch in der Direktion haben mochte, so war die Gefahr, einen falschen Schritt zu tun, vermindert.

Drei Dinge hatte Brejcha für den Fall der Fälle vorgesehen: Sein Geheimmaterial in Sicherheit zu bringen, den neuen Herren Sand ins Getriebe zu streuen, gefährdete Personen fortzuschaffen. Zu den gefährdeten Personen rechnete er sich selbst, denn er wußte nur zu gut, wieviel wichtiges Wissen man aus ihm gegebenenfalls herausprügeln konnte.

Die Dossiers waren bereits in Sicherheit, nun kam der Sand ins Getriebe an die Reihe. Brejcha wußte viele Leute in der Direktion, auf die er sich verlassen konnte. Die meisten von ihnen besaßen im Augenblick keinen Wert für ihn, denn Vejdrych kannte sie auch und würde sie schnell enttarnt haben. Brejcha war überzeugt, daß dieser Verräter irgendwo in Bereitschaft hockte und seine, Brejchas Maßnahmen schnell konterkarieren würde. Als mußte auf den Mann zurückgegriffen werden, die sich der Direktor als stille Reserve zugelegt hatte.

Dieser Mann war eine Frau und hieß Drahomira Hnevsova. Sie war des Direktors zweites Diktatfräulein. Seit Jahren hatte er sich über die Dame Hnevsova einen geheimen Nachrichtenweg offengehalten. Niemand ahnte etwas davon, denn Brejcha rief die Hnevsova nur selten zum Diktat und behandelte sie offenkundig schlecht, da sie seinen Anforderungen angeblich nicht voll entsprach. Darum wurde sie auch nie im Gehalt aufgebessert. Doch Brejcha zahlte ihr heimlich ein Honorar aus seinen privaten Mitteln. Die Hnevsova war auf seine Person eingeschworen. Jetzt kam ihr Auftritt. Brejcha sah auf seine Uhr: "Es ist schon fünf vorbei. Hoffentlich ist meine Sekretärin nicht schon gegangen. Darf ich sie hereinrufen? Sie soll - wir haben da verchiedene Einsatzpläne - einen Text aufnehmen, der kodiert an alle Stellen meines Bereiches geht."

"Sie haben Einsatzpläne?" fragte Schmied scharf.

"Aber gewiß doch! Oder hätten Sie mir ein Dementi geglaubt? Natürlich haben wir Einsatzpläne für alle denkbaren Eventualitäten. Da drüben im Tresor liegt der Faszikel. Zu was wäre ein Tresor sonst gut? Ja, wenn ich geahnt hätte, was heute passiert, wäre der Tresor leergeräumt. Habe ich das ahnen können? Also bitte, jetzt bin ich in Ihrer Gewalt. Bedienen Sie sich: hier ist der Schlüssel."

Brejcha nestelte einen Schlüssel von seiner Uhrkette und warf ihn auf den Tisch: "Das zweite Schloß öffnet sich, wenn Sie 1918 einstellen, das Gründungsjahr unserer Republik. Sie werden die Zahl später vermutlich ändern. Das empfehle ich, denn bislang waren es nur drei leute, welche die Zahl kannten. Jetzt sind es schon sechs."

Schmied schien nicht zuzuhören. Jedenfalls reagierte er nicht auf Brejchas Anzüglichkeiten.

"Öffnen Sie den Tresor, Thurneyßl," sagte er, "Sie als Bankmensch werden sich damit auskennen."

Thurneyßl tat wie ihm geheißen. Die Tresortür schwang auf.

"Im linken Oberfach liegen vier Hefter," meinte Brejcha gleichmütig. "Nehmen Sie den blauen Faszikel, Herr Thurneyßl. Er ist es, den wir brauchen. Können Sie genug Tschechisch, Herr Schmied? Ja? Das ist fein! Sonst dauert es nämlich zu lange. Ich weiß auch nicht, ob Sie meiner Übersetzung trauen würden. Lesen Sie also bitte selbst. Was steht auf der Titelseite? Maßnahmen beim Wechsel politischer Macht. Haben Sie? Gut. Und nun blättern Sie um. Den Teil A können Sie übergehen, der betrifft Umwälzungen im Inneren, die lieben Kommunisten zum Beispiel. Blättern Sie bitte weiter, bis Sie zum Teil B kommen, ungefähr zehn Seiten sind es. Da steht dann Groß-B-Ausland. Römisch Eins überghehen Sie auch, das

betrifft bewaffneten Widerstand. Römisch Zwei ist richtig:
Kein Widerstand. Sie lesen? Nun, wie gefällt es Ihnen? Gut
organisiert, wie? Alles, was wir brauchen, haben wir auf
einen Griff beisammen.

Der Ingebnieur Schmied las und nickte: "Das klingt vernünftig. Als ob es ein Generalstäbler gemacht hätte.
Da, lesen Sie, meine Herren!"
Drei Köpfe beugten sich über die Akte. Brejcha saß
gemütlich in seinem Sessel und wollte sich eine Zigarette anzün-
den. Als er in seine Hosentasche griff, war Schmied mit ei-
nem Panthersatz hinter ihm: "Keine Faxen!"
"Was heißt hier Faxen? Feuerzeug sollte es heißen! Werden
Sie nie Polizist, Herr Schmied! Für den Beruf wären sie viel
zu nervös! Ihr Mißtrauen ehrt mich zwar, aber wenn ich
wirklich etwas vorhätte, würde ich Ihr Mißtrauen einkalkulieren.
Damit wäre ich schon im Vorteil."
"Lassen Sie das meine Sorge sein," erwiderte Schmied kalt.
"Im übrigen - ich bin Polizist. Nur von einer Sorte, die Sie
noch nicht kennen. Das aber wird sich bald ändern."
"Perspektiven eröffnen Sie mir!" seufzte Brejcha. "Also
schön, ich rufe jetzt meine Sekretärin."
"Das tun wir. Wie heißt die Dame?"
"Jarmila Lampertova. Und sie sitzt im Vorzimmer. Holen Sie
sie doch, wenn Sie meinem Telefon nicht trauen."
Dazu war sich der Ingeniur Schmied zu gut. Mit einem Kopfwinken
schickte er Thurneyßl hinaus. Der kam umgehend wieder:
"Im Vorzimmer ist niemand."
"Dann lassen Sie sich bitte die Vermittlung geben. Heben
Sie den Hörer ab und verlangen Sie das Fräulein Hnevsova.
Oder sagen Sie einfach, der Chef wünscht die Drahomira zu
sprechen. Sie wenigstens müßte noch vorhanden sein, wenn
die Lampertova schon gegangen ist. Und erschrecken Sie nicht,
wenn sie kommt. Weil sie nämlich ein kleines Tepperl ist, das
keiner ernst nimmt. Wir haben sie nur als Notgroschen behalten. Sie beklagt sich nicht wegen Überstunden, das ist ihre
einzige Qualifikation. Aber den Fernschreiber kann sie notfalls auch bedienen, und das wieder hat sie mir voraus. Ja,
meine Herren, da hilft nix, jetzt muß ein kleines Tippfräulein
Weltgeschichte machen.

Das Fräulein Hnevsova sei noch im Hause, meldete die Vermittlung.

Und sie kam. Blondhaarig, ein bissel pummelig, aufgeregt: "Herr Direktor, was ist los? Man erzählt sich, die Deutschen komen mit Militär über die Grenze?"

"So, erzählt man sich das schon? No, dann wird es vielleicht stimmen. Fragen Sie doch die drei Herren hier. Die wissen es besser als ich."

"Zur Sache, zur Sache, Herr Brejcha!" schnauzte Schmied.

Die Hnevsova sah den Deutschen groß an: "Sie, Herr! Sie reden mit unserem Chef!" Dann wurde sie de Pistolen gewahr: "Jeschischmarantjosef, ein Unglück! Herr Direktor, hat man Sie überfallen?"

"No, Geld hat man nicht von mir verlangt. Beruhigen Sie sich, liebe Drahuschka, die Herren haben sich nur vor mir legitimiert.

Und jetzt nehmen Sie bitte schnell ein Diktat auf und geben Sie es an alle Posten durch." Und Brejcha diktierte der Sekretärin exakt die Codenummern des Einsatzplanes Groß B, Römisch Zwei. Daß er sich korrekt an den Text des Planes hielt, konnte der Ingenieur Schmied feststellen.

Der Befehl ging an sämtliche Polizeidienststellen, er würde von von dort aber auch etliche Truppengarnisonen erreichen. Und da gab es im Süden eine Infanteriekaserne ---.

Brejcha verließ sich darauf, daß der dort kommandierende Major aus eigener Verantwortung handeln würde. Denn der Befehl band nur die Polizei, nicht aber das Militär. Außerdem gab es beim Militär eine Abwehrstelle, die, das war längst vereinbart, eine Reihe gefährdeter Personen zu warnen hatte.

"Und jetzt, Drahomira, geben Sie es durch!"

Das Tippfräulein wollte sich entfernen, doch Schmied erlaubte es nicht: "Nein," sagte er, "diese Dame entfernt sich nicht allein. Ich gehe mit ihr. Haben Sie etwas dagegen, Herr Direktor?"

"Warum sollte ich?"

Die beiden gingen ab. In Brejchas Herz aber war ein großer Jubel. Mit den beiden übrigen Armleuchtern sollte er doch fertigwerden! Seine Nachricht war herausgegeben., ihre Weiterleitung an das Militär gesichert. Das mußte Folgen haben, sehr unangenehme Folgen für die Besetzer. (Es kostete sie, wie man später erfuhr, der Kampf um die Infanteriekaserne ein Dutzend Tote und zahlreiche Verwundete.)

Brejcha fand, daß es nun an der Zeit war, sich selbst in Sicherheit zu bringen. Er stand auf: "Dürfte ich einmal auf die Toilette, meine Herren?"

Wie erwartet, hatten Thurneyßl und Jarzombek Einwände.

"Aber Sie können mich doch begleiten," schlug Brejcha vor und erhob sich: "Oder wollen Sie wirklich, daß ich mich hier verunreinige? Glauben Sie mir, es pressiert sehr! Ich habe es mit der Prostata - leider!"

Mit zwei schnellen Schritten war Brejcha an der Türe und hinaus. Ebenso schnell hatte er die seinem Zimmer gegenüber liegende Tür erreicht und hinter sich verriegelt. Jarzombek und Thurneyßl fummelten noch an ihre Pistolen herum, als Brejcha sich schon auf einer Nebentreppe befand, von der aus ein Lastenaufzug in den Keller führte. Während seine Bewacher oben Alarm schlugen und die Tür zur Nebentreppe sprengten - zu schießen wagten sie immer noch nicht - auf wen auch? - erreichte Brejcha ungeschoren den Keller und von dort aus über einen gut getarnten Durchbruch den Keller des Nebenhauses und eine Hintertüre ins Freie. Zeit genug hatte er ja gehabt, sich seinen Fluchtweg zu überlegen, und alle weiteren Schritte waren längst vorbereitet.

Die Stadt befand sich in hellem Aufruhr, denn schon merschierten die ersten Truppenkörper ein. Das erregte Volk belagerte seine deutschen Mitbürger in deren Hauptquartier, dem Deutschen Haus. Brejcha tauchte in der Menge unter und ließ sich, als deutsches Militär die Ansammlung mit ein paar Warnschüssen auflöste, von der Menge dahintreiben. So erreichte er, ohne aufzufallen, seinen Zahnarzt, dessen Wohnung er für seine Treffs zu benutzen pflegte und wo er - man kann nie wissen - sein Fluchtgepäck deponiert hatte, in der ganz richtigen Annahme, daß man ihn in seiner eigenen Wohnung erwarten würde. (Und richtig, dort wartete der Doktor Vejdrych bereits mit ein paar Getreuen aus der Partei der Gajda-Faschisten - er wartete umsonst und fand auch nichts in der Wohnung, was den Direktor Brejcha hätte belasten können – ausgenommen vielleicht eine Sammlung erlesener Aktphotographien, welche Sammlung umgehend zugunsten der Faschistischen

Partei beschlagnahmt wurde.)

In seinem Versteck machte Brejcha Toilette. Nur wenig verändert und trotzdem kaum wiederzuerkennen, begab sich Brejcha sodann auf die Reise. Mit dem Fahrrad reiste er, denn er nahm an, daß die Bahnhöfe alsbald überwacht sein würden – und möglicherweise war der Zugverkehr eingestellt. Ein Auto zu nehmen, erschien ihm nicht ratsam, denn Autos fallen auf in einem Lande, wo es zu jener Zeit noch wenig private Kraftfahrzeuge gab. Also war ein Autofahrer immer verdächtig, zumal in solchen Stunden. Aber ein Radfahrer, der von einem Dorf ins nächste fuhr, offensichtlich von der Arbeit kam und es nicht eilig hatte, der war unverdächtig.

Allzuweit brauchte Brejcha nicht zu radeln. In einem Dorf, keine 20 Kilometer von der Stadt entfernt, wohnte ein vertrauter Freund. Bei dem schlüpfte Brejcha unter, solange, bis er die Lage klar überblickte. Dann aber machte er sich auf den Weg, der ihn unangefochten bis London führen sollte.

19 Dr. Vejdrych macht Karriere

"Nehmen Sie Platz, Herr Doktor - Feidrich -" las der Mann
hinter dem Schreibtisch des Besuchers Namen falsch von der
vor ihm liegenden Akte ab. Er hatte sich nicht erhoben, gab
dem Tschechen auch nicht die Hand. Seine grauen Augen, versteckt hinter einem blitzenden Kneifer, musterten den Anwär-
ter auf des geflohenen Polizeidirektors Brejcha Posten
scharf. Große, weiße Hände lagen auf dem dünnen Hefter,
welcher, so vermutete Dr. Vejdrych, Angaben zu seiner Person
enthielt.

Das Gespräch fand im Dienstzimmer des neuen Oberlandrates
statt. Früher hatte hier der Bürgermeister gesessen. Doch der
saß nun woanders, war verhaftet. Ein kommissarisch einge-
setzter Deutscher nahm derweilen des Bürgermeisters Geschäfte
wahr. Mit einem Oberlandrat vor der Nase, der, aus dem Reich
kommend, von hiesigen Dingen nichts verstand. Der Kommis-
sarische, obwohl Landeskind, war auch nicht ganz im Bilde
und auf keinen Fall der Mann, mit den subalternen Verwal-
tungsbeamten fertigzuwerden, die, allesamt eingefleischte
Tschechen, sich aus den neuen Herren einen guten Tag machten.
Man benötigte einen Fachmann, der zugleich willens war,
den Deutschen ehrlich zu dienen. So kam der Dr. Vejdrych
wieder aus seiner Versenkung hervor, in die ihn Direktor
Brejcha gestoßen hatte. Und stand, eine neue Karriere erhof-
fend, vor seinem Schicksal. Gern hätte der Dr. Vejdrych
gewußt, wer ihn empfohlen hatte. Doch er fragte nicht, er
wartete ab.

Der Mann hinter dem Schreibtisch war übrigens nicht der
neue Landrat.

Obwohl sein Gegenüber keine Uniform trug, wußte der Dr.
Vejdrych genau, wer vor ihm saß. Der hier war einer der ganz
Mächtigen im Reiche Adolf Hitlers. Es mochte dort gewichti-
gere Paladine geben - und lautstärkere. Einen der mehr ge-
fürchtet wurde als der Zwickerträger, fand man kaum. Sein
Führer hatte diesem Manne viel Gewalt gegeben über Freiheit,
Leben und Tod.

Es mochte eine Laune sein, daß der Mächtige sich persönlich um die Besetzung eines Polizeidirektor-Postens kümmerte,

noch dazu eines fremdvölkischen in dieser fremdländischen Stadt. Doch solche Launen zeigte der Mächtige oft. Er stand im Rufe, sich um alles zu kümmern - und er bewies es wieder einmal.

Eines konnte der Dr. Vejdrych freilich nicht wissen: Der Zivilist hinter dem Schreibtisch hatte es auf die Franzenshütte AG abgesehen. War ihm der dicke Prasser auch unlängst zuvorgekommen mit dem Zugriff auf dieses Werk, raffte Zweite Mann im Staate unter dem Motto Vierjahresplan und Herrmann-Göring-Werke zusammen, was ihm unter die Finger kam - hinter des dicken Mannes Rücken baute der Zwickerträger ein anderes Imperium auf, still und unauffällig, weniger dem Gelde zugewandt als der tatsächlichen Macht, welche eben nicht nur im Geld bestand.

Es war kein Geheimnis unter den Großwürdenträgern des Dritten Reiches, daß der Stern des Fettwanstes zu verblassen begann.

Der Fliegerheld von einst versumpfte im Wohlleben, sammelte Orden und Brillanten, erfand immer strahlendere Operettenuniformen, wurde einem Bananendiktator von Monat zu Monat ähnlicher. Bei solchem Verhalten konnte er nicht mehr lange Zweiter Mann im Staate bleiben, der Hauptmann a.D., der sich mit Duldung seines Führers binnen 6 Jahren zum Generalfeldmarschall hochgestapelt hatte.

Noch sah ihm Hitler alles nach. Der Dicke hatte eine Luftwaffe hergezaubert mit nichts als ein paar alten Kameraden (und unter Ausnutzung opferreicher Vorarbeiten von stillen Patrioten im Lande); der Dicke hatte seinen Führer zweifellos als geschickter Verhandler an die Macht gebracht und hatte ihm geholfen, die Palastrevolutionäre der SA auszumorden.

Doch seither tat er nichts als repräsentieren und prassen. Seine Stempelbeine zwängte er in rote Lederstiefel und schnallte goldene Sporen an, auch wenn er kein Pferd zu besteigen wagte - und auch kein Flugzeug mehr. In seinen knäbischen Träumen sah er sich wie eine Walküre durch die Lüfte reiten, den Sauspieß in der Rechten: Hoitoho!

Bis hierhin reichte Adolf Hitlers Verständnis allemal. War nicht auch ER in Bayreuth zuhause? Was träumte ER denn, wenn ER neben Frau Winifred in der Loge saß? Wenn ER selbst zwar nach außenhin Schlichtheit feilhielt, tagaus tagein seine braune Jacke trug und lediglich das Eiserne Kreuz unter dem Rippenbogen, so war doch auch dieses eine Art Komödie. Für Komödiantisches hatte der Adolf Hitler eine Menge übrig, deshalb ließ er seinen Gastalden manchen Operettenflitter durchgehen, wohl wissend, daß die eigene Schlichtheit auch davon noch profitierte.

In des Führers Umgebung aber sah man, daß der Dicke für seine ungezählten Ämter keine Zeit mehr aufwandte. Er hielt sich Stellvertreter und kassierte nur noch.

Solches war nicht ungewöhnlich unter Hitlers Hofgesinde. Sie hielten es mehr oder minder alle so; überließen die Arbeit weniger auffälligen Leuten und begnügten sich damit, im Rampenlicht zu stehen und, falls der Führer es nicht selber tat, dem Volke die Ohren vollzublasen und Sand in die Augen zu steuen.

Auch Adolf Hitler war im Grunde ein Faulpelz, der lieber Karl May las als die Berichte seiner Minister. Wenn er sich einmal aufraffte, dann um irgendeinen genialen Einfall auszutrommeln - den Trommler ließ er sich ja auch gerne nennen. Eine zündende Rede, ein Trommelwirbel, und schon wieder war Europa ein wenig verändert.

Daß die Staatsmaschine nicht heißlief, besorgten andere: eine immer noch funktionierende Verwaltung, ein dem Eide verpflichtetes Militär, des Oberhenkers allzeit gehorsame Sbirrenschar.

Für die echten Arbeiter in diesem System des Führerstaates war Antrieb ihes Handelns das Wissen um die Tatsache, daß das Leben der Drohnen ein kurzes ist. Die dickste Drohne im Land tat wahrhaftig nichts anderes mehr als gut leben und sich keinen Wunsch versagen. Die Entmachtung dieses Mannes war lediglich Frage der Zeit. Man mußte bereit sein, wenn es zum Erbfall kam. Sobald der Dicke purzelte, würde die Franzenshütte zu haben sein. Allerdings mußte man dann eigene Leute an Ort und Stelle wissen. Es gab mehr als einen Agnaten, der auf das große Schlachtefest spekulierte.

In diesem Spiel konnte der künftige Polizeidirektor jener Stadt, in der die Franzenshütte lag, allenfalls als Bauer eingesetzt werden. Doch auch ein Bauer verhilft gelegentlich zum Matt. Der Zwickerträger suchte seinen Bauern.

"Sie sprechen deutsch, Doktor Feidrich? Wo haben Sie es gelernt?"

"In meiner Familie wurde auch deutsch gesprochen. Außerdem habe ich zwei Semester in Leipzig studiert."

"In Leipzig? Gut! Wann war denn das?" Der Zwickerträger notierte sich Jahre und Semester.

Der Polizist in Vejdrych wollte dem anderen Polizisten die Kontrollarbeit ersparen: "Ich habe mein Leipziger Studienbuch bei mir, Herr ---"

" --- Müller. Oberst Müller. Sie reden mich mit Herr Oberst an und haben für alle Welt heute nur mit einem Oberst Müller von der deutschen Polizei gesprochen. Geben Sie mir Ihr Studienbuch! Danke! Ich sehe, das ist in Ordnung. Nehmen Sie es wieder an sich, wir werden in Leipzig trotzdem Nachfrage halten. Doktor Feidrich, Leute, die mich kennen, versuchen niemals klüger zu sein als ich. Ein Studienbuch beweist so gut wie nichts. Haben wir uns verstanden?"

Vejdrych hatte verstanden, Der Oberst Müller wußte längst Bescheid über seine Leipziger Semester: "Jawohl, Herr Oberst, ich habe Sie verstanden!"

"Bon!" Die Lippen unter dem kurzgestutzten Schnurrbart verzogen sich zu einem dünnen Lächeln, hinter dem blitzenden Zwicker schillerten freundlich zwei Schlangenaugen: "Sie haben sich übrigens keinen guten Fürsprech ausgesucht, Doktor Feidrich! Ihre tschechischen Faschisten stehen beim Führer nicht in bestem Ansehen. Den Verrat an Admiral Koltschak kann und will er nicht verzeihen. Und wer hat den Verrat begangen? Euer General Gaydel. Der ist zwar inzwischen verstorben, aber seine Partei ist noch vorhanden, eure faschistische Partei, die zwar brav antisemitisch ist, doch ebenso ist sie antideutsch. Aus diesem Grunde wird es keine Faschisten geben, die im Protektorat Böhmen-Mähren irgendeine Rolle spielen, akzeptieren Sie das"

Die haben mich empfohlen, dachte Vejdrych. Mit denen hab ich also aufs falsche Pferd gesetzt. Trotzdem fragt er mich, ob ich mitmachen möchte. Wenn er mich nehmen will, braucht er das nicht zu fragen, selbstverständlich akzeptiere ich.! Denn ich will den Posten vom Brejcha. Der hat mich hinausgeschmissen wie einen räudigen Hund. Jetzt sein Nachfolger zu

werden, ist süßeste Genugtuung. Dafür täte ich alles. Nur -
soll ich es dem Zwickerträger jetzt leicht machen oder soll
ich mich spreizen?

"Sie sind sich nicht schlüssig, Doktor Feidrich?" Des
Zwickerträgers Stimme klang lauernd.

Vejdrych begriff, daß er zu lange gezögert hatte und daß
sein Gegenüber kein Mann war, dem man Bedingungen stellen
konnte: "Ja, Herr Oberst, ich habe überlegt. Nicht, ob ich
akzeptieren soll. Ich akzeptiere selbstverständlich. Nur --"

Oberst Müller gab sich amüsiert: "Wie sag ich's meinem
Kinde, eh? Das lassen Sie unsere Sorge sein, Doktor Vejdrych.
Wir überlegen für Sie! Im übrigen wird Ihren Freunden kein
Haar gekrümmt, solange sie sich ruhig verhalten. Das dürfen
Sie ihnen sogar ausrichten - nicht vom Oberst Müller, sondern
einfach von einer hohen Instanz. Sagen wir einmal, vom
höchsten Polizeiführer beim Reichsprotektor. Und ich versichere
Ihnen auf mein Wort, daß der keiner anderen Meinung
sein wird als ich." Oberst Müllers Gesicht begann vergnügt zu
glänzen, er beendete seine Worte mit einem meckernden Lachen.

"Wissen Sie, Feidrich," setzte er fort, "ich persönlich
wäre garnicht abgeneigt, einige von Ihren Freunden unter
meine Fittiche zu nehmen. Unter euch Tschechen gibt es viel
germanisches Blut, und wenn es gutrassige Leute sind - wie
Sie zum Beispiel - ja, Sie sind gutrassig, glauben Sie mir
das, ich verstehe was davon. Daß in Ihrer Familie deutsch
gesprochen wurde, ist doch kein Zufall. Sie haben unter Ihren
Ahnen vielleicht mehr Deutsche als Sie selber vermuten ----".

Hinter dem Zwicker begann es zu funkeln, man merkte, jetzt
ritt sein Träger ein Steckenpferd: " --- und überhaupt, Ihr
Name! Ich werde einmal einen guten Mann aus meiner Stiftung
Ahnenerbe auf Ihren Stammbaum ansetzen! Da kommt sicher mehr
heraus als ein germanischer Urgroßvater, mein lieber Doktor
Feidrich!"

Guter Gott, hoffentlich ist sein Ahnenforscher nicht wirklich gut, dachte Dr. Vejdrych. Denn er wußte um das Gerücht,
das in seiner Familie umging: Von der Urgroßmutter, die mit
einer Zigeunerbande entlaufen und mit einem Großväterchen
unter dem Nabel ins heimatliche Dorf zurückgekehrt war.

Darum sagte er vorbeugend: "Verzeihung, Herr Oberst, mein
Name, ich habe es Ihnen nicht korrigieren wollen, spricht

sich wie Wee-ü-drüch aus. Das ist - leider - rein slawisch."

Jetzt hüpfte der Zwickerträger in seinem Sessel hoch: "Irrtum, Mann! Irrtum! Das haben eure Slawomanen euch inge-redet! Wee-ü-drüch, das ist Weedrich, Waderich. Altgermanisch ist das. Doktor, Sie gehören zu uns! Nein, noch nicht, aber bald, ganz bald! Ich hab's ja gesagt, es ist in diesem Lande noch viel germanisches Erbe zurückgeblieben. Man muß solche Schätze nur finden und - heben. Ich werde es tun! Silinger, Quaden, Markomannen, das seid ihr im verschütteten Erbgut noch alle - die besten unter euch auf jeden Fall. Ihr gehört an unsere Seite, weil ihr Unser seid. Ich hole euch heim, ich zwinge die uralten Blutströme wieder hervor aus den Klüften der Vergessenheit, ich leite sie ein in den machtvollen Strom germanischen Bluterbes!"

Ein Verrückter, dachte Vejdrych. Doch diese Diagnose ließ er schnell fallen, denn er wußte vom Hörensagen, wie wenig idealistisch der Oberst Müller mit Leuten umging, die ihn nicht ernst nehmen wollten. Anderseits begriff Vejdrych, daß jetzt seine Sternstunde schlug: "Wenn Sie uns haben wollen, Reichs---, Verzeihung, Herr Oberst Müller?"

Vejdrychs Versprecher brachte den Zwickerträger augen-blicklich zurück auf den Boden seiner polizeilichen Funktion. Bayreuth löste sich in Sekundenschnelle in nichts auf, zurück blieb ein Krokodil. Nicht Fafner, nur noch Krokodil, lächelte der Oberst mit dem Charme einer alten Jungfer: "Sagen Sie es niemals wieder, Feidrich! Für heute will ich's vergessen haben. Erst wenn ich Sie von Ihrem Schweigen entbinde, werden Sie mich anreden dürfen wie meine Männer. Erst, wenn die Fachleute vom Ahnenerbe herausgefunden haben, was ich vermute - und erst, wenn Ihre Aufgabe hier beendet ist. Bis dahin: Oberst Müller und ansonsten - Mund halten!"

"Jawohl, Herr Oberst! Mund halten!"

"Bon! Und nun sagen Sie mir noch Ihren Vornamen."

(Idiot, hast ihn doch in deiner Akte!)

"Vladimir, Herr Oberst."

"Fladimier, Waldemar, der gute alte Titel, den die Slawen ihren germanischen Fürsten gaben! Und Ihr Herr Vater?"

"Romuald."

"Romuald? Sagen Sie das bitte noch einmal! Romuald, ein rein langobardischer Name, bei uns in Deutschland kaum noch üblich. Und hier vor mir sitzt ein Mann, dessen tschechischer Vater Romuald hieß. Ihr Herr Großvater, ich wette, wird noch gewußt haben, warum er dem Erben diesen guten Namen gab. Romuald und Waderich, grundgütiger Uralter, wie bring ich's meinem Führer bei, daß das Blut der besten Tschechen heimkehren muß in sein Reich?"

Der Doktor Vejdrych hätte den Teutomanen Müller schnell aus seinen Träumen wecken können. Vater Romuald war auf Wunsch der frommen polnischen Großmutter, einer geborenen Szymanska, nach dem Hl. Romuald genannt worden, einem sonst wenig bekannten Heiligen, den die Polen aus unerfindlichen Gründen besonders verehren. Doch Doktor Vejdrych schwieg, denn er wollte Polizeidirektor werden. Er wurde es.

Der Vetter Hans, diesmal in der Uniform eines SS-Oberfüh-
rers, saß breit in Josef Meidners Besuchersessel. Unangemeldet war er gekommen: "Hab ich dir's nicht prophezeit, Josef?
Jetzt sind wir da!"

Erst seit drei Tagen waren sie da. Und schon richteten sie
sich häuslich ein.

Ihr Vortrupp, Sepp Dietrich mit seiner Leibstandarte, war
schon über alle Berge in die Slowakei geeilt, wo die Kampf-
gefährten und Nachfolger des verstorbenen Paters Hlinka,
eines slowakischen Klerikers und Separatisten, gegen die
Prager Regierung putschten und einen neuen Kleinstaat im
Herzen Europas errichteten: die kurzlebige Republik der Slowaken.

In das Städtchen O., den Standort der Franzens-Hütte, war
der Sepp Dietrich mit seiner Leibstandarte in einem militärisch beachtlichen Husarenritt von Berlin her gekommen, über
600 Kilometer binnen 24 Stunden in motorisierter Kolonne.
Diese eigentlich noch paramilitärische Truppe konnte schneller alarmiert werden als jede Einheit der Großdeut schen
Wehrmacht. Die SS-Verfügungstruppe bestand zu jener Zeit aus
vier regimentsstarken Verbänden, einer davon war die Leibstandarte. Gegründet, wie ihr Name besagte, als Hitlers Pri-
vatarmee, ausgebildet und geeignet zur Niederschlagung von
Aufständen, besaß diese Truppe militärisch erst geringen
Wert, doch war sie, bei ansonsten nur leichter Bewaffnung,
vollmotorisiert und damit beweglich wie kein anderer Truppenkörper im Reich. Und sie war stets alarmbereit.

Als Hitler sich entschied, die Unabhängigkeitsbestrebungen
der Slowaken zu unterstützen, entschloß er sich, gleichzeitig
die Reste von Böhmen und Mähren in seinen Machtbereich einzu-
gliedern. Noch ehe er den armen tschechoslowakischen Staatspräsidenten Dr. Hacha nach Berlin bestellte, um diesem die
Zusage zur vorgesehenen Okkupation abzupressen, bekam Hitler
Wind von polnischen Absichten auf abermalige Teilhabe an der
Beute. Daß die Polen das Industriegebiet von O. gern besessen hätten, war ein offenes Geheimnis, grenzte es doch fast
übergangslos an die Industrieanlagen des Teschnerlandes. Und

ganz ohne Berechtigung waren die polnischen Ansprüche nicht. Es war das sogenannte Olsaland bis zum Flusse Ostrawitza zumeist von Menschen bewohnt, deren Idiom zwar einem echten Polen Ohrenschmerzen verursachte, es war jedoch das Wasserpolnisch des Olsa- bzw. Teschnerlandes dem Polnischen weitaus näher verwandt als dem Tschechischen. Staatsrechtlich mochte das Gebiet seit dem 14. Jahrhundert zur Krone von Böhmen gehört haben, ethnisch waren seine Bewohner Polen. Man brauchte sie nur zu repolonisieren. Solches taten die Polen, wenn man sie ließ, jederzeit und munter. Seit sie in Teschen saßen, hatten dort weder die Deutschen noch die Tschechen etwas zu sagen, geschweige denn zu lachen.

Der polnische Appetit auf anderer Leute Land war dem deutschen Appetit fast ebenbürtig und wurde nur noch vom russischen übertroffen. Polnische Plakate der frühen Dreißigerjahre forderten nicht weniger als die Elbgrenze im Westen, Litauen im Norden und die Ukraine im Osten. In diesem Punkt war Hitler keine singuläre Erscheinung in Mittel- und Osteuropa: Seit 1918 war es dort gute Sitte geworden, Grenzen als veränderliche Linien zu betrachten.

Die Friedensschlüsse von Versailles, St. Germain, San Stefano hatten keines der Probleme, welche durch den Zusammenbruch der Mittelmächte entstanden waren, befriedigend gelöst. Wer immer eine Minderheit seiner Nation beim Nachbarn schlecht aufgehoben wußte, schielte begehrlich über dessen Grenze hinweg, griff auch zu, wenn sich die Gelegenheit bot. An der Zerstückelung der Tschechoslowakei war nicht nur Hitler beteiligt gewesen. Nun, wo er den Rest zu liquidieren gedachte, mußte er die Mitwirkung der Polen und Ungarn einkalkulieren. Wenn er den Ungarn die Karpathoukraine hinwarf, tat ihm das nicht weh, dieser östliche Zipfel der alten Tschechoslowakei lag weitab von seiner Reichsgrenze. Das Städtchen O. hingegen gedachte er nicht den polnischen Ansprüchen zu opfern.

Also schickte er seine Prätorianergarde los, weil er voraussah, daß des Generalmajors Keiner 44. Infanteriedivision zwar nahebei im östlichen Sudetenland in ihren Garnisonen lag, jedoch keinesfalls schnell genug versammelt und mit ihren Pferdegespannen in Marsch gesetzt werden konnte, um den flinken Polen zuvorzukommen. Die Vierundvierziger kamen zwar auch anmarschiert, doch wären sie an der polnischen Grenze um entscheidende Stunden zu spät eingetroffen.

Die Prätorianer blieben nicht in O. Sie zogen weiter in die Slowakei, dem Pater Tiso, Hlinkas Nachfolger, zu helfen bei der Zerstörung des Masarykstaates. In O. blieben Teile der Vierundvierziger, zusammen mit einer schweren Flakabteilung für den Fall, daß sich die polnische Luftwaffe zeigen sollte.

Daß Hitler zu diesem Zeitpunkt schon seinen Angriff auf Polen plante, ist zu vermuten. Er hatte Ansprüche gegenüber Polen angemeldet, berechtigte Ansprüche. Der sogenannte Korridor war ein greller Unfug der Friedensmacher von 1918. Polens Drang zum Meer hätte - wenn überhaupt - eleganter befriedigt werden können. Die Gelegenheit war vertan, und nun wollten die Polen behalten, was ihnen in den Schoß gefallen: ihren Korridor mitsamt der Retortenstadt Gdynia. Freiwillig würden sie nichts hergeben, sie waren keine Tschechen. Und ob sich England und Frankreich noch einmal überrumpeln ließen, war mehr als fraglich. Wenn Hitlers Nachrichtendienste nicht total verblödet waren, mußte er wissen, daß England fieberhaft aufrüstete und daß englische und französische Unterhändler in Moskau um Stalins Hilfe baten. Wir wissen zwar, daß Hitler Stalins Winke lange nicht zur Kenntnis nahm, wir wissen aber auch, daß er Wert auf Rußlands Neutralität in einem Konfliktfalle mit Polen für unabdingbar hielt. Die Karten waren verteilt und Stalin hatte ein gutes Blatt bekommen. Er spielte es aus.

Während er die Anglo-Franzosen mit unverschämten Forderungen hinhielt, signalisierte er Hitler Verständi_gungsbereitschaft, indem er seinen jüdischen Außenminister Litwinow in die Wüste schickte. Und als Hitler diesen Wink nicht verstand, wurde der listige Georgier noch deutlicher; zwar nur auf unterster diplomatischer Ebene, aber nun begriff man in Berlin, daß man einen englisch-französisch-russischen Beistandspakt bekam, wenn man sich mit Stalin nicht einigte.

Es ist fraglich, ob Hitler die Schriften des Marxismus-Leninismus jemals gelesen hat. Wahrscheinlich ist es nicht. Stalin hingegen dürfte den "Kampf" gekannt und um Hitlers Angst vor einem Zweifrontenkrieg gewußt haben.

Man kann Hitler nicht gut als erbarmungswürdiges Opfer

darstellen, doch in Stalins Fängen war er nicht viel mehr.

Es sah alles so zufällig aus, was die Deutschen im Frühjahr und Sommer 1939 als Glück und Erfolg freudig annahmen.
Vielleicht war es auch ein Zufall - dann aber ein ver-
hängnisvoller.

Einstweilen blieb, von Hitlers Conquistadoren abgesehen,
jeder auf seinem Platz, und nur die Minderheitsdeutschen in
Böhmen und Mähren waren aus dem Häuschen. Aus ihren Häusern
aber gingen, wenn sie ein Affidavit und die nötige Entschluß-
kraft besaßen, Zehntausende von Juden: jene, deren Vorstel-
lungsvermögen ausreichte, sich Hitlers "Ruhe und Ordnung"
bezogen auf die Judenschaft, auszumalen.

Ruhe und Ordnung! Weder die biederen Verbände der Wehrmacht, Reservisten zu zwei Dritteln oder mehr, noch die
eiligst nachgeschobenen Verbände kasernierter Polizei schienen dafür zu genügen. Und schon garnicht die überkanditelten
Volksdeutschen vom Schlage Jarzombek-Thurneyßl. Die Pax Ger-
manica garantierte ein anderer Apparat, der unauffällig aber
tödlich funktionierte: Gestapo und SD, später verallgemei-
nernd "die SS" genannt; was zwar eine grobe Entstellung der
tatsächlichen Verhältnisse in Heinrich Himmlers "Orden" ist,
was aber insofern hingenommen werden muß, als der "Reichsführer SS" seine Gefolgsleute in ein derart kompliziertes
Schachtelsystem verteilte, daß es fast unmöglich ist, die
Spreu vom Weizen zu scheiden. Das Odium des Mordverdachtes
klebt an jedem, der irgendwann einmal irgenwie zur SS zählte.

Wer vermag angesichts einer erschütternden Dokumentation
noch zu glauben, daß die SS mit dem Anspruch für sich warb,
die neue Elite zu werden, heraus- und hervorragend auf allen
Gebieten menschlicher Weiterentwicklung? Das freilich in
einem Wertsystem, welches eher der Feudalzeit als der Moderne
angehörte.

Der Vetter Hans rechnete sich zur Elite. Denn der Vetter
Hans trug auf den Kragenspiegeln seiner schwarzen Uniform
zwei Silberblätter. Er nannte sich SS-Oberführer, und man
konnte seinen Rang dem eines Generalmajors gleichsetzen. Die
richtigen Generalmajore freilich reagierten auf solche Ver-
gleiche mit Zähneknirschen. (Sie hätten noch ganz anders
reagieren müssen!)

Zwei Silberblätter, das war nicht die Spitze deer Machtpyramide, doch es war ziemlich weit oben. Nur noch drei Distinktionsstufen trennten den Oberführer von der absoluten Spitze der SS, Heinrich Himmler. Über dem stand nur der "Führer" und - wenn es ihn gab - der liebe Gott.

So jedenfalls verstand der Vetter Hans jetzt die Welt, und er fand sie gut unter den Fittichen des zwickerzwinkernden, borstenschnäuzigen, kindsmäuligen Reichheinrich; Reinkarnation Heinrich des Voglers, mörtelnd mit heißer Kelle, Ura-Linda-Chronik Verehrer, Mineralwasser- und Met - Genießer, jedem frohen Männersuff ängstlich ausweichend; Nikotinfeind selbstverständlich und altjüngferlich sogar im verschämten Ehebruch; voller Selbstmitleid, wenn er beim Morden zusehen mußte, doch allzeit markiger Sprechblasen kundig, wenn es darum ging, "seinen Männern" Crudelitäten abzufordern. Schwerer Psychopath und gleichzeitig begabter Organisator. Schlimmer noch - ein Träumer mit dem Talent, seine Träume in Untaten zu verwandeln. Ein Simpel von der Erscheinung her, ein Spießbürger in seinem Gehaben und dennoch ein Monstrum in seinem Wirken: das war Hitlers Treuester aller Treuen. Indes, sein Mut zum Bösen war nur geliehen. Himmler aus sich selbst hätte ihn kaum aufgebracht, auch nicht den Mut, sich dem Bösen zu widersetzen. Und seine Treue war Feigheit, denn er wurde untreu, als er vor der Wahl stand zwischen seinem Führer und dem eigenen Überleben.

Ungeheuerlich die borniert Einfalt des Mannes, die ihn, den Mörder von Millionen Juden, schließlich zu dem jüdischen Abgesandten sagen ließ: "Nun ist es aber an der Zeit, lieber Herr Masur, das Kriegsbeil zwischen uns zu begraben!"

"Lieber Herr Masur!" Es ist kaum zu fassen und dennoch wahr. Natürlich kann der liebe Herr Masur dem Heinrich Himmler nicht lieb gewesen sein, aber willkommen war er ihm, jetzt, da Heinrich sich endlich von seinem Idol Hitler abgenabelt hatte, mit gefüllter Hose und ohne rechte Vorstellung von der Zukunft, vermutlich aber in der irren Hoffnung, er könnte sich den Kommenden so unersetzlich machen wie er es dem Gewesenen war. Hat der Mann kein Schuldbewußtsein gehabt? Man muß es für möglich ansehen, denn er hielt sich ja für die Gerechtigkeit selbst: hart und unbestechlich. War das keine Qualifikation für das kommende Chaos der deut_schen Niederlage? Über einen Mann zu verfügen, der abermals für Ruhe und Ordnung sorgte?

Wir haben weit vorgegriffen innerhalb der Vergangenheit. Noch war Heinrich Himmler im Glanz der aufsteigenden Führersonne. Noch beförderte er - gerecht und willkürlich - Männer seines Geschmacks zu Pseudo-Generalen.

Zwei Silberblätter, der Vetter Hans war SS-General. Josef Meidner hingegen war nur Generaldirektor der Franzens-Hütte.

"Also gut, Vetter Hans, du hast recht behalten. Ihr seid da. Und was nun?"

"Nun wird die Franzens-Hütte für uns arbeiten und nicht mehr für den Juden Marburg."

"Mach dich nicht lächerlich, Vetter Hans, die Franzens-Hütte hat nie für eine einzige Person gearbeitet, sondern stets nur für ihre Aktionäre."

"Das sind von jetzt ab wir."

"Wenn ihr die Aktien vorweisen könnt, lieber Vetter Hans, so dürft ihr die Coupons schneiden."

"Du verkennst die Lage, Josef. Ihr produziert Stahl und nicht Coupons. Wir wollen den Stahl."

"Ich möchte mich mit dir auf keine Diskussion über Aktienrecht einlassen, Vetter Hans. Es gibt auch bei euch Leute, die mehr davon verstehen als du. Mach es also kurz. Was willst du hier?"

"Ich möchte die Franzens-Hütte für meine Freunde aufkaufen. Der Reichsführer SS unterhält eine Reihe SS-eigener Betriebe, die Porzellanmanufaktur in Allach zum Beispiel -."

"Aha, und die Porzellanhelme tun es nicht ganz, wie?"

"Der Reichsführer SS hat gedacht, die Franzens-Hütte könnte einen schönen SS-eigenen Betrieb abgeben."

"Ein guter Gedanke!"

"Nicht wahr? Gib uns die Franzens-Hütte, Josef. Du bleibst Generaldirektor und erhältst einen gehobenen SS-Rang, etwa den eines Sturmbannführers - weitere Beförderung bei Zufriedenstellung des Reichsführers darf ich dir in Aussicht stellen. Was sagst du dazu?"

"Ich sage, Vetter Hans, daß die Franzens-Hütte seit gestern abend zu den Herrmann-Göring-Werken gehört. Setzt euch mit dem Zweiten Mann im Staate auseinander. Ich warte ab.

Adieu, Vetter Hans!"

Die Franzens-Hütte gehörte mitnichten den Herrmann-Göring-Werken, doch angesichts der augenblicklichen Machtverhältnisse hatte Josef Meidner nicht widersprochen, als des Dicken Abgesandte bei ihm vorfühlten. Wie hatte ihm Freund Bronner seinerzeit geraten? "Halte dich an den Stärksten, Josef, wenn es garnicht anders gehen sollte. In einem großen Schatten lebt man sicherer als unter einem kleinen."

21 Was geschieht mit den Leuten?

Die erste Konferenz mit den neuen Besitzern fand im Ver-
Verwaltungsgebäude der Franzens-Hütte statt. Auf der einen
Seite des Tisches saß der Generaldirektor Josef Meidner –
allein. Auf der anderen Seite residierten: der Vertreter des
dicken Prassers, ein gewisser Doktor Brenner, Wirtschafts-
smensch aus Berlin, scharfgesichtiger Preuße mit kurzem
Haarschnitt, mitelgroß, grauer Schneideranzug aus teurem
Stoff und von schlechtem Schnitt.

Die haben halt keine böhmischen Schneider dort, und was
sich so nennt, ist längst eingepreußt, schneidert alles auf
Taille wie eine Uniform, dachte Josef Meidner bei sich.

Dem Dr. Brenner zur Linken saß ein Fliegeroberst, zu Bren-
ners rechter Hand ein Kapitän (Ing.) der Kriegsmarine.

Blaugrau mit Gelb und viel Silber die Luftwaffe, dunkel-
blau mit etwas Gold die Marine. Orden zuhauf an der Brust
und vermutlich keine Ahnung von Technik und Geschäft. Der Zivilist in der Mitte scheint das Kommando zu haben.

"Bitte, meine Herren, wir können anfangen. Ich bin von
Ihrem Kommen schriftlich verständigt worden. Um was geht es?"

Dr. Brenner bat um das Wort, bedankte sich für den Empfang
und gab bekannt, daß der Aufsichtsrat der Franzens-Hütte
geschlossen zurückgetreten sei und daß er, Dr. Brenner, treu-
händerisch die Geschäfte des Aufsichtsrates übernehmen werde:
" --- zumindest bis zum Abschluß der Verhandlungen mit
Zürich und London." Wenn, was zu hoffen sei, die Herrmann Gö-
ring-Werke eine Aktienmajorität erwerben sollten, werde ein
neuer Aufsichtsrat gewählt."

Einen Dreck werdet ihr bekommen, dachte Meidner bei sich.
Oder ich kenne meinen Bronner schlecht. Den Grafen habt ihr
natürlich unter Druck gesetzt, wahrscheinlich ist er verhaftet. Na, das kann spannend werden!

Doch Josef Meidner enthielt sich neugieriger Fragen, die
ihn bestenfalls kompromittieren konnten. Die andere Seite war
im Besitz der Macht. Internationale Spielregeln galten im
Augenblick nicht viel.

"Haben Sie irgendwelche Fragen, Herr Professor Meidner?"

"Ja, natürlich! Was wird aus der Betriebsführung. Gedenken

Sie Änderungen zu veranlassen? Es geht auch um meine Person."

"Nein, eigentlich nicht. Man ist in Berlin der Auffassung, daß ein eingespieltes und noch dazu erfolgreiches Team nicht auseinandergerissen werden sollte. Das jedenfalls ist die Meinung des Feldmarschalls. Lediglich die Juden müßten entlassen werden. Haben Sie Juden unter Ihren Mitarbeitern, Herr Meidner?"

"Meinen Sie jetzt die Gesamtheit der Beschäftigten oder nur die maßgeblichen Leute? Ein Religionsregister führen wir nämlich nicht, ich kann Ihnen daher nur mit privaten Kenntnissen dienen, und die sind naturgemäß beschränkt."

Dr. Brenner lächelte ein dünnes Lächeln: "Niemand erwartet, daß Ihr Wissen in diesem Punkt ein vollkommenes ist. Selbstverständlich sind nur leitende Mitarbeiter gemeint. Der Chef ist da nicht so pingelig wie alle Welt meint."

"Also vom Oberingenieur aufwärts wüßte ich keinen Juden zu nennen. Das bitte ohne Gewähr. Muß ich das jetzt überprüfen?"

"Nein, das besorgt der Sicherheitsbeauftragte, den wir Ihnen demnächst schicken."

"Sicherheitsbeauftragter? Wozu denn das?"

"Die Franzens-Hütte gilt ab sofort als Rüstungsbetrieb. Dabei ist es Vorschrift."

"Na wunderbar! Hat dieser Herr mir was dreinzureden?"

"Nicht in die Leitung. Nur in Personalfragen. Und das lediglich dann, wenn ein echtes Risiko besteht. Lassen Sie sich dadurch nicht den Schlaf rauben, Herr Meidner. Bei Schwierigkeiten wenden Sie sich über mich an den Marschall. Der ist kein Menschenfresser und urteilt viel sachlicher als manche Leute meinen. Ihm geht es um Leistung und nicht um Kinkerlitzchen. Wenn da einer mit Weltanschauung Mist bauen will, fährt er wie der Deubel dazwischen!"

Nach der offiziellen Übernahme besichtigten die Herren verschiedene Betriebe der Franzens-Hütte. Das ergab, wenn sich die Offiziere mit den Technikern unterhielten, Gelegenheit zu zweisamen Gesprächen zwischen Dr. Brenner und Josef Meidner. Brenner erklärte dabei, daß die beiden Offiziere als Verbindungsleute der Wehrmacht am Ort bleiben würden: "Die beiden haben keinerlei Weisungsbefugnis, sondern tragen allenfalls Wünsche der Truppe vor und überlassen es Ihnen, diese Wünsche

nach Möglichkeit zu berücksichtigen. Kapitän Tunkwitz ist
ein verträglicher alter Seebär, interesssiert sich nur für
Panzerplatten, ansonsten höchstens für eine gute Flasche Rotwein.
Er wird Ihnen keine Schwierigkeiten bereiten, Herr Meidner. Oberst
Haake, der Luftwaffenmensch, ist auch in kaufmännischen Dingen
kompetent. Das mag Sie erstaunen, aber er versteht wirklich etwas.
War früher bei Milch in der Lufthansa tätig, hat dort
dreimal mehr verdient als Herrmann ihm jetzt zahlt. Nichts zu machen,
Haake ist Patriot und dient dem Vaterland, wo es ihn braucht. Haakes
Vater war General. Tradition verpflichtet bei uns doch sehr!"
    "Darf ich fragen, was Ihr Herr Vater war, Herr Dr. Brenner?"
Brenner lachte: "Sie dürfen. Mein Vater war Pastor. Wissen
Sie, wie es in einem Pastorenhaushalt zugeht? Viel Ansehen,
Verpflichtung, etwas darzustellen, ewiger Geldmangel. 'Jun-
ge,' hat mein Vater zu mir gesagt, als ich das Abitur heimbrachte, 'wenn dich der Herr ruft, so folge ihm. Wenn er dich
aber zufällig nicht gerufen haben sollte, dann such dir einen
Beruf, der was einbringt."
    "Und hat der Herr Sie nicht gerufen? Oder haben Sie sich
schwerhörig gestellt?"
    "Ach, wissen Sie, Herr Meidner, es gibt Söhne, die wachsen
einfach in den Beruf ihres Vaters hinein. Sie nennen es
Tradition, manchmal ist es aber nur Denkfaulheit oder Bequemlichkeit. Sie haben dem Vater etliches von seinen Geschäften
abgeguckt und steigen gewissermaßen in ein gemachtes Bett.
Sowas kann in manchen Berufen sehr vorteilhaft sein, weil es
etliche Bildungsgänge erleichtert. Zum Beispiel beim Arztbe-
ruf. Was, um Gotteswillen, kann man von einem Pastor schon
gutes lernen? Mir war dieses gemachte Bett, ehrlich gesagt,
ein wenig zu schmal und zu hart. Und meines Vaters Arbeit am
dürren Weinberg des Herrn zu karg. Also bin ich Bankkaufmann
geworden, habe mich, als es wieder möglich wurde nach dem
Krieg, in der Welt umgesehen, in den USA, in Lateinamerika.
Daneben Jura studiert und promoviert. Die Dresdner Bank hat
mich mit Handkuß genommen, aber dann kam der Dicke und
rauchte einen Mann wie mich. Es war nicht das politische
Moment, das mich gelockt hat, es war die Aufgabe. Ein Wirtschaftsimperium, wie es der Chef verwirklichen möch_te,
braucht Fachleute, Repräsentation allein tut es nicht. Das
weiß der Dicke auch. Wir kommen gut miteinander aus."

"Ein Wirtschaftsimperium --."

"Eines, das sich die Politiker zusammengerafft haben, kann nicht gesund sein, denken Sie? Es kann gesund sein, wenn man es so gestaltet, daß es auch ohne die Politiker existenzfähig ist. Im Ernst, ich sehe darin meine Aufgabe."

"Unter diesem Aspekt habe ich die Herrmann-Göring-Werke noch nie betrachtet."

"Da ist auch vorläufig wenig zu erkennen. Bis jetzt scheint alles ein ungefüger Koloß zu sein, einzig dienlich, dem Dicken ein beachtliches Taschengeld zu verschaffen. Ich möchte Harmonie hineinbringen, Effektivität, Fortschritt und Dauer über alle politischen Veränderungen hinaus. Oder meinen Sie, daß sich eine Wirtschaft für immer und ewig national abkapseln kann? Herr Meidner, eine isolierte nationale Wirtschaft hat es vielleicht gegeben, als der Ballen Seide vier Jahre brauchte, um von China nach Europa zu gelangen. Wirtschaftsautarkie ist eine idiotische Vorstellung und Monopole sind auf die Dauer unhaltbar. Wir müssen das Diktat der Politik über die Wirtschaft als einen passageren Zustand betrachten.

"Respekt, Respekt, Herr Brenner! Ist Ihr Chef der gleichen Meinung wie Sie?"

"Ich glaube, er wäre dafür zu haben - wenn seine Meinung einmal gefragt sein sollte. Doch zur Zeit gelten andere Meinungen. Wehe dem, der nicht die richtige Meinung hat. Oder haben Sie das noch nicht gemerkt?

Herr Meidner, ich will Sie nicht provozieren, ich will mich auch nicht in Ihr Vertrauen einschleichen. Was glauben Sie wohl, warum ich so prompt auf Ihren Hilferuf gehört habe? Es war goldrichtig, daß Sie sich an uns gewandt haben, und selbstverständlich haben wir Ihre Erklärung nachträglich sanktioniert. Der Chef glaubt übrigens, daß wir früher dran waren als die Himmlerleute, er wird es also mit gutem Gewissen verteidigen.

Herr Meidner, ich habe Ihnen geholfen, weil ich Ihre Hilfe brauche. Stören Sie sich nicht an dem Sicherheitsbeauftragten. Den haben wir schlucken müssen, weil der Dicke seinerzeit nicht aufgepaßt hat. Jetzt hat Himmler seinen Fuß im Türspalt. Zu spät, das zurückzuschrauben. Wir haben diese Leute überall in den Betrieben, aber wir versuchen, sie zu

paralysieren. Darum habe ich Ihnen ja auch den Haake
beigegeben. Der kennt sich aus, wo Sie vielleicht auf Neuland
stoßen. Sie können ihm vertrauen. Außerdem weiß Haake den
Dicken zu nehmen - alte Fliegerkameraden! Ah, jetzt schließt
sich die Gruppe wieder zusammen, beenden wir das Thema. Haben
wir uns verstanden?"

"Sie haben mir eine Last von der Seele genommen, Herr
Brenner!"

"Das war auch der Zweck meines Herkommens. Denn es wird
wenige Gelegenheiten geben, bei welchen wir vertraulich miteinander reden können. Darum schnell noch einen guten Rat:
Ihre jüdischen Direktoren schicken Sie umgehend in Pension,
womöglich rückdatiert. Um Pensionäre kümmert sich nämlich der
Sicherheitsbeauftragte nicht. Was Sie ihnen als Abfindung
zahlen, wird Ihnen Haake abdecken. Alle übrigen Juden versetzen Sie auf unbedeutende Posten. Es muß so aussehen, als
seien sie degradiert. Man wird das zwar als ungenügend befinden, man wird aber Ihren guten Willen zur Kenntnis nehmen
müssen. Sie können ja noch nicht im Bilde sein, wie man im
Reich mit den Juden umgeht."

Bevor die Herren sich zu den am Ausgang wartenden Limousi-
nen begaben, murmelte Dr. Brenner: "Bestellen Sie übrigens
unserem gemeinsamen Freund Arthur gelegentlich meine
Grüße, ich selber sehe ihn ja leider viel zu selten!"

Nach diesem Gespräch sah der Generaldirektor der Franzens-
Hütte die nächste Zukunft etwas rosiger.

Mit den neuen deutschen Herren war es also relativ leicht, wenn man im Schatten Herrmann Görings wirken durfte. Schwieriger war es, die jüdischen Mitarbeiter mit ihrem Schicksal bekanntzumachen. Josef Meidner durfte Ihnen nicht sagen, was er empfand, noch weniger, worauf er vertraute.

Der Oberingenieur Epstein nahm die Kündigung knurrend hin: "Ich wandere sowieso nach Palästina aus."

Direktor Goldmann begann zu klagen: "Womit habe ich das verdient, Herr Meidner? Ich hab doch immer brav meine Pflicht getan, bin ein guter Deutscher gewesen, meine Kinder haben deutsche Schulen besucht, ich war im Kulturverband, hab für den Bund der Deutschen gespendet. Zählt das denn garnicht mehr?"

"Mein lieber Goldmann, ich habe die Verhältnisse nicht geschaffen, die das alles nicht gelten lassen. Wenn ich Sie nicht ab gestern pensioniere, fliegen Sie morgen ohne Pension. Verstehen Sie mich immer noch nicht?"

"Nein, Herr Meidner, ich verstehe Sie nicht. Gerade Sie sollten ein Einsehen mit mir haben!" Goldmann begriff nicht, daß sein Chef unter Zwang handelte: "Wir sind doch gar keine Juden mehr! Schon mein Vater hat sich taufen lassen!"

"Menschenskind, Goldmann, die Nürnberger Gesetze nehmen darauf keine Rücksicht! Und sie werden jetzt hier angewandt. Die Franzens-Hütte gehört nicht mehr den Marburgs. Ich muß tun, was der neue Aufsichtsrat verlangt."

"Wenn Sie mir so kommen, Herr Meidner, weil Sie glauben, Sie müssen vor dem neuen nebbich Aufsichtsrat kuschen, dann werde ich mich an eine höhere Instanz wenden. Ich gehe zu Ihrem Vetter Hans. Der wird mir helfen wie ich ihm geholfen habe, als er im Dalles war. Oder haben Sie das nicht gewußt?"

Den hat der Schweinigel also auch erpreßt, dachte Meidner. Laut sagte er: "Das habe ich nicht gewußt, Gerr Goldmann. Aber ich weiß etwas anderes. Wenn Sie zu meinem Vetter Hans gehen und sich über mich beschweren, dann wird der liebe Hans Ihnen vielleicht eine Atempause verschaffen. Ja, das wird er tun, denn das wird ihm Gelegenheit geben, eine Untersuchung meiner Amtsführung zu verlangen, denn er wünscht sich nichts sehnli-

cher, als mich abzuschießen. Gut, aber dann wird ein neuer
Mann an meine Stelle treten, und der wird gnadenlos tabula
rasa machen mit euch Juden. Vielleicht werden Sie für eine
Weile die einzige Ausnahme sein: gratuliere zu dieser Ehre!
Herr Goldmann, ich will für Sie und alle Menschen in Ihrer
Lage tun, was ich kann. Aber ohne Opferlämmer geht es nicht.
Der Epstein und Sie, ihr seid die Opferlämmer. Euch wenigs-
tens muß ich den neuen Herren zum Fraß hinwerfen, damit ich
die anderen halten kann, die nicht so prominent sind. Verste-
hen Sie jetzt? Wollen Sie immer noch zum Vetter Hans gehen?"

Endlich begriff Direktor Goldmann: "Ich bin das Opferlamm?
Ich und der Epstein? No, das ist ja wunderbar! Und Sie haben
keine anderen Leute finden können statt uns?"

"Machen Sie mir doch Vorschläge!"

"Danke nein! Ich gehe. Ich bin schon gegangen!" Zornig und
beleidigt verließ Goldmann Meidners Büro.

"Versteh einer die Juden!" seufzte Meidner, als Goldmann
gegangen war. Dann ließ er über seine Sekretärin, Fräulein
Pfitzner, die Frau Minka Goldmann um ein Gespräch bitten.
Meidner kannte die Gattin seines Direktors aus glücklicheren
Tagen und wußte, daß man mit ihr vernünftig reden konnte.
Nachh der Vejdrych-Affäre hatte Josef Meidner bei allfälligen
Gelegenheiten - Bällen, Five O' Clock Teas, Garden-Parties -
mit Frau Minka Goldmann geflirtet und einige Seelenver-
wandtschaft mit der schmalen, dunklen Mittvierzigerin entdeckt. Frau Minka war ihm entgegengekommen. Wie alle klugen
Frauen schätzte sie Meidners Intellekt, spürte sie seine
Verlassenheit, war halb ja, halb nein bereit, den offensichtlich leidenden und entbehrenden Mann zu trösten. Daß er
keine Schönheit war, bedeutete ihr wenig, Jakob Goldmann war
auch kein Apoll, war außerhalb seines Berufes noch dazu ein
wenig dumm. Was man von Meidner nicht behaupten konnte.
Außerdem haßte Minka Goldmann die Margarete Meidner aus einem
weibliche Urinstinkt heraus.

Trotzdem war nichts passiert zwischen Minka und Josef.
Hemmungen waren kaum vorhanden, es fehlte auch nicht der
Vorsatz. Es ergab sich bloß keine passende Gelegenheit.

Nun saß man sich in Gertrude Pfitzners Appartement gegenüber. Meidners Büro wäre als Treffpunkt nicht in Frage gekommen: zu viele Zeugen. In der Goldmannschen Wohnung befand

sich Herr Goldmann und in der Meidnerschen Frau Margarete. Ein öffentliches Lokal war von vornherein auszuschließen. In seiner Stellung konnte es Meidner nicht mehr wagen, sich mit Minka Goldmann zu zeigen, zudem war den Juden das Betreten der meisten Lokale untersagt. Sie wären mit Sicherheit angepöbelt worden. Auf die Pfitzner konnte Meidner sich verlassen. Die hatte ihre Gäste empfangen und unter einem Vorwand alleingelassen. Man sprach also unter vier Augen. Josef Meidner erklärte Minka Goldmann die Lage. Die begriff sofort, ihr brauchte man nichts zu erklären.

"Mein Jakob ist ein grundanständiger Mensch. Das ist sein größter Fehler. Er glaubt, daß alle Menschen solche Lämmer sind wie er eins ist. Das ist liebenswert aber dumm.

Also gut. Sie müssen uns pensionieren. Ich glaub Ihnen, daß Sie müssen. Den Jakob haben Sie mit dem Opferlamm eine jüdische Saite berührt, auf der kann man weiterspielen. Dafür sorge ich schon. Wir werden hier unsere Pension genießen. Wie lange, Her Meidner? Was glauben Sie?

Wackeln Sie nicht mit dem Kopf. Sie garantieren garnichts. Nicht ein Jahr, nicht zwei Jahre wird das gutgehen. Und was wird in drei Jahren sein, in vier?

Rechnen wir also anders. Eine Pension kann man doch kapitalisieren oder nicht? Man kann! Der Epstein ist schon dabei. Sie haben es dem Epstein ermöglicht, gütiger Meidner. Sehr gütig von Ihnen, aber wie bekommt der Epstein sein Geld aus dem Lande heraus? Sehen Sie, das wissen Sie auch nicht. Ich aber weiß es. Er wird das meiste als Reichsfluchtsteuer hierlassen müssen. Was ihm bleibt, wird er in Sachwerten anlegen und nach Palästina schleppen. Dort kann er es verkaufen und für den Anfang wird er vom Erlös leben können. Man lebt dort ja hauptsächlich von Orangen, hab ich gehört.

Wir aber, die wir nicht mehr jung genug sind für solche neuen Existenzen, wir müssen uns etwas besseres einfallen lassen. Sagen Sie, hat die Franzens-Hütte nicht eine Filiale in der Slowakei? Pensionieren Sie uns dorthin, und man wird weitersehen. Wenn wir unsere Pension in der Slowakei kapitalisieren, bleibt uns sicher mehr übrig als hier. Die Slowaken haben herich noch keine Reichsfluchtsteuer."

Meidner wunderte sich, daß er nicht selbst auf diese Idee gekommen war: "Ja, das ginge! Aber wollen Sie in der Slowakei bleiben? Die Hlinkaleute sind auch keine Engel."

"Sie sind schon deshalb keine Engel, weil sie Slowaken sind. Doch etwas haben Sie übersehen, gütiger Meidner! Monsignore Tiso, der neue Obermacher bei den Bergmenschen, er ist katholischer Priester. Und wir sind zufällig Katholiken, wir Goldmanns. Wir werden in der Slowakei mit unseren Taufscheinen wedeln, und eine zeitlang wird das helfen. Bis dahin haben wir vielleicht einen Weg nach Rumänien entdeckt. Hinter Akna Slatina regiert das Gesetz des Bakschisch. Damit kommen wir bequem bis Sulina und auf ein Schiff nach Istambul. Mit jedem Heller, den ich in die Türkei durchbringe, gründe ich dort eine neue Existenz. Trauen Sie mir das zu, gütiger Meidner?"

"Ihnen ohne weiteres, liebe Minka!"

"Dann geben Sie mir jetzt einen Kuß und morgen weisen Sie uns unsere Pension über die slowakische Filiale an. Ich geb Ihnen die Adresse von einem Cousin in Eperyes. Wir werden spätestens in einer Woche dort sein. Abgemacht?" Frau Minka stand auf und öffnete ihre Arme: " Meidner, lassen Sie uns nun einen Abschied nehmen, den wir beide wünschen!"

Als Frau Minka ihre Frisur wiederherstellte, fragte sie: "Sag einmal, gütiger Meidner, du hättest doch sicher gern die Quittungen in deinem Besitz, die dein Vetter Hans meinem dummen Jakob für diverse Darlehen ausgestellt hat, oder?

Bevor mir nämlich mein Jakob mit diesen Zetteln eventuell zum Vetter Hans rennt und auf diese Weise in sein Verderben, geb ich das Material lieber in deine Hände. Du wirst es weise zu verwenden wissen. Ich brauche dir hoffentlich nicht zu sagen, wo du die Sachen aufbewahren sollst. Deponier sie sicher, wenn es geht, in der Schweiz. Und dem Vetter Hans zeigst du Fotokopien." Minka öffnete ihre Handtasche und gab Josef Meidner einen Umschlag: "Der Kerl hat noch keinen Groschen zurückgezahlt, fein, was?"

"Ach, Minka, es ist ein Jammer, daß wir beide uns erst so spät gefunden haben. Mit dir zusammen hätte ich die Welt in die Schranken gefordert."

"Die Welt vielleicht, aber den Hitler bestimmt nicht. Jedenfalls nicht in diesem Lande. Fang nicht zu träumen an, Josef. Dein Platz ist nicht in der Türkei, sondern hier.

Oder weißt du was? Träum ruhig ein bissel von mir. Und denk dir, es würde der Minka Spaß machen, wenn sie es wüßte!"

Mit Hilfe der slowakischen Filiale ließ sich nicht nur das Problem Jakob Goldmann lösen. Josef Meidner verwertete Frau Minkas Einfall behutsam, um weitere jüdische Angestellte der Franzens-Hütte aus dem Blickfeld der neuen Herren zu entfernen. Was immer die Slowaken unter deutschem Einfluß mit den Juden anstellen würden, es konnte niemals mit deutscher Gründlichkeit erfolgen. Die Slowaken waren, wie schon Minka Goldmann feststellte, keine Engel. Zu echten Teufeln fehlten ihnen wiererum einige deutsche Eigenschaften.

Josef Meidner besprach die Versetzungen mit dem Personalchef der Franzens-Hütte. Der Mann war Tscheche und hieß Jan Zelenka.

"Also wenn das so ist, Herr Generaldirektor, dann werd' ich mich am besten auch gleich auf einen anderen Posten versetzen."

"Wieso? Sind Sie denn Jude? Oder sind Sie Kommunist?"

"Man kann beides sein und keins von beiden. Aber ich bin Personalchef. Wenn was rauskommt, soll man es mir anhängen. Aber dann möchte ich weg sein."

"Ich werde Sie decken!"

"Wollen Sie sich meinetwegen Schwierigkeiten machen, Herr Chef? Ich mach Ihnen die Versetzungen und danach versetz ich mich selbst. Mein Nachfolger wird sich nicht auskennen und also nix wissen."

"Na gut, Zelenka, bringen wir Sie aus der Schußlinie. Wo möchten Sie denn hin?"

"Vielleicht könnte ich in den Zentralen Einkauf. Als Assistent des Leiters im Prager Büro. Dort paßt nämlich der Herr Reichprotektor auf mich auf, da werden sich die Hiesigen weniger um mich kümmern."

Meidner schmunzelte: "Nicht schlecht ausgedacht, Zelenka! Ich schmeiß hier einen Tschechen raus, das werden mir die Deutschen honorieren. In Prag fällt ein Tscheche mehr oder weniger nicht auf, und nützlich können Sie mir dort ebenfalls sein. Ich werde Ihre Bezüge erhöhen. Doch vorher erledigen Sie mir die Judengeschichte, ja?"

"Selbstverständlich, Herr Chef, selbstverständlich! Nur

310

noch eine Frage: wer wird mein Nachfolger?"

"Wie wäre es mit Berdin? Ein strammer Deutscher und --"

" ---ein Mordstrottel dazu. Sie haben genau den richtigen Mann gefunden, Herr Chef! Die im Reich werden uns eh bald einen Aufpasser schicken, hab ich gehört. Soll der zusammen mit Berdin im Kessel rühren. Sie werden sich beide die Pfoten verbrühen dabei. Das besorgt ihnen mein alter Stab, für den ich die Hand ins Feuer lege."

"Und der für Sie durchs Feuer geht, nicht wahr?"

"Auch für Sie, Herr Professor! Wir Tschechen wissen, was wir an Ihnen haben."

"Das war für Josef Meidner eine Neuigkeit, und er freute sich: "Womit habe ich das verdient?"

"No, bestimmt nicht mit Ihrer Loyalität zur alten Republik! Aber die war ja auch eine Fehlkonstruktion. Leider! Wir haben es nicht einsehen wollen und teuer dafür bezahlt. Beim nächsten Mal werden wir es besser machen. Außerdem ---" wie geistesabwesend zog Zelenka eine Münze aus seiner Westentasche, eine in der Mitte zerbrochene Halbmünze, einen halben Maria-Theresientaler. Mit dem Geldstück klopfte Zelenka auf Meidners Schreibtisch: "Sie haben Ihre Leute immer korrekt behandelt und nie im Stich gelassen. Entschuldigen Sie bitte, ich bin ein abergläubischer Mensch und sage: toi, toi, toi zu meinem Talisman."

"Wo haben Sie das denn her?"

"Sie werden es nicht glauben, Herr Chef, aus dem Morgenland. Bei Kut El Amarna ist mir ein Querschläger genau auf die Münze gekommen. Sie hat in meiner linken Brusttasche gesteckt. Mein Glück, daß die Münze falsch war, Hartmetall und nicht weiches Silber!"

"Sie waren bei Kut El Amarna?"

"Als Feldwebel-Rechnungsführer. No, die Engländer haben halt auf alles geschossen, was sich gezeigt hat!"

"Wo ist die andere Hälfte der Münze?"

"Die ist mir abhanden gekommen. Vielleicht hat sie ein Engländer. Ich war nämlich dann in englischer Gefangenschaft."

Meidner wußte genug. Doch er spielte mit: "Also Geschichten gibt es, die einem niemand glauben würde!"

"Hoffentlich!" sagte Jan Zelenka und fragte: "Komm ich

also bald in den Zentralen Einkauf, Herr Chef?"

"Selbstverständlich!"

"Das ist fein. Dann werd' ich mir dort ein paar prima Dienstreisen verschaffen können. In die Schweiz vielleicht. Ich war noch nie in der Schweiz!" schwärmte Zelenka hoffnungsvoll.

"Sie Optimist! Wenn Sie Glück haben, kommen Sie vielleicht einmal nach Berlin."

"Berlin ist auch nicht schlecht. Dort soll es herich einen gewissen Führer geben. Den möcht ich gern einmal besuchen wie er uns besucht hat in Prag."

"Nun machen Sie aber einen Punkt, Zelenka!"

Herr Zelenka fährt doch nach Zürich

Seltsamerweise kam Jan Zelenka eines Tages doch zu seiner Schweizerreise. Das verdankte er dem Vetter Hans. Der wurde nämlich seinem Schwagerlästig.

Denn kaum hatte der neue Sicherheitsbeauftragte, ein Hauptsturmführer Schmied vom SD, sich in der Franzens-Hütte eingenistet, begann das Personalkarussel zu rotieren. Schmied und Berdin verstanden sich sofort, sie verstanden aber nichts vom Funktionieren eines technisch-kaufmännischen Großbetriebes. Eifrig ackerten sie die Personallisten durch und bombardierten die Unternehmensleitung mit Änderungsvorschlägen in der Personalstruktur, wobei Berdin verdienstvolle Volksgenossen vorzuschieben trachtete, Schmied wiederum rassisch-völkische Kriterien anwandte, nicht zuletzt aber in den Lebensläufen suspekter Angestellter Anzeichen für künftigen Verrat und für Sabotage entdeckte. Wäre Meidner den Vorschlägen der beiden Schnüffler gefolgt, so hätte die Franzens-Hütte bald mit Produktionsschwierigkeiten rechnen müssen.

Oberst Haake, von Meidner ins Bild gesetzt, fuhr eilends nach Berlin zu Dr. Brenner, und der meldete Haake und sich beim Feldmarschall an. Dort hielt Haake Vortrag.

Der Dicke schäumte, denn hier wurde sein Prestige angekratzt. Seine Herrmann-Göring-Werke seien Produktionsstätten und keine Nationalpolitischen Kindergärten, fauchte er und ließ sich den blassen Oberhenker kommen. Wir kennen ihn als Oberst Müller.

Ihm las der Marschall die Leviten. Er tat es anhand dokumentierter Fehlgriffe des Hauptsturmführers Schmied.

Der Oberhenker war, sehr im Gegensatz zum Dicken, ein ausgemachter Feigling. Er wich aus, weil er Angst hatte vor Konsequenzen, während der Dicke sich meist nur aus Bequemlichkeit vor riskanten Entscheidungen drückte.

Darum versprach der Oberhenker auch sofort, den Hauptsturmführer Schmied abzusetzen und die Franzens-Hütte in Ruhe zu lassen. Er versprach es, jedoch er dachte nicht daran, sein Versprechen zu halten. Noch war der Dicke mächtig und stand ihm allerorten im Wege, doch das mußte nicht in alle Ewigkeit so bleiben.

Und weil der Oberhenker nie auf- und auch nie vergab, holte er sich eine neue Figur aus seiner Dunkelmännerkammer - den Vetter Hans. Noch lieber hätte er seine Neuerwerbung, den in petto Sturmbannführer Waderich herbeigezogen, der war brauchbar und vor allem schlau, doch das erlaubten die örtlichen Verhältnisse nicht. Außerdem benötigte er Waderich vorläufig für andere Aufgaben. Dann also den Vetter Hans!

"Oberführer," näselte des blasse Henker den Vetter Hans an, "Schmied und Berdin haben in der Franzens-Hütte Mist gebaut. Der Marschall hat sich eingeschaltet, ich habe mir unangenehme Dinge anhören müssen. Das mag ich nicht. Wenn ich richtig informiert bin, sind Sie mit dem Leiter der Franzens-Hütte verschwägert. Könnte uns das etwas nützen? Jeder Mensch hat seine Achillesferse. In der Familie weiß man am ehesten darüber Bescheid."

"Mein Vetter, der Generaldirektor Josef Meidner hat etliche Achillesfersen."

"Sehen Sie, ich habe mir gleich gedacht, daß Sie der richtige Mann für diese Aufgabe sind. Können wir diesem Herrn Meidner irgendetwas beweisen. Oder wollen Sie ihn schonen?"

"Schonen? Den? Er hat einiges bei mir am Kerbholz."

"Und was könnte man ihm anhängen?"

"Ich habe ihn im Verdacht, daß er sexuell abartig ist."

"Homo?" freute sich der Weißliche.

"Nein. Masochist. Meine Cousine hat mir gewisse Andeutungen gemacht."

"Masochist hilft uns wenig. Wenn ihre Cousine ihn geprügelt hat, wird sie das nicht bezeugen wollen, es würde sie
mitbelasten. Außerdem ist Masochismus keine Perversion, allenfalls eine Unart. Stellen Sie sich vor, wir tun Ihren
Vetter ins KZ und er kriegt dort Prügel, die ihm Spaß macht!"
Der Oberhenker meckerte vergnügt über seinen Witz, fuhr dann
fort: "Was hätten wir noch in Sachen Meidner?"

"Sein Sohn ist nicht von ihm."

"Von einem Juden vielleicht?"

"Nein, von mir."

"Pfui, pfui, Sie Loser! Aber damit können höchstens Sie
etwas anfangen, indem Sie ihn mit der Wahrheit ärgern. Ob das
Ihrem Ruf nützt, müssen Sie selber entscheiden. Nee, mein
Lieber, wenn Sie nichts besseres haben ---."

"Es wird vermutet, daß Meidner etlichen Juden geholfen
hat. Einer seiner Direktoren ist in die Slowakei verschwunden, ebenso ein Oberingenieur."

"Das klingt schon besser. Da wollen wir hinterhaken. Ich
gebe Ihnen den offiziellen Auftrag, die Tätigkeit des Hauptsturmführers Schmied zu untersuchen, welcher seiner Aufgabe
offensichtlich nicht gewachsen war und der daher von uns zur
Rechenschaft gezogen wird. Das kann der Marschall uns nicht
verweigern, daß wir unsere Schuldigen selber bestrafen. Für
die Sicherheit sind nach wie vor wir verantwortlich, also
untersuchen wir, wie wir es demnächst besser machen können.
Dafür nehmen wir einen guten Mann, und der sind Sie!

Wenn Sie zufällig etwas herausfinden, wo wir einhaken
können, wird uns der Dicke nicht mehr los. Ihren Verwandten
setzen wir dann unter Druck. Entweder er kooperiert, oder wir
lassen ihn hochgehen. In beiden Fällen wird die Franzens-
Hütte unser."

Als der Vetter Hans bei Josef Meidner vorsprach und seine
Vollmachten herwies, gab der ihm ohne Umschweife grünes
Licht: "Schau dir nur ruhig alles an, was diese beiden Trot-
tel, der Schmied und der Berdin angerichtet haben. Fräulein
Pfitzner, zum Diktat, bitte!"

Und Josef Meidner stellte dem SS-Oberführer ein Papier
aus, welches den berechtigte, in alle Akten Einsicht zu
nehmen, welche die Herren Schmitt und Berdin bearbeitet und

verpfuscht hatten.

"Warum nicht auch in alle übrigen Akten, Josef?"

"Ich denke es geht um die beiden Patzer?"

"Vielleicht geht es um mehr, teurer Verwandter!"

"Wenn du dir mehr Arbeit machen willst, bitte! Fräulein Pfitzner, erweitern Sie mein Diktat zur Generalvollmacht. Die Franzens-Hütte wurde 1875 gegründet. Bis dahin also!"

Der Vetter Hans steckte diesen Hohn wortlos ein. Warte nnur, Freundchen, dachte er. Bis 1875 werde ich nicht zurückgehen müssen!

Kaum war der Vetter Hans entschwunden, ließ sich Meidner den Herrn Zelenka aus Prag kommen. Mit ihm führte er ein längeres Gespräch, sodann beantragte er beim Obersten Haake für Zelenka eine Reise nach Zürich: Es seien nämlich in der Schweiz gewisse Mengen Wolfram angeboten worden, und Wolfram, das brauche er einem Militär nicht zu erklären, benötige die Franzens-Hütte in jeder Menge, die zu erhalten sei.

Dr. Brenner in Berlin setzte die Dringlichkeitsbescheinigung beim Dicken mühelos durch, ebenso die Devisenfreigabe - immerhin einige hunderttausend Dollar.

Wolframstahl war unentbehrlich für Geschütze mit hoher Mündungsarbeit. Wenn Zelenka nur drei Tonnen Wolfram heimbrachte, so war damit viel gewonnen. Die Franzens-Hütte besaß Wolfram-Reserven, doch das wußte nur Josef Meidner und ein schweigsamer Lagerverwalter aus dem Stabe Zelenkas. Das Schweizer Angebot hielt Meidner ebenfalls auf Halde, mit längst gesichertem Vorkaufsrecht, von dem nur der Zürcher Verkäufer etwas wußte. Der Generaldirektor der Franzens-Hütte verfügte über mehrere Notausgänge solcher Art ins neutrale Ausland.

"Also, wenn Sie nach Zürich kommen, kaufen Sie zuerst das Wolfram. Dann gehen Sie bitte zu einem gewissen Herrn Schuppli, einem Notar auf der Bahnhofstraße. Nennen Sie ihm als Stichwort den Namen unseres gewesenen Polizeidirektors - Sie werden das ja richtig buchstabieren können, nehme ich an. Der Herr Schuppli möchte mit Ihnen bitte zur Bank gehen - er weiß, zu welcher - und dort die Fotokopien von sieben Quittungen, die ich bei ihm hinterlegt habe, an Dr. Goldmann schicken. An unseren Goldmann, Sie haben es erraten, Herr Zelenka! Ob ich weiß, wo der Goldmann steckt? Nein, ich weiß es nicht, aber der Herr Schuppli weiß es vielleicht. Doch das ist nicht wichtig, der Goldmann soll die Quittungen garnicht kriegen, an die hiesige Adresse von Goldmann soll es gehen. Sie verstehen nicht? Haben Sie denn gar keine Phantasie, Herr Zelenka? Was geschieht, wenn aus der Schweiz ein Brief an einen Dr. Goldmann kommt? Die Zensur wird ihn öffnen, den Brief. Genau das soll sie auch! Damit niemand weiß, wer das gedreht hat und kein Hiesiger in Verdacht kommt. Wissen Sie, ich kann mir einfach nicht vorstellen, daß man den Inhalt des Briefes nicht zur Kenntnis nehmen und ihn zurückschicken wird mit dem Vermerk: Goldmann unbekannt verzogen."

Drei Wochen nach Zelenkas Rückkehr aus Zürich stand der Vetter Hans angsschlotternd vor dem Oberhenker, der ihm die sieben Fotokopien vorlegte:

"Ich habe Ihnen gesagt, Oberführer, Sie sollen die Achillesfersen Ihres Verwandten aufdecken, nicht aber Ihre eigenen. Unglaublich! Ein Höherer SS-Führer, der Geld genommen hat von einem Juden. Sie dummer Hund, Sie! Glauben Sie vielleicht an Zufälle? Ich nicht. Diese Papiere hier kann ich zerreißen, ja, könnte ich. Aber dann bekäme ich vermutlich demnächst die Duplikate vom Marschall präsentiert. Also werde ich zum Marschall müssen, ehe der zu mir kommt, und ich werde ihm bekennen müssen, daß Sie genauso eine Pfeife sind wie Schmied und Berdin. Der Marschall wird mich fragen, ob die SS sich neuerdings mit Orgelbau befaßt, weil sie so viele Pfeifen in ihren Reihen führt. Das habe ich Ihnen zu verdanken. Jetzt werde ich eine ganze Weile stillhalten müssen mit der Franzens-Hütte. Alles nur, weil einer meiner Männer sich mit den Juden eingelassen hat. Wissen Sie, was bei uns darauf steht, nein? Sie werden es erfahren!

Als erstes hebe ich Ihre Kommandierung zur Franzens-Hütte auf wegen plötzlicher Erkrankung. Als zweites verordne ich Ihnen einen Sanatoriumsaufenthalt, damit Sie mir nirgends herumspazieren und die Mär von Ihrer Erkrankung Lügen strafen. Das Sanatorium befindet sich in Dachau, dort wird meine Führerreserve kuriert, auf gute Dachauer Art.

Am liebsten würde ich Sie erschießen lassen, aber dafür müßte ich einen triftigen Grund angeben, und das kann ich leider nicht. Degradieren geht ebensowenig. Sie sind also

wieder Oberführer, wenn Ihre Dachauer Kur zu Ende ist. Auf
was für einen Posten ich Sie dann stelle, muß ich mir noch
überlegen. Heil Hitler! Abtreten!"

Der sechswöchige Sanatoriumsaufenthalt bekam dem Vetter
Hans ausgezeichnet. Er war schlank und elastisch, als er
wiederkam. Und sehr schweigsam geworden. Man machte ihn zum
Regierungspräsidenten eines unbedeutenden Bezirkes. Dort
arbeitete er brav und zufriedenstellend, stets bemüht, nie
und nirgends aufzufallen.

Nach einiger Zeit kam der Vetter Hans auch wieder zu Amt
und einigen Ehren. Denn der Oberhenker war nicht nachtragend.
Wenn einer seine Strafe hinter sich hatte, war die Angelegenheit für Heinrich Himmler erledigt. Streng aber gerecht zu
sein, war sein Ideal. Darin war er ein echter Oberlehrer - wie
sein seliger Vater.

"Ihre Aufgaben als Polizeidirektor werden Sie kennen,
Sie sind ja alter Polizist," hatte der Oberst erklärt. "Verkehr, öffentliche Ordnung, Kriminalität, darum haben Sie sich
zu kümmern. Von politischen Dingen lassen Sie Ihre Finger,
das macht meine Gestapo. Mit welcher Sie zusammenarbeiten
werden. Aber nur, wenn die Gestapo Zusammenarbeit für
dienlich hält. Das ist Ihr offizieller Auftrag, mein lieber
Doktor Waderich!

Mein - inoffizieller - Auftrag hingegen lautet wie folgt:
Sie werden mit der Gestapo nur unwillig zusammenarbeiten,
auch schon einmal Opposition machen und Ärger bekommen. Ich
müßte ein Vollidiot sein, wenn ich mir einen tschechischen
Polizeidirektor hielte, von dem jedermann weiß, daß er es gut
mit der Gestapo kann.

Nein, Sie werden - scheinbar - eigene Politik machen. Man
soll es für möglich halten, daß Sie ein doppeltes Spiel treiben. Sogar meine Gestapo soll das glauben. Aber gnade Ihnen
Gott, wenn Sie dabei zu weit gehen und auf eigene oder gar
auf fremde Rechnung arbeiten. Sie sind jetzt mein Mann,
Doktor Waderich, und mir gegenüber haben Sie treu zu sein,
unabdingbar treu. Untreue ist etwas, das ich nie verzeihe."

Vladimir Vejdrych begriff erst jetzt, worauf er sich eingelassen hatte. Für einen guten Posten unter der neuen Herrschaft hatte er kandidiert. Um Schlimmeres zu verhindern. Wie
alle Kollaborateure sich einreden. In der Aktentasche, die er
auf seinen Knieen balancierte, befand sich seine
Eintrittskarte in den Klub der Kollaborateure: Listen von
Konfidenten und Zuträgern, die nicht mit Brejchas Archiven
verschwunden waren; Dossiers über prominente Bürger der
Stadt, seinerzeit von Vejdrych unter tausend Ängsten aus
Brejchas Archiven entlehnt und fotokopiert. Schließlich war
da noch eine Geländeskizze, die, wenn sie entschlüsselt
werden konnte, den allergeheimsten Schatz von Direktor Brejcha ans Tageslicht bringen mußte, sein Reptilienkabinett, wie
er es selber benannt und gelegentlich erwähnt hatte. Das
vermutlich in der Absicht, allen präsumptiven Nachfolgern und
Thronprätendenten klarzumachen, daß ein Ausräumen seiner
Tresore nicht viel helfen, und daß er, Brejcha eine imponde-

rabile Macht bleiben würde, auch über seinen Abgang, Sturz oder Tod hinaus.

Das Reptilienkabinett sei in einer verbleiten Kassette wohlverborgen - so Brejcha. Die Geländeskizze war Vejdrych bei einer heimlichen Durchsuchung von Brejchas Schreibtisch in die Hände gefallen, und Vejdrych fragte sich, ob die Skizze nur infolge leichtsinniger Aufbewahrung auffindbar gewesen war oder ob der Teufel Brejcha sie nicht absichtlich so deponiert hatte, daß man sie finden sollte. Denn die Skizze half niemandem, der nicht wußte, wo das Gelände zu suchen war. Doch alles von Anfang an:

Da war zunächst das Malheur mit Brejchas Panzerschrank Nummer Zwei gewesen; nicht jenem kleinen Tresor, der Brejchas Handakten barg und der im Direktorzimmer stand, nein, mit dem großen Panzerschrank, der sich im Keller der Direktion in einem eigenen Tresorgewölbe befand.

Thermit ist eine Mischung aus Aluminiumstaub und Magnesium und entwickelt eine ungeheure Hitze, wenn man es zur Entzündung bringt. Der große Panzerschrank des Direktors Brejcha besaß eine Thermit-Sicherung.

Die Codezahl des Schlosses war schnell geknackt. Man hatte einen der berühmtesten "Schränker" aus einem deutschen Zuchthaus herbeigebracht - unter welchen Versprechungen, mag dahingestellt sein - und hatte den Mann auf Brejchas Tresor angesetzt. Ziffer für Ziffer entriegelte der Sträfling das Schloß, die drei Ringkurbeln ließen sich bis zum Anschlag drehen, die Panzertür schwang auf - und ein blauweißes Feuer raubte in Sekundenschwelle dem Tresorknacker sein Augenlicht und - wie sich herausstellen sollte - über kurz auch sein Leben. Die Gestapoversammlung im Gewölbe litt an Atemnot und versengten Augenbrauen. Um ein Haar hätte der Kellerbrand die ganze Direktion eingeäschert. Brejchas Archiv war zu Kohle und Asche geworden.

Das wäre sicher nicht passiert, wenn man damals den Doktor Vejdrych schon in Diensten gehabt hätte. Der wußte zwar auch nichts von einer Thermit-Sicherung, doch da er seinem ehemaligen Chef jede Tücke zutraute, wäre er nicht ohne entsprechende Nachforschungen an den Panzerschrank herangegangen, Nachforschungen beispielsweise bei der Firma, die den Schrank geliefert hatte.

Im übrigen mußte es außer Brejcha noch irgendeinen Menschen geben, der bei Brejchas Ausfall einspringen konnte. Dieser Jemand mußte in der Polizeidirektion stecken.

Wie die Deutschen geschäumt hatten angesichts ihrer Panne, erfuhr Vejdrych von einem seiner "Ohren" in der Polizeidirektion. Denn natürlich hatte auch Vejdrych Vertraute zurückgelassen, als er gehen mußte. Daß Brejcha sie mit der Zeit ausfindig machen würde, war vorherzusehen, doch Brejcha war nicht mehr dazugekommen, und so saßen Vejdrychs "Ohren" noch in Amt und Würden.

Mit seinem Wissen um den Unfall machte sich Vejdrych an Aurelius Jarzombek heran, der, wie er wußte, einen guten Draht zur Gestapo besaß. Das wäre um ein Haar ins Auge gegangen, denn die Gestapo behandelte Vejdrych zunächst auf ihre Weise, will heißen, sie lud ihn vor und vernahm ihn. Auf ihre Weise. Doktor Vejdrych selbst bekam körperlich gerade soviel ab, daß man ihm hinterher nichts ansah. Seine neuen Gefühle für die Gestapo behielt er für sich, denn sie hatten mit Hochachtung wenig zu tun: Das haben wir unter Brejcha besser gekonnt und mit mehr Erfolg, sagte er sich.

Und so wäre es bei der Prügel geblieben, die Vejdrych bezogen hatte, wenn nicht - ja, wenn nicht die Nachricht von der Tresoraffäre bis Berlin gelangt wäre und dem Oberst Müller zu Ohren. Der Oberst Müller, stets interessiert an solchen Geschichten, ließ sich die Akten kommen, las sie und brach umgehend auf. Die Akten nahm er mit sich und ließ sich, an Ort und Stelle angelangt, den Doktor Vejdrych vorführen.

Da saß er nun, der Doktor Vejdrych, und hatte als Einstand ein nettes Präsent in seiner Aktentasche, den Lageplan des Reptilienkabinetts nämlich und eine Vermutung über die Gegend, auf die der Lageplan gemünzt war.

Den Hinweis auf die Örtlichkeit hatte Vejdrych von einem seiner "Ohren" bekommen, von dem subalternen Direktionschauffeur Otakar Vyslouzil.

Vyslouzil heißt soviel wie "ausgedient". Otakar wollte noch nicht ausgedient haben und war daher bald nach Vejdrychs Entlassung zu ihm gekommen: "Herr Doktor, wir beide wissen, daß die Zeit nicht stehen bleibt, es wird sich vielleicht bald was ändern in unserem Land, und dabei wird sich auch der Herr Direktor Brejcha verändern müssen. No schaun Sie, Herr

Doktor, ich denk mir halt, danach werden vielleicht Sie oben sein, wenn der Brejcha gegangen ist. Das ist immer so, wenn einer verliert, bevor der Krieg entschieden ist. Hinterher hat er nämlich oft gewonnen, nicht wahr? No schaun Sie, und für den Fall hätt' ich was für Ihnen. Da is nämlich vor zwei Tagen die Hnevsova mit dem Chef in die Berge gefahren. Im Dienstwagen. Zu was, hab ich mich gefragt? Wenn die beiden miteinander vögeln wollen, fahren sie nicht in die Berge, schon garnicht im Dienstwagen.. Das is mir komisch vorgekommen, und so hab ich mich umgehört und erfahren, daß die beiden ein kleines Kistel mitgehabt haben. Das Kistel haben sie jemandem übergeben, aber wem, hab ich nicht erfahren können. Nur daß das Kistel ziemlich schwer war, hab ich gehört. Man wird es also nicht weit geschleppt haben. Ich glaub, da hat der Chef sich Gold oder sowas zurechtgelegt für böse Zeiten. Was meinen Sie, Herr Doktor?"

Vejdrych hatte zugestimmt und dem Zuträger bei seinem Glauben gelassen. Gold! Brejcha und Gold! Wenn Brejcha etwas beiseite bringt, dann mehr als Goldeswert! Vejdrych ließ sich den Ort im Gebirge nennen und hoffte, an Hand einer guten Karte das Rätsel des Lageplans lösen zu können.

"Ich werde mich an Sie erinnern, wenn es soweit ist, Vyslouzil," versprach der Doktor Vejdrych seinem "Ohr" und tat es mit dem festen Vorsatz, den Mann umgehend in den Ruhestand zu versetzen, falls er Brejchas Posten bekommen sollte. Derart selbstständig denkende Leute mußte man sich vom Leibe halten.

Brejchas Reptilienkabinett interessierte den Zwickerträger nicht besonders: "Suchen Sie immerhin, Waderich, wenn Sie glauben, daß dort Dinge sind, die uns interessieren könnten. Meiner Meinung nach wird dieser Brejcha die Skandalgeschichte der Stadt dokumentiert haben, und die nützt uns nicht viel. Mir ist mehr daran gelegen, daß ich mit Ihnen eine treuen Mann gewinne. Wie steht es damit?"

"Ich werde treu sein, Herr Oberst!" hörte sich Vejdrych sagen. "Aber ich bin Tscheche, und wir Tschechen sind für unsere Treulosigkeit berüchtigt. So wird es uns jedenfalls nachgesagt. Das stimmt nicht ganz, denn uns selbst sind wir immer treu geblieben. Wem aber hätten wir treu sein sollen außer uns selbst?"

"Wie soll ich das verstehen?"

"Wem kann ein Tscheche treu sein, ohne sich aufzugeben?"

"Sie sind gar kein Tscheche, Waderich. Darin sehe ich Ihre Schwierigkeit. Erkennen Sie, woher Sie kommen, dann werden Sie wissen, wo Sie hingehören.

Sie gefallen mir, Waderich, ich mag Sie und will Ihnen vertrauen. Seien Sie mein Mann, enttäuschen Sie mich nicht. Oder Sie sind sehr bald ein toter Mann."

"Da gibt es nicht viel zu wählen, Herr Oberst. Deutscher oder Tscheche. Von mir aber verlangen Sie mehr als das. Ich soll Deutscher werden und Tscheche bleiben. Das ist doch keine Wahl? Sie sagen mir ich sei Deutscher. Gut, ich will es sein. Dann aber ganz!"

"Seien Sie mir nicht gram, wenn ich Ihnen heute noch nicht die Antwort gebe, die Sie hören möchten," antwortete der Oberst mit altjüngferlichem Gehaben. "Da sind Dinge, die auch ich nicht aus eigener Vollmacht regeln kann. Bewähren Sie sich, dann will, dann kann ich es vertreten. Ich habe große Pläne mit allem, was einmal germanisch war. Leider werde ich damit nicht überall verstanden, ich muß also beweisen, daß ich recht habe. Das kann ich nur, indem ich Männer vorzeige, die sich bewährt haben. Bewähren Sie sich, und wir werden sehen. Einstweilen brauche ich Sie hier - noch - als Tscheche. Lassen Sie meine Familienforscher herausfinden, was ich vermute, erweisen Sie sich würdig Ihrer Vorfahren. Hoffentlich ist kein Jude darunter. Ich halte es zwar für ausgeschlossen, so sehen Sie mir nicht aus. Doch das wäre eine echte Katastrophe. Wissen Sie etwas über Juden in Ihrer Familie?"

"Nein, Herr Oberst. In meiner Familie hat man die Juden stets verabscheut."

Das war nicht einmal gelogen. In den Kreisen, welchen die Familie Vejdrych entstammte, war man stets bei irgendeinem Juden verschuldet und selten in der Lage, die Schuld völlig abzuzahlen. Dies als Dauerzustand ruft Abscheu hervor gegenüber Jenem, den man dafür verantwortlich macht: Willst du einen Nachbarn zum Feind haben, so leihe ihm Geld!

"Das höre ich gern, Doktor Waderich. Warten Sie es also ab und dienen Sie mir. Treue weiß ich zu belohnen."

Der Mann mit dem Zwicker, der sich Müller nannte, stand auf, das gleiche tat Vejdrych. Bereit für den Händedruck, der jetzt folgen mußte, stellte er seine Aktentasche auf den Tisch. Müllers Augen fielen auf die Tasche. Mit der feierlichen Verabschiedung des Neophyten Waderich war es nichts. Denn Müllers Neugier war noch stärker als sein Hang zur Feierlichkeit. Soeben noch Prediger, wurde er im Handumdrehen zum Schnüffler. Nicht zuletzt diese seine Neugier hatte ihn unentbehrlich gemacht für seinen Führer. Und, trotz allem, was über ihn gemunkelt wurde, trotz lächerlicher Marotten - bei allen Steckenpferden, mit welchen er Parcours ritt, war Müller ein tüchtiger Polizist und beileibe kein Dummkopf.

Sein dicker, weißer Zeigefinger deutete auf Vejdrychs Aktentasche: "Das sollte wohl Ihr Einstand bei uns sein, wie?"

"Für Herrn Oberts Müller? Nicht solche Kleinigkeiten!"

Der Gewaltige erlaubte sich ein Bürokratenlächeln: "Da kennen Sie den Oberst Müller aber schlecht. Dem ist alles wichtig. Packen Sie aus!"

Und der Doktor Vladimir Vejdrych packte aus. Die Spitzellisten nahm Oberste Müller gleichgültig zur Kenntnis: "Das übergeben Sie der Gestapo. Die wird schon aufräumen mit der Bande. Bei passender Gelegenheit. Bei Gelegenheit!" wiederholte er, als Vejdrych etwas einwenden wollte. "Keine Sorge, Doktor, wir kennen die Regeln dieses Spieles auch. Lassen wir die Bande auf einmal hochgehen, so errät irgendwer, daß wir eine Liste haben und fragt, von wem. Am Ende aller Überlegungen steht Freund Waderich als bekränztes Schlachtopfer da. Außerdem - auch die bestorganisierte Razzia fängt niemals alle Fische im Tümpel. Wer durch das Netz schlüpft, ist auf der Hut und damit doppelt gefährlich. Ganz abgesehen davon, daß die Drachensaat immer wieder neu aufgeht. Die neuen Kerle kennen wir nicht. Und so muß man nach jedem großen Fischzug von vorne anfangen. Nein, Waderich, wir picken uns diesen, wir picken uns jenen heraus. Furcht erreicht mehr als Schrekken, merken Sie sich das!"

Mit dem Lächeln eines jungen Krokodils schmunzelte der Oberst Müller sodann den Doktor Vejdrych an: "Wissen Sie,

Waderich, Listen sind etwas, das man überhaupt sehr sorgfältig behandeln muß. Wenn ich alle Listen unbesehen übernehmen wollte, die man mir vorlegt, dann könnte ja auch eine darunter sein, auf der der Name Vejdrych steht." Diesmal sprach Oberst Müller den Namen des Doktors völlig korrekt aus. Dem stieg die Furcht ins Genick. "Sehen Sie," setzte das Krokodil gemütlich seine Rede fort, "wenn ich alles für bare Münze hielte, dann stünden Sie morgen vielleicht schon an der Wand."

Müller klopfte Vejdrych auf die Schulter "Das tue ich aber nicht. Noch nicht. Denn ich brauche Sie. Ich brauche Sie, weil ich unter anderem etwas über Ihren früheren Chef erfahren möchte, diesen Herrn Brejcha. Die Geschichte mit dem Tresor hat mir ungeheuer imponiert!"

Daß Brejachas Tücke mindestens einen Menschen das Leben gekostet hatte, minderte Müllers Bewunderung für den alten Fuchs nicht im geringsten: "Wie schade, daß der uns durch die Lappen gegangen ist. Den Mann hätte ich gerne in meinen Diensten gehabt."

"Verzeihen Sie, Herr Oberst, dieser Mann Brejcha hätte wahrscheinlich auch Sie übers Ohr gehauen!" Kaum ausgesprochen, bereute Vejdrych sein Wort: "Versucht hätte er es auf jeden Fall, meine ich!"

Das bösartige Funkeln in Müllers Augen belehrte Vejdrych, daß er sich zu weit vorgewagt hatte. Auch ein Oberst Müller unterlag der Schwäche Eitelkeit: "Lassen Sie sich niemals auf solch eine Vermutung ein, lieber Waderich. Mich betrügt keiner, und wenn er es versucht, kostet es ihn das Leben! Erklären Sie mir lieber, wie Brejcha uns entkommen konnte. Was wissen Sie darüber?"

"Wenn ich damals noch im Dienst gewesen wäre, hätte ich sicher etwas gemerkt. Hätte man mich wenigstens zugezogen bei seiner Festnahme. Mir wäre er nicht entkommen."

"Ja, ja, wir hätten das nicht diesen Volksdeutschen überlassen dürfen. Das sind alles dumme Kerle."

"Ich habe die Leute darauf hingewiesen, daß Brejcha höchstwahrscheinlich einen Fluchtweg vorbereitet haben würde."

"Und mehr konnten Sie nicht tun. Sie sind damit aus dem Schneider, jawohl, für mich sind Sie aus dem Schneider. Haben

Sie sonst noch was in Ihrer Mappe?"

Vejdrych referierte über die Bleikassette und ihren vermutlichen Inhalt sowie über die Umstände, welche ihm die Lageskizze beschert hatten. Der Oberst genoß den Bericht mit offensichtlichem Vergnügen: "Das war Ihr Entréebillet in meine Gefolgschaft, Freund Waderich," zitierte er, vielleicht ohne es zu merken, Heinrich Heine. "Schaffen Sie mir die Kassette, und Sie haben Ihre Sporen verdient. Und diesen kleinen Schweinigel Vys-- ach, ich werde es nie aussprechen lernen: Was haben Sie mit dem vor?"

"Ich lasse ihn pensionieren und setze ihn mit guten Bezügen in meinem Spitzelkorps ein."

"Begründen Sie mir das!"

"Innerhalb der Direktion wäre er mir zu tüchtig. Damit er seine Pensionierung begreift, muß ich ihm sagen, daß das zur Tarnung geschieht, damit er einen Grund hat, auf uns böse zu sein. Die Spitzelrolle wird er dann als Vertrauensposten betrachten. Er wird aber keinen Einblick mehr in unsere inneren Angelegenheitenm haben."

"Sie haben soeben eine Prüfung mit summa cum laude bestanden, Doktor Waderich," erklärte Oberst Müller mit Wärme. "Stehen Sie jetzt bitte auf und heben Sie Ihre rechte Hand. Schwören Sie: Ich, Waldemar Waderich, vulgo Vladimir Vejdrych, werde dem Chef der deutschen Polizei in unverbrüchlicher Treue dienen, alle seine Befehle befolgen, über alle dienstlichen Vorgänge schweigen und meine Ehre daran setzen, diesen Eid zu halten bis in den Tod."

Vejdrych wiederholte die Worte und empfing des Obersten Müller Händedruck.

"Mit diesem Eid gehören Sie zu uns, Waderich," sagte der Oberst mit Nachdruck. "Vorausgesetzt, Ihr Stammbaum zeigt keinen Makel, dürfen Sie sich ab heute als Sturmbannführer betrachten - in petto vorläufig. Sie sind der erste Mann tschechischer Abkunft, dem diese Ehre zuteil wird. Aus Gründen, die ich Ihnen nicht darzulegen brauche, werden Sie Ihren Rang vorläufig geheimhalten. Sie werden darüber schweigen, bis ich Sie von Ihrem Schweigen entbinde. Wenn irgendeiner meiner Leute, der im Range niedriger ist als Sie, sich Frechheiten Ihnen gegenüber erlaubt, schlucken Sie es einstweilen. Ich habe Sie hoch erhoben, Waderich, weil ich mich auf meine

Menschenkenntnis verlasse. Enttäuschen Sie mich niemals!"

Kruzitürken, dachte Dr. Vejdrych, als er den Obersten Müller verließ, dieser Mensch hat mich eingekauft mit Haut und Haar. Er hat mir keine Wahl gelasen, er hat mir einen Bonbon gegeben, der süßer ist als jede Sünde. Er hat mir eine Chance gegeben, welcher stärkere Charaktere als ich ihr Seelenheil opfern würden. Sakra, sakra, wie wird das weitergehen, Sturmbannführer Vejdrych?

Des geflüchteten Polizeidirektors vergrabenes Geheimarchiv
zu heben, mußte seines Nachfolgers wichtigste Aufgabe sein.
Dr. Vejdrych, kaum zum neuen Oberpolizisten von O. ernannt, studierte die Lageskizze, welche ihm der Beamte Vyslouzil zugespielt hatte. Er nahm hierbei ein Meßtischblatt
zu Hilfe, will heißen eine Karte im Maßstab 1:10.000.

Ein Dorf in den Bergen war darauf verzeichnet, Vejdrych
kannte es von Skiausflügen her und wußte, daß es nur ein
Dutzend Häuser oder wenig mehr besaß. Es lag in einem engen
Tal zwischen himmelhohen Bergen, an deren Hängen noch einzelne Gehöfte klebten, wo verzweifelte arme Teufel ein Kartof-
feläckerchen pflegten und auf steilen Wiesen Heu machten für
die eine Milchkuh, die sie sich neben ein paar Hühnern hielten.

Das taten sie bis zu zweihundert Metern über dem Talgrund,
und so himmelhoch waren die Gipfel ringsum auch wieder nicht,
sie reichten bis zu höchstens elfhundert Metern Seehöhe hinauf. Das Dorf selbst mochte an die fünhundert Meter hoch
liegen.

Die aus Brejchas Schreibtisch entwendete Skizze trug nur
den Namen des Dorfes sowie eine grobe Zeichnung, welche mit
einem Kreuz begann, von dem ein Pfeil zu seinem Kreis führte.
"Vrchol" stand neben dem Kreuz geschrieben, das bedeutete
Gipfel. 100 Meter nach Süden stand über dem Pfeil. Und das
war alles und insofern wenig hilfreich, als um das Dorf herum
mindestens vier Gipfel lagen.

Lange grübelte Dr. Vejdrych über dem Meßtischblatt, doch
er fand keine besere Lösung als sein Glück nacheinander auf
jedem der Gipfel zu versuchen.

Begleitet von zwei Polizisten und zwei Holzarbeitern, die
er aus seiner Tasche entlohnen mußte, machte sich Vejdrych
auf den Weg. Seine Leute trugen Spitzhacken und Spaten.

Der Brejcha war ein dicker, fauler Hund, sagte sich Vejdrych und nahm zuerst den niedrigsten Gipfel in Angriff. Ohne
Erfolg. Auch bei den anderen drei Gipfeln wurde er nicht
fündig, obwohl man jeweils etliche Quadratmeter Waldboden
abtragen mußte, weil Hundertmeterdistanz und Himmelsrichtung

ja nicht auf einen exakten Punkt zu bestimmen waren.

Einigermaßen betrübt und erschöpft kehrte Vejdrych Tag um Tag, Grabung um Grabung, ins Tal zurück.

Die Kassette mußte sich hier befinden. Brejchas Handschrift auf dem Zettel war unverkennbar.

Zum hundertsten Male studierte er die Skizze, zum zehnten Male befragte er die Dorfbewohner. Bis er endlich auf einen Mann stieß, der sich daran erinnerte, daß ein Herr, auf den die Beschreibung Brejchas paßte, vor etlichen Monaten im Dorf gewesen war. Zusammen mit einem Fräulein? Aber sicher, mit der Drahomira Hnevsova, und beim Bauern Hnevsa, dem Onkel des Mädchens hätte sie gewohnt.

Das war eine neue Spur! Antonin Hnevsa! Vejdrych stellte den Mann und der dachte garnicht ans Leugnen. Aber gewiß doch, der Herr war bei ihm gewesen mitsamt Nichte Drahomira: "Ich hab garnicht gewußt, daß die sich eeinen so feinen Freier zugelegt hat wie ihren eigenen obersten Chef!"

Ob die beiden auf einen Berg gestiegen seien und auf welchen?

Überhaupt auf keinen Berg. Schließlich habe ja in jenen Tagen tiefer Schnee gelegen. Sie seien nur spazieren gegangen.

Wo sie gegangen seien? Nun durch das Dorf, um das Dorf herum. Immer von der Kirche aus.

Jetzt fiel es Vejdruck wie Schuppen von den Augen: die Kirche, ihr Turm, das Kreuz darauf! Das hatte der Spitzbub Brejcha mit dem Wort Vrchol gemeint, in der richtigen Vermutung, daß man in den Bergen bei diesem Wort nicht an eine Kirchturmspitze, sondern eher an einen Berggipfel denken würde.

Er benutzte nun nicht mehr sein Meßtischblatt, vielmehr den Kompaß. Mit dem stellte er sich an den Kirchturm und peilte genau nach Süden. Was erblickte er da in der geschätzten Entfernung von etwa 100 Metern? Dort stand das kleine Spritzenhaus der örtlichen Feuerwehr.

Und anstatt nun gleich rund um das Häuschen zu graben, entsann sich Vejdrych de Bemerkung des Bauern Hnevsa, daß zur Zeit von Brejchas Anwesenheit alles tief verschneit gewesen wäre. Mithin auch der Boden gefroren. Brejcha hatte also nichts vergraben.

"Wer hat den Schlüssel zum Spritzenhaus?" fragte der Doktor und wunderte sich überhaupt nicht, als ihm Hnevsa erklärte, er selber sei der Feuerwehrhauptmann und also hinge der
Schlüssel zum Spritzenhaus bei ihm an der Wohnstubenwand.

Ob seine Nichte den Schlüssel an sich genommen, ob sie das
Spritzenhaus aufgesucht habe, wisse er nicht: "Sie haben bei
uns in der Wohnstube geschlafen, er am Kanapee und sie auf
einem Praschtschak, der sonst in der Dachkammer steht. Dort
aber ist es im Winter zu kalt.

Nein, bei dem Besuch habe er sich nichts gedacht, außer
daß die beiden einmal ungestört vögeln wollten. In der Stadt
können sie sich ja nicht zusammen sehen lassen, er, der hohe
Chef und sie, die kleine Telefonistin. Im übrigen wären die
beiden schon öfter hierhergekommen - aus dem gleichen Grunde.

Nun wurde Vejdrych auch klar, warum niemand in O. etwas
von diesem Verhältnis Brejchas geahnt hatte. Dort wären sie
über kurz oder lang irgendwem aufgefallen.

Mit seinen beiden Polizisten durchsuchte Vejdrych alsbald
das Spritzenhaus. Zu ebener Erde befand sich nichts, dort
hatte er auch nichts erwartet. Es besaß aber das Sprizenhaus
keinen Plafond. Im offenen Dachgestühl fanden sie die Kassette. Sie lag auf einem der Dackbalken, sodaß man sie von unten
nicht sehen konnte - und wenn jemand sie zufällig erblickt
hätte, mißfarben und verstaubt, so hätte sie vielleicht nicht
einmal seine Neugier erweckt. In graues Papier eingehüllt sah
sie aus wie ein alter Ziegelstein.

Das war schon ein geniales Versteck! Spritzenhäuser sind
unbewohnt, sie brennen kaum jemals ab, niemand stöbert in
ihnen herum, denn sie sind meist abgeschlossen. Ohne den
Hinweis des Beamten Vyslouzil und ohne Vejdrychs Spürsinn
hätte die Kassette noch lange Jahre hier liegen können.

Triumphierend eilte der Doktor Vejdrych mitsamt seinen
zwei Polizisten und der Kassette heim. In der Polizeidrirek-
tion ließ er das Kästchen unter gebotener Vorsicht von Spe-
zialisten öffnen.

Was aber fand er darin? Zuoberst einen Brief, adressiert
an "Herrn Dr. Vejdrych, meinen voraussichtlichen Nachfolger".

"Mein lieber Schurke Vejdrych," begann das Schreiben, "wenn
überhaupt jemand diese Kassette findet, werden wohl Sie es
sein. Denn Sie werden der Spur, die ich dem Verräter Vyslou-

zil gelegt habe, bestimmt folgen.

Ich hoffe, daß Sie vor dem Fund der Kassette einige Bergtouren gemacht und auf diese Weise die Schönheit unserer Berggipfel kennengelernt haben. Vermutlich haben Sie oben im Gebirge auch tüchtige Erdarbeiten geleistet, ehe Sie auf den Trick mit dem Wörtchen "Vrchol" kamen. Nun, es gibt nichts Gesünderes als körperliche Arbeit an frisher Luft!

Das beiliegende Material mag Sie Ihren neuen Herren empfehlen. Ich habe Ihnen hier einige Schlachtopfer überlassen, um die es nicht schade ist. Bringen Sie die Leute ruhig an den Galgen - das wird Ihnen hoffentlich den Weg zu Ihrem eigenen Galgen bahnen.

Und noch etwas: Bemühen Sie sich nicht um weiteres Material, denn selbstverständlich habe ich das Beste für mich behalten. Es befindet sich inzwischen - wie ich - außer Landes.

Mit aufrichtiger Mißachtung

Ihr Brejcha"

Da der Doktor Vejdrych dem Obersten Müller von seinen Nachforschungen Mitteilung gemacht hatte, konnte er nicht anders als den Fund an diesen zu melden.

Der Oberst kam unverzüglich angereist und ließ sich berichten. Vejrdrych erstattete den Bericht in aller Ausführlichkeit und ehrlich wie es sonst nicht seine Art war. Denn er hatte inzwischen gelernt, daß man den Oberst Müller besser nicht belog.

Über Vejdrychs Waldarbeiten lachte der Oberst Müller Tränen, ebenso über Brejchas Brief. Doch seines Schützlings Ehrlichkeit hatte ihn erfreut, also wußte er auch zu loben: "Dieser Brejcha hat Sie zwar an der Nase herumgeführt, mein lieber Waderich! Anderseits haben Sie mit Hartnäckigkeit und Geschick die Spur bis an ihr Ende verfolgt. Das war schon eine Leistung! Ja, und das Material ist auch etwas wert. Immerhin wissen wir jetzt ein wenig mehr über den kommunistischen Untergrund hierzulande und über seine Kanäle nach Moskau. Glauben Sie, daß das alles ist, was Ihr Vorgänger archiviert hatte?"

"Auf keinen Fall. Hierfür ist das Material zu unbedeutend.

Und ich glaube auch nicht, daß der Rest schon außer Landes ist, wie Brejcha schreibt."

"Wie kommen Sie zu dieser Folgerung?"

"Was will er mit dieser Bemerkung? Wir sollen aufhören zu suchen. Das tut er doch nicht, um uns Arbeit zu ersparen! Nein, gerade dann, wenn nichts mehr zu finden wäre, hätte er uns mit diebischem Vergnügen eine weitere - falsche - Spur gelegt. Ich kenne den Mann!"

"Alle Achtung!" sagte der Oberst Müller. "Ihr habt hier eine Logik, von der man noch etwas lernen kann. Suchen Sie weiter, Waderich!"

Und Dr. Vejdrych suchte weiter und fand. Er fand den Vorortpfarer und er fand auch die alten Matriken. Er fand aber nicht mehr die darin verborgenen Mikrofilme. Die hatte der Pfarrer nämlich umgehend hervorgeholt und weiterbeför- dert, als er von Brejchas Flucht erfuhr.

Man setzte den Pfarrer fest, man prügelte die Wahrheit aus ihm heraus. Man verfolgte auch den Weg des Materials. Bis hin zu einem Diplomatenkoffer. Doch der war inzwischen nach Rom abgereist. Zwar mit einem Diplomaten des Duce, jedoch war er nicht in des Duces Außenministers Archive gelangt. Der Duce beschwor es, Graf Ciano beschwor es, und Hitler wie Himmler glaubten keinem der Schwüre. Erst als sie hintenrum erfuhren, daß des Koffers Spur sich im Vatikan verloren habe, sahen sie ein, daß der Schwiegersohn Mussolinis sie einmal nicht belo- gen hatte. Doch das half ihnen nicht viel.

Den Vatikan zu erobern hatte sich der Führer erst für die Zeit nach dem großen Sieg vorbehalten.

Und aus diesen beiden Vorhaben wurde ja bekanntlich nichts mehr.

Ziel der deutschen Delegation war es gewesen, den Polizeidirektor hinzuhalten und im geeigneten Augenblick festzuneh-
men. Dann nämlich, wenn Hitlers Truppen die Grenze über-
schreiten würden. Im Besitze von Brejchas Person hoffte man
Kenntnis zu erlangen über alle potentiellen Subversanten.

Doch Brejcha war spektakulär geflohen. Schlimmer noch:
Eine Garnison im Süden hatte bewaffneten Widerstand geleistet
und mußte in einem kurzen aber recht blutigen Kampf gebändigt
werden. Das war den Besetzern, von den Verlusten an Mann und
Material ganz abgesehen, auch in politischer Hinsicht unangenehm, denn es widerlegte jede Legende von herbeigerufener
Hilfe. Wer hatte diese Garnison - ein Infanteriebataillon -
rechtzeitig gewarnt?

Schlimmer fast noch war, daß die dem Militär auf dem Fuß
folgende Gestapo nichts vorfand, worauf sie ihren Apparat
gründen konnte.

In dieser mißlichen Lage besannen sich die deutschen Ver-
schwörer Thurneyßl, Schmied und Jarzombek auf den entlassenen
Stelvertreter Brejchas und empfahlen den Doktor Vladimir
Vejdrych ihren reichsdeutschen Befreiern.

Der Doktor wurde also geholt und war nur zu gerne bereit,
seine polizeilichen Kenntnisse in den Dienst der neuen Herren
zu stellen. Dies hatte zur Folge, daß der Oberst Müller
herbeieilte und persönlich über Vejdrychs Verwendung entschied. Als einer der ersten Kollaborateure wurde er Polizeidirektor im Dienste der Okkupanten.

Kaum saß Vejdrych auf Brejchas Stuhl mußte er feststellen, wie gründlich der Geflohene den alten Apparat zerschlagen hatte: Fast nichts mehr war vorhanden. Es fehlten die
wichtigsten Dossiers, die meisten Spitzellisten waren verschwunden, bedeutende Personen unauffindbar, beizeiten geflohen oder untergetaucht. Das verbliebene Material befand
sich in heil_loser Unordnung. Brejchas Sekretärin, die Lampertova, schwor nichts zu wissen, und sie besaß ein einwand-
freies Alibi.

Vejdrych war kein schlechter Polizist. Er rekonstruierte
die Vorgänge des ominösen Nachmittags bis ins kleinste Detail

und stieß auf das Fräulein Drahomira Hnevsova. Doch siehe, die Dame befand sich im Krankenstand und als man sie auf ihrem Krankenlager besuchen wollte, stand man vor einem leeren Bett. Drahomira blieb unauffindbar.

Tatsächlich saß sie um jene Zeit in einem Eisenbahnzug, welcher sich der rumänischen Grenze näherte. In ihrem Handtäschchen befand sich alles, was sie benötigte, um das ihr verheißene Paradies zu erreichen: ein Paß mit den nötigen Visa, eingetragenen Devisen, kleines und größeres Geld, ein paar unauffällige aber dennoch teure Wertgegenstände für notfällige Veräußerung, eine Liste von Anschriften für unterwegs - und schließlich eine Adresse in London, ihr Endziel.

Daß die Hnevsova den ganzen Kuddelmuddel ausgelöst haben mußte, und zwar auf Geheiß von Brejcha, wurde dem Dr. Vejdrych bald klar. Und er bewunderte seines Vorgängers Voraussicht und Vorsicht. Jeder hatte angenommen, die Lampert wäre Brejchas Vertraute gewesen, nicht aber der Trampel Drahomira, der nur fürs Bett zu taugen schien.

'Sobald ich Zeit habe, werde ich mir auch so einen Notausgang zulegen,' beschloß Vladimir Vejdrych. Doch vorerst kam er nicht dazu. Die Kollegen aus dem Reich lechzten nach Fraß, und den mußte er liefern. Also griff er auf, was Brejcha zurückgelassen hatte. Das war zum Beispiel die Akte des Gymnasialprofessors Hudetschek. Die präsentierte er dem Trio Thurneyßl, Schmied, Jarzombek. Das Trio rannte damit zur inzwischen etablierten Gestapo: "Dürfen wir?" Sie durften.

Josef Hudetschek war seit etlichen Monaten nervös, schon seit den Tagen von München.

Was hatte ihn überhaupt bewogen, sich den Tschechen als Spitzel anzubieten? Die Affäre mit Milada? Seine ewige Geldnot? Oder was?

Da war man Student in Prag gewesen, vor einem Halbdutzend Jahren. Ein verhungerter Student. Der Vater im Krieg verstorben: Heldentod an der Typhusfront. Zurückblieb die Mutter mit der winzigen Pension eines kleinen Postbeamten von weniger als 2o Dienstjahren. Bei Kriegsende kam der Bub gerade aufs Gymnasium, aufs deutsche Gymnasium selbstverständlich. Hudetschek-Vater war ja Deutscher gewesen, trotz seinem böhmischen Namen.

Fleißiger Junge, der Josef Hudetschek, braucht kein Schulgeld zu zahlen. Maturiert im Jahre 1926. Mit Auszeichnung. In Alt-Österreich hätte die Post auf ihn gewartet; die neue Republik nimmt Deutsche nicht gern ins Beamtenverhältnis, nicht einmal wenn sie perfekt tschechisch sprechen. Man weiß von eigener Konspiration her, wie wichtig ein loyaler Beamtenapparat ist - und wie entscheidend ein illoyaler!

Eine Beamtenlaufbahn gibt es freilich, die den Deutschen noch offensteht: Lehrer an deutschen Schulen. Auch da setzt man gern Tschechen ein, nur hat man ihrer kaum genug für die vielen tschechischen Schulen, die man neu gründet. Tschechen, die gut deutsch sprechen und dann noch an deutschen Schulen sind - nein, die gibt es wirklich nicht in genügender Zahl. Solange man sich, als Feigenblatt für den Internationalen Ruf, deutsche Schulen leistet, wird man sich auch deutsche Lehrer halten müssen. Josef Hudetschek erkennt die Gelegenheit und immatrikuliert am Prager Carolinum. Seine Mutter kann sich ein paar Kronen absparen, der Deutsche Kulturverband gewährt ein winziges Stipendium. Beides zusammen reicht knapp für Kost und Logis. Es reicht nicht für Hemden und Strümpfe, nicht für einen neuen Hut, eine hübsche Krawatte. Prag ist eine modebewußte Stadt. Daß einer kein Geld hat, wird nicht übelgenommen, doch eine verwetzte Krawatte deklassiert ihren Träger.

Um solcher Accessoires willen gibt der Student der Germanistik Josef Hudetschek Stunden; Deutschstunden für die Söhne und Töchter der tschechischen Bourgeoisie. Er tut es für zehn Kronen pro Lektion. Bei vierzig Stunden im Monat wäre das eine hübsche Zubuße. Es gibt aber viele Studenten in Prag, die wenig Geld haben; zu viele, gemessen an den paar Kindern der tschechischen Intelligentsia, die deutsch lernen wollen.

Außerdem stellen diese tschechischen Großbürger beileibe nicht jeden deutschen Studenten als Hauslehrer an. Einen rabiaten Egerländer oder einen querköpfigen Böhmerwäldler wollen sie weder ertragen noch unterstützen, und die Riesengebirgler schläsingern ihnen zu stark. Ein Glück für Jodef Hudetschek, daß er aus Wischau kommt, einer deutschen Sprachinsel nahebei Brünn. Die Wischauer gelten als friedliche Mährer, sprechen ein passables Tschechisch, und ihr ihr wirklich gutes Deutsch lernen sie auch erst auf der

Schule - dort aber gründlich.

Dank seiner glücklichen Herkunft wird der cand.phil. Josef Hudetschek Hauslehrer bei der Tochter Milada des hohen Ministerialen Antonin Hlouschek. Der Rat ist Witwer, sein einziges Kind Milada ist siebzehn und bildhübsch: weizenblon_der Haarknoten, kornblumenblaue Augen, Milch und Rosen die Haut. Mehr als mittelgroß gewachsen ist das MNädchen, schlank aber keineswegs mager. Ihre Stimme klingt angenehm. Die Nase ist ein wenig breit gesattelt, doch diskrete Sommersprossen um Nase und Mund geben ihrem Lächeln viel Anziehungskraft.

"Meine Tochter soll nicht deutsch lernen, denn sie beherrscht es bereits leidlich. Fehlerfrei soll sie mir sprechen und möglichst ohne Akzent. Auch soll sie die deutsche Literatur kennenlernen. Das also ist Ihre Aufgabe, Herr Studiosus!"

Josef Hudetschek ist beeindruckt. Der verwitwete Rat Hlouschek bewohnt mit seiner Tochter eine prächtige Wohnung in der Nähe der Chotek-Gärten. Die Möbel sind kostbar, sie bezeugen zwar keinen Reichtum, wohl aber Gediegenheit; die Hlouscheks sind nicht erst gestern zu Rang und Ansehen gekommen.

Der Josef Hudetschek ist auch befangen. Er glaubt, vor einer Prinzessin zu stehen. Er selber ist leider kein Prinz. Er trägt keines Prinzen Gewänder, und was ihm sein Spiegelbild sonst noch zeigt, weiß er gut genug.

Seltsamerweise scheint Milada das nicht zu bemerken. Sie kommt entgegen, wo Josef vor dem ersten Schritt zurückschreckt. Bald sieht man sich nicht nur zur wöchentlichen Unterrichtsstunde. Im Deutschen macht Milada deutliche Fortschritte; Josef Hudetschek in einer anderen Beziehung. Er kann es nicht fassen, aber er wehrt sich nicht. "Was findest du an mir?" fragt er Milada.

"Du bist so gescheit," sagt das Mädchen, "und so hilflos. Ich mag nicht Männer, die ihren Preis kennen."

"Es gibt keine Zukunft für uns!"

"Was für eine Zukunft? Glaubst du, ich will heiraten? Ich will dich lieben, und das jetzt!"

Doch Milada ist nicht so selbstsicher, wie sie tut. Eines Tages erscheint sie in Josefs Studentenbude: "Jetzt müssen wir heiraten." Und, als Josef nicht sofort begreift, heult sie los: "Soll ich es abtreiben?"

Josef geht den schweren Gang zu Miladas Vater. Dessen Zorn ist schwer zu ertragen: "So einfach stellen Sie sich das vor? Sie wollen meine Tochter zur Frau? Niemals! Sobald Sie etwas geworden sind? Was wollen Sie denn werden als Deutscher? Sie sind ein Niemand und werden es bleiben, dafür sorge ich. Und meine Tochter werden Sie nicht wiedersehen. Die fährt morgen in die Schweiz. Für Sie auf Nimmerwiedersehen!."

"Ich werde sie zu finden wissen."

"Das bezweifle ich. Haben Sie einen Paß? Nein! Und Sie kriegen auch keinen. Denn Sie sind wehrpflichtig. Verschwinden Sie jetzt und seien Sie mir dankbar, daß ich Sie zu Ende studieren lasse. Wenn Sie nicht parieren, sind Sie übermorgen Rekrut in der hintersten Slowakei! Sehen Sie, so regeln sich die Dinge fast von selbst. Raus!"

Die Dinge regelten sich nicht. Als Josef Hudetschek Miladas Brief aus der Schweiz bekam, hätte er nicht nur einen Paß gebraucht, ihm fehlte auch das Reisegeld.

Milada wartete. Auf ihren Josef. Auf Hilfe. Niemand kam. Es kam auch keine Post an, obwohl Josef gegen das Verbot des Vaters verstieß und Miladas Brief beantwortete. Er schrieb immer und immer wieder. Das Sanatorium, in welchem Miladasie fast klöster_lich festgehalten wurde, sandte alle Post an den Rat. Der Rat vernichtete die Briefe und ließ Josef nur deshalb nicht zum Militär einziehen, weil er damit sein Wissen um Josefs Briefe eingestanden hätte.

Als die Urne mit Miladas Asche aus der Schweiz eintraf, durfte Josef zur Beisetzung kommen. Nun durfte er. Nun klagte sich der Vater an. Suchte Trost bei Josef. Ihre gemeinsame Trauer versöhnte die beiden Männer.

Wie wird man Verräter an seinem Volk? Josef Hudetschek fragte sich das nicht. Er dachte nur an Milada und was aus ihr und aus ihm ohne das Zerwürfnis Nationen geworden wäre. Seine Liebe zu dem Mädchen übertrug er auf ihr Volk. Die Reue des Vaters tat ein übriges. Und so kam es, daß Josef Hudetschek für eine Familie kämpfte, die es beinahe gegeben hätte. Er glaubte, gegen den Haß zu kämpfen. Doch der Haß hatte zwei Seiten.

Was der Schüler Gustl nicht wissen konnte, als er in seiner Klasse die Verhaftung des beliebten Lehrers Hudetschek verkündete, war dies: Seine Häscher hatten den Agenten "Orel" in dessen Wohnung angetroffen. Er war dabei, seine Hinterlassenschaft zu ordnen.

Das Hilfspolizei-Kommando führte Aurelius Jarzombek, der Kollege: "Sie wissen, warum wir gekommen sind?"

"Genießen Sie nur Ihren Triumph, Herr Jarzombek. Und erinnern Sie sich an mich, wenn er einmal zu Ende ist." Hudetschek ließ sich widerstandslos abführen.

Dr. Vejdrych, der bereits als kommissarischer Polizeidirektor amtierte, lieh bereitwillig eine freie Zelle in der Direktion her. Dort geschah dem Hudetschek zunächst nichts. Dennoch machte sich der Verhaftete keine Illusionen über sein Schicksal.

Drei Tage untätigen Wartens vergingen, dann nahm die Gestapo den Agenten "Orel" ins Verhör. Er bekam ein paar Grobheiten zu hören, wurde jedoch nicht mißhandelt.

Er sei ein Lump und ein Verräter, ob er das zugebe?

Weder das eine noch das andere, sagte Hudetschek, träfe zu. Er habe nur auf seine Weise die deutsch - tschechische Versöhnung betreiben wollen.

Indem er deutsche Jungens und ihre Lehrer bespitzelt habe?

Das sei nach Lage der Dinge wohl nicht mehr wichtig, erklärte der Angeschuldigte. Weder seine Taten noch seine Motive seien für die Gestapo interessant. Im übrigen bestreite er nichts und werde um sein Leben nicht betteln.

Seltsamerweise schien dieser Satz dem Gestapomenschen zu gefallen: "Bilden Sie sich bloß nicht ein, es geht gleich um Ihren Kopf!" meinte der gemütlich. "Sie kommen erst einmal ins KZ, und dann wird man weitersehen."

Dazu bedurfte es in jenen Jahren keiner Gerichtsverhandlung. Schutzhaft auf unbestimmte Zeit, basta!

Der Schutzhäftling Josef Hudetschek kam nach Buchenwald und blieb dort zu seinem großen Erstaunen am Leben. Die Lagerordnung war überstreng, die Zwangsarbeit schwer und die Verpflegung schlecht. Aber zu sterben brauchte ein Häftling nicht unbedingt, und schon garnicht, wenn er das Wohlwollen der Altkommunisten genoß, jener Häftlingsgruppe, welche mit stiller Duldung der SS alle wichtigen Funktionen im Lager besetzt hielt.

Unter den Verhältnissen des Jahres 1939 - später wurde es schlimmer - konnte ein gesunder junger Mann von 30 Jahren in Buchenwald das Dritte Reich überleben. Auch Josef Hudetschek hätte höchstwahrscheinlich die Haft überstanden, wäre ihm nicht beim Abladen von Bauholz ein Splitter in die Hand gefahren. Er infizierte sich mit Tetanus.

Eine Tetanusinfektion ist damals selbst unter besten Pflegeverhältnissen eine Sache auf Leben und Tod gewesen. In Buchenwald war sie der Tod.

Als Dr. Aurelius Jarzombek sieben Jahre später vor dem tschechoslowakischen Volksgerichtshof stand, wurde der Fall Hudetschek seine Rettung. Der Nachweis, daß er, Jarzombek, sich um das Schicksal des inhaftierten Kollegen gekümmert und, vielleicht von einer Art Reue bewogen, dessen Urne angefor_dert und auf eigene Kosten beigesetzt hatte, bewahrte Jarzombek vor dem Strick. Er kam mit zehn Jahren Kerker davon. Diese zehn Jahre hat er freilich nicht auf einer Gesäßhälfte abgesessen, sondern auf beiden. Voll und ganz.

Der Krieg ging ins fünfte Jahr. Willy Meidner war doch
Soldat geworden, neuerdings sogar Offizier. Fünf Tage Abstel-
lungsurlaub verbrachte er bei seinen Eltern. Aus dem Hause
rührte er sich kaum hinaus. "Warum?" fragte Frau Margarete,
die sich gern mit ihrem Sohn dekoriert hätte.

"Ist die Grit im Lande? Ich möchte niemandem von den
Hempels begegnen."

"Das kann ich verstehen. Sie werden auch überall geschnitten. Kein Wunder!"

"Du verstehst garnichts, Mama!"

"Warum stehst du auf, wohin willst du?"

"Auf mein Zimmer. Ich möchte lesen."

"Die Briefe von Grit? Sie schreibt hierher, weil sie deine
Feldpostnummer nicht hat?"

"Erraten, Mama. Und wenn sie bei dir danach fragen sollte
---."

" ---kriegt sie eine Abfuhr. Darauf kannst du dich verlassen."

"Davon bin ich überzeugt, Mama!"

Auf seinem Zimmer wog Willy das Briefbündel in seiner
Hand. Dann warf er es in den Ofen. Was konnte schon darin
stehen? Berlin vor zwei Jahren. Prag vor drei Jahren. Die
Semester in Zivil. Geld genug, sich trotz Krieg und Bewirt-
schaftung einen nachtblauen Smoking zu leisten. In Prag war
alles möglich. Die Berühmtheiten von Film und Bühne kamen von
überallher nach Prag. Weil es hier alles gab. Wenn man Geld
hatte. Willy hatte Geld. Willy führte eine umschwärmte Sängerin aus, die der Traum aller kleinen Leutnants im Dritten
Reich war. Die durften sie nur auf der Bühne sehen. Willy sah
sie im Nachthemd.

Denn man war ein Herr in Prag, auch wenn man in der Allgemeinen SS nur den Rang eines Sturmmannes bekleidete. Die SS
beherrschte Prag. Der Orden unter dem Totenkopf trug viele
Gesichter, auch das eines elitären Herrenclubs, aus dem der
neue Adel des Tausendjährigen Reiches hervorgehen sollte.

Treue, Gehorsam, Leistung, Zuchtwahl: nichts einzuweden

dagegen in einem heroischen Zeitalter! Man tat seinen Dienst im Sturm, der Dienst war nicht aufreibend: Sport, Exerzieren, Ausbildung im Pistolenschießen. Wer wollte, konnte auch reiten und fechten. Man nahm teil an Aufmärschen, Kameradschaftsabenden, weltanschaulicher Schulung. Letzteres hörte sich schlimmer an als es war. Dem Christentum mußte nur absagen, wer in die höheren Grade aufsteigen wollte, es wurde erwartet, nicht gefordert. Des Reichsführers Schrullen nahm man augenzwinkernd hin.

Zu hilfspolizeilichen Aufgaben konnte man herangezogen werden. Räuber- und Gendarm- Spiel, mehr war das fürgewöhnlich nicht. Man trug eine geladene Pistole am Koppel und stand irgendwo herum, während die Fachleute in ein Haus eindrangen, mit einem Verhafteten herauskamen und den "Spion oder was immer" in einem Auto davonführten. Danach hieß es: Alles vorüber, Kameraden. Weggetreten!

Willy Meidner fand dieses Räuber- und Gendarm- Spiel unterhaltsam, bis --- bis einmal nach einer nächtlichen Aktion ein Kamerad fehlte. Zunächst nahm man an, er habe sich vorzeitig verdrückt. Der Sturmführer kündigte an, er werde den Mann bei nächster Gelegenheit strafexerzieren lassen.

Dazu kam es nicht. Wohl aber wurde der Sturm eine Woche später zum Gerichtsmedizinischen Institut bestellt. In kleinen Gruppen führte man die Männer in den Obduktionsraum. Dort lag, was von dem abgängigen Kameraden übriggeblieben war. Der halbe Sturm kotzte sich die Seele aus dem Leib. Nur Willy blieb mit kaltem Interesse bei der Leiche und fragte, was man zu tun gedenke, den Kameraden zu rächen.

"Wollen Sie uns helfen?" fragte ein grünuniformierter SS-Führer. Willy nickte.

So wurde aus dem Herrenclub-Anwärter Willy Meidner ein Famulus bei der Bande des Schreckens.

Er tat es aus Freude am Kampf gegen den Untergrund und wäre vielleicht hoch aufgestiegen nach seiner Elevenzeit, wenn nicht ---- wenn nicht anläßlich einer weiteren und sehr erfolgreichen nächtlichen Razzia - es handelte sich um die Aushebung einer Geheimdruckerei ---- wenn nicht der soeben mitverhaftete Guy Hempel an ihn herangetreten wäre. Mit seinen um ihr baldiges Erlöschen wissenden Augen starrte Guy Hempel den Freund seiner Schwester an und sagte nur: "Schade um uns!"

Mörder zu jagen, war Willy bereit, doch Guy Hempel war kein Mörder, dessen war er sicher. Das Räuber-Gendarm - Spiel war für Willy zu Ende. Mochten die doch drucken, was sie wollten, diese verrückten Kommunisten! Wer las das Zeug schon? Eine Kinderei war das - aber sie kostete den Kopf!

Um Rat konnte Willy in Prag niemanden fragen. Er fuhr kurzentschlossen in seine Heimatstadt, nahm sich dort ein Hotelzimmer und rief seinen Vater an: "Ich möchte dich sprechen, Papa, ohne daß Mama es erfährt. Kannst du kommen?"

Josef Meidner kam ins Hotelzimmer und hörte seinen Sohn an: "Von Guy weiß ich schon, mein Junge. Der alte Hempel ist bei mir gewesen, jetzt kommst du. Ist es wegen Grit?"

"Nein, meinetwegen. Auch wenn Grit es nie erfährt, ich selbst werde immer wissen, daß ich dabei war."

"So erlebt jeder ein Damaskus auf seine Weise," murmelte der alte Meidner. "Hör zu, Willy, deinem Jugenfreund Guy ist nicht zu helfen. Ich habe mich überwunden und habe beim Vetter Hans interveniert. Der war seltsamerweise sogar bereit, sich für Guy zu verbürgen, hat es wohl auch versucht. Aus mir unverständlichen Gründen hat der Vetter Hans die Hempels in sein schwarzes Herz geschlossen. Aber: Bildung einer kommunistischen Zelle, Beherbergung ausländischer Agenten, Planung von Sabotageakten - und dann noch dieser ungeklärte Mord an einem SS-Mann-----mit dem Guy zwar nichts zu tun haben will, der seinen Freunden aber zugeschrieben wird. Seinen blödsinnigen Versuch, gleich nach der Besetzung Juden über die Grenze zu bringen, weißt du noch? Damals hat man es ihm durchgehen lassen, jetzt zählt man es mit. Das Schlimmste freilich ist dieser Mord---."

"Der war schlimm. Ich habe die Leiche gesehen. Hat Guy diesen Mord gutgeheißen?"

"Nein, das hat er nicht. Aber er scheint zu wissen, wer die Mörder sind. Und er schweigt. Man hat ihm sein Leben zugesichert, wenn er redet. Er schweigt weiter. Weißt du, was das für ihn bedeutet?"

"Oh ja! Aber er wird nicht reden. Guy läßt sich eher totschlagen als daß er den Mund aufmacht."

"Dann ist sein Schicksal entschieden. So oder so."

"Ich bin nicht nur gekommen, um dich zu fragen, ob man

Guy noch helfen kann, Papa! Ich möchte heraus aus dem Verein. Das ist nicht mein Geschäft."

"Ich begrüße deinen Entschluß. Wie aber gehen wir vor? Kannst du deinen Austritt begründen, ohne dir den Strick um den Hals zu legen?"

"Ich habe mich umgehört. Wenn mich die Wehrmacht einzieht, können sie nichts machen als mir den freiwilligen Eintritt in die Waffen SS nahezulegen. Das darf man ablehnen, oder noch besser: wenn es ganz schnell geht mit der Einberufung, kommen sie zu spät mit ihrem Vorschlag. Du hast doch Beziehungen zur Wehrmacht, Papa?"

Josef Meidner nickte: "Die habe ich. Einen Gestellungsbefehl kann ich dir beschaffen. Es ist zur Zeit aber Krieg, mein Junge. Weißt du, was die Soldaten im Krieg hauptsächlich tun? Sie schießen aufeinander. Manchmal treffen sie auch."

"Das habe ich bedacht, Papa. Immerhin, bei meinen schlechten Augen ist das Risiko nicht ganz so groß. Man wird mich kaum zum Offizier machen. Ich werde den Krieg als "garnisonsverwendungsfähig Feld" auf irgendeinem Druckposten verbringen und höchstens Gefreiter werden. Nun ja, irgendein Risiko ist immer dabei. Man kann es vermindern, nicht aufheben. Außerdem weiß ich jetzt, daß man in schlimmere Dinge hineingeraten kann als in einen Krieg."

"Es schmerzt mich und es freut mich, was ich von dir höre, Willy. Da ich keinen besseren Vorschlag zu machen habe - also schön, wie denkst du dir unser Vorgehen?"

Der Generaldirektor Meidner hatte Beziehungen zur Wehrmacht. Oberst - inzwischen Generalmajor - Haake setzte sich mit dem Wehrbezirkskommando in Verbindung und Willy Meidner wurde von einem Tag auf den anderen Soldat. Nach der üblichen Grundausbildung von drei Monaten forderte ihn das Heereswaffenamt an, und Willy widmete sich alsbald einem interessanten Bürodienst in Berlin. Sein abgebrochenes Physikstudium verhalf ihm dazu.

Frau Margarete pflegte später zu erzählen, ihr Sohn habe zusammen mit Wernher von Braun Raketen entwickelt: Das war Unsinn, denn Willy hatte lediglich einmal den General Dornberger nach Peenemünde begleiten dürfen - als Kofferträger. Im Heereswaffenamt bestand Willys Aufgabe darin, die ballistischen Leistungen neuer Waffen tabellarisch aufzulisten.

Das tat er ein Jahr und länger, und es gefiel ihm seine Tätigkeit. Er fiel seinen Vorgestzten auf, man versprach ihm die Unteroffizierstressen. Wichtiger schien Willy aber die Dauerzivilerlaubnis, welche ihm ein freundlicher Major erteilte. Diese gestattete Willy, seine immer noch schicken Zivilanzüge auf dem Kurfürstendamm spazierenzutragen. Bald war er bunter Hund in etlichen Bars, Nobelrestaurants und Stammgast im Café Wien.

Dort saß Willy eines schönen Nachmittags und rührte mißmutig seinen Ersatzkaffe mit Ersatzmilch zusammen. Das erwartete Filmsternchen war unpünktlich. Willy überlegte, ob er nicht ins Café Budapest überwechseln solle, wo eine Kriegerstrohwitwe zu haben war, die über den Vorzug einer sturmfreien Wohnung verfügte. Das Filmsternchen wohnte möbliert und war somit nur im Freien zu genießen. Willy wohnte im Amt, kaserniert, Damenbesuch ausgeschlossen. Stundenhotels verabscheute er, in die teuren Absteigen konnte er sich mit seinem Soldbuch nicht wagen.

Der elegante junge Mann in Tweedjacke und Flanellhosen fühlte sich plötzlich fixiert. Willy, der seine Brille aus Eitelkeit in der Tasche trug, setzte sie nun auf - und erschrak. Grit Hempel saß wenige Tische von ihm entfernt. Seit Guys Tod hatte er sie gemieden. Hier aber gab es kein Ausweichen. Willy stand auf und ging zu Grit.

"Einmal wird er mir über den Weg laufen, habe ich gedacht, seit ich in Berlin bin. Setz dich also hin und frag mich, was ich treibe. Daß du Krieg führst, ist mir bekannt."

"Wie kommst du her, bitte?"

"Ich studiere. Oder was hast du geglaubt?"

"Das mit deinem Bruder tut mir sehr leid."

"Es soll dir auch leid tun, mein Lieber!"

"Vielleicht hörst du mich an, bevor du urteilst."

"Ich höre."

"Nicht jetzt und hier." Das Filmsternchen stand im Eingang und spähte.

"Ich komme gleich wieder, Grit. Muß schnell noch etwas erledigen." Willy entzog sich der Sicht des Sternchens in Richtung Toilette, winkte einen Kellner heran, drückte dem einen Zehnmarkschein in die Hand: "Herr Ober, die blonde Dame am Eingang soll mich nicht finden. Ich war da, aber ich bin schon gegangen."

Der Kellner kannte seine Stammkunden: "Die Mieze von der Tobis? Mach ick, Herr Meidner. Ick werd ihr saren, Sie hätten wechjemußt, dienstlich. Und Sie werden ihr morjen telefonieren. Jeht in Ordnung und schön'n Dank auch für det Jeld. Wär nich nötich jewesen, aber man kann et verwenden. Jehnse solange uff't Pissoahr, wird Ihn' nich langweilich wern. Et jibt neue Inschriften zu lesen. Wenn die Luft rein jeworden is, mach ick Ihn'n Meldung!"

Als Willy an Grits Tisch zurückkehren durfte, erwartete ihn Verachtung: "Du hättest dein Flittchen nicht abzubestellen brauchen. Heute habe ich nämlich keine Zeit. Komm mich morgen abend in meiner Bude besuchen. Paßt es um sechs Uhr? Auf ein Glas Tee?" Grit gab Willy ihre Adresse, stand auf und ging. Begleitung lehnte sie ab.

Die Teestunde fand statt und Grit hörte sich Willys Erklärungen an.

"Daß für Guys Verhaftung nichts kannst, will ich dir glauben," sagte sie schließlich. "Daß Guys Tod für dich Anlaß wurde, dich aus der Verstrickung zu lösen, nehme ich zur Kenntnis. Du bleibst mir trotzdem noch einiges schuldig."

Und dann ergab sie sich ihm. Willy blieb über Nacht bei Grit, sie liebten sich mit Verzweiflung im Herzen. Denn des toten Guy Schatten stand über ihnen.

Sie trafen sich wieder, durch Wochen und Monate. Als Willy einmal fragte, ob Grit ihm nun verziehen habe, sah die ihn wortlos an. Nur ihre veilchenblauen Augen wurden dunkler.

Bei seinem nächsten Besuch fand Willy Grit in Gesellschaft. Eine Kommilitonin war anwesend mit ihrem Freund, einem Diplomingenieur aus der optischen Industrie.

Der Ingenieur, er nannte sich Minkowski, erwies sich als angenehmer Gesellschafter, während Grits Freundin farblos und unfroh wirkte.

Man trank Tee, doch dann zauberte der Ingenieur eine Flasche Genever aus seiner Manteltasche. Hochprozentige Alkoholika waren rar geworden im Jahre 1942, wer hatte, der trank. Der Genever floß in die Teetassen, die Mädchen hielten sich zurück, die Herren weniger. Minkowsky und Willy hatten alsbald einen Schwips.

Wie es beschwipste Gespräche so mit sich bringen, man kam sich näher, ging aus sich heraus. Minkowski machte sich wichtig mit einem Geheimprojekt, an dem seine Firma arbeitete. Willy, mit Geheimhaltungsvorschriften tagtäglich konfrontiert, war disipliniert genug, auch unter Alkohol zurückhaltend zu bleiben. Doch er beteiligte sich an Minkowskys Spekulationen, schon um nicht als stummer Fisch dazustehen.

Man unterhielt sich angeregt, man tanzte, schließlich schoß Gits Freundin ein paar Erinnerungsfotos: Grit an Willy gelehnt, Willy im Gespräch mit Minkowsky. Dann übernahm Grit den Apparat und fotografierte ihre Gäste.

Einige Wochen nach der Feier kam es heraus. Hochglanzfotos: "Zur Erinnerung," sagte Grit. "Du darfst die Bilder behalten, läßt dir Minkowsky ausrichten. Du sollst sie aber niemandem zeigen, der bei der Polizei ist. Auf Minkowskys Kopf sind nämlich 10.000 Reichsmark ausgesetzt. Er heißt auch garnicht Minkowsky. Möchtest du dir das Geld verdienen, Willy? Verschwende keine Gedanken daran, Minkowsky ist nicht mehr in Deutschland. Und jetzt wirst du dir überlegen, was du uns liefern kannst. Du kannst auch mich liefern, o ja! Schick mich meinem Bruder nach, wenn dir dein Gewissen das gestattet."

Willy stand starr. Grit fuhr fort:

"Die neue schwere PAK sei wichtig, hat Minkowsky gesagt. Er ist überzeugt, daß du ihre Schußleistungen kennst. Du warst vorsichtig beim Genever, aber nicht vorsichtig genug, mein Willy! Übrigens: ich weiß nicht einmal, was eine PAK ist. Mir wirst du auch nichts übergeben, bei mir wird man keine Spur aufnehmen können. Das hier ist ein toter Briefkasten, da lagst du die Notizen ab." Und Grit überreichte Willy einen Zettel mit einer handgeschriebenen Anweisung.

"Was geschieht, wenn ich mich weigere?"

"Warum solltest du dich weigern, Willy? Hier hast du eine Gelegenheit, dein Verschulden wiedergutzumachen. Das möchtest du doch, oder nicht?"

"Nicht so!"

"Warum nicht so? Du liebst mich, nicht wahr? Ich liebe dich auch. Zwischen uns steht nichts als der Schatten meines

Bruders. Das würde ihn auslöschen. Oder möchtest du lieber ein weiteres Mitglied der Familie Hempel aufs Schafott bringen?"

Mit dem wiederholten Hinweis hatte Grit ihre Rolle überspielt. Sie wollte die politische Arbeit ihres Bruders fortsetzen. Um fast jeden Preis. Er, Willy, kam ihr dabei gelegen. Liebe? Vielleicht. Doch ihr Verlangen nach Genugtuung war größer. 'Jetzt, Vater Josef, leih mir deinen Verstand!' Zeitgewinn war alles.

"Ich danke dir für deine Ehrlichkeit, Grit." Es fiel Willy nicht schwer, Bitterkeit in die Ironie zu legen. "Du erfährst meinen Entschluß binnen drei Tagen."

"Versuch nicht, uns zu betrügen!"

"Vielleicht werde ich es versuchen, vielleicht nicht. Kann ich die Bilder haben?"

"Bitte! Es sind reichlich Abzüge vorhanden."

"Davon bin ich überzeugt."

"Wie beurteilen Sie Ihre Lage, Meidner?"

"Saumäßig, Herr Major. Der Gegner ist in einer guten Stellung."

"Ihr Entschluß?"

"Ich könnte rochieren, Herr Major."

Das Gespräch fand statt mit dem Abwehroffizier von Willys Dienststelle. Ihm hatte sich Willy Meidner rückhaltlos eröffnet.

"Sie möchten die Dame schonen, nehme ich an?"

"Dafür habe ich mehr als einen Grund."

"Akzeptiert. Und das wird möglich sein, weil Sie sich an uns gewandt haben und nicht an die Polizei. Uns interessieren die kleinen Kommunisten hierzulande nicht. Der famose Herr Minkowsky wäre was anderes gewesen. Ich könnte Ihnen seine Stockholmer Adresse sagen, wenn das wichtig wäre. Ist es aber nicht. Für uns ist wichtig, daß er jüngst in Deutschland war. Mit dem Datum, das Sie uns gegeben haben, kommen wir höchstwahrscheinlich an den Kanal heran, auf dem die Herrschaften von Schweden her eingeschleust werden. Damit haben Sie uns einen guten Dienst erwiesen. Ihre Dame ist bestenfalls ein Endglied der Kette und dürfte nichts wissen, was uns weiterhilft. Über sie fangen wir zwei, drei kleine Fische, wenn es hochkommt. Von der Sorte laufen Zehntausende herum. Den toten Briefkasten werden wir beobachten, aber das wird nichts bringen. Wissen Sie warum, Meidner? Weil dieser Antrag nur ein erster Schritt war. Die Schußwerte der neuen PAK sind drüben kein Geheimnis mehr. Aber wenn Sie diesen ersten Schritt getan hätten, wären Sie im Netz gegangen und hätten ganz andere Dinge liefern müssen. So sieht das Spiel nämlich aus. Mein lieber Meidner, Sie trifft bis jetzt keine Schuld, im Gegenteil, Sie haben sich tadellos aus der Affäre gezogen. Jetzt geht es nur noch darum, daß niemand bei der Angelegenheit zu Schaden kommt. Sie wollen rochieren, haben Sie gesagt? Wie stellen Sie sich das vor? Weg von Berlin, gut! Aber wohin? Lassen Sie mich nachdenken. Ja, so machen wir das. Umgehung des Dienstweges ist für die Abwehr kein Problem. Wir stopfen Sie in unser Regiment Brandenburg, dann stellt niemand dumme Fragen. Wie steht es bei Ihnen mit Fremdsprachen? Englisch und Französisch leidlich, Tschechisch perfekt. Damit sind Sie der geborene Brandenburger. Ihr Augenfehler, na ja! Nach den neuesten Verfügungen wären Sie damit sowieso nicht mehr lange GvF. Nehmen Sie sich eine Reservebrille mit.

Und jetzt sausen Sie los und schreiben Ihren Absagebrief an die Dame. Vorlage bei mir zwecks Zensur. In der Zwischenzeit mache ich Ihren Marschbefehl fertig."

Willy Meidner hielt sich an die Dreitagefrist. Doch zur Absage erschien er nicht persönlich. Denn er befand sich bereits weit weg von Berlin.

Wohl aber entdeckte Grit Hempel in ihrer Kollegmappe einen Brief von Willys Hand. Wie der Brief in die Mappe gelangt war, vermochte sich Grit nicht zu erklären, und das entsetzte sie sehr.

Der Abwehrmajor ergötzte sich unterdes an den Portraits von Grit und Genossen: Das wird dir vermutlich einen gehörigen Schreck eingejagt haben, Mädchen, dieser Brief deines Freundes. Vielleicht läßt du nun deine Finger von dem gefährlichen Spiel. Wenn nicht, kann ich dir auch nicht helfen. Den Jungen hab ich euch jedenfalls aus den Krallen geholt, und der Minkowsky wird so schnell nicht wiederkommen, dem haben wir einen seiner Kanäle zugeschüttet. So nicht mehr,

Freund Minkowsky. Du hast bessere Mitarbeiter verloren als das kleine Mädchen!

Willy Meidners Brief an Grit lautete:

"Liebe Grit! Bei den Soldaten geht es manchmal sehr schnell. Gern hätte ich mich dir noch gewidmet, doch jetzt ist alles sinnlos geworden. Damit wirst du leben müssen und ich werde vielleicht bald sterben. Leb wohl und sei gewiß, daß ich Dein Bild auf meinem Herzen tragen werde. Willy."

"Sie haben es aber faustdick hinter den Ohren, Meidner," hatte der Abwehrmajor gelacht. "Jetzt kann sich die Maid vorstellen, was sie will. Wenn sie Phantasie hat, sieht sie ihren Willy vielleicht sogar am Pfahl stehen, das verräterische Foto auf die Brust geheftet, damit das Exekutionskommando weiß, wohin es zielen soll. Ein fingierter Heldentod an der Front wäre nicht halb so wirksam gewesen. Der Brief wird eine Gewissenserforschung auslösen. Mit der Reue beginnt die Besserung. Nun marschieren Sie mal schön zu den Brandenburgern und bleiben Sie gefälligst am Leben. Die Dame wird auf Sie nämlich warten, zerknirscht und voll guter Vorsätze!"

Der Major war kein schlechter Psychologe. Grits Reaktion auf Willys Brief war beachtlich. Sie übermittelte den Text ihrer Zelle. Von dort erfolgte keine Reaktion. Man tat, als gäbe es sie nicht. Da wußte Grit bescheid, daß sie bei den Genossen abgeschrieben war. Und jetzt begann sie sich um Willy zu sorgen.

Der aber ging seiner Bestimmung entgegen. Die Taten der Brandenburger sind nur mangelhaft dokumentiert. Berichte von Überlebenden behandeln zumeist bloße Intermezzi. Denn das Regiment kämpfte nie als geschlossene Einheit. Hier war es ein Zug, der eine Brücke nahm und hielt, tief im Feindesland, dort war es eine Gruppe, die ein gegnerisches Betriebsstofflager "verzuckerte". Brandenburg stellte die ersten Kampfschwimmer, Sprengbootfahrer, Bunkerknacker.

Und noch etwas. Der Schild der Brandenburger blieb rein. Sie täuschten und gebrauchten Listen, doch sie taten es ohne Tücke und vergriffen sich nie an Wehrlosen. Sie waren die Truppe des Admirals Canaris, hielten es nicht mit der SS und fragten nicht nach der jüdischen Großmutter.

Willy Meidner, trotz seinem Augenfehler, wurde bald Unteroffizier, Feldwebel, schließlich Leutnant. Denn die Brandenburger kümmerten sich nicht um Beförderungsrichtlinien. Wer zum Offizier taugte, wurde Offizier.

Im Dezember 1943 bekam Willy Heimaturlaub. Frau Margarete war stolz auf ihren Offizierssohn mit seinen beiden Eisernen Kreuzen.

Josef Meidner, Generaldirektor, Wehrwirtschaftsführer, Professor, Heldenvater, war weniger stolz als vielmehr von Sorge erfüllt. Mit verhaltener Zärtlichkeit umarmte er seinen Buben: "Willy, ich weiß, das alles anders gekommen ist als wir es geplant haben. Bub, komm mir wieder!"

"Sei nicht so senil, Josef!" fuhr Frau Margarete dazwischen. Doch da stand ihr Sohn auf: "Mama, ich nenne deinen Mann mit Ehrfurcht Vater, und ich glaube, daß er mein bester Freund ist. Bitte, respektiere wenigstens das!"

Der Hieb hatte gesessen. Frau Margarete duckte sich und blickte zur Seite: "Aber selbstverständlich, wenn ich dir damit einen Gefallen tu. Ich bin ja schließlich deine Mutter."

"Ich gehe jetzt auf mein Zimmer und packe. Wir sehen uns zum Abendessen. Bringst du mich zum Zug, Papa?"

Professor Hektor Frey saß in seinem kärglich möblierten
Untermietezimmer in Prags Vorort Zizkov. Vor sich hatte er
ein Stummes Klavier und ein Notenblatt. Auf dem Tisch lag
auch ein anderes Blatt, holzhaltiges Amtspapier, vorgedruckt
und maschinengeschrieben. Darin wurde der Jude Hektor Israel
Frey aufgefordert, sich am folgenden Tage zwecks Umsiedlung
nach Theresienstadt in den Messehallen auf der Letna einzu-
finden. Vierzig Kilo Handgepäck seiner erlaubt, Verpflegung
für drei Tage zweckmäßig. Kein Schmuck, keine Edelmetalle,
Devisen, Fotoapparate etc, etc.

Freys Koffer waren gepackt. Sie wogen keine vierzig Kilo,
sie wogen fünfzehn und elf Kilo, zusammen sechsundzwanzig.
Der Pedant Frey hatte die Koffer mit einer vom Nachbarn
entliehenen Federwaage nachgewogen.

"Schwer genug für einen alten Mann," seufzte Hektor Frey
und verzichtete auf das Stumme Klavier: fünf Kilo weniger zu
tragen.

Es klopfte. In der Tür erschien der brave Schüler Hans
Pollak: "Kann ich Ihnen packen helfen, Herr Professor?"

Hans Pollak hatte es fertiggebracht, nicht als Jude zu
gelten: Väterchens Nase war in Budapest zu arischer Bedeu-
tungslosigkeit korrigiert worden, der Chirurg hatte gute
Arbeit geleistet. Mehrmaliger Ortswechsel und schließlich
Mütterchens sechzehn schwertadelige Ahnen hatten das übrige
besorgt. Hänschen Pollaks Ausweise entzogen ihn einerseits
der Wehrpflicht für Deutsche, anderseits der Meldepflicht für
Juden. Ein human denkender deutscher Arbeitgeber übersah die
Lücken ins Hänschens Papieren, die toten Eltern konnten
nichts mehr bezeugen. Was sich ausnahmsweise als Glück erwies.

"Setz dich, Pollak," sagte Hektor Frey leide. Er sagte es,
wie er es sonst vor seinen Schülern zu sagen pflegte. Doch
nun klang es seltsam mild und weich.

"Setz dich, Pollak, denn ich habe dir etwas zu erzählen.
Widersprich mir nicht!" Obwohl von seiten des Schülers Pollak
kein Widerspruch angemeldet war, rötete sich des Professors
Gesicht wie in alten Zeiten, wenn er der Klasse wegen ver-
meintlicher Nichtachtung seiner geheiligten Person zürnte.

"Widersprich mir nicht, denn ich möchte nicht unterbrochen werden. In anderen Zeiten hätten wir uns Zeit lassen können. In diesen Zeiten aber müssen wir der Zeit zuvorkommen.

Hör mir jetzt zu und sage es weiter an alle meine Schüler, die meinen Zorn gefürchtet haben und die im Zorn von mir geschieden sind. Denn ich will, daß mein Bild in ihren Köpfen sich wandle.

Ich weiß, was ich in euren Augen war: ein Tyrann. Ich weiß, daß manche meiner Kollegen bessere Lehrer waren als ich, und manche sogar bessere Mathematiker. Vom Künstler Hektor Frey habt ihre alle nichts verstanden.

Gewußt habt ihr's schon," - danei schenkte Hektor Frey dem Schüler Hans ein um Verzeihung bittendes Lächeln. " - gewußt habt ihr's schon, denn meine Kantaten habt ihr alle brav gesungen, habt auch meine Noten gekauft. Aber verstanden habt ihr mich nicht."

Jetzt kamen Hektor Frey's Worte beschwörend: "Ich mußte leben, um schaffen zu können, ich mußte schulmeistern, um leben zu können. Wäre ich mild gewesen als Lehrer, ihr hättet euch einen guten Tag aus mir gemacht und auch den Musiker nicht respektiert. So, wie ihr es mit dem armen Kantor Piontek triebt, von der evangelischen Gemeinde, der euch Gesangunterricht gab. Ihn habt ihr zum Narren gehalten und zum Narren gemacht. Und gesungen habt ihr unter seiner Leitung so schlecht wie möglich. Widersprich mir nicht, Pollak, sondern gib vielmehr zu, daß ihr nur gut gesungen habt, wenn ich den Taktstock führte!

Hab ich euch schon nicht zu guten Mathematikern gemacht, gesungen habt ihr unter meiner Fuchtel, daß es eine Freude war. Ihr habt mir bei meinem Werk geholfen, ob ihr wolltet oder nicht. Sag, ich danke meinen alten Schülern dafür. Sag es jedem, den du wiedersiehst. Sag es ihm auch, wenn er ein Nazi geworden sein sollte, hörst du!

Nein, ich hab nicht warten können, bis man in mir einen neuen Bach entdeckt, der ich sicherlich nicht bin. Aber was ich geschaffen habe, das sollte mir einen Platz in der Musikgeschichte sichern. Erleben werde ich das kaum, so wie es jetzt auf der Welt zugeht. Ich tröste mich damit, daß Bach oder Mozart oder Schubert es auch nicht erlebt haben.

Was mich weniger tröstet: Daß ich als Kathedertyrann im

Gedächtnis meiner Schüler weiterleben werde. Sag ihnen, Hans Pollak, dafür bäte ich sie um Verzeihung.

Du denkst an meine Geschäfte mit den Aufführungen und dem Notenverkauf? Ein schwacher Punkt in meiner Verteidignug, ich gebe es zu!

Weißt du denn, was es kostet, Noten drucken zu lassen? Ein kleines Vermögen, sag ich dir! Glaub es oder glaub es nicht: verdient hab ich nicht viel dabei. Und bezahlt haben die Noten ja doch nur jene Eltern, die es sich leisten konnten, für ihren Dummkopf oder Faulpelz von Sohn eine ausreichende Mathematiknote zu erkaufen. Also, mein Gewissen belastet das nicht allzusehr. Denn bei armen Schülern war ich nicht käuflich, war ich immer gerecht. Die habe ich durchfallen lassen.

Warum ich das alles getan habe? Damit mein Werk nicht in irgendeiner Schublade verschwindet!"

Hektor Frey erhob sich, trat an einen Schrank, holte einen Stapel Noten heraus, warf ihn auf den Tisch: "Das sind meine Werke. Das ist, wie ich jetzt annehmen muß, mein Lebenswerk. Es wird nicht mehr viel hinzukommen, fürchte ich, und gedruckt wird schon garnichts mehr werden. Zum Glück gibt es nicht nur diese Originalpartituren. Es gibt, wie du weißt, Hans Pollak, die Prachtausgaben in Dreihunderter-Auflage. Und die gibt es nicht nur in jüdischen Notenschränken. Etwas davon wird übrigbleiben für bessere Zeiten. Man will uns Juden wieder einmal ausrotten. Das ist nicht neu in der Geschichte. Und auch die deutsche Gründlichkeit wird es nicht schaffen. Es gab Zeiten, da hat man jeden Talmud verbrannt, dessen man habhaft werden konnte. Nun?"

Hektor Frey erlaubte sich ein ironisches Lachen: "Daß ausgerechnet ich das sagen muß, ich, der nie Talmud lernen wollte, ich berufe mich heute auf ihn. Aber so ist es. Das Leben hält für einen Juden immer ein paar schlechte Witze bereit. Warum nicht für mich? Und so hoffe ich, daß man eines Tages den vergessenen Komponisten Hektor Frey wiederentdecken wird. Dann werden diese Originalpartituren sehr begehrt sein.

Ich übergebe sie dir zu treuen Händen, Schüler Pollak. Nimm sie mit in eine Zukunft, die ich nicht mehr habe. Und wenn einmal ein Schüler von mir daherkommt, der mein Werk zu achten gewillt ist, so darfst du ihm dieses oder jenes Blatt schenken als Vermächtnis vom Professor Frey. Du darfst es ihm aber auch verkaufen, wenn er zufällig ein Nazi gewesen sein sollte."

Hektor Frey nahm ein Notenblatt vom Tisch: "Dieses hier gehört auch dazu. Ich habe es eerst heute komponiert. Der Text ist aus den Sprüchen Salomonis: Dann werden sie nach mir rufen, aber ich werde nicht antworten; sie werden mich suchen und nicht finden. Darum, daß sie haben des Herren Lehre und wollen des Herren Furcht nicht haben."

Hektor Freys Finger glitten über die Tasten des stummen Klaviers: "Hörst du, Pollak? So habe ich es vertont. Du kannst doch Noten lesen?"

Hans Pollak konnnte Noten lesen und fand sehr schön, was der Professor komponiert hatte: "Dieses ist Ihnen besser gelungen als manches andere! Verzeihen Sie, denn das ist auch eine Art Kritik an manchem ihrer früheren Werke."

"Vor dem Sterben wird manches deutlicher," räumte Hektor Frey ein.

"Sie sterben doch noch nicht, Herr Professor!"

"Noch nicht, aber bald. Wenn ich morgen auf der Letna stehe, fängt mein Sterben an. Widersprich mir nicht schon wieder, Pollak! Ich weiß, was ich weiß! Jetzt haben mich meine Vorväter eingeholt. Sie stehen um mich herum und fragen, ob es mir was genützt hat, Protestant zu werden, um eine Katholikin standesamtlich heiraten zu dürfen. Nichts hat es genützt! Sie ist mir weggelaufen bei der ersten Gelegenheit, wo es für sie kein Vorteil mehr war, mit einem ehemaligen Juden verheiratet zu sein. Recht haben sie gehabt, meine Vorväter, das Jude-Sein wäscht man mit keinem Taufwasser ab.

Also werde ich vermutlich den gleichen Weg gehen wie schon viele meines Volkes. Ich heiße zwar Frey, aber meine Mutter war eine geborene Sax. Sera ha Kadoschim bedeutet das. Blutzeuge, Märtyrer. Nein, ich bin weder stolz darauf, noch besonders neugierig. Mir ist überhaupt nicht wohl bei dem Gedanken. Aber was soll ich machen? Es kommt, wie es soll, der Frey wird ein Sax. Ich hab mich nicht darum gerissen!"

Professor Frey legte seinem Schüler Pollak die Notenblätter in die Hände: "Heb sie auf. Vielleicht wirst du sie eines Tages jemandem geben, der mich gehaßt hat. Dann häufe sie auf sein Haupt wie glühende Kohlen. Das soll ihm dann helfen, mit mir und mit sich ins Reine zu kommen."

Als der Schüler Hans Pollak am nächsten Tage seinem
Professor half, die Koffer zur Letna zu tragen, fragte er:
"Und haben Sie auch wirklich nichts vergessen, Herr Profes-
sor?"

"Jetzt, wo du es fragst, fällt es mir ein! Meine Rheuma-
salbe liegt noch in der Nachtkastelschublade! No, nichts
Schlimmeres soll mir passieren als daß mir die fehlen wird!
Nein, nein, lauf nicht zurück! Ich möchte mich lieber mit dir
unterhalten auf dem Stückel Weg, das wir noch zusammen zusammen gehen!"

Vater und Sohn Meidner saßen im Wartesaal Erster Klasse und warteten auf Willys Fronturlauberzug. Der hatte Verspätung. Das Restaurant des O.'schen Bahnhofs war schäbig wie in Friedenszeiten. Sein Nachteil im Krieg: man bekam nichts mehr zu essen, nur Getränke gab es, Dünnbier oder ein schwarzes Getränk, das sich Kaffee nannte, oder alternativ das berüchtigte Heißgetränk der IG-Farben. Die Tischtücher waren flecig. Der Saal war fast leer. Hier stiegen nur wenige Fronturlauber zu. Das Protektorat Böhmen und Mähren war ausgekämmt, gab kaum noch Soldaten her für die großdeutsche Wehrmacht.

Der Professor freute sich über die Verspätung des Zuges. Endlich konnte er mit seinem Sohn ungestört reden: "Nun sag mir endlich, Willy, wie du zu deinem Eisernen Kreuz gekommen bist. Vor deiner Mutter hast du darüber nichts erzählen wollen. Ich weiß, was du gefürchtet hast."

"Ja, sie hätte aus einer Mücke einen Elefanten gemacht und in wilder Übertreibung alles herumerzählt. Das wollte ich meinem Freund Heinrich Nowack nicht antun. Auslassen kann ich ihn bei der Geschichte aber auch nicht. Du wunderst dich, wie der Nowack hineinkommt? Warte nur ein kleines Weilchen, du wirst es gleich erfahren.

Also paß auf. Von Berlin bin ich nach meiner Affäre mit Grit - ach ja, das weißt du auch noch nicht - " und Willy berichtete, was er in seinen Briefen nachhause hatte verschweigen müssen, der Zensur wegen. Joseph Meidner schüttelte den Kopf: "Dieses Weib ist gemeingefährlich!"

"Aber nein, Papa, sie ist nur ein armer Hascher, der den Tod des Bruders nicht vergessen kann. In mir hat sie einen Schuldigen gesehen. Warum auch nicht? Ich war ja dabei, als man Guy verhaftet hat. Ist das keine Schuld? Nein, Papa, ich nehm ihr das nicht übel. Nicht etwa, weil ich mich schuldig fühle, sonder weil ich verstehe, daß sie in mir einen Schuldigen gesehen hat. Ob sie es heute noch tut, weiß ich nicht. Ist ja auch nicht wichtig. Wir werden uns kaum wiedersehen, wenn der Krieg einmal vorbei ist.

Doch ich komme von der Sache ab. Nun, das war so: Von

Berlin aus hat man mich in eine Feldausbildung gesteckt, und das war gut, denn bei den Brandenburgern muß man mehr können als mit dem Karabiner umgehen. Dann gab es ein paar kleine Einsätze, ich bekam die Tressen. Daß wir Brandenburger immer nur in kleinen Trupps auftreten, ist dir ja bekannt, oder nicht? Nein? Dann glaub es mir. Dieses Regiment ist keine richtige Einheit. Es hat Kompanien in mir unbekannter Zahl. Also erlebt man schon einmal Überraschungen. Man trifft auf Leute, die man hier nie erwartet hätte. So ist es mir mit dem Heinrich gegangen.

Es war im Mittelabschnitt. Ich fahre mit meiner Kolonne zu einem mir befohlenen Ziel, Irgendein Dorf in menschen- und baumleerer Gegend. Dort liegt ein Haufen von uns. Ich melde mich bei dem Leutnant.

"Willy, was machst du denn bei Brandenburg?" fragt mich der, und jetzt erst erkenne ich meinen Heinrich. Er trägt beide Eiserne Kreuze und das Spiegelei, außerdem das Goldene Verwundetenabzeichen,; ist auch sonst sehr verändert. Du weißt, Papa, was das Spiegelei ist? Dieses komische Deutsche Kreuz in Gold, das einer bekommt, wenn er das EK I schon hat und wieder einmal etwas getan hat, was eine Auszeichnung wert ist, es für ein Ritterkreuz aber nicht reicht. No ja, mein Heinrich ist schon ein ziemlicher Held, wie ich sehe. Aber der läßt sich weiter auf nichts ein: Hast du die Boote mit? fragt er, und läßt uns gleich den Einsatz üben. Zweimal, dreimal üben wir, dann ist er zufrieden und läßt uns wegtre-ten. Wir haben noch zwei Übungstage, sagt er, und dann wird es ernst, dann jagen wir diese verdammt Brücke hoch!

Abends im Zelt ist er nicht mehr der Vorgesetzte: "Hast du was zum Saufen mit, Willy? Ich hab nur zwei Flaschen Wodka in Reserve."

"Ich hab eine Kiste Hennessy bei mir, Herr Leutnant. Wir kommen nämlich aus einer Gegend, wo ein herrenloses Proviant-lager auf Durchreisende gewartet hat."

"Du hast geplündert, Korporal Meidner?"

"Nein, nur den Zahlmops beschissen. Alte Flaschen, frisch verkapselt, aber mit Tee gefüllt. Ein kleiner Tausch, den er nicht gemerkt hat. Ich habe ein paar Künstler in meinem Zug, Heinrich."

"Die werden wir brauchen. Wie steht es mit dem Hennessy,

kriegen wir was ab?"

"Wie viele Männer haben Herr Leutnant?"

"Einen Zug, wie der Herr Unteroffizier bereits bemerkt haben. Das wären nach Adam Riese Stücker 3o oder mehr. doch solches gilt nur für friedliche Zeiten. In diesem Orlog hält man sechzehn erfahrene Krieger bereits für einen kampfkräftigen Zug, den Zugführer miteingeschlossen."

"Da sieht man wieder einmal, wie ungerecht es beim Barras zugeht. Ich bin nur Korporal und habe ein volles Dutzend Helden anzuführen."

"Warte ab, bis du erst einmal Leutnant bist! Dann wird man dir zehn Figuren anvertrauen, und das wird man Kompanie nennen. Dieser Krieg macht riesige Fortschritte, oder hast du das noch nicht gemerkt? Also, wie teilen wir?"

"Je zwei Mann eine Pulle, und je eine für dich und mich, weil wir doch die Verantwortung tragen."

Willy Meidner hielt inne: "Jetzt muß ich doch etwas nachtragen, Papa. Die Lage und der Ort: Steppe und ein Fluß. Unser Problem eine Brücke, über die der Russe seinen Brückenkopf auf unserer Seite versorgte. Wenn wir die Versorgung unterbrechen konnten, war der Brückenkopf für den Russen nicht zu halten. Im anderen Fall konnte er über kurz oder lang aus dem Brückenkopf ausbrechen."

"War die Brücke nicht zu bombardieren?"

"Ja, wenn man Flieger hatte. Wir haben aber keine mahr, Papa. Jedenfalls nicht genug. Außerdem kann eine zerbombte Brücke schnell geflickt werden."

"Ich verstehe."

"Noch nicht ganz, Papa. Denn wir unserseits hielten Brückenköpfe jenseits des Flusses. Oberhalb und unterhalb des russischen Übergangs. Brückenköpfe ist eigentlich falsch, Truppen hatten wir drüben, nur keine Brücken mehr. Aufgrund eines Führerbefehls mußten unsere Leute dort bleiben. Das schwere Material, das dort lag, durfte nicht verlorengehen."

"Das ist doch idiotisch! Material kann man ersetzen, Männer nicht."

"Da kennst du aber unseren geliebten Führer schlecht, Papa. Es wird gehalten, bis nichts mehr zu halten ist. Das ist seine Strategie seit dem ersten Rußlandwinter."

"Jetzt hab ich es verstanden, mein Sohn, Das und einiges

andre mehr. Und was solltet ihr nun tun?"

"Die Russenbrücke gründlich zerstören. In der Hoffnung, daß das eine Atempause gibt."

"Und dann?"

"Frag mich nicht, Papa! Vermutlich sollte dann von uns eine Brücke gebaut werden, damit wir wieder einen echten Brückenkopf haben. Wenn es dich interessiert, nehme ich das Ergebnis vorweg: unsere Leute auf der anderen Seite sind aufgerieben worden. Doch einstweilen sind wir noch nicht so weit. Erst kommen die Brandenburger dran mit ihrer Russenbrücke. Übersetzen, da wo beide Ufer noch unser sind flußaufwärts im Norden. Drüben warten russiche Beutefahrzeuge, vollbeladen mit russischer Beutemunition. Heinrichs Zug, in russischen Uniformen, sollte sich in die feindliche Front einschleichen. Das war möglich, denn drüben waren die Linien nur dünn besetzt, ausgenommen natürlich das Terrain um die Brücke herum. Es gibt kaum noch durchlaufende Fronten, Papa, wie ihr sie im ersten Weltkrieg hattet. Man kennt nur noch Schwerpunkte und Nachschubräume. Jedenfalls sollte Heinrich von Osten her auf die Brücke fahren und sie blockieren. Ich mit meinen Sturmbooten hingegen, hatte flußabwärts zu treiben, am Westufer, das bekanntlich bei den russischen Strömen das hohe Ufer ist. Und immer schön in Deckung, bis an die Grenze des russischen Brückenkopfes. Sobald Heinrich auf der Brücke war, sollte er mir ein Blinkzeichen geben und dann hatte ich loszubrausen. Feuerzauber, um die Russen abzulenken, damit Heinrich und seine Leute unbemerkt die Fahrzeuge verlassen und in den Fluß springen könnten. Zeitzünder auf zwei Minuten gestellt, das sollte Heinrich genügen, um wegzutauchen. Hast du den Plan verstanden, Papa?"

"Nur soweit, daß ich ihn als eine Wahnsinnsidee ansehe."

"Das war es auch, denn es bedurfte nicht nur genauester Zeitabstimmung, damit alles funktionierte, es mußte sehr viel Glück dabei sein. Ein unkalkulierbares Risiko, aber gerade darin lag die Stärke des Planes. Auf so eine Idiotie würde der Gegner nicht vorbereitet sein. Und was war schon das Risiko? Heinrichs sechzehn Männer und meine zwölf. Für die Gesamtkriegsführung war unser Risiko klein. Der Versuch, den Brückenkopf einzudrücken, hätte mehr Blut gekostet. Kein General, Papa, kümmert sich um die individuellen Risiken. Er fragt sich nur, was bringt, was kostet diese, was jene Lösung. Die unsere war preiswert.

Weißt du, Papa, ich möchte nicht General sein!"

"Ich auch nicht. Vor allem dann nicht, wenn ich einen Sohn habe, der Leutnant ist. Paß auf dich auf, Willy!"

"Soweit das möglich ist, Papa, will ich es tun. Bis jetzt habe ich Glück gehabt."

"Ich sehe es und bete darum, daß es so bleiben möge. Erzähl mir, wie es weitergegangen ist, denn ich möchte wissen, wie du dein individuelles Risiko zu gestalten pflegst."

"Ihr laßt euch flußab treiben," hat mein Heinrich gesagt. "Wenn unser Blinkzeichen von der Brücke her kommt, braust ihr mit Höchstfahrt los und feuert wild in die Luft. Damit erstens der Gegner glaubt, von euch her käme ein Angriff, und zweitens soll er von der Brücke abgelenkt werden. Schließlich aber sollt ihr in die Luft schießen, damit ihr nämlich nämlich nicht unsere unschätzbaren Körper trefft, die nach dem Auslösen der Zündung ins Wasser springen werden. Im Wasser tauchen wir ab, lassen uns mit unseren Schnorcheln vom Strom dahintragen. Ihr wendet und verschwindet im Zickzack flußauf damit ihr aus dem Feuerbereich der Brückenwache kommt. Die wird dann sowieso andere Sorgen haben. In fünf Minuten muß alles vorbei sein.'

Schnorchel wirst du nicht kennen, Papa. Das sind solche komische Rohre, die nimmt man in den Mund und atmet durch sie. Natürlich nur, wenn man eine sogenannte Kampftaucherausbildung hat. Schon wieder ein neues Wort. Muß ich dir alles erklären oder glaubst du mir auch so, daß die Brandenburger etliche ganz neue Erfindungen benützen?"

"Ich glaube dir, auch wenn ich nichts verstanden habe. Dein Freund Heinrich wollte jedenfalls flußabwärts verschwinden und das möglichst ungesehen, stimmt's?"

Genau das, Papa. Und damit er Zeit dafür hat und die Russen in die falsche Richtung gucken, mußten wir oberhalb der Brücke für Ablenkung sorgen."

"Dazu gehört aber eine unheimlich genaue Zeitabstimmung, oder?"

"Wir haben es weiter oberhalb zwei Tage und zwei Nächte lang geübt. Und dann hat es auch wirklich geklappt."

"Der lebendige Beweis sitzt vor mir. Sag einmal, Willy,

macht ihr andauernd solche Hasardspiele?"

"Nein, Papa. Dieses war schon ein besonderes Stückchen. Und verdammt unangenehm war es auch. Denn man konnte ja nicht wissen, wie stark die Brückenbewachung sein würde. Sie war zu unserem Glück schwächer als angenommen."

"Seid ihr alle heil davongekommen?"

"Darauf komme ich noch, Papa. Aber vorher laß mich über meinen Freund Heinrich berichten. Ich glaube, es ist wichtig, daß außer mir noch jemand davon etwas weiß. Er hat es verdient. Also, hör mir gut zu. Heinrich und ich haben uns am zweiten Abend furchtbar betrunken, haben meine letzten Senior Service Beutezigaretten geraucht und unsere Jugend beweint. Ich habe Heinrich von Grit erzählt und er mir, was er bei den Brandenburgern erlebt hat: Brückensprengungen wie diese im feindlichen Hinterland. Oder auch einmal eine Brücke genommen und gehalten, bis die eigene Truppe heran war. Treibstofflager gesprengt, Stäbe ausgehoben. Doch das war nicht das Entscheidende. Diese Einzelheiten habe ich ohnedies schriftlich niedergelegt, du findest sie in meinem Schreibtisch. Du darfst sie ruhig an dich nehmen und lesen. Mama hat es sowieso wahrscheinlich schon getan. Ich aber will dir jetzt erzählen, was ich nicht niedergeschrieben habe. Erinnerst du dich vielleicht an Jeannette Wendenburg, Papa? Das war jenes Wiener Mädchen, das wir mit Hilfe von Direktor Brejcha nach Palästina befördert haben.

Heinrich hat versucht, über die Schweiz mit ihr Verbindung aufzunehmen. Das ist herausgekommen, die Gestapo hat meinen Heinrich festgenommen, er hat sich zwar herausreden können, aber er war von da ab gezeichnet. Keine Studienmöglichkeit.

Irgendwer hat ihm den Tip gegeben, daß die Brandenburger auf solche Dinge nicht achten. Sie fragen nicht nach politischer Vergangenheit. Beziehungsweise, sie fragen doch, und was woanders ein Nachteil ist, das halten sie für gut. das mußt du nämlich wissen, Papa."

"Ich weiß es, mein Sohn!"

Josef Meidner hätte seinem Willy manches erklären können. Zum Beispiel, daß es der Vetter Hans gewesen war, der sich bei der Gestapo für Heinrich verwandt hatte, auf Bitten von Frau Margarete. Ja, Josef Meidner hätte seinem Sohn auch sagen können, daß er zu wissen glaube, woher das Interesse von Frau Margarete an diesem Heinrich Nowack herrühre.

Josef Meidner tat es nicht, denn er wollte seinen Sohn nicht mit Geschwätz belasten. Ebensowenig brauchte Willy zu wissen, daß sein Vater gute Beziehungen zur Abwehr besaß und daß diese Abwehr manchmal mit entzweigebrochenen Münzen handelte.

Stattdessen fragte er: "Was ist aus deinem Freund Heinrich geworden?"

"Sofort, Papa. Doch vorweg mein letztes Gespräch mit Heinrich. Wir saßen zusammen im Zelt und tranken in die Nacht hinein. Als mein Cognac zu Ende war, ging es weiter mit Wodka. Wir haben uns fürchterlich betrunken. Die Luft beibt warm in diesen Steppennächten, im Zelt waren wir besser aufgehoben als in den Wanzenbuden der geflohenen Bevölkerung. Die Mücken waren leichter zu ertragen, zumal unsere Petroleumfunzel sie aus dem Zelt vertrieb. Am Horizont blitzte es wie von fernen Gewittern, denn die Front lag gut zwanzig Kilometer entfernt. Sehr einsam war unser kleiner Haufen, einsam wegen der Vorbereitungen, die geheim bleiben sollten. Partisanen waren nicht zu fürchten in diesem Gebiet. Trotzdem hatten wir Wachen ausgestellt.

Wir sprachen über den Sinn unseres Lebens. Wie man das so tut, wenn man Zeit hat, aber nicht weiß, wieviel Zeit einem bleiben wird.

Heinrich erwartete sich nichts mehr vom Leben: "Seit der Ernstel Prächtig gefallen ist," sagte er, "kotzt mich alles an." Weißt du, wer der Ernstel Prächtig war, Papa?"

"Habe ich den Namen nicht in der Zeitung gelesen, so vor einem Jahr?"

"Ganz bestimmt. Als ihm das Ritterkreuz verliehen wurde."

"War mir doch so! Ging er nicht auch auf eure Schule?"

"Etliche Klassen über uns. Er wurde auch Brandenburger. Von Heinrich Nowack erfuhr ich alles. Denn der Ernstel Prächtig hat meinen Heinrich zu den Brandenburgern geholt. Ich weiß aber nicht, ob dich die Geschichte dieses toten Helden interessiert, Papa."

"Vielleicht sollte sie es! Und ich höre dir gern zu, mein Junge. Wir haben ja noch über zwei Stunden Zeit."

Soeben hatte ein Bahnangestellter verkündet, daß der Fronturlauberzug nach Warschau erst in zwei Stunden zu erwarten sei.

"Der Ernstel war ein großer Nationaler. Ich habe ihn immer in dem Umkreis vom Onkel Hans eingesetzt. Und ich hatte eigentlich erwartet, der Ernstel würde in Großdeutschland Karriere machen. Stattdessen verschwand er spurlos. Stell dir vor, er ist vor Kriegsausbruch über Rumänien nach Ostpolen gegangen und hat sich dort von den Russen überrollen lassen. Er hat sich ihre Truppen angesehen und danach ist er heimgekommen und hat berichtet."

"Wem hat er berichtet?"

"Nicht dem SD, sondern der Abwehr. Wenn du weißt, was die Abwehr ist, Papa."

Der alte Meidner schmunzelte: "Dieses Wissen darfst du bei einem Wehrwirtschaftsführer voraussetzen, Willy."

Danach hat der Ernstel am Westwall Zauber gemacht, hat in Belgien Brücken erobert und Schleusen besetzt und ähnliches. Binnen einem Jahr war er Leutnant. Er hat sich den Heinrich geholt und hat ihn angelernt."

"Und jetzt ist er tot, dein Held?"

"Er liegt am Kuban begraben. Um es gleich zu sagen, der Heinrich Nowack lebt wohl auch nicht mehr. Wahrscheinlich hat ihn der Fluß behalten. Kann sein, daß die Russen ihn geschnappt haben. In diesem Fall haben sie ihn vermutlich nach dem Verhör erschossen. Auf uns Brandenburger sind sie ziemlich wild."

"Wenn ihr in fremden Uniformen daherkommt!"

"Verzeihung, Papa, ich glaube nicht, daß einer der Brandenburger seine russische Uniform anbehalten hat, wenn ihm Zeit genug blieb, sie abzutun. Darunter tragen wir immer die eigene Uniform. Na ja, wenn man Zeit genug hat, sie loszuwerden, ist es ja ganz nützlich. Die Burschen vom Heinrich habe das vor mir geübt. Und fünf sind ja auch wiedergekommen. In deutscher Uniform, bitte!"

"Aber dein Freund Heinrich nicht. Und der Ernstel Prächtig ist tot. Sag einmal, Willy, findest du das alles gut und schön?"

"Nein, Vater. Aber ich weiß, daß meine Freunde jetzt ihren Frieden haben. Im Leben hätten sie ihn nicht mehr gefunden. Der Ernstel Prächtig war nämlich Halbjude, wie man so schön sagt. Ein Kuckucksei. Wie es so sinnig heiß.. Und irgendeine

Drecksau bei uns zuhause muß den Kuckuck gekannt haben. Sie haben dem Ernstel sein Ritterkreuz wieder aberkannt. Das hat freilich nicht in der Zeitung gestanden. Prächtig, wie? Was hätten sie dem Ernstel alles angetan, wenn er am Leben geblieben wäre? Wenn du herausbekommen könntest, wer die Drecksau war, merk mir den Namen vor, Papa!"

"Wozu? Du kannst diese Menschen nicht verklagen, weder jetzt noch später. Selbst wenn wir diesen Krieg verlieren sollten, was Gott verhüten möge aber nicht verhüten wollen wird, du wirst niemanden dafür belangen können, daß er einem Halbjuden Hitlers Orden weggenommen hat. Groteske Rachegelüste hast du, mein Sohn! Heb sie dir auf fürs Jüngste Gericht!

Und dein Heinrich? War der ebenfalls Halbjude oder etwas vergleichbar Verächtliches?"

"Nein, der hatte nur ein jüdisches Mädchen. Trotzdem, auch er hat den Tod gesucht. Am letzten Abend hat er mir gestanden, warum er weit in die Steppe hinauslief, wenn er seine Blase entleeren mußte. Ein Granatsplitter im Unterleib. Er muß schrecklich verstümmelt gewesen sein. 'Ich werde keine Dame mehr glücklich machen, Willy. Ausgenommen vielleicht eine Walküre in Walhall. Dahin zieht es mich nämlich. Wenn du davonkommst, grüß unsere Mädchen schön von mir und sag ihnen, ich hätte sie alle sehr geliebt. Sag ihnen, sie sollen um mich weinen, wie ich um sie geweint habe. Und wenn es das Schicksal fügen sollte, daß dir die Jeannette Wendenburg noch einmal begegnet, weil unser großer Führer vielleicht nicht mehr bis Palästina kommt und überhaupt bald am Ende seines Weges sein wird - die grüß mir ganz besonders. Mit ihr hätte ich gern ein Kind gehabt. Aber damit ist es sowieso vorbei. Weißt du übrigens, Willy, daß unser großer Führer jetzt alle Juden abschlachtet? Zu Tausenden hat er sie auf der Krim erschießen lassen. Wer weiß wo sonst noch! Damit hat er uns das moralische Recht auf einen Sieg genommen, selbst wenn ein solcher militärisch noch möglich wäre. Was ich bezweifle. Jedes Opfer, das wir für Deutschland bringen, ist von einem Schurken entwertet. Unsere Ehre heißt Schande, Willy!'

Weißt du etwas davon, Vater?"

"Genaues nicht. Es gibt ein gut gehütetes Geheimnis, das so geheim auch wieder nicht ist. Da geschehen irgendwelche

Scheußlichkeiten, und allmählich sickert etwas durch. Was dein Freund von der Krim erzählt hat, paßt zu anderen Gerüchten. Man kann nur hoffen, daß die Gerüchte übertrieben sind. Für Massenerschießungen gibt es keine Rechtfertigung. Und genau das, Willy, so fürchte ich, wird Hitler auch vor der größeren Zahl nicht zurückschrecken lassen. Wenn er von Juden spricht, so meint er jeden Juden, ohne Ausnahme. Denk das bitte logisch zu Ende. Dann kannst du dir mindestens die Absicht ausrechnen. Der Rest ist eine Frage der praktischen Möglichkeiten.

Und jetzt frage ich dich, mein Junge, wie willst du den Rest des Krieges hinter dich bringen. Deinem Freund Heinrich hat das Schicksal den Ausweg gezeigt - wenn das ein Ausweg war. Ich kann diesen Ausweg nicht gutheißen und schon garnicht, wenn es um dich geht. Das verstehst du doch, ja?"

"Ich könnte überlaufen. Aber das liegt mir nicht. Ganz abgesehen davon, daß man seinen Kopf riskiert, wenn es mißlingt."

"Bleib mir am Leben, Sohn!"

"Das ist mein fester Vorsatz, Papa. Dem steht nur entgegen, daß auch Drückeberger bei uns erschossen werden. Ich mua also schon mein Leben einsetzen, um es zu erhalten."

"Schiller hat das Dritte Reich nicht voraussehen können."

"Wer konnte das schon?"

"Paß auf, mein Junge, wenn dieser Krieg zu Ende ist, werden viele behaupten, sie hätten alles vorher gewußt. Diese Leute zu fragen, warum sie dem Spuk nicht rechtzeitig Einhalt geboten haben, wird eine große Aufgabe sein."

"Es gibt aber Menschen, die immer wieder erklärt haben, Hitler, das sei der Krieg."

"Richtig! Das haben sie solange gesagt, bis sie keiner mehr ernst genommen hat. Und demnächst werden sie sich auf ihre Aussage berufen. Ihr haftet bloß der Fehler an, daß sie sich auf einen Hitler bezog, der noch garnicht in der Lage war, einen Krieg zu entfesseln. Sie verschweigt hingegen, wer ihm seine Angst vor dem Zweifrontenkrieg genommen hat. Oder besser noch, wer ihm gestattet hat zu sagen: Seht her, jetzt kann es keinen Zweifrontenkrieg geben, liebe Leute!

Im übrigen ist nicht der Krieg Hitlers große Schuld. Kriege hat es gegeben seit Kain und Abel. Du wirst immer einen finden, der angefangen hat, und um gute Gründe ist noch kein Angreifer verlegen gewesen: nicht Alexander, nicht Caesar, nicht Napoleon. Sogar Hitlers Kriegsziele sind nicht außergewöhnlich. Wenn er die halbe Welt erobern wollte, befände er sich immer noch in illustrer Gesellschaft.

Schlimm ist die Art, wie er Krieg führt und daß er unter dem Deckmantel des Krieges Grausamkeiten begeht, die nicht notwendig sind, um des Sieges willen. Er ist ja nicht nur zu seinen Feinden grausam, er geht auch mit uns grausam um. Er befleckt mit seinen Morden unser Volk und er mißbraucht die Zwangslage, in die er uns gebracht hat. Geh doch einmal auf die Märkte und schreie heraus, was du weißt: 'Im Osten werden die Juden zu Tausenden gemordet!' Wie oft wirst du es herausschreien können, wie viele werden dich gehört haben, ehe man dich zum Schweigen gebracht hat? Das bestgehütete Geheimnis des Dritten Reiches besteht nicht darin, daß es geheim ist, sondern daß es jedem den Tod bringt, der es aufzudeckt."

Professor Meidner sah sich um. Der Wartesaal war fast leer: "Siehst du, Willy, wenn uns jetzt jemand zugehört hätte, wären wir beide so gut wie tot. Und daß wir es hier nur besprechen konnten und nicht daheim vor deiner Mutter, ist bezeichnend genug. So steht es um uns. Trotzdem bin ich froh über dieses Gespräch. Wir sind uns einig, mein Sohn?"

"Wir sind uns einig, Papa, ich werde tun, was ich kann, um am Leben zu bleiben."

Der Zug nach Warschau wurde ausgerufen. Willy umarmte seinen Vater, griff sein Gepäck, ging hinaus.

Der Dr. Vejdrych hatte Karriere gemacht, weiß Gott! Aus
dem Polizeidirektor war, nachdem man Direktor Brejchas Bleikassette gehoben hatte, ein Sturmbannführer Dr. Wadrich im
SS Hauptamt geworden. Mit neuer Identität, neuem Geburtsort,
deutschem Paß. Das mußte wohl sein, denn einen Tschechen in
der höchsten SS-Behörde hätte Hitler seinem getreuen Heinrich
denn doch nicht zugestanden.

Danach hatte man den Dr. Wadrich, der nötigen Auszeichnun-
gen wegen, ein wenig Soldat spielen lassen: Kurzausbildunng
bei der Leibstandarte Adolf Hitler in München.

Dr. Wadrich, Reserve-Oberleutnant der ehemaligen tschecho-
slowkischen Armee, schaffte das spielend, wurde schnell Ober-
junker, ging als solcher an die Front und kam nach weniger
als einem halben Jahr zurück. War nun Untersturmführer der
Waffen-SS, trug das Eiserne Kreuz Zweiter Klasse und das
Infanterie-Sturmabzeichen. Man schrieb den Juli des Jahres
1943.

Als er sich bei seinem Protektor, dem "Oberst Müller",
öfter auch Reichsheini ganannt, zurückmeldete, strahlte dieser: "Hab ich's nicht gewußt, Waderich? Die alten Markomannen
in Ihrem Blut! Verwundet waren Sie auch, wie ich sehe?"

"Nur leicht, Reichsführer, ein glatter Durchschuß."

"Macht nichts. Immerhin haben Sie für unser Reich geblu-
tet. Ich ernenne Sie zum Standartenführer in meiner Allgemeinen SS."

"Gehorsamsten Dank, Reichsführer!"

"Nichts zu danken, Waderich. Sie haben es sich verdient.
Aber jetzt --" der Mächtige legte den Finger an die Nase,
"was machen wir jetzt mit Ihnen? Für die Front sind Sie mir
zu schade, und dort wären Sie ja auch nur ein schon etwas
alter Zugführer. Hier im Hauptamt sind Sie Standartenführer,
also Oberst. Ha, jetzt weiß ich's! Waderich, ich habe für Sie
eine Aufgabe, eine schwere, verantwortungsvolle Aufgabe.
Passen Sie auf! Da gibt es doch unser KL Auschwitz. Schon mal
davon gehört?"

"Nicht viel, Reichsführer. Aber mehr als genug."

"Sie Schelm!" drohte der Oberhenker altjüngferlich. "Wollen Sie mir etwa Vorwürfe machen, weil ich unsere Gegner umerziehe?"

"Mitnichten, Reichsführer. Ich wollte lediglich zum Ausdruck bringen, daß ich vielleicht falsch informiert worden bin."

"Das glaube ich auch. Deshalb sollen Sie nach Auschwitz fahren und sich persönlich informieren. Das nebenbei. Denn wir legen Wert darauf, daß unsere Männer wissen, wofür sie kämpfen - und gegen wen. Sehen Sie, Waderich - " der Oberhenker zögerte, es fiel ihm sichtlich schwer, sich zu eröffnen, " -- sehen Sie, wir müssen uns der Schädlinge entledigen. das ist ein Führerbefehl, dagegen gibt es keinen Einwand und keinen Widerspruch. Soweit es um Juden geht, hege ich keinen Zweifel. Dieses Problem hat ja auch unser Reinhard genial gelöst. Schade, daß er es nicht mehr miterleben durfte!

Wenn es aber um arische Menschen geht, so bin ich mir nicht so sicher. Das fängt schon bei den Zigeunern an, die man nicht alle in einen Topf werfen darf, Ja, und dann gar die einwandfrei arischen, germanisch bestimmten Völker, Ihre Tschechen zum Beispiel. Da sind so tapfere Burschen dahinter. Glauben Sie ja nicht, ich hätte vor den Attentätern, die meinen guten Reinhard zum Uralten schickten, keinen Respekt! Im Gegenteil, die Kerle sind gestorben wie die Goten! Verdammt schneidige Burschen waren das, ich hätte sie lieber auf unserer Seite gehabt.

Doch in Auschwitz hat alle Tapferkeit ein Ende. Da ist Schluß für jeden. Und ich frage mich, ob das immer richtig ist.

In meiner bayerischen Heimat hat man früher gesagt, die Wilderer geben die besten Jäger ab. Wenn man sie nur Jäger werden läßt.

Machen Sie mir aus den tschechischen Wilderern Jäger des Großdeutschen Reiches, Waderich! Das ist mein Auftrag. Damit schicke ich Sie nach Auschwitz. Sie haben alle Vollmachten, soweit es um diesen Auftrag geht. Obersturmführer Höß, der Lagerführer, hat Ihre Anordnungen ohne Widerspruch zu vollziehen. Ich vertraue auf Ihren Takt, der brave Höß ist ein Simpel, aber im Grunde ein anständiger Kerl. Drücken Sie sich klar aus, so wird er keine Schwierigkeiten machen. Sie werden schon wissen, wie Sie sich durchsetzen. Holen Sie mir die guten Leute heraus, Waderich! Ich möchte nicht, daß gutes germanisches Blut in polnischer Erde verrinnt. Die Gefangenen waren falsch unterrichtet, sie haben für eine schlechte Sache gekämpft. Sie sollen Gelegenheit haben, für eine gute Sache zu kämpfen - und für ihre Freiheit. Daß sie unsere Gegner waren, läßt sich vergessen, sobald sie an unsere Seite getreten sind.

Wer sich für uns entscheidet, wird sofort entlassen und kommt nach Stutthof zum Bewährungshaufen. Drei Monate Drill, danach ist der Mann frei und kann in eine Sondereinheit meiner Waffen-SS eintreten."

"Mancher könnte das nicht für Freiheit halten, Reichsführer!"

Heinrich Himmler plusterte sich auf: "Ich nenne das eine Ehre. Die auch Sie akzeptiert haben, Standartenführer Wadrich! Nach dem Endsieg werden wir werten und richten, wer ehrenvoll gekämpft hat und wer nicht."

"Darf ich um einen schriftlichen Befehl bitten, Reichsführer?"

"Natürlich, mein lieber Waderich! Morgen bekommen Sie Ihren Befehl, und übermorgen gehen Sie mir nach Auschwitz und beweisen, daß Sie mich verstanden haben."

Die Entlassung war freundlich gewesen, Himmler hatte Vejdrychs Vorbehalte übersehen. Kein Wunder! Bezüglich der Zumutbarkeit war er von seinen deutschen Prätorianern ja verwöhnt. Es kam ihm garnicht in den Sinn, daß seine Entdeckung, der Nordling Waderich, anders reagieren könnte als irgendeiner seiner übrigen SS-Recken.

Und Dr. Vladimir Vejdrych fuhr nach Auschwitz, seinem Schicksal entgegen.

Der Lagerführer nahm ihn freundlich und mit Respekt auf. Durch Fernschreiben war er über des Standartenführers Auftrag bereits informiert: "Es wird schwer fallen, die geeigneten Leute zu finden. Tut mir leid, Ihnen das sagen zu müssen. In Berlin haben sie wieder einmal keine Ahnung."

"Wieso?"

"Ja, sehen Sie, Standartenführer, was wir an Tschechen hereinbekommen, das sind zumeist Kommunisten. Und mit denen machen wir sofort kurzen Prozeß. Lungenentzündung, Sie verstehen?"

Dr. Wadrich verstand. Dr. Wadrich nickte verständnisvoll. Obersturmbannführer Höß verstand nichts und wurde offenherziger: "Wenn ich Platz hätte, würde ich manches vielleicht anders regeln. Ich habe aber keinen Platz. In Berlin glaubt man, ich könnte dieses Lager aufpumpen wie einen Luftballon."

"Sie liquidieren die Leute also aus Platzmangel?"

Höß nickte: "Aus keinem anderen Grund. Ich bin kein Unmensch. Mir machen diese Geschichten überhaupt keine Freude. Wenn ich Platz hätte, würde ich alles anders regeln, ich wiederhole es. Platz heißt ja nicht nur freies Feld und einen Stacheldrahtzaun drumherum. Platz heißt Baracken, Latrinen, Küchen, Verpflegung; heißt Wachmannschaften, Kleiderkammern, Entseuchung und Entwesung. Heißt schließlich und endlich auch - wohin mit den Kranken, wohin mit den Leichen? Ja, auch die Leichen sind ein Problem. Ich habe sie und ich weiß kaum, wohin mit ihnen. Jetzt bauen wir Krematorien, gut und schön. Nur weiß vorläufig niemand, womit die Dinger geheizt werden sollen. Wissen Sie, Standartenführer, ich wäre lieber an der Front, als Korporal, wie im vorigen Krieg. Da hab ich meinen Mann gestanden, da hab ich gewußt, was tun. Für zehn Mann kann ich sorgen. Hier haben wir jetzt über 50.000. Ich kann die Leute nicht mehr ernähren, ich bekomme ja nicht einmal die zugestandenen Hungerrationen für sie. Die Finger schreibe ich mir wund, aber Berlin stellt sich einfach taub.

Und was Ihre Tschechen anbelangt - im Augenblick habe ich keine."

"Dann wäre meine Aufgabe also gescheitert?"

"Keineswegs. Wir bekommen jeden Tag neue Zugänge. Sie wissen ja, die Heydrich-Geschichte zieht immmer weitere Kreise, Und was man nicht verurteilen kann, das schickt man hierher, ich soll die Leute konservieren." Höß lachte verächtlich: "Sagen Sie mir bitte, wie ich das anstellen soll! Also, ehrlich, wenn Sie mir welche abnehmen, soll es mir mehr als recht sein.

Bleiben Sie ein paar Tage hier, sehen Sie sich das Lager an, bereiten Sie sich vor. Und sobald ein Transport kommt, wird er zuallererst Ihnen vorgeführt. Einverstanden?"

"Einverstanden. Wann kann ich das Lager besichtigen?"

"Meinetwegen sofort. Alles, was Sie sehen wollen! Ich

werde Sie führen."

Drei Tage lang besichtigte Dr. Wadrich das KL Auschwitz.
Am vierten tag schoß er sich eine Kugel durch den Kopf.
An seinen Gönner, den "Oberst Müller", hatte er vorher
einen Absagebrief geschrieben. Der Brief blieb erhalten, weil
der Pedant Himmler es nicht fertigbrachte, ein ihm zugedach-
tes Schriftstück aus seiner Korrespondenz auszuscheiden. Hier
der Brieftext:

Reichsführer!

Vielleicht hätte ich versuchen sollen, aus Ihrem Auftrag
das beste zu machen, nämlich ein paar tschechische Patrioten
vor Ihren Exekutoren zu bewahren. Ich zweifle nicht, daß es
mir ebenso gelungen wäre, Ihnen ein oder zwei Bataillone tap-
ferer Männer zuzuführen, die dann auch in Ihrer Elitetruppe
ihren Mann gestanden hätten. Zweitausend betrogene Tschechen
hätten sich verblutet für das Großdeutsche Reich Adolf Hitlers
- mithin für eine verlorene und überdies durch entsetzliche
Schandtaten befleckte Sache. Das wollte, das konnte ich nicht.
Ich war bereit, das Neue zu akzeptieren, das Adolf Hitler
Europa zu bringen schien. Ich war bereit, die natürlichen
Interessen meines Volkes dem Neuen unterzuordnen und persönlich meine Herkunft zu verleugnen - die keine markomannische
ist, wie Ihre Narrheit es Ihnen eingibt, Reichsführer!
Ich war auch bereit, vor meinem Volk als Verräter dazu-
stehen, wenn Adolf Hitler den Krieg verlieren sollte.
Seitdem ich Ihr Auschwitz gesehen habe, weiß ich, daß der
Führer ein Betrüger ist. Nicht, weil er uns einen Sieg verspricht, der nimmer kommen kann. Das könnte ich ihm verzeihen. Aber daß er uns einen Sieg verspricht, der garnicht
kommen darf, das hat die Sache für mich entschieden. Seien
Sie ehrlich, Reichsführer: wenn alle Deutschen wüßten, was in
Auschwitz geschieht, wie viele wären dann noch bereit, für
den Führer zu sterben?
Ihr werdet mit euren Lügen erreichen, daß euer Volk bis
zum bittersten Ende kämpft. Doch dieses Ende wird kommen und
mit ihm das Ende eurer Lügen.
Jawohl, ich war bereit, den (nach meiner Schätzung bereits

verlorenen) Krieg an eurer Seite zu beenden und dann meine persönliche Zeche zu bezahlen in der Gewißheit, daß sie es wert gewesen ist. Mitgegangen, Mitgefangen, mitgehangen.

Nein! Für euch lasse ich mich nicht hängen und von euch noch weniger!

Die tschechischen Männer, die ich vor eurem Exekutionskommando nicht mehr retten werde? Wenn sie durch euch sterben, ist es immer noch besser als wenn sie für euch stürben.

Wie aber werden Sie einmal enden, Reichsführer? Und wann? Wir schreiben jetzt das Jahr 1943. Geben Sie sich und den Ihren noch ein Jahr, Reichsführer? Zwei Jahre? Drei?

Wohin wollen Sie fliehen, wenn Ihr Schibboleth kommt?

Ihr Auschwitz war mein Schibboleth. Kennen Sie überhaupt die Bibel; wissen Sie, was ein Schibboleth ist? Es ist ein Zeichen, an dem man die Falschen erkennt.

Sie hätte ich noch lange getäuscht, mich aber werden Sie nicht länger täuschen. Natürlich hätte ich mitmachen und so mein Leben fristen können. Doch man fristet sein Leben nicht von Schuld zu neuer Schuld.

Wie werden Sie es halten, Reichsführer? Werden Sie weitertaumeln von Untat zu Untat, bis zu dem Punkt, wo alle Fristen enden?

Wenn es eine Hölle geben sollte, werde ich Ihnen dort ein Plätzchen freihalten.

Auf Wiedersehen, Reichsführer!

Ihr ungetreuer Waderich, alias Dr. Vladimir Vejdrych

Es ist nicht bekannt geworden, wie Himmler auf den Brief reagiert hat, denn er hat ihn nur paraphiert und nicht, wie er sonst gerne tat, mit Randbemerkungen versehen.

Das der "Reichsführer" aber noch im Frühjahr 1945 glaubte, sich einer künftigen Reichsregierung als Polizeiminister andienen zu dürfen, nachdem er seinem Führer noch zu dessen Lebzeiten untreu geworden war! nachdem "HH" - horribile dictu - mit einem Juden persönlich verhandelte, um "das Kriegsbeil zu begraben", müssen wir vermuten, daß der getreue Heinrich seine Schuld nie so recht begriffen hat. Damit stand er freilich nicht allein auf der Welt.

Einige Monate nach der Aussprache mit seinem Vater geriet
der Leutnant Willy Meidner in britische Kriegsgefangenschaft,
irgendwo zwischen Rom und Nettuno. Er war schwerverwundet.
Britische Militärärzte flickten ihn wieder zusammen, doch
sein Augenlicht vermochten sie ihm nicht wiederzugeben. Da
Kriegsblinde keinen militärischen Wert mehr darstellen, wurde
Willy über Vermittlung des schweizer Roten Kreuzes ausgetauscht und sah - wenn dieses Wort hier statthaft ist -
seinen Vater noch vor Kriegsende wieder. Das "Wiedersehen"
fand in einem Lazarett auf dem Semmering statt. Josef Meidner
fand seinen Sohn gefaßt vor. Die Schwierigkeit, sich mit den
verbliebenen Sinnen in einer dunkel gewordenen Welt zurechtzufinden, nahm der Blinde tapfer auf sich.

Der Professor war erschüttert. Nicht weil Willys Zustand
mitleiderregend gewesen wäre, sondern weil der Junge so tat,
als hätte sich für ihn nichts geändert. Der Granatsplitter,
welcher den Sehnerv zerstörte, hatte die Augen nicht beschä-
digt, und so war es lediglich die dunkle Brille, welche den
Unterschied gegenüber Willys früherem Zustand so augenschein-
lich machte.

"Das Leben geht weiter, Vater. Ich lerne bereits, mich in
einer neuen Welt zurechtzufinden. Weißt du, es gibt schlimmeres als nichts mehr sehen zu können. Das habe ich herausgefunden. Mir bleibt noch sehr viel. Erinnerst du dich, was
ich dir von Heinrich Nowack erzählte? Der lebensfrohe Heinrich hätte vermutlich gerne mit mir getauscht. Ich brauche
den Tod nicht zu suchen wie er."

"Ich habe mit Gott gehadert, als ich dein Schicksal erfuhr, mein Sohn. Jetzt danke ich ihm."

"Auch ich habe mich gefragt, ob dies der Preis war, den
ich für mein Überleben zahlen mußte. Die Antwort habe ich
gefunden: Ja! Jetzt weiß ich, was das Leben wert ist. Dieses
Wissen ist teuer - aber nicht zu teuer - erkauft."

"Deine Mutter ist betrübt, daß du dir ihren Besuch verbe-
ten hast."

"Sag ihr, ich ließe sie grüßen. Vielleicht werde ich
später einmal mit ihren Besuch einverstanden sein. Im Augen-

blick könnte ich ihr - -- Mitleid nicht ertragen. Ihre "stol-
ze Trauer", die sie schon vor meiner Abreise zur Schau trug,
wäre mir jetzt zuviel des Guten. Glaubt sie immer noch an den
Endsieg?"

"Erlasse mir bitte die Antwort, Willy."

"Die Frage hätte ich dir erlassen sollen, Papa. Aber hör
zu: ich habe dich nicht hierhergebeten, damit wir uns gemeinsam ausweinen. Ich möchte mit dir unsere Zukunft besprechen.
Komm, laß uns hinausgehen in den Park - er soll sehr schön
sein - und dort suchst du uns eine Bank, auf der wir uns
ungestört und unbelauscht unterhalten können."

Sie fanden eine solche Bank und nahmen auf ihr Platz.
Josef Meidner wartete geduldig, bis Willy sich bequem zu-
rechtgesetzt hatte: "Du hast vielleicht geglaubt, ich bräuch-
te deinen Rat und deine Hilfe, Vater. In gewisser Weise wird
das auch der Fall sein. Ich werde Bitten an dich richten, die
du, wie ich dich kenne, gern erfüllen wirst und auch erfüllen
kannst. Aber mit diesen Bitten komme ich später. Vorher muß
ich dir einige Eröffnungen machen, die für dich wichtig sind.
Zunächst einmal habe ich dir Grüße von deinem Freund Bronner
zu übermitteln."

Josef Meidner war mehr als überrascht: "Du hast ihn gesprochen? Wie, wann, wo?"

"Nein, ich habe ihn nicht gesprochen, aber ich konnte
Verbindung mit ihm aufnehmen. Wir lagen in einem britischen
Gefangenenlazarett und wurden alle verhört, sobald wir in der
Lage waren, Fragen zu beantworten. Mein Vernehmer war ein
kultivierter Mann. Wir verstanden uns sofort, als ich ihm
erklärte, daß ich mich nicht auf die Angabe des Namens,
Dienstgrades, Truppenteils beschränken würde. Vielleicht hat
es ihm auch gefallen, daß ich meine Aussage in Englisch
machte. Das hat mich davor bewahrt, daß er mich an irgendeinen deutschsprechenden Emigranten weitergab. Diese Neu-Eng-
länder, die man aufgrund ihrer Deutschkenntnisse einsetzt,
sind ja voller Haß - was ich persönlich zwar verstehe, was
aber der Sache überhaupt nicht dient. Mit Beschimpfungen,
Drohungen, ja, Mißhandlungen, kannst du einen Menschen einschüchtern, und eventuell wird er auch reden. Er wird aber
verschweigen, was immer verschwiegen werden kann, denn sein
Feindbild bleibt erhalten.

Mein Engländer war anders. Ich hatte daher keine Bedenken, ihm unseren Freund Bronner als Referenz zu benennen. Das Ergebnis war überraschend. Binnen drei Tagen saß mir ein Vertrauter deines Freundes gegenüber. Er selbst konnte nicht kommen, so mir nichts, dir nichts gelangt man auch auf der anderen Seite nicht über Land und Meer. Aber sie haben wohl eine telefonische Verbindung. Dein Bronner scheint ein bedeutender Mann geworden zu sein, Vater. Er hat mir etwas für dich ausrichten lassen. Ich soll es dir wortwörtlich wiederholen. Du würdest es schon verstehen, meinte der Mittelsmann. Die Botschaft lautet: Führen Sie die Franzenshütte weiter, solange es geht, doch warten Sie nicht, bis es zu spät ist. Ihr Nachfolger wird sich mit ausreichender Legitimation rechtzeitig bei Ihnen melden. Ihre neue Adresse liegt zwischen München, Salzburg und Innsbruck. Dort warten Sie mit allen wichtigen Papieren auf uns. Sie melden sich beim ersten britischen Verbindungsoffizier des jeweiligen höheren Stabes und geben ihm meinen vollen Namen an mit der Bitte, ihn an die nächste britische Stelle weiterzugeben.

Das war es. Wirst du damit etwas anzufangen wissen, Papa? Und jetzt weißt du auch, warum ich ausgetauscht worden bin. Sie tauschen nämlich noch lange nicht jeden aus, nur weil er nicht mehr kriegsverwendungsfähig ist."

Josef Meidner staunte: "Ich habe nicht geahnt, wie lang der Arm von Arthur Bronner ist."

"Mach bitte keine Witze, Papa! Natürlich hast du das geahnt. Und ich möchte wetten, daß das nicht die erste Nachricht ist, die Bronner dir zugespielt hat."

"Was du nicht weißt, mein Sohn, kannst du auch nicht weitersagen."

"Schon gut, Vater. Mir brauchst du nicht mehr zu sagen als du willst. Jedenfalls weißt du jetzt, wie unsere Zukunft zu gestalten ist und daß deine Vorsorge nicht umsonst war. Du mußt nur im entscheidenden Moment von O. fortkommen und in den Raum München-Salzburg-Innsbruck zu gelangen. Dort wird Bronner für dich sorgen. Ich nehme an, daß er es nicht nur in deinem Interesse tut, aber das brauchst du mir nicht zu bestätigen. Ob du Mama mitnimmst, wird von ihr abhängen. Wie ich sie kenne, wird sie auf verlorenem Posten aushalten wollen, bis daß der Posten wirklich verloren ist. Sie wird sich auch nicht so leicht von allen ihren schönen Sachen trennen, fürchte ich."

Der Professor wiegte den Kopf: "Sei dir da nicht so sicher, Willy. Deine Mutter kann sehr realistisch handeln. Wenn sie erst einmal begreift, daß der Krieg verloren ist - er ist es doch, oder?"

"Er ist es. Ich habe bei den Engländern Dinge zu hören bekommen, die keine andere Möglichkeit offenlassen. Wehrwirtschaftsführer Meidner, Sie sollten sich auf eine andere Zukunft vorbereiten!"

"Daß wir auf allen letzten Löchern pfeifen, weiß ich auch, und mich wundert nur, wie ausdauernd man auf dem letzten Loch pfeifen kann."

"Laß den ganzen Schwindel von dir abgleiten, Vater. Du hast die Franzenshütte gut durch die schlechten Jahre gebracht, und in London weiß man das. Man weiß auch, daß du keine Teufelspakte abgeschlossen hast. Man sorgt sich um deine Person, wenn im ersten Trubel tabula rasa gemacht wird. Am Ort wirst du so oder so nicht bleiben können. Sie werden die Republik wiederherstellen und, wenn ich richtig informiert bin, alle Deutschen ausweisen. Das braucht nicht zu stimmen, aber wie wir unsere Landsleute kennen, werden sie mindestens ihre Rache auskosten wollen. Man sollte dem ausweichen, wenn es geht. Dann ist auch noch der Russe zu bedenken, der alle slawischen Brüder sicher unter seine Fittiche nehmen wird, ob sie wollen oder nicht. Man rechnet in London mit der Weltrevolution und bedauert, daß die Amerikaner diesbezüglich beide Augen zumachen. In England ist man nicht sehr glücklich darüber."

"Wie interessant. Bei uns spekuliert man ebenfalls auf einen Krach zwischen den Alliierten."

"Das sollte man lassen, Väterchen. Sie verkrachen sich ganz bestimmt nicht, bevor sie uns im Sack haben. Bis dahin verteilen sie die Beute auf dem Papier. Und dabei scheint die Franzenshütte futsch zu gehen. Deshalb wollen sie deine Unterlagen. Um den Wert zu konstatieren, den sie hergeben und um eine Kompensation auszuhandeln. So hab ich meinen Engländer jedenfalls verstanden.

Wir aber, lieber Vater, wir wollen uns eine Bleibe suchen für den Fall der Fälle. Setzen wir voraus, daß du in O. nicht bleiben kannst. Finden wir uns damit ab, daß all unser Besitz verlorengehen wird. Was könnten wir trotzdem retten? Günstig für uns ist, daß ich als Kriegsblinder allerlei Ausnahmerechte habe. Ich kann meine Entlassung aus der Wehrmacht verlangen. Das werde ich auch tun, und die werden froh sein, daß sie mir keinen Wehrsold mehr zahlen müssen. Du, mein Vater, bringst mich unter im vorgegebenen Städtedreieck - das kann wiederum dir niemand verwehren. Und dort erwarte ich dich. Die Mama, wenn sie ihre politischen Grillen rechtzeitig loswird, kann mitkommen."

"Wer wird dich bis dahin versorgen, Bub?"

"Willy Meidner lachte freudlos auf: "Da hat sich schon wer gefunden. Grit Hempel. Sie hat sich mir angeboten. Und warum nicht? Zwischen uns steht schon so viel, daß eigentlich nichts mehr dazwischenkommen kann."

"Wie bist du an die gekommen?"

"Ich habe ihr geschrieben, nein, schreiben lassen. Denn so weit bin ich noch nicht, daß ich selber schreiben kann. Also gut, ich habe sie benachrichtigt, daß ich meine Strafe erhalten habe. Sie war im Handumdrehen hier. Mit allen masochistischen Anwandlungen, zu welchen sie fähig ist. Sie sei schuld, daß ich ins Feld gegangen bin und so weiter. Also will sie an meiner Seite bleiben, mir ihr Leben widmen. Ja, ja, das hätten wir alles viel einfacher haben können, aber wir mußten es eben etwas umständlicher bekommen. Ein Vorteil ist allemal dabei, ich weiß wenigstens, wie meine Pflegerin aussieht."

"Ist sie hier?"

"Nein. Sie muß noch etliches vorbereiten. Sie hat ja studiert, und das will sie jetzt einstellen. Wenn sie es drangibt, wird sie kriegsdienstverpflichtet, es sei denn - und dieses kommt nun auch ihr gelegen - es sei denn, sie hätte einen 100 % Kriegbeschädigten zu pflegen. Das wäre dann ich. Wie findest du das?"

"Zunächst einmal muß ich es verdauen."

"Verdaue es, Papa. Uns hätte schlimmeres passieren können. Irgendwie habe ich das Gefühl, daß mein Schicksal mit dem Mädchen durch eine höhere Gewalt verbunden ist. Und so nehme ich es hin. Und ich bitte dich, das zu akzeptieren. Wenn die Welt von 1936 die alte geblieben wäre, so hättest du sicher nichts gegen eine Verbindung mit den Hempels gehabt. Für das, was dann geschah, ist keiner von uns verantwortlich. Wenn ich Grit heiraten sollte, so wäre damit nur der Zustand von 1936 wiederhergestellt. So sehe ich das. Nun aber meine Bitte, Papa. Wir brauchen ein Heim. Besorge uns ein solches. Am besten in der von Bronner skizzierten Gegend. Wenn er recht hat, wird das eine letzte Oase sein im Chaos des Untergangs. Auch für dich und Mama, hoffe ich. Ich nütze meine neugewonnene Freiheit als Kriegsblinder aus und wähle mir den Ort meines Aufenthaltes. Du verlegst von unserem Besitz dahin, was nur verlegt werden kann. Wir warten dann auf dich, wenn du den Weg zu uns findest."

"Deine Pläne sind Hochverrat, mein Sohn. Aber sie scheinen mir gut."

"Wer verrät hier wen? Kauf uns beizeiten ein Haus am Tegernsee, Vater. Dorthin retten wir aus dem Konkurs des Großdeutschen Reiches, was zu retten ist." Willys schwarzbebrillte Augen richteten sich gegen den Himmel: "Es wird weitergehen. Ich werde mit Grits Hilfe studieren. Irgendetwas werde ich noch aus meinem Leben machen. Dich, Vater, hätte ich gern dabei - bei meinen ersten Schritten in eine lichtlose Zukunft. Verlaß mich nicht, Vater - und gib du dich nicht auf!"

"Was ist mit deiner Mutter, was mit Grits Eltern?"

"Das weißt du doch. Seit seiner Zwangspensionierung sitzt der alte Hempel in seinem Kuckucksheim und weigert sich, einen Menschen zu sehen. Grit sagt, sie werden dort ungeschoren bleiben, weil ihr Sohn ein Opfer des Faschismus wurde."

"Und Grit selbst? Will sie auch als Opfer des Faschismus gelten?"

"Sie fühlt sich von den Genossen verraten, seit Berlin. Das Andenken ihres Bruders ehrt sie freilich. Und ich meine, das soll sie auch."

"Ihr seid stark, ihr jungen Leute," sagte der alte Meidner, "ich glaube, ihr werdet die Zerstörung überwinden, die man in euren Seelen angerichtet hat. Also gut. Ich werde dir alle Mittel zur Verfügung stellen für euer Haus am Tegernsee. Und ich werde glücklich sein, ob es deiner Mutter paßt oder nicht, wenn ihr mich eines Tages dort aufnehmt."

"Danke, Vater! Wir werden auf dich warten."

Es geschah alles wie geplant. Professor Meidner errichtete seinem Sohn ein Konto bei der Commerzbank in München. Willy erwarb ein günstiggelegenes Haus, nicht am Tegernsee, sondern am Chiemsee. Das Haus war verwohnt und verwahrlost, doch man konnte darin leben. Grits Tüchtigkeit und Willys Schwerbeschädigung schafften, was anderen Sterblichen nicht gelungen wäre: das Haus wurde bewohnbar, wenn auch ohne jeglichen Komfort. Kein Gedanke daran, irgendwelche guten Stücke aus der Meidner'schen Wohnung, aus dem Haus am Quai, nach Bayern zu schaffen. Pakete konnte man schicken, auch das eine oder andere Gepäckstück, obwohl Reisen über größere Entfernungen nicht mehr gestattet waren. Beförderung von Umzugsgut war ausgeschlossen, die Reichsbahn benötigte alles verfügbare rollende Material für militärische Transporte - und für den Abtransport der letzten Juden zu den letzten Lagern, die ihr verblieben waren, nachdem Auschwitz geräumt werden mußte. Diese Begründung wurde allerdings nicht gegeben.

Trotzdem gelang es Josef Meidner, einige wertvolle Dinge nach Bayern zu schicken: Geschirr und silbernes Besteck. Die größte Schwierigkeit hierbei war allerdings, daß seine Frau nichts davon wissen durfte. Denn Frau Margarete glaubte immer noch - und felsenfest - an den Endsieg. Demgemäß war es nicht statthaft, defaitistisch an irgendein anderes als ein siegreiches Ende des Krieges zu denken. Vorbereitungen in solcher Richtung wurden, wenn aufgedeckt, überhart bestraft. Josef Meidner fand den Ausweg: Auslagerung wegen Bombengefahr. Das akzeptierte Frau Margarete.

Der Kriegsausgang war im Januar 1945 von niemandem mehr zu bezweifeln. Dennoch galt weiterhin die Durchhalteparole, die Hitlers Propagandaminister ausgab: Wir werden siegen, weil wir siegen müssen!

Mit Logik war da nichts mehr zu bestellen. Schon garnicht, wenn diese Parole von einem Machtapparat aufrechterhalten wurde, der sich nicht scheute, den geringsten Widerspruch mit der Todesstrafe zu belegen. Die Deutschen, an ihrer Führung und an sich selbst irre geworden, taten, was Verwirrte in solcher Lage tun, sie steckten den Kopf in den Sand.

Und natürlich wollte Frau Margarete ihr schönes Haus am Quai nicht verlassen, auch nicht, als sämtliche deutschen Frauen von O. in den Westen evakuiert wurden. Ihr Gatte war

Wehrwirtschaftsführer. Er hatte sowieso auf seinem Posten zu bleiben, stand unter Kriegsrecht. Die Front befand sich bereits wenige Kilometer östlich von der Stadt O.

Josef Meidner hätte sich unter dem Vorwand einer Dienstreise vorübergehend entfernen können, er wollte es aber nicht ohne Frau Margarete tun. Frau Margarete indes glaubte immer noch an den Endsieg und war nicht bereit, ihre Arbeit in der Partei-Kreisleitung aufzugeben, obwohl sie gerade dort mitansehen durfte, wie alle wichtigen Papiere teils vernichtet, teils ausgelagert wurden.

Mit ihrem unvernünftigen Verhalten hätte sie ihren Mann beinahe ins Unglück gebracht.

Doch da griff Grit Hempel ein. Als Willy bei telefonischer Rückfrage erfuhr, warum sein Vater nicht nach Bayern kommen wollte, fuhr Grit kurzentschlossen nach Prag und ließ von einer dortigen Dienststelle aus ihren künftigen Schwiegervater nach Prag zitieren. Dieser Reise konnte sich Meidner nicht versagen. Er ahnte nicht, wer oder was dahintersteckte und nahm daher auch nur kleines Gepäck mit sich.

In Prag übte sich Grit in allen Listen und Künsten, bis es ihr gelang, Josef Meidner, so wie er ging und stand, nach Bayern abzuschleppen.

Das war selbst bei gutem Willen aller Beteiligten, einen Universitätsprofessor, der ein Attest ausstellte, eingeschlossen, ein großes Wagestück, denn der Wehrwirtschaftsführer Meidner durfte auch in den letzten Augenblicken der Schreckensherrschaft nicht reisen, wohin er wollte. Sie riskierten ihr Leben, wenn man sie aufgriff und ihre Absicht durchschaute. Grit, die damit tätige Reue übte, gewann durch ihre Tatkraft eine feste Position im Herzen Josef Meidners.

Daß er seinen Platz verlassen hatte, sah Meidner bald nicht mehr als Pflichtverletzung an, weder dem Dritten Reich gegenüber, noch in seiner Verantwortung vor Arthur Bronner.

Denn der Mann mit der Münze hatte bereits bei ihm vorgesprochen, alle wichtigen Unterlagen befanden sich in Prag. Nun nahm sie Meidner mit sich ins Exil.

Eher schon bedrückte es ihn, daß er Frau Margarete ihrem Schicksal überließ. Doch da beruhigte ihn Grit: "Sie wird durchkommen, oder meine Menschenkenntnis ist kleiner als

Null."

Daß er nur mit dem in Bayern ankam, was er auf dem Leibe trug, beunruhigte den Professor nicht: "Immerhin besitze ich noch einen Anzug, einen Mantel, einen Hut, Rasierzeug und Zahnbürste sowie einmal Wäsche zum Wechseln. Und sobald mein Freund Bronner auftaucht, wird er für mich schon sorgen."

Grit, der er nun vertraute, wußte inzwischen, wer Arthur Bronner war. Denn Josef Meidner hatte seiner künftigen Schwiegertochter in Prag die wichtigen Papiere anvertrauen müssen: "Wenn ich festgehalten werden sollte, gib das dem Willy, er weiß, was er damit tun muß. Und weil man nie wissen kann, solltest du es auch wissen, Grit." Sie duzten sich bereits.

Nein, die Vorsicht war überflüssig gewesen, beide kamen heil und gesund am Chiemsee an. Dort freilich mußte sich Josef Meidner für eine Weile versteckt halten, denn die Polizei hatte bereits nach ihm gefragt. Josef Meidner fand Unterschlupf im Pfarrhaus. Auch dies hatte Grit vorsorglich geplant. Nur der Pfarrer und dessen allerhöchster Vorgesetzter wissen, mit welchen Mitteln Grit dies bewerkstelligte. Als im Rundfunk bekanntgegeben wurde, daß das Städtchen O. in die Hände der Roten Armee gefallen war, wartete Josef Meidner zwei Tage lang, dann verließ er sein Versteck: "Mir ist in letzter Sekunde die Flucht gelungen," sagte er, und ließ sich als Flüchtling registrieren. Nun bekam er Lebensmittelkarten und Bezugscheine für einigen Hausrat. Darauf wollte er nicht verzichten. Strahlend beglückte er den Haushalt seines Sohnes mit etlichen brandneuen Aluminiumtöpfen und Steinguttellern: "Jetzt, Kinder, wollen wir unsere guten Sachen im Garten vergraben, denn alle siegreichen Feinde sind scharf auf Souvenirs!"

Frau Margarete hatte inzwischen andere Sorgen. Ihre schöne Wohnung im Haus am Quai diente einem Oberst der Sowjetarmee als Quartier, die Hausherrin aber durfte sich glücklich schätzen, daß man sie in der Dienstbotenkammer weiterwohnen ließ, und auch das nur, weil sie sich bereit erklärt hatte, dem Oberst und seiner Geliebten den Haushalt zu führen, will heißen, zu putzen, zu schrubben, die schmutzige Wäsche zu waschen. Dabei durfte sie sich noch glücklich schätzen, denn sie sah andere deutsche Frauen mit geschorenen Köpfen allerschwerste Arbeiten für den Sieger und für die neuen tschechischen Behörden verrichten. Und sie hörte noch schlimmeres über das, was deutsche Mädchen in den Lagern auszuhalten hatten und manchmal nicht aushielten.

Daß sie schließlich mitansehen mußte, wie ihr Polkownik alle schönen Möbel in seine Heimat verfrachten ließ, tat ihr schon garnicht mehr weh.

Weher tat ihr, daß sie nach des Polkowniks Abzug ebenfalls in ein Lager mußte, wo sich allerdings die Verhältnisse insoweit gebessert hatten, als es dort nur schwere Arbeit, Hunger und gelegentlich einmal einen Fußtritt gab. Die sadistischen Untaten jener Helden der ersten Stunde aus dem Wildwuchs der Nationalausschüsse waren vorüber, ebenso die Nöte der Rotarmisten, welche mit dem Rufe: Frau, komm! befriedigt wurden.

Aber erst nach Jahresfrist gelang es dem inzwischen in der britischen Zone Österreichs erschienenen Arthur Bronner Frau Margarete ausfindig zu machen und nach Wien zu bringen. Zu ihrem Mann und den Kindern wollte Frau Margarete partout nicht ziehen. Grit Hempel als Herrin ihres Exilhaushaltes zu sehen war mehr als Frau Margarete ertragen konnte. Sie blieb in Wien.

Josef Meidner hinwiederum mochte die Gesellschaft seines Sohnes nicht missen, ebensowenig wie die Betreuung durch die Schwiegertochter. Denn Grit und Willy hatten inzwischen geheiratet.

Im Jahre 1948 verlangte Frau Margarete die Scheidung von Josef Meidner. Immer noch - oder bereits wieder - eine attraktive Frau, hatte sie in Wien ein neues Glück gefunden, bei einem Wiener Remigranten und Himbeersaftproduzenten, der ihr die großdeutsche Vergangenheit nachsah, zumal er sie nicht so genau kannte und auch nicht kennenlernen wollte. Mit einem Juden verheiratet zu sein, galt damals in Wien als eine Art von Nobilitierung. Und Frau Margarete hatte immer großen Wert auf ihr Ansehen in der Gesellschaft gelegt.

Josef Meidner weinte seiner Frau keine Träne nach. Er besaß inzwischen einen Enkel, der ihm weitaus mehr Freude bereitete als seine Frau es jemals vermocht hatte.

Da der Vetter Hans von den Tschechen zum Tod durch den Strang verurteilt worden war, gab es niemanden mehr, der dem

Professor das Recht streitig machen konnte, sich als Großvater aller Kinder zu betrachten, die Grit ihrem Willy gebar
und gebären würde.

Meidners bekamen Besuch. Nicht unangemeldet kam Maidi, ein Brief war vorausgegangen. Man schrieb das Jahr 1948, die Währungsreform hatte bereits stattgefunden. In Deutschland, soviel davon noch übrig war, gab es einen neuen Volksstamm, die Vertriebenen. Sie hausten hier, sie hausten dort. In siebzehn Ländern, davon sechs bald einen neuen Staat bilden würden unter der Behauptung, die anderen elf Länder hätten bereits einen neuen Staat gebildet. Die elf hatten sich jedoch nur zu einer Währungsreform entschlossen, bei welcher die sechs anderen nicht mitziehen wollten, weil ihre Besatzungsmacht es nicht erlaubte. Man liest es heute anders, denn steter Tropfen höhlt den Stein, und wer seinen Lenin kennt, weiß um die Macht des steten Tropfens. DDR und BRD sind heute so selbstverständlich geworden, obzwar aus ungewollter Patenschaft stammend, daß niemand sich mehr etwas dabei denkt.

In allen siebzehn Ländern, welche die Besatzer errichtet hatten, gab es elf Millionen Vertriebene. Doch sie hießen Umsiedler, wenn sie unter sowjetische Nomenklatur fielen, Flüchtlinge in den drei westlichen Besatzungszonen. Sie waren ausgepowert, bettelarm und ohne Ressourcen in ihrer neuen Umwelt. Mit der brüderlichen Aufnahme im deutschen Westen war es nicht so weit her. Der Elende ist immer verdächtig, an seinem Elend selber schuld zu sein.

Die Flüchtlinge arrangierten sich irgendwie, am ehesten noch mit der Besatzungsmacht. Wer Nazidreck am Stecken hatte, mied die sowjetische Besatzungszone. Oder aber er verkaufte sich der neuen Ordnung des Stalinisten Ulbricht aus Moskau.

In der Trizone, der amerikanischen, britischen, französischen, ging es lockerer zu als bei den Russen. Zwar klagten auch dort die Entnazifizierer rundherum alles an, was sie für belastet hielten, vom Gauleiter bis zum Fahrdienstleiter, denn Leiter ist Leiter und somit verdächtig. Doch mit der Zeit wurden sie vernünftig und lernten zu unterscheiden. Darüber waren ihnen die dicken Fische allerdings schon durchs Netz geschlüpft: Eichmann zum Beispiel saß quietschvergnügt in Argentinien und dachte bereits daran, seine Frau nachkommen zu lassen; Mengele, Bormann und andere blieben verschwunden, Barbie war untergetaucht, etliche andere bauten sich eine neue Existenz auf, und nicht jeden von ihnen ereilte noch bei Lebzeiten das verdiente Schicksal.

Aber auch unter den Russen konnte man leben. Sofern man ihnen nützlich war. Sie brauchten gute Antifaschisten. Wer diesen idiotischen Terminus akzeptierte, durfte Nationalsozialist gewesen sein. Immer schön ruhig bleiben und mitbeten: Es gibt keinen Gott außer Lenin, und sein Gesalbter sitzt im Kreml. Der Katechismuus war leicht zu lernen. Ein paar Zitate aus den Heiligen Schriften von Marx und Engels parat zu haben, genügte bereits für die niederen Weihen. Ansonsten stramme Haltung und ein fester Glaube an den Sieg des Sozialismus. Und keine Rücksicht gegenüber Trotzkisten, Diversanten, Ojektivisten, Kosmopoliten und so weiter und so fort. Die Beschlüsse des letzten Plenums und der jeweilige Leitartikel der Prawda, nachgedruckt im Neuen Deutschland; die Parteilinie richtig erraten und gottbehüte nicht daran erinnern, was gestern noch ganz anders gelautet hatte!

Maidi Ringleb hatte das mitgemacht wie seinerzeit das Treiben im BdM, bei Glaube und Schönheit, beim NS-Studentenbund. In Gera, wo sie als technische Zeichnerin sich durchschlug und es auch weiter getan hätte, wäre ihr nicht die Parteilinie zwischen die Beine gekommen, in Gera wurde sie auf einer Kaderversammlung zur Selbstkritik aufgefordert. Man konnte dieses masochistische Ritual über sich ergehen lassen wie eine Mutprobe und hoffen, durch Selbstverleugnung die Beichtväter zu versöhnen - was nur selten gelang. Man konnte auch versuchen, sich zu rechtfertigen. Damit legte man sich die Schlinge selbst um den Hals. Denn die Partei hat immer recht, und die Partei sitzt oben am Tisch.

Die bestellten Ankläger aber sitzen im Publikum, und warten auf ihr Stichwort. Ist es gefallen, sind die ersten Anklagen erhoben, so kennen auch die anderen ihren Part: Einstimmen, Zustimmen, Verurteilen. Oder selber Drinhängen.

Maidi hatte ihr Haupt nicht mit Asche bestreut und ihr Gewand nicht zerrissen. Nun war es eine Frage von Stunden oder höchstens Tagen, bis der Stasi kam und Maidi abholte.

Maidi hatte nicht gewartet, sondern bei Nacht und Nebel auf dunklen Grenzgängerpfaden den Ersten deutschen Arbeiter-

und Bauernstaat verlassen. 1948 war das zwar auch schon lebensgefährlich, aber mit einigem Glück kam man durch.

Nun stand sie da: "Grit, ich brauche Quartier für Tage oder Wochen. Guten Tag, Herr Professor! Willy, wie schön, dich wiederzusehen! Es tut mir ja soo leid!"

Die Meidnersippe stand etwas ratlos da. Wohin mit dem Geschöpf?

"Ich brauche Quartier," drängte Maidi. "Bis ich eine Arbeit finde. Ich müßte sonst ins Lager. Das ist keine gute Adresse, wenn man Arbeit sucht. Bei MAN in Augsburg wüßte ich mir einen Posten. Nur muß ich vorher entnazifiziert werden, sie erkennen hier die russische Entnazifizierung nicht an. Es ist eine Frage der Zeit. Laßt mich hierbleiben, um Heinrich Nowacks willen. Der war doch dein Freund, Willy!"

Der Blinde besann sich: "Er war mein Freund, und du hast ihn verlassen. Ich weiß, wie er starb. Hattest du damals noch ein Recht auf ihn?"

"Nach allem, was geschehen ist, hätte er heute ein Recht auf mich. Ja, ja, meine Eltern wünschten sich einen anderen Schwiegersohn als gerade ihn. Und ich habe ihnen nachgegeben. Meine Eltern sind tot. Heinrich ist tot. Laßt mich den Hochmut meiner Eltern nicht entgelten!"

Willy dachte an Jeannette Wendenburg und daß seinem Freund Heinrich der Verzicht auf Meidi nicht schwer geworden war. Doch das brauchte Maidi nicht zu wissen. Reue konnte ihr nicht schaden. Anderseits - wenn Heinrich jetzt hier wäre, was hätte er getan?"

"Gut, Maidi. Auch wir haben unseren Hochmut gehabt und auch wir haben dafür bezahlt. Sei also unser Gast bis auf weiteres."

Maidi blieb und fiel nicht zur Last. Sie blieb auch nicht lange. Nur, bis sie ihre Entnazifizierung bekam.

Doch ehe sie Meidners verließ, fanden etliche klärende Gespräche statt. Heinrich Nowack feierte eine Art Auferstehung dabei.

Ehrlichkeit war eine von Maidis Tugenden: "Ihr habt mich gefragt, ob es wirklich nur an meinen Eltern lag, daß ich mich von Heinrich getrennt habe? Nein. Ich habe ihn eigentlich immer als zweite Wahl betrachtet. Meine große Liebe war der Werner Streit. Aber der hat sich nie erklären wollen.

Und dann ist auch er gefallen."

"Wer ist überhaupt noch übrig aus unserem Kreis?" fragte Willy Meidner.

"Niemand sonst. Mein Vetter Hänsi ist bei Kriegsbeginn gestorben. Seine Mutter hat es nie verwunden. Als dann noch der Russe kam, hat sie Schluß gemacht."

"Und deine Eltern, Maidi?"

"Meinen Vater haben seine Arbeiter erschlagen. Meine Mutter ist noch mit dem Transport nach Cottbus abgegangen. Auf dem Treck nach Thüringen ist sie liegengeblieben."

"Wie meine Eltern auch," ließ sich Grit vernehmen. "Ich habe sie in Sicherheit geglaubt, als sie in Schönhof blieben. Um meines Bruders willen würden die Russen sie gut behandeln. Das haben die auch getan, nur fort mußten sie doch. Sie kamen nach Mecklenburg, und dort waren sie zunächst gut aufgehoben. Der russische Kommandant hat meinen Vater sogar zum Bürgermeister ernannt. Aber dann gab es eine Typhusepidemie, und daran sind sie beide gestorben.

"An diese Typhusepidemie des Jahres 1946 erinnerte sich Maidi: "Wir hatten in Gera auch Typhusfälle.

Weißt du näheres über Heinrichs Tod, Willy?"

"Ich weiß, daß er keine hundert Meter von mir entfernt war, als er starb." Und Willy erzählte die Geschichte des Angriffs auf die Brücke. "Heinrichs Fahrer hat noch gesehen, wie er ins Wasser sprang. Von seinen Männern kamen einige zurück, andere trieben tot flußab, wurden angeschwemmt und anhand ihrer Erkennungsmarken agnosziert. Von Heinrich fand sich keine Spur."

"Könnte er in Gefangenschaft geraten sein?"

"Denkbar, aber nicht wahrscheinlich. Ich habe beim Suchdienst nachgefragt. Antwort negativ. Über die russischen Gefangenen wissen wir inzwischen Bescheid. Nein, ich glaube nicht, daß Heinrich noch lebt."

Willy verschwieg, daß Heinrich Nowack den Tod gesucht hatte. Das Geheimnis des Freundes sollte bei ihm aufgehoben sein. Vater Josef würde ohnehin schweigen. Und Heinrich wäre es bestimmt nicht recht gewesen, daß Maidi davon Kenntnis erhielt.

Jahre waren vergangen, die Deutschen hatten ihre Wunden geleckt, ihre Mägen gefüllt, ihre neuen Möbel gekauft und die neuen Häuser bezogen. Nun waren sie hinter den Zecchinen her. Wenn schon nicht Weltmacht, dann wenigstens Geldmacht.

Was aber fängt in solcher Welt ein Kriegsblinder an, der nichts besonderes gelernt hat? Willy Meidner studierte Jura. Grit half ihm dabei, der alte Meidner half mit. Willys Gedächtnis, schon immer überdurchschnittlich, bildete sich zur Vollkommenheit aus. Er bestand sein Referendar- sein Assessor-Examen, machte seinen Doktor. Als der Gebrauch von Tonbändern aufkam, wurde alles noch einfacher. Willy spezialisierte sich auf Vertragsrecht. Bald war er ein gesuchter Anwalt in München. Eine Sekretärin konnte eingestellt werden, ein Bürovorsteher, schließlich ein Sozius. Mit kleinen Fischen brauchte sich Willy nicht abzugeben. Seine Stärke war, daß er immer das Kernproblem erfaßte, da nichts Bildliches ihn abzulenken vermochte. Bald war er ein Geheimtip für verfahrene Angelegenheiten. Das alles geschah nicht von heute auf morgen. Der Sohn Joseph kam schneller zustande als die große Anwaltskanzlei. Immerhin, das Kind wurde nicht mehr von armen Eltern zur Taufe getragen."

"Sollen wir die Mama dazu einladen?" fragte Willy seinen Vater. Man schrieb 1955.

Der alte Meidner, schwer geworden und schon etwas gebrechlich, aber überglücklich im Hause seiner Kinder, antwortete: "Mein Junge, sie ist nicht mehr meine Frau, aber sie bleibt deine Mutter. Ich will der Stein nicht sein, der die Quelle verschließt. Schick ihr eine Anzeige. Wenn sie Großmutter werden will, wird sie kommen. Sag einmal, wollte ihr den Jungen wirklich Josef nennen?"

"Wenn du nichts dagegen hast, Papa!"

Der Professor strahlte: "Das wir ihr den Rest geben. Lad sie ein!"

Frau Margarete kam tatsächlich. Sie kam ohne die geringsten Skrupel, stattdessen mit einem Nerzmantel bekleidet: Madame Meyer-Marktbreit. Den Spender des Nerzmantels hatte sie bei seinen Marmeladen gelassen. Ihren ehemaligen Gatten fragte sie, als wäre er immer noch ihr Mann: "Josef, geht es dir gut im Hause meiner Schwiegertochter? Ich meine, wo sie doch nicht wirtschaften gelernt hat."

"Ach, Margarete, ich bin nie glücklicher gewesen als jetzt."

Willy trat der Stimme seiner Mutter entgegen. In seinem Hause bewegte er sich fast wie ein Sehender. "Mama, es ist schön, daß du gekommen bist, um dir anzuschauen, was du alles zuwege gebracht hast."

Frau Margarete überhörte den Hohn, schloß den Sohn in ihre Arme und weinte echte Tränen.

Als sie erst ihren Enkel zu Gesicht bekam, brach ihre Schau vollends zusammen. Sie riß den Säugling seiner Mutter aus den Händen, setzte sich mit ihm auf den nächsten Stuhl und wiegte ihn: "Tu, tu, tu, mein Süßerle, tu, tu, tu!"

Es war das erste Mal in ihrem Leben, daß Frau Margarete eine Rolle spielte, die sie nicht einstudiert hatte.

"Er heißt Josef, liebste Schwiegermutter," flötete Grit in ihren süßesten Tönen, "Josef Hans Heinrich."

Um ein Haar hätte Frau Meyer-Marktbreit ihren Enkel fallen gelassen: "Wie, bitte?"

Genau so und nicht anders. Fällt dir dazu was ein?" Zwischen den beiden Königinnen gab es keine Versöhnung. Frauen hassen gründlicher als Männer. Und ausdauernder.

Trotzdem war es eine wunderbare Taufe. Der Pate war extra aus London gekommen. Er hieß jetzt Briggs, doch wir kennen ihn noch als Brejcha. Mit ihm kam Renate Byrnes, die Tochter des inzwischen leider verstorbenen Arthur Bronner. Das war zuviel Vergangenheit für Frau Margarete. Unmittelbar nach der kirchlichen Zeremonie, bei der sie ein Battisttüchlein einweichte, bestieg sie ihr Auto mitnebst Chauffeur und brauste zurück zu Meyer-Markbreits Marmeladen.

Mit Brejcha-Briggs war eine Menge Vergangenheit an den Chiemsee gekommen. Brejcha aber wäre nicht Brejcha gewesen, hätte er nicht noch eine Überraschung im Ärmel gehabt.

"Liebe Freunde," tönte er, "vor eurer Tür wartet noch ein armer Sünder. Darf ich ihn hereinbitten?"

Es kam, mit einem großen Blumenstrauß, ungeknickt aber ein wenig verlegen - Doktor Aurelius Jarzombek: "Meinen Glückwunsch, wenn die Herrschaften gestatten. Einem alten Lehrer ist es immer eine Freude, zu erleben, wie einer seiner ehemaligen Schüler etwas geworden ist."

"Der paßt hierher wie die Kuh zum Spinat," murmelte Willy, der Jarzombeks Stimme beim ersten Wort wiedererkannt hatte. Doch Renate Byrnes drückte Willys Arm: "Machen Sie es ihm nicht zu schwer, er hat gebüßt, sagt Brejcha. Und wenn der das sagt---!"

"Dann meinetwegen!" Willy erhob sich und schritt seinem Lehrer entgegen: "Seien Sie uns willkommen, Herr Jarzombek. Wie haben Sie die Zeit verbracht?"

"Im Zuchhaus Pankrac, mein junger Freund," dröhnte Brejchas Stimme in den Raum. Zehn Jahre haben sie ihm dafür gegeben, daß er einmal die Fünfte Kolonne von O. angeführt hat. Und er hat sie abgesessen bis auf den letzten Pfennig!"

"Bitte nur neun Jahre, wegen guter Führung. Und es war Kriegsgefangenschaft, nicht Zuchthaus," widersprach Doktor Aurelius.

"Da haben Sie ja Glück gehabt," meinte versöhnlich der alte Meidner. "Den Vetter Hans haben sie hingerichtet, und der hatte auch nicht mehr angestellt als Sie, lieber Doktor Jarzombek."

"Er war aber höher im Range als ich," hielt Jarzombek entgegen.

"Da sehen Sie , was man mit zuviel Ehrgeiz erreichen kann. Und wie gedenken Sie Ihre Freiheit zu gestalten?"

"Oh, bitteschön, Herr Professor Meidner, ich hab eine Stelle im Schuldienst zu erwarten. Nach dem 131-iger Gesetz. Als Studiendirektor."

"Gratuliere, gratuliere! Was werden Sie unterrichten?"

"Für den Sportunterricht bin ich ja nun zu alt. Tschechisch ist nicht gefragt hierzulande. Ich bin ja leider Slawist, wie Sie alle wissen. Also gut, dann werde ich eben stellvertretender Direktor sein und die Stundenpläne machen."

"Dafür genügt eigentlich ein Rechenschieber," flüsterte Willy seinem vater zu. "Gewiß, aber was fangen sie dann mit den Steuerüberschüssen an?" flüsterte sein Vater zurück.

"No, vielleicht geb ich noch ein bissel Deutsch für die Unterklassen," meinte Jarzombek. Und lachte mit, als alle zu lachen begannen. Er war sich über seine Stellung in dieser Gesellschaft nicht im unklaren. Aber er benötigte auch Zeugen für seine frühere Obergrundtätigkeit als Gymnasiallehrer. Die Untergrundtätigkeit war bereits aktenkundig.

"Lieber Jarzombek," tönte Brejcha abermals, "Sagen Sie uns ehrlich, wer hat Sie am härtesten gestraft, Ihr alter oder Ihr neuer Staat? Ich meine, Stundenpläne zu fabrizieren, das ist doch Gift für Nerven und Verstand?"

"Bevor ich Stundenpläne fabrizieren sollte, ließe ich mich lieber totschlagen," meinte Grit Meidner.

"Ich fürchte, das werden meine Kollegen besorgen, wenn sie nach meinen Stundenplänen arbeiten müssen."

"Gehen Sie doch in Pension," schlug Willy vor.

"Das ist mein fester Vorsatz. Aber erst muß ich hier drei Jahre tätig gewesen sein."

"Und die wird unser lieber Jarzombek angenehmer verbringen als in Pankrac," mischte sich Brejcha ein.

Man saß an der Festtafel und trank einander zu.

"Wissen Sie übrigens, Freund Meidner, daß ich es war, der unserem Herrn Jarzombek zur Freiheit verholfen hat?"

"Ich denke, Sie leben in London?"

"Gewiß. Aber ich habe immer noch meine Beziehungen zum Vaterland, auch jetzt noch. Es gibt seltsamerweise bei der Heiligen Hermandad ein Prinzip, das überraschend beständig ist: Die Herren kommen und gehen, die Diener aber bleiben bestehen. Subalterne Polizisten und Strafvollzugsbeamte überstehen jeden staatlichen Umsturz."

"Ich denke, man hat wenigstens die KZ-Wächter bestraft," warf Renate Byrnes es.

"Erstens, liebe Renate, waren das keine Profis, sondern blutige Amateure, blutig im echtesten Sinn.

Die echten Polizisten aber, die sind frei von jeglicher Ideologie. Sie tun, was sie tun müssen, aber sie tun es nicht, um die Welt zu verbessern, sondern um Schlimmeres zu verhüten. Rachegedanken sind ihnen fremd. Wenn ein Delinquent erst einmal unschädlich ist, so sind sie nicht mehr böse auf ihn. Und unser Freund Jarzombek war, sobald er erst einmal in Pankrac steckte, unschädlich. Als drüben die Justiz und vor allem der Vollzug sich von den Racheengeln befreit hatten, gelang es mir, zu intervenieren. Auf unterirdischen Kanälen natürlich, denn offiziell geht überhaupt nichts durch den Eisernen Vorhang hindurch. Denkt man. Gott sei Dank denkt man falsch." Und Brejcha wandte sich speziell an Jarzombek: "Wenn

Sie Unglücksmensch meine Botschaft richtig verstanden und Ihr
Gnadengesuch schon vor 3 Jahren eingereicht hätten, wären sie
viel eher freigekommen. Aber nein, der Herr wollte ja keine
Gnade, weil er darauf beharrte, ihm sei Unrecht geschehen.
Ich weiß nicht, wieviel Recht oder Unrecht Ihnen geschehen
ist, Herr Jarzombek. Kann man das überhaupt in Jahren bewer-
ten? Sie haben niemanden umgebracht, Sie hben niemanden be-
raubt, Sie haben nichts gestohlen. Sie haben allerdings Landesverrat getrieben und Sie sind Ihrem Eid als tschechoslowakischer Reserveoffizier hohen Ranges untreu geworden. No,
fünf oder sechs Jahre hätte auch ich Ihnen dafür gegeben.
Sie selber haben sich noch 5o% draufgetan. Im anderen Fall
könnten Sie jetzt schon pensioniert sein und bräuchten keine
Stundenpläne aufzustellen. Da kann ich nur sagen: Recht geschieht Ihnen!"

"Sagen Sie, Herr Brejcha, Sie erinnern sich vielleicht an
das Mädchen Jeannette Wendenburg? Haben Sie noch einmal etwas
von ihr gehört? Sie haben doch seinerzeit mitgeholfen, das
Kind nach Palästina zu transferieren. Ich frage das deshalb,
weil mein Freund Heinrich Nowack am Abend vor seinem Tode
ihrer noch gedachte."
Brejcha schüttelte den Kopf: "Wendenburg? Nein." Wandte
sich zu Renate Byrnes: "Sie, Renate? Sie waren ja schon
mehrere Male im neuen Staat Israel."
"Mir ist niemand dieses Namens dort begegnet. Aber ich
kann nachfragen."
Hier mischte sich nun überraschend der Doktor Jarzombek
ins Gespräch: "Gestatten Sie bitte mir, der ich nicht weiß,
um wen oder was es geht, aber mir kommt vor, als hätte ich
den Namen Wendenburg schon einmal gehört. Stammt seine Trägerin vielleicht aus Wien?"
Man bestätigte ihm das.
"Dann suchen Sie bitte nicht in Israel, sondern in einem
tschechischen Gefängnis, und suchen Sie die Dame bitte unter
dem Namen Berson. Wieso ich das weiß? Weil ich mit einem
Gabriel Berson in einer Zelle gesessen bin, als man vor drei
Jahren die sogenannten Kosmopoliten verfolgte. Berson hatte
zehn Jahre bekommen, die Mindeststrafe für einen israelischen
Spion.

Er lag mehrere Wochen bei mir, und daher weiß ich, daß seine Frau in Wien geboren ist und als Mädchen Wendenburg geheißen hat. Sie haben sich während des Krieges in Palästina kennengelernt, sind aber 1945 nach Europa zurückgekehrt, weil es ihnen in Palästina nicht gefiel und sie sich für den Zionismus nicht begeistern konnten. Berson stammte aus Preßburg, daher gingen sie in die Tschechoslowakei. Jeannette wollte auch nicht nach Österreich zurück. Nun ja, irgendwann einmal wurden sie dann als Kosmopoliten durchschaut. Ich meine mich zu erinnern, daß Berson mir gesagt hat, seine Frau sei ebenfalls verurteilt worden. Mehr weiß ich nicht, denn Berson wurde später verlegt, ich glaube nach Mürau. Hilft Ihnen das vielleicht weiter?"

"Wenn es die Wendenburg ist, die wir meinen, sollte es helfen, nicht wahr Renate?" meinte Brejcha - Briggs.

"Was Israel anbelangt, will ich das Meine tun. Sie, lieber Brejcha tun das Ihre bei der Internationale der Gefängniswärter."

"Und wenn es die Renate ist, die wir meinen, werde ich versuchen, über ein paar wichtige Leute, die ich kenne, in Prag für die Bersons etwas zu erreichen." sagte Willy. "Das betrachte ich als Vermächtnis meines gefallenen Freundes.

Hier wäre vorzutragen, daß das Ehepaar Berson dank internationaler Vermittlung freigelassen wurde. Dies war möglich geworden, nachdem man erfahren hatte, wo die seit Jahren Vermißten sich befanden.

Jeannette Berson erfuhr allerdings nie, daß es eigentlich die Hand des toten Heinrich Nowack war, die ihren den Kerker geöffnet hatte.

Aurelius Jarzombek war nicht wenig stolz darauf, daß seine "Kriegsgefangenschaft" zu irgendetwas gut gewesen war.

Es bleibt noch zu berichten, wie der Fuchs Brejcha nach
London kam. Wir beziehen uns auf einen Bericht, den er der
Familie Meidner im Jahre 1955 gab.

"Zunächst einmal war die Frage meiner Identität zu lösen.
Mit einem Paß des Staates Uruguay wäre ich theoretisch
unantastbar gewesen, doch ich konnte kein Spanisch. Exotische
Identitäten fielen also aus. Französisch spreche ich zwar
recht gut, aber nicht gut genug, um als Franzose auftreten zu
können. Da war auch noch die Frage des Fluchtweges, er mußte
mich quer durch Deutschland führen. Nach der Slowakei waren
mir zu viele Leute unterwegs, das kam für mich nicht in
Frage. Als Tscheche zu reisen - ausgeschlossen in jenen Tagen. Man hätte mich an jeder Grenze heimgeschickt - das zum
mindesten! Aber Pole, ja, einem Polen konnte man nichts
verwehren im Reich. Damals noch nicht. Also Pole! Mein Polnisch sollte gut genug sein für deutsche Ohren.

Meine Herrschaften, das hatte ich mir nicht erst drei
Tage vor der Okkupation überlegt. So etwas muß man rechtzeitig kommen sehen. Machen wir es kurz, ich besaß einen erst-
klassigen polnischen Paß. Visum und Einreisestempel waren für
mich kein Problem. Da fährt ein Pole von Tarnow nach Kaschau
und von Kaschau nach Prerau. Dort hat er Geschäfte, dort
bleibt er hängen, weil gerade Einmarsch ist. Und weil er
nicht über die Slowakei zurückkann wegen der ungeklärten
Verhältnisse dort, entschließt er sich, über Prag, Dresden
und Berlin heimzufahren. In Prag hat er sowieso noch Geschäfte zu machen, denn was treibt ein Pole geschäftlich bei
seinen slawischen Brüdern westlich der Olsa? Er verkauft
ihnen Schnaps. Er ist nämlich Vertreter der bekannten Lember-
ger Firma Baczewski. Geschäftspapiere und Auftragsbücher
weisen ihn zur Genüge aus. Darüberhinaus konnte ich erwarten,
daß im äußersten Notfall mir die polnische Gesandtschaft in
Berlin Schutz gewähren würde, auch wenn sie meine Papiere als
unecht erkannte. Es gab Gründe, die mich das hoffen ließen.

Wie ich nach Prerau gelangt bin? Sehr einfach, mit dem
Fahrrad. Das war eine ziemliche Schinderei bei dem Schnee,
der damals lag. Anderseits, wer kontrolliert schon einen

Menschen, der auf dem Fahrrad von einem Dorf zum anderen fährt? Noch dazu ohne Gepäck!

Wissen Sie, wie oft mich deutsche Soldaten nach dem Weg gefragt haben? Wenigstens hundert Mal! Gut, daß ich mich leidlich ausgekannt habe in der Gegend!

Natürlich habe ich in Prerau einen Unterschlupf gehabt. Ich sagte Ihnen ja schon öfter, die Internationale der Gefängniswärter! Und frisch einkleiden habe ich mich auch müssen, Kleideretiketten auf polnisch, Koffer auf polnisch, Hotelzettel auf polnisch und slowakisch. Garnicht einfach, aber unlösbar ist sowas nicht für einen Polizisten, wenn ein anderer Polizist ihm dabei hilft. Natürlich habe ich auch eine Hotelrechnung aus Kaschau mitgehabt und eine aus Prerau, als ich nach Prag weiterfuhr.

Von Prag nach Berlin zu kommen, das war schon ein größeres Problem. Unlösbar für einen Einheimischen. Lösbar für einen Polen, der noch dazu eine Bescheinigung seiner Gesandtschaft vorweisen kann. Wie man mit falschen Papieren dazu kommt? Durch ein Trinkgeld, Herrschaften! Denn es warten vor der Gesandtschaft hunderte von Polen, echte und falsche. Die echten sind ungeduldig und aufgeregt, die falschen aber sind geduldig - was immer falsch ist.

Ein bissel spannend war es ja schon, aber im Zug nach Berlin war es noch spannender. Als wir auf dem Anhalter Bahnhof ankamen, habe ich mir richtig den Schweiß von der Stirne gewischt.

Denn wissen Sie, was ich die ganze Fahrt über getan habe? Ich habe mit zwei SS-Kerlen Karten gespielt.

Also, ich komm rein ins Abteil und wünsche Guten Abend. Sitzen da zwei grimmige Burschen, denen man auch ohne die Ledermäntel sofort ansieht, was sie sind. :"Heil Hitler, sagt man jetzt, Freundchen!"

"Aber gern, meine Herren, nur weiß ich nicht, ob dem Führer das recht sein wird. Ich bin nämlich Pole."

"Pole? Womöglich 'n pol'scher Itzig?"

"Gestatten? Romuald Wojciechowski aus Lemberg. Von kleinadeligen, christkatholischen Eltern, Großeltern, Urgroßeltern. Einen schöneren Ariernachweis als ich werden die Herren auch nicht haben. Und was die Juden anbelangt, so haben wir sie - leider - aus Deutschland bezogen. Wir würden diese Importe gern retournieren, wenn wir könnten.

Wohl war mir nicht, bei dieser verbalen Selbstverleugnung, meine Freunde, aber das hat ja schließlich niemandem geschadet. Und es ist um meine Haut gegangen.

Die Burschen waren ungebildet, waren Subalterne, sonst wären sie nicht Dritter Klasse gefahren. Und selbstverständlich fuhr auch ich Dritter Klasse. Je unauffälliger, desto besser. Ein Reisender auf Provision vermeidet hohe Spesen!

"Wenn ihr Polen eure Juden nicht mögt, warum tut ihr dann nichts gegen sie?" fragen mich die Kerle.

"Oh bitte! Ist das Wort Pogrom vielleicht ein deutsches Wort? An Schulen und Universitäten haben wir den Numerus Clausus eingeführt, in den Staatsdienst werden die Juden erst garnicht hereingelassen. Unser Problem ist, daß sie einfach zu viele sind. Drei Millionen, ein Zehntel der Bevölkerung. Stellen Sie sich einmal vor, Sie hätten 8 Millionen Juden in Deutschland!"

Diese Vorstellung erschütterte die Gauner und gewann mir ihre Sympathie: "Nee, sowas. Ihr Polen seid wirklich arme Kerle! Mögen Sie 'n Schnaps? Hier gekauft. Echter Schliebowitz!"

Ich mag keine Slivovice, aber nein sagen ging auch nicht. Und außerdem war ich ja Schnapshändler.

Also trank ich und sagte: "Vor dem Schnaps einen Schnaps! Nach dem Schnaps einen Schnaps! Kennen die Herren dieses echte polnische Sprichwort?" Und ich bot eine Probe aus meiner kleinen Kollektion an. Zwar erst in Prag erworben, aber mit dem Original-Etikett aus Lemberg. 'Kontuszowka'.

Die Flasche war meine beste Legitimation. Meine neuen Freunde vertrauten mir sofort und fragten, ob ich zufällig Skat spielen könne. Ich mußte zu meinem Bedauern verneinen, bot statt dessen Préference an. Das konnten wiederum die Preußen nicht. Wir einigten uns auf Siebzehn und Vier. In Dresden tranken wir Brüderschaft und warfen die leeren Flaschen aus dem Fenster. Teufel eins, die Banditen hatten eine weitere Flasche in ihrem Gepäck. Und kartengeil waren sie auch. Ich hatte Mühe, einen klaren Kopf zu behalten, und ich durfte sie nicht zu viel verlieren lassen. Es war sehr anstrengend.

"Wat willste eijentlich in unserer Reichshauptstadt,

Romuald?"

"Ich muß zu meiner Gesandtschaft, meine Devisen zu bestätigen und die nicht verbrauchten Kronen abrechnen."

"Weeßte wat, Romuald, da bring' wa dich hin. Sparste det Taxi! Wir haben'n Dienstwaach'n."

"Mensch Horst, det jeht doch nich!" warnte der ältere den jüngeren Beamten. "Denk an unseren Oberonkel, der fährt Erster mit uns im Zuch. Den holt doch auch die Fahrbereitschaft ab, un die Fahrer, die halten alle nich dichte. Entschuldije, Romuald, et war gut jemeint vom Horst, aber gehen tut das nicht."

Ich dankte für die beabsichtige Freundlichkeit und erklärte, für ein Taxi würde es bei mir noch reichen. Außerdem müsse ich sowieso erst einmal in ein Hotel, mich erfrischen, da die Gesandtschaft so früh am Morgen noch nicht geöffnet habe. Sogleich wurden mir preisgünstige Herbergen genannt und Empfehlungen gegeben, die ich mir dankbar notierte, wobei ich den festen Vorsatz faßte, gerade diese Herbergen nicht aufzusuchen. Dem Taxifahrer nannte ich vor meinen neuen Freunden eines ihrer Hotels am Wittenbergplatz, ich fuhr jedoch umgehend mit der U-Bahn bis zum Bahnhof Zoo, wo ich mir eine Fahrkarte Dritter Klasse nach Aachen kaufte. Ich wartete aber nicht auf den nächsten D-Zug, sondern fuhr nach ausgiebigem Studium der Fahrpläne mit dem Personenzug nach Magdeburg. Dort löste ich eine neue Fahrkarte nach Dortmund. Diesmal nahm ich den D-Zug. In Dortmund glaubte ich miene Spur genügend verwischt zu haben und leistete mir daher eine Zweiter-Klasse- Karte nach Utrecht - über Arnheim.

Von da ab war alles leicht - hatte ich gedacht. Jedoch die tschechoslowakische Gesandtschaft in Den Haag war leider nicht mehr die von Gestern. Ich wurde kühl empfangen und darauf verwiesen, daß man dem Präsidenten des Protektorats Böhmen-Mähren sich verpflichtet fühle. Mit einem neuen, dafür echten Paß war es also nichts, denn nach Prag rückfragen konnte man in Den Haag nicht, und ich hätte es auch nicht gewollt. Also mußte ich als falscher Pole nach England fahren. Dort empfing mich unser guter Bronner und brachte alles in Ordnung. Allerdings brauchte er einige Zeit, um mich wiederzuerkennen. Denn ich war grauhaarig geworden. Ein Vorteil, wenn man die ganze Zeit seine Haar gefärbt hat - wäscht

man die Farbe aus, ist man ein anderer Mensch. Dazu eine
Igelfrisur anstelle meiner früheren Mähne, den Seehund-
schnurrbart zurückgestutzt auf Hitlerschneuz.: ich sah wirklich hinter Prerau anders aus als vor Prerau. Uns natürlich
werden Sie fragen, wie ich mein neues Aussehen in meinen Paß
gebracht habe? Ganz einfach, ich hatte mich mit Puder im Haar
fotografieren lassen. Daß ich dabei noch die alte Frisur trug
- je nun! Niemand ist schließlich verpflichtet, die Haartracht zu behalten, die er auf dem Paßbild trägt. Und dieses
wußte ich ja als alter Polizist, wenn es um Erkennung geht,
wird nicht so sehr auf die Haartracht geachtet, aber grauhaarig wird man nicht von gestern auf heute."

"Warum sind Sie eigentlich nicht in die Tschechoslowakei
zurückgegangen, lieber Brejcha?"
"Wegen dem Edvard natürlich, unserem großartigen Präsidenten. Ich hatte mich in England bei ihm gemeldet. Und ich habe
auch mitgemacht bei der Exilregierung. Anfabgs. Aber als ich
merkte, worauf er hinauswollte, war es aus mit meiner Treue.
Der Jaksch ist zu mir gekommen und hat mir sein Leid geklagt,
Sie kennen ihn ja, diesen sturen auf todanständigen sudetendeutschen Sozialdemokraten.
Ich zum Edvard: "Wollen Sie wirklich die unsere Deutschen
hinauswerfen, Herr Präsident? Alle? Ohne Ausnahme?"
Natürlich hat er herumgedreht. Das sei nur eine Idee, die
garnicht von ihm käme, er habe es nur hypothetisch diskutieren lassen. Und nur auf Wunsch der Moskowiter natürlich.
Stalin sei es, der das wolle, nicht er, Edvard.
Wer unseren Edvard kannte, wußte Bescheid: "Herr Präsident," habe ich zu ihm gesagt, "so dürfen Sie mir nicht
kommen! Jetzt weiß ich, daß Sie unser Land an Stalin verkauft
haben. Jawohl, der will die Deutschen vielleicht raushaben,
aber warum will er es? Doch nicht uns zuliebe!
Sie hätten nicht zustimmen müssen. Sie können es den
Angloamerikanern klarmachen, daß auf diese Weise Mitteleuropa
dem Russen zugeschanzt wird. Sie glauben das nicht? Dann
kennen Sie nicht die russische Geschichte. Seit Iwan dem
Schrecklichen sammeln sie russische Erde. Und das ist in
ihren Augen jeder Fußbreit Land, den jemals ein russischer
Stiefel betreten hat. Herr Präsident, ich beschwöre Sie,

drehen Sie den Karren um, bevor er im Dreck steckt. Glauben Sie doch nicht, daß Sie einen Stalin betackeln können. Sie sind ja nicht einmal mit einem Hitler fertiggeworden. Sie wollen ja nichts als Ihre kleinliche Rache an unseren Deutschen. Rächen Sie sich! Von mir aus! Hängen Sie alle auf, die es verdient haben. Schüchtern sie die übrigen ein, daß ihnen aller Übermut für die nächsten hundert Jahre vergeht! Aber werfen Sie die Leute nicht aus dem Lande. Sie treiben unser Land damit dem Russen in die Arme. Und wenn der sie erst einmal slawisch-brüderlich um uns geschlossen hat, dann sind wir raus aus Europa. "

Brejcha seufzte. "Er hat mich angehört, der Edvard. Er war sogar zu feige, mich rauszuschmeißen. Aber er hat getan, was er wollte. Und er hat bekommen, was er verdiente. Wir auch. Wir alle, meine Freunde!"

ENDE